Friedrich Wilhelm IV. von Preußen

Für Montserrat

Rolf Thomas Senn

IN ARKADIEN

Friedrich Wilhelm IV. von Preußen

Eine biographische Landvermessung

Lukas Verlag

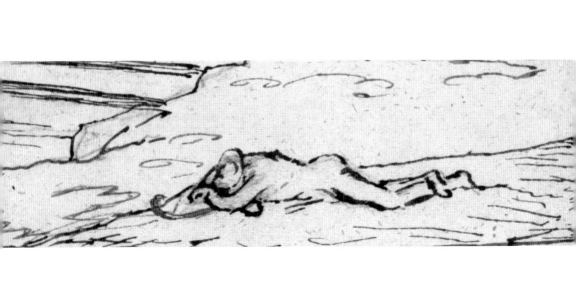

»Wir müssen unsere Fluchtlinien erfinden,
wenn wir dazu fähig sind.
Und wir können sie nur erfinden,
indem wir sie tatsächlich ziehen, im Leben.
Sind die Fluchtlinien nicht das Schwierigste?«

Gérard de Nerval, *Aurélia*

Über dieses Buch

Friedrich Wilhelm IV. gilt als »Romantiker« auf dem Preußenthron. Was Heinrich Heine, sich selbst als Letzten dieser Art feiernd, sprachspielerisch betrieb, wird seither gedankenlos weitergereicht. Wer den König auf sich zukommen lässt, muss es auf die Spitze treiben. Ich habe die Form einer Karte gewählt. Sie kann begangen, zerlegt, wieder zusammengesetzt oder an die Wand gehängt werden. Entrollt wie Papyrus, werden ihre Linien, Felder, Zeichen sichtbar, und von jedem Punkt aus gibt es mannigfache Abzweigungen. Alles geschieht simultan, der Blick verändert sich mit der Sichthöhe – wie von den Standpunkten des königlichen »Kulturbeauftragten« Alexander von Humboldt aus.

Die Quellen dieser Karte fließen höchst unterschiedlich: Nach den drei für Friedrich Wilhelms Leben reichhaltigsten, dem Tagebuch seines Erziehers, dem täglichen Journal des Königs und seinen etwa achttausend hinterlassenen Zeichnungen, sind es die Briefschaften mit nächststehenden Familienmitgliedern und Künstlern. Diejenigen an fremde Höfe und den Adel sind so umfangreich, dass sie ein eigenes Buch erforderten. Mir war Friedrich Wilhelms ruhelose Auseinandersetzung mit dem Zeitgeist aufschlussreicher. Ferner stütze ich mich auf den positivistischen Fleiß derer, die vor den Kriegen noch unversehrte Archive vorfanden.

Die zehnjährige Arbeit an diesem Buch beruht auf der Idee zu einem historischen Roman. Die Karte ist deshalb so angelegt, dass sie in einem fort erlesen werden kann. Die Überschriften sind ihre Legende. Die eingestreuten »Fundstücke« organisieren sich unter der Oberfläche und im freien Raum zu Rhizomen. Das derzeit laufende Projekt eines virtuellen Katalogs der Zeichnungen des Königs im Netz eröffnet fortwährend neue Fluchtlinien – wissen wir doch seit den Frühromantikern, dass der Leser seine Bücher lesend selbst schreibt. Sie ahnten nicht, dass wir ihre Bücher immer noch lesen, ihre Theaterstücke immer noch anschauen und ihre Musik auf Tonträgern festzuhalten suchen. Die wuchernden Anmerkungen sind der Weg dorthin.

Der König bleibt nicht nur durch Bauwerke in unserem Gedächtnis. Mit der Begründung der Friedensklasse des Ordens Pour le Mérite und des Deutschen Archäologischen Instituts dachte er in die Zukunft. Sein Wort von der Berliner Spreeinsel als »Freistätte für Kultur und Wissenschaften« führt uns mitten in die Diskussion um das Schloss/Humboldtforum. Deren Fluchtlinien sind die des Königs.

Requiem

Als der Kondukt am Tag nach Epiphanias 1861 vom Schloss Sanssouci hinab zur Friedenskirche schritt, waren die Trauernden, bis auf die Königin, längst in der »neuen Ära« angelangt. Der Sarg wurde in der Vierung der Basilika aufgebahrt, wonach der Oberhofdomprediger den Erlösungsgedanken des Psalms 126 erläuterte und den Sarg einsegnete. Dieser verschwand beim Spiel des Trauermarsches aus Georg Friedrich Händels *Saul* und des *Requiems* von Wolfgang Amadeus Mozart unter dem kostbaren Intarsienboden der vom König errichteten Kirche.

Entgegen dem Begräbnisritual der Hohenzollern war der Körper des Königs zu diesem Zeitpunkt nicht mehr vollständig. Unmittelbar nach Feststellung des Todes hatte man ihn geöffnet, das Herz herausgeschnitten und, gemäß Testament, »in ein verhältnismäßig größeres Herz aus märkischem Granit« eingebracht. Dieser Herzstein wurde zu Füßen des im Charlottenburger Mausoleum ruhenden Königs und seiner Gemahlin Luise im Boden vermauert. Später hieß es, der König habe die Ruhe, die ihm im Leben nicht beschieden war, erst im Tod gefunden. Er hatte dazu verfügt, dass die Königin nach ihrem Tod so dicht als möglich neben ihn gebettet würde.

Dies aber reichte nicht aus. Entgegen seinem Willen hatte man zur Grabinschrift »Hier ruhet in Gott seinem Heilande in Hoffnung einer seligen Auferstehung und eines gnädigen Gerichts allein begründet auf das Verdienst Jesu Christi unsers allerheiligsten Erlösers und einigen Lebens« hinzugesetzt: »im 21sten Jahre seiner glorreichen Regierung«. Dagegen half der Engel nicht, den er zur Bewachung des Grabes hatte aufstellen lassen. Man findet ihn bis heute dort – während der Engel der Geschichte die preußische Monarchie fortnahm.

I
Die Ordnung der Dinge
(1795–1815)

Der Zeitgeist um 1795

Friedrich Wilhelm, der das preußische Reich als dritter dieses Namens dreiundvierzig Jahre lang regieren sollte, vermählte sich an Weihnachten 1793 mit der illustren mecklenburgischen Prinzessin Luise. Die Liebesheirat schien zur neu heraufkommenden Epoche der Romantik wie geschaffen. Das Paar nahm Wohnung abseits vom Hofleben in Potsdam, es bestand auf persönlicher Freiheit. Auf Freiheit? Die Idee entstammte nicht der Französischen Revolution. Gleich bei ihrem Einzug in Berlin hatte Luise dies vorgeführt. Sie kleidete sich nach der neuesten Pariser Mode im antiken Stil. Der märkische Dichter Friedrich de la Motte Fouqué schwärmte, »alle Herzen flogen ihr entgegen, und ihre Anmut und ihre Herzensgüte ließen keinen unbeglückt.« Die Moralhüter kamen gegen diese »Nacktmode« schlecht an. Sie fürchteten, Luise führe mit der Leichtigkeit des Textils die Beweglichkeit neuer Gedanken ein.

Was nach dem Blutrausch im Paris der vergangenen Jahre als Zeichen der Läuterung zur Schau gestellt wurde, war Luise ganz eigen. Der Kunstgelehrte Johann Joachim Winckelmann hatte von der griechischen Antike als Ausdruck »edler Einfalt und stiller Größe« geschrieben und behauptet, in ihr wehe der Wind von den Gräbern der Alten mit Wohlgeruch wie über einen Rosenhügel. Die achtzehnjährige Luise hatte nichts zu verbergen, und sie wusste darum.

Ihren Einstand in der Berliner Hofgesellschaft zur Winterszeit inszenierte sie gegen alle Konvention während der Ballnächte: Obwohl der in bürgerlichen Kreisen eingeführte Walzer wegen fehlender höfischer Contenance unerwünscht war, führte sie ihn so makellos aus, dass man glaubte, klassische Einfalt erwache darin zu neuem Leben. Und vor einer Porträtsitzung beschloss sie, ihre »Anmut auszuruhen, um selbst Venus eifersüchtig zu machen.«[1] Jene alte griechische Götterwelt, von der die europäischen Höfe seit der Renaissance ihre Reputation herleiteten, war ihr unangefochtenes Terrain.

Der Ruhe bedurfte sie indes aus einem anderen Grund. Sie war schwanger. Nach preußischem Erbfolgerecht ging das Königtum beim Tod des Monarchen auf den ältesten Sohn über. Luise erwartete also im Falle der Geburt eines Sohnes den Thronfolger – und so geschah es dann auch am 15. Oktober 1795, früh um sechs. Den Untertanen wurde das Ereignis durch dreimaliges Abfeuern von vierundzwanzig im Berliner Lustgarten aufgestellten Kanonen unüberhörbar verkündet. Am 28. Oktober hielt der König das Neugeborene über das Taufbecken.

Zur Wahrung dynastischer Kontinuität kamen bei der Namensgebung nur zwei in Frage: Friedrich und Wilhelm – oder eine Kombination daraus. Der

Kronprinz entschied gegen den »Zopf« der Friedriche auf Friedrich Wilhelm – nach ihm selbst. Die Mutter gab den Neugeborenen in die Hände einer Amme, wollte ihn aber so oft als möglich sehen, um, wie jetzt bei Fortschrittlichen gehandhabt, an seiner Entwicklung teilzuhaben. Ihre Mutterrolle demonstrierte sie in einem Porträt, den in Windeln spärlich drapierten Friedrich Wilhelm im Arm – ebenfalls ein Verstoß gegen die höfische Konvention. Friedrich Wilhelm entwickelte sich zwanglos, wurde kräftig und war von unstillbarer Lebhaftigkeit.

Mit dem Tod des Rokokokönigs im November 1797 änderten sich die Lebensumstände des Paares von Grund auf. Luise befürchtete, die Thronbesteigung mache der »schönen Freiheit und schönen Unabhängigkeit« ein Ende, und schrieb, etwas kokett: »Ich bin nicht zur Königin geboren, doch will ich gerne das Opfer werden, wenn nur sonst in der Zukunft [...] was Gutes gestiftet werden kann.«[2] Sie ahnte nicht einmal, dass ihr diese Rolle bestimmt war.

Mit dem Thronwechsel richteten sich aller Blicke auf den jungen König Friedrich Wilhelm III. In seinen Regierungsgrundsätzen, die er veröffentlichen ließ, sprach er von »fortdauerndem Frieden«, wenn man sich nicht in fremde Händel mische und vor Allianzen hüte. Das war freilich auch nicht realistischer als Immanuel Kants soeben erschienene Schrift *Zum ewigen Frieden*.

Demgegenüber kam die Lockerung der Pressezensur einem geistigen Erdrutsch gleich. Preußen wurde unversehens zum Vorbild für Meinungsfreiheit in den deutschen Reichen. Deren schwärmerische Folgen sollte der König gleich nach seiner Rückkehr von den Krönungsfeierlichkeiten in Königsberg erleben. Im halboffiziellen *Jahrbuch der preußischen Monarchie* fand er eine Abhandlung, überschrieben *Glauben und Liebe oder der König und die Königin*. Der noch kaum bekannte Verfasser Friedrich von Hardenberg – er wird sich bald Novalis nennen – hatte die allgemeine Begeisterung für das junge Königspaar in Worte gefasst, in denen er die Wiederkehr mittelalterlichen Glanzes wie im alten Deutschen Reich heraufbeschwor und das Königspaar enthusiastisch zur Nachahmung aufforderte.

Novalis erträumte sich eine »Liebesgemeinschaft« zwischen Fürst und Volk anstelle einer »papierenen« Verfassung. Der Fürst führe als Abbild und irdischer Stellvertreter Gottes das ihm treu zugeneigte Volk zum »höheren Menschentum« hinauf. Der König las die Schrift wahrscheinlich nicht einmal. Der Überschwang, der fremdartige Gott und das Hereinreden in sein Amt kamen ihm zu nah. Er reagierte höchst ungehalten auf das Werk aus dem Aufsehen machenden Jenaer Romantikerkreis und verbot dem Verleger den Druck weiteren derartigen »Unsinns«. Der Aufsatz sollte erst bei seinem Sohn Aufmerksamkeit finden.

Der König zog Offensichtlicheres vor und richtete – wie Luise bei ihrer Kleiderwahl – seine Schlösser nach dem antikisierenden französischen Geschmack ein. Sanssouci, das Rokokoschloss Friedrichs des Großen, mied er ebenso wie das alte Berliner Stadtschloss und bezog das kleine, den neuen Vorstellungen einer schlichteren Lebensweise eher entsprechende Prinzessinnenpalais Unter den Linden. Zur Verbreitung dieses Stils begründete er die Berliner Bauakademie. Architekturschülern und Handwerksmeistern sollte, nach strengem Lehrplan, das Rokoko ausgetrieben werden. Für den Unterricht ließ er aus Sparsamkeit das alte Münzgebäude am Molkenmarkt aufstocken.

Luise sah sich fortan »in tausend Verhältnisse verwickelt«: »So brauchen meine Handlungen auch mehr Überlegung.« Sie nahm sich Zeit zur »Veredlung« ihrer selbst und griff zu Friedrich Schillers Abhandlung *Über die ästhetische Erziehung des Menschen in einer Reihe von Briefen*, die jener kurz zuvor in seiner Zeitschrift *Die Horen* herausgegeben hatte. Wie die meisten deutschen Intellektuellen hatte Schiller die französische Freiheitsbewegung anfangs begeistert begrüßt. Doch das blindwütige Massaker von 1792 und die Enthauptung des Bourbonenkönigs samt Königin auf der Place de la Concorde waren ihm dann der Beweis, dass nur der freie Mensch politische Veränderungen erfolgreich durchführe. In Immanuel Kants Ästhetik sah er dessen geistige Ausformung. Der Mensch sei – entgegen Rousseau – im Naturzustand selbstsüchtig und gewalttätig und könne nur durch Kultur »veredelt« und zu jener Ganzheit zurückgeführt werden, welche durch die moderne Zivilisation verdorben sei. Dies geschehe vor allem durch die Kunst – weil allein sie zweckfrei sei.

Schiller ging jetzt den entscheidenden Schritt weiter: Mittels der Schönheit gelinge dem Menschen die Wanderung hin zur Freiheit. Und schließlich hält er, im fünfzehnten Brief, jenes berühmte Wort bereit: »Denn, um es endlich auf einmal herauszusagen, der Mensch spielt nur, wo er in voller Bedeutung des Worts Mensch ist, und er ist nur da ganz Mensch, wo er spielt.« Schiller möchte möglichst viele Felder des »ernsten« Lebens vom »rohen« Naturzustand in den kulturellen hinüberführen und somit für jenes Spiel frei machen. Warum sollte dies nicht auch im gesellschaftlichen Umgang, den Ritualen, bis hin zur Begegnung mit dem Tod möglich sein! Derlei Gedanken machten damals Aufsehen. Ihre Aufmunterung hält an.

Luise fühlte sich vom Dichter unmittelbar angesprochen. Sie wollte mehr über ihn und seine Theaterstücke wissen, und so machte sich das Königspaar nach Weimar auf – eine in Preußen bis dahin unvorstellbare Reverenz an Dichter und Kunst gleichermaßen. Dort wurde das Hoftheater mit der Uraufführung des ersten Teils der historischen Trilogie *Wallenstein* wiedereröffnet. Es geht um Aufstieg und Fall des ehemals kaisertreuen Heerführers. Die Handlung spielt zwar, wo sie der Geschichte nach hingehört. Schillers Anspielungen auf die Gegenwart waren jedoch weder zu übersehen noch überhörte man sie. Die Politik war, ein Jahrzehnt nach der Revolution, in Form von Kultur auf die deutsche Bühne gelangt.

Das Königspaar traf mit Schiller und dem Intendanten des Theaters, Johann Wolfgang von Goethe, zusammen. Aber auch mit dem greisen Rokokodichter Christoph Martin Wieland. Was sonst französischen Dichtern zu Gebote stand, war ihm wie mühelos gelungen: Er kleidete das Frivole an Mensch und Staat in eine Form, die allseits angenommen wurde.[3] Friedrich Wilhelm wird sich in diesem Spiel üben.

Schiller lebte nicht in Weimar. Die Universitätsstadt Jena war zwar nur einen leichten Pferderitt von der fürstlichen Residenz entfernt. Die Orte trennten jedoch geistige Welten. Schiller trug seine ästhetische Theorie im überfüllten Hörsaal vor, während Johann Gottlieb Fichte für nicht minderes Aufsehen sorgte. Er hatte Kant nicht in der Ästhetik weitergedacht, sondern in dem, was der Mensch erkennen könne, der Metaphysik. Er setzte dessen aufklärerischer Begriffsmechanik die Beweglichkeit des Subjekts entgegen – und lehrte damit ein Maß an Freiheit, dessen Versprechungen eine ganze Generation von Studenten nach Jena lockte.

Unter dem Begriff des menschlichen »Ich« brachte er Kants ungreifbares »Ding an sich« ins Leben. Der Mensch schaffe Bilder ausschließlich in seiner eigenen Vorstellung, unaufhörlich in Bewegung. Das Ich sei diejenige Instanz, welche diese Bewegung reguliere. »Kein Gedanke ohne das Ich« hieß somit das neue, vielversprechende Motto – das umgehend den Spott Goethes hervorrief. Studenten aber kam Fichtes Subjektivismus der Offenbarung fortschrittlichen Geistes gleich – so beweglich, wie sie in ihrem Alter waren.

Die »Romantiker«, wie die Beflügelten sich nannten, versuchten, von dieser idealistischen Basis aus abzuspringen. »Romantisch« sollte nicht mehr die abstrakte Welt von Theorie oder eben Romanen sein, sondern ihre Verbindung zum Leben. Der gesamte Kosmos irdischen Daseins sollte ausgeschritten werden. Ihre Wortführer lebten in jener ebenso legendären wie elitären Wohngemeinschaft mit Bediensteten, die bis heute Staunen erregt: Friedrich Schlegel, dessen Gemahlin Dorothea, sein Bruder August Wilhelm und Friedrich Wilhelm Schelling. Oft kam aus der Nachbarschaft Novalis, und bald gesellte sich Tieck mit Gemahlin dazu. Für Dorothea Schlegel war damit, nach einem Wort Friedrich Hölderlins, »die ganze Kirche« der Romantiker in Jena versammelt.

Johann Ludwig Tieck hatte als Erster publiziert. Aufgewachsen in Berlin, lernte er zum Ende seiner Gymnasialzeit professionelles Schreiben für Verlage. Es gab viel zu tun, seit die eben begründeten Leihbibliotheken ihr lesewütiges Publikum zufriedenstellen mussten. Tieck redigierte und verbesserte zahllose Trivialromane. Deren Einerlei stieß ihn auf die Suche nach Neuem. Er hatte seine höchst erfolgreiche Erkundung des Archipels romantischer Poesie begonnen.

Im Jenaer Kreis waltete die Kraft des Neuen und Überschwänglichen. Man tauschte sich über alle Wissensgebiete aus, redete viel, war tiefsinnig, ironisch und trug einander aus werdenden Manuskripten vor. Den freien Flug des Geistes hießen sie »Universalpoesie«, und Novalis brachte die Suche nach dem romantischen Selbst auf die ebenso griffige wie programmatische Formel: »Die Welt muss romantisiert werden [...], indem ich dem Gemeinen einen hohen Sinn, dem Gewöhnlichen ein geheimnisvolles Ansehen, dem Bekannten die Würde des Unbekannten, dem Endlichen einen unendlichen Schein gebe.« Wie man damit »den ursprünglichen Sinn« der Welt wiederfinde, sollte ein Roman vorführen. Goethe winkte erneut ab und nannte jenen Kreis »forcierte Talente«. Er bevorzugte die klassische Simulation.

Mangels einer Berliner Universität studierten neben den Romantikern in Jena auch diejenigen, die bald Verbindung zum preußischen Hof suchten. Sie hörten die Vorlesungen Schillers und Fichtes ebenso, wie sie sich an der Weimarer Welt orientierten: die Brüder Wilhelm und Alexander von Humboldt und der Geograph Johann Wilhelm Ritter. Der Mediziner Christoph Wilhelm Hufeland gehörte zu den Jenaer Kollegen. Ins Lager der Romantiker wechselte keiner von ihnen.

Wegen gruppendynamischer Grenzüberschreitungen löste sich die »Kirche« ohnehin bald auf. Man war einander zu nahe gekommen. Hinzu kamen gewichtige äußere Gründe. Fichtes Idealismus hatte sich vom Christentum entfernt. Der alte Gott wurde ihm zur pantheistischen Weltordnung – ein Gedanke, der, seit er von Baruch de Spinoza ausgesprochen worden war, nicht mehr zur Ruhe kam. Goethe ließ sich nur im Verschwiegenen darüber aus. Fichte indes wurde ausgerechnet an der Universität des Atheismus bezichtigt, die in Deutschland als fortschrittlichste galt. Ihm wurde die Lehre verboten. Seinen Lehrstuhl besetzten Schelling und später Georg Wilhelm Hegel. Sie werden sämtlich in Berlin lehren, und Friedrich Wilhelm wird mit ihnen umgehen.

Obwohl der fortschrittswillige preußische König Novalis' Schrift zurückwies, nahm er das Jenaer Verbot nicht hin und gestattete Fichte die Lehre in Preußen. Es wurde zwar geraunt, die unter Pseudonym erschienene Schrift *Zurückforderung der Denkfreiheit von den Fürsten Europens, die sie bisher unterdrückten* stamme von ihm. Da sie aber in »Heliopolis«, einem ägyptischen Ort der Weisheit, gleichsam dem innersten Orient der Seele, erschien, genoss sie Rechtsfreiheit.

Fichte übersiedelte nach Berlin, womit die neue Philosophie in der Stadt mit den meisten Einwohnern Deutschlands ankam. Während sich die Gründung der längst überfälligen Universität zäh hinzog, strebte das Bedürfnis der wachsenden Zahl von Intellektuellen mächtig über das Triviale hinaus – nach Bildung. Fichte und einige der Romantiker trafen bei ihren bezahlten Vorlesungen auf aufmerksame Hörer. Bald folgte Friedrich Schlegel nach und befreundete sich mit Friedrich Daniel Schleiermacher. Diesem war als Prediger an der Charité einiger Erfolg beschieden, veröffentlicht hatte er jedoch noch nicht.

Wie zu einer Initiation zog der schreibmächtige Schlegel in Schleiermachers Wohnung vor dem Oranienburger Tor, wo sie das kühne, frühromantische Schreiben mit Beiträgen für Schlegels Zeitschrift *Athenaeum* probten.

Schon bald suchte der Theologe den Platz des gläubigen Subjekts in der Gemeinschaft. Als predige er von der Kanzel herab, verfasste er in viel zu kurzer Zeit *Über die Religion, Reden an die Gebildeten unter ihren Verächtern*. Sein frühromantischer Überschwang machte das Umstürzlerische gegenüber der eingesessenen Kirche unübersehbar. Spinozas Lehre war sein Ausgangspunkt für eine christliche Erneuerung – womit das Maß für die protestantische Kirchenobrigkeit voll war. Obwohl das Werk 1799 anonym erschienen war, wusste man um den Autor. Der Unruhestifter sollte unschädlich gemacht werden und erhielt eine Stelle als Hofprediger im hinterpommerschen Stolp. Man ging davon aus, dass er dort begraben würde.

Unter August Wilhelm Schlegels Schülern fiel einer besonders auf: der Luisen-Verehrer Fouqué aus dem normannischen Adelsgeschlecht der de la Motte Thonnayboutonne usw. Dem Kleinwüchsigen war schwer zu glauben, dass er das wirkliche preußische Rittertum fortführe. Tatsächlich hatte er einen »Festritt«, wie er seine Teilnahme am Rheinkrieg ernsthaft nannte, hinter sich. Als kaum Fünfzehnjähriger war er damals, ausgestattet mit zwei edlen Reitpferden, in Begleitung eines Stallknechts nach Ritterruhm und -ehre ausgezogen, wie er es in alten Ritterbüchern gelesen hatte. Trotz massiven Widerspruchs zur Realität beharrte er auf deren Idealen mit der Unerschütterlichkeit seines klapprigen Vorgängers von der Mancha – und nutzte die erste Gelegenheit zur Demission, um darüber zu schreiben.

Dieser fromme und sittenstrenge »Ritter« hatte August Wilhelm Schlegel zum Lehrer gewählt, obwohl er vom Jenaer Geniekult völlig unberührt war. Was beide miteinander verband, war ihre enzyklopädische Leidenschaft für die Literatur. Mit unermüdlichem Fleiß durcheilte Fouqué die europäische Literatur, übersetzte und lebte im Klang der südlichen Poesie. Deren Eleganz und Kühnheit verdankten die Europäer, so Schlegel, dem Morgenland als der Wiege des höchsten Romantischen. Dergleichen konnte Fouqué allerdings schon bei Johann Gottfried Herder über spanische Romanzen lesen. Schlegel meinte, sein Schüler könne dichten »dolce e piacevole« wie Petrarca, und ermunterte ihn zum Publizieren.

Dieser vertiefte sich in das Genre. Bald stieß er auf den *Orlando furioso* des Renaissancedichters Ludovico Ariosto, den rasenden Roland, der sich so merkwürdig von dem steinernen, norddeutsch verkniffenen vor dem Rathaus der Stadt Brandenburg unterschied. Die Romantiker fanden in dem Werk einen ihrer literarischen Vorgänger. Vom Originalklang angeregt, dichtete Fouqué bald selbst von sinnverwirrenden Eindrücken und deren ebenso faszinierendem wie verschreckendem Zusammenspiel – von bezaubernden Düften, von Wundervögeln, im Nu aus Gebüschen »erblüht« und unerhörte Melodien singend, von Edelsteinen, aus Moosteppichen herauffunkelnd, und von goldgrün leuchtenden Schlangen, die beim Berühren dieser Edelsteine silberhelle Klänge auslösen, als stammten sie von Glasharfen, welche sich mit Melodien von Vögeln auf unerklärlich harmonische Weise vermischten. Doch im verführerischen Gepränge lauerte der Abgrund der Allegorien. Durch deren Missdeutung konnten Menschen in unwandelbare frühere Naturzustände zurückfallen. Ariosts Ritter lebten gefährlich – und Fouqué ließ von dem Stoff ab.

Wie Émile?

Am vierten Geburtstag Friedrich Wilhelms, dem 15. Oktober 1799, war es dann soweit: Im Nationaltheater wurde Shakespeares *Hamlet, Prinz von Dänemark* erstmals in Schlegels Versübersetzung aufgeführt. Die ehrgeizige Königin wollte die Bildungsreife ihres aufgeweckten Kindes vorführen. Die Tragödie sollte Spuren hinterlassen. Friedrich Wilhelm wird die Geistererscheinung von Hamlets Vaters zeichnen.[4]

Luise sah sich bestätigt und sorgte für einen Erzieher, der die Anlagen des Kindes nach fortschrittlichen Gesichtspunkten entdecken und fördern sollte. Die Entfaltung der Persönlichkeit sollte vor der Einübung ins Regieren stehen. Ein solches Ansinnen hatte es am preußischen Hof noch nicht gegeben. Luise wählte einen Erzieher, der mit neuen Unterrichtsmethoden auf sich aufmerksam gemacht hatte. Johann Friedrich Delbrück arbeitete als Rektor am Pädagogium des Magdeburger Klosters Unsrer Lieben Frauen.

In seiner Jugend hatte er der Poesie, Märchen, dem Altertum und der Bibel so ausschließlich gehuldigt, dass für ihn nur das Studium der Philosophie blieb. Mit einer Schrift über Aristoteles' *Nikomachische Ethik* erlangte er den Doktorgrad. Als Anhänger der Ethik Kants war er überzeugt, der Mensch trage zwar ein moralisches Gesetz in sich, dessen Verwirklichung sei aber allein durch Erziehung möglich. Dies entsprach ein Stück weit Schillers Erziehungsmodell, und so lag es nahe, dass die Königin den damals zweiunddreißigjährigen Delbrück nach Berlin befahl.

Beim Antritt seines Amtes Anfang August 1800 wurde ihm aufgetragen, er solle aus dem Knaben einen gerechten und biederen Menschen machen. Biederkeit wurde im Sinne von Zuverlässigkeit, Einschätzbarkeit und Ordnungssinn auch im Königshaus als charakterbildend verstanden. Die Königin gab Friedrich Wilhelm und im Frühjahr darauf seinen Bruder, den Prinzen Wilhelm, in die Hände Delbrücks. Sie ließ eine Wohnung im Potsdamer Stadtschloss einrichten, wo jener, mit den Zöglingen ungestört zusammenlebend, der Erziehungsaufgabe nachkommen sollte. Den Fortzug vom Hofe nannte er »Hedschra«, eine neue Epoche.

Potsdams ländliche Umgebung war für die von Jean-Jacques Rousseau in *Émile ou De l'éducation* 1762 empfohlenen Bedingungen zur Entwicklung gesunder Sinne wie geschaffen. Kinder würden nur darunter zu »prächtigen Tieren« heranwachsen. Die Königin wusste aus eigener Erfahrung, dass Charakterbildung nur abseits des Hoflebens und dessen Winkelzügen möglich ist. Im Sommer wurden Wälder und Hügel durchstreift, und Friedrich Wilhelm schien tatsächlich zu jenem »prächtigen Tier« heranzuwachsen. Stets belehrt, lernte er die Natur aber nicht nur im unkultivierten Zustand kennen. Mit Hilfe von Friedrich Nicolais *Beschreibung von Potsdam* besah man sorgfältig die Anpflanzungen Friedrichs des Großen.

Zu dieser Entwicklung mochte die Angst vor Lärm nicht recht passen. Delbrück begegnete ihr mit dem Besuch eines Orgelkonzertes des Tastenvirtuosen Georg Joseph Abbé Vogler. Beim Zuhören geriet Friedrich Wilhelm beinah außer sich vor Furcht, und noch Jahrzehnte später wird er Bettina von Arnim von der »GewitterFurcht«[5] vor jener Musik schreiben. Vogler war für sein maßloses tonmalerisches Spiel auf Kirchenorgeln und auf seinem »Orchestrion« berüchtigt. Er traktierte als Erster öffentlich die Tasten bei voller Registrierung mit beiden Armen und zettelte damit eine Revolte gegen den Kontrapunkt an, welche die Moderne aufnahm. Sein Programm hätte noch vierzig Jahre später als zeitgemäß gegolten: Das »Terrassenlied der Afrikaner« bestand nicht, wie bis dahin üblich, aus aufgesetztem fremden Lokalkolorit. Der Abbé hatte auf einer Reise bis nach Marokko den Gesang von Arbeitern aufgezeichnet und stieß mit dessen Übersetzung in die europäische Harmonik in Neuland vor.

Erzieher und Zögling fanden schnell innigen Zugang zueinander. Delbrück war angetan von der unerschütterlichen Wahrheitsliebe des Kindes, für ihn Beweis hoher Herkunft und Garant für die charakterliche Entwicklung. Von Anfang an bestand Friedrich Wilhelm auf Eindeutigkeit. So, wenn der Lakai beim Ankleiden für ein Hoffest die wiederholte Frage nicht beantworten konnte, ob die Schuhe neu seien. Er fand noch kein anderes Mittel, brach in heftiges Weinen aus und war nicht zu beruhigen. Delbrück sah nicht, dass für den Knaben die Ordnung der Dinge auf dem Spiel stand.

Zu ihr gehörte das Schreiben. Auf Zeilen reihte Friedrich Wilhelm Buchstaben und Gegenstände aneinander und bildete daraus Worte, deren Kombinatorik nur er verstand.[6] (Abb. 1) In freien Zeichnungen entstanden Liniengeflechte

1   Friedrich Wilhelm, Kinderzeichnung

ähnlich barocken Initialen. Er mochte solche in den roten maroquinledernen Bänden der Bibliothek Friedrichs des Großen gesehen haben. Dabei setzte er die Feder an und bildete endlose Verschlingungen, bis sie im motorischen Ungestüm endeten. Noch vor der Anstellung des Erziehers war der Hofbauinspektor Krüger an diesem Gekritzel gescheitert. Delbrück stellte deshalb Johann Heusinger als Zeichenlehrer ein.

Doch dessen Elementarunterricht mit den üblichen Dreiecken, Würfeln und ähnlichem kam bald zum Erliegen. Delbrück schlug deshalb der Königin vor, man solle, damit die Leidenschaft nicht abnehme, gleich mit ganzen Stücken beginnen. So lerne die ganze Einbildungskraft, denn Bilder entstünden wie bei Künstlern, die das Ganze vor der Feinheit und Eleganz des Einzelnen vor Augen hätten. Die Lehrer, jetzt auch Janus Genelli, hielten sich daran. Sie zeichneten Bäume oder Architektur vor, die der Schüler auf dem gleichen Blatt nachahmte. Und sie ließen ihm genug Raum für eigene Vorstellungen.

Da er vom Porträtzeichnen noch fern war, mussten alle möglichen Kopfbedeckungen zur Charakterisierung von Personen herhalten. Am einfachsten war es mit Orientalen – womit die kindliche Welterschließung begann. Irgendwann zeichnete er Teufel, die mit einer Art Forke heftig gegen schlangenförmige Ungeheuer ankämpfen[7] – und mit einem Mal hatte er seine Furcht verloren. Als Gedächtnisübung wurde der Abriss der ruinösen alten Potsdamer Garnisonkirche genau beobachtet und anschließend einzelne Momente gezeichnet.

Nach und nach führte Delbrück in sämtliche Wissensgebiete ein. Als geistiges Training sollte er vom Besonderen aufs Allgemeine schließen lernen, ausgehend von der praktischen Anschauung. Karl Philipp Moritz' Beschreibung der Kristallbildungen in den Höhlen bei Castleton in der englischen Grafschaft Derbyshire wurde nacherzählt.[8] Nach dem Beispiel Novalis', der als kursächsischer Salinenbeamter Material für seine Naturtheorie gesammelt hatte, sollte die Kenntnis von Höhlen und Bergwerken dem Knaben die innersten Geheimnisse der Erde nahebringen.

Im verwandten englischen Königshaus war man allerdings längst über solche Betrachtungen hinaus. Auf Kosten und zur Wohlfahrt des vereinten Königreiches wurde Captain James Cook auf Weltumseglung geschickt. Der 1777–80 erschienene Reisebericht des mitfahrenden, gerade einmal zwanzigjährigen Georg Forster hatte eine neue Art der Weltbeschreibung eröffnet – diejenige mit nüchternem »wissenschaftlichem« Blick. Alexander von Humboldt wird Forsters Bericht zu den vorbildlichen und lehrreichen zählen.

Delbrück las daraus vor. Bestaunt wurden die zahlreichen kolorierten Kupferstiche von exotischen Pflanzen und Tieren. Was das Aussehen fremder Menschen und Gegenden anging, blieb man weitgehend der Phantasie überlassen. Friedrich Wilhelms Zeichnung »Madagascar«[9] hat nichts mit den dortigen Bewohnern zu tun. Es sind Profilstudien eines Zeichenschülers.

Vielleicht wurde ihm gerade vorgelesen, dass auf dieser Insel Sklaven eingefangen wurden. Oder war es der phantasiebeflügelnde Wortklang, den die Compagnie de Madagascar, die mit Kaffee und Kakao handelte, hervorrief?

Umso lebendiger wirkte der von Forster übersetzte Bericht von den Pelew-Inseln nahe den Philippinen.[10] Captain Wilson hatte dort 1783 mit einem Transportschiff der Ostindischen Companie Schiffbruch erlitten, was zu einem monatelangen Aufenthalt auf der Insel Urulong führte. Die Gestrandeten fanden hier den »gutgearteten Charakter« der Eingeborenen, dem sie ihre »glückliche« Rückkehr verdankten. Dass die Tropenbewohner nackt waren, deuteten zwei Brustbilder schamhaft an. Prinz Li Bu, bei dem die »echte« Sprache des Herzens vorherrsche, machte, im Range gleich, großen Eindruck auf Friedrich Wilhelm. Man war beim Mythos vom »edlen Wilden« im Unterschied zur Verderbnis der Europäer angelangt. Forsters Vorschlag, man solle die Eingeborenen in ihrem unschuldigen Leben ungestört lassen, wurde selbstverständlich von den Kolonisten überhört.

Die Geschichten aus Joachim Heinrich Campes *Kleiner Kinderbibliothek* von 1781 spielen auf europäischem Boden. Sie waren Teil reformpädagogisch-bürgerlicher Erziehungsprogramme. Campe, kurze Zeit Hauslehrer im Hause Humboldt, setzte sich, nachdem er in Paris das schlichte Französisch der Nachrevolutionszeit kennengelernt hatte, für die Reinheit der deutschen Sprache ein. Delbrück musste auf ausdrücklichen Wunsch der Königin daraus vorlesen. Er selbst hielt es in einem monarchischen Staat für angemessener, den Kronprinzen gegenüber der gemeinen Jugend als eine Art höheres Wesen zu erziehen – damit jene sich besser in Abhängigkeit füge.

Ferner wurden »klassische« Geschichten herangezogen: Homers *Odyssee* in der Übersetzung des Goethe-Freundes Johann Heinrich Voß bis hin zu Daniel Defoes *Robinson Crusoe* – nach Campes »Übersetzung«.[11] Der Philanthrop war viel zu ehrgeizig zum bloßen Übersetzen. Überall dort, wo er in dem Text Abweichungen vom Ideal des *Émile* fand, passte er ihn diesem an. Welches »Naturkind« mit der überschwänglichen Zeichnung eines Barfüßigen im Pflanzenkleid, mit emporgerecktem Arm, den Hut am Boden, gemeint ist, wissen wir nicht. Delbrück erwähnt nur Robinson.[12]

Am Ende des Jahres 1800 wurde – wie schon 1700 – nach königlicher Zählung das neue Säkulum begrüßt. Passend zur Jahrhundertfeier nahm sich Delbrück schweren Stoff vor: Klopstocks Oden sollten die ernste Seite in Friedrich Wilhelms Gemüt wachrufen. Die Königin stimmte zu, las sie doch selbst in dessen *Frühlingsfeier*. *Das neue Jahrhundert*, vertont vom Kapellmeister Johann Friedrich Reichardt, wurde in der Berliner Garnisonkirche unter wacher Anteilnahme des Fünfjährigen aufgeführt.

Delbrück nutzte dies und führte ihn allmählich in die gesamte Hofkultur ein. Nach der Probe mit dem *Hamlet* wurde als erstes Bühnenstück am 26. November 1800 in Potsdam Kotzebues *Der Bayard, Ritter ohne Furcht und ohne Tadel*[13] besucht, nicht ohne dass zuvor im Dictionnaire über den Protagonisten nachgelesen wurde. Delbrück musste sein Anliegen dem König gegenüber begründen: Das Stück sei militärisch und der Held desselben so edel und brav, dass dem Zuschauen nichts im Wege stünde.

Die Theaterabende wie beim *Hermann von Unna, eine Geschichte aus den Zeiten der Vehmgerichte* des schwedischen Dichters Anders Fredrik Skjöldebrand[14] wurden länger. Es kamen Chöre und Ballette dazu. Dieser Wettstreit der Künste muss auf Friedrich Wilhelm wie eine Initiation gewirkt haben. Obwohl *Hermann von Unna* nach 1809 gänzlich von den Bühnen verschwand, wird der König – ein halbes Jahrhundert später – diesen als frühe Erinnerung an seine »Mondschein- und Ritterperiode des Jahres 1800« wählen, berichtet sein erster »Biograph«. Zum Abschluss des Jahres besuchte man Schillers *Verschwörung des Fiesco zu Genua*.[15]

Ganz neuartig in Berlin war das kreisrunde Gropius'sche Panorama in der Behrenstraße. Das großformatige Medium war nicht zufällig in Paris erfunden worden. Der Feldherr Bonaparte, wie er sich des französischen Klanges wegen neuerdings nannte, ließ seine »ruhmreichen« Taten im Ägyptenfeldzug auf bemaltem Papier nachstellen. Dabei kam es weniger auf künstlerische Qualität als auf den Zuspruch des Publikums an. Bei Gropius tauchte man mittels berühmter Orte der Geschichte in unerreichbare Welten ein. Das neue Medium faszinierte überdies durch musikalische Untermalung, die den Traum von einer gewiss besseren Welt nährte.

Der junge Schinkel hatte das Panorama in Paris gesehen und steuerte Zeichnungen bei, unter anderem von den ägyptischen Pyramiden. Friedrich Wilhelm beherrschte, als er sich darin versuchte, anfangs nur die Überschneidung von Dreiecken[16] – was perspektivische Probleme vermied. Vom Panorama der Stadt Rom war er erst fortzubringen, nachdem ihm Delbrück die Bedeutung sämtlicher dort abgebildeter berühmter Gebäude erklärt hatte. Er ließ ihm Kupferstiche römischer Bauwerke schenken, welche dieser nach seinen Wünschen an den Wänden des Schlafzimmers im Obergeschoss des Schlosses anordnen durfte. Bei beiden keimte die Hoffnung, Rom einst mit eigenen Augen zu schauen, Delbrück als Begleiter auf der Grand Tour seines Zöglings.

In dieser Zeit schloss der Dichter Jean Paul in Berlin seinen Roman *Der Titan* ab. Noch einmal lebt darin die sentimentalische Welt des Rokoko auf. Er widmete ihn der Königin und ihren beiden Schwestern: Sie hätten, Göttinnen gleich, »einst in das irdische Helldunkel herniedergesehen« und sich »herein unter die Wolken unserer Erde [gesehnt], wo die Seele mehr liebt, weil sie mehr leidet, und wo sie trüber, aber wärmer ist«. Die Königin bedankte sich mit dem Bemerken, der Dichter sage den Zeitgenossen noch immer Wahrheiten, »die im Gewande romantischer Dichtkunst, mit welchem Sie sie zu bekleiden wissen, ihre Wirkung gewiß nicht verfehlen werden.« Sie war damit keineswegs ins Lager der Romantiker übergewechselt. Luise benutzt das Wort »romantisch« noch im alten Sinn und fährt fort: »Ihr Zweck, die Menschheit von mancher trüben Wolke zu befreien, ist zu schön, als daß sie ihn nicht erreichen sollten.« Im romantischen Sinne schön waren für sie trübe Wolken also keineswegs.

Der König, dem dergleichen fern lag, ließ sich in der Marschlandschaft dreißig Kilometer westlich Berlins von David Gilly den Landsitz Paretz im schlichten klassizistischen Stil mit Kirche und Dorf errichten. Für ihn und die Königin war es der Rückzugsort vom Hof. Wie im Rokoko wurde hier Landleben simuliert. Der König holte Besucher landgerecht gekleidet ein: Die Damen des Hofes traten als Milchweiber, er selbst als Förster auf. Beim jährlichen Erntefest mischte sich der Hof unter die Bauern, was es allerdings – abgesehen von verschwiegenen Abenteuern – nicht einmal unter dem alten König gegeben hatte.

Für Friedrich Wilhelm gehörte dieses höfische Spiel zum kindlichen Dasein. Dabei neigte er, zum Missfallen Delbrücks, zu allerhand derben Späßen. Die Königin sah dies gelassen. Der Prinz sei klug genug, dies mit der Zeit von selbst abzustellen. Und tatsächlich wird er, sobald ihm ein eigener Hof zusteht, größten Wert auf die Etikette legen und im Verlauf der Regierung sogar barocke Formen bemühen. Die Königin wünschte, dass die Prinzen möglichst häufig zu den sommerlichen Teestunden aus dem nahen Potsdam nach Paretz herüberkämen – und überhörte jede Andeutung Delbrücks über vergeudete Zeit.

In Paretz widmete sie sich ausgedehnter Lektüre. Sie hatte in Weimar zwar nicht mit Herder gesprochen, las aber die Aufsätze, Betrachtungen und Gedichte in dessen Zeitschrift *Adrastea*. Der neuerdings als Erfinder der literarischen Romantik vor der Romantik Gehandelte war erst zuletzt zur Weimarer Klassik eingeschwenkt. Bei Schiller war nachzulesen, warum die Zeit für Idyllen unwiederbringlich vorüber sei. Im Essay *Über naive und sentimentalische Dichtung* urteilt er: »Sie [die Idyllen] stellen unglücklicherweise das Ziel hinter uns, dem sie uns doch entgegenführen sollten, und können uns daher bloß das traurige Gefühl eines Verlustes, nicht das fröhliche der Hoffnung einflößen.«

Luise war damit gewissermaßen der Rückweg verbaut. Sie las bei Schiller über die »zerronnene« Hoffnung und zitierte aus dessen *Idealen*. Dazu gab es allen Grund. Der preußische Hof konnte nicht länger über die politischen Gefahren hinwegsehen. Delbrück vermerkt im Dezember 1801 den »Fall eines Krieges«[17] gegen Frankreich als Gesprächsthema. Der König verhalte sich deshalb wie ein »Amusos, skeptisch und bitter« – eine Beobachtung, die auch der Bildhauer Johann Gottfried Schadow über dessen Umgang mit Künstlern machte. Die königlichen Aufträge blieben aus. Der Monarch lenkte sich jetzt mit einem Tisch, besetzt mit Zinnfiguren für das Kriegsspiel, ab. Trotz seines militärischen Desasters beim Ägyptenfeldzug hatte sich der General Bonaparte nicht nur zum Alleinherrscher über Frankreich erhoben. Er rollte soeben erfolgreich die europäischen Monarchien von Italien her auf.

Der Zögling reagierte mit einer zeichnerischen Idee. Gerüstet mit dem Bogen wie der kindliche Émile zieht er als Wappnung das Kriegsgerät, einen metallenen Brustpanzer vor.[18] Delbrück machte ihn, damit er dort notfalls Trost und Halt fände, mit der »unbegreiflichsten Materie, [...] der Idee von Gott bekannt« und legte den Grund zu einer religiösen Einstellung, die bei ihm bald mitgedacht werden muss. Als Zeitpunkt hatte er dessen sechsten Geburtstag im Oktober 1801 gewählt. Der Tag begann mit der Aufwartung heiterer Musik eines Oboistencorps. Dann wurde der obligatorische Choral »Nun danket alle Gott« gesungen. Friedrich Wilhelm war aufmerksam, und Delbrück erklärte ihm, wofür er Gott danke: Das Geschenk an diesem Tag sei das Leben, und dieses habe Gott gegeben, der außer Demut nichts übrigließe – was die gewünschte Rührung hervorrief.

Auch bei der feierlichen Eröffnung des neuen Nationaltheaters auf dem Gendarmenmarkt zum Neujahr 1802 machten sich die veränderten Umstände bemerkbar. Es wurde kein Werk Schillers gewählt. Der Dichter der *Kreuzfahrer*[19], August von Kotzebue hatte es zu internationalem Ruhm gebracht – was Klassikern und Romantikern vorerst verwehrt blieb – und vermutlich hatte man ihn deshalb gewählt. Eigentlich hätte das Stück mit etwas Rührendem von der Realität ablenken sollen. Kotzebue aber missachtete ausgerechnet diesmal sein Erfolgsrezept. Wie gewohnt verzichtet er auf die dramatische Entwicklung von Charakteren. Der Zuschauer weiß ab der fünften Szene, worauf das Stück hinausläuft: Emma von Falkenstein ist ihrem Verlobten, dem Kreuzritter Balduin bis Nikäa nachgeeilt. Das historische Ereignis von 1097 kommt zwar vor, dient aber allenfalls als historisierende Verkleidung. Das Stück fiel deshalb durch, weil Kotzebue darin religiöse Toleranz verhandelte – wovon angesichts des Ansturms Napoleons niemand wissen wollte. Friedrich Wilhelm unterdes hatte sich die Bühnenritter genau angeschaut.

Zum Mardi Gras, dem Ende des Karnevals im März, tat sich ihm ein weiteres Bühnengenre auf: das griechische. Der Hof feierte die Genesung des Prinzen Ferdinand. Auf Wunsch der Königin sollte der mit solchen Festen erfahrene Kunstkenner und Archäologe Aloys Hirt nicht mit den üblichen Quadrillen, Gesellschaftstänzen und Maskeraden aufwarten oder sich in die »Ritter- und Feenwelt« des Mittelalters verirren, sondern an ein »geschmackvolleres und bedeutenderes Zeitalter als dasjenige der Armiden«[20] erinnern.

Die Königin spielte an auf die 1799 in der Stadt uraufgeführte Oper *La selva incantata e la Gerusalemme liberata ossia Armida al campo dei franchi*, die der preußische Hofpoet Antonio de' Filistri da Caramondani aus dem Tasso zusammengeschrieben hatte – mit dem für Friedrich Wilhelm bedeutenden Unterschied, dass Armida um des glücklichen Endes willen zuletzt ins Lager der christlichen Ritter aufgenommen wird. Letztlich steckte seitens des Königs die Vertreibung der italienischen Oper von der Berliner Bühne dahinter.

Der ungewöhnliche Auftrag eines Spiels mit lebenden Statuen war Gesprächsstoff. Die Königin wusste von sogenannten Attitüden, denen Hirt bei ihrer »Erfinderin« Lady Hamilton in Neapel zugeschaut hatte. Für ihre Soloauftritte zog sie Personen aus Geschichte und Mythologie als Charaktere heran. Bruchlos ineinanderfließende Verwandlungen machten das gebildete und höfische Publikum staunen. Die klassische Welt geriet zu Verwandlungen, die nicht wie bei Ovid in Allegorien endeten, sondern das bloße Spiel des »Kennst du ...?« betrieben. Die Kunst lag in den Übergängen.

Hirt übernahm von dorther Anregungen für *Dädalus und seine Statuen*, ein Capriccio aus Tableaus, Pantomimen und Verwandlungen nach »vorhandenen Denkmälern des Altertums.« Die »Choreografie« des Ballettmeisters Constantin Michel Telle zu der Musik von Vincenzo Righini sei daraus wie von selbst erfolgt: Mit Minervas – der Königin – göttlicher Hilfe schafft Dädalus Skulpturen, die sich durch Musik beleben und durch den Tanz beseelen. Das Spiel der Allegorien ist in der Sage des Bildhauers Pygmalion, der sich in die von ihm geschaffene Statue verliebt, überliefert. Auch dies sollte nicht spurlos an Friedrich Wilhelm vorübergehen.

Inzwischen hatte er sich mit Hilfe des neunbändigen *Elementarwerkes* des Philanthropen Johann Bernhard Basedow zum Lesen und Schreiben vorgearbeitet. Seine sorgfältig in lateinischen Buchstaben gemalten Zeilen zum Geburtstag der Mutter im März 1802 zeigen den Fortschritt. Der Brief ging in die ostpreußische Hafenstadt Memel an der Grenze zum russischen Reich. Dort erwies das Königspaar dem neugekrönten russischen Zarenpaar seine Reverenz. Es wurde weit mehr daraus.

Die Paare verband zweierlei: ihre Jugend und die Leidenschaft für den klassischen Geist. Die Majestäten waren, je nach Temperament, unterschiedlich voneinander angezogen. Es entspann sich ein Geflecht von Sympathien, als wolle man, vor höfischer Fassade, Goethes *Wahlverwandtschaften* erproben. Die Paare ließen sich – über den Wassern – türkische und europäische Musiken vorspielen, hielten Wagenfahrten ab, sangen, tanzten Polonaisen und Walzer, bis die Welt unter ihrem Pas innehielt – mitsamt dem politischen Vulkan, der jeden Augenblick ausbrechen musste. Luise bemerkte danach: »Wir waren wie die Kinder.« Aber war es nicht Schiller, der von Freiheit als Spiel schrieb! Ein Funke davon war auf die Paare übergesprungen – und dieser wird das preußische Königreich retten.

Friedrich Wilhelm begleitete die Reise auf der historischen Ritterlandkarte, worauf Preußen einst Gebiet des Deutschordens gewesen war. Luise förderte diese Neugier und schrieb im Juni 1802: »Es gibt noch Rudra [Ruinen] von alten Ritterschlössern hier in Preußen mit Türmen, da sehe ich

2   Friedrich Wilhelm, Jüngling und Undine/Melusine im Mondschein

Dich [...] springen in Gedanken, wenn Du sie sehen könntest.« Für Friedrich Wilhelm stand jetzt unzweifelhaft fest, dass es im Leben wie auf der Bühne, in Romanen und auf Hoffesten zugehen müsse – mit edelmütigen Königen und hochgesinnten Königinnen als Hauptdarsteller. Die Königin hatte dies in »Lebenden Bildern« oft genug unter Beweis gestellt. Im Übrigen sorgte sie an den Geburtstagen des Kronprinzen für die Präsenz der Bühnenwelt: 1803 war es die »Operette« *L'Opéra-comique* von Dominique Della-Maria[21] und 1804 *Cesare in Farmacusa* von Antonio Salieri.[22]

Die Behauptung von Friedrich Wilhelms ansonsten höchst verdienstvollem Biographen Alfred von Reumont, dieser habe in seiner Jugend der »mondenhellten Zaubernacht« ausgiebig gehuldigt, ist weder daraus noch aus seinen Zeichnungen ersichtlich: Einmal schaut ein Jüngling neugierig den Verlockungen einer dem Wasser bis zum Nabel entstiegenen Jungfrau zu. Er und wir sehen nicht, ob es eine fischschwänzige Melusine ist. (Abb. 2) Ein andermal weist eine Frauengestalt, die sich um einen schlafenden Ritter kümmert, gebieterisch zwei Ritter von einer Insel. Dann wiederum ist es ein Ritter, der ein erschreckendes Wesen zurück ins Meer befiehlt.[23] Das »Wunderbare« bleibt gebannt.

Nachdem die Königin ihren Geburtstag im Vorjahr wegen der Geburt einer Prinzessin nicht mitgefeiert hatte, holte sie dies am 12. März 1804 umso ausgiebiger nach. Die ins Nationaltheater Geladenen sollten sich »aus dem Norden in einen südlichen Himmelsstrich« versetzt fühlen, »wo ein stärker gefühltes Leben die Einbildungskraft beschwingt«[24] – nach Susa, der ehemaligen Perserhauptstadt.

Der Ort war noch nicht wiederentdeckt, aber wegen des biblischen Buches *Esther* nie vergessen. Als Anregung zum Fest diente Herodots historische Beschreibung der Rückkehr Alexanders des Großen aus Indien. Danach heiratete der siegreiche Feldherr Statira, »die schönste Frau ihrer Zeit«, wozu Gesandte aus aller Herren Länder anreisten – und ein buntes Tableau ermöglichten. Tatsächlich hatte Alexander Massenhochzeiten zur kulturellen Vermischung zwischen Griechen und Persern befohlen.

Die schöne Königin schaute als Statira im weißen »Winckelmannkleid« zu. Es wurden sogenannte Balladen in freier Themenfolge aufgeführt. Bei der ausländischen traten ein türkischer Pascha mit Harem und Sklaven auf, Inder, die mit ihrem Federschmuck wie Südamerikaner aussahen, sowie Bergschotten. »Wilde« aus Afrika trugen nicht wie die Kultivierten Schriftrollen bei sich, sondern Ölzweige – dafür tanzten sie besser.

Das Fest wäre in der Rokokomanier der »Indes galantes« abgelaufen, hätten nicht das Mysteriöse und Phantastische den Zeitgeist vorgestellt. Das Mysteriöse bildete den sechsten Tag der Eleusinischen Mysterien, an dem Jacchus als kleiner Knabe zum Kultort in Eleusis getragen wird. Umtanzt wurde der Zug von Jünglingen und Jungfrauen. Ihr Sprungtanz stand für »den Geist religiöser Fröhlichkeit«. Ahnte man wirklich nicht, dass die Mysterienteilnehmer aus gutem Grund stillschwiegen? Beim Demeter-Kult waren halluzinogene Drogen im Spiel.

Als phantastisch entpuppten sich geflügelte junge Mädchen wie »wahre Psychen, von den Schrecken der Leidenschaft gereinigt und Bräute des himmlischen Amor« – so, wie es der Mythos verlangte und Friedrich Wilhelm sie zeichnen wird. Das Ganze endete mit dem Chor der Geister aus Reichardts Singspiel *Die Geisterinsel*[25] nach Shakespeares *Sturm*. Friedrich Wilhelm war zu jung zum Mitspielen, musste aber neuerlich den Eindruck gewinnen, es stehe mit der höfischen Welt zum Besten. Die Unschuld des Spiels wurde beflissen beteuert. Delbrück zog es vor, Friedrich Wilhelm in die Mythologie einzuführen. Homers *Odyssee* wurde in einem Zuge gelesen. Zum besseren Verständnis des Epos dienten Karl Friedrich Beckers *Erzählungen aus der Alten Welt für die Jugend*.

Mit Lessings Fabeln und den seit 1804 gedruckten *Souvenirs de Félicie L...* der schreibwütigen Félicité du Crest, Comtesse de Genlis, eröffnete er ein weiteres literarisches Terrain. Die Comtesse war Erzieherin des Thronfolgers Louis-Philippe gewesen. Ihre *Souvenirs* führten Friedrich Wilhelm wie von selbst in die französische Hofsprache ein. Wenn der König sich auch mit dem Vorschlag zum ausschließlich französischen Unterricht nicht durchsetzte, wurden doch Spuren davon sichtbar. Friedrich Wilhelm schreibt unter sein erstes »Selbstporträt«: »C'est moi.« Dann drehte er das Blatt[26] und zeichnete sich, ähnlich, noch einmal. Vielleicht meinte »moi« einen anderen als »je«. Wie bei den Buchstaben und Gegenständen konnten mehrere Varianten im Umlauf sein.

Wegen der politischen Anspannung förderte Delbrück die Ritterbegeisterung des Knaben. Was Filistri in der Oper auf Italienisch abgehandelt hatte, wurde nun durch das von den Romantikern entdeckte Epos *La Gerusalemme liberata*, *Das befreite Jerusalem*, des Torquato Tasso zugänglich. Dies war der monumentalen Übertragung von Johann Diederich Gries in deutsche Verse zu verdanken.[27] Tasso hatte die um Jahrhunderte zurückliegenden Ereignisse der Kreuzzüge für seine Zeitgenossen aufbereitet und der Nachwelt ein unsterbliches Werk hinterlassen.

Die Tausende von Strophen – entweder selbst oder vom Erzieher vorgetragen und erläutert – ermüdeten Friedrich Wilhelm keinen Augenblick. Den Hintersinn der Kreuzzüge, den er noch nicht verstand, machten kindliche Neugier und die seinem Charakter innewohnende Lust an schnellen Wechseln von Schauplätzen, Situationen und Affekten wett. Er fühlte sich aufgehoben in dieser ritterlichen Welt, war sie doch vollauf vom christlichen Glauben durchtränkt.

Nicht minder widerstand er der Lektüre eines genialen Schwindlers. Der Schotte James Macpherson behauptete, er habe Schriften des sagenhaften keltischen Dichters Ossian entdeckt, und gab diese seit den siebziger Jahren heraus. Tatsächlich waren sie so zeitgemäß, dass sie in ganz Europa Leser fanden. Friedrich Wilhelm ging auf »Ossians« stimmungsvolle Anrede an die Morgensonne ein und wollte möglichst viel von ihm lesen. Er lernte etliche Verse auswendig und zeichnete *Darthula*.[28] Noch ein Jahrzehnt später wird er seinen Schwestern, den »drei Hofnymphen [...] die Geschichte einer gewissen Mamsell Darthula« in »Sang-Sussi«[29] vorlesen.

Herder hatte daraus übersetzt. Mitte Juni 1804 nahm Delbrück dessen eigene Werke vor. Für den protestantischen Theologen war die hebräische Sprache verpflichtend, weshalb er *Vom Geiste der Ebräischen Poesie*[30], begleitet von Hymnen, veröffentlichte. Der Bibelwissenschaftler wusste also, was er tat, als er den Deutschen die Poesie des Orients bekannt machte – und löste prompt eine Lawine aus, die, weit über das Hebräische hinaus, ins Rollen geriet.

In dem Moment, als der Zögling zur literarischen Welterschließung aufbrach, gebot Delbrück Einhalt. Er regelte den Tagesablauf: Gleich nach dem Aufstehen wurde mit der *Kleinen Bibel* von Bernhard Christian Natorp der Tag begonnen. Das neue Buch war von dem preußischen Volksschulreformer und Musikdidaktiker als »zweckmäßige Bibellektüre [...], woraus sich die erwachsene Jugend [...] die Hauptsumme des alten und neuen Testaments bekannt machen kann«, gedacht.

Anschließend folgten Unterrichtsstunden durch Fachlehrer: Während der Erfolg in der Mathematik auf sich warten ließ, wurde Gottfried Traugott Gallus' *Geschichte der Mark Brandenburg für Freunde historischer Kunde* zum gelungenen Einstieg in die Historie. George-Louis de Buffons allgemeine und besondere *Naturgeschichte der Erde und der Mineralien* war Teil einer Enzyklopädie über die Natur – das Beste, was man lesen konnte, bevor es Alexander von Humboldt als Ersatz tatsächlicher Welterfahrung durch theatralische Theorien kritisierte. Er forderte authentische Anregungsmittel für den Geist.

Humboldt befand sich damals auf einer Forschungsreise in Südamerika und hatte bereits Kisten mit Sämereien, welche Delbrück mit den Zöglingen im April 1805 im Botanischen Garten besah, vorausgeschickt. Zwei Wochen darauf traf eine weit anregendere Auswahl von amerikanischen Kulturobjekten bei Hofe ein: unbekannte Steinarten, Früchte, Kunsterzeugnisse, »Götzenbilder« und Reiseandenken. Friedrich Wilhelm mochte sich nicht sattsehen. Als Humboldt Ende November in Berlin eintraf, erwachten die fremden Gegenstände während seiner Reiseschilderungen zum Leben. Die durch einen Schneesturm verhinderte Besteigung des Chimborazo sowie lauernde Krokodile im Amazonas regen die Phantasie bis heute an.[31] Humboldts unerschütterliche Gesundheit hatte ihn zu manchem Wagestück im Dienste der positiven Wissenschaft verleitet: Was er nicht messen konnte, hatte für ihn keinen Reiz.

Seine trockene Vortragsweise stand in merkwürdigem Widerspruch zur Rastlosigkeit dieses Mannes. Humboldt trieb es weiter. Nachdem die Forschungsobjekte untergebracht waren, verschwand er für die nächsten zwanzig Jahre – nach Paris. Hier war wissenschaftlicher Austausch im Unterschied zum universitätslosen Berlin möglich. Das Ergebnis seiner *Voyage aux régions équinoxiales du nouveau continent* wird dreißig Bände umfassen. Zeit genug, dass die mitgebrachten Sämereien im Botanischen Garten ebenso aufgingen wie in der Phantasie des Kronprinzen.

Im Juni hatte Delbrück bei ihm eine »Unruhe des Quecksilbers«, wie man es in einer Mischung aus herkömmlicher Quacksalberei und modischem Magnetismus umschrieb, bemerkt. Ob diese mit den Aufführungen im Salon der Adelsfamilie Radziwill in der Wilhelmstraße am 28. April und 19. Mai zusammenhing, sagt er nicht. Die Kinder übten sich dort in Lebenden Bildern. Delbrück hatte den Zögling dorthin geführt, weil die Bilder berühmte Gemälde nachbildeten. Wir wissen nur vom Tableau *Achill unter den Töchtern des Lycomedes*. Vielleicht hatte der dazugehörende Tanz Friedrich Wilhelm quecksilbrig gemacht.

Delbrück begann daraufhin mit der Einführung in die Geschichte der Kunst. Wie bei der Naturlehre ging er von der Anschauung aus und widmete den italienischen Kunstwerken in der barocken Gemäldegalerie des ersten preußischen Königs im Berliner Schloss breiten Raum. Anthonis van Dycks Gemälde *Rinaldo und Armida* wurde zum Favoriten, denn deren Schicksal hatte Friedrich Wilhelm bei der ausschweifenden Lektüre des Tasso durchlitten. Der Kreuzritter Rinaldo widersteht den Verlockungen der Zauberin Armida nicht. Er muss erst aus dem Liebesgarten ihres verborgenen Palastes befreit werden, bevor er wieder an die christliche Sache denken kann.

Zur Vertiefung des Angeschauten wurden in Pierre Bayles barockem *Dictionnaire historique et critique* die Artikel über van Dyck und dessen Lehrer Peter Paul Rubens gelesen. Dieses Werk war unersetzlich. Friedrich Wilhelm fand darin ein ungewöhnliches System, das ihn reizen musste. Historischen Quellen standen oft widersprechende Positionen gegenüber. Folglich gab es von einer Sache mehrere Wahrheiten. Es kam darauf an, wie man sie darstellte. Bayle, der viele Künstler persönlich kannte, hatte auf deren »Mitteilungen« vertraut. Weitere Informationen über Leonardo da Vinci und Raffael zog Delbrück aus Beckers voluminöser *Weltgeschichte* heran.

Kunstwissenschaft im heutigen Sinn gab es damals nicht. Johann Georg Sulzers *Allgemeine Theorie der schönen Künste* war ein typisches Buch der Aufklärung. Sulzer glaubte noch, das Ästhetische bringe das Gute von selbst aus dem Menschen hervor – was Delbrücks sittlicher Erziehung nahekam. Hier fand auch Winckelmanns *Geschichte der Kunst des Altertums* ihren Platz. Demgegenüber war die These des Romantikers Friedrich Schlegel, die Kultur der Griechen sei in ihrem Untergrund ebenso ekstatisch wie grausam gewesen und deshalb sei es umso erstaunlicher, wie aus diesem »schönen Chaos«[32] eine gelungene Form werden konnte, geradezu umstürzlerisch. Delbrück brachte dies nicht in den Unterricht ein.

Über das Wesen der Kunst wurde im *Bilderbuch für Mythologie, Architektur und Kunst* gelesen. Geschrieben hatte es eben jener von der Mätresse des verstorbenen Königs nach Berlin berufene Aloys Hirt. Er hielt Vorträge für die Königskinder. Darin ging es um die Darstellung historischer Figuren. Hirt war deswegen als »Regisseur« von Hoffesten so beliebt, weil diese Art von »Gesamtkunstwerk« die Hofkultur ausmachte. Ferner führte Hirt den Kronprinzen in die ihm nach langem Aufenthalt vertraute Archäologie Roms ein.

Die Königin war mit ihrer »Veredelung« mittlerweile so weit fortgeschritten, dass sie sich an das Werk eines bei Hofe gemiedenen Romantikers heranwagte, Ludwig Tiecks Roman *Franz Sternbalds Wanderungen*. Gewiss hatten die politischen Eintrübungen und die Italienreise ihres Bruders daran ihren Anteil. Der Roman gehört zu den Inkunabeln der Frühromantik. Tieck begründete damit das Genre des Künstlerromans. Mit Reflexionen über Malerei und Schilderungen beseelter Natur stieß er in unbekanntes Gebiet vor.

Die Zeit der Renaissance erscheint darin im Licht tiefen Glaubens. Damals, so Tieck, hätten die Künstler, auf sie horchend, im tiefen Einklang mit der Natur und ihrem Schöpfer gelebt. Demgegenüber bleibt der Leser über eine damalige Liebesgeschichte im Ungewissen. Der Roman bricht – darin werden es Tieck die befreundeten Frühromantiker gleichtun – unvermittelt ab. Und Jahrzehnte später ließ er wissen, dass eine Vollendung wegen der »anderen Zeit« nicht mehr angemessen sei.

Für Delbrück war damit der Weg frei. Er führte den Zögling an die neue Literatur heran. 1804 hatte er die Bekanntschaft Fichtes gemacht, und als jener Anfang Februar 1805 mit der Vorlesung über »Gottlehre, Sittenlehre und Rechtslehre« allmählich aus den luftigen Höhen seiner Ich-Philosophie herabstieg, saß Delbrück unter den Hörern. Nach seiner Arbeit über Kant wusste er um die unterschiedlichen Anschauungen von Idealisten und Romantikern. Es lief auf eine Unterrichtsprobe hinaus.

Dazu wählte er ein Werk von August Wilhelm Schlegel: Dessen *Elegie über die Stadt Rom* von 1800 wurde herumgereicht, und Friedrich Wilhelms Neugier auf die Stadt kam dem entgegen. Die Elegie ist Anne Louise Necker, Baronne de Staël-Holstein gewidmet. Schlegel hatte die wohlhabende, von Napoleon aus Paris verwiesene Baronin auf ihrer literarischen Tour durch

Deutschland bis hinab nach Italien begleitet. Er wich nicht von ihrer Seite, was ihn während des kommenden Unglücks quer durch Europa führen sollte. Die Elegie beginnt:

> Hast du das Leben geschlürft an Parthenope's üppigem Busen,
> Lerne den Tod nun auch über dem Grabe der Welt. […]
> Aber den Wandrer leitet ein Geist tiefsinniger Schwermut
> Mit oft weilendem Gang durch des Ruins Labyrinth.
> Von uralter und ältester Zeit, unerwecklich entschlummert,
> Heget der Ort Nachhall, bleibet der Stein Monument. […]
> Einzig die Bildnerin Kunst wetteiferte noch mit der Vorwelt. […]
> Aber sie auch schwand hin, die erheiternde Blüte. »Gewesen«
> Ist Roms Wahlspruch. […]

Und sie endet:

> Altert die Welt? Und indes wir Spätlinge träumen, entlöst sich
> Ihr hinfälliger Bau schon in lethäisches Graus?
> Mit gleichmütigem Sinne der Dinge Beschluß zu erwarten,
> Kein unwürdiger Ort wäre die ewige Stadt.

Die Elegie stieß bei Friedrich Wilhelm auf ein unverhofftes Echo. Waren es die steinernen Monumente oder der »lethäische Graus« des Vergessens, die ihn anzogen, oder beides? Von den Zeitgenossen wurde die Elegie ihrer romantischen Neuartigkeit wegen bewundert. Friedrich Wilhelm wird Schlegel mehrfach treffen und an ihn vor dessen Tod herantreten.

Delbrück vermehrte die Gott- und Sittenlehre. Aus Natorps Bibel nahm er den Prozess des Ahab gegen Naboth, der dessen Weinberg erpressen wollte. Er verglich dieses Unrecht mit dem Verhalten Friedrichs des Großen gegen einen Potsdamer Müller – eine Belehrung, dass Fürsten nicht alles tun, sondern nur wollen dürften, was rechtens sei. Der Neunjährige zeigte Verständnis. Zur religiösen Anschauung diente die Feier des Karfreitags 1805. In Preußen begann und endete dieser Tag gewöhnlich mit Andachten. Diesmal kam das fünfzigjährige Jubiläum von Carl Heinrich Grauns Passionsmusik *Der Tod Jesu*[33] hinzu. Friedrich Wilhelm wird ihre österlichen Aufführungen während seiner Regierungszeit fortsetzen lassen.

Am 12. November nahm er an der Feier zur Wiedereröffnung der vom König neubelebten Berliner Singakademie teil. Zu diesem Laienchor hatten alle Bevölkerungsschichten Zugang. Auf dem Programm standen ein Choral ihres Leiters Carl Friedrich Zelter und die Vertonung einer Psalmübersetzung des Bankiers Moses Mendelssohn von ihrem Begründer Carl Friedrich Fasch.

Musikalischer Höhepunkt des Abends war zweifellos das »doppelchörige Gloria« Joseph Haydns.

Die allgemeine Vorkriegsstimmung wirkte sich keineswegs auf die Besuche der Königlichen Bühnen aus. Im Mai 1804 waren es auf dem Nationaltheater zwei Stücke, welche die unterschiedlichen Auffassungen der beiden erfolgreichsten Bühnendichter jener Jahre kaum besser zum Ausdruck bringen konnten: Schiller war angereist und verschaffte sich einen Eindruck von den Berliner Bühnen. Ihm zu Ehren ließ der König *Wallenstein* aufführen. Der Intendant August Wilhelm Iffland hatte *Wallensteins Lager* wegen »Freiheiten« beim Militär lange zurückgestellt. Ansonsten war man sich einig, dass der *Wallenstein* eine ganz neue, zukunftweisende Ära auf dem deutschen Theater einleite. Der König trug Schiller daraufhin die Arbeit als Dramaturg seiner Theater an. Wahrscheinlich war dieser auch deswegen angereist, um in Weimar desto unentbehrlicher zu werden. Er lehnte ab.

Eine Woche zuvor war *Fanchon, das Leiermädchen* nach Kotzebues Bearbeitung des gleichnamigen Stückes[34] des Hofkapellmeisters Himmel mit eingestreuten Vaudevilles uraufgeführt worden. Die Königin war angetan von dem Rührstück. Sie wünschte Kotzebue zum Vorleser, die *Kreuzfahrer* waren vergessen. Doch dazu kam es nicht. Nachdem man von ihm noch *Die Sultaninnen*[35] und den *Grafen von Burgund* angeschaut hatte, startete dieser sein russisches Abenteuer.[36]

Im März 1805 gab man im Opernhaus die Tragödie *Medea* in Naumanns Rokokovertonung. Dazu das Ballet *Le Jugement de Pâris* des berühmten Pariser Choreographen Pierre Gardel mit einer der letzten vorrevolutionären Kompositionen Étienne-Nicolas Méhuls.[37] Nicht einmal die wachsende Bedrohung durch Napoleon beeinträchtigte das französische Genre.

Zwei Monate darauf war Friedrich Wilhelm, der das Thema aus Literatur und Malerei förmlich aufgesogen hatte, bereit für Christoph Willibald Glucks Oper *Armida*. Gluck hatte es gewagt, Jean Baptiste Lullys ein Jahrhundert lang unangetastete Tragédie lyrique neu zu vertonen. Friedrich Wilhelm erhielt nun Antwort darauf, wie der monarchische Habitus mit unterschiedlichen Mitteln unbeschädigt transportiert wird. Schon deshalb begründete diese Oper seine unauslöschliche Neigung für Glucks Opern. Als Delbrück zum Ende des Monats aus Salomon Geßners *Idyllen* lesen ließ, war dies, als taste man sich – schillervergessen – ins Dunkel.

Abenteuer mit Napoleon

Nach der Machtergreifung hatte Napoleon sich mit der Kirche versöhnt und förderte nun die Kunst – seine Kunst. Der Dichter René de Chateaubriand war aus dem Exil zurückgekehrt und widmete ihm seine Schrift *Le Génie du christianisme ou Beautés de la religion chrétienne* im Wunsch auf eine bessere Zukunft. Die Beschreibungen der »Schönheiten der christlichen Religion« und ihres Kultes wurden vorbildlich für die christliche Erbauungsliteratur des gesamten Jahrhunderts. Seinen Anspruch auf theologische Neubegründung des Christentums löste Chateaubriand nicht ein. Umso mehr forcierte er die romantischen Sprachmittel.

Der geniale Widmungsträger duldete aber nur klassische Übersichtlichkeit. Er entlehnte von den Engländern den Begriff »Empire«. Als er sich dann auch noch die Kaiserkrone aufsetzte und vom Papst salben ließ, schien die alte Ordnung der Dinge wiederhergestellt. Der Kaiser besuchte Aachen und Mainz, die einstigen Machtzentren Karls des Großen, den er »notre prédécesseur«, seinen Vorgänger nannte, eine dynastische Absurdität.

Dem preußischen König zwang er ein Friedensbündnis auf. Der Zar beantwortete diese Machenschaften mit einem Besuch in Berlin. Er drang, gemeinsam mit dem österreichischen Kaiser, auf einen Pakt gegen Napoleon. Aber nicht einmal der gemeinsame, symbolträchtige Besuch der Gruft Friedrichs des Großen in Potsdam konnte den König bewegen. Er hielt am Frieden fest. Die europäische Katastrophe nahm ihren Lauf, als nur zwei Monate später Alexander mitsamt dem Kaiser Franz II. in der legendären Dreikaiserschlacht bei Austerlitz aufgrund von Napoleons glänzender Strategie vernichtend geschlagen wurde.

Der preußische König nannte den Empereur von nun an »das Genie N«, und Ludwig van Beethoven tilgte im betroffenen Wien den Namen des genialen Widmungsträgers seiner dritten Sinfonie in Es-Dur, der *Sinfonia eroica*. Heroisch sollte sie bleiben, jetzt aber, da es um die Menschheitsbefreiung in Europa schlecht stand, den Freiheitswillen der Gegner beflügeln.

Als nächstes Land war Preußen an der Reihe. Durch Übergriffe auf das Rheinland provozierte Napoleon den König. Der aber verharrte so lange, bis ihn der Widerstand des eigenen Hofes traf: In einer Denkschrift hieß es, der König könne in Napoleons Machtspiel nur zum »Trottel« werden, wenn er sich nicht wehre. Erst darauf handelte er, entfernte sämtliche Prinzen des Hofes, seinen Bruder und einige Berater – und machte mobil.

Delbrück gehörte, um der vaterländischen Ehre willen, zu den Kriegsbefürwortern und förderte die patriotische Stimmung der Prinzen. Gleich nach dem

Morgengebet sang man Kriegslieder, hernach wurde exerziert. Preußische Thronfolger hatten als künftige Oberbefehlshaber der Armee zwar stets Militärdienst geleistet. Den Feind vor Augen erhielt dies aber eine andere Farbe. Im Geschichtsunterricht kamen die heroischen Kämpfe zwischen Karthago und Rom auf den Plan, wozu Friedrich Wilhelm Kampfszenen zeichnete. Zur besseren Anschauung wurden alte Ritterburgen besucht. Nach Schlegels Gedicht wusste Delbrück, dass Ruinen eher als preußische Festungen die Phantasie Friedrich Wilhelms beflügelten.

Zur Förderung der Ritterstimmung publizierte Fouqué zehn leidenschaftliche *Romanzen vom Thale Ronceval*. Es sind Geschichten um den letzten Kampf Rolands gegen die Heiden:

> Blas dein Horn, du wackrer Ritter,
> Blas dein Horn mit lautem Tone,
> Daß Carolus bald vernehme,
> Wie die Heiden zu uns kommen.

Der Kampf gegen die übermächtigen Muslime ist von vornherein aussichtslos. Die Sage, die in zahllosen Varianten durch Europa kursierte, diente dazu, dass die fränkischen Ritter getrost in den Tod gingen, denn den Gotteskämpfern winkte hinter dem Fegefeuer das ewige Reich:

> Heute wird es abgewaschen,
> Spricht er, was ihr tragt an Sünden.

Und Karl der Große wird diese Geschichte so heilig halten wie den Gral.

Fouqué gehörte zu den Ersten, die den Krieg gegen Napoleon als »Heiligen Krieg« inszenierten. Friedrich Wilhelm erlebte dies am 3. März 1806 bei der propagandistischen Benefizaufführung von André-Ernest Grétrys Singspiel *Richard Löwenherz*.[38] Noch vor der Revolution als Spiel für den französischen Adel entstanden, erhielt es jetzt eisernes Gewicht. Das Publikum nahm es begeistert auf.

Im August 1806 schrieb die Königin an Friedrich Wilhelm: »Ich bedaure, daß Du kein Ritterschwert in der alten Burg gefunden hast; wer weiß, was Dir noch beschieden ist. [...] Wirst Du einmal unter den Kriegern gezählt, so wirst Du gewiß Deine Schuldigkeit tun, Papa beistehen [...] und durch Dein Exempel im Frieden wie im Krieg einen jeden aufmuntern, das zu vollbringen, was ihm obliegt, sonst wärst Du mein Sohn nicht.« Unmissverständlicher konnte ihre Ermahnung nicht ausfallen. Auf dem Theater spielte man jetzt sogar *Wallensteins Lager*. Der Marsch daraus passte so gut zur Kriegsstimmung, dass man ihn auf den Straßen singen hörte. Allein die Bedenken des Königs blieben.

Er meinte, Wallensteins Gedanken röchen nach Jakobinergeist. Für ihn, der den Dichter zwei Jahre zuvor geehrt hatte und anlässlich von dessen Tod *Die Glocke* rezitieren ließ, trat die Kunst jetzt vollends hinter die Politik zurück.

Anfang September notierte Delbrück: »Man ist geneigt, Napoleon sehr zu fürchten.« Gegen die Furcht sang er mit den Prinzen ein »Gespensterlied« und erprobte die Flucht in den Orient mit einem Lobgesang, den Herder aus dem Persischen übertragen hatte. Ferner legte er Wert auf die moralische Erziehung. Sie bestand jetzt aus zwei ganz gegensätzlichen Werken. Da war zum einen die von Schiller zuletzt übersetzte Tragödie *Phèdre et Hippolite* von Jean Racine. Das barocke Stück zählt zu den mustergültigen Schöpfungen klassisch-französischer Literatur, bestehend aus feierlichen, paarweise gereimten Alexandrinern. Dieser immergleiche Sprachrhythmus legt sich schwer über die Frage nach der Schuld der Ehebrecherin Phädra. Friedrich Wilhelm entging diesem Rhythmus der Entmenschlichung nicht.

Einem ganz anderen Genre gehört die *Histoire de Gil Blas de Santillane* von Alain-René Lesage an. Der Rokokoautor hatte Jahrzehnte daran geschrieben, und dementsprechend gestaltet sich das Auf und Ab im Leben des Protagonisten. Unermüdlich wird er durch Verwahrlosung und Korruption von Adel und Klerus geführt. Lesage will durch Vorführung schlechter Beispiele auf den Pfad der Tugend helfen, und Goethe hieß dies in einem Vorwort gut. Der »spanische Robinson«, wie ihn ein Übersetzer verharmloste, fand üppigen Widerhall in Friedrich Wilhelms Zeichnungen. Gil Blas hockt in freier Gegend am Boden, angetan mit hohem spanischem Hut und Halskrause, während sich zwei Edelmänner flüsternd nähern.[39] Wie in einem Comic zeichnete er weitere Szenen. Ihm ging leicht von der Hand, was bei der dramatischen Obsession der *Phädra* nicht gelingen wollte.

Nachdem er die Vorrede von Jean Pierre Frédéric Ancillons Werk *Tableau des révolutions* übersetzt hatte, nahm Delbrück ihn am 28. September mit in den Französischen Dom auf dem Gendarmenmarkt, wo jener predigte. Ancillon sprach »sur la manière de juger les hommes«, wie man über Menschen urteile. Der Dom war, samt königlicher Loge, bis auf den letzten Platz gefüllt. Die Seelen suchten Rückhalt. Friedrich Wilhelm fand ihn nicht. Delbrück notiert: »Beim Tee sprach der König, wie meist, von gleichgültigen Dingen, bis er ganz unvermittelt und unter Tränen aufstand und von seiner Familie Abschied nahm. Der Kronprinz, obwohl hinreichend vorbereitet, war überrascht und verlor sogleich die Contenance.« Er wurde vom bevorstehenden Sprung aus der kindlichen Ritterwelt in die Realität überrascht.

Am 13. Oktober, in der Frühe, ging in Berlin die Nachricht vom Tod des preußischen Prinzen Louis Ferdinand bei Saalfeld ein. Aber niemand glaubte daran. Man lief auf die Post und erfuhr dort nichts anderes. Abends wurde in der Oper Schillers *Jungfrau von Orleans* gespielt, was wegen der darin gerühmten französischen Tapferkeit einen Tumult auslöste. Am 15. Oktober verbreitete sich das Gerücht von einem günstigen Gefecht des Königs. Ob der alle Vernunft übersteigenden Siegeshoffnung wegen geschuldet oder Anzeichen moderner Kriegsberichterstattung, jedenfalls wollte man glauben, mit dem Krieg stünde es zum Besten.

Auf dem Schloss wurden die Festräume aus einem weiteren Grund erleuchtet. Man feierte den elften Geburtstag des Kronprinzen. Wer nicht im Krieg und hoffähig war, wurde von diesem »gnädig, gütig und froh« empfangen. Damen des Hofes schenkten ihm ein Reitpferd. Sie wollten ihn vorsorglich auf künftige Aufgaben einstimmen. Jetzt wurde greifbar, wozu die Mutter ihn ermahnt hatte. Er würde an des Königs Seite ritterliche Taten vollbringen. Außerdem stand es so in den Büchern über Helden und Ritter. Delbrück, der Friedrich Wilhelm vom Trojanischen Krieg begeistert hatte, hoffte nur, dass dieses Pferd nicht wie das darin bestaunte ein böses Omen sei.

Tags darauf bewunderte man Pferde für andere Aufgaben. Ursprünglich für die verschlungenen Figuren barocker Rossballette trainiert, waren sie mittlerweile zur Zirkusattraktion mutiert. Die königlich generalprivilegierte Kunstreiter- und equilibristische Gesellschaft des Monsieur de Dach führte in einem dafür aufgestellten »Reit-Amphitheater« mit »schöner Beleuchtung nach Londoner Geschmack«[40] einen großen militärischen »Contre-Tanz« mit zehn Reitern und zehn Pferden auf. Mit der Beleuchtung verlosch dann auch das Licht in Preußen.

Am folgenden Morgen ging die Nachricht von der vernichtenden Niederlage der preußischen Armee ein. Der König hatte bei Jena und Auerstedt nicht nur eine Bataille verloren, wie er verbreiten ließ. Es war ein Rokokokrieg für den Spieltisch gewesen, und jetzt war es nur eine Frage der Zeit, wann Napoleon die ungeschützten Residenzstädte Potsdam und Berlin erreichte. In höchster Gefahr für Leib und Leben der Prinzen lautete der Befehl an Delbrück auf Flucht so rasch als möglich ins Hinterland – nach Stettin. Die an der Oder gelegene Festung war zu diesem Zeitpunkt sicher vor dem Feind und der König, der nicht begreifen wollte, was geschehen war, hoffte, er könne die Reste seiner flüchtigen Armee an dem Fluss zum Gegenangriff sammeln.

Die Residenzstädte übergab er der »Fürsorge« des Siegers. Napoleon beeilte sich, aus der Gruft Friedrichs des Großen den Degen zu entwenden. Er würde ihn gewiss unbesiegbar machen. Was Preußen erschütterte, geriet Friedrich Wilhelm, nachdem er sich gefasst hatte, zum Abenteuer. Gewiss würde sich zeigen, dass die Ritterbücher gegen die Wirklichkeit standhielten. Noch am Tag des Fluchtbefehls, um drei Uhr nachmittags, fuhren die königlichen Wagen über die damals Hundebrücke genannte Schlossbrücke in Richtung Norden. Der schnellste Weg führte entlang der Poststationen mit Pferdewechseln in Bernau, Eberswalde und Angermünde. Delbrück befolgte den königlichen

Befehl zur Eile gewissenhaft. Er ließ bis weit in die Nacht hinein fahren. Von Angermünde ging es bei Sonnenaufgang weiter zum Schloss des Onkels bei Schwedt in der Uckermark.

Als die vor Kälte Ausgefroren zur Tafel saßen, wurde, völlig überraschend, die Ankunft der Königin gemeldet. Luise hatte, dem Kriegslager nahe, ausgeharrt und war erst zuletzt nach Berlin geflohen. Von dort aus war sie ihren Kindern nachgeeilt. Sie war trotz der Wiedersehensfreude verändert, denn sie hatte das Ausmaß der Niederlage sofort erkannt – und gab alles verloren. Es begann jenes Martyrium, über das sie bei der Thronbesteigung noch kokettiert hatte. Der König gewann den Überblick und ordnete weitere Flucht nach Osten an. Die Königin befahl er zu sich, denn ohne sie würde er das Unglück nicht überstehen. Beim Verlesen des Briefes löste sich alles in Tränen auf – doch nicht wie in Kotzebues Rührstücken: Die Königin nutzte den Augenblick und verlangte den Prinzen das Versprechen ab, die erlittene Schmach einst auf dem Schlachtfeld vergessen zu machen.

Friedrich Wilhelm verstand darunter Rittertaten. Aber zunächst gab es nur die Flucht. Über Danzig, weiter nach Nordosten. Am nördlichsten Punkt der Reichsstraße erreichte man die Stadt Stolp. Durch das dumpfe Geräusch der Wagenräder auf der Bohlenbrücke am Stadttor aufmerksam geworden, sah Friedrich Wilhelm auf den Wasserstrudel in die Tiefe hinab. Er drohte sie zu verschlingen. Was ein anderes Kind dieses Alters geängstigt hätte, machte Friedrich Wilhelm neugierig. Regte ihn der Natureindruck an oder vertraute er auf die Odyssee, wo Strudel Menschen bisweilen wieder ausspeien?

Die nächsten Orte wurden anschaulicher. Kruzifixe an Ortsausgängen und Marienbilder am Wegrand ließen keinen Zweifel an der katholischen Gegend. Delbrück nutzte dies zum ersten Wagenhalt und zeigte den Prinzen einige Stätten der alten Kultur. Im Franziskanerkloster des Wallfahrtsortes Neustadt lebten noch Mönche. Die Klosterkirche barg eine unbekannte »Merkwürdigkeit«. Der Schrein nahe dem Altar war von prächtigem Aussehen und vollständig mit Gold überzogen. Er strahlte in der dunklen mittelalterlichen Kirche auf wie ein überirdisches Licht – was in jenen frommen Zeiten auch so gemeint war. Doch der Abt erklärte, die im Schrein befindlichen Reliquien machten das Wesentliche daran aus – wofür die Protestanten kein Verständnis fanden.

Das mittelalterliche Glanzstück auf der Fluchtroute stand noch bevor: das Kloster Oliva, unmittelbar vor Danzig gelegen. Abt war ein Graf von Hohenzollern. Noch vor der Ankunft hatte Delbrück den Prinzen von der Geschichte dieser für das Christentum in Preußen so bedeutenden Stätte erzählt. Oliva war Ausgangspunkt der christlichen Kolonisierung gewesen. Diese erfolgte, nachdem der römische Reichskaiser deutscher Nation, der Staufer Friedrich II., auf seinem »Kreuzzug« dem Deutschritterorden in Jerusalem jenes Territorium

»für alle Zeiten« geschenkt hatte. In Oliva wurde eine Abtei mit hochragender gotischer Backsteinkirche gegründet. Die Mission war in Berlin aktuell gewesen, nachdem der Königsberger Dichter Zacharias Werner sie im *Kreuz an der Ostsee* thematisiert hatte.

In Danzig schien die Flucht zu Ende: Vom Stadttor aus rief man den Ankommenden von der Niederlage der Franzosen bei Straßfurt entgegen. Delbrück richtete sich auf einen längeren Aufenthalt ein. Nachdem man sich mit dem *Bilderbuch für Kinder*[41] begnügen musste, gab es wieder etwas auf dem Schauspiel zu sehen, wo die Prinzen mit Jubel begrüßt wurden. Angesichts der schwierigen Umstände wollte Delbrück allerdings nicht sämtliche fünf Akte des Trauerspiels *Agnes Bernauer* des Grafen Toerring durchstehen. Er führte die Prinzen vor dem tragischen Ende der schönen Agnes durch Ersäufen in der Donau fort.[42] Die Ereignisse bei Straßfurt hatten sich nämlich anders zugetragen als vermutet. Napoleon war nicht aufzuhalten. Die Flucht ging weiter.

Erst in der ostpreußischen Hauptstadt Königsberg fühlte Delbrück sich sicher. Zur besseren Erkundung besorgte er den Grundriss der Stadt. Friedrich Wilhelm zeichnete ein Ehrenmal für den kurz zuvor hier verstorbenen Philosophen Kant. Auf diese Weise kam Königsberg nicht nur als Krönungsort des preußischen Königs seit 1701, sondern als einer der Vollendung der Aufklärungsphilosophie zu seinem Recht. Ausführungen des Kant-Verehrers Delbrück hatten offensichtlich ihre Wirkung getan.

Kaum war hier die königliche Familie wieder vereint, begann die Repräsentation. Am Tag des Grundrisskaufs, um sechs Uhr, wurde das Schauspiel und die komische Oper *Die bestrafte Eifersucht* oder *Il marito disperato* von Domenico Cimarosa[43] besucht. Mit dieser Erinnerung an unbeschwerte Zeiten war nach den jüngsten Ereignissen selbst der König einverstanden. Am 23. November luden die beiden Schauspieldirektoren der Stadt die Prinzen zum *Roten Käppchen*, einer zweiaktigen »Operette« mit der Musik von Carl Ditters von Dittersdorf ein. Angesichts der Katastrophe hielt Delbrück die Direktoren für »Narren«. Er sah nicht mehr über den Krieg hinweg.

Wegen der für sein Reich wachsenden Bedrohung schickte Zar Alexander dem preußischen König Hilfstruppen, welche Napoleon allenfalls aufhielten. Anfang Januar stand die Besetzung Königsbergs bevor. Dem König blieb als Fluchtort nur noch der äußerste Winkel Preußens, Memel. Angesichts der Flucht durch Schnee und Eis fürchtete Delbrück, dass die Königin bei angeschlagener Gesundheit »ihren Tod fände unter Weges«. Friedrich Wilhelm meinte dazu, es käme gewiss etwas Unerwartetes dazwischen. Er sei ganz ruhig.

Zur Ablenkung der Prinzen wurden die *Abenteuer des Télémaque, Sohn des Odysseus,* barock erzählt vom Abbé Fénelon, hervorgeholt. Zuerst auf Französisch. Friedrich Wilhelm ließ sich beim Lesen und Zeichnen nicht von

3   Friedrich Wilhelm, Szene nach *Télémaque* des Abbé Fénelon

den gegenwärtigen Umständen ablenken.[44] (Abb. 3) Während die Erwachsenen sich mit Seneca und Buch Hiob, Kapitel 18, über ihr Schicksal hinwegtrösteten, machten sich die Prinzen auf zur phantastischen Eroberung von Paris – von wo sie im Siegestaumel statt des Degens versehentlich den Sarg Friedrichs des Großen zurückbrachten.

Am 3. Januar 1807 verließen die Wagen Königsberg und fuhren aufs Haff. Der König hatte den kürzesten Weg, direkt über die im Winter gefürchtete Kurische Nehrung befohlen. Friedrich Wilhelm wird, von Delbrück ermuntert, eine Beschreibung der Fahrt geben. Die beinahe einhundert Kilometer lange Nehrung war nur auf der Dünung zwischen See und Haff befahrbar. Der Zustand des Fahrweges hing also von der Witterung ab. Vor allem war die Passage im Winter nicht im Tageslicht möglich. Der Ort zum Pferdewechsel hieß deshalb Schwarzort (Juodkrantė). Die Einwohner der Nehrung waren seit alters auf diesem Weg geschreckt worden. Es gingen Geschichten um von Fahrten ohne Wiederkehr, missglückten Landungen bei stürmischer See und Bruch im Packeis.

Hinter dem Dorf Cranz und einem morastigen Fichtenwäldchen lag die offene See. Die Natur lud mit einem Unwetter zum »zauberischen Schauspiel«, begleitet von Windgeheul wie Donnerstimmen. Delbrück wollte vor Einbruch der Nacht möglichst weit vorankommen und fuhr mit den Prinzen der übrigen Gesellschaft voraus. Er hielt die Prinzen zum Gebet an, damit der Wagen nicht steckenbleibe, und diese sprachen ihm mit inniger Anteilnahme das alte Bibelwort nach: »Fürchte dich nicht, ich bin mit dir; weiche nicht, denn ich bin dein Gott …« Als unweit vom Ufer ein Wrack lag, über dem die Wellen zusammenschlugen, schien es wie das Abbild der preußischen Monarchie. Dieser Anblick hatte auf Friedrich Wilhelm eine ganz unerwartete Wirkung: Seine Seele erhob sich zum Widerstand, sie machte sich bereit für den Kampf gegen alles Unheil.

Als dann noch das Fenster des Wagens zerbrach und der Wind hereintobte, gab auch Delbrück nicht nach, zitierte Schillers Gedichte *Kassandra* und *Siegesfest* und ließ daraus vier Verse lernen. Während der Kronprinz in Contenance verharrte, blieb Delbrück diese Nacht nicht geheuer, und noch am folgenden Tag rief er Shakespeare zum Zeugen, dass die Nacht, in der König Lear seine Töchter verflucht habe, gegenüber dieser ruhig gewesen sei. In der Dämmerung sahen sie dann jenseits des Wassers die Stadt Memel. Die Natur war still geworden, hatte das Land mit Schnee wie ein Tuch bedeckt, und die Fliehenden gelangten wohlbehalten mit einem kleinen Boot über das Memeler Tief ans Ziel.[45]

Im Exil

Der Kaufmann Argelander stellte der königlichen Familie seine Villa am Wasser zur Verfügung. Laut Delbrück übte sich der König mit den Prinzen im Topfschlagen, was ein gutes Bild vom Zustand der preußischen Monarchie abgebe. Friedrich Wilhelm indes blieb voller Eifer. Mittels eines Wörterbuches lernte er in dem Mehrvölkerort einige Grundbegriffe des Estnischen, was ihn auf die Idee zur Anlage eines Wörterbuches der eigenen Sprache brachte. War dies nicht nur, wie Delbrück vermutete, eine »interessante Idee«, sondern der Beginn einer Fluchtlinie des Zwölfjährigen ins nur ihm Zugängliche?

Im Frühjahr 1807 wollten die Prinzen nun doch das »Clavierspiel« erlernen. Delbrück hatte richtig spekuliert und diesen Unterricht so lange hinausgeschoben, bis sich die Neigung dazu äußere. Anleitung zum Musizieren hatte stets zum Privileg der Prinzenerziehung gehört. Unter den Hohenzollern brachte es Prinz Louis Ferdinand durch Komponieren am weitesten. Die Prinzen hatten ihn noch am Fortepiano spielen gehört, und vielleicht wollten sie es ihm jetzt nachtun. Als die Königin einen der Lakaien mit dem Unterricht beauftragen wollte, erhob Delbrück erneut Einspruch. Wie beim Zeichnen bestand er auf professionellem Unterricht. Es musste ein Lehrer gefunden werden.

Abgesehen von den Lebenden Bildern bei der Familie Staegemann, das Exil teilte, beherrschte Enge das tägliche Leben. Die orientalische Fluchtlinie blieb davon unberührt. Herder hatte den deutschen Leser im letzten Band seiner *Adrastea* mit freien Nachdichtungen spanischer Romanzen aus der Zeit der Reconquista – Spaniens Befreiung von der muslimischen Herrschaft – mit den Romanzen um den spanischen Helden El Cid bekannt gemacht. Der Abschnitt *Trauer war noch in Zamora*[46] trug Züge des verlorenen Preußens. Jener Rodrigo Díaz de Vivar stand für untadeliges Rittertum im Dienste dreier spanischer Könige, was selbst den Muslimen den respektvollen Namen »Cid«, der Herr, abforderte. Die Lesungen machten den Unbesiegten zu Friedrich Wilhelms Vorbild für die geschworene Rückeroberung Preußens. Der *Cid* wurde zwei Mal gelesen, und wahrscheinlich ist der prächtige Bilderbuchritter mit südeuropäischen Gesichtszügen unter den Zeichnungen des Prinzen dieser Mann.[47]

Im Juni 1807 schrieb die Königin an die Strelitzer Familie: »Zwei Trostgründe hab' ich, die mich über alles erheben: der erste ist der Gedanke, wir sind kein Spiel des Schicksals, sondern wir stehen in Gottes Hand […] der zweite, wir gehen mit Ehren unter […], geachtet und geschätzt von Nationen und werden ewig und immer Freunde haben, weil wir es verdienen.« Friedrich

Wilhelm schrieb im Oktober eine Geschichte über die Besatzer an seinen Bruder Wilhelm. Er versichert, sie sei »sehr wahr«. Womöglich hatte er dergleichen aus der Boulevardpresse.

»Einer [ein Besatzungssoldat], der in Potsdam bei einem ziemlich reichen Bürger einquartiert war, heiratete dessen Tochter. Nach einiger Zeit aber bekam er Befehl, sich nach Frankreich zurückzubegeben. Er nahm die Frau auch mit; als sie in Mainz ankamen, ging er mit ihr am Rhein spazieren. Da zog der Offizier eine geladene Pistole aus der Tasche und sagte ihr, jetzt könnte sie wählen, welchen Todes sie am liebsten sterben wolle. Sie warf sich ihm zu Füßen, aber der Barbar stürzte sie in den Fluß. Glücklicherweise sahen Fischer diesen Vorfall; diese retteten sie.«[48]

Die Geschichte endet so: Der Offizier verlangt von seinem Schwiegervater unter Vorspiegelung falscher Tatsachen Geld. Bei dessen Übergabe wird er überführt, und »man soll ihn darauf […] nach Mainz gebracht haben, woselbst man ihn an der nämlichen Stelle, wo er seine Frau ins Wasser gestoßen hatte, erschoß«. Der kaum Zwölfjährige bringt seine moralische Erziehung in die Realität ein. Zur Poesie ist es zu früh.

Delbrück mochte nicht auf die politische Gegenwart eingehen, er zog historische Persönlichkeiten im Unterricht heran. Den Untergang des Zaren Peter III. 1762 führte er als Beispiel für »Wankelmut und Unentschlossenheit« an und notierte dazu für seinen Zögling: »Kühne Angriffe aller Art«, aber die Scheu, »einer Köchin ein verbindliches Wort zu sagen.« Eine Zeichnung vom 24. Oktober bestätigt nur dessen Kühnheit[49]: Nach Ovids *Metamorphosen* will der junge Phaethon die Zügel der geflügelten Sonnenpferde seines Vaters ergreifen. Im Vordergrund gebietet Helios warnend Einhalt. Phaethon gab nicht nach, und so schrieb man nach seinem Himmelssturz auf den Grabstein: »[…] doch groß war sein Wagnis«.

Friedrich Wilhelm würde des Mutes bedürfen: In Tilsit (Sowetsk) waren Preußen unerfüllbare Friedensbedingungen auferlegt worden. Die Gebiete östlich der Elbe waren beinahe halbiert und die Reparationen unbezahlbar. Allein der Einspruch Alexanders hatte die völlige Auflösung des Königreichs Preußen verhindert. Immerhin wurde dem König 1808 die Rückkehr nach Königsberg gestattet. Die Stadt wurde 107 Jahre nach ihrer Erhebung zur Krönungsstadt preußische Hauptstadt.

Kant hatte den 1798 immerhin 60 000 Einwohner zählenden Ort als »eine große Stadt« bezeichnet. Sie sei »Mittelpunkt eines Reiches« mit einer »Universität zur Kultur der Wissenschaft , [einer] Lage zum Seehandel […], welche durch Flüsse aus dem Inneren des Landes sowohl, als auch mit angrenzenden entlegenen Ländern von verschiedenen Sprachen und Sitten einen Verkehr begünstigt, [und sie könne] schon für einen schicklichen Platz zur Erweiterung sowohl der Menschenkenntnis als auch der Weltkenntnis genommen werden.«

Mit einem Wort: Der Philosoph hatte alles um sich, was er brauchte. Er verließ die Stadt nie.

Wie in Potsdam erkundete Delbrück mit den Prinzen die Natur in der Umgebung der Stadt. Über das Lob der Küste wurde bei Schiller nachgelesen. Hier gab es noch Bernstein, und als die Prinzen hörten, darin seien Tränen der Vorfahren geborgen, machten sie sich ans Werk, schnitten Steine auf und waren enttäuscht, als sie diese nicht fanden. Sie mussten sich mit der Besichtigung eines örtlichen Bernsteinkabinetts zufriedengeben. Argelander entschädigte sie mit einer Kreuzfahrt auf der Ostsee. »Unermeßliche Begierde«[50] weckte an Friedrich Wilhelms Geburtstag ein Himmelskomet. Rousseau hielt das freie Leben zwar mit dem neunten Lebensjahr für abgeschlossen, aber die unbekannte Gegend weckte Neugier und ließ über die sonstigen Einschränkungen besser hinwegkommen.

Im Frühjahr 1808 berichtete die Königin nach Strelitz: »Der Kronprinz [...] hat vorzügliche Talente, die glücklich entwickelt [...] werden. Er ist wahr in allen seinen Empfindungen und Worten, und seine Lebhaftigkeit macht Verstellung unmöglich. Er lernt mit vorzüglichem Erfolge Geschichte, und das Große und Gute zieht seinen idealischen Sinn an. Für das Witzige hat er viel Empfänglichkeit. [...] Er hängt vorzüglich an der Mutter, und er kann nicht reiner sein, als er ist.« Obwohl sie über Mangel an Literatur klagt, gab es in der alten Universitätsstadt genügend Lehrer für den Fachunterricht. Der Geographieprofessor Carl Friedrich Wrede überreichte dem Prinzen im Februar die Matrikel und das Album academicum der Universität. Nähere Beziehungen zur Universität ließen Alter und Stand Friedrich Wilhelms nicht zu.

Delbrück nahm nun den zweiten epochalen Roman aus dem Jenaer Kreis vor. Wie der *Sternbald* war *Heinrich von Ofterdingen* unvollendet geblieben. Aus den hinterlassenen Papieren des frühverstorbenen einstigen Freundes hatte Tieck die Anfänge von dessen enzyklopädischem Projekt rekonstruiert. Novalis wollte die »unendliche Progression« des »genialischen Individuums« über sich selbst hinaus beschreiben – ein Unterfangen, das Goethe im *Wilhelm Meister* schuldig geblieben sei. Das Ganze sollte mindestens sechs Romane umfassen, angefangen mit der Entstehung des christlichen Abendlandes und über griechisch-antike, römische und morgenländische Einflüsse bis in die Zeit der Staufer reichen. Nur in der Synthesis der Kulturen fände Heinrich von Ofterdingen die blaue Blume – die sich während ihrer Entdeckung im synästhetischen Rausch aller Sinne zum »klingenden Baum« verwandle.

Novalis verlegte die Zeit glücklichen Künstlertums um Jahrhunderte zurück. Die Person Heinrich von Ofterdingen ist eine Sagengestalt, herausgefiltert aus spätmittelalterlichen Legendensammlungen, Chroniken und einer Lebensbeschreibung der heiligen Elisabeth von Thüringen. Ofterdingen sucht Universalpoesie – wie die Frühromantiker. Die napoleonische Realität aber machte diese

Welten zu Phantasiegebilden, die zusehends fern rückten. Delbrück merkt zur Lektüre lapidar an, Friedrich Wilhelm hätte »viel Geschmack« daran gefunden. Er ahnte nicht einmal, dass der Roman bei seinem Zögling weit mehr weckte.

Der König hatte unterdes die Augen aufgetan und schenkte den Staatsreformern Gehör. Zunächst wurde der Reichsfreiherr Heinrich Friedrich von und zum Stein als politischer Berater, der General Carl Philipp von Clausewitz für das Militär und Wilhelm von Humboldt für das Erziehungs- und Kulturwesen in Dienst genommen. Humboldt hatte 1792 in Jena, noch vor Kants Rechtslehre, seine *Ideen zu einem Versuch, die Grenzen der Wirksamkeit des Staates zu bestimmen* verfasst. Angespornt durch die Revolutionsideale, sprach er sich darin für weitgehende politische Freiheiten aus – was er vorausschauend nur in Auszügen publizierte. Jetzt sprach man nicht mehr darüber.

Der Reichsfreiherr ließ es nicht bei Vorschlägen zur Staatsreform bewenden. Er mischte sich in die Erziehung des Kronprinzen ein: Nach dem Vorgefallenen könne der Thronerbe nicht mehr allein zum biederen, religiös und moralisch guten Menschen nach überkommenen Idealen erzogen werden. Er würde sich damit eine umfassende Ansicht der Dinge nie zu eigen machen und große Taten, die künftig unweigerlich auf ihn zukämen, meiden. Stein riet zum Abbruch der aufklärerischen Erziehung. Auch mahnte er Gehorsam an. Die Königin meinte zunächst, Frauen empfänden feiner. Friedrich Wilhelm hätte bereits ausreichend Festigkeit in Charakter und Willen. Sie dachte weiter über die Vorschläge nach, mit der Folge, dass sie insgeheim mit Stein einig wurde. Sie bestimmte den zwölften Geburtstag zum »Ende der Kinderzeit«. Künftig erwarte sie Gehorsam und Anstrengung für das Vaterland.

Sie beließ es nicht bei Worten. Der Kronprinz wurde von den jüngeren Geschwistern getrennt. Er verlor jetzt, was eine Zeichnung seiner Schwester veranschaulicht: Sie ist im alljährlichen Karnevalsspiel die Erbsenkönigin, hockt angetan mit Krone und Hermelinmäntelchen da und übt sich in herrscherlicher Deklamation.[51] Die Königin hielt die Absonderung für »höchst wohltätig«, doch Friedrich Wilhelm klagte bald darüber.

Sie würde an seinem Herzen »nagen«, er ertrage sie kaum. Er reagierte mit einem Traum, von dem Delbrück erst über Umwege erfuhr: Er sei aus einem Schloss getreten, fand ein schwarzes Pferd, saß auf, aber es warf ihn ab. Endlich traf er auf eine feindliche Armee. Er warf sich in den dichtesten Haufen, siegte und gelangte in ein Schloss, wo ihm ein Genius den besudelten Thron reinigte. Befragt, wie er über den Traum denke, antwortete er ausweichend: Er wolle gut weiterlernen. Erst als einer der Prinzen die Abrede der Verschwiegenheit brach, kam heraus, dass Friedrich Wilhelm das ganze Reich zurückerobern wolle. So mutig wie Phaeton. Er träumte, was die Königin von ihm erwartete. Als weitere Erziehungsmaßnahme hatte Stein die Berufung eines militärischen Gouverneurs veranlasst, der jetzt Delbrück vorgesetzt war.

4   Friedrich Wilhelm, Szene nach Klopstocks *Messias*(?)

Dieser setzte den literarischen Unterricht fort. Gelesen wurden die Erzählungen des Apostels Johannes über das Leben Jesu. Fichte, dem Delbrück damals zugehört hatte, bevorzugte dessen Evangelium, weil es nicht wie die übrigen mit Wundern argumentiere, sondern mit der Vernunft. Tatsächlich traf er Friedrich Wilhelm im Juli mit dem Gesangbuch in der Hand an, »eine neue Erscheinung!«[52] Er hielt ihn für reif zum Verständnis eines Monumentalwerks, an dessen zwanzig Gesängen der Dichter ein Leben lang gefeilt hatte – den *Messias*. Klopstock verband darin Gottes unerfindliches Walten mit einer dichterischen Sprache von erregter Lebendigkeit. Der Macht des Ausdrucks unterlag selbst die Genauigkeit der poetischen Form. Mitunter müsse der Verstoß dagegen sogar gesucht werden.

Die Fluchtlinie dieses Überschwangs übertrug sich unmittelbar auf den Vierzehnjährigen. Er war nicht nur »aufrichtig dankbar«, dass der Messias die Welt rettete, er zeichnete es. Unter vollem Spiel von Engelsposaunen schwebt er ihm aus dem Sternenhimmel zur jubilatorischen Begrüßung entgegen.[53] (Abb. 4) Und Friedrich Wilhelm zeichnet weitere biblische Themen. Noch erschöpft er sich in szenischen Darstellungen. Aus dem Alten Testament zog Delbrück Jean Racines Tragödie *Athalie* heran.[54] Die Protagonistin hängt dem Baalskult an und will das Volk mit allen Mitteln vom jüdischen Glauben abbringen. Am Ende unterliegt sie ihrem blinden Hochmut, weil Gottes Heilsplan es anders vorsieht. Die Tragödie wird Friedrich Wilhelm noch beschäftigen.

Zum neuen Erziehungskonzept gehörten jetzt Audienzen: Mitte September empfing der Kronprinz Schleiermacher. Worüber gesprochen wurde, ist nicht überliefert. Schleiermacher hatte in der »Verbannung« jene Abhandlung verfasst, die den König auf ihn aufmerksam machte. Er schlug darin die Union von evangelischer und reformierter Kirche vor. Napoleons Eroberung hatte ihn politisiert. Unter Lebensgefahr war der Theologe als Kurier des Tugendbundes angereist. Unter strengster Geheimhaltung erwog man die Chancen einer Erhebung gegen den Kaiser. Mit dem Ergebnis, dass es dafür zu früh sei.

Im Oktober 1808 begann endlich der aufgeschobene Unterricht am Fortepiano. Der Hofkompositeur Himmel war nach Königsberg gekommen. Er führte die Prinzen durch die »Anfangsgründe« der Musik und deren Geschichte, sodass Friedrich Wilhelm beim Besuch Zelters beim Gespräch über den Kapellmeister Friedrichs II., Carl Friedrich Fasch, mitreden konnte. Delbrück spricht zwar bald von einer angefangenen Komposition Friedrich Wilhelms zum Choral »Ach, lieber Gott, ich bitte dich«.[55] Weitere kompositorische Spuren finden sich nicht. Den Winter überstand er mit Klavierspiel, auch zu vier Händen mit dem Prinzen Friedrich. Auf dem Theater wurden einige Tragödien aufgeführt wie Kotzebues *Ubaldo*, den Iffland in Berlin unterband, weil es »Ausfälle auf regierende Häupter«[56] enthielte.

Erst Anfang August 1809 wurde der Königsberger Hof kulturell tätig. Neben Zelter war der komponierende Fürst Anton von Radziwill gekommen. Anlass war der Geburtstag des Königs, dessen Feier man in Berlin erhofft hatte. Luigi Cherubinis Oper *Les Deux Journées* oder *Der Wasserträger*[57] wurde bearbeitet. Diese Comédie lyrique hatte in Paris wegen der Freiheitsbestrebungen des dritten Standes, der Wasserträger, großen Erfolg. Der König wandte nichts dagegen ein. Neuerdings trennte er Politik und Kunst wieder voneinander – und schließlich war man unter sich.

Dann traf der Bruder der Königin, Georg, aus Strelitz ein. Fürst Radziwill steuerte zu dessen Geburtstag einen »genialischen« Marsch aus Goethes *Faust* bei, das Werk, das Friedrich Wilhelm jüngst »mit Heißhunger« verschlungen hatte. Beim großen Konzert wurde unter anderem eine Sonate von Himmel, der *Gruß des Augenblicks* von Schiller in der Vertonung Zelters und *Glaube, Liebe, Hoffnung* wiederum von Himmel gegeben. Den Abschluss bildete eine weitere Vertonung aus dem *Faust*. Laut Delbrück wurde bis elf Uhr gefeiert, wonach der junge Prinz Radziwill in romantischer Nachtlaune eine Gondel bestieg und den Schlossteich befuhr. Wenige Tage darauf, am 17. August, wurde der Sterbetag Friedrichs II. mit einem »Gemälde« genannten Tableau vivant begangen, wozu die zarten Töne einer Glasharmonika – wie im *Titan* – zur Erhöhung des Natureindruckes aus dem Gebüsch erklangen und ein Fortepiano den Wechsel von Rede und Musik begleitete.

Angeregt durch die Feiern zusammen mit seinen Geschwistern verfasste Friedrich Wilhelm *Das Wiedersehen*, ein »kleines Schauspiel in zwei Acten«. Die Szene spielt an der spanischen Küste, im Landhaus eines Don Fernando und seiner Gemahlin Donna Elvira. Es treten auf: seine Geschwister, wobei er Allonze und Carlos, seine Brüder Wilhelm und Karl, arglos als »Mätressen« bezeichnet. In dem »Schauspiel« können sich Bedrohte durch den Sprung ins Meer vor Seeräubern ans nahe Ufer retten. Die Bühnenszene musste Friedrich Wilhelm das Zusammenleben mit seinen Geschwistern ersetzen.

Im Herbst kam zutage, was Stein mit der Königin vorbereitet hatte: Zelter vertraute Delbrück an, gegen seinen literarischen Unterricht hätten sich Stimmen erhoben. Man sei mit ihm nicht mehr zufrieden. Er suchte Rat beim hiesigen Professor Johann Friedrich Herbart, mit dem er seit dessen Berufung auf Kants Lehrstuhl Kontakt pflegte. Herbart hatte 1804 in der programmatischen Schrift *Über die ästhetische Darstellung der Welt als das Hauptgeschäft der Erziehung* der Kunst den Vorrang vor allen theoretischen und moralischen Unterrichtsfächern eingeräumt.

Beide lasen in einem dem Kronprinzen »heimlich weggenommenen« Manuskript des Trauerspiels *Fingal*, das dieser in freien Stunden mit Hilfe einer geschenkten Ausgabe Macphersons verfasste. Sie waren über dessen »unverkennbare Genialität« einig. Musste diese in höchsten romantischen

Ehren stehende Eigenschaft nicht um jeden Preis gefördert werden? Herbart entdeckte dieses »unglaubliche« Genie auch in Friedrich Wilhelms Zeichnungen. Dieser skizzierte zahlreiche Figuren »aus dem Kopfe, während ich vorlas und mit ihm und Delbrück lebhaft sprach.«[58] Wegen der Warnung riet Herbart, mit einem Klassiker, Platons *Staat*, fortzufahren – was allerdings auch nicht mehr half. Friedrich Wilhelm wird den Philosophen nicht vergessen und bei der zwölfbändigen Werkausgabe von 1850 auf dem königlichen Namen »am Kopf«[59] der Subskribentenliste bestehen. Delbrück setzte seinen literarischen Unterricht standhaft mit »Klassikern« fort: mit lateinischen Schriftstellern wie Cicero und Livius, ferner mit Plutarch, der in Form von Parallelbiographien griechischer und lateinischer Persönlichkeiten ein virtuelles Netzwerk zwischen alter und römischer Welt geknüpft hatte. Es ging ihm um allgemeine Aussagen menschlicher Mustergültigkeit. Dies beeindruckte Friedrich Wilhelm, und er zeichnete auf eigenen Wunsch dessen Porträt.[60]

Delbrück wagte sich noch an ein neueres Werk. Tieck hatte es auf seiner Erkundung des romantischen Archipels geschrieben. Darin wird die trostlose, unwirtliche »Tartarei« zum Synonym für die allmähliche Verwüstung der menschlichen Seele. Friedrich Wilhelm machte sich über das »schmale Büchlein« her. Alles beginnt täuschend harmlos. Der Protagonist Abdallah ist der Sohn des in »weiser Eingezogenheit« lebenden Selim. Nachdem der »ehrwürdige Greis« Omar ihm sein Vermögen rettete, macht er ihn zum Erzieher seines Sohnes. Omar aber ist nicht, wie er vorspiegelt, der weise Alte, sondern ein Zauberer, der Menschenvernichtung schwor. Er hat seine Opfer gefunden. Abdallah wird so lange in Abgründe gejagt – eine Zeichnung Friedrich Wilhelms spiegelt dies wider[61] –, bis er jeglichen Begriff von Moral verliert. Die planmäßige Vernichtung hat Erfolg.

Tieck erzählt die Geschichte bis zum bitteren Ende: Nach dem Vatermord fällt Abdallah während seiner erzwungenen Hochzeit in Wahnsinn. Das Moderne daran ist die Zuschauerrolle des Lesers bei der Zerstörungsmechanik. Es gibt weder einen theatralischen noch einen göttlichen Eingriff. Vielleicht reagierte Friedrich Wilhelm deshalb mit einer eigenen Geschichte, von der wir nur den Titel *Die brüderliche Liebe, eine morgenländische Erzählung* kennen.

Delbrück nutzte die Aufnahmebereitschaft Friedrich Wilhelms zur näheren Hinführung zur Kunst im herbartschen Sinne: Es wurden Tragödien Voltaires nach Rollen verteilt gelesen, und wahrscheinlich hatten sie das Buch von Voss über das Schauspiel zur Hand.[62] Voltaire beschrieb in zahlreichen Tragödien moralische und gesellschaftliche Konflikte, die er wegen zu erwartender Sanktionen meist an ferne Orte verlegte. Delbrück ahnte kaum, wie nah er den Zögling damit ans Schauspiel brachte.

Unter der Zeichnung einer an den weiblichen Brüsten als griechische erkennbaren Sphinx zitiert er: »Alles vereint in sich selber allein Stoff, Bilder und

Werkzeug, wandelnd Naturen in Kunst, Hendel, und Kunst in Natur. Traum! So zeigt sich im All der Geist, und im Geiste das Weltall.«[63] Es sind die Verse des begeisterten dänischen Dichters Jens Immanuel Baggesen, geschrieben nach dem ersten legendären Auftritt der Schauspielerin Johanna Henriette Hendel. Friedrich Wilhelm hatte sie aus dem Februarheft des *Morgenblattes für gebildete Stände* abgeschrieben.[64]

Dort ist die Rede von der Wiedergeburt der seit Griechenlands Untergang verloren geglaubten »Ideal-Mimik« mit all ihren Verwandlungen. Hendel hatte noch vor dem Krieg unter den Ratschlägen von Schadow, Hirt und August Wilhelm Schlegel ihre »Attitüdendarstellungen« im kleinen Kreise erprobt und mit den »lebenden Statuen« für Luise war etwas davon bis an den preußischen Hof gelangt. 1808, unter den Bedingungen der Besatzung, stand Hendel damit in Frankfurt am Main erstmals auf der Bühne. Anhand der Kunstgeschichte stellte sie Programme nach Epochen und Stilen zusammen: nach Skulpturen der klassischen Mythologie und der ägyptischen, nach alten italienischen Malern und, dem Zeitgeist folgend, nach altdeutschen Vorbildern. Sie anverwandelte sich die Stile der Künstler durch freie Improvisation, und manche behaupteten, ihre Kunst wäre den alten Meistern wegen ihrer Lebendigkeit überlegen.

Demgegenüber führte das angesichts ihrer fortwährenden Krankheit endlose Exil die Königin in die Resignation. Sie wandte sich tröstlichen Themen aus Geschichte und Religion zu, »weil die Zukunft nichts mehr für mich ist«. Dazu gehörte Zacharias Werners dramatisches Gedicht *Die Söhne des Thales*. Sie musste das, was Werner nicht benennen wollte, selbst darin finden. Sie las mit Bedacht, was ihr »eine Art von Bibel« schien. Es sei »ein heiliges Wort darin verborgen«.

Das monumentale Gedicht von 1802/04 hatte den Autor über Nacht bekannt gemacht. Im ersten Band beschreibt der Kant- und Rousseau-Verehrer die letzten Tage des mittelalterlichen Templerordens auf Zypern. Ihr Großmeister, Jacques de Moulay, hat sich in Finanzangelegenheiten eingemischt, was dem Orden nicht anstand, und muss sich dafür in Paris vor dem französischen König rechtfertigen. Nach einem zähen Prozess lautet das Urteil auf lebenslange Haft, wird aber nach Moulays Einspruch kurzerhand auf Verbrennen auf dem Scheiterhaufen umgewandelt. Soweit das historische Drama.

Werner hatte einiges durch das Verhalten einzelner Ordensritter angedeutet – beispielsweise sucht ein Novize den Stein der Weisen. Unter Alchemisten kommt dieser durch Putrefactio, das heißt: durch Läuterung zustande. Nur in der Vorrede und im Titel des Buches nennt Werner beim Wort, was den Zeitgeist betraf: Gemeinschaft durch Verbrüderung. Als Erfindung der Schicksalstragödie passierte das Buch selbst die »Weimarer Instanz«. 1808 munterte Goethe Werner zum Weiterschreiben auf[65], und Joseph von Eichendorff wird noch 1847 in seiner Betrachtung über die romantische Poesie das Wort von einer »höheren Religion« in diesem Werk benutzen. Die Königin war angetan, weil sich die Rittertugenden auf ihre Söhne übertragen ließen. An ihre Hofdame schreibt sie: »Wenn ich einen Ritter hätte, würde ich ihm diese Losung auf seinen Schild geben[:] Gott ist mein Schutz, meine Hoffnung, meine Zukunft.«

Umso deutlicher erschienen ihr jetzt Delbrücks Schwächen. Er besitze zwar in den Akkorden seines Herzens Harmonie, habe diese aber aus der Mittelmäßigkeit nicht herausgehoben und vermittle Friedrich Wilhelm deshalb nicht die erforderliche Zielstrebigkeit. Es bestand keine Übereinkunft mehr zwischen Königin und Erzieher. Anfang November 1809 setzte man Delbrück von seiner Entlassung in Kenntnis. Wie aber war das Friedrich Wilhelm beizubringen? Er bestand, im Wissen um den Nachfolger, unnachgiebig auf Delbrück. Auf einer Zeichnung beginnt er das Wort »Ancil...«, streicht es gleich wieder und schreibt Fluchtorte dazu, an die ihn Delbrück geführt hatte: Algier, Tunis, Fez und Marokko.[66] Das Abenteuer ging zu Ende.

Mit Delbrück verlor Friedrich Wilhelm einen Vertrauten, der ihn seit neun Jahren durch die Welt geführt hatte. Gemeinsam waren sie durch die rousseausche Unbeschwertheit, die klassische Welt und wie die Frühromantiker zur Weltumseglung des Geistes aufgebrochen. Würde diese Ordnung der Dinge jetzt zerbrechen, und musste er sich mit der vorbestimmten Welt abfinden? Friedrich Wilhelms Sinn für das Dramatische bäumte sich auf, als es darum ging. Zuerst versucht er die Ausflucht in die Krankheit, wogegen nicht einmal die eigens für ihn verfassten *Lebensregeln, eine Makrobiotik in Merkversen*[67] des Leibarztes der Familie, des Professors Hufeland, halfen.

Rechtzeitig genug, um nicht in einem Strudel wie auf der Brücke von Stolp zu versinken, gestattete Napoleon der Königsfamilie die Rückkehr nach Berlin. Die Königin allerdings sprach von »Schwermut«, die sie nicht begreife, und von »schwarzen Ahndungen«. Sie war damit nicht die Einzige. Wilhelm von Humboldt berichtet seiner Gemahlin noch kurz vor der Abreise am 19. November aus Königsberg: »Ich höre jetzt oft vom Tode und auf eine recht wunderbare, nordische, manchmal fast Shakespearische Weise reden.«[68] Die Königin schreibt: »Ich möchte immer vor der Welt fliehen«, aber auch im gleichen Brief: »Ich hoffe, das kommt wieder ...«

In dieser Stimmung nahm die Familie Abschied von Königsberg. Frau Argelander wünschte zum Andenken an die gemeinsam verbrachte Zeit Locken von den Prinzen, welche diese bereitwillig hingaben. Nach fast dreijährigem Exil kehrte das Königspaar zur Weihnachtszeit nach Berlin zurück. Friedrich Wilhelm folgte mit Delbrück Anfang Januar.

Der Tod der Königin

Noch in Not, Kriminalität und den Schicksalstragödien des Hungerwinters 1807/08 hatte der bayerische Kronprinz Ludwig im besetzten Berlin beim Bildhauer Johann Gottfried Schadow eine Büste Friedrichs des Großen bestellt. Er wollte dem Patriotismus aufhelfen, aber Fichte war bereits auf dem Plan. Vor dem Krieg hatte dieser in den *Grundzügen des gegenwärtigen Zeitalters* noch behauptet, der »sonnenverwandte Geist« suche sein Vaterland dort, wo die Freiheit ihre besten Möglichkeiten zur Verwirklichung habe. Nur befinde sich der Mensch in Epochen vollendeter Sündhaftigkeit, geleitet vom Trieb gedankenloser Selbsterhaltung und des Wohlseins.

Die Niederlage führte ihn zurück zum Nachdenken über die Gemeinschaft: als einzelnes Ich käme der Mensch nicht aus jener Sündhaftigkeit – verursacht durch Frankreichs Revolution – heraus. Dem preußischen König warf er vor, er hätte dem Individuum nach der Revolution keinerlei Hingabe an den Staat mehr abverlangt und dadurch die Sündhaftigkeit gefördert. Zur Abhilfe trug er sonntags im Rundsaal der Akademie der Wissenschaften seine neuen Erkenntnisse in vierzehn Lesungen für ein »gemischtes Publikum aus beiderlei Geschlechtern« vor.

Von den Zuhörern der Lesungen wurde die Polemik unmittelbar erfasst, während die Geschichtsschreiber die gedruckten *Reden an die deutsche Nation* gründlich missverstanden – oder missverstehen wollten. Deshalb einige Worte mehr: Fichte ging auf sein Publikum zu, zuerst mit der offiziellen Anrede »ehrwürdige Versammlung«, dann sprach er von »euch«, bevor er zum »wir« kam. Unter den Hörern saßen neben Fouqué und Intellektuellen aller Art auch französische Spione. Vor dem Hörsaal wurden zur Abschreckung Trommeln gerührt. Aber weder das Publikum noch Fichte ließen sich einschüchtern. Hätte er, wie ihm untergeschoben wird, von Nationalismus geredet, wäre es ihm wohl wie dem Buchhändler Johann Philipp Palm ergangen, den Napoleon aufgrund eines franzosenfeindlichen Flugblattes kurzerhand erschießen ließ.

Fichte war geschickt und begann mit der Kritik gegen Preußen. Der Tilsiter Frieden sei der Tiefpunkt der Sündhaftigkeit. Freiheit müsse deshalb mit einer Nationalerziehung der Deutschen beginnen. Er stellte ihre positiven Eigenschaften wie Tatkraft, Geist und die Kultur des individuellen Ich heraus. Ferner dürften die Deutschen ihre eigene Sprache nicht zugunsten fremder Anverwandlung aufgeben. Sie verliere sonst den Bezug zur Alltagssprache, in der sich ihre »Nationaleinbildungskraft« äußere. Der Deutsche spreche eine »bis zu ihrem Ausströmen aus der Naturkraft lebende Sprache«.

Fichtes Aufruf zur Bewahrung der deutschen ebenso wie der übrigen germanischen Sprachen hat ihren Grund in einem Sprachmodell, nach dem die Völker im alten Europa eine gemeinsame Sprache – die germanische – gesprochen hätten. Erst durch den Einfluss des Neugriechischen, er meint das Lateinische, hätten die Völker Südeuropas und die Franzosen ihre natürliche Sprache, die vordem germanisch gewesen sei, aufgegeben und sich damit von ihren Wurzeln entfernt. Um die germanischen Sprachen vor dem gleichen Schicksal zu bewahren, müssten sie sich gegen jene »ausländischen« Einflüsse abgrenzen, und er spitzte zu: »Charakter haben und deutsch sein ist ohne Zweifel gleichbedeutend«.

Man sollte dennoch weiterlesen, denn erst jetzt sagt Fichte, worauf er hinaus will: Die Nation solle, nachdem »die Noth uns zum Aufmerken und zum ernsten Nachdenken geneigter gemacht hat«, wieder zur Identifikation und zu einem idealen Selbstbild gelangen, das in der Kultur verwurzelt sei. Der Weg dorthin habe von Platons Erziehungsmodell über Rousseau bis zum Neuhumanismus geführt – wie ihn die Hörer seiner Jenaer Vorlesungen, Schiller und Wilhelm von Humboldt, vertraten. Zwar hatte man sich ebenfalls Gedanken über die deutsche Nation gemacht, das Wort im Sinne von Staat hatte aber für Fichte und seine Zeitgenossen kein Gewicht. Erst Anfang der vierziger Jahre wird es zur Diskussion kommen. Und im fünften Vortrag über den geschichtsphilosophischen Zusammenhang der *Reden* verblüfft Fichte mit seiner These: Die Revolution des deutschen Geistes könne, anders als der über Sprache vermittelte Nationalcharakter, allein durch die Allianz der Deutschen mit den »Ausländern«, vor allem mit den Franzosen, Erfolg haben, nämlich in Form von Anregung.

»In dieser neuen Ordnung der Dinge wird das Mutterland nicht eigentlich erfinden, sondern im kleinsten, wie im größten, wird es immer bekennen müssen, daß es durch irgend einen Wink des Auslandes angeregt worden, welches Ausland selbst wieder angeregt wurde durch die Alten; aber das Mutterland wird ernsthaft nehmen und ins Leben einführen, was dort nur obenhin und flüchtig entworfen wurde.« Das ist etwas ganz anderes als »die Hoffnung der Wiedergeburt der Völkerwelt aus dem Chaos durch deutsche Kraft«[69], wie es ein Biograph Friedrich Wilhelms 1938 glauben machen wollte.

Nach den Reden hatte sich Fichte nach Königsberg begeben und diese an der dortigen Universität erneut vorgetragen. Eigentlicher Adressat war der preußische König, von ihm sollte die Erneuerung ausgehen. Jener war zwar mit Reformen beschäftigt, Fichtes umwälzende Vorschläge blieben aber unerhört. Die Königin hatte sich eine Abschrift erbeten, die sie aufhob. Sie befasste sich mit Antoine-François Ferrands soeben erschienenem *L'Esprit de l'histoire*.[70] Es geht darin um Platons Lehre von den Kardinaltugenden beim Eintritt ins Jünglingsalter – die Fichte ebenfalls anmahnte. Nutzen wird die *Reden* erst Friedrich Wilhelm.

Die Besatzer hatten jedes zur Veröffentlichung bestimmte Wort zensiert. Spontane Kundgebungen auf dem Theater verhinderte dies nicht. Während einer Aufführung von Schillers *Jungfrau von Orleans*, als es in der Krönungsszene »Es lebe der König, Karl der Gütige!« hieß, brach nach dem Wort »König« ein solcher Tumult im Publikum los, dass man den Rest nicht mehr hörte. Alles erhob sich, »wie vom elektrischen Funken getroffen« von den Plätzen. So berichtet es ein Zuschauer. Iffland wurde zur Rechenschaft gezogen, und als sich bei einer Aufführung der *Iphigenie* Ähnliches betreffs der Königin wiederholte, setzte es Stubenarrest für den Intendanten. Noch im November 1809 erging eine napoleonische Verfügung, welche einige Prediger der Stadt verwarnte – aber niemand achtete mehr darauf.

Als der König wenige Wochen später in Berlin einritt, wurde er wie ein Befreier mit Jubel und für diesen Zweck errichteten Triumphbögen empfangen. Ihm schlug ungebrochene Zuversicht entgegen, und es schien in diesem Augenblick, als wären sich König und Untertanen so nahe, wie Novalis es damals erträumt hatte. Das Königspaar bezog die neu eingerichteten Räume im Prinzessinnenpalais. Der freischaffende Architekt Schinkel hatte den Auftrag seiner Kenntnis des Empire und der Empfehlung Humboldts gleichermaßen zu verdanken. Es dauerte einige Monate, bis der Lehrer – ein Erzieher wurde nicht mehr gewünscht – sein Amt antrat. Der aus einer hugenottischen Familie stammende Jean Pierre Frédéric Ancillon war Friedrich Wilhelm von dessen Predigt und dem Geschichtswerk her in Erinnerung geblieben. Die Königin hatte ihn aus mehreren Gründen gewählt: Der in Genf ausgebildete Theologe war Augenzeuge der Revolution gewesen und trat seither vehement gegen jede Art von Volksherrschaft ein.

In seinem mehrbändigen Werk behauptete er, die Revolution sei nur durch überzogene Ideen von Volkssouveränität, welcher adelige Aufklärer in völliger Verkennung des menschlichen Wesens das Wort geredet hätten, möglich gewesen. Als Folge davon seien erst Begriffe verdreht, dann die Sittenlehre vergiftet und schließlich die Religion aus den Herzen des Volkes und den Tempeln verbannt worden. Ancillon hatte die Gedanken von Edmund Burke, Friedrich Gentz und Adam Müller auf leicht fassliche Weise vereint und verallgemeinert. Sie taugten bestens zur Legitimierung der angeschlagenen europäischen Monarchien, auch der preußischen.

Schon bei der ersten Begegnung am 12. Juni 1810 fiel dem Lehrer Friedrich Wilhelms Überschwang auf. Er müsse sich erst seines eigenen »Gefühls des Unendlichen« bewusst werden, um es durch die Kraft von Denken und Sittlichkeit steuern zu können. Ancillon empfahl also nicht den eingeschlagenen Weg einer strengen Erziehung, vielmehr den der Güte und des Vertrauens auf Einsicht. Ordnendes Denken sollte mittels Dialog erreicht werden. Was für einen oberflächlichen Beobachter wie Zeitvertreib aussehen mochte, war alles andere als das. Der geschulte Theologe wusste ohnehin, dass dies Zeit brauche. Zum Geburtstag schenkte er dem Schüler Richard Glovers *Leonidas*, für ihn ein »Sinnbild der männlichen Kraft, die alles überwindet oder freiwillig untergeht«.[71] Zum Pendant wählte er Raffaels Madonna, das Idealbild frommer Unschuld und »ruhiger, sinniger Liebe«.

Ferner empfahl er Friedrich Heinrich Jacobis frische Abhandlung *Von den göttlichen Dingen*. Es war dessen letzter Versuch zur Einführung des Begriffs »Geistesgefühl« gegen idealistische Systeme und Romantik, letztlich eine Abwehr gegen den Spinozismus. Ancillon war der Ansicht, »alle Versuche, den Dualismus von Ich und Nicht-Ich, Innen- und Außenwelt, Endlichkeit und Unendlichkeit zu beseitigen und die vollkommene Einheit an die Stelle zu setzen«[72], seien fruchtlos geblieben – was den Vorrang der Theologie vor der Philosophie beweise.

Nach der Enge des Exils war Friedrich Wilhelm allerdings vollauf damit beschäftigt, seine Kindheit wie eine zweite Haut abzustreifen: Gewiss würde darunter die besagte »Unendlichkeit« seines Wesens zum Vorschein kommen. Das Blatt mit abgeschriebener altfranzösischer Unterschrift: »Serpentin Verd, Executé par F(ritz), dans l'ancien style français« gibt die Schreckensszene eines Märchens im *Cabinet des fées* der Marie-Catherine d'Aulnoy wieder.[73] Die Federzeichnung schafft eine räumliche Dichte, wie Friedrich Wilhelm sie zuvor nur im Traum begegnet war.

Das Gezeichnete gibt den Beginn des Märchens wieder: Der königliche Hof will ein prächtiges Festmahl zu Ehren der guten Feen halten, als zum allgemeinen Entsetzen plötzlich die böse Fee Magotine erscheint. Sie ist so klein, dass sie nicht auf die Teller des Tisches schauen kann. Umso wirksamer ist ihr Auftritt. Der Zauberstab in ihrer noch gesenkten Hand wird im nächsten Augenblick die Speisen in frikassierte Schlangen verwandeln. Friedrich Wilhelm hält die Verwandlung ihres Gesichts fest. Es entsteht ein Vexierbild, anschaubar auf zweierlei Weise wie ein Trompe-l'œil.

Es kommt ihm also auf den schwindeligen Moment des Übergangs, der Verwandlung von Zeichen und Symbolen an, die den Eintritt in eine andere Welt markiert. Im Märchen verwandelt Magotine die Menschen: von schönen in hässliche, oder in Tiere, aus deren Körpern sie mit eigener Kraft nicht herauskommen. Sie bedürfen der Helfer, gütiger Feen oder Amors. Für Friedrich Wilhelm waren solche Übergänge nicht romantischer Reiz des Schauerlichen. Sie rückten ihm nahe – und wurden gefährlich, seit er Delbrück, den Bewahrer der Ordnung der Dinge, verloren hatte.

Und nun musste er aus nächster Nähe zusehen, wie bei der Königin die Zuversicht in die Zukunft auf dem Spiel stand. Sie beschäftigte sich neuerdings mit recht sonderbaren Abhandlungen. Am preußischen und russischen Hof zirkulierten Schriften und Abschriften der livländischen Burggräfin Barbara

Juliane Krüdener. Nach einer feministischen Wertheriade, die sie infolge eines Besuchs der Madame de Staël unter dem Titel *Valérie* veröffentlichte, wandte sich diese dem Pietismus zu. Bald jedoch wurde Luise jene prophetisch-ekstatische Religionsschwärmerei zu abwegig. Sie begann mit der Lektüre von Chateaubriands *Génie du christianisme*.

Mit dem Werk gab der Dichter entwurzelten Seelen ihre Ordnung zurück. Er »berichtet« eindringlich von Stimmungen, bezaubernden Bildern, Sakramenten, klösterlichem Leben und Mysterien der Messe, was die Seelenlage der protestantischen Königin ansprach. Sie schwärmte, »der christliche Glaube, oder vielmehr der Sinn des Christentums [sei] so herrlich darin geschildert«, wie es der Titel verspreche. In den letzten Kapiteln hatte es Chateaubriand auf die Spitze getrieben und das Verhältnis zwischen Christentum, Kunst und Literatur zu einer Art Kulturchristentum stilisiert – und war damit den Jenaer Frühromantikern nah.

Seit 1809 nun verschrieb er sich der Einlösung dessen, was er in *Le Génie du christianisme* versprochen, aber nicht eingelöst hatte. Nach einer ausgedehnten Orientreise und historischen Studien über das Frühchristentum hatte er reichlich Stoff für ein Epos, das mit den Jahren zu einem vierundzwanzigbändigen Roman anwuchs: *Les Martyrs ou Le Triomphe de la religion chrétienne*. Auch diese Schrift wurde trotz der Unglaubwürdigkeit des »Wunderbaren« zum Publikumserfolg. Den Anfang las Luise, als sei sie selbst betroffen. Im Mai 1810 schrieb sie: »Die [politischen] Nachrichten sind gut und doch ist mein Herz so schwer«, und im Juni: »Meine Seele ist grau geworden durch Erfahrungen und Menschenkenntnis, aber mein Herz ist noch jung.«

Um eben dieses ging es: Der König genehmigte ihr zur Erholung von den Leiden des Exils den Besuch bei ihrer lang entbehrten Strelitzer Verwandtschaft. Nach heiteren Tagen in Neustrelitz und Hohenzieritz erkrankte sie. Da Erkältungen bei ihr zur Tagesordnung gehörten und ihre Jugend sie stets hatte genesen lassen, setzte man auf die üblichen Heilmittel. Diesmal ließ sich die Krankheit jedoch nicht zurückdrängen, und man teilte dem König nach Berlin allen Grund zur Besorgnis mit. Der Zustand der Königin verschlechterte sich in den folgenden Tagen unaufhaltsam, und der eilends herbeigeeilte König wurde mit seiner Familie nur noch ohnmächtiger Zeuge ihrer letzten Stunden.

Luise starb nach Ansicht der Hofdame von Berg im rechten Augenblick, um ihres Nachruhmes gewiss zu sein. In der Stunde des 19. Juli, als der König ihr die Augen schloss, begann der Luisenkult. Noch am Sterbebett trug er den sieben Prinzen und Prinzessinnen auf, im Hohenzieritzer Schlosspark je eine weiße Rose zum Schmuck des Leichnams zu brechen. Nachdem die Spuren ihrer letzten Stunden beseitigt waren, wurden die Rosen kranzförmig auf ihre Brust gelegt. Die Familie nahm Abschied.

Bei der Obduktion fanden die Ärzte als Todesursache eine Verwachsung am Herzstamm – oder vielleicht wollten sie diese gesehen haben. Verbreitet wurde jedenfalls, die Königin sei an gebrochenem Herzen gestorben – was seine Wirkung bis heute nicht verfehlt. Inzwischen wird angenommen, dass sie an einer Lungenentzündung starb.

Befreiung

Mit dem Tod der Mutter hatte Friedrich Wilhelm seinen zweiten Halt in der Welt verloren. Wie würde er darüber hinwegkommen? Im selben Herbst stand er mit dem König auf der Ausstellung der Berliner Kunstakademie vor dem Bildpaar *Mönch am Meer* und, darüber, *Abtei im Eichwald*. Gemalt hatte es der unbekannte Maler Caspar David Friedrich. Das Abbild des auf sich selbst gestellten Menschen und die Trostlosigkeit eines aufgelassenen Friedhofes trafen die Trauernden zutiefst. In Friedrich Wilhelm wurde die Verlassenheit in jener Fluchtnacht auf dem Haff, als er sein Schicksal in Gottes Hand legte, lebendig. Nicht minder brauchte er Gott jetzt nach dem Verlust der Mutter. Ihr Angedenken sollte so unzerstörbar sein wie die Inschriften auf den steinernen Grabmalen des Friedhofs, den er vor sich sah. Der König schenkte ihm die Gemälde.

Die Absichten des Malers und seines romantischen Kreises reichten indes weit über realistische Vorstellungen hinaus. In den *Berliner Abendblättern*, herausgegeben von Heinrich von Kleist, wurde der *Mönch* gefeiert: Bei dem Gemälde gehe es nicht um die bloße romantische Empfindung, »bei trübem Himmel in die unendliche Meereseinsamkeit zu schauen«, vielmehr um den Anspruch, den das menschliche Herz habe, und die Opposition, welche die Natur damit betreibe. Das Bild mache den Betrachter selbst zum Mönch, welcher mitten im Reich des Todes und der Apokalypse stehe. Und beim Nahetreten falle der Rahmen weg, so als wären dem Betrachter die Augenlider abgeschnitten. Wer solches schrieb, konnte nur Romantiker sein. Clemens Brentano grub nach der gemeinsamen Wurzel frühromantischer Poesie und Malerei, wohlahnend, dass er auf unsichtbare Geflechte und Rhizome stoßen würde. Der Maler Friedrich stand mit den Berliner Romantikern, zu denen sich kurzzeitig auch Brentano gesellte, in Verbindung. Im *Mönch* schimmert die Moderne auf, wenn auch vertreten durch eine christlichen Figur.

5 Friedrich Wilhelm, Dante und Vergil nach John Flaxmans Zeichnungen zur *Göttlichen Komödie*

Friedrich Wilhelm sah diesen Schimmer nicht. Seinen Schmerz bewältigte er nach einem Motiv Goethes. Er zeichnete dessen *Erlkönig* gleich zwei Mal: Erst den Fiebertraum des klagenden Kindes, über ihm die bedrohlichen Erlen. Daraus beugt sich der Erlkönig herab, der Vater aber sieht ihn nicht und bald ist das Kind in seinen Armen tot.[74] Das zweimalige Zeichnen entspricht dem Handlungsablauf, und vielleicht hat Friedrich Wilhelm den Vortrag der strophischen Vertonung Zelters nachvollzogen.

Es konnte nur noch die Ruhende helfen, und er nahm zur Hand, was diese zuletzt umgetrieben hatte. Gewiss würde dies den Dialog mit ihr bis ins Totenreich hinüber aufrechterhalten. Er las in Chateaubriands »Bibel der Romantik«, wie *Le Génie du christianisme* genannt wurde, die beiden vorangestellten Erzählungen: *Atala ou Les Amours de deux sauvages dans le désert* und *René*. Die Geschichte um Atala eröffnete eine neue Fluchtlinie. Es sind die Natchez-Indianer in Louisiana, mit denen Chateaubriand das abgedroschene Thema »edle Wilde« in Frage stellt.

Die Indianerin Atala ist zum Christentum übergetreten, gerät aber aufgrund von missionarischer Desinformation in einen Gewissenskonflikt, den sie nur durch Freitod zu lösen vermag. In diese anrührende romantische Geschichte dringt die Realität in der ehemals französischen Kolonie ein: Die im alten Glauben verharrenden, von Kolonisten zunehmend bedrängten Indianer zerstören eine christliche Enklave und damit die Utopie vom freien Leben in der Natur. Wie aber sollte dies Friedrich Wilhelm trösten! Stattdessen geschah, was die Mutter vordem verhindern wollte: Er geriet in den Strudel der Literatur, der, statt ihn geläutert auszuspeien, immer tiefer in sich einsog. Es lief auf das hinaus, was Novalis in den *Hymnen an die Nacht* für die Griechen andeutete. Sie hätten sich mit derselben Aussichtslosigkeit in die Nacht gestürzt, mit der man sich einem Feind ergebe.

Friedrich Wilhelm gibt uns zeichnend weiteren Aufschluss, um was er kämpft. Er skizziert zwei winzige Personen, bedrohlich nah vor einem Ungeheuer, das den Raum beinah vollständig einnimmt.[75] (Abb. 5) Es ist das dreiköpfige Haupt des menschenfressenden Luzifer. Friedrich Wilhelm hat es in einer Zeichnung zum 34. Gesang von Dantes *Commedia* gefunden.[76] Während Dante dem großen Fressen von Abtrünnigen als gläubiger Christ ungefährdet aus nächster Nähe zuschaut, muss Friedrich Wilhelm, im Glauben noch nicht fest, diesen erst noch erkämpfen. Er ist nicht sicher vor diesem Ungeheuer, das ihn bis in seine Träume verfolgt. Darin, wir kennen es vom Königsberger Traum, schöpfte er seinen Mut. Jetzt setzt er diesen beim Zeichnen um. Wie ein griechischer Held stürzt er sich in den Kampf. Dazu wurde für ihn zum Geburtstag 1810 die Oper *Achill*[77] eingerichtet.

Derart gewappnet steigt er hinab in ein Genre, das Delbrück mit dem *Abdallah* als eine Art Gegengift von ihm ferngehalten hatte – der Gothic Novel.

Von Horace Walpole begründet, hatte Ann Radcliffe daran weitergeschrieben. Ihre *Mysteries of Udolpho* von 1794 forderten Friedrich Wilhelm gleich eine ganze Reihe von Zeichnungen ab. Dem Genre tat es keinen Abbruch, dass das verfallene Schloss Udolpho nicht in England, sondern im Apennin liegt und die Protagonistin aus der Gascogne stammt. Auf einem Blatt zeigt er den grausigen Fund eines verwesenden Leichnams im Alkoven des Schlosses – der sich allerdings als Wachsfigur herausstellt.[78] Auf einem Wandgemälde gegenüber dem Alkoven eilt, im Großformat, der heilige Georg herbei.

Der christliche Ritter und Drachentöter kommt im Roman nicht vor. Friedrich Wilhelm ruft ihn zum Kampf gegen das Böse auf. Der Georgsritter war keineswegs sein Phantasieprodukt. Er gehörte neuerdings zur politischen Realität. Seit dem Tod der Königin schwoll die sogenannte Erhebungsliteratur gegen die französische Besatzung sprunghaft an. Rittergeschichten, moralische Erzählungen und patriotische Gedichte fanden die Gunst des Publikums. Für einen kleinen Kreis von Liebhabern kam es zu einer ungewöhnlichen Vorführung. Henriette Hendel führte im April 1811 ihre Attitüden in Berlin vor. Im Unterschied zu den dilettantischen Tableaux vivants von Hof und Adel war man von der Professionalität der Darbietung angetan. Wahrscheinlich sah Friedrich Wilhelm, was er im Exil nur notieren konnte. Der König wurde neugierig und ließ sich im Dezember in einer Privataufführung die Wirkung von solchen Tableaus mit professionellen Mitteln im Schauspielhaus vorführen.

Nachgestellt wurden Raffaels *Heiliger Michael*, *Die heilige Margarethe*, *Die Befreiung Petri aus dem Kerker*, die *Sixtinische Madonna*, Andrea Sacchis *Hagar und Ismael in der Wüste*, Correggios *Heilige Nacht* und Jacques-Louis Davids *Belisar bittet um Almosen* – sämtlich für Malerei der Römischen Schule gehalten. Nach dem Erfolg gab der König die Vorstellung auch für die Öffentlichkeit frei. Er hatte die Reaktion richtig eingeschätzt. Ein Kritiker schreibt in der *Allgemeinen Moden-Zeitung*: »Es scheint, daß ein großer Teil des Publikums diese Genüsse nur sucht, um wenigstens auf Stunden den Druck zu vergessen, der schwer auf ihm lastet; es gebraucht diese Vergnügungen, wie schmerzstillende Opiate.«[79]

Mit Frühlingsbeginn versuchte es Friedrich Wilhelm mit einem anderen »Opiat«, der Naturanbetung. Ancillon mahnte, »daß Sie nicht beim Anblick der wiederaufblühenden Natur vor Freude springen, denn das tut das junge Reh im Walde, noch allein vor Freude jauchzen, denn so begrüßen auch alle Vögel den Frühling, sondern einen freien, frommen, hohen Blick in die weite schöne Welt Gottes werfen möchten.«[80] Er wollte ihm austreiben, was von Rousseaus *Émile* noch geblieben war. Eine Naturverehrung wie in der Antike ließ der Christ nicht zu. Friedrich Wilhelm sah die geschichtliche Herkunft.

Auf jene »Erhebungsliteratur« wurde er durch Fouqué aufmerksam. Dieser hatte seit der Rückkehr des Königs aus Preußen Kontakt zum Hof gesucht, war aber mit der patriotischen Schrift über die Bewaffnung von Freiwilligen noch unbeachtet geblieben. Darauf übersandte er ein Exemplar des *Waldemar der Pilger, ein vaterländisches Schauspiel,* an Friedrich Wilhelm, von dessen Leidenschaft für die Literatur er erfahren hatte. Das Schauspiel hat die Treue des brandenburgischen Adels einschließlich der Fouqué gegenüber dem Königshaus zum Thema. Dichter und Kronprinz begegneten einander zuerst auf dem Feld der Literatur.

Fouqué hatten die Umstände zur nordeuropäischen Literatur geführt. Er dramatisierte Friedrich Heinrich von der Hagens vielbeachtete Übersetzung des Nibelungenliedes ins Neuhochdeutsche. Der Erfolg blieb aus, weil ihm solche Texte nicht gelangen. Erst Fichtes *Reden* führten ihn auf seinen Weg. Im folgenden Werk beschwor er die moralischen und gesellschaftlichen Werte vergangener mittelalterlicher Zeiten herauf – und traf damit den Zeitgeist. Im *Zauberring* durcheilen deutsche, altfranzösische, spanische und italienische Ritter, vereint mit nordischen Seekönigen Europa. Es sind nicht mehr die Ritter Ariosts. Sie kennen ihren Code, und dieser bleibt unumstößlich. So fällt es einem Netzwerk muslimischer Fundamentalisten leicht, die Ritter unter der Maske von Ehrenmännern mit dreisten moralischen Schachzügen zu übertölpeln.

Das Ehr- und Glaubensdrama beginnt mit der sorgsamen Auskundschaftung jenes höfischen Codes. Dann schleichen sich die Muslime in das Vertrauen der Ritter ein. Während diese arglos ihrer Ritterpflicht nachgehen, entführen sie eine Hofdame. Sie fordern Lösegeld. Fouqué konstruiert daraus eine komplexe Geschichte. Statt ermüdender Geiselbefreiung wie in alten Opernlibretti spitzt er das Geschehen auf den Kampf um das Zentrum der Christenheit zu. Der Bey von Tunis plant den Überfall Roms, um anstelle der christlichen Laterne den islamischen Halbmond auf Sankt Peter zu pflanzen. Die Sagen um Attilas Eroberungspläne waren durch Zacharias Werners Tragödie aufgefrischt.

Der Papst kann die Stadt nicht ausreichend verteidigen. Die muslimische Unternehmung wäre gelungen, wenn der Papst nicht im letzten Augenblick den Bey von seinem Vorhaben abgebracht hätte. Die Rettung des Christentums verdankt sich allein dem komplexen Geflecht mittelalterlicher Herrscherhäuser. Nach etlichem Hin und Her von Geschichten erweist sich der Bey als verschollener europäischer Ritter. Dass aber muslimische Glaubenskämpfer ihre aggressiven Pläne in Europa verwirklichen, war Friedrich Wilhelm nicht begreiflich. Er fand für den kaltblütigen Missbrauch von Ritteridealen in seinen bisherigen Vorstellungen genauso wenig Platz wie für King Duncans Verräter und rief jenen König aus *Macbeth* zum Zeugen auf: »The sin of my ingratitude even now was heavy on me.«[81] Duncan hadert, es gebe keine Kunst, »to find the mind's construction in the face«, was ihm dann auch zum Verhängnis wird. Hatte man Friedrich Wilhelm ebenso mit Tugendgeschichten hinters Licht geführt, statt ihm das wahre Gesicht des Menschen zu zeigen? Auf der nächsten Skizze stehen »Makbeth«[82] und Banquo den Hexen auf der Heide gegenüber und hören ihre Prophezeiung. Dann ist Macbeth allein, im Gewand eines römischen Kriegers, in ihr Reich vorgedrungen.[83] Dort gibt es kein Entrinnen: Vor ihm die schauerlichen Hexen, rücklings droht der Schlangenbiss.

Oder beschwor jener Rittercode das Böse erst herauf? Oder war der muslimische Eroberungszug nach Rom eine Anspielung auf Napoleon, der den Papst bedrängt hatte? Anspielungen auf lebende Personen gab es in dem Roman genug. Ancillons Warnung, Friedrich Wilhelm pflege die Phantasie auf Kosten nüchternen, strengen Denkens, er hasche stets nach Bildern und strebe nicht nach Ordnung oder Bestimmtheit der Begriffe, ging an der Sache vorbei. Friedrich Wilhelm sucht nach der Ordnung der Dinge.

Muss er sich damit abfinden, dass der Platz der Mutter, obzwar unersetzlich, leer bleibt? Seine Tante, Prinzessin Marianne, war bei Hofe die Erste, die das Mittelalter als Stilisierung begriff. Sie präsentierte sich in Kleidern jener Zeit, die engen und schweren Stoffe lasteten schwer an ihr, und das hochgeschnürte Mieder ließ Atem allenfalls für Erbauliches. Sie las mittelalterliche Schriften, im Paracelsus und in Thomas von Kempis' *Nachfolge Christi*, war fromm und machte ihre Bücher den Königskindern zugänglich. Friedrich Wilhelm wird sich dafür 1818 mit den *Bekenntnissen* des Augustinus revanchieren.

Dass Dichter wie Fouqué neuerdings eine Zeit verherrlichen, von der es hieß, der höfische Frauendienst sei so sittsam und edel gewesen wie später nicht mehr, wog die Schwere der Stoffe auf. Die »Prinzessin Wilhelm« Titulierte glaubte daran. Nach dem *Zauberring* ist sie Frau Minnetrost und wendet die Familiengeschicke mittels Zauberkraft zum Guten. Die Prinzessin spielte ihre Rolle gut. Sie ließ den Verwaisten den Roman im Charlottenburger Schloss vorlesen – vom Autor persönlich. Der Kronprinz und seine Geschwister sollten einen lebendigen Eindruck davon erhalten. Nach Berichten von Zuhörern las Fouqué seine Werke unglaublich schlecht, mit einem Pathos, das häufig die Grenze zur Komik streifte. Es waren Bühneneffekte, die er als Laie verfehlte. Die Macht des Dichterworts wurde zu Eskapaden. Die Königskinder hörten wie gebannt hin, und Friedrich Wilhelm sprach darüber wie von einem Fest. Die Geschichten prägten sich ein, und bald sprachen sie sich mit Namen danach an. Und noch 1848 wird Friedrich Wilhelm einen Satz des »kreuzbraven« Fouqué zitieren: Der Mensch gehe »aus Graus in Wonne, aus Nacht in Sonne, aus Tod in Leben« ein, und Friedrich Wilhelm meinte dazu: »Wie ich als sehr romantischer Jüngling vor dem Kriege das zuerst las, machte mir's gleich den Eindruck, als gälte es mir persönlich.«

Inzwischen zwang der »Satan«, wie er Napoleon gemäß der Apokalypse des Johannes und nach englischen Apokalyptikern nannte, den Besiegten bis in die französischen Kolonien seine Kultur auf. Friedrich Wilhelm zeichnet ihn, gehörnt und geflügelt auf den Globus deutend.[84] Zu den Leidtragenden gehörte die Baronne de Staël. *De l'Allemagne*, ihr Buch über die Kultur der Deutschen, verbot er, doch dessen Inhalt kursierte durch bereits verkaufte Exemplare umso eifriger.

Wilhelm von Humboldt und August Wilhelm von Schlegel hatten ihr in Gesprächen zur Seite gestanden. Schlegel beeinflusste gründlich das Kapitel über die Literatur. Die Weimarer Dichter und der Berliner Romantikerkreis werden darin beschrieben. De Staël vergaß Dichter des Zeitgeistes wie Werner nicht. Als Affront gegen Napoleons Kulturpolitik behauptete sie, deutschem Ideenreichtum stünde französische Dürre gegenüber.

Napoleons Missachtung anderer Kulturen mehrte die Gründung patriotischer Zirkel. In Deutschland war es die *Christlich-deutsche Tischgesellschaft*. Ihre Begründer, Achim von Arnim und Adam Müller, hatten bereits während des Königsberger Regierungsexils für die vaterländische Idee geworben. Nun traten ihr Fichte, Brentano und Savigny, schließlich auch Militärs und Politiker wie Carl von Clausewitz, Johann Albrecht Eichhorn, Ernst von Pfuel und Leopold von Gerlach bei. Der Gesellschaft nahe standen Kleist, Schinkel und Fouqué, wollten sich aber nicht vereinnahmen lassen. Friedrich Wilhelm wird die meisten nach und nach kennenlernen und einige in seine Regierung berufen.

Bei ihren Treffen wurden literarische und philosophische Themen diskutiert, Gedichte und Erzählungen vorgetragen sowie patriotische Lieder gesungen. Das Verbindende unter den ganz unterschiedlichen Mitgliedern war die Überzeugung, nur der preußische König könne, in der Rolle des Patriarchen, das Reich aus der Not führen. Darüber schwebte die frische Erinnerung an die verstorbene Königin. Wie ein Motto hieß es im Eingangslied der Gesellschaft:

> Unsres Volkes treue Herzen
> Bindet eine Geisterhand, [...]
> Daß sich Glaub' und Liebe finde,
> Und in Hoffnung sich verkünde,
> Ewig lebt die Königin.

Die patriotische Stimmung, vermehrt durch Lieder, Gedichte und Oden, fand wachsenden Zuspruch. Man wollte die Erhebung. Friedrich Wilhelm las zunächst bei Heinrich von Kleist und Ludwig Uhland – jener schrieb mit »fanatischem«, dieser mit »schlichtem« Sinn. Man kennt Uhlands Gedicht *Der gute Kamerad* bis heute – gesungen, gebraucht und missbraucht. Bald kamen Friedrich Rückert und Max von Schenkendorf hinzu. Schenkendorf schrieb

1813 das pathetische Gedicht *Das eiserne Kreuz*. Der König hatte dieses Ehrenzeichen für Verdienste um das Vaterland ausgelobt. Laut Schenkendorf wurde er damit zum Ordensmeister des Kreuzes, der das »alte Zeichen fand«, das die Deutschritter aus dem »weisen Morgenland« auf der Marienburg aufgepflanzt hatten.

Obwohl der König jetzt die Erhebung propagieren ließ, blieb die französische Kultur bei Hofe unangetastet. Sie war Bestandteil der Monarchie. Auf den Bühnen blieben Étienne-Nicolas Méhuls *Joseph in Ägypten* und François-Adrien Boieldieus komische Oper *Johann von Paris* auf dem Spielplan.[85] Die deutschen Bearbeitungen boten hinreichend Möglichkeit zur »Anpassung« von Unerwünschtem. Selbst französische Stücke aus der Besatzungszeit wurden weiter gespielt. Ferner hielt Schillers *Turandot*[86] die Welt offen. Friedrich Wilhelm zeichnete den Kaiser von China, dessen prächtiges Kostüm auch der Intendanz am wichtigsten war.[87]

Im Übrigen bewahrte ihn die Beschäftigung mit der Kunstgeschichte vor kultureller Einengung. Bei einem Besuch des Kunsthändlers Schiavonetti hatte er im Sommer 1812 eine Landschaft Poussins ebenso gelobt wie eine »Heilige Familie« Raffaels. Mit Rubens' Realismus tat er sich schwer, weil Magdalena einem »vor Wut entkräfteten Waschweib« gleiche und eine »Danae nebst einem umgestoßenen Nachttopf, Schnapspulle und Schwamm und dergleichen Schlechtigkeit mehr«[88] dargestellt sei. Er möchte die »heile Welt«, wie sie der junge Raffael gemalt hatte, nicht vom barocken Ausdruck des Alltäglichen in Mitleidenschaft gezogen sehen. Im Herbst zeigte der junge Maler Wilhelm Hensel auf der Akademieausstellung ein Blatt mit Napoleons Sturz nach dem biblischen Thema des Engelssturzes. Er bewies damit einigen Mut. Der Erzengel Michael trägt die Gesichtszüge des Zaren Alexander, Luzifer ist Napoleon. Friedrich Wilhelm zeichnete ein eigenes Blatt dieses Themas. Für ihn wurde es zur politischen Allegorie.

Von nun an wollte er mehr über die Malerei in den Berliner Ateliers wissen. Anfang 1813 kam Ancillon diesem Wunsch nach und führte die Prinzen zum Bildhauer und Akademieprofessor Johann Gottfried Schadow. Seither wurden ihm solche Besuche zur Gewohnheit, nicht zuletzt, weil sie den künstlerischen Horizont über Preußen hinaus spannten. Er wird selbst unter schwierigsten politischen Umständen daran festhalten.

Napoleon war inzwischen aus seinem Traum vom gemeinsamen Feldzug mit Alexander I. nach Indien erwacht. Er rüstete gegen Russland. Als er das zu den Reparationen gehörende preußische Kontingent in Berlin besichtigte, beorderte er König und Kronprinz zu sich und machte Friedrich Wilhelm Komplimente. Der jedoch ließ sich nicht beeindrucken – schon deshalb nicht, weil der Empereur keine ausländischen Dichter las. Er hätte gefunden, wie es Heerführern in Russland ergeht, wenn sie ihr Charisma verlieren: Schiller hatte es im *Demetrius* beschrieben: Dimitri, Sohn Iwans des Schrecklichen, war in Moskau gescheitert.

Napoleon drang dorthin vor, nahm aber einen brennenden Ort ein. Das Großereignis ging wie ein Lauffeuer durch Europa. Schinkel führte es auf einem Panorama der staunenden Berliner Menge vor. Der Feldzug geriet zum Debakel, das auch als Gottesurteil bewertet wurde: Das Genie »N« war besiegbar, der König ließ eine Landwehr Freiwilliger ausheben.

Drei Kriegsarten

Unter den Berliner Romantikern und ihren Freunden wurde jetzt patriotischer Geist eingeübt. Bettina von Arnim schreibt in einem vielzitierten Brief an eine Freundin: »Auch war es seltsam anzusehen, wie bekannte Leute und Freunde mit allen Arten von Waffen zu jeder Stunde über die Straße liefen, so manche, von denen man vorher sich's kaum denken konnte, daß sie Soldaten wären, [zum Beispiel] Savigny [...], der mit dem Glockenschlag 3 wie besessen mit einem langen Spieß über die Straße rennt [...]. Bei Arnims Kompagnie fand sich jedesmal ein Trupp junger Frauenzimmer, die fanden, daß das Militärwesen ihm von vorn und hinten gut anstand.« Nicht fehlen durfte »der Philosoph Fichte mit einem eisernen Schild und langen Dolch«. Ähnlich hielt es Schinkel.

Die Schriftstellerin hatte den praktischen Witz der Intellektuellen, die ausschließlich mit geistigen Waffen fochten, sofort erkannt. Während die französischen Soldaten die neue Strategie des »Tiriler«, des Kampfes ohne starre Ordnung und mit gezieltem Todesschuss anwandten, stammten jene »Waffen aller Art« aus Rüstkammern oder aus eigenen und fremden Texten. Zum Kampf taugten sie ebenso wenig wie ihre Träger. Genau darum ging es. Wer nicht waffenfähig war, wurde zum Gräben-Ausheben um Berlin geschickt – und entging auf diese Weise dem Krieg. Der wackere Fichte bot dem König immerhin seine Dienste als Feldprediger an – was diesem von einem Mann, den man einst des Atheismus bezichtigte, doch zu weit ging.

Auf Fouqué griff er deshalb zurück, weil dieser über militärische Erfahrung verfügte. Er wurde mit der Aushebung eines Bataillons Freiwilliger betraut. Gleich besang dieser seine Zurüstung wieder als »Festritt« und unterlegte das seit dem Barock gesungene Jagdlied *Auf, auf zum fröhlichen Jagen* mit einem neuen Text:

Frischauf zum fröhlichen Jagen,
Es ist nun an der Zeit. […]
Wer fällt, der kann's verschmerzen,
Der hat das Himmelreich.

Im Unterschied zu seinen Rolandsrittern redete er neuerdings nicht mehr von Sünde und Schuld. Für den Kampf erwarb er einen Pallasch genannten leichten Degen. Die Waffe konnte nur von Asmundur – dem Schmied seines *Zauberrings* – gefertigt sein. Tatsächlich stammte sie aus französischer Produktion. Noch vor Jahren fand man sie wie ein Fundstück an die Altarwand der Dorfkirche von Nennhausen gelehnt. Getragen von der allgemeinen Freiheitsbegeisterung fand die Aushebung in kürzester Zeit statt. Das Corps bestand überwiegend aus Intellektuellen, Lesern patriotischer Literatur. Zum Soldatendienst taugten sie nicht. Sie hielten Fouqué für ihren Spielmann und wählten ihn einstimmig zum Leutnant. Wer den *Zauberring* noch nicht kannte, trug die kleine Feldausgabe mit sich, die der König eilends drucken ließ.

Für Friedrich Wilhelm war der Augenblick der Einlösung seines Versprechens gegenüber der Mutter gekommen. Er wurde noch vor Vollendung des achtzehnten Lebensjahres konfirmiert. Der Bischof Friedrich Samuel Sack hatte ihm den Konfirmandenunterricht erteilt und nahm die Zeremonie am 20. Januar 1813 vor. Sie bestand aus dem öffentlichen, von Friedrich Wilhelm selbst verfassten Glaubensbekenntnis. Anwesend waren die königliche Familie, Minister, Generäle und Geistliche. Der Konfirmand beteuerte seine »Abhängigkeit« von Gott und versprach, sich vor »törichtem Hochmute, als wäre ich etwas und vermittelte ich etwas ohne Gott«, zu hüten. Nach dieser geistlichen und weltlichen Beglaubigung wurde am folgenden Tag ein Gottesdienst in der Berliner Hof- und Garnisonkirche abgehalten. Der Hofprediger Rulemann Friedrich Eylert predigte und erteilte das erste Abendmahl.

Ancillon trug ihm erneut Nachdenken über sein schwankendes Wesen auf. Es sei noch so, wie die Königin es beschrieben habe und woraus die übrigen Fehler folgten: Er sei sich wenig gleich, verändere stets Farbe und Ton, sei der Raub des Augenblicks.[89] Die Zukunft hingegen fordere den Fürsten große Eigenschaften ab, und wer ihr nicht überlegen oder über sie erhaben sei, ginge notwendig darin unter. Der Theologe und Lehrer wusste also um die Ordnung der Dinge.

Vor dem Aufbruch ins schlesische Militärquartier besuchten König und Prinzen das Grab der Königin und erbaten den »Segen« der Ruhenden. Friedrich Wilhelm versah sich zusätzlich mit allerhand Schutzzeichen: Haaren jener Locke, die man Luise vor dem Schließen des Sarges abgenommen hatte; einem Büchlein mit Denk- und Wahlsprüchen; einem rosa Blatt Papier für die Siegesmeldung an seine Schwester Charlotte und selbstverständlich dem Sanssouci-Orden. Die Haare und ein Amulett barg er auf der Brust.

Ohne Schutzzeichen zog niemand in den Krieg. Fouqué trug bei sich eine »Bezan« (Byzantiner) genannte Münze, die er mit dem Grafen Karl von der Gröben teilte, um »wie Helden aus der Ehrenzeit des weiland deutschen Reiches anschaubar zu sein«. Auf der einen Seite stand: »Und immer fragt der Seufzer, wo?« Der Poet Georg Philipp Schmidt von Lübeck war mit dem Gedicht *Der Wanderer* auf der Suche nach dem romantischen Land, wo »meine Rosen blühn«. Unversehens gerät er in eine unwirtliche Gegend: »Dort, wo du nicht bist, dort ist das Glück.« Sah Friedrichs Mönch noch ins vielversprechende Ungewisse, so hat der Wanderer die Verbindung zur Universalpoesie seiner Vor-Gänger verloren. In dieser Zeit kommt das Wort von der »Geworfenheit« des Menschen ins Dasein auf. Franz Schubert hat diese Wanderschaft unvergesslich gemacht.

Ein Held der christlichen »Ehrenzeit« des Mittelalters war Richard Löwenherz gewesen, den die Ritter des *Zauberrings* auf dessen Weg nach Jerusalem antrafen. Nach dem Bühnenauftritt im Opernhaus trat er jetzt tatsächlich im Sinne des Revers des Bezan auf: »Panier, Panier, wir sehn dich wallen.« Man zog in einen »heil'gen Krieg«. Ein Übriges tat die Propaganda. Unter den Soldaten wurde das abstruse Gerücht verbreitet, die in Wahrheit gar nicht gestorbene Königin sei, »nachdem der Glaube an alles Hohe und Schöne aus den Nebeln des Unheildruckes wieder erwachte«, so Fouqué, als Befreiungskämpferin erschienen. Die Krieger sollten der kühn entschlossenen Königin – wie sie Wilhelm Wach amazonengleich mit halb entblößter Brust vor dem Brandenburger Tor malte – bedingungslos in den Krieg folgen.

Der Kronprinz wurde zum Stabskapitän im ersten Regiment der königlichen Garde befördert. Dies bedeutete geschütztes Agieren in unmittelbarer Nähe des Königs. Sein Leitspruch für den Soldatendienst hieß: »Fromm sein und wahrhaftig sein behüten den König, und sein Thron bestehet durch Frömmigkeit«, nach König Salomo. Dann machte er sich, nach einem Gottesdienst, mit Schleiermachers Predigt und »den Klängen der *Armida* im Ohr« nach Schlesien auf. Unterwegs nahm er sich Zeit zur Besichtigung der romantischen Gegend bei Altenburg, und in Dresden »rannte« er in die Gemäldegalerie.

Ins Kriegstagebuch schrieb er: »Mein sehnlichster Wunsch war immer gewesen, einen solchen Kreuzzug mitzumachen«. Für den Ritter der Königin war allein dieses Szenario denkbar. Sein Eifer findet in einer lebhaften Skizze Ausdruck[90]: Ein gerüsteter junger Ritter übt sich im Ausfallschritt. Das offene Visier ist haltlos – und entblößt den kahlgeschorenen Hinterkopf mit Hunnenzopf. Vielleicht meint er dies mit dem Wort »Hunalair« unter einer ähnlichen Zeichnung. Von den nomadisierenden Hunnen stammte die Strategie, mit der die Russen Napoleon besiegt hatten.

Zu den Lagebesprechungen im Hauptquartier war Friedrich Wilhelm nicht zugelassen. General Scharnhorst berichtete ihm darüber. Er nutzte die Zeit zum Nachdenken über Ancillons Mahnung und äußert sich zum ersten Mal schriftlich dazu. Er gesteht die Zeit seit dem Tod der Mutter unumwunden als eine der Unaufmerksamkeit und Vernachlässigung seiner selbst ein. Tränen hätten dem nicht abgeholfen, und die Zeit sei unter ängstigenden Träumen ohne Linderung verflossen. Seine Zeichnungen aus dieser Zeit verstehen wir jetzt besser.

Vor allem, wenn er behauptet, die Angst sei bewältigt: Erst als er, Gott vertrauend, Besserung geschworen habe – woran er bis zu seinem Ende arbeiten wolle –, hätte sich dies geändert. Nun erst wisse er, was es heiße, der Erlösung und Heiligung zu bedürfen; und er fügt hinzu: Vielleicht sei bei niemandem der Glaube besser geborgen als bei ihm, denn er habe das Wirken Gottes mächtig in sich empfunden, den Wert inbrünstiger Gebete erfahren und welch unendlichen Trost und wahre, heilige, selige Freude dieser Glaube gewähre.[91] Die nur ihn selbst angehenden Zeichnungen bestätigen das wortgewandte Selbstbekenntnis. Waren damit Ancillons Vorwürfe gegenüber dem »sehr romantischen Jüngling« beseitigt? Gewiss ist, dass er den Glauben als Gegenmittel gegen die Angst nutzt. Und als befürchte er, Ancillon würde das »Geheimnis« weitertragen, verlangt er von diesem absolutes Stillschweigen. Zum Kampf versichert er sich Christi Hilfe. Jener steht im antiken Gewand und im Siegesgestus dem Teufel gegenüber, der gekrümmt aus der Bildfläche kriecht.[92]

Bei Lützen, dem Sterbeort Gustav Adolfs II., und bei Großgörschen sah es dann weniger pathetisch aus. Friedrich Wilhelm sah erstmals Kriegsgräuel und roch die Folgen: Was als geregelter Aufmarsch »wie auf einem Schachbrett« begonnen hatte, endete damit, dass »alle Gräben, alle Hecken, alles […] voll von Gemordeten und Sterbenden«[93] lag. Der Dichter Ernst Theodor Amadeus Hoffmann wird dergleichen wenig später bei der Besichtigung des Dresdner Schlachtfeldes eingehend beschreiben. Friedrich Wilhelm begriff jetzt den Unterschied zwischen Krieg und Ritterromanen. Er wird einen tiefen Abscheu gegen allen Krieg entwickeln – selbst dann, als man ihn um der Ehre Preußens willen dazu nötigt, wird er standhalten.

Ihm sei, als er Napoleon durchs Fernrohr gewahr wurde, gewesen, als wäre der Satan leibhaftig der Hölle entstiegen. Es war nicht mehr als ein dramatisches Bild, in der königlichen Garde war er sicher. Deshalb hielt er es auch für unangemessen, dass man einem »Tue- und Taugenichts«[94] dafür das Eiserne Kreuz und vom Zaren gleich noch das Georgskreuz vierter Klasse verleihe. Nicht äußert er sich über die Fragwürdigkeit des Sieges bei Großgörschen. Die Ehrenzeichen nimmt er aber an. Als der König zur Aufwertung des roten Adlerordens das Eichenlaub für besondere Verdienste auslobte, schlug er vor, dessen sieben

Rippen sollten die preußischen Prinzen und Prinzessinnen symbolisieren – damit ihr Vorbild zu persönlichen Taten aufmuntere.

Solche Zeichen reichten ihm nicht hin. Er benötigte die Literatur als Anregungsmittels zur Vermehrung der »romantischen Kriegsstimmung«. Zu Beginn des *Zauberrings* erfolgt mit dem Ritterschlag des jungen Otto von Trautwangen jene Initiation, die dessen »Festritt« legitimiert. Friedrich Wilhelm machte sich dies zu Eigen und benutzte im Feld Namen nach dem Roman. Das Erstaunen der Kriegskameraden ließ erst nach, als einer in der Feldausgabe sich unter neuem Namen entdeckte. Schließlich suchte Friedrich Wilhelm nach Fouqué.

Als er bei einem böhmischen Dorf an der Jägerschwadron von Fouqués Brandenburger Kürassieren vorbeiritt, erkundigte er sich nach Heerdegen von Lichtenried – dem Großen Alten des Romans. Für die Kürassiere des Intellektuellenbataillons konnte dies nur ihr Spielmann sein. Der aber war nicht mehr im Feld. Es hieß, er sei, mehrfach verwundet, ausgeschieden. Fouqué behauptete nun in einer ebenso wirkungsvollen wie absurden Geschichtsklitterung, das Rittertum habe seit dem Mittelalter eine ungebrochene Tradition und erst im preußischen Militär seinen Höhepunkt erreicht. Der König ließ dem Ritter daraufhin für »bewiesene hohe Liebe gegen König und Vaterland« den neubelebten Königlich Preußischen Sankt Johanniterorden überreichen.

Friedrich Wilhelm vermehrte seine romantische Kriegsstimmung ferner mit den *Geschichten aus Tausendundeiner Nacht*, droht doch Scheherezade – der orientalischen Zeitaufheberin – Enthauptung, wenn ihre Phantasie versiegt. Sie schöpft aus jener Gegenwelt, die durch das Unwahrscheinliche, Überraschende, Maßlose, Absurde und den Traum die Realität unaufhörlich unterläuft. Friedrich Wilhelm sucht eine Fluchtlinie, auf der die Ordnung der Dinge Kopf steht, und überhöht diese vermittels der orientalischen Orte ins Übersinnliche. Er betrieb »Vermehrung romantischer Kriegsbegeisterung« als Aufladung des Endlichen mit »unendlichem Sinn«, wie es Schlegel propagiert hatte.

Während Napoleon sich nach der Schlacht von Großgörschen Anfang Mai 1813 mit erschöpften Truppen zurückzog, blieb Friedrich Wilhelm Zeit für ein Treffen mit seinen Geschwistern im schlesischen Kunzendorf. Wegen des Ausnahmezustandes sollte es ihnen in Erinnerung bleiben, »Minnetrost« wurde zum Synonym für »Mondschein«. Die europäischen Fürsten nutzten die Waffenruhe zur militärischen Allianz gegen den aufrüstenden Napoleon. Er sollte mit einer weit überlegenen Streitmacht und an mehreren Schauplätzen vollständig bezwungen werden. Bei Leipzig, einer Gegend flach wie ein Teller, die brillante Manöver und Ausflüchte ausschloss, standen sich schließlich 800 000 Soldaten gegenüber, so viele wie niemals zuvor.

Der Tag vor der Entscheidung fiel auf Friedrich Wilhelms zwanzigsten Geburtstag. Würde er wie Dante im dritten Gesang der *Commedia* das Höllentor mit der Aufschrift »Lasciate ogni speranza …«, lasset alle Hoffnung fahren, durchschreiten? Es ist der Satz, mit dem der Philosoph Hegel seine Jenaer Vorlesungen eröffnet hatte. Friedrich Wilhelm hielt skizzierend fest, was ihn beschäftigte.[95] Personen in langen Gewändern, ein Mönch im Habit und wohl auch er selbst sind im Gebet versunken. Er gelobte gleich mehrerlei: die Begründung eines Ordens, falls er das Versprechen an die Mutter einlöse, und, noch unbeholfen, eine ins Große gedachte Version der Residenz Friedrichs in Sanssouci für sich selbst.

In den drei folgenden Tagen wurde dann der in die Geschichtsbücher eingegangene Sieg der Alliierten in der »Völkerschlacht« bei Leipzig erfochten – mit 100 000 Toten. Friedrich Wilhelm überstand die Schlacht unverletzt in der königlichen Garde. Wie die übrigen Sieger ließ er sich für die Nachwelt als Freiheitskämpfer in Uniform mit der weißen Kokarde am Arm malen. Doch nicht ganz so. Das Halbporträt ist der Bild gewordene Kommentar zur Ordensverleihung von Großgörschen. Orden und goldbetresste Schulterstücke kehren zwar den Ruhm hervor. Sein Gesicht wollte Friedrich Wilhelm dem Betrachter jedoch nicht zuwenden.

Die Allianz ruhte nicht, bis Napoleon aus dem Weg geräumt war. Als die französischen Truppen den westlichen Teil des alten Deutschen Reiches am Rhein räumten, schien dies Friedrich Wilhelm wie eine Offenbarung. Beim Nachrücken nutzte er jede Gelegenheit zum Besuch historischer »Merkwürdigkeiten«. In Weimar das »Römische Haus« Karl Augusts und die Bibliothek. Der Erbprinz zeigte ihm das Schloss. Auf dem Theater wurde *Wallensteins Lager* und *Das Geheimnis oder der Nabob*[96], ein englisches Schauspiel, gegeben und tags darauf gemeinsam mit »Fürstlichkeiten« *Die Herberge im Walde* und *Rosen des Herrn von Malherbes*.[97] Goethe war nicht da.

Dann ging es weiter in Richtung Rhein. Im Geiste hatte Friedrich Wilhelm das Land längst erschaut. Nun gewann er es für sich. In Eisenach »rannte« er auf die Wartburg und in Gelnhausen zum alten Stauferschloss Friedrich Barbarossas. Beim Einritt in die alte Reichsstadt Frankfurt, dort wo einst Kaiser gekrönt wurden, hörte er selbst Soldaten vor Seligkeit schreien. Auf dem Rathaus bestaunte er das Schwert, das Karl der Große der Stadt für ihre Verdienste tausend Jahre zuvor schenkte.

Der Anblick des Domes gegenüber dem Rathaus war weniger erhebend. Die im Mittelalter wie eine prachtvolle Kaiserkrone geplante Turmhaube war erst in der Barockzeit fertig geworden. Statt der aufragenden Bügelkrone sah man jetzt eine flache, viel verlachte »Schiebermütze«. Solchem Anblick half Friedrich Wilhelm unverzüglich mit einer Zeichnung ab. Der Plan mit der »Kaiserkrone« war erhalten. Mit dem Ergebnis war er so zufrieden, dass er einen barocken Putto offenen Mundes darüber staunen lässt.[98]

Beim Anblick des Rheins rangen Erträumtes, Erlesenes und Erdachtes mit dem, was er sah, um den Vortritt. Seine Begeisterung für den Strom teilte er mit romantischen Schriftstellern: »O Dio – Dies ist die schönste Gegend von allen deutschen Landen!! Mir ist's wie ein Traum ... Dieser Rhein, wie er vom Berge graziös aussieht! Welch ein Strom!! Nach dem Jordan und Ganges und Nil der erste der Welt!« Lange vor der Romantik waren jene Ströme zu Paradiesesflüssen stilisiert worden. Papst Innozenz X. hatte die Vier-Flüsse-Allegorie auf der Piazza Navona in Rom als Demonstration weltweiter Verbreitung christlichen Glaubens in Stein schlagen lassen. Zu sehen sind die Personifikationen der Flüsse Donau, Nil, Ganges und Rio de la Plata. Das »O Dio« Friedrich Wilhelms ist ein italienischer Wachtraum, worin ein Meisterwerk barocker Skulptur Platz findet.

Er zog erst weiter, nachdem er Johann Sulpiz Boisserée empfangen hatte. Seit Jahren trug der Kunstsammler Pläne zur Vollendung des gotischen Domes in Köln zusammen. Man hatte den Bau, der bis zur Renaissance immer noch nicht fertig war, wegen veränderter Vorstellungen von Gottesnähe eingestellt. Erst die patriotische Stimmung weckte das Interesse am gotischen Baustil. Friedrich Wilhelm musste nicht erst für das Projekt überredet werden.

Nach einer Schiffsfahrt den Rhein hinab folgte er auf französischem Gebiet den Heeresrouten der Alliierten auf Paris zu. Obwohl er sich auf dem Boden des Heiligen Reiches fränkischer Kaiser wusste, beschlich ihn bei Aussehen und Benehmen der Franzosen ein unerwartet befremdendes Gefühl. Auch führte die Route über die wenig »merkwürdigen« Orte Belfort, Vesoul, Langres und Chaumont. Zeichnete er deshalb im Januar in Langres eine offene Landschaft mit rauchendem Vulkan?[99] Einen solchen gibt es dort nicht. Im Vordergrund winkt eine Frau im Federhut beim Fortgehen zurück. Ist der Vulkan die Chiffre für das eben Erlebte?

Friedrich Wilhelms Phantasie jedenfalls ist höchst angeregt. Er ist auf gotische Kathedralen gestimmt und macht sich mit einfallsreichen Skizzen Luft. Jetzt sind es auch Kirchen mit prächtigen gotischen Glasfenstern.[100] Die an der Seine gelegene »überaus göttliche« Kathedrale von Troyes entspricht ganz seinen Erwartungen, und ihm fällt eine Allegorie für den »heil'gen Krieg« ein: der Kampf Davids gegen Goliath. David kämpft – unter ihm im Kleinformat das Freiburger Münster – für die Alliierten, Goliath – über der Kathedrale von Troyes – für Napoleon.[101] In der siebenschiffigen Kathedrale von Bray ist es schließlich ein wesentliches Thema gotischer Baukunst. Es geht um nichts Geringeres als die Erfindung eines Bauelements, das gotische Kathedralen Frankreichs auszeichnet: der Chorumgang mit Kapellenkranz als Pilgerweg.

Trotz erhebender Kunst und Stille in den Kathedralen brachte Friedrich Wilhelm den Kriegslärm immer schwerer fort aus seinen Gedanken. Ihm war, als fänden die Menschen nur noch in der Nacht, wenn die Waffen ruhten, zu ihrer Unschuld zurück. Im März 1814 räsonierte er, »wie ich in so vielem sonderbar, und anders als andre bin«, wie er die Zeit anhalten könne, damit

»die Sonne nicht aufginge und der Mond und die Sterne immer schienen«. Nur so würden jene, die mit der Sonne bloß zum Morden und Politisieren aufstünden, liegen bleiben und allein durch »schönen Schmerz« verwandte Seelen einander begegnen.

Darüber hatte er wahrscheinlich in der Romanze »In der stillen Mitternacht, / Wo nur Schmerz und Liebe wacht« im *Cid* gelesen. An Charlotte schrieb er, damit sei er allerdings – man hatte es ihm oft genug eingeschärft – »reif fürs Tollhaus«. Ein neuerlicher Hymnus an die Nacht desjenigen, »der oben stand auf dem Grenzgebürge der Welt, und hinübersah in das neue Land, in der Nacht Wohnsitz«, wie bei Novalis konnte so nicht entstehen. Sein Empfinden vom Sonderbar- und Anders-Sein aber blieb.

Wenigstens fand der Krieg bald sein ersehntes Ende, Napoleon wurde besiegt. Unter dem Jubel der Bevölkerung zogen die alliierten Truppen am letzten Märztag 1814 in Paris ein. Für viele war dies das Vorspiel zur Rückkehr der Bourbonen mit dem Wahlspruch »Le roi est mort, vive le roi«. Das Volk hatte ihn seit Jahrhunderten intoniert. Die Nachricht von Napoleons Abdankung erreichte Friedrich Wilhelm in seiner Unterkunft im Palais der Ehrenlegion. Tags darauf beschrieb er Charlotte, wie ihm war. Warum sollte, nachdem die Geister der Heroen des Altertums in den Heeren der Allianz auferstanden seien, zum bevorstehenden österlichen Auferstehungsfest nicht auch das längst begraben geglaubte Reich Chlodwigs wiedererstehen. Wie Konstantin der Große hatte Chlodwig durch Konversion zum Christentum Thron und Glauben miteinander vereint.

Friedrich Wilhelm möchte nicht einsehen, warum eine Auferstehung des Heiligen Römischen Reiches Deutscher Nation – auf Befehl Napoleons hatte der österreichische Kaiser 1806 auf seinen Titel verzichtet – nicht möglich sei. Charlotte solle dies bloß keine zu kühle Seele lesen lassen, damit man ihn nicht für einen Narren halte. Es sei der Erguss seines Herzens, und er habe dies nirgends so gefühlt als in dem »großen Sündenpfuhl« Paris. Charlotte bestätigte ihm am 21. April, dass er damit nicht allein stehe: »Du zweifelst auch nicht an der Auferstehung des alten heiligen deutschen Reiches? In unserem Herzen lebt es schon in voller Kraft, und Gott, der so viel Wunder getan hat, wird auch die Herzen dahin lenken, ein ganzes Großes bilden«. Im Friedensvertrag vom 30. Mai hieß es dann freilich in Artikel 6 unmissverständlich: »Les États de l'Allemagne seront indépendants et unis par un lien fédératif.« Die deutschen Staaten sollten also nicht in einem Reich vereint werden.

Die Zeit bis zur Unterzeichnung des Vertrages verstrich mit Paraden, Visiten und Bällen. In Friedrich Wilhelms Augen waren dies »unzählige Raffinements, um die Zeit zu verderben.«[102] Wenn möglich besuchte er die Sehenswürdigkeiten der Stadt. Durch den Louvre, wo man Napoleons Raubgut für den Rücktransport verpackte, ließ er sich führen. Angesichts der überwältigenden Fülle von

Kunst beschloss der König, die zurückgewonnene Hauptstadt seines Reiches nach den früheren Diskussionen endlich mit einem Museum auszustatten. Er erwarb eine Sammlung barocker Meister der adeligen Familie Giustiniani wegen mangelnden Interesses an diesem Genre günstig. Sie erweiterte die von Friedrich Wilhelm kindlich bewunderte Sammlung des preußischen Königs.

Besuchte er auch die Passage du Caire, die Napoleon nach dem Ägyptenfeldzug mit dem Panorama ausstatten ließ? Der von Kindheit an darauf Neugierige dürfte eine Besichtigung des »Originals« kaum ausgelassen haben. Niemand ahnte damals die »Hausse« des Passagenbaus im kommenden Jahrzehnt. Das Treiben der 600000 Einwohner hielt er – wie seine ausgefallenen Ideen – für tollhäuslerisch und behauptete unumwunden, die Pariser harrten »der Rückkunft der goldenen Zeit der Fils de bon Henri«[103], der Bourbonen. Man singe das Lied »Vive Henri IV.« – und er schrieb es auf.[104] Erst mit der Krönung Ludwigs XVIII. hätten sich die Gemüter beruhigt.

Ebenso hielt er für gut, »daß die Franzosen jetzt unsere Freunde sind«, weil dies allen »National-Haß« vergessen mache. Er schwärmt davon als »Quelle künftiger Größe und Wohlstandes, [der] Freyheit von Deutschland, Spanien, Frankreich und Italien.«[105] Die neugewonnene Freundschaft nutzte er unverzüglich und ließ sich die Pläne zum begonnenen Schloss gegenüber dem Pont d'Iéna zeigen. Napoleons Staatsarchitekten Percier und Fontaine sollten an dieser Stelle Schloss Sanssouci überbieten. Die anfängliche Reserviertheit des Architekten Pierre-François Fontaine wich bald angesichts des aufrichtigen Interesses des jungen Thronfolgers. Beide ahnten nicht, dass sie sich bald wiedersehen würden.

Am 1. April wurde zu Ehren der Sieger in der Opéra-Comique die Tragédie lyrique *La Vestale* des Komponisten Gaspare Luigi Spontini gegeben.[106] Sie hatte zu den Paradestücken des napoleonischen Empire gehört. Jetzt fügte sie sich nahtlos in das königliche Repräsentationsschema ein – und dabei sollte es nicht bleiben. Friedrich Wilhelm begeisterte sich für die »himmlischen Ballets«, die in Paris seit Louis XIV unverzichtbar waren. Der König war so angetan, dass er diesen Stil künftig auch zur Repräsentation seiner Monarchie einsetzen wollte, und bot dem Komponisten ein Engagement an der königlichen Oper Berlins an.

Friedrich Wilhelm verbrachte die weiteren Abende möglichst in Theatern, »davon 8 sind ohne alle permanente Equilibristen, Manegen, Hanswurstbuden, Panoramen, Cosmoramen, Riesen, Zwerge etc.«, was seinen Eindruck vom »großen Narrenhaus« bestärkte. Er kannte offenbar einen der letzten Pläne Schillers nicht, die Stimmen von Paris in einem einzigen Buch einzufangen. Auf weiteren Bühnen, wie dem Théâtre des Variétés am Boulevard Montmartre, hatte die Satire ihren Platz. Ohne deren abgründigen Witz und schnellen Esprit war Paris nicht denkbar. Als Friedrich Wilhelm begeistert darüber an Ancillon schrieb, mutmaßte dieser innerste Verderbnis und mahnte, der preußische Kronprinz gehöre nicht sich selbst, sondern dem Vaterland, der Nachkommenschaft und dergleichen mehr. Doch dieser besuchte die Bühnen allein schon deshalb weiter, weil er dort ein Stück von sich selbst sah. In den Opern und Schauspielen fand der traditionelle Hang der Franzosen zu klassischen Tragödien reichen Ausdruck. Friedrich Wilhelm berichtet, er habe den Schauspielern Mars und Talma höchst aufmerksam hingesehen. François-Joseph Talma galt, vor allem als Orest in Goethes *Iphigenie* als die »wahrhafte« Verkörperung seiner klassischen Rollen. Er erreichte dies durch Beseitigung allen deklamatorischen Beiwerks und spielte in »historischen« Kostümen. Offenbar schaute auch der König zu, denn er wird diese Form bei erster Gelegenheit an seinen Theatern einführen. Und Friedrich Wilhelm wird daran anknüpfen.

Indes vernachlässigte dieser den königlichen Habitus keineswegs. In Notre-Dame besah er den Kronschatz: Kaisermäntel, Zepter, Reichsapfel und Lorbeerkranz. Ferner die uralte Krone Karls des Großen, verziert mit antiken Gemmen, dessen Schwert, die Sporne und das Gefäß der heiligen Dornenkrone. Auch hierher war ein Splitter vom Stamm des heiligen Kreuzes gelangt.[107] Mit gleichem Eifer besuchte er die Grablege der fränkischen und französischen Könige in der Basilika von Saint-Denis, damals noch außerhalb von Paris. Vielleicht hatte es daran gelegen, dass die Zerstörungswut der Revolutionäre nicht an diesen Ort gerührt hatte und die strenge Würde der Sarkophagskulpturen der Könige unangetastet geblieben war. Mit der Skulptur Chlodwigs hatte Friedrich Wilhelm ein Beispiel jener mittelalterlichen Gravité vor Augen, deren Ausdruckskraft nicht wieder erreicht wurde.

Den »namenlosen Reichtum« von Versailles hätte er sich »nimmer träumen« lassen. In Saint-Germain schaut er von der Terrasse auf das Tal der Seine hinab und nimmt im umliegenden Wald an einer Jagd – unveräußerlicher Bestandteil der Monarchie – teil. Es ist der Ort, an dem er zum romantischen Höhenflug abheben wird. Schließlich, es war Frühjahr geworden, machte man sich auf den Rückweg. Die neuen politischen Bündnisse führten die Reise über London, wo der Wiener Kongress in die Wege geleitet wurde. Anfang Juni, kaum am Meeresstrand von Boulogne angelangt, setzte die Phantasie Friedrich Wilhelms ins Land Ossians, nach »Albion« über[108]: Jener blinde Sänger aus Macphersons Dichtungen würde ihn dort gewiss mit Harfenspiel empfangen. Die imposante Felskulisse hinter dem Sänger – in der Zeichnung des Prinzen – ist das Shakespeare Cliff, auf das Friedrich Wilhelm gleich bei der Ankunft in Dover zusteuerte.

Neben offiziellen Feierlichkeiten auf Windsor Castle, wo dem König der Hosenbandorden der Georgsritter verliehen wurde, suchte Friedrich Wilhelm die beiden Hauptkirchen der Stadt auf: die alte St. Paul's Cathedral und Westminster Abbey. Er erlebte die triumphierende Pracht des anglikanischen Gottesdienstes. Die alte Liturgie wird weit sorgfältiger gepflegt als auf dem Festland. Womöglich kam es auch zu einer Aufführung des Oratoriums *Alexander's Feast or The Power of Music* aus der Feder des anglisierten Komponisten George Frideric Handel. Unter seinen Zeichnungen befindet sich eine mit Zitaten aus dem englischen Text.

Alexander habe sich nach der Eroberung der persischen Hauptstadt Persepolis Wein, Weib und Gesang hingegeben und dabei die Contenance verloren – hieß es. Tatsächlich ließ er die Stadt in Brand setzen. Herder gab, in augustinischer Theologentradition, der Verführungskraft der Musik die Schuld, nicht Alexander.[109] Friedrich Wilhelms Zeichnung zielt auf Darius. Mit ungewöhnlich dichten Strichen[110] hält er das Gelage fest und schreibt darunter dessen Ende: »Darius great and good by too severe a fate«. Der Textdichter Dryden fährt fort: »Fall'n from his high estate […] on the bare earth expos'd he lies, without a friend to close his eyes.« Vielleicht meint Friedrich Wilhelm den besiegten Napoleon, dem nach dem Tod die Augen nicht geschlossen würden. Doch war es wirklich das, worüber er entschuldigend vermerkt, er hätte sich »tête baissée in einen Strudel von neuen, großen kopfverrückenden sinnenbethörenden Sachen […] stürzen müssen«?[111] Machte ihn ein »sinnenbethörendes« Wesen seine Schwester vergessen?

In Anbetracht der Würde der Londoner Hauptkirchen und der noch frischen Kriegseindrücke entschloss sich der König spontan zum Bau eines machtvollen Erinnerungsdomes in Berlin. Den Auftrag erteilte er Schinkel. Dieser wollte mehr. Sein Gemälde eines gotischen Domes am Wasser ist eine Allegorie auf die idealistischen Vorstellungen Fichtes. Wie in der mittelalterlichen »Tugendwelt« sollten die Menschen nach Eintracht streben. In seiner Studienzeit an der königlichen Bauakademie war Schinkel auf die mittelalterlichen Ruinen der Marienburg aufmerksam geworden. Der Freiheitsdom wurde wegen deren Anbindung an das Ordensrittertum zum patriotischen Projekt.

Dieses führte Architekt und Kronprinz zueinander. Friedrich Wilhelm hatte Boisserées Pläne zur Vollendung des Kölner Domes vor Augen, und beim Skizzieren eines Freiheitsdomes überkreuzten sich die Mittelalterprojekte. Die Skizzen häuften sich, und mit einem Mal fand der Kölner Dom auf der Berliner Spreeinsel Platz.[112] Schinkels Allegorie mittelalterlich gekleideter Menschen wurde bei ihm zu Vorstellungen der Auferstehung des Heiligen Reiches. Und er ließ es nicht dabei. Als russischer Georgsritter, der er seit Großgörschen war, und nachdem er die Ordensvergabe in London miterlebt hatte, wollte er nun sein »Gelöbnis« mit einem Georgsorden nach eigenen Vorstellungen einlösen.

Während die eingesessenen reine Verdienstorden waren, schwebte ihm die Betonung der Geschichte vor: Der erste Ritterorden, die Tempelherren, hatten sich bei ihrer Gründung 1120 auf Salomos Tempel in Jerusalem berufen. Mitglieder des neuen Ordens sollten Friedrich Wilhelms Geschwister werden. Im Oktober 1814 trug Prinz Carl, der zur Ordensführung prädestiniert war – ein Kronprinz hatte andere Aufgaben –, dem König das Anliegen zum Ankauf der »Kälberwerder« genannten Havelinsel bei Potsdam für eine Ordensburg vor. Der König beriet mit Kaiser und Zar in Wien über die Stiftung der »Heiligen Allianz« und mochte dem Vorhaben nichts entgegensetzen. »Sankt Georgen im See« stand zunächst nichts im Weg. In Frage kam nur ein Bau nach dem Mittelalter. Der hohe Kubus der Kapelle mit Spitzbogenfenstern und aufgesetzten Fialtürmchen am Wasser sollte ihn als christliche Ordensburg weithin kenntlich machen.

Friedrich Wilhelm legte viel Wert auf das Symbolische. Er zeichnete das, woran man Ritter unterscheidet: Ordenszeichen und nach Rängen abgestufte Kleidung. Der Ordensmeister trägt ein langes Schleppengewand und eine Georgskrone, obenauf der heilige Ritter.[113] Die höfischen Mitglieder sollten zur Aufnahme in den Orden wie Initianden eine Prüfung ablegen. Zwecks Geheimhaltung experimentierte der Kronprinz mit fremden Zeichen und Buchstaben. Ein Versuch der Namensschreibung nach einem Runenalphabet[114] ist ihm zu wenig. In eine Skizze neben der Beschreibung des Ordens packt er alles hinein, was dazu passen könnte: Um eine Sphinx, in Europa seit langem Symbol für das Geheimnis[115], gruppiert er die Anfangsbuchstaben der vier Himmelsrichtungen – in Sanskrit-Zeichen. Dazu die Worte »Dom Daniel«. Und als wäre dies nicht genug, wird das Ganze von den Säulen der Freimaurerei, Jachin und Boas, gerahmt. Was aussieht wie ungeordnete romantische Kriegsbewältigung, ist wie ein Knäuel, das wir entwirren müssen.

Mitten in diesen Wirrwarr platzte der Klassizismus hinein. Der König hatte Luises Tod nicht angenommen. Eine Skulptur, möglichst getreu wie im irdischen Schlaf, sollte ihm ihr Dasein simulieren. Den Auftrag erhielt Christian Daniel Rauch, ehemals Kammerherr der Königin. Er hatte in Rom Bildhauerei studiert und sollte nun unter den ängstlich wachenden Augen des Königs die Gestalt der Königin »richtig« darstellen. Es entstand ein völlig unbefriedigendes Modell. Nach zähem Ringen fand Rauch Gehör, dass die Skulptur nur mit einem eigens dafür gebrochenen Stein am Ort seiner Studien gelingen könne. Umgeben von antiken Vorbildern und unter dem wohlwollenden Rat der befreundeten Bildhauer Antonio Canova und Bertel Thorvaldsen nahm der Stein die Form an, welche die Königin unvergesslich macht.

Rauch wartete die von Friedrich Wilhelm gepriesene »Freyheit der Meere« ab, bevor er sein Werk einschiffte. Die Skulptur war etwas ganz anderes als der König bestellt hatte: Der Kopf mochte an den Luises erinnern, der Gesichtsausdruck ist aber durch Vorbilder griechischer Göttinnen idealisiert. Der etwas überlebensgroße Körper scheint wie eine Entrückung. Unschuld und verführerischer Reiz, Realität und klassische Überhöhung, Gedenken und körperliche Präsenz schweben derart in der Waage, dass Widerspruch ausgeschlossen ist. Der König war überwältigt. Wegen ihres Klassizismus war die Skulptur nicht minder herausfordernd für Friedrich Wilhelm. Eben noch hatte er das christliche Pathos der Skulptur Chlodwigs bewundert. Damit war aber der Dialog unmöglich, den er mit der Mutter führen wollte: Sie würde sich gewiss gleich erheben, um das abgebrochene Wort mit ihm fortzusetzen.

Er hätte ihr vom Einlösen seines Ritterversprechens reden wollen. Aber es war noch nicht so weit. Die europäischen Fürsten waren bei der Aufteilung ihrer Kriegsbeute auf dem Wiener Kongress unterbrochen worden. Der verbannte Napoleon war mit einem spektakulären Coup von Elba nach Paris zurückgekehrt und wieder an der Macht. Diesmal machten die Fürsten unverzüglich mobil. Gleichzeitig mit der Kriegserklärung an Napoleon war Fouqués Nachschrift zum neuen Ritterroman *Sintram und seine Gefährten* beendet. Aber die Ereignisse sollten sich nicht wiederholen.

Fouqués Roman entwickelt sich zu einer Schicksalstragödie. Die dunkle normannische Landschaft ist Abbild der geplagten Seele des Protagonisten. Für Friedrich Wilhelm wurde der *Sintram* angesichts des neuerlichen Auftritts »Satans« zur Probe aufs Rittertum. Der junge Sintram wird seit Jahren von Erscheinungen gequält, deren Herkunft und Absicht im Verborgenen liegen. Unaufhörlich greifen sie ihn an. Er ist schwach genug und gibt ihnen allmählich nach. Aber es ergeht ihm nicht wie Abdallah. Beim Sturz ins Unglück rafft er sich auf zu Läuterung und Rückkehr zur Tugend. Er bricht auf zu einer einsamen Burg, zur Mondburg – für Friedrich Wilhelm der Ort, wo es am besten wäre, wenn die Sonne nicht aufginge.

Seine Zeichnungen beginnen mit Sintrams irrlichterndem Ritt dorthin.[116] Begleitet von einem Knappen durchzieht dieser eine weite Ebene zur Burg auf hoher Warte. Es ist helle Mondnacht – was sonst? Die beiden sind, so sieht es Sintram, nicht allein. Es spukt um sie her, der Teufel ist nah. Fouqué deutet dies im Untertitel der Geschichte an: *Eine nordische Erzählung nach Albrecht Dürer.* Er meint dessen Kupferstich *Ritter, Tod und Teufel*, der ihn angeregt habe. Nach den eigenen Angstträumen hatte Friedrich Wilhelm eine lebhafte Vorstellung vom Kampf gegen den Teufel.

Mit Hilfe eines Kaplans und der Gebete der abgeschieden im Kloster lebenden Mutter gelingt Sintram schließlich der Sieg über den satanischen Verführer. Friedrich Wilhelm zeichnet das Ende. Der Ritter hat den Teufel in Gestalt eines Lindwurms wie Georg den Drachen besiegt und auf eine Lanze gespießt.[117] (Abb. 6) Der Satan ist unschädlich gemacht. Es ist Friedrich Wilhelms christliche Aussöhnung mit dem Tod. Mehr noch: Er hat seine Ängste besiegt – dreißig Jahre bevor der Philosoph Kierkegaard nach vom König initiierten Berliner Vorlesungen das erste Werk über den Begriff der Angst schreiben wird. Soweit die Literatur. Über die Realität mussten die Waffen entscheiden.

6   Friedrich Wilhelm, Ritter mit aufgespießtem Drachen nach Friedrich de la Motte Fouqués *Sintram*

Der König hatte Friedrich Wilhelm ein Kommando im »philiströsen Potsdam«, wie er es nannte, auferlegt. Der ist des Krieges überdrüssig, schimpft über das »vermaledeite Exerzieren« und ist verzweifelt: »Io sono desperato!« Er wünscht sich fort in hellere Gegenden, sehnt sich ins wenige Schritte entfernte »göttliche Sanssouci« hinüber, wo er ohne »Exerziergedanken [...] arabische und indische Gedanken und Orangenduft aus 1001 Nacht« atmen will. Aus der Verzweiflung hilft ihm einmal mehr die Literatur: Am 1. April 1815 »berichtet« er Charlotte[118]: »Der Fürsten Rat zu Wien hat mir den Oberbefehl über die Hülfsvölker vom Ganges übertragen und Du siehst wohl am ersten ein, wie sehr die Bestimmung mit meiner orientalischen und indischen Passion übereinstimmt. [...] Schon im vorigen Jahr war ich zum Raja von Chandernagor und Nabob [Statthalter] auf der Küste von Oryxa [Orissa] ausgerufen, welche die Engländer siegreich aus jenen Gegenden vertrieben und ihre Unabhängigkeit unter meinen Schutz proclamiert. Endlich bin ich [...] und 80000 Hindu's, die nach indischer Sitte, selbst mit ungemeiner Pracht, mir meine Ernennung anzeigen wollen, [...] bereits Anfang März in Bithynien gewesen.«[119] Charlotte war von diesen Gegenden vermutlich nur Bithynien aus der Bibel[120] bekannt.

Abgesehen vom Aprilscherz setzt Friedrich Wilhelm das Mittel des Überspielens ein, das nur für Außenstehende absurd ist. Das Durcheinanderwürfeln von Orten und Ereignissen bringt die englische Kolonisierung Bengalens mit dem Befreiungskrieg zusammen: Die Engländer hatten den Franzosen ihre Kolonie mit Hilfe von eigens ausgebildeten indischen Truppen abgejagt. Ferner stellten die Engländer neuerdings ein bedeutendes Kontingent an den Befreiungstruppen. Friedrich Wilhelm fährt deshalb fort: »Den 29. vorigen Monats erhielten die Fürsten zu Wien [...] die Nachricht, sie wollten gegen Bonaparte ziehen [...], und heute habe ich demnach mein Amt angetreten«. Er erträgt das Wiederaufleben des Krieges nur noch in der Rolle eines orientalischen Heerführers. Seit den Bühnenstücken des 18. Jahrhunderts konnte diese nur eine komische sein. Die Maßlosigkeit der Pracht war zum Mittel der Ironie geworden.

Am 8. Juni 1815 bricht er von Charlottenburg aus auf, nicht aber in den Kampf. Wie auf einem Kreuzweg wählt er Wittenberg als erste Station. An der Wirkstätte Luthers bricht es mächtig aus ihm hervor. Die Zeichenfeder hält seine Empfindungen auf eine Weise fest, wie er es zuvor nicht gewagt hatte: Eine Art Toga über der Schulter steht er mit ausgebreiteten Armen im Zeigegestus da, was an diesem Ort nicht erstaunen mag. Unübersehbar sind vielmehr die Wundmale wie beim Gekreuzigten.[121] Was erlaubt er sich?

Der Blick auf den religiösen Zeitgeist hilft weiter: Ein ungewöhnliches Beispiel für die Darstellung von Wundmalen lieferte der mittlerweile in den Schoß der katholischen Kirche zurückgekehrte Clemens Brentano.[122] Er besuchte in diesem Jahr die stigmatisierte Nonne Anna Katharina Emmerich – wie Luther dem Augustinerorden zugehörig – und machte deren mystische Visionen über das Leiden Christi zu einem Stück christlicher Erbauungsliteratur, das bald zwanzig Jahre später nicht minder erfolgreich werden sollte als Chateaubriands *Génie*.

Friedrich Wilhelm mochte von der Nonne oder einem ähnlichen Fall in Österreich gehört haben. Die Darstellung war für ihn nicht außergewöhnlich, gab es doch noch eine andere Deutung: In der Freimaurerei bezeichnet man den glücklichen Ausgang eines Aufnahmerituals als Auferstehung. Wir werden im Knäuel seiner Anspielungen diesen Faden finden. Nicht zuletzt macht er dem Kriegsleiden Luft, aus dem er herauswill. Er schreibt unter die Zeichnung: »Zu Wittenberg« und »Auf Wiedersehen in Wittenberg«. Das Blatt wird er kaum herumgereicht haben. Er musste weiter. Jetzt ist ihm nicht einmal mehr das gotische Mittelalter alt genug. In den Domen von Naumburg und Worms sowie in der benediktinischen Klosterruine Paulinzella beschäftigen ihn frühere Zeiten. Deren Baustil bezeichnet er, wie damals üblich, als »vorgotisch«.[123] Am 27. Juni ist er wieder in Frankfurt, am 6. Juli in Namur und über Saint-Quentin und Senlis am 11. Juli in Paris.

Unterwegs hält er das Buch in Händen, das ihn, nachdem die alten Ängste besiegt sind, vollends zu sich bringen wird. Soeben war Ariosts *Orlando furioso* in deutscher Übersetzung erschienen und erregte nicht nur in Romantikerkreisen Aufsehen. Gries hatte nun auch Ariosts Extremfall der Ritterliteratur in deutsche Verse übertragen. Ancillon wusste genau, warum er Friedrich Wilhelms »reine Seele« vor dieser »schlechten Gesellschaft« bewahren und den Roman mit ihm gemeinsam lesen wollte.[124] Doch dazu ist es zu spät: Sein Schüler – er lernt seit diesem Jahr Italienisch[125] – versteht genau, was auf dem Spiel steht.

Ariost ist, wie auf neuzeitlichen Schachturnieren, das ständige Eröffnen neuer Tableaus ebenso wichtig wie deren Fortgang – so lange, bis in der Maßlosigkeit der Simultanität das Zentrum verschwindet. Die Ordnung ist die von hintereinander aufgereihten Spieltischen. Die Schachbretter vereinigen sich zu einer imaginären Weltkarte, groß genug, dass die Ritter sich ständig verpassen. Wie auf trunknem Pfad durcheilen sie die Kontinente – in der Moderne wird daraus das »bateau ivre« des Selbst –, und es scheint, als wüssten die Ritter nicht, was sie wollen. Worauf soll es hinaus?

Der *Orlando* ist gespickt mit Allegorien, denen die Ritter, da sie sich in der fremden Geographie nicht auskennen, ausgeliefert sind. Sie werden in Geschichten verwickelt, in denen sie sich bloß widerspiegeln, und eilen so lange durch die Welt, bis sie begreifen: Sie müssen ihren Auftrag vergessen und die Ritterfahrt lassen. Ariosts Ironie besteht darin, dass er die Leser – wenn sie es wollen – vom Rittertum abbringt und zu sich selbst finden lässt. Nicht ohne Grund verschonte man allein diesen Roman vor dem Feuer, als Don Quichotte von seinem Ritterwahn geheilt werden sollte. Obwohl jenes Pferdegetrappel längst verklungen ist, begreifen wir allmählich, dass der *Orlando* auch ein Buch für uns ist.

Friedrich Wilhelm zeichnete nicht Ritter, sondern sich selbst, angetan mit einer Renaissancekappe, gebannt lesend. Mit dem Mann hinter ihm in zeitgenössischer Kleidung dürfte der Autor gemeint sein.[126] (Abb. 7) Friedrich Wilhelm geht jetzt auf jenes Spiel ein, dem sich Fouqué nicht gewachsen sah und das Klassiker wie Alexander von Humboldt als zu erhitzt von sich wiesen. Als König wird er Gries dafür in Form einer Unterstützung danken. Er half ihm erkennen, dass Realität und Allegorien ohne einander nicht funktionieren. Das Reich der Poesie hält sie zusammen. Er las den Roman vor dem letzten Gefecht bei Waterloo. Nach dem Sieg wurde der »Satan« auf die Insel St. Helena[127] im Südatlantik verbannt. Der »Festritt« war vorüber.

Über den zweiten Paris-Aufenthalt schreibt Friedrich Wilhelm im Juli an Charlotte, er fühle sich in dem gottverlassenen Land scheußlich, sehnsüchtig, sogar weinerlich. Der Empfang in der Stadt war diesmal ein anderer gewesen. Er schreibt vom Gerücht einer zweiten Bartholomäusnacht gegen die protestantischen Eindringlinge, es sei aber still geblieben in der Nacht. Erst beim Ausmalen der von ihr gewünschten Zeichnung von Glaube, Liebe und Hoffnung sei er »toll« geworden: »Mathilde [aus dem Freundeskreis] also käme links als Hoffnung, in dem schönsten grünen Gewande, mit Epheu bekränzt, den Blick gen Himmel, die Hände kreutzweise, einen goldenen Anker auf der Brust, wie ein Kreutz, und Du als die himmlische Liebe in der Mitten, beide umfassend, in weißem Gewand, mit Sternen gegürtet, die Dornenkrone aus dem weiße Rosen sprossen, auf'm Haupte, mit großen rosigen Flügeln, die die 2 gleichsam stützen, das Kreutz auf der Brust, und Abbat [Albrecht] und Wiwi [Luise] als kleine sich küssende Engel, zu Deinen Füßen.«[128] Er fragt noch, ob dieses Genre ihr recht sei. Wir kennen es von seiner Wittenberger Zeichnung.

Der Architekt Fontaine schreibt, er sei wegen der von Sanssouci inspirierten Residenzpläne erneut von Friedrich Wilhelm aufgesucht worden. Er ging darauf ein und hielt ihm einen Vortrag über die Bedeutung herrscherlicher Bauten als Repräsentationsmittel: Wie die Geschichte beweise, sei dies ruhmreicher als Krieg führen. Bald darauf habe er den Kronprinzen beim Skizzieren einer eigenen Residenz angetroffen.

Während sonst die Besichtigung von Kirchen obligatorisch war, besah er diesmal nur Saint-Michel-Archange, das Gotteshaus des himmlischen Helfers Michael. Die übrige Zeit verbrachte er dort, wo sich die große Welt ihr Stelldichein gab: Im Opernhaus beim »göttlichen« Auftritt der berühmten Koloratursopranistin Angelica Catalani oder, im kleinen Kreise, bei einer kammermusikalischen Soiree mit dem Komponisten Ferdinando Paër am Fortepiano. Die hundert Tage napoleonischer Regierung hatten das seit 1814 neu geknüpfte Netz royalistischer Gesellschaftsverbindungen nicht zerstören können. Wer sich berufen fühlte, kostete die Gunst der Stunde aus. Den preußischen Prinzen, jung und siegreich, standen alle Türen offen. Prinz August gehörte zu den glühenden Verehrern der Madame Récamier, die ihm dann auch ihr Porträt, gemalt von François Gérard, lieh.

Charlotte war von ihrem Bruder so manche Caprice gewohnt. Im Brief mit dem »Aprilscherz« hatte er geschrieben: »Ich vermähle mich mit der Perle von ganz Indien, mit der jungen Königin von Borneo, die sich bekehrt und mir geschrieben hat.«[129] Was steckte hinter diesem »Scherz«? In jenen Pariser Tagen war zwar alles möglich, aber eine Königin von Borneo wurde nicht einmal auf der Bühne gesehen. Charlotte wusste aber auch, dass ihr Bruder Tatsachen im Scherz verhüllte. Diesmal hatte er eine Simultanpartie eröffnet, die sich über Jahre hinzog.

Anfang September hatten König und Zar zur Besiegelung ihrer Brüderschaft Charlottes Heirat mit dem Großfürsten Nikolai beschlossen. Friedrich Wilhelm hatte ihn während des Krieges beobachtet. Er vermutete, sie werde sehr glücklich mit ihm sein, das Leben in Russland stellte er sich allerdings als eine »Hölle« vor. Und dann sei da noch der Glaubenswechsel. Charlotte müsse um Gottes Willen mit dem König darüber sprechen. Dieser habe über den Punkt ganz unrichtige Ansichten. Man »bilde ihm ein«, der Religionsunterschied sei nicht größer als der zwischen Lutherischen und Reformierten, und kein Mensch sei dreist und edel genug, ihm diesen Wahn zu nehmen, und so gefiele er sich in ihm.[130]

Auf dem Rückweg nach Preußen besuchte er die oranische Verwandtschaft in Brüssel, wo er am 29. September eintraf. Er begann eine weitere Partie, etwa so: Die hier verheiratete Schwester des Königs, Friederike Luise Wilhelmine, Königin Wilhelmine der Niederlande, malte in ihrer freien Zeit. Friedrich Wilhelm dürfte davon gesprochen haben, dass er sich die Wiederherstellung des Heiligen Reiches nicht austreiben lasse, worauf ihm Wilhelmine ein Gemälde zu diesem Thema nach seinem Entwurf anbot. Am 4. Oktober besuchte er Aachen, wo Karl der Große einst im Dom den Reichsapfel in der Linken hielt. Als er erneut am Rhein anlangte, tauchte er seine Rechte ins Wasser und machte drei Kreuze über der Stirn – zur Beglaubigung, dass er dem Reich angehöre.

Drei Tage vor seinem zwanzigsten Geburtstag schrieb er, rückblickend auf die voraufgegangenen Jahre, an den König: »Wie kann man noch einen Krieg mit heiligem Eifer führen, wenn Napoleon nicht mehr sein wird! Ich danke Gott, daß er mich diese Zeiten hat erleben lassen und keinen anderen Krieg.« Mit dem »heiligen« Krieg hatte er die existentielle Angst vergangener Jahre abgestreift. Frei davon wird er bald schreiben: »Wir nannten uns, mit schlechtem Witz, eine heilige Schar.«[131] Sein »heiliger Eifer« für Krieg und Romantik war wie jenen Knaben, deren Wunderhorn am Ende der Jugend geleert ist, erloschen.

7   Friedrich Wilhelm, Selbstbildnis bei der Ariostlektüre

2
Die Karte
(1815–1840)

If I don't manage to fly …

Benommen noch vom Sieg schaut Friedrich Wilhelm in die Zukunft und schreibt: »Gott hat gerichtet; was werden die Menschen tun? […] Ich baue mir nicht goldene Schlösser, auch nicht träume ich goldene Zeiten für uns, aber Zeiten träume ich, wo in Deutschland viel herrliche Saat für den Himmel aufkeimen soll.«[132] Nach der Befreiung in Gottes Namen erhoffte er eine neue christliche Zeit.

Der religiösen Dingen ebenfalls zugetane Zar Alexander hatte demgegenüber in Paris eine »Heilige Allianz« – die Dreieinigkeit von Russland, Preußen und Österreich – betrieben. Dreieinigkeit klang wie Dreifaltigkeit, und in der Schlussakte des Wiener Kongresses wird es dann auch heißen: »Entsprechend den Worten der Heiligen Schrift, welche den Menschen heißt, sich als Brüder zu betrachten, werden die drei Monarchen vereinigt bleiben durch die Bande einer wahren und unauflöslichen Brüderlichkeit, […] um Religion, Frieden und Gerechtigkeit zu schützen.« Brüder und Schwestern nannten sich europäische Herrscher seit der Neuzeit, weshalb der preußische König diese Allianz von vornherein für überflüssig hielt.

Friedrich Wilhelms Vorstellung von der »herrlichen Saat« scheint demgegenüber auf einer Romantisierung Novalis' zu gründen. Im Aufsatz *Die Christenheit oder Europa* hatte dieser einen Bogen, ausgehend von den »schönen glänzenden Zeiten, wo Europa ein christliches Land war, wo *eine* Christenheit diesen […] Weltteil bewohnte«, über den heilsgeschichtlichen Verfall bis in die Gegenwart gespannt. Glauben und Liebe seien in den voraufgegangenen Jahrhunderten durch Wissen und Haben verdrängt worden. Erst die »zweite Reformation« – die Französische Revolution –, in deren Folge »ein neues höheres religiöses Leben« begonnen habe, hätte dies geändert: Aber »es ist unmöglich, daß weltliche Kräfte sich selbst ins Gleichgewicht setzen, ein drittes Element, das weltlich und überirdisch zugleich ist, kann allein diese Aufgabe lösen.« Dieses sei, meint Novalis, der magische Idealismus, bei dem »die süßeste Umarmung einer jungen überraschten Kirche und eines liebenden Gottes« statthabe.

Friedrich Wilhelm will damit gleich bei sich selbst beginnen: »Es muß wirklich eine Tugend sein zu hoffen, […] in der ich durch die Begebenheiten, die mir bis jetzt in meinem Leben begegnet, nur immer befestigt worden. Auf diese will ich die anderen Tugenden pflanzen; das ist der Plan meines Lebens.« Das klingt beinahe aufklärerisch, doch man sollte genau hinhören. Er spricht nicht vom Fortentwickeln, sondern vom »Aufpflanzen«, vom Veredeln vorhandener

8 Friedrich Wilhelm, Selbstbildnis, in Sanskritzeichen: »In te domine speravi […]«

Dinge. Und war der Ton, den er in jenen Tagen anschlug, wirklich derjenige, den Reumont als Begeisterung für Novalis' »Poesie« vermerkte?[133]

Der Generation, die den Krieg im Jugendalter durchlebte, war durch diesen die Welt der Frühromantiker versperrt. Sie musste einen eigenen »Lebensplan« entwerfen. Am nächsten lag das Christentum, denn es hatte ihr durch den Krieg geholfen. Mit ihm suchte sie den Neuanfang. Die Erweckten, wie sie sich nannten, strebten nach unvermittelter Zwiesprache mit Gott: im Gebet bis hin zu ekstatischer Ausgelassenheit. Es herrschte Aufbruchsstimmung in einer Generation, die sich erst finden musste.

Dieses Gefühl »frühlingsgläubigen« Christentums ergriff Friedrich Wilhelm nicht ohne Blick in die Geschichte. Er zeichnet sich kniend, das Kruzifix umschlungen, demutsvoll zum Medaillon des Dornengekrönten aufschauend (Abb. 8) und schreibt verschlüsselt darunter: »In te domine speravi, non confundar in aeternum«: Auf dich, Herr, habe ich meine Hoffnung gesetzt und werde in Ewigkeit nicht erschüttert – aus den Fürbitten des *Te Deum laudamus*. Hufeland hatte ihm eine italienische Abschrift aus dem »Cantico del Sole di S. Francisco«[134] besorgt. Der vom heiligen Franz von Assisi um 1226 gedichtete *Cantico delle creature* knüpft an das ambrosianische *Te Deum laudamus* an. Franz geriet durch meditative Naturanbetung in Verzückung. Der Heilige stand seit dem Krieg in Mode. Görres, mittlerweile fromm, feierte ihn als mystischen Troubadour – was kaum mehr mit der existentiellen Selbstentäußerung jenes heiligen Mannes zu tun hatte, der es damit bis zur Stigmatisierung gebracht hatte.

Auf dem Rückweg von Paris machte Friedrich Wilhelm halt auf Schloss Weißenfels, wo er den Bilderzyklus der »Ossian-Dichtungen« anschaute. Was dem jungen Werther, der vor seinem Freitod darin gelesen hatte, nicht half – die Flucht in eine simulierte Vergangenheit –, hatte ihn den Krieg überstehen helfen. Demgegenüber waren die Gegenstände der Sammlung des verstorbenen Ulrich Seetzen im Besitz des Weimarer Großherzogs echt: Figürchen zweier ägyptischer Götter und ein am Heiligen Grab in Jerusalem geweihter Rosenkranz. Solche Objekte aus dem Orient waren in Europa seit jeher gefragt, vor allem wenn sie Hieroglyphen trugen. In ihnen vermutete man die Urbilder der Menschheit. Es hieß, Geheimkulte hätten diese verschlüsselt, weil nur Eingeweihte ihnen standhielten.

Für das Volk gab es Talismane. Fraglos galten sie als Speicher jener übersinnlichen Kräfte, welche die Menschheit verloren habe. Während Goethe aufgrund dieses Mythos mit einem neuen Genre experimentierte, sann Friedrich Wilhelm zeichnend darüber nach[135] – bis ihn Schwindel erfasste: »Ich war schon auf dem Punkt, um die Tochter [Seetzens] anzuhalten, denn sein Schwiegersohn erhält alle diese Herrlichkeiten«[136] – darunter eine Mumie.

Der Schwindel hatte einen weiteren Grund. Er berichtet Ancillon von einer Geschichte aus *Tausendundeinem Tag*, die seinem Zustand ganz ähnlich sei.

Inzwischen war er nämlich mit seiner »orientalischen und indischen Passion« beim orientalisierenden Genre angelangt. Es ist die Geschichte des Prinzen Seyfel-Muluk (Saif al Muluk) und Bedy al Jemel des französischen Schriftstellers Pétis de la Croix. Ancillon möge sie als sein Horoskop lesen: Denn »dies traurige Ende wird's auch mit mir nehmen!« Seyfel-Muluk ist ein Prinz aus Kairo, der auszieht, um jene Schönheit, in deren Bildnis er sich im Schatzhaus seines Vaters verliebt hat, wo auch immer zu finden.

Die abenteuerliche Reise führt ihn bis nach Serendib (Sri Lanka). Er übersteht sie lebend nur mit Hilfe eines bis zuletzt unerkannten Talismans, eines Siegelrings des Königs Salomo. Die Gesuchte, Badia al Dschamal, war dessen Favoritin. Hatte Pétis bis dahin eine ganze Anzahl europäischer Vorurteile eingestreut wie den Abscheu vor den Verlockungen einer immerhin standesgemäßen Tochter eines Negerhäuptlings, so findet er am Ende zu einer überraschend »orientalischen« Wendung: Obwohl die im Bild Geliebte seit Jahrtausenden im Grab ruht, lässt Saif keineswegs von seiner Liebe ab. Er will sie nähren und zeitlebens mit sich tragen. Dergleichen Linien ins Unermessliche faszinierten Europäer an der orientalischen Poesie seit jeher. Friedrich Wilhelm holte ein Stück des Weges ein, indem er »trüben Sinnes« in der Bibel las, und die großherzoglichen Talismane nahm er dankend entgegen.

Zurück in Preußen stand sein zwanzigster Geburtstag im Zeichen der frischen Eindrücke. Im Schauspielhaus wurde nach einer Rede *Die Heimkehr des Großen Kurfürsten* aufgeführt.[137] Fouqués vaterländisches Stück hatte man bereits zwei Monate zuvor am Geburtstag des Königs gespielt. Immerhin kam für Friedrich Wilhelm ein pantomimisches Ballett mit dem auf ihn reichlich unpassenden Titel *Die Rückkehr des Mars* hinzu.[138]

Als Geschenk seiner Wahl erhielt er auf der Akademieausstellung vom König ein weiteres Gemälde des Malers Friedrich. *Das Kreuz an der Ostsee* ist die Umdeutung von Zacharias Werners gleichnamigem Trauerspiel.[139] Was für den Schriftsteller »höhere Religion« war, blieb dem Maler existentiell: »Denen, so es sehen, ein Trost, denen, so es nicht sehen, ein Kreuz.« Für Friedrich Wilhelm war es, eingedenk der Kreuzstöcke auf der Flucht in den pommerschen Seedörfern, vor allem ein Kreuz. Das Gemälde fand seinen Platz im persönlichen Erinnerungsraum des Berliner Schlosses.

Mit Hilfe von Dantes Monumentalwerk *La Commedia, Die Göttliche Komödie,* begab er sich auf einen erprobten Weg: auf dessen Wanderung durch die christlichen Reiche Hölle, Fegefeuer und Paradies. Dante hatte ein komplexes Zusammenspiel von Höllenkreisen und Himmelssphären erdacht, in dem er Hunderten von Seelen berühmter historischer Persönlichkeiten gemäß ihrem Erdenwandel einen Platz zuwies. Die Lektüre blieb nicht ohne Zeichnung. Dante beugt sich zum Fluss des Vergessens, Lethe, nieder und ist geläutert. Im Hintergrund steht der Dichter Vergil – nicht das Ungewisse vor sich wie der Mönch am Meer, sondern das Paradies.[140]

Befreit will Friedrich Wilhelm jetzt das verwirklichen, was er während des Krieges begonnen, gelobt und heraufbeschworen hat – möglichst alles gleichzeitig. Er steigert die Simultanpartien virtuos, kombiniert, variiert, überblendet, führt in die Irre oder ins Leere, wie er es bei Ariost erlebt hat – und weil ihm jugendlicher Übermut dies gebietet. Eine davon besteht im Vergrößern der Fassaden von Berliner und von Schloss Charlottenburg nach Pariser Muster. In Gedanken schwelgt er noch ganz vom Besuch bei Napoleons ehemaliger Gemahlin Josephine und schreibt ihren Namen mitten hinein. Er selbst trägt einen Turban, sein erstes orientalisierendes Selbstporträt mit Architektur.[141]

Eine andere Partie ist die eigene Residenz. Ort und Name kennt er längst: den Hügel Tornow hinter der Havel, in direkter Sichtverbindung mit der Terrasse von Schloss Sanssouci. Es entstanden so viele Blätter wie für Kölner und Freiheitsdom zusammen. Anregen ließ er sich vom frisch erschienenen Prachtwerk *Maisons de plaisance de Rome* von Percier und Fontaine. Die Ratschläge von Letzterem waren nicht vergessen. Die hügelige Landschaft umher verband er mit Viadukten zum umfassenden Panorama. Zu diesem klassisch-antiken Bezirk[142] gehören ein Hippodrom, eine Pferderennbahn mit ägyptischem Obelisk, und einige weitere klassische Bauten. Das Ganze wird von Gartenanlagen umfangen.

Den Namen kannte er aus Aufführungen von Goethes *Tasso*[143] noch vor dem Krieg: Belriguardo, die fürstliche Sommerresidenz bei Ferrara. Die Renaissancefürsten der d'Este gingen dort frei von politischen Verpflichtungen der Beschäftigung mit Literatur, Kunst und Musik nach – so jedenfalls will es die Überlieferung. In dieser Umgebung soll Tasso sein berühmtes *La Gerusalemme liberata*, das *Befreite Jerusalem*, vollendet haben. Zu dem Schauspiel über den grüblerischen Dichter, den man zuletzt wegsperrte, war Goethe durch eine Biographie angeregt worden. Unter seiner Hand geriet Tasso zum »gesteigerten« Werther. Friedrich Wilhelm schuf sich ein virtuelles Belriguardo, wo ihm, das »göttliche« Sanssouci in Sichtweite, freier Raum zur Beschäftigung mit der Kultur geblieben wäre.

Auf einer dieser Zeichnungen vermerkt er den Beginn einer weiteren Partie: »Albarosa é Formosa«. Albarosa, italienisch für Blanchefleur, wie er Charlotte seit dem *Zauberring* nannte, und Formosa, portugiesisch für schön. Dies war ihm aber nicht verschachtelt genug, und er schrieb weiter »…nel Peristan«, in Peristan. »Albarosa é Formosa« wird lautmalerischer Vorspann zu »Peristan«. In Wielands Staatsroman *Der Goldene Spiegel* liegt das Land des Schah, des Königs, an der Grenze zum »aufklärungsfreien« Land der gütigen Feen, der Peri. Den zweiten Teil des Wortes entnahm er Wielands *Dschinnistan*, einer Sammlung von Feenmärchen. Dieses Phantasieland wird beherrscht von

Zauberern und Geistern, vor denen man sich besser hütet. Friedrich Wilhelm betreibt Grenzziehung.

Und diese verhilft ihm wiederum zur Fortsetzung seiner Heiratspartie. Für die Abreise Charlottes nach Russland gibt es mittlerweile einen Termin. Solange ihm Zeit bleibt, hebt er das im Scherz Begonnene auf eine neue Ebene. Das zuvor in Briefen leichthin Skizzierte gerät zu einer ausführlichen Erzählung – obwohl Charlotte in seiner unmittelbaren Nähe weilt. Jetzt kommt es auf den Text an, den er ihr erst beim Abschied überreichen wird. Die gestundete Zeit ist eine des Erzählens, das Verfahren ähnelt dem Scheherazades. Aber er bringt darin seine ganz persönliche Geschichte unter. Deren Allegorien machen uns den Zugang nicht leichter als zu Goethes gleichzeitigem *Westöstlichen Divan*. Goethe kokettierte mit dem Beifall der Leserschaft, Friedrich Wilhelm mit dem Charlottes.

Anfang November 1815 hatte er ihr angekündigt: »kurz und gut, daß die so oft belachte und zerlachte Geschichte du Prince Feridoun et de la Reine de Borneo kein Scherz, sondern klarer glücklicher Ernst ist.«[144] Allerdings läge Borneo schwerlich in Paris, wolle man »zugleich bei Verstand sein«. Was also hat es mit dieser »oft sehr spaßend nur berührt[en] und dadurch zugleich bedeckte[n]« Geschichte auf sich? Deren fremde Namen wie Russang Gehun, Brunninghir und weitere waren seit dem 18. Jahrhundert bekannt. Sie stammen aus einer französischen Quelle und waren 1785 in *The Novelist's Magazine*[145] als eine jener in England modischen »tatarischen Geschichten« abgedruckt worden. Womöglich begegneten sie Friedrich Wilhelm auf dessen kulturellen Streifzügen durch London. Sie eigneten sich bestens zum Verschleiern des wirklichen Umfeldes seiner »Königin«. Er weckte Charlottes Neugierde, hielt sich aber bedeckt.

Anders stand es mit dem Namen des Protagonisten Feridoun. Jener stammt von der »orientalischen und indischen Passion« der Kriegstage her. Im Orient kennt man Feridoun aus den Erzählungen mehrerer Länder. Im teils ins Englische übersetzten persischen Nationalepos *Shahname*, dem Königsbuch des Dichters Firdausi, ist er der Held, der sein zerfallenes Reich eint und fünfhundert Jahre lang weise regiert. Das biblische Alter und eine gewisse Lautähnlichkeit mit dem eigenen mochte Friedrich Wilhelm diesen Namen eingegeben haben.

Kannte Charlotte bislang nur Scherz oder verdeckte Andeutung, skizziert Friedrich Wilhelm ihr die Erzählung jetzt in einem Brief: Beim siegreichen Eintritt der Alliierten in Paris 1814 sei ihm eine fremde Frau gefolgt. Sie habe nicht geruht, bis sie Kontakt zu ihm fand. Unter dem Deckmantel einer Verkäuferin orientalischer Waren verwickelte sie ihn nach und nach in ein merkwürdiges Gespinst von Erzählungen. Sie, Tochter eines Deutschen und einer Italienerin aus Bayreuth – wo Friedrichs des Großen Schwester Wilhelmine einst lebte –, sei von Muslimen entführt und als Sklavin nach Ägypten verkauft worden.

Was anhebt wie eine jener zahllosen Lösegeldgeschichten, greift jedoch in die Regionen aus, die ihm seit Delbrücks Lesungen als paradiesisch galten: Die Frau wird über Mocca – ein Scherz über den Kaffeegenuss – in jenen Weltteil entführt.

Die Fremde hat neugierig gemacht und legt nun ihren Köder aus: Sie holt ein »bezaubernd schönes Bildnis« der Königin von Borneo hervor, das wie beim Prinzen Seyfel-Muluk Friedrich Wilhelms Sinne weckt. Ihre Herkunft tut das Ihrige. Mit Namen Satischeh Cara / Satscheh Cara, die »Schwarzhaarige«, nach den Sprachen der persisch-tatarischen Region, führt sie ihren Stammbaum bis auf den indischen Dichter Kalidasa ins vierte nachchristliche Jahrhundert zurück. Herrschaft und Geistesadel, hieß es, gehörte in jenen Zeiten noch zusammen. Kalidasa schuf das Theaterstück *Sakontala / Śakuntalā*.

Friedrich Wilhelm ist mächtig entfacht. Aber erst, als die Fremde ihm glaubhaft macht, sie, Magdalene mit christlichem Namen, solle als Botin der Königin von Borneo Seine Königliche Hoheit als deren Taufzeugen gewinnen, lässt er den Verdacht auf Betrug fallen. Der König von Borneo habe in einem vom Urwald abgeschirmten Tal seines Reiches, unfern der Schneegrenze in einer christlichen Enklave diesen Glauben entdeckt. Nun wollten er und seine Tochter – die Prinzessin Satscheh Cara – zum Christentum übertreten.

Die Sache lag nicht so fern, wie es scheint. Noch war die Sage, der Apostel Thomas hätte Indien das Christentum gebracht, im Umlauf. Mehr hatte Friedrich Wilhelm in den *Neuesten Untersuchungen über den gegenwärtigen Zustand des Christentums und der biblischen Literatur in Asien*[146] darüber gelesen. Die Reise dorthin soll also kein Phantasiestück werden, sondern der Kronprinz kommt seiner Christenpflicht nach. So weit der Entwurf der Erzählung Anfang 1815. Die schriftliche Ausarbeitung begann im September 1816 und wird uns viel von Friedrich Wilhelms »Lebensplan«, an dem er zeitlebens festhält, preisgeben. Schauen wir näher hin.

Der Weg nach Borneo war phantasiebeflügelt. Nicht einmal Tassos »erdichtete Paradiesesluft der Gärten Armiden's«, die mittels Luftpferden angeflogen wurden, reichten hin für den transkontinentalen Flug. Seit ihn der sagenhafte Vogel Roc aus *Tausendundeiner Nacht*[147] der Kriegsgräuel enthoben hatte, traute Friedrich Wilhelm allein diesem den Fernflug zu. Magdalene hatte ihn in das Geheimnis um dessen Flugeigenschaften eingeweiht, und vielleicht ahnte er, dass Vögel stets zum Ort ihrer Geburt zurückfinden.

Obwohl noch niemand über die Fahrthöhe von Ballons hinausgekommen war, ist das, was er auf dem Flug erlebt, erstaunlich realistisch: »Dann aber nahm die Schnelligkeit des Fluges mit jeder Minute zu. Wie vom Sturm getrieben ging's über den Calvaire dahin, und in einer Minute waren [wir] schon über Paris. […] Nun stiegen wir aber auch bald bis zur Alpenhöhe und viel, viel höher. […] Der Sturm war so arg, daß ich mein Gesicht verhüllte. […] Dann aber wurde es ruhiger in der Luft, aber so kalt, daß mir wie Eis war, und ich deutlich beim Sternenlicht Eistropfen in den Flügeln unserer Träger wahrnahm.«[148] Nach einem bewusstseinslähmenden Flug landet der Roc schließlich auf einem Plateau am Terrassenschloss des Königs von Borneo – wo die Prinzessin, umgeben von exotischen Tieren und dem mythischen Paradiesvogel, lebt.

Die Gegend ist Dantes irdischem Paradies vergleichbar – und einem Stück Kotzebues. Das Innere Borneos war von den Weltumseglern deshalb übersehen worden, weil die Einwohner mit »künstlich und konsequent geschmiedeten Fabeln« ihr Paradies gegen Eindringlinge aus Europa und China klug abschirmten. Fremde hätten stets nur Verderben mit sich gebracht, und deshalb sollte ihnen das Land, vor allem die prächtige Hauptstadt, verborgen bleiben: Mit elenden Bambushütten entlang der Küste simulierten sie traurige Tropen. Und die Fremden segelten vorüber. Doch haben Einwohner, die sich gegen Eindringlinge abschließen müssen, nicht bereits ihre paradiesische Unschuld verloren?

Friedrich Wilhelm ist jetzt zwar dort, aber noch nicht da. Im Traumschlaf verwandelt er sich in Dante, und die schwarzen Augen seiner Führerin Magdalene, worin »sich zwei Welten malten« – die irdische und die himmlische – wandeln sich in die Beatrices. Sie geleitet sicher durch die Sphären. Friedrich Wilhelm sicherte die Reise literarisch ab, weil er von Europa nicht loskam. Falls aber die Sache mit Dante, ohne den es für ihn nicht ging, seiner Schwester zu schwierig werde, möge sie weiterlesen mit der Beschreibung der paradiesischen Fauna und Flora »Borneos« – nach einem Bestseller des Ancien Régime.

In Jacques-Henri Bernardin de Saint-Pierres Roman *Paul et Virginie* ist es die tropische Insel Mauritius, fernab von Borneo im Indischen Ozean bei Madagaskar. Während Alexander von Humboldt die drei ersten Teile des Buches auf seiner südamerikanischen Forschungsreise wegen der genauen Beschreibungen der tropischen Vegetation als stetes »Anregungsmittel zum Naturstudium« dienten, hatte Friedrich Wilhelm eine Landkarte der Insel neben sich liegen und schrieb 1816 an Ancillon: »Ich verfolge alle Orte, die darin genannt sind, auf einer Carte von Isle de France.« So hieß die französische Kolonie damals.

Bernardin und dessen Freund Rousseau teilten mit den Aufklärern die Ansicht, an das weit zurückliegende Goldene Zeitalter könnten allenfalls verborgene Paradiese im Inneren unerforschter Gegenden erinnern. Im Unterschied zu den »traurigen Tropen« ist die Isle bereits zivilisiert. Nur eine Enklave liegt abgeschieden in einem einseitig offenen Tal. Hier wachsen Paul und Virginie auf. Wir befinden uns im vierten Buch. Ihre französischen Mütter hatten sich als Zivilisationsflüchtige dorthin zurückgezogen. Zum exotischen Paradies wurde der karge Ort erst durch Kultivierung heimischer Pflanzen. Diese berühmt gewordene Fiktion vom unbescholtenen christlichen Landleben im Einklang mit der Natur – Paul und Virginie werden als Analphabeten erzogen – hatte Chateaubriand für seinen *René* aufmerksam gelesen.

Erst unter weiterer Lektüre kam Friedrich Wilhelm in »Borneo« an, wo er sich in Feridoun verwandelte. In der indischen Mythe verkörpert dieser die gute, alle Menschen verbindende Grundkraft, und dies ist die Rolle, die er im weiteren Verlauf der Erzählung spielen wird. Ihr Territorium ist eines der Sprache, der Fiktion der Königin von Borneo.

Wenige Jahre zuvor war es zu einer sprachwissenschaftlichen Erkenntnis gekommen, die, würde sie beachtet, uns ohne Umwege auf die Insel brächte. Der Übertragung des Theaterstücks *Sakontala* aus dem Sanskrit ins Englische kommt die folgenreiche Vermittlerrolle nach Europa zu. Das Stück stammt aus vorchristlicher Zeit – als man in Indien noch Sanskrit sprach. Obwohl sein buddhistisches Weltverständnis den Europäern kaum zugänglich war, wurde es mit Tragödien griechischer Klassiker verglichen: Der durch bösen Zauber unerkannten und verstoßenen Prinzessin widerfährt Gerechtigkeit erst in der Jenseitswelt. Nachdem die indische Kultur bis dahin als völlig fremde aufgefasst wurde, rückte sie jetzt unversehens näher. Friedrich Wilhelm war beeindruckt von Sakontalas unbeirrbarem Streben nach Wahrhaftigkeit, in dem er sich selbst wiederfand, und, wie bei Dante, von der jenseitigen Versöhnung.

Es kam zum Sprachvergleich zwischen dem Sanskrit und den europäischen Sprachen. Friedrich Schlegel ließ es nicht dabei bewenden. Nach orientalischen Sprachstudien in Paris hatte er 1808 mit dem Essay über die *Sprache und Weisheit der Indier* mit der These verblüfft, die germanischen Sprachen hätten ihre Wurzel im Sanskrit als ihrer Muttersprache. Bald redete man von indogermanischen Sprachen, zu deren Familie unter anderen das Persische und das Lateinische gehören. Der Essay war ebenso grundstürzend wie seine in Jena veröffentlichte Schrift über die griechische Kultur.

Die europäische Nabelschau, wie sie Novalis in seinem Aufsatz oder Fichte in den *Reden* betrieben hatten, reichte nicht mehr hin. Die geistige Landkarte der Welt musste neu vermessen und deren Koordinaten vor Ausfahrt der Schiffe festgelegt werden. In dem auch Laien verständlichen Essay Schlegels fand Friedrich Wilhelm nicht nur den Namen »Feridoun«. Er machte sich den »Sanskritcode« zu eigen, denn er konnte sich in dieser Schrift ähnlich »zu Hause« fühlen wie in den europäischen Sprachen. Er schrieb die Sanskritzeichen in Form eines Alphabets ab[149] und richtete das Ganze für sich ein. Die Schrift sollte als geheime verschlüsselt bleiben. Er ließ sich nicht beraten.

Erst jetzt kann er mit der Borneo-Geschichte fortfahren, denn das »beklommene Gefühl« der Ankunft in einem Land, »von dessen Sprache und Sitte ich auch gar keinen Begriff hatte«, ist der Vertrautheit gewichen. Friedrich Wilhelm ist Feridoun. Nach einem Bad werden ihm »köstlichste« Salben aufgelegt. Die Haare sind während des viertägigen Fluges nazarenisch gewachsen. Feridoun lässt sie nicht kürzen. Sie werden für die bevorstehende Audienz in ein turbanartiges rotes Tuch gewickelt. Er erhält Schnabelschuhe, während die dargereichten Ohrringe ihm doch zu weit gehen.

Aus Neugierde – und zur Erhöhung der Spannung – unternimmt er vor der Begegnung mit der Verehrten einen Streifzug durch den Schlossbezirk. Er besieht den Roten und den Mondpalast, die Sonnenhöfe aus kostbaren Gesteinsarten und eine Überfülle von Edelsteinen – wie auf den Königlichen Bühnen im Singspiel *Aline, Königin von Golkonda*.[150] Die alten religiösen Inschriften auf »bizarren Basreliefs« befremden Feridoun nicht. Solche »Bizarrerie« hatte jahrhundertelang das Bild der Europäer vom Undurchschaubaren des fernen Orients wachgehalten. Seit man mit dem Sanskrit familiär war, befremdeten nur noch die vielarmigen Skulpturen.

Endlich erscheint »die Wunderherrliche, die Göttlichschöne mit seidnen Locken, schwärzer als das schwärzeste Ebenholz«. Friedrich Wilhelm fällt Schillers Gedicht *Die schönste Erscheinung* ein. Er zeichnet Satscheh Cara, die nach einem Topos altislamischer Poesie leichtfüßig wie eine Gazelle daherkommt. Ihr Kostüm deutet orientalische Kleidung bestenfalls an. Sie hat von Magdalene ein wenig Deutsch gelernt, das durch »Anmut und edle Dreistigkeit« – aufgrund der Sprachverwandtschaft – wie ihre eigene Sprache klingt. Allein den Namen Feridoun spricht sie wie im Englischen aus. Warum?

Plaudernd gibt man sich höfischen Vergnügungen wie der Fütterung tropischer Tiere hin. Der Gast rechnet die königliche Menagerie auf 1001 hoch[151], denn erst bei 1000 plus 1 kommt es zum Umschlag ins Maßlose. Feridoun ist überwältigt von der Pracht des königlichen Hoflebens, die selbst Beschreibungen von Bagdad in *Tausendundeine Nacht* übersteige.

Dann wird Festmahl gehalten, »prächtiger […] gewiß als Napoleons Staatstafel«[152] und anschließend *Sakontala* aufgeführt. Von »schönen Kulissen« kann dort nicht die Rede sein: Sie existieren ausschließlich in der hohen Kunst einer zurückgenommenen Gestensprache. Doch vom buddhistischen Theater wollten Klassizisten nichts wissen. Das Ende des Festes wird vom Schlossturm herab mit einem »Gong-Gong« als Zeichen allgemeiner Ruhe verkündet. Noch in der Nacht lässt der König durch Herolde verbreiten, dass er mit seiner Konversion zum Christentum Sklaverei, Sklavenhandel und Kniefall abschaffe – und damit Abschied von altorientalischen Herrscherbräuchen nehme.[153]

Nachdem Feridoun sich unter den anwesenden europäischen Bediensteten einen Engländer ausgesucht hat, ist er in die Hofgesellschaft aufgenommen. Das Tauffest ist auf den folgenden Tag angesetzt. Während der Vorbereitungen kommt es zur Empörung eines Vasallen. Eine Minderheit will am alten brahmanischen Glauben festhalten. Er rückt mit lauter »blinden Heiden« allen

Alters und Geschlechts mit um den Götzenwagen singenden und tanzenden Bajaderen gegen das Schloss vor. Feridoun tritt als Glaubenskämpfer auf und hilft den Aufstand niederschlagen, indem er das brahmanische Kultbild, Indras Pagode, in Brand setzt. Das seit alten Zeiten bewährte Mittel hat auch diesmal Erfolg.

Vorbereitet durch einen Mitternachtsgottesdienst besiegelt das Tauffest am folgenden Morgen die Installation des »heiligen Reiches bythinischer Nation« auf Borneo. Auf Anraten des Grafen Anton von Stolberg-Wernigerode, eines jener religiös Erweckten, hatte Friedrich Wilhelm im Gutachten[154] Karls des Großen über Taufzeremonien nachgelesen: Nach dem Betreten der Kirche legt der König von Borneo seine Krone auf die unterste Stufe des Altars neben einem Wasserbecken nieder, das die in der Kirche entspringende Quelle fasst. Während des chorbegleiteten Gottesdienstes sagt »der König selbst den Glauben her«, den alle Täuflinge einstimmig wiederholen. Anschließend werden Epistel und Evangelium verkündet, worauf die Taufe im flachen Wasserbecken unter Annahme christlicher Namen[155] vollzogen wird.

Feridouns christliche Mission ist erfüllt, die »Liebespein« bleibt. Satscheh Cara sollte nach dem Rückzug des Königs als Königin von Borneo ihrem frei gewählten Gemahl den Ring der Sakontala überstreifen. Darüber versinkt Feridoun in »Liebespein«, sinnt auf eine Lösung des unmöglichen Verbleibs und zeichnet sich in einem Gewand[156], das einen Hippie-Bewegten gut gekleidet hätte.[157] Charlotte gegenüber beklagt er, dass sie seiner Erzählung nicht geglaubt hätte, und nimmt dies zum Anlass ihres Abbruchs am 11. Juni. Er überreicht ihr die Blätter in einem Kästchen, worin sie wohlverwahrt nach Russland gelangen.

Während die Wissenschaft sich mit diesem Abbruch begnügt, holt der Biograph eine weitere »oriental tale« hervor, denn die Sache ist keineswegs geklärt: Der britische Autor und Reisende John Hawkesworth hatte im *Almoran and Hamet* ebenfalls auf jene Geschichte, aus der Friedrich Wilhelm die Namen nahm, zurückgegriffen. Auch er schrieb sie aus aktuellem Anlass: für die Hochzeit der künftigen englischen Thronanwärterin, einziger Erbin von George IV., Charlotte Augusta von Wales im Mai 1816.

Wahrscheinlich sind Friedrich Wilhelm und Charlotte Augusta einander 1814 in London begegnet. Auf eine Zeichnung zur Borneo-Geschichte schreibt er[158]: »Satisheh Cara, Dove sei tu … la mia ben?«[159] (Abb. 9) Italienisch war seit der Lektüre des Ariost zur Sprache seines Innersten geworden. Und er verbirgt sie hinter Sanskritzeichen. Was als kindliche Idee eines Lexikons der eigenen Sprache in Memel begonnen hatte, baute er zur Fluchtlinie seiner Befindlichkeit aus. Mit der Zeit korrigierte er sein Zeichensystem so, dass es sich zwar dem Sanskrit näherte, indem er die unterschiedlichen Vokalverbindungen im Wortinneren einbezog. Einen Sanskrittext hätte er genausowenig lesen können, wie seine Beschreibung von Borneo jene Insel meint. Dies war nicht sein Ansinnen. Es wurde sein persönlicher Code. Als Charlotte davon erfuhr, wünschte sie eine Abschrift des »Alphabets«.[160] Doch damit hätte er ihr sein Innerstes preisgegeben. Erst seit der Code »entziffert« ist[161], können wir Friedrich Wilhelm besser in die Karten schauen.

1814 hatte es Mutmaßungen gegeben, George IV. habe dem preußischen König zur Bekräftigung der europäischen Allianz die Heirat Friedrich Wilhelms mit Charlotte Augusta vorgeschlagen.[162] In Friedrich Wilhelms Ankündigung der Vermählung mit der Königin von Borneo schiebt sich eine weitere Partie ein: Sollte ein Brief Charlotte Augustas, tatsächlich oder erfunden, den »Schwank« ausgelöst haben? Oder ist es bloß die spielerische Verdoppelung des Namens Charlotte auf einigen Zeichnungen? Dass der Vogel Roc nicht mehr nach Borneo – beziehungsweise London – flog, hätte damit zusammengehangen, dass Charlotte Augusta mittlerweile vermählt war. Die »Liebespein« von 1817 bedurfte also eines neuerlichen Anlasses.

Schlegels Essay hatte Goethe zur neunstrophigen Ballade *Der Gott und die Bajadere* »nach einer indischen Legende« zum Orientalisieren gebracht. Sie beginnt:

Mahadöh, der Herr der Erde,
Kommt herab zum sechsten Mal,
Daß er unsersgleichen werde,
Mit zu fühlen Freud' und Qual.[163]

Maha Deva, Herr der Erde, ist ein Name Schiwas, und damit befänden wir uns mitten im Hinduismus. Die Ballade klingt aber wie jene Widmung Jean Pauls an Luise. Dessen Götter kamen aus Griechenland wie die Goethes.

Mahadöh geht, nachdem er die Menschen in der Stadt beobachtet hat, zu einem Freudenmädchen am Stadtrand, genießt ihren Körper und »prüft« sie, unerkannt als Gott, indem er sie in sich verliebt macht. Bevor die Männerphantasie mit dem sechzigjährigen Goethe durchgeht, hilft die Kultur. Bei der Leichenverbrennung des Liebhabers will die Bajadere wie eine Witwe mitsterben. Doch der Totgeglaubte gibt sich als Gott zu erkennen und zieht sie mit sich zum Himmel hinauf – wie in der griechischen Mythologie.

Friedrich Wilhelms Phantasie dazu ist eine ganz andere. Er zeichnet die Bajadere angetan mit Perlenkette und einer Art phrygischen Mütze. Wert legt er auf das Instrument in ihren Händen – eine Isis-Klapper. Dem Mythos nach soll Isis beim Trauerritual um ihren göttlichen Gemahl Osiris mit ihr den Klagerhythmus aufrechtgehalten haben. So hatte es Plutarch in den Mysterien beschrieben. Friedrich Wilhelm sieht die ägyptische Form der Trauer als Vorläufer der christlichen[164] und macht aus Goethes Legende eine seit dem Mittel-

9 Friedrich Wilhelm, Satisheh Cara mit Nebenfiguren

alter in der christlichen Kunst geläufige Darstellung: die Beweinung Christi. Die Szene ist ihm Beweis, dass das Christentum in den alten Religionen seine Vorläufer hat. Zur Bestätigung zeichnet er auf der Rückseite des Blattes eine stufenförmig zum Himmel strebende »Kathedrale«.

Nach Charlottes Vermählung am 20. April – begangen mit der royalistischen Oper *La Vestale* – und ihrer Abreise schlug Friedrich Wilhelm in seinen Briefen nach Sankt Petersburg ein neues Thema an: »Diesmal ist [...] die Rede [...] von Italien!«[165] Er hatte den Plan einer achtmonatigen Tour ausgeheckt und beim Minister Wittgenstein Unterstützung erreicht. Der König aber wies das Vorhaben umgehend zurück, Friedrich Wilhelm müsse sich gedulden.

Während des ungewöhnlich heißen Frühlings zogen sich die Königskinder in den »Hundstagen« auf ihr »durch linde Lüfte« gekühltes »Elysion«, die Pfaueninsel zurück. Es wurde geschwommen, die Vormittage lesend und Briefe schreibend zugebracht und nach dem Souper »nach guter alter Sitte [wie beim Jeu de paume in Paris] Federball geschlagen«. In den fortgeschrittenen Stunden des Tages war man nie sicher, welche Gäste die Insel betraten. Einmal stand die Gräfin Polischinska vor ihnen, die niemand kannte – bis sie sich als der verkleidete Wilhelm von Humboldt entpuppte.[166] Für Improvisationen lagen stets »Fummel« bereit.

Am Abend des 21. Juni, einem »der schönsten, die in allen Weltheilen nur seyn können«, bestieg Friedrich Wilhelm mit seiner Schwester Alexandrine den Turm des Kulissenschlösschens der ehemaligen Kurtisane Friedrich Wilhelms II. Frau Minnetrost stand am Himmel und »versilberte die Fluthen, [...] göttliche Ruhe überall«. Mit den Hinzugekommenen wurden zur Gitarre »Lieblingslieder« aus allerhand Gegenden gesungen: »God save them; O Du Deutschland; Wenn ich ein Vöglein wär'! O Santissima! etc etc etc.«, dann eine »himmlische Wasserfahrt bei Mondschein, bis Sacrow« gemacht; »unbeschreiblich schön war es.«[167]

Anlässlich der Premiere einer Oper in italienischer Sprache verließ Friedrich Wilhelm sein »Elysion« beim Gastspiel von *Pigmalione*[168] nach einem Libretto Rousseaus. Er hatte sich von der altbekannten Verwandlungsgeschichte Ovids gelöst: Die zum Leben erwachte weibliche Statue spricht den Künstler an, als schaute er in ein Spiegelbild. Nach der Faszination an einem Stoff, der bisdahin nur als Ballett diente, war es nun ein Spiel, das bald als psychologisch bezeichnet wurde.

Unversehens kommt Friedrich Wilhelm am 23. Juni auf sein Liebesthema zurück: »Mit höchster Ungeduld harre ich auf Nachrichten aus Memel. [...] Ma Reine schreibt doch fleißig.« Und am 29.: »Non à Memel! Ich bin ganz unglücklich jetzt.«[169] Ein Treffen mit seiner Schwester auf halbem Weg in Memel hätte nahegelegen. Doch gewiss ist, dass Friedrich Wilhelm die Anwärterin auf den russischen Kaiserthron niemals »Ma Reine« genannt hätte. Die neue Partie ist im Gange.

Ferner hält er Ausschau nach einem einsamen Tal in der Art, wie Bernardin es beschrieben hatte. Er findet es bei Freienwalde, dort wo er von seiner Schwester Abschied genommen hatte: einen »Garten des Friedens und der Ruhe«. Man könne dort ganz einsam sein, »à l'abri des fâcheux«, fern aller Unbilden der Zivilisation. Mit einem kleinen See in der Mitte, umstanden von einfachen Hütten, in die sie sich »wie Paul et Virginie« jederzeit zurückziehen könnten.[170] Die neue Partie bleibt mit seiner Schwester verknüpft.

Das Leben: Theater oder Bildungsstätte?

Der König begann gleich nach seiner Rückkehr mit der Verwirklichung von Artikel 6 des zweiten Pariser Friedens, wonach die deutschen Staaten kein gemeinsames Reich bildeten.[171] Die Repräsentation blieb Sache selbständiger Monarchen. Er ließ zwei Tage nach der Aufführung der *Heimkehr des Großen Kurfürsten*[172] seinen Geburtstag von elf Uhr an mit einer »dramatischen Akademie«[173] zum Besten der verwundeten Krieger nachfeiern. Sie endete wie die zum Tod Schillers mit der Rezitation der *Glocke*.

Eine Woche darauf war es das vierhundertjährige Jubiläum der Hohenzollernregierung mit Fouqués Vorspiel *Thassilo*, einer Erinnerung an die sagenvolle Geschichte Brandenburgs, mit Chören von Ernst Theodor Amadeus Hoffmann. Die Zarenfamilie war zu Charlottes Verheiratung nach Berlin gekommen. Man gab Schillers *Jungfrau von Orleans* und, zum Geburtstag der Mutter des Zaren, die Tragödie *Dmitri Domski*[174], das erste ins Deutsche übersetzte slawische Stück in Berlin. Eine improvisierte Vorstellung von Spontinis *Fernand Cortez* erinnerte an die gemeinsame Pariser Zeit.

Schließlich, Ende März 1815, wurde Goethes Versprechen eines Festspiels nach dem Sieg über Napoleon eingelöst, *Des Epimenides Erwachen* mit der Musik des Kapellmeisters Weber. Goethes Allegorie spielt auf den kretischen Philosophen an, der die Kriegszeit absichtsvoll verschläft und danach Liebe und Hoffnung zum Sieg verhilft. Dies war selbst nach Bezeugen des Dichters nicht sonderlich einfallsreich. Im Übrigen mochte niemand die anonym kursierenden Verse hören:

> Verflucht sei, wer nach falschem Rat,
> Mit überfrechem Mut,
> Das, was der Korse-Franke tat,
> Nun als ein Deutscher tut.

Von alldem blieb nur Spontinis Oper *Fernand Cortez* im Gedächtnis. Der König ließ sie aus naheliegendem Grund überarbeiten. Napoleon wollte Friedrich den Großen auch in der Oper übertreffen und befahl dessen *Montezuma* als Vorlage für Spontinis Propagandawerk. Ganz aufklärerisch hatte Friedrich in seinem Libretto für den »barbarischen« Aztekenherrscher Partei genommen. In der Berliner Bearbeitung des *Fernand Cortez* ist Montezumas Tochter Amazily in eine Liebesgeschichte mit dem Eroberer verwickelt. Nicht ohne dass sie sich zuvor aus der »Barbarei« durch den Übertritt zum Christentum gelöst hat. Die Oper wurde also zu einer Art Rückführung »preußischen« Kulturgutes, an dem sich Napoleon »vergriffen« hatte.

Friedrich Wilhelm fand im *Cortez* ein Thema aus Delbrücks Lesungen wieder. Jean-François Marmontel hatte im Roman *Les Incas* über die spanische Eroberung Perus geschrieben. Der Voltaire-Freund benutzte historische Quellen, wonach Amazily, eine Jungfrau des Sonnenkultes, mit einem Spanier gegen das Keuschheitsgelübde verstößt. Kotzebue und Chateaubriand ließen sich das aufregende Sujet nicht entgehen.

Während Spontinis Musik als Glucks »schönste Spätfrucht«[175] bezeichnet wurde, berichtet Friedrich Wilhelm seiner Schwester von einer Aufführung im April 1818. Sie sei sehr mittelmäßig gegangen, der erste Akt schlecht, der zweite gut, der dritte »middling«, und im ganzen Stück nicht Sinn und Verstand – es war immer noch nicht fertig –, aber schöne Musik, mitunter ganze Stellen aus der *Vestale*.

Der König gab sich mit diesem Zugriff auf die herrscherliche Pariser Kultur nicht zufrieden und engagierte ausgebildete Tänzer von dort. Nach der Verpflichtung des Ballettmeisters Constantin Michel Telle gastierte im Frühjahr 1816 das Paar Anatole Petit und Constance Anatole-Gosselin für mehrere Monate. Auch in Potsdam, wo Friedrich Wilhelm in dieser Jahreszeit wohnte. Sie hatten Choreographien des berühmten Pierre-Gabriel Gardel mitgebracht. Die historischen Stoffe seiner Ballette *Telemach auf der Insel Calypsos* und *Paul et Virginie* gehörten zu Friedrich Wilhelms Leseabenteuern der Jugend. Gardels Ballette zu *La Vestale* kannte er aus Paris.

Das Gastspiel gefiel bei Hofe so, dass feste Engagements folgten. Es kamen Mademoiselle Lemière-Desargus[176], Emilie Hoguet und ihr Gemahl und Choreograph François Michel Hoguet. Die Hoguets tanzten 1818 das unverwüstliche *La Fille mal gardée*. Das »schlecht behütete Mädchen« bedeutete die

Revolte gegen das hergebrachte mythologische Ballett. Und das Lehrbuch, um das kein Ballett-Tänzer herumkommt, ließ nicht lange auf sich warten. Carlo Blasis stellte darin das Modell eines Tänzers auf Zehenspitzen als Strichfigur dar. Es war als hätte Hoffmanns Marionette ihre Entmaterialisierung gefunden. Von nun an trippelten Feen und Geister über die Bühnen. Mit dem neuen Stil hoben die Pariser Tänzer zwar das Königliche Ballett auf höchstes Niveau. Ob dies im Sinne des Königs war, bleibt dahingestellt. Immerhin gefielen ihm die Künste der Mademoiselle Lemière so gut, dass er 1823 von Wilhelm Hensel ein Gemälde mit einem alten Stoff, dem großen Ballett *Aline, Königin in Golkonda*[177], bestellen wird.

Seit Ifflands Tod 1815 verstärkte der König auch die Bemühungen um seine Theater. Dahinter stand Wilhelm von Humboldts Vorschlag ihrer Nutzung als Stätten allgemeiner Bildung. Ifflands Nachfolger, der fortschrittliche Graf Carl Friedrich von Brühl, war der ehrgeizigen Ansicht, auf dem Theater müssten sämtliche Künste einander die Hand reichen. Solche für das höfische »Theatrum« in Barockopern konstituierende Vorstellungen[178] waren vergessen, und Glucks Reformversuche zielten auf anderes. Ansätze dazu hatte Brühl auf dem Weimarer Theater gesehen und brachte nun gemeinsam mit Schinkel jene neuhumanistischen Ideen auch in Berlin auf: Text und Bühne gemeinsam müssten dem Publikum ein glaubwürdiges Abbild der Sujets vor Augen führen – einschließlich der Kostüme, die bislang den Moden oder Phantasieentwürfen wie im Falle des Kaisers von China in *Turandot* entsprachen.

Das »Laientheater« der heranwachsenden Königskinder blieb davon unberührt. Es war die Fortsetzung dessen, was man zu Lebzeiten der Königin an Geburtstagen gespielt hatte. Für den buffonesken Teil sorgte der Herzog Carl von Mecklenburg mit sogenannten Bohnenfesten. Entsprechend christlichem Brauch fanden sie gleich nach Beginn der fünften Jahreszeit, dem Karneval, in der Woche nach Epiphanias statt. Scherz und Satire regierten, Verkleidungen aller Art waren gefragt. Die männlichen Teilnehmer gefielen sich in Frauenkleidern, umgekehrt nicht. Aus Gründen der Contenance fanden solche Aufführungen unter Ausschluss der Öffentlichkeit statt.

Zur Bestimmung des Bohnenkönigs, in England »Lord of misrule« genannt, wurden in einen Kuchen Bohnen eingebacken. Wer sie fand, war König für eine Saison. Friedrich Wilhelm, 1815 König »Bonius Fevianus«, nahm neben gewöhnlichen Personen in seinen Hofstaat eine Ober-Traumdeuterin und eine Ober-Kartenlegerin auf. Nachdem man anfangs als Kolonial-, Mokka- oder blaue Bohne aufgetreten war, gingen die »Höfe« bald zu Lebenden Bildern aller Orte und Zeiten über.[179] Prinz Wilhelm, der diese Feste nicht mochte, wurde zu deren Kehraus bestimmt. 1824 »machte« er eine Abfolge von Tänzen, die »Seize, den Kotillon, Mazurka, Monfaine, Bernoise und auch den Galopp.«[180]

Unter Friedrich Wilhelms Zeichnungen zu solchen Festen hebt sich eine voller Anspielungen heraus.[181] Fünf Figuren präsentieren sich in merkwürdigen Gewändern und doppelten Kopfbedeckungen, darunter ihre Namen in Sanskrit. Die Frauengestalt verkörpert »Silentium«, das Schweigen, wie bei Ordensmitgliedern und Geheimbünden. Von Charlotte wissen wir, dass sie und ihre Schwester bereits in Memel in den Orden der Verschwiegenheit aufgenommen wurde.[182]

Die zweite Person ist René, dessen Name Charlottes Bruder Wilhelm als Bohnenkönig 1817 trug, die in der Mitte Dom Daniel. Letztere verkörpert einen geheimen Raum beziehungsweise eine Höhle am Meeresgrund bei Tunis. In Jacques de Cazottes *Suite des milles et une nuits* ist der tiefseeische Ort Treffpunkt von Magiern und Zauberern. Sie verabreden dort ihr dunkles Spiel mit den Menschen. Dieser tiefgründige Ort beranlasste den englischen Dichter Robert Southey zu einer neuartigen Orientdichtung, *Thalaba the Destroyer*. Die »Metrical romance« von 1801 entfachte die romantische Phantasie von Dichtern wie Thomas Moore und Lord Byron.

Ansonsten fand die Dichtung Aufmerksamkeit erst, nachdem Southey Anmerkungen und »Romance« voneinander getrennt hatte[183] – bis hin zum englischen Hof. Er wurde 1813 zum »Poet laureate« ernannt, womit seine Schriften zur Pflichtlektüre verwandter Höfe wurden. Vielleicht hatte die Begegnung mit dem Dichter auf Friedrih Wilhelms damaligen Tour durch London »kopfverrückend« gewirkt. Thalabas Weg in die Unterwasserhöhle und der dortige Exorzismus mit Hilfe des mythischen Schwertes ist der allegorische Weg des Menschen zu sich selbst. Nach Friedrich Wilhelms Zeichnung wird Dom Daniel, der Schlüssel zum Ordensgeheimnis, in einem Behältnis aufbewahrt. Der Herzog Carl trägt ihn bei einer Aufnahmezeremonie, wie wir noch sehen werden. Vielleicht ist er mit der Figur in der Mitte der Zeichnung gemeint. Neben ihm steht der heilige Georg als römischer Legionär mit Flügelhelm, vielleicht Friedrich Wilhelm selbst.

Aus gemeinsamem Anlass von preußischem Königsjubiläum und Friedensfest kam am 18. Januar 1816 ein scheinbar fernliegendes Genre auf die Königlichen Bühnen, das altägyptische. Mozarts *Zauberflöte* war dazu gleich aus mehreren Gründen geeignet. Die Oper erinnerte an ihre Berliner Erstaufführung 1794. Damals hatte man in das Stück den Abgesang auf die Pariser Schreckensherrschaft hineingelesen, nun den Sieg über Napoleon.

Mozart und dem Librettisten Schikaneder war es nicht um Politik gegangen. Mozart hatte Logenvorträgen *Über wissenschaftliche Freimaurerey*[184] zugehört. Schikaneder, wegen seines Lebenswandels nur kurzzeitig Logenmitglied, war umso ausführlicher mit der Literatur vertraut. Das Thema von der Aufnahme in den geheimnisvollen ägyptischen Mysterienkult geisterte seit Abbé Jean Terrassons Erzählung *Séthos* über den Thronfolger durch das ägyptisierende

Genre. Jener wird, am Ende seiner Erziehung, in einer Pyramide von der verschleierten Isis initiiert. Friedrich Wilhelm hat dies gezeichnet.[185]

Am preußischen Hof war jene Initiation in den Orden der Verschwiegenheit für Prinzen und Prinzessinnen üblich. Wann dies bei Friedrich Wilhelm geschah, wissen wir nicht. Er hat sich in diesem Zusammenhang porträtiert: als Jüngling mit nacktem Oberkörper im »Plissé à l'égyptienne« beim ekstatischen Tanz (Abb. 10)[186], während ihn neugierige Gesichter schemenhaft umschweben. Sie ähneln denen seiner Geschwister auf anderen Zeichnungen. Der Bildhintergrund mit der sitzenden Göttin Isis verortet das Geschehen im alten Ägypten. Ahnte Friedrich Wilhelm etwas von den alten Mysterien? Die Griechen setzten Isis mit Demeter gleich, die sie in den Mysterien von Eleusis verehrten. Ihre Teilnehmer benutzten halluzinogene Drogen. Wir wissen es erst seit kurzem.

Die *Zauberflöte* war Friedrich Wilhelm wie auf den Leib geschnitten. Schikaneder hatte auf den wohlbekannten *Télémaque* zurückgegriffen. Prüfungen von Initianden spielten auf uraltes Wissen an. Die Freimaurer beriefen sich auf einen atemberaubenden geistesgeschichtlichen Bogen von der Aufklärung zurück über den heiligen Franz von Assisi und Christus bis hinab zum alten Ägypten in der Zeit Moses'. Schikaneder behauptete dazu aufklärerisch selbstbewusst, wen solche Lehren nicht erfreuten, »verdienet nicht, ein Mensch zu sein«.

Noch unter dem verstorbenen König hatte das »Maurerische« Eingang in die preußische Politik und Architektur gefunden. Jetzt schlug Schinkel jenen Bogen von Ägypten aus zurück zum preußischen Kronprinzen. Für das Bühnenbild benutze er Stichwerke vom oberen Nil, vor allem von Memphis, wo sich einst eine berühmte Tempelstätte der Göttin Isis befand. Solche Werke kursierten seit dem frühen 18. Jahrhundert in Europa. Napoleon verdankt sich die in Art und Umfang einzigartige Bestandsaufnahme der ägyptischen Kultur. Auf seinem Feldzug führte er einen Tross von Zeichnern und Vertretern unterschiedlicher Wissenschaftszweige mit sich. Sie dokumentierten von der alten Kultur, was sie vorfanden. Schinkel musste allerdings noch mit dem vorliebnehmen, was der damalige Leiter der Kunstsektion, Dominique-Vivant Denon, 1803 als Vorschau publizierte.[187]

Von der Initiation in den alten Kult wusste im damaligen Ägypten niemand mehr. Was darüber durch die Kulturen hindurchsickerte, stammte aus zweiter Hand – von griechischen Autoren. Vor allem Plutarch und Apuleius schrieben anderthalb Jahrtausende zu spät über Isis und Osiris. Mit literarischer Absicht: Sie suchten in jenem heidnischen Kult Verbindungen zu ihren eigenen Göttern. Isis setzten sie mit Demeter gleich, womit sie Klassizisten aller Epochen eine Brücke bauten und den Historikern eine ununterbrochene Geschichtslinie simulierten. Es ist das Verfahren, das Sieger auf ihre Vorgängerkulte anwenden. Friedrich Wilhelms kindlicher Wunsch zu Plutarchs Porträtzeichnung hängt damit zusammen.

10 Friedrich Wilhelm, Selbstbildnis als »Auferstandener«

11   Friedrich Wilhelm, Selbstbildnis mit Sarastro (Ausschnitt)

Séthos war 1813 zur rechten Zeit wieder aufgelegt worden. Terrassons klassische Auffassung hat keinen Platz für das Unglaubliche, das Wieland in Dschinnistan erst zum Glaublichen wenden musste. Er kann sich ohne Grenzziehungen der Initiation hingeben. Der Prüfling muss schweigend ein Gewölbe voll erstarrter Götzenbildnisse durchqueren und dem Ruf: »Du wirst dem Tode nicht entgehn!« trotzen. Was Terrasson das Innere einer Pyramide, ist Schinkel das freimaurerische Reinigungsritual angesichts eines Totenschädels in einer dunklen Kammer. Eine weit ältere hermetische Tradition der Alchemie[188] wurde zum Mittel der Ertüchtigung. Schinkel führt den Probanden an den dunklen Bezirken seines Selbst vorüber – nicht hinein –, bevor er ans Licht darf. Dort erwartet ihn die Figur des Osiris als Allegorie des reifen, männlichen Prinzips. Nicht zufällig hat er die Figur eines Prinzen zur Seite.

In der *Zauberflöte* muss, wie der Kronprinz Séthos, ein Prinz die Prüfungen bestehen. Auch Friedrich Wilhelm wird zum Abschluss seiner Erziehung initiiert und muss am Ende vor dem Abbild der Isis niederknien. Er hat die Göttin mehrfach gezeichnet, wahrscheinlich schon bevor er die *Zauberflöte* kannte. Für diese ein ägyptischer Tempel mit drei Eingängen, unter denen er wie Tamino den richtigen – den zur Standhaftigkeit – finden muss. Die Sache beschäftigt Friedrich Wilhelm, er weiß um die Alternativen, um die Kraft des Osiris[189]: Wie bei der gleichzeitigen Mission auf Borneo tritt er, gläubig, in langer Haartracht auf und schaut ratsuchend zu Sarastro hin. (Abb. 11) Gemeint ist der Religionsstifter Zoroaster, der einst in Persien das Feuer, dem der Kronprinz in Form des Krieges soeben entronnen ist, zum Kult machte. Als Verbindungsglied indogermanischen Kultur bürgt das überdimensionale christliche Kreuz auf dessen Brust. Ferner zeichnet er über einem Tempeleingang Osiris, den zeugenden Gott und Gemahl der Isis als symbolische Figur wie einen mächtigen Lingam, Isis als Sitzfigur mit Stiergehörn.[190]

Ohne Sphinx wäre der heidnische Kult Altägyptens unvollständig gewesen. Schinkel inszenierte sie im romantischen Mondlicht beinah bedrohlich. Das Mischwesen ist nicht mehr nur dienlicher Wächter wie vor Schlössern des 18. Jahrhunderts. Sie hat sich zum dunklen, machtvollen Ich ausgewachsen. In Jean Pauls *Titan* wohnt sie in der menschlichen Brust – auf dem Sprung, sie zu zerfleischen. Und seit Hoffmann im April 1812 im Tagebuch vermerkte: »Die Sphinx hat mich beim Schopf gepackt und wirft mich bergab kopfüber in ein verfluchtes Schlammgrab«, war die Ruh dahin, das Terrain der Psychologie eröffnet.

Schinkel versetzt sie vorsichtshalber auf eine Insel, wo sie kein Unheil anrichten kann. Er löste seine Aufgabe im idealistischen Sinne: Die dunklen Mächte des alten Orients müssen sich der historischen Entwicklung der Menschheit zum freien Subjekt unterordnen. Die heidnische Königin der Nacht erscheint zwar unter einem Sternenhimmel wie in freimaurerischen

Logenräumen. Er ordnet die Sterne jedoch zu regelmäßigen Gruppen. Sie werden zur mythen- und astrologiefreien Himmelskuppel der Neuzeit. Ganz anders Friedrich Wilhelm: Neben satirischen ägyptisierenden Zeichnungen – er sitzt als ägytischer Herrscher verkleidet auf einem Thron, davor ein Spalier von Spielzeugssphingen[191] – lässt er Schinkels romantisches Beiwerk fort und konzentriert sich allein auf die Figur.[192] Er fürchtet ihre Macht – das Enthüllen der menschlichen Seele – nicht, er weiß sich in Christi Namen dagegen geschützt. Als Friedrich Wilhelm bei den Bühnenproben dabei sein wollte, schritt Ancillon ein. Die Majestät des Kronprinzen dürfe nicht durch Kontakt mit Schauspielern beeinträchtigt werden. Wieder einmal musste dieses Metier als Inbegriff von Seelenverderbnis herhalten. Der Theologe hielt sich an Augustinus' Predigten wider das Schauspiel.

Bei den Zuschauern müssen Schinkels Bühnenbilder einen unauslöschlichen Eindruck hinterlassen haben. Er hatte etwas von dem verwirklicht, was die Frühromantiker als »Universalpoesie« einforderten: Der heidnische Kult und, so weit es ging, die Religion, wurden in der Kunst aufgehoben. Aber beherrschte nun nicht die Königin der Nacht die menschlichen Träume – und wie schützte man sich vor diesen? Weniger Beifall fand die Interpretation der Musik. Gegenüber der Erstaufführung, an die sich noch einige erinnerten, seien die Tempi ins Romantisiierende verschleppt worden. Das Offene an Mozarts Musik blieb.

Friedrich Wilhelms durch Exil und Krieg verdrängte Schaulust war unersättlich. Kurz darauf, im Februar, sitzt er dabei, als dem staunenden Publikum ein bengalischer Elefant vorgeführt wird. Nach den Bühnenattrappen des Barock war er der erste lebende in Berlin. Friedrich Wilhelm, der Indien nicht sehen wird, hatte ein Objekt seiner früheren »Passion« vor Augen. Im März sah er eine weitere ungewöhnliche Schaustellung: ein sogenanntes Metamorphosen-Theater. Die Wandertruppe Dennebecq hatte dieses »nach dem Französischen […] wie in der großen Oper in Paris«[193] aufgebaut. Das Marionettentheater faszinierte durch »blitzesschnelle« Verwandlungen. Für einen Kritiker war das »unserem geniereichen Zeitgeist unfern«[194], vor allem der Tanz einer mechanischen Figur auf dem Seil, welche die Pas des Balletts auf eine merkwürdig beeindruckende Art ausführte. Kannte Friedrich Wilhelm Heinrich von Kleists Schrift *Über das Marionettentheater* aus dessen *Abendblättern*? Die Nachkriegskunst suchte nach neuen Formen – die nicht nur klassisch-schön waren.

Friedrich Wilhelm sah dem auch in seiner näheren Umgebung zu. Fürst Radziwill hatte nach den Königsberger Faustvertonungen, ermuntert von Goethe, an diesem Stück weiterkomponiert. Im Februar 1816 berichtet Zelter nach Weimar, die Prinzen, häufige Gäste im Palais Radziwills[195], hätten den »heroischen Entschluß« zur Aufführung des *Faust* auf der kleinen Hausbühne gefasst: Friedrich Wilhelm als Faust, Prinz Carl als Mephisto.[196] Ende März waren dann bei einer Leseprobe Caroline, die Gemahlin Wilhelm von

Humboldts, und Radziwills Tochter anwesend. Friedrich Wilhelm porträtierte Letztere als »Regina Polonia magnae« in verschlüsselter Schrift.[197]

Brühls Fortschritte an den Königlichen Bühnen beobachtete Friedrich Wilhelm genau, am 4. Juni in Potsdam. Gegeben wurde eine Opéra comique, deren Triumph er wahrscheinlich schon in Paris erlebt hatte: *Joconde*[198], die Geschichte vom Liebeswerben eines Troubadours – der lieber zu Hause bleibt. Die Zeit für »Aventüren« war vorüber. Man stand auf der Schwelle zur romantischen Oper: zur rückhaltlosen Leidenschaft.

Vorbereitet wurde sie durch ein Werk, das man zugunsten der *Zauberflöte* verschoben hatte: *Undine*. Fouqué bezeichnete sein Libretto als »Melodram«. Noch vor dem Krieg hatte er das »Märchen« veröffentlicht. Durch seinen Lehrer Schlegel war er auf den Stoff aufmerksam geworden: Novalis habe in den *Ansichten zur Naturphilosophie* den schlesischen Mystiker Jakob Böhme erwähnt, der sich wiederum auf den schwäbischen Arzt Paracelsus berief. Eine Ahnenkette also.

Paracelsus hatte in der unaufhörlichen Kommunikation zwischen Makro- und Mikrokosmos einen Platz für Zwischenwesen gefunden und nannte sie »Elementargeister«: Berg-, Feuer-, Wind- oder Wasserleute. Nur Letztere, Undinen, könnten ihrem Element entsteigen und sich den Menschen zugesellen. Sie suchten diese von Zeit zu Zeit heim, neugierig auf deren fremde Existenz. Gleich seien sie in Kleidung, Aussehen und Größe, ebenso den Begierden. Nur hätten sie keine Seelen. Sie könnten diese allein durch die Liebe eines Mannes gewinnen. Wenn sie auf ihrem Element, dem Wasser, beleidigt würden, verschwänden sie.

Solchen Stoff ließ sich Fouqué nicht entgehen. Und Hoffmann, damals noch ausschließlich mit Musik beschäftigt, war so ergriffen, dass ihm die Noten zufielen. Schnell fanden beide, so Hoffmann, im »wundervollen Reich der Romantik« zueinander. Zwar hatte die Wassergeschichte im Wiener *Donauweibchen* einen volkstümlichen Vorläufer, Fouqué aber drang als Erster zur beunruhigenden Grenzscheide der Moderne vor: Undinen faszinieren durch die unverbrüchliche Reinheit ihrer geliehenen Seelen. Dies ist ein Territorium, von dem der Mensch zwar insgeheim träumt, es aber nie erreicht. Die Sache hat menschliche Folgen: Was er nicht erreicht wird zerstört. Undine muss zurück ins wässrige Element, oder wie Ingeborg Bachmann, nachdem das Wesentliche gesagt ist, konstatiert: *Undine geht*. Fouqué, schon ganz Romantiker, kann sie nicht einfach gehen lassen. Sie kehrt zurück – zum finalen Todeskuss. Soweit das »Märchen« 1811.

Friedrich Wilhelm setzte sich für die Aufführung der *Undine* ein, und der König gestattete wegen des nachhaltigen Erfolges der *Zauberflöte* eine ähnlich aufwendige Inszenierung. Ganz neuartig war Schinkels Bild vom unterseeischen Korallenpalast der Wassergeister. Vielleicht kannte auch er den *Thalaba*. Wieder trieb Friedrich Wilhelm die Begeisterung zum Mitzeichnen. Ihm kommt es darauf an, dass der Ritter Huldbrand nach Undines Todeskuss in die Arme eines Geistlichen fällt. So kann er dessen Seele vor dem andrängenden Wassergeist Kühleborn durch das Bannzeichen des Kreuzes retten. Im »Märchen« war es noch nicht so. Das Christentum triumphiert über das Naturelement.

Der Kuss aber ist nichts Geringeres als der erste »Liebestod« auf der Bühne. Ihm sollten im Verlauf des Jahrhunderts zahllose folgen. Hoffmann unterstrich ihn mit einem abschließenden Presto. Der gegen alles Romantische resistente König aber verwarf diesen Schluss. Der entseelte Huldbrand musste in Undines Arme sinken, zur Vereinigung in ihrem Element – ganz wie Acis und Galathea in der griechischen Mythologie.[199] Sie gehörte noch zum höfischen Dasein. Friedrich Wilhelm hatte sich für die christliche Variante enschieden. Sein Lob Fouqués als »Dichter der Undine« meinte diese.[200] Der Stachel des »Märchens« war stumpf geworden. Elementargeister duldeten christliche Versöhnung nicht. 1817 ließen die Feuerleute das Königliche Schauspielhaus auf dem Gendarmenmarkt mitsamt den Bühnenbildern in Flammen aufgehen. Hoffmann schaute aus seiner Wohnung gegenüber zu. *Undine* verschwand aus dem Repertoire. Ihre Erfindung aber hatte sich von ihren Trägern gelöst und spukt in romantischen Köpfen weiter.

Friedrich Wilhelm vernachlässigte darüber den Klassizismus keineswegs. Wahrscheinlich verlangte er die Aufführung von Racines *Athalie*.[201] Es hatte, den Augen der Öffentlichkeit verborgen, ein komisches Vorspiel zu dieser ihm seit Delbrücks Lesungen bekannten Tragödie gegeben. Beim diesjährigen Bohnenfest hatte der militärische Erzieher der Prinzen, General Menu von Minutoli, als Mokkabohne dem Bohnenkönig Carl von Mecklenburg ein Gedicht nach Racines *Phädra* überbracht. Darin wurde das Pathos französischer Theaterstücke mitsamt ihren Kostümen persifliert. Prinz Solms war Phädra, Friedrich Wilhelm Hyppolite gewesen.

Für die Inszenierung der *Athalia* am Schauspielhaus wurden neueste archäologische Untersuchungen herangezogen. Friedrich Wilhelms Lehrer Hirt bereitete eine Publikation über den Tempel Salomons in Jerusalem vor. *Die Baue Herodes des Großen überhaupt, und über seinen Tempelbau zu Jerusalem ins besondere* war der erste ernstzunehmende Versuch einer Rekonstruktion dieser gewaltigen Tempelanlage. Nach der Umarbeitung von Racines Tragödie für die Münchner Oper richtete Johann Nepomuk Freiherr von Poißl diese auch für Berlin ein. Schinkel nutzte Hirts Ergebnisse für die Dekorationen.

Ein in Berlin noch unbekanntes Territorium betrat der Kronprinz anlässlich seines Geburtstages 1816. Noch vor der Premiere des *Fernando von Portugal, der standhafte Prinz*[202] war im *Dramaturgischen Wochenblatt* eine Einführung in das Genre abgedruckt: Nachdem mit Stücken von Molière über Shakespeare bis zum Maskenspiel des lateinischen Dichters Terenz das historische Genre eingeführt sei[203], werde es nun durch ein Hauptwerk der spanischen Dichtung erweitert. Spanische Trauerspiele seien kurz, sie zielten nicht wie griechische und deutsche auf Katharsis, auf Läuterung. Der Verfasser des Artikels wusste nicht, dass der Übersetzer – kein anderer als August Wilhelm Schlegel – diesem Umstand Rechnung getragen hatte. Obwohl er den Spaßmacher des Originals strich, kamen fünf Akte zusammen. Calderón de la Barcas Tragödie handelt von einem portugiesischen Prinzen, der sich in muslimische Geiselhaft begibt und, im Kampf um die Stadt Ceuta, den Tod statt der Übergabe in heidnische Hände wählt. Die Tragödie zählt zu den Musterstücken der Unerschütterlichkeit christlichen Glaubens – Grund zu Friedrich Wilhelms Wahl.

Schlegels Ansinnen in seinen frisch erschienen Vorlesungen *Über dramatische Kunst und Litteratur* reichte weiter. Beginnend beim griechischen Schauspiel hatte er die Archipele europäischer Theatergeschichte abgeschritten. Er zählt Calderóns Theater wie auch dasjenige Shakespeares zum »romantischen« Drama der christlichen Epoche. Erst in neuerer Zeit seien Empfindung und Reflexion auseinandergetreten, womit der Poesie die Aufgabe zukäme, jenen mythischen Zustand durch freiwilliges und waches Träumen zu ersetzen. Wohlwissend, dass »wir schwach und hilflos gegen den Andrang unermesslicher Naturkräfte und streitender Begierden an der Küste einer unbekannten Welt ausgeworfen werden, gleichsam bei der Geburt schon schiffbrüchig« – womit wir wieder bei den Gemälden Caspar David Friedrichs in Friedrich Wilhelms Gemächern angelangt wären.

Die Geburtstagsfeier im Schauspielhaus dauerte lang: Statt der gewohnten Rede wurde Friedrich Försters Romanze *Dankwarts Heimkehr*[204] vom Schauspieler Friedrich Wilhelm Lemm rezitiert. Darin ruft der Heidensohn Dankwart vom unvollendeten Turm des Kölner Domes herab: »Dich grüß ich feierlich und laut, / Du mein romantisches Heldenland.« Aber bereits zuvor hatte Kotzebue, stets am Puls der Zeit, mit dem Libretto zur komischen Oper *Hans Max Giesbrecht von der Humpenburg oder Die neue Ritterzeit* die satirische Antwort auf das »romantische Heldenland« parat. Erst dann folgten die fünf Akte des *Standhaften Prinzen*.

Das Stück des österreichischen Nachwuchsdichters Franz Grillparzer *Die Ahnfrau* hielt Friedrich Wilhelm für »eine gräßliche Gespenster Geschichte. [...] Es sollen schon Menschen dran gestorben seyn, und dennoch lauft alles wüthend es zu sehen.«[205] Dessen »Sappho« sei etwas völlig anderes, »alles so heiter, so griechisch, so recht wie aus Mythilene. [...] Es wird hoffentlich die Schuld und allen Unsinn von daher verdrängen.« Die Tragödie um die ins Sagenhafte entrückte Dichterin *Sappho* wurde im folgenden August gegeben.[206]

Friedrich Wilhelm widmete ihrem Freitod – sie stürzt sich von einem Fels ins Meer – gleich zwei Zeichnungen. Auf dem »Sappho« unterschriebenen Blatt[207] wirft die mit dem Dichterlorbeer Bekränzte, an ihre goldene Leier geklammert einen letzten, angstvollen Blick zurück auf die Welt. In dem Stück heißt es: »Es war auf Erden ihre Heimat nicht.« Dabei will Friedrich Wilhelm es aber nicht bewenden lassen. Stattdessen schwebt sie, befreit von allem Irdischen mit ausgebreiteten Armen dem aufgehenden Licht, der »Wohnung der Götter«, entgegen.[208] Der »Dichtrin Ruhm [bleibt] Saat für die Ewigkeit«. So kann Friedrich Wilhelm ihren Freitod annehmen.

Herausgefordert mochte er sich durch Hoffmanns *Ritter Gluck, Eine Erinnerung aus dem Jahre 1809* fühlen. In der Satire hatte der auferstandene Rokokoritter im damaligen Hungerjahr einem Jünger vorgeführt, dass hinter seiner Musik mehr stecke als die elenden Berliner Aufführungen. Friedrich Wilhelm verlangte jetzt einen ganzen Zyklus von neuinszenierten Gluck-Opern. Brühl und Schinkel schätzten den Opernreformer ungemein und begannen ihre Arbeit.

Zu Friedrich Wilhelms Geburtstag 1817 kam es zur ersten Premiere: des lyrischen Trauerspiels *Alceste*. Dieses spielt auf griechischem Boden in sagenhafter Zeit. Dekorationen waren ein Apollo-Tempel und der Eingang zur Unterwelt in wüster Felsengegend. Alceste, die Gemahlin des Königs Admetos, opfert für diesen ihr Leben, und so muss sie für ein glückliches Ende aus der Unterwelt gerettet werden – schrieb Euripides. Nach Goethes *Bajadere* ist es wieder eine Frau, die sich opfert. Klassische und indische Kultur schienen einander nicht fremd. Zur Feier hielt Fouqué einen scheinbar unverfänglichen Prolog. Er brachte die verstorbene Königin Luise und – Thema der Oper – das schwer geprüfte, liebevolle Königshaus zueinander. Fürst und Volk seien eins in Freud und Schmerz, rührend wahr und erhaben. Wortreich beschwor er deren Einssein. Drei Tage später wusste man warum.

Bevor wir darauf schauen, müssen wir die Karte um ein Gebiet erweitern: Friedrich Wilhelms Studium. Dessen nimmermüde Leidenschaft für die Bühne glich Ancillon durch Unterricht bei Hochschullehrern aus. Er erhielt Unterricht in den Fächern Rechts-, Staats-, Finanz- und Kriegswissenschaften. Für einen preußischen Kronprinzen war der Gang zur Universität nicht statthaft, er erhielt Vorträge bei Hofe. Damit hatte Carl von Clausewitz vor Kriegsende begonnen. Der Gneisenau-Freund war bei der Befreiung nicht immer botmäßig gewesen – nämlich dann, wenn die militärische Strategie, über die er ein Buch verfasste, anderes erforderte. Der eigenwillige Mann, Friedrich Wilhelm kannte ihn längst vom Dienst am preußischen Hof, fand seine unmittelbare Aufmerksamkeit. Hatte die Ordnung der Dinge etwas mit Strategien zu tun?

Ähnlichen Zugang fand er zu Friedrich Carl von Savigny. Dieser lehrte seit Begründung der Universität an der juristischen Fakultät. Als ehemaliges Mitglied des Heidelberger Romantikerkreises postulierte er für das Recht, was seine Freunde für die Erforschung der Mythen, der Volksmärchen und -lieder verlangten: Die Individualität der Völker als Rechtskörper könne nur an ihrer Kulturgeschichte erkannt werden. Savigny wurde zum Begründer der Historischen Rechtsschule.

Er hielt Friedrich Wilhelm Vorträge im römischen, preußischen und im Strafrecht. Dieser notierte: Jedes Volk müsse sich gemäß seiner Eigenart bilden, so wie der Mensch sich nicht an einem idealen Menschen oder Vorbild orientiere, sondern am eigenen Ideal. Damit verwarf Savigny die mechanistische und gleichmacherische Auffassung der Aufklärer vom Naturrecht. Er postulierte Individualrechte von Völkern, welche die gesetzgebende Gewalt sorgfältig beachten und gewachsene Strukturen stets sorgsam erforschen müsse, bevor sie verbindliche Normen aufstelle.

Ferner sei die Staatsordnung von historischem Wert. Sie entwickle sich allmählich auf organische Weise – gewissermaßen wie ein »Naturprodukt« – und nicht durch rechtliche Konstruktion. Bewährte Traditionen müssten »behutsam« entwickelt werden, sobald der Zeitgeist es erfordere. Beim römischen Recht lehrte er Grundsätze wie unbedingte Einhaltung von Verträgen. Reumont schreibt dazu, erst Ancillons und Savignys Vorträge hätten nach Friedrich Wilhelms Begeisterung für das Vergängliche, Einseitige, bloß Schimmernde und Phantastische »festen Grund«[209] für dessen Zukunft gelegt. Ein offenes Modell überstieg seine Vorstellungen.

Ein weiterer Lehrer, Barthold Georg Niebuhr, war als Reformer im Exil 1810 zum Professor für Alte Geschichte berufen worden. Seit November 1814 unterrichtete er Friedrich Wilhelm in Geschichte und Staatskunde. Dazu gehörte der finanzpolitische Unterricht, den Niebuhr nach Aristoteles' Methode mit zahlreichen Beispielen, »worin die Abschattungen anschaulich erscheinen«[210], begleitete. Friedrich Wilhelm wird von ihm später ein Gutachten über Staatsfinanzen einholen.

Niebuhr befasste sich seit längerem mit römischer Geschichte. Doch den Hörsaal füllte er deshalb, weil er die umwälzende Forderung erhob, geschichtliche Quellen müssten kritisch auf ihren Wahrheitsgehalt hin geprüft werden – im Unterschied zur romantischen Auffassung der Brüder Grimm, wonach »in allen den sagen von geistern, zwergen [...] ein stiller aber wahrhaftiger grund« verborgen liege, der gleichen Anspruch auf Wahrheit erhebe. Über Friedrich Wilhelms Zugang zu seiner Lehre schreibt Niebuhr: »Sein fröhlicher Sinn tut tieferem Ernst keinen Eintrag; und sein Herz ist so tief bewegt wie seine Phantasie leicht beflügelt. Ich habe nie eine schönere Jünglingsnatur gesehen«. Die beiden fanden mühelos zueinander, und es sollte sich daraus allen Anfeindungen zum Trotz eine lebenslange Freundschaft entwickeln.

Der Unterricht dauerte nicht lange. Niebuhrs Ideal eines reformierten Ständestaates lief Hardenbergs Vorstellungen einer demokratischen preußischen Verfassung zuwider. Der Staatsminister, der diese ausarbeitete, wollte den unbequemen Mann nicht auch noch im Staatsrat sehen und bewirkte dessen Versetzung nach Rom. Niebuhr wurde preußischer Gesandtschaftsvertreter am Heiligen Stuhl – was diesem wegen seiner Studien entgegenkam. Friedrich Wilhelm musste zwar den Lehrer entbehren. Dieser entschädigte ihn dafür mit Nachrichten über die römische Kultur. Sie verständigten sich darauf. Niebuhr, kaum in der Stadt angelangt, begann die Korrespondenz. Friedrich Wilhelm wäre ihm, mit Ancillons Hilfe, am liebsten nachgeeilt. Er schrieb ihm Im Juli 1816: »Auf Sie vertraue ich, daß ich den Niebuhr besuchen kann, auf Trinità del Monte.«[211] Er meinte also durchaus ernst, was er Charlotte mitgeteilt hatte.

Es sah tatsächlich so aus, als mache Friedrich Wilhelm Fortschritte. 1817 ließ er sich von seinem ehemaligen Zeichenlehrer Heusinger im frisch bezogenen Arbeitszimmer des Berliner Schlosses porträtieren. (Abb. 12) War damit die Ritterrüstung endgültig an den Nagel gehängt? Der Student blickt aufmerksam zwischen den Bücherstapeln hervor.[212] Suchte er in den zur Schau gestellten Werken Machiavellis nach der Begründung fürstlicher Macht?

Im ehemaligen Schreibzimmer Friedrichs des Großen, der in seiner Jugend den *Antimachiavel ou Essai de critique sur »Le Prince«* verfasste, scheint dies ein Affront. Friedrichs Buch gehört zur aufklärerischen Kritik an Machiavellis »verbrecherischer Gesinnung, Schurkerei, [...] von eine[m] Unhold, wie ihn kaum die Hölle hervorbrächte«. Als der Verfasser dieser Zeilen auf dem Thron saß, wollte er davon nichts mehr wissen. Folgte Friedrich Wilhelm mit seiner Lektüre dem Rat Ancillons?[213] Der aufgeschlagene dritte Band einer Werkausgabe hat die politische Verschwörung gegen die Medici in Florenz zum Thema. Die Beschäftigung Friedrich Wilhelms mit Machiavelli ist somit der italienischen Stadtgeschichte, vermittelt durch Niebuhr, geschuldet.

Jener berichtete ihm seit Juli 1817 über das römische Stadtgespräch: die spektakulären Malereien der ansässigen deutschen Künstler. Er habe das große Blatt der *Nibelungen* des Malers Peter von Cornelius und dessen fertige Kartons für die Ausmalungen in der Villa Massini nach Dante gesehen und sehr wohl begriffen, »welch seltener Geist« Cornelius sei. Überdies denke man sich den Übertritt der Künstler zur katholischen Kirche zu allgemein. Cornelius, katholisch geboren, habe ein viel zu frommes Gemüt und sei seinem Wesen nach Protestant, wie Luther es war, bevor er die Reformation vollendete. Die preußischen Künstler seien es durch Geburt und Erziehung wie Wilhelm von Schadow und die Brüder Veit – letztere Stiefsöhne von Friedrich Schlegel –, auch wenn sie zum katholischen Glauben konvertierten. Glaubensübertritte in der Heiligen Stadt überschnitten sich mit denen der Romantiker. Der Aufbruch nach dem Krieg war also nicht nur einer der Erweckten.

Für die in Rom ansässigen deutschen Künstler war die Glaubensfrage zugleich eine der »Kunstreligion«. Begonnen hatte alles 1807 in Wien. Eine Gruppe junger Maler begehrte auf gegen den zur äußerlichen Routine verkommen

12 Johann Heusinger, Friedrich Wilhelm im Arbeitszimmer des Berliner Schlosses

Unterricht an der Akademie. Nach dem Beispiel der Romantiker sorgten sie für öffentliches Aufsehen, bevor sie, bekannt genug, die Akademie verließen. Es war die erste Sezession in der Bildenden Kunst, jedoch ohne Manifest.

Dessen Text existierte bereits. Anstelle seines frühverstorbenen Freundes hatte Tieck die *Herzensergießungen eines kunstliebenden Klosterbruders* veröffentlicht. Wilhelm Heinrich Wackenroder hielt das Leben und Schaffen der zeitgenössischen Künstler gegenüber der Zeit vor Raffael für herabgekommen und entwarf ein Bild ihrer Rückkehr zur alten Kraft. Wie das lebendige Werden der Natur sollten sich die Geschwisterkünste Malerei, Poesie und Musik zu einer gemeinsamen – höheren – vereinen. Die Künste stünden in »Sympathie« zueinander. Allein der Künstler könne den göttlichen Willen lesen und – einem Dolmetscher gleich – sichtbar machen. Richtig angewendet, würde dies die goldene Zeit von einst wiederbringen. In der Zeit frühromantischer Gestimmtheit hatte das Büchlein Kultstatus erlangt. Umso herausgeforderter fühlten sich die »Sezessionisten« nach der militärischen Niederlage gegen Napoleon.

Sie hatten sich der »Sündhaftigkeit« der Gegenwart entzogen und bildeten nach dem Titel ihrer Schrift und dem Namen des Malerpatrons die Gemeinschaft der Lukasbrüder. In den *Herzensergießungen* wurde die Malerei Raffaels, Michelangelos und Dürers als vorbildlich hingestellt. Die Bruderschaft wollte deren Lebensbedingungen simulieren, weshalb man 1809 nach Rom zog und dem »Gelübde« zufolge in einem aufgelassenen Kloster, Sant'Isidoro auf dem Monte Pincio, Quartier nahm. Gelebt und gearbeitet wurde nach klösterlichen Regeln.

Ihre asketische Lebensweise wurde wegen der gescheitelten Haartracht und ihres Aufzuges wie Christus auf alten Gemälden von Einheimischen als »alla nazarena« bespöttelt. Dies änderte sich mit der Ankunft Cornelius' aus Düsseldorf. Dieser war beim Aufbruch nach Rom mit Holzschnitten zu Goethes *Faust* bereits bekannt. Von Herzensergießungen hielt er nichts. Er suchte nach Bildformen, die historisch eindeutig und vor allem repräsentativ waren. Auf dem Monte Pincio gerieten beide Auffassungen in einen fruchtbaren Widerstreit. Gemeinsam gelang die Wiederbelebung der beinah vergessenen Freskotechnik, repräsentatives Paradestück vergangener Zeiten.

Der preußische Generalkonsul in Rom, Jakob Salomon Bartholdy, erkannte ihre Wirkung sofort und ließ seine Villa danach ausmalen. Die monumentalen Fresken erregten Staunen, und nun standen Einheimische an und bewunderten das Werk in der Casa Bartholdy. Niebuhr war in dem Augenblick in die Stadt gekommen, als der Fürst Camillo Massimo den Großauftrag zur Ausmalung seines Gartenhauses erteilte. Friedrich Wilhelm berichtete er vom Beginn dieser Arbeiten, die bis 1827 dauern sollten. Obgleich jener besonders auf Person und Werk von Cornelius achtete, schlug er eine Ausstellung der Gemälde sämtlicher »Klosterbrüder« vor. Ein solches Unterfangen gelang aber nicht einmal dem bayerischen Kronprinzen Ludwig bei dessen spektakulärem Romaufenthalt ein halbes Jahr später.

Die Nazarener hatten noch während des Krieges in einer Denkschrift unter anderem an Hardenberg und den bayerischen Kronprinzen darauf gepocht, dass »das höchste Ziel wahrer Staatskunst in der […] Erweckung und Belebung der höheren Anlagen des Menschen« liege, »zu welchem sich Gesetzgebung [und] Polizei […] nur als Mittel verhalten dürfen.«[214] Ihr damit verbundenes Angebot zur Nutzung der Freskokunst als Mittel monarchischer Repräsentation wurde erhört. Im April 1818 sandte Niebuhr einen ausführlichen Bericht über Cornelius an Friedrich Wilhelm. Dieser erkundigte sich nach der Eignung des Künstlers für das Amt des Direktors der jetzt unter preußischer Verwaltung stehenden Düsseldorfer Kunstakademie. Die Sache kam nicht voran, noch im darauffolgenden September war davon die Rede.

Zu Ancillons »Vorträgen« gehörte die literarische Empfehlung dreier britischer Vertreter der sogenannten englischen Voltaire-Schule: Hume, Robertson und Gibbons. Unter ihnen ist der Schotte David Hume der Bedeutendste. Mit strengem Empirismus lässt er nur zu, was durch Erfahrung unmittelbar beweisbar ist. Er verwehrt jede Art von Spekulation – ein Skeptizismus, den sich Ancillon zu eigen gemacht hatte und den er Friedrich Wilhelm als Lebensregel empfahl. Wenn jener beispielsweise den Satz »Morgen scheint die Sonne« nicht als philosophisch gesichert zuließ, versteht man, warum der Lehrer jeglicher Art von Schwärmerei abhold war. Sein geistiger Horizont war im Ancien Régime steckengeblieben. Von William Robertsons älterer *Geschichte Karls V.* musste Friedrich Wilhelm die Einleitung ins Deutsche übertragen. Allein Ancillons Empfehlung von Herders *Stimmen der Völker* knüpfte an eine fortschrittliche Welterschließung an.

Schinkel spornte ihn ebenfalls an. Nach der Dekoration zur *Zauberflöte* packte er in eine Allegorie auf dessen künftiges Herrscheramt hinein, was historischer Ruhm hergab: Unter einem gewaltigen Triumphbogen reiten der Kurfürst und Friedrich II., beide die »Großen« genannt, als ginge es nach Rom. Die Porträts berühmter Männer aus Antike und Mittelalter in der Bogenlaibung pflichten zuschauend den Hohenzollern wie eine hochkarätige Ahnenkette bei: Lykurg, Solon, Perikles, Timoleon, Alexander der Große, Hannibal, Pompejus, Caesar, Titus, Marc Aurel, Constantin, Karl der Große und Maximilian.

Unter ihnen also auch Streiter für Gerechtigkeit und demokratischen Fortschritt, Schinkel legte politische Optionen nahe. Christliche Herrscher sind auffallend spärlich vertreten: Konstantin, der das Christentum zur römischen Staatsreligion erhob, Karl der Große, der diesem europäische Dimension verlieh, sowie der Habsburger Maximilian I., der als »letzter Ritter« unter Romantikern in Mode stand. Die eben erst erfolgte Rückkehr der Quadriga des Brandenburger Tores im Bildhintergrund ist demgegenüber als Episode eines vergangenen Krieges abgetan. Das Genie der Staatskunst erhellt mit einem Schlaglicht Friedrich Wilhelm, der unter einem Baldachin seiner Zukunft entgegensinnt. Das Geschenk kam nicht von ungefähr.

Ancillon warf ihm immer noch ständigen Wechsel in der Farbe des Gemüts vor. Über seine Besuche im Haus des Herzogs von Cumberland hieß es, er habe anfangs noch still den Gesprächen über Kunst und Literatur zugehört, konnte aber »mit den absurdesten alten Weibern« – wohl solche, die ihn von Kindsbeinen an kannten – »in ein lustiges Jauchzen« ausbrechen. Es sei eine Art von Koterie beim Lou und anderen Kartenspielen entstanden. Der »noch etwas unreife Kronprinz« war damals »›the thing‹, wie die Engländer sagen.«[215] Der Herzog war mit Friedrich Wilhelms Tante Friederike, Schwester der verstorbenen Königin, verheiratet. Sein Palais Unter den Linden stand Literaten, Künstlern und Staatspersonen offen. Friedrich Wilhelm übte sich dort ins Salongespräch ein.

Beim Kartenspiel begnügte er sich nicht mit Königen, Obern und Untern. Er entwarf eine Spielkarte nach Schinkels Mahnung. Statt der Könige in vier Farben zeichnete er seine favorisierten Herrscher mit ihren Attribute: Karl der Große mit Zepter und Reichsapfel als Hüter des christlichen Abendlandes; Caesar mit der Gesetzesrolle bewahrt das römische Recht; David mit der Harfe hütet die kosmischen Harmonien, und Alexander der Große verteidigt die klassischen Werte.[216] Nach dem Schwärmen für Plutarch und Schinkels Vorschlägen waren dies seine bevorzugten Herrscher. Der jüngste von ihnen war im Frühmittelalter verstorben.

■ **Fundstück:** Weiser aus dem Morgenland belehrt drei Jünglinge und einen Mönch (SPSG IX-B-83) ■

Mit der ersten offiziellen Reise in preußischen Angelegenheiten holte der König ihn in die Gegenwart zurück. Am 8. Juli 1817, nach jenen Hundstagen, reiste er zum Antrittsbesuch in die vom Wiener Kongress Preußen zugesprochene Rheinprovinz.[217] Frei von Heeresrouten bestimmte er diesmal seinen Weg selbst. Es ging über Wittenberg und Giebichenstein bei Halle, wo er den Garten des Komponisten Reichardt ansah. Bis zu dessen Tod wurde dieser »Herberge der Romantik« genannt. Friedrich Wilhelm dachte an dessen Bühnenmusiken, die seine kindliche Vorstellungskraft mächtig befördert hatten – wie die zu Shakespeares Hexenszenen nach *Macbeth* und zu der *Geisterinsel*. Über Erfurt und Eisenach traf er am 6. August in Köln ein.

Im Rheinland erprobte er erstmals die Wirksamkeit öffentlicher Reden am eigenen Leib – was dem jungem Kronprinzen in Sachen Kultur gleichermaßen anstand wie berauschte. Themen waren die Leitung der Düsseldorfer Kunstakademie und die Wiederbelebung einer rheinischen Universität. Cornelius war auf seinen Wunsch jetzt offiziell für die Leitung der Akademie im Gespräch. In Köln ließ er sich vom Sammler Franz Wallraf dessen Gemälde und all das zeigen, was jener aus den Kirchenabrissen während der französischen Besatzung vor Zerstörung bewahrt hatte.

Dabei kam das Gespräch ganz von selbst auf die Erhaltung des Domes. Noch vor dem Krieg hatte Wallrafs Mitstreiter Joseph Görres mit einem Aufruf zur Aufrichtung des »zerfallenen und geknechteten Deutschland« geworben. Im *Rheinischen Merkur* schwärmte er anonym von der »teutschen Bauart« des Domes und verglich dessen Spitzbögen mit der deutschen Sprache, aus welcher diese sich natürlich entwickelt hätten. Der Stil bringe das deutsche Wesen in seinem Ursprung zum Ausdruck und dergleichen mehr. Dass er damit ausgerechnet einen Stil propagierte, der in Frankreich entstanden war, sollte erst 1845 durch vergleichende Bauforschung nachgewiesen werden. Was aber waren Ursprünge, wo lagen sie und wie ging man mit ihnen um? In Fichtes *Reden* war einiges über deren Beweglichkeit zu finden.

Friedrich Wilhelm besprach die Rekonstruktion ausführlich mit Johann Sulpiz Boisserée. Dieser hatte 1816 in Paris den großen Fassadenplan des gotischen Baumeisters Johannes entdeckt. Man wusste also, wie diese aussehen sollte. Seit Friedrich Wilhelm zum ersten Mal die vom Ruß der Jahrhunderte geschwärzte Domruine vor sich stehen sah – als hätte menschlicher Mutwille das Aufstreben der Seelen ins Himmelreich gehindert –, wollte er den Bau um jeden Preis vollenden. War jetzt die Zeit für das Aufkeimen der »viel herrlichen Saat für den Himmel« da?

Tagsüber besuchte er eine Messe »als Mensch«, abends um neun Uhr eine »als UnMensch« und schreibt darüber an Charlotte: »Ein großer illuminirter Stern war das einzige Licht und schwebte hoch im Chore. Das ungeheure Gewölbe schimmerte wie im Nebel oben. Dabey wurde eine Messe von Naumann aufgeführt, die ich mir habe geben lassen. […] Es waren wirklich unaussprechliche Augenblicke.« Und weiter: »Mein ganzes Wesen war bei Dir.«[218] Friedrich Wilhelm unterscheidet also himmlische und geschwisterliche Liebe in Form von »Mensch« und »UnMensch«. Wir sollten darauf achten.

Sein Interesse am Dombau sprach sich schnell herum, und Schenkendorf dichtete, einmal mehr emphatisch: »Wachet, betet und vertraut, / Denn der Jüngling ist gefunden, / der den Tempel wieder baut!« Die Stadtväter wollten sich ihre ehrwürdige Geschichte für einen weiteren Wiederaufbau zunutze machen. Mit Wallraf veranstalteten sie für Friedrich Wilhelm jene Ausstellung gotischer Gemälde, illuminierten den Rhein sowie ein mächtiges Transparent der Stadtschützerin Colonia. Doch Friedrich Wilhelm fühlte sich davon bloß »fétiert und gequält«. Er ließ sich nicht in Dienst nehmen.

Vielleicht hatte daran auch der unversehens aufgetauchte Aloys Hirt Anteil, den man als »Anti-Gotiker fast gemordet«[219] hätte. Friedrich Wilhelm empfahl dem König jedenfalls das aufgelassene Barockschloss in Bonn als künftigen Sitz der rheinischen Universität. August Wilhelm Schlegel, dem Berlin nicht zusagte, hatte Hardenberg überzeugt, dass asiatische, vor allem indische Studien in Bonn am besten aufgehoben seien.[220] Der sanskritbegeisterte Friedrich Wilhelm traf zum ersten Mal auf den Romantiker, der zu den wenigen zählte, die den Buddhismus ernster nahmen – wenigstens zu Hause.

Hirt schloss sich wegen des nächsten Reiseziels dem Kronprinzen an. Er übernahm die Führung durch die römischen Denkmäler im Westen der neuen preußischen Provinz. Trier ist ihr wichtigster Ort. Gleich an der Porta Nigra schwärmte Friedrich Wilhelm von der Stadt als »eine Art Herkulanum« für Archäologen. Er ahnte nicht, dass er für den restaurierungsbedürftigen »Dom« dreißig Jahre Geduld bräuchte.[221] Über Aachen, Xanten und Lüttich wurde die Reise zur oranischen Verwandtschaft in Brüssel fortgesetzt. Am 21. September war er wieder in Potsdam. Der König war mit der Mission zufrieden und ernannte Friedrich Wilhelm zum Mitglied des Staatsrates. Er rückte dem Dunstkreis der Macht näher. Für Ancillon bedeutete es das Ende seines Amtes als Lehrer. Von nun an schrieb er dem Kronprinzen in der offiziellen Hofsprache, dem Französischen.

Die unterschiedliche Art Feiern

Bald nach dem Krieg hatte der König mit dem Bau von Erinnerungsmalen begonnen. Das Projekt eines mächtigen Befreiungsdomes war mit den verblassenden Kriegseindrücken zur Miniatur eines schlichten Schlachtenmonuments zusammengeschmolzen. Es ging jetzt um die Symbolik. Friedrich Wilhelm ging darauf ein. Für das Mahnmal aus Eisen – wie die im Krieg verliehenen Verdienstkreuze – skizzierte er eine Turmspitze des Kölner Domes im Taschenformat. Gemäß Schinkels Plan stellte er Skulpturen von Kriegshelden wie in Sakramentshäuschen hochgotischer Kathedralen ein. Er selbst würde den zweifelhaften Sieg bei Großgörschen als heiliger Georg verkörpern. Bei der Grundsteinlegung auf dem heutigen Kreuzberg war der Zar anwesend. Die

13 Friedrich Wilhelm, Johanna von Aragon. Vorzeichnung zum Gemälde von Königin Wilhelmine der Niederlande

Untertanen nahmen das Denkmal nicht wegen der veränderten Größe »lau« auf. Sie kamen trotz ihrer Kriegsopfer nicht vor. Umso schneller kühlte ihre Euphorie über die Befreiung ab.

Friedrich Wilhelms Zweifel schienen entkräftet, er nahm die Figur Georgs an und skizzierte eine ganz persönliche Allegorie. (Abb. 13) Das danach entstandene Erinnerungsgemälde wird in einem zeitgenössischen Inventar resigniert »Johanna von Aragonien« betitelt – um die es am wenigsten geht. Die Schenkerin Wilhelmine malte sich selbst als Johanna von Aragón. Jene unglückliche Anwärterin auf den spanischen Thron war vier Jahrzehnte eingesperrt, bevor der Tod sie 1555 erlöste. Sie galt fortan als Muster von Duldsamkeit. Friedrich Wilhelm wusste dies, seit der König nach Luises Tod eine Kopie des berühmten Gemäldes von Raffael für seine Wohnung malen ließ. Er wollte an sie erinnert sein, wie sie bei einem Hoffest als jene »Märtyrerin« aufgetreten war.

Mit der Neuzeit hatten Maler irdische Welt und göttliche Sphäre wie zwei Tableaus aufeinander zugeschoben. Friedrich Wilhelm verband sie in seiner Skizze zu einer Einheit: Aus der himmlischen Sphäre reicht der Jesusknabe ihm, dem Georgsritter, den Reichsapfel des Heiligen Römischen Reiches heraus. Er wird damit zum irdischen Stellvertreter des himmlischen Michael. Der Auftrag der Himmelskönigin, übermittelt durch den Knaben auf ihrem Schoß lautet auf Fortführung des Heiligen Reiches – und da es ein Erinnerungsstück ist, dürfte mit der Himmelskönigin Maria auch die verstorbene Mutter gemeint sein.

Womit wir wieder bei Fouqués Anspielung an Luise am Geburtstag des Kronprinzen angekommen wären. Am 18. Oktober 1817 wurde zweier Ereignisse gedacht: der Völkerschlacht bei Leipzig[222] und des Beginns der Reformation mit Martin Luthers Thesen. Was für Friedrich Wilhelm und die Erweckten Anlass zur Besinnung auf ihr protestantisches Erbe war, bedeutete für die Universitäten den Beginn neuzeitlicher Selbstbestimmung. Sie hatten deshalb auf Luthers Verbannungsort, die Wartburg, gerufen, und Burschenschaften, Studenten und Professoren aus ganz Deutschland waren gekommen. Gefeiert wurde mit landesfürstlicher Genehmigung. Was sollte daran verfänglich sein?

Unter dem Glockengeläut der Eisenacher Kirchen stieg der »heilige Zug« vom Marktplatz zur Burg hinauf, voran Schwert und schwarzrotgoldene Fahne der Jenaer Burschen. Die Festteilnehmer folgten in altdeutscher Tracht wie zu Luthers und Dürers Zeiten. Im Rittersaal wurden Lieder der Reformationszeit und des Freiheitskrieges gesungen. Das Fest verlief unter Reden und allerhand Zerstreuungen. Als die abschließenden Freudenfeuer brannten, rief völlig unerwartet der als »Turnvater« bekannte Berliner Patriot Friedrich Ludwig Jahn zur Vernichtung aller das Vaterland verunglimpfenden Schriften auf.

Die nun folgende symbolische Bücherverbrennung war von langer Hand vorbereitet: Sie war gegen achtundzwanzig Autoren gerichtet, die allgemeine Freiheitsrechte und dem Volk das Wahlrecht verweigerten, aber auch gegen Schriften der Okkupation. Kartons mit Titeln wie dem *Code Napoleon*, Kotzebues *Geschichte des Deutschen Reichs*, Ancillons *Ueber Souverainitaet*, Saul Aschers Flugschrift *Germanomanie*, Zacharias Werners *Söhne des Thales* und *Die Statuten der Adelskette* gingen in Flammen auf. Obendrein, als Symbole der Unterdrückung, ein österreichischer Korporalsstab, ein preußischer Ulanenschnürleib und ein hessischer Soldatenzopf.

Das Autodafé hatte Folgen. Nach gründlicher Planung tötete ein Burschenschafter, Festteilnehmer auf der Wartburg, am 23. März 1819 den provokant gegen liberale Ideen anschreibenden Kotzebue mit Dolch und Kurzschwert. Es war der erste politische Mord in Deutschland. Der König ließ demonstrativ, Kotzebue zum Gedenken, eines seiner Stücke aufführen.[223] Das Schauspielhaus war an diesem Abend nur mäßig gefüllt, die Geistfreiheit Fordernden blieben fern. Der König indes rückte von seinem Verfassungsversprechen ab. Er machte geltend, seine Untertanen müssten erst reif für verbürgte Freiheiten werden. Hatte er sich damit bereits weit von dem entfernt, was er aus Schillers *Erziehung des Menschengeschlechts* wusste, so ließ er es nicht dabei bewenden.

Bei einem Treffen der Heiligen Allianz in Böhmen besprach er mit dem österreichischen Fürsten Klemens Wenzel von Metternich die politischen Konsequenzen aus den Freiheitsbewegungen. Jener war mit dem Zaren der Ansicht, nur unnachgiebige Unterdrückung könne die Liberalen zügeln. Dieser Kenner und Liebhaber der klassizistischen Kultur – des Gebietes also, auf dem Schiller nach menschlicher Freiheit gestrebt hatte – sorgte für Überwachung. Es wird ihn sein Amt kosten – doch das ist noch eine Zeit hin.

Hardenberg hielt wie die meisten preußischen Minister Überwachung für das falsche Mittel. Er wollte wahrem Zeitgeist mit zweckmäßigen Einrichtungen entgegenkommen, durch sie die Untertanen lenken und dadurch Opposition vermeiden. Nur wenn dies nicht ausreiche, solle die Staatsmacht eingreifen. Der König forderte ein Gutachten. Darin hieß es, die Übel der Zeit würden seit der Französischen Revolution durch Volksschullehrer, Geistliche, akademische Dozenten, Schriftsteller und Beamte auf fehlgeleitete Weise verbreitet. Allein Überwachung, vor allem des Unterrichtswesens, verhindere liberale Anschauungen.

Es fielen Namen: Schleiermacher habe mit seiner Schrift *Über die Religion* die Zerstörung christlich-religiöser und moralischer Gesinnungen eingeleitet; Pestalozzis Unterrichtsmethoden hätten den Untertanen das Individualrecht, überall mitzureden, in den Kopf gesetzt, statt jeden an seinem Platz in der Gesellschaft zu lassen und ihn dafür umso besser für seinen Beruf auszubilden.

Ebenso wurden Fichte, Jahn und Ernst Moritz Arndt als verantwortlich für liberale Gesinnung beschuldigt.

Der König folgte dem Gutachten, die Karlsbader Beschlüsse wurden vollzogen. In Preußen entstand ein Spitzelsystem gegen all jene, die nach polizeilichem Dafürhalten nicht die rechte monarchische Gesinnung zeigten. Mit Verordnung vom 2. Januar 1820 erklärte er das Turnen für staatsgefährdend und erließ am 16. März die Theaterzensur. Universitätsprofessoren sollten bei Unbotmäßigkeit relegiert oder gar nicht erst angestellt werden. Ferner wurde die Zensur für Schriften unter zwanzig Seiten Umfang eingeführt, was sich vor allem gegen verunglimpfende Flugschriften richtete. Von nun an sollte es zwei Arten von Untertanen geben: Königstreue und Liberale. So jedenfalls fasste es August Wilhelm Schlegel auf. Er wollte sich diesem Geist nicht unterwerfen und suchte um Beurlaubung von seiner Bonner Professur nach. Erst ministerielles Einschreiten bewegte ihn zum Amtsverbleib.

Schleiermachers *Über die Religion, Reden an die Gebildeten unter ihren Verächtern* war 1799 unter dem Einfluss einer kurzzeitigen Berliner Wohngemeinschaft mit Friedrich Schlegel entstanden. Der Prediger hatte von Freiheit sowie dem tatsächlichen Zustand des Menschen geschrieben. Jeder trage eine eigene religiöse Welt in sich. Deshalb bedürfe das Christentum der Wiedergeburt. Den ganz neuen Gedanken einer Entwicklung des Christentums über sich hinaus nahm er bereits in der zweiten Auflage 1806 zurück. Nun wollte er der Religion einen philosophiefreien Raum gegen den Idealismus sichern. Seine Daseinsanalyse fand Zuspruch vor allem unter den Erweckten. Sie nannten ihn einen »Herrnhuter höherer Ordnung«, was ihn Friedrich Wilhelm näherbrachte.

Schleiermacher wurde bespitzelt. Sein Amtskollege an der Universität, Wilhelm Martin de Wette, hatte der Mutter des hingerichteten Kotzebuemörders einen seelsorgerischen Trostbrief gesandt, worauf ihn der König von seiner Professur relegierte. Schleiermacher nahm dies nicht hin und veranlasste einen Solidarbrief sämtlicher Dozenten der theologischen Fakultät. Dies brachte ihm Verhöre und Durchsuchungen seiner Wohnung ein. Er sollte aus seinem Amt gedrängt werden. Der Minister Altenstein wurde hinzugezogen, und man einigte sich auf die »Empfehlung der Amtsenthebung«. Doch der Minister schickte das Schreiben an den König nicht ab. Der Einspruch Friedrich Wilhelms soll dies verhindert haben.

Von Friedrich Wilhelm ist zwar kein Kommentar zu den Maßnahmen des Königs bekannt. Jenes gleichzeitig inszenierte Porträt ist die Antwort. (Abb. 12) Neben dem Machiavelli liegt Ancillons *Tableau des révolutions*. Auch er will dem Liberalismus entgegentreten. Doch das sind nur zwei Bücher, die in dem Stapel erkennbar sind. Reumont zählt die augenfällige Liedersammlung des 1796 verstorbenen schottischen Nationaldichter Robert Burns[224] sowie

Thomas Moores Werke zu den von Friedrich Wilhelm bevorzugten Poesien der britischen Insel. Thomas Moore hatte über Land ziehend irische Volkslieder gesammelt. Es entstand die vielbändige *Irish Melodies*[225] mit Klavierbegleitung. Es war höchste Zeit, denn die Industrialisierung verschlang in England die Volkstradition weit schneller als auf dem Kontinent. Zusammen mit Liedern aus Großbritannien, »sei es in der ursprünglichen Gestalt, sei es in Burn's und Moores Nachahmungen«[226], wurden diese, begleitet vom Fortepiano, bei Hofe gesungen.

Es blieb nicht bei Volksliedsammlungen. Parallel zu Friedrich Schlegels Sprachstudien hatte Görres Volksmythen miteinander verglichen und 1810 seine *Mythengeschichte der asiatischen Welt* veröffentlicht. Darin zog er heran, was nur irgend die Verbindung zwischen den Kulturen Asiens und Europas belegen sollte – er behaupete, es gäbe eine einzige, der Menschheit gemeinsame Mythe in Religion, Kultur- und Staatenbildung. Folglich machte er auch einen »Urstaat« im persisch-afghanischen Raum aus. Dort seien die Menschen einst »somnambül« umhergewandelt, bis sie jene Mythe mit nur einer Kirche, einer Sprache und einer Gottheit begründeten. Laut Reumont beschäftigte sich Friedrich Wilhelm mit Görres' Mythologie.

Dessen Herleitungen mündeten in der Behauptung, die deutsche Naturphilosophie erkenne sich in der altindischen Mythologie wieder, welche weit älter sei als die des klassischen Altertums. Die geistige Urheimat des Menschen liege also nicht in Europa, sondern im Orient. Da Görres jene Spuren bis nach Nordeuropa verfolgte, hätte die Beschäftigung Friedrich Wilhelms mit den englischen Dichtern diesen kulturhistorischen Hintergrund.

Doch das geistige Klima der Restauration brachte solche geistigen Überflüge zum Erliegen. Als Herausgeber des *Rheinischen Merkur* warb Görres für eine seltsame Mischung aus Erneuerung des alten Kaisertums, Einführung der Pressefreiheit und einer ständischen Verfassung – was ihn ins Visier der Überwacher brachte. Als er dann noch in *Teutschland und die Revolution* eine fortschrittliche Verfassung nicht ausschloss, ließ Friedrich Wilhelm ihm das geschenkte Exemplar ungelesen zurückschicken. In der Antwort vom 9. März 1818 berief sich Görres auf seine Wahrheitspflicht gegenüber Fürsten, denn wie solle »die allgemeine Gärung der Gemüter beruhigt werden, […] wenn, was einzig verständigen kann, abgewiesen und bloß zagender, verkleisternder, verhüllender Halbheit der Zugang gestattet wird?«[227]

Aus diesem Brief erfahren wir von der geteilten Stimmung bei Friedrich Wilhelms Rheinreise im Jahr zuvor. »Einige tausend ruhiger Menschen« hatten sich zusammengetan, um die Wünsche aller Einwohner durch eine Abordnung anzubringen. Damals sei »Vertrauen mit Vertrauen« belohnt worden, und Görres fragt, warum dies jetzt nicht mehr so sei. Statt einer Antwort bekam er die Anordnungen der Polizei am eigenen Leibe zu spüren: Untersuchung seiner

Papiere und Haftbefehl, dem er sich vorsorglich durch Flucht ins Schweizer und Elsässer Exil entzog. Friedrich Wilhelm schwieg dazu.

Im März 1819 nahm er an der »Initiation« in die Mysterien der Verschwiegenheit des Prinzen Georg von Dessau teil. Er und seine Brüder hätten jenen vom »Heiligthum«, dem Marmorsaal in das gelbe Zimmer geführt, wo man im »Conclave« versammelt war: »Onkel Carl hielt eine Rede, und machte darin so verrücktes Zeug mit Ernst, daß wir starben. Uns 3 hieß er Bruder Hannibal, Augustinus, Sebastianus. [...] Im blauen Zimmer waren die Sinne, im bronzenen die Elemente. Hier sträubte sich Georg. [...] Ein Mitglied, das den Geruch mit Tabak machte und ihn damit traktierte, warf er vom Stuhl. Dann wurde er die Marmortreppe hinabgeführt, wo [...] vor dem Keller eine Baare stand. Ihm wurden die Augen verbunden und gesagt, er müsse den Tod küssen.« Friedrich Wilhelm hielt ihm ein Stück Eis vors Gesicht, vor dem er schauderte.

Dann wurde der Herzog auf einer Bahre in den dunklen Keller getragen, »um durch das Grab des Osymandyas[228] in den Dom Daniel zu dringen und den Schlüssel des Geheimnisses zu holen. [...] Der Onkel lief heraus und in den Saal, warf die schwarzen Gewänder ab und einen goldenen Mantel um; setzte eine hohe weiße Spitze Mütze auf. Cousin und ich thaten uns den bronze goldenen Quadrille Mantel und die Kronen auf, Wilhelm und Carl ebenfalls mit Manteln, erster mit einem goldenen Ring letzterer mit einem Trichter auf dem Haupt, ich mit dem Rauchfaß. Es ward Georg heraufgeholt und in den Marmorsaal geführt, wo alles weiß gekleidet saß. Der Onkel kam hinter zwei Schreinen hervor auf seinen Thron, den Schlüssel in der Hand. Nun machten wir noch allerhand Umzüge und Farcen.«[229]

Der »Initiation« war, zum Mardi Gras, dem Beschluss des Karnevals Ende Februar, ein Spiel im Opernhaus vorausgegangen. Der Tag fiel mit dem Geburtstag von Friedrich Wilhelms Schwester Alexandrine zusammen. Man veranstaltete einen Maskenzug, dessen Vorbild als perfektes Lehrstück herrscherlicher Repräsentation in die Geschichte eingegangen ist: die wie auf der polierten Oberfläche eines Schachbretts verlaufene Zusammenkunft der Könige von Frankreich und England, Franz I. und Heinrichs VIII., im Sommer 1520.

Die Wahl des Ortes war auf eine namenlose Ebene nahe Calais gefallen. Selbst kleinste Geländeunebenheiten wurden beseitigt, um nicht in Verlegenheit zu geraten, wenn bei der Zusammenkunft einer der Könige höher als sein »Frère« stünde. Residiert wurde in einem künstlichen Palast und in einer Zeltstadt, deren vergoldetes Tuch sowie goldbestickte Kostüme dem Treffpunkt seinen Namen gaben: Camp du drap d'or, ein goldenes Gewebe höfischen Garns um Rang und Ansehen. Nichts sonst.

Herzog Carl organisierte zwei Festzüge im historischen Kostüm. Für das Funktionieren der Quadrillen kam es auf deutliche Unterscheidung, nicht auf höfische Finessen an. Friedrich Wilhelm hatte sich Mühe gegeben und trat als Anne, Duc de Montmorency, Diener mehrerer französischer Könige auf. Er trug einen goldenen Koller mit blauen Adlern (dem Wappen der Montmorency), ein blausamtenes Mantelkleid mit weißem Pelz und blaue Strumpftroisièmy mit goldenen Schuhen, einen schwarzen Samthut mit roten und weißen Federn und eine Agraffe aus dem (Kron-)Schatz[230] – eine spanische Hoftracht also, wie sie in damaliger Zeit an europäischen Höfen verbindlich war.

Allmählich wurden die Feiern bei Hofe ernster. Im Mai 1819 erhielt Fürst Radziwill im Schloss Monbijou Räume für die Aufführung seiner Faust-komposition zur Verfügung. Was Friedrich Wilhelm und die Prinzen 1816 begonnen hatten, wurde im professionellen Umfeld zur szenischen Aufführung vor Hof und Adel. Literaten hatten sich an diesem Renaissancestoff seit der *Historia des Doktor Johann Faustus* gerieben. Goethe machte aus ihm einen mit der Moderne ringenden Intellektuellen. Und mit Fausts versöhnlichem Tod öffnete er Ungläubigen eine Hintertür zur Erlösung. In Friedrich Wilhelms Zeichnung von Fausts Studierzimmer fehlen innere Kämpfe oder Seelendramen vollständig.[231] Von Büchern umgeben, das Astrolab inmitten des Raumes, bleibt er in seinen Studien ungestört, Mephisto erscheint nicht. Dafür sorgt das un-übersehbar aufgepflanzte christliche Kreuz auf Fausts Schreibtisch. Friedrich Wilhelms Exorzismus ist erfolgreich.

Brühl inszenierte zwei Szenen. Mit Schinkels Dekorationen gelang in der Nachtszene erneut ein Bild voller Anspielungen. Während Friedrich Wilhelm die »Nacht über dem Golf von Neapel« in Richtung Borneo überflogen hatte, lässt jener – in seinem Szenenbild – eine Frauengestalt mit aufgebauschtem durch-sichtigem Schleier voll unauflösbar verwebter Teufels- und Menschengestalten über dem Golf schweben. Die verglimmenden Abendstrahlen werden von der weiblichen Allegorie der Nacht wie ein Strudel in den Himmel hinaufgesogen.

Mephistos Mantel, der Faust wie ein fliegender Teppich durch die Lüfte trägt, wandelt sich zum nächtlichen Traumgespinst. Gemäß dem Mythos der Wiederkehr zieht es täglich in den Orient, um dort von den Lichtgeistern des aufgehenden Morgens verdrängt zu werden. Das Gespinst ist dünn. Sind die Ungeheuer der Spuk jener Träume, welche freies Menschentum einforderten? Das Bild hatte Schinkel bei der Lektüre des *Faust* ersonnen. Auch finden sich darin Gestalten ähnlich den bedrohlichen des Malers Adolf Füssli. Schinkel schreibt Goethes Text von Fausts Ende unter das Gemalte:

Nun ist die Luft von solchem Spuk so voll,
Daß niemand weiß, wie er ihn meiden soll.
Wenn auch ein Tag uns klar vernünftig lacht,
In Traumgespinst verwickelt uns die Nacht.

Die Malerei scheint sich hinter dem Text zu verbergen. Doch die Nacht hebt die Zeit auf. Jenes Raunen in der Luft, verkörpert durch vier graue Weiber, kündigt Fausts nahen Tod an. Er steht am Ende seiner Lebensreise, Mephisto wird den Pakt einlösen. Faust ergreift Seelenangst. Während Goethe ihn erlöst, besteht Schinkel auf dem Augenblick davor, als noch nichts entschieden ist. Friedrich Wilhelm weicht diesem existentiellen Augenblick mit Hilfe des Kreuzes aus.

Der König dehnte seine Repräsentation jetzt auf die Musik aus. Er kaufte Spontini das Manuskript der vielbewunderten *Vestale* ab und verfügte deren alljährliche Aufführung in Berlin.[232] Ferner ließ er von ihm den *Preußischen Volksgesang* komponieren, der in die Hymne »Heil dir im Siegerkranz« mündete. Schinkel und Brühl sollten mit dem *Fernand Cortez* aufwendiger verfahren, Schinkel benutzte Stiche aus Geschichtswerken: für die Büste eines aztekischen Priesters Humboldts neues Reisewerk über die Kordilleren.[233]

Die Zuschauer erhielten erst damit einen Eindruck von der fremden aztekischen Kultur – und von deren maßlosen Göttern. Das Nachtbild vor dem Stufentempel von Mexiko mit den eingemauerten Totenschädeln bediente das Grausige und Barbarische. Telapulca, der Gott des Bösen, sitzt auf einem Thron aus goldenen Tigern, Schlangen in Händen. Der ständig nachbessernde Spontini war fortgeschritten. Er verzichtete auf ausladende Arien und ging zu freieren deklamatorischen Formen über – was seine Musik einen Spalt weit in die Zukunft öffnete. Wenn er nur nicht mit endlosen Märschen die Geduld strapazierte.

Die Restauration erforderte eine stärkere Vernetzung der Monarchien durch Heirat. Im Januar 1818 wurde der Cousin Friedrich Wilhelms, Prinz Friedrich, vermählt. Der König bestellte bei Hirt ein weiteres Tableau vivant nach der griechischen Mythologie. Telle und der Cellovirtuose Bernhard Romberg waren für Choreographie und Musik verantwortlich. Mit dieser Besetzung hätte die Sache gut ausgehen müssen.

Hirt zog für *Die Weihe des Eros Uranios* den Mythos von Amor und Psyche heran und stellte damit seine neue Theorie, die er erfolgreich in der Akademie der Wissenschaften vorgetragen hatte, szenisch vor: Nach Apuleius' Märchen sei Psyche bislang lediglich als Allegorie der Liebe angesehen worden. Auf älteren Abbildungen aber sehe man sie mit Schmetterlingsflügeln – was für die Läuterung der menschlichen Seele stehe. Hirt mischte sich in die aktuelle Diskussion um die menschliche Psyche ein. Friedrich Wilhelm zeichnete das mythische Paar auf seinem Sternenflug.[234] Die Vermählung kann wie bei Acis und Galathea nur stattfinden, wo die irdische Unerlöstheit der Seele überwunden ist.

Zur Aufführung im Berliner Schloss hatten sich höfische und adlige Darsteller paarweise aufgereiht und zogen unter Amors Führung mit zwei Wagen an den Zuschauern vorüber. Sie verkörperten unterschiedliche Liebeszustände der Seele: den heroischen, romantischen, zärtlichen und besonnenen. Friedrich Wilhelm war mit der Prinzessin Friederike unter die heroischen Figuren geraten. Er verkörperte Abradates, einen Gefolgsmann Alexanders des Großen aus Susa. Trotz inständiger Warnung seiner Gemahlin Panthea zieht dieser in den Krieg und kommt um. Panthea fällt nichts Besseres ein als Selbstentleibung auf des Helden Grab. So bleibt sie mit ihm im Tod vereint – wir kennen es bereits.

Kritik gab es wegen der Hierodulen, der Tempeldiener. Diese hatten die Seelen als harmlose Eroten auf ihrem Zug umtanzt – weit entfernt von erotischen Anspielungen. Doch die Zeiten hatten sich mit der Politisierung gewandelt. Es genügte, dass ein Moralhüter behauptete, in Griechenland hätten Hierodulen Tempelprostitution betrieben und daher an einem gesitteten Ort nichts verloren. Hirt verteidigte sich öffentlich.[235] Für solche Veranstaltungen wurde er nicht mehr herangezogen.

Und Friedrich Wilhelm? Nach der Aufführung der jetzt ebenfalls aufwendig ausgestatteten *Vestale* – mit einem Architekturcapriccio aus Forum Romanum und den Tempeln von Vesta und Fortuna skizzierte er die erste Szene: Beim Öffnen des Vorhangs während eines Ritornells steht Licinius an einer schattigen Stelle seitlich des Vesta-Tempels. Cinna tritt aus dem heiligen Hain der Göttin hinzu und fragt: »Pourquoi Licinius, devance-t-il l'aurore?«[236], warum Licinius das Licht fliehe. Friedrich Wilhelm zitiert diese Worte über der Zeichnung. Anschließend ist die Rede von »Ennui« und »Chagrin«. Treibt auch Friedrich Wilhelm Kummer und Langeweile? Auf dem Theater geht die Sache durch göttliche Hilfe gut aus. Hofft er darauf?

Auch für ihn sollte es mit der Freizügigkeit ein Ende haben: Der König sprach von Ehe, der Jüngling von der ihm zustehenden Kavaliersreise. Die Sache wurde zäh, Friedrich Wilhelm mit einer anderen Reise abgespeist. Ein Besuch Charlottes bot sich an. Sie hatte soeben den russischen Thronfolger zur Welt gebracht. Er machte sich also Ende Mai 1818 über Posen, Thorn, Königsberg, Wilna, Minsk und Smolensk nach Russland auf. Am 16. Juni traf er in Moskau ein. Wegen des Schnellreisens schreibt er nichts Wesentliches ins Reisetagebuch, zumal er unterwegs mit der Lektüre des *Titan*, mit dem er nicht fertig wird, beschäftigt ist. Es stecken ihm »zu viele Gefühle« darin.

In Moskau blieb wegen der zaristischen Feierlichkeiten wenig Zeit zur Besichtigung der einstigen Hauptstadt – wo man sich »bis auf Noah« zurückführe. Gleich danach eilte man zu Charlottes Geburtstagsfeier im achthundert Kilometer entfernten Sankt Petersburg. Die unter schweren Opfern erbaute neue Hauptstadt hatte mehr Einwohner als Berlin. Durch die Stadtanlage vom Reißbrett und die eben errichteten Prachtbauten italienischer Baumeister war der Ort zwar stattlich, zur »Merkwürdigkeit« hätte es des Alters bedurft. Den drei barocken Kathedralen, mit Bildern von »Silber und Gold ganz beklebt«[237], gewann Friedrich Wilhelm jedoch bloß Ironie ab. Charlotte hielt den Ort für eine Kasernenstadt.

Ihr Geburtstag am 13. Juli wurde in der Residenz Peterhof gefeiert. Ihrem Bruder hatte sie geschrieben: »Es ist so schön an einigen Orten, daß ich Dich so recht zu mir wünsche, […] daß mir das Herz schwillt […] in Betrachtung des […] fernen finnländischen Nebelufers. Was die Ferne und die Zukunft einen Reitz für den Menschen haben, so ist es da drüben, daß besonders mein Auge stets sehnsüchtig nach einem fernen blauen Berge [schaut], den ich Arimbjön getauft; denn gewiß kam er auf seinen Streifzügen dahin und […] Minnetrost ihre Burg mit den singenden Lilien muß auch dort gestanden haben. Du kannst es Dir denken wie es mir wohltut daß ich doch auch hier noch Nahrung für meine romantischen Ideen finde.«[238]

Als er dessen gewahr wurde, wollte Friedrich Wilhelm bei seiner Schwester verweilen – und setzte ihre Residenz mit italienischen gleich. Das Stichwort gab der Librettist Filistri. In Berlin hatte man dessen Oper *La selva incantata* im Winter 1815[239] wiederaufgeführt – vielleicht wegen Friedrich Wilhelms italienischen Studien. Er bezeichnet Filistri als »Poeta Antico di Prussiano«[240], zitiert aber aus Vergils sechstem Buch der Aeneis[241] die Verse, in denen Aeneas in der Unterwelt das unglückliche Geschick des Marcellus prophezeit wird.

In Zarskoje Selo wurde viel über Italien gesprochen, Charlotte reichten die Nebelufer nicht mehr hin. Bei solch heiterer Stimmung gewährte der König dem Thronfolger zwei zusätzliche Wochen Aufenthalt – und instruierte Charlotte. Von ihr musste sich Friedrich Wilhelm mancher »Angriffe in hymenatischer Hinsicht« erwehren, wie er Ancillon mitteilt, »und ich bin wahrhaft stolz, daß ich sie siegreich bestanden.«[242] Er wollte seine Freiheit behalten.

Auf dem Heimweg im August besuchte er in Westpreußen die Marienburg. Der Oberpräsident Theodor von Schön hatte ihre Restaurierung zu seiner Sache gemacht und erläuterte eingehend die geplanten Maßnahmen. Vielleicht könne er helfen. Nach der damaligen baulichen Erkundung David Gillys war es Schenkendorf gewesen, der in *Der Freimüthige oder Berlinische Zeitung für gebildete, unbefangene Leser* im August 1803 die Zerstörungswut der Preußen auf der Deutschordensburg anprangerte. Der König hatte daraufhin die Bausubstanz sichern lassen.

Der Krieg änderte seine Einstellung. Die Geschichte der mittelalterlichen Burg ließ sich für die preußische Monarchie instrumentalisieren: Von 1309 bis 1457 war sie als Sitz der Hochmeister Zentrum des preußischen Ordensstaates gewesen. Er ließ Schinkel mit Restaurierungsmaßnahmen beginnen, nachdem Schön eine große Zahl von Spendern geworben hatte. Hardenberg stiftete ein Fenster für den Remter, die Prinzen standen mit zehn weiteren nicht nach. Das Projekt wurde unversehens zum Konkurrenzunternehmen: Nach der Befreiung beanspruchten nun auch Fortschrittliche die mittelalterlichen Symbole für sich.

Alexander Graf zu Dohna sah die Deutschordensritter als Vorkämpfer der Landwehrmänner. Friedrich Wilhelm achtete dagegen bei »seinen« Fenstern[243] auf das Ideal vom alten deutschen Reich ohne neuere Zutaten. Die Ritter sollten ihren mittelalterlichen Glanz behalten. Von kirchlicher Seite fand er Zustimmung, für sie sollten die Ur- und Vorbildsymbolik der Ordensritter unangetastet bleiben.

Wo bist Du...?

Die Russlandreise hatte den Dreiundzwanzigjährigen umso heftiger angestachelt. Er spielt seine Partien weiter – mit einer Zeichnung, die er gewiss nicht herumzeigte.[244] (Abb. 14) Diesmal steht er mit ausgebreiteten Armen im schlichten Überwurf auf einem Fels. Seine Gedanken umgeben ihn wie Spruchbänder mittelalterlicher Erbauungsgemälde in Kirchen. Sie waren für uns ebenso verschlüsselt wie für die frommen Analphabeten jener Zeit, solange wir den Sanskritcode nicht kannten. Die Sprüche heben an mit einem Vers des spanischen Augustinermönchs Luis de León: »Yo puesto en ti el lloroso rostro / Cortando voy la onda enemiga«[245], doch lehn ich weinend mein Gesicht an dich, teil ich die grimme Flut. Der Spruch steht mitten im Mariengedicht einer seit der Renaissance immer wieder gedruckten Verssammlung.[246] León hatte allen Grund für seine Fürbitte, er schrieb sie aus einem Kerker der Inquisition.

Die Bedeutung des Verses eines Dichters, der ein letztes Mal das Denken der drei spanischen Kulturen, der christlichen, jüdischen und muslimischen in sich vereinte, reicht weiter. León ging von der christlichen Allegorie Marias als Stella maris, dem Leitstern der Seefahrer, aus.[247] Aber was macht Friedrich Wilhelm daraus! Nachdem er auf dem Blatt neben dem Christusmedaillon einen Vulkan geschmuggelt hat, sieht es zunächst so aus, als wolle er das Stutzen weitertreiben, und zeichnet auf die Rückseite zwei Ruderer in einem »schwachen Gefährt«, wie es in dem Gedicht weiter heißt. Das Meer ist windstill, man kühlt den Fuß im Wasser. (Abb. 15)

Das Kleid der ihnen zugewandten Gallionsfigur, eine junge Frau, ist aufgebauscht wie ein Segel im Wind. Es fehlt ihr nicht an dem, was eine »sittsame Jungfer« seinerzeit zu verbergen hatte. Die Dichotomie von Ruhe und Aufbruch legt den Gedanken an die beiden Goethegedichte *Meeres Stille* und *Glückliche Fahrt* nahe, die Beethoven soeben in einer Kantate zusammengeführt hatte. Der Spruch gegenüber besagt jedoch, wohin die Fahrt führen soll: »O schönes Italien, wann werde ich dich sehen?«[248] Erst bei der Beischrift unter dem Ganzen hat sich Friedrich Wilhelm gefasst: »Trost meiner Augen! Leuchte meinen Füßen!« – nach dem zweiten Petrusbrief.[249]

Auf einem weiteren Blatt dieser Art bringt er ebenfalls weit auseinanderliegende Dinge zusammen. Aus Thomas Stamford Raffles' Neuerscheinung über die Geschichte Javas[250] schreibt er sich heraus: »Insel Java Singa: Sari gebaut von Deva Kasuma's Tochter: 1000 Tempel in Brambanan Boro Bodo.«[251] Statt der 1000 sind es in Candi Sewu zwar nur 296 wie in einem Baukasten ineinander verschachtelte Tempel. Bedeutender für die Religion ist der Borobudur, nicht nur wegen der geometrischen, mandalaartigen Form. Der buddhistische Tempel ist Wallfahrtsort. Auf dem Pilgerweg die Stufenpyramide hinauf werden Glaubensinhalte des Buddhismus abgeschritten.

Die »orientalische Passion« bleibt nicht allein. Auf demselben Blatt macht Friedrich Wilhelm seinem Verdruss über die verweigerte Italienreise mit Sinnsprüchen Luft: »Rom, die Liebe zu Dir wird durch plötzliche Bewegung kommen«, und der Grabinschrift des Scipio Africanus: »Undankbares Vaterland, Du sollst meine Knochen nicht haben« aus dem Plinius.[252] Und schließlich mit dem lateinischen Wortspiel: »Was willst du tun, wenn du vor das Antlitz der Venus trittst? Dich hinsetzen? Nein, weggehen, damit du dadurch nicht umkommst.« Der Verfasser des Spruches, François Georges de Bièvre, ein Adeliger des Ancien Régime, hatte unter dem Titel *Biévriana ou Jeux de mots* ein schillerndes Werk veröffentlicht. Es brachte ihm den Beinamen »Père des calembours«, Vater des Wortwitzes, ein. Im Vorwort erklärt er die Ordnung, nach der seine Wortspiele funktionieren.[253] Friedrich Wilhelm versucht es damit. Aber es hilft nicht, er muss sich mit Venus arrangieren.

Seit Ende September 1818 tagte der Kongress der Heiligen Allianz in Aachen, diesmal unter Teilnahme Frankreichs. Friedrich Wilhelm war mit seinem Bruder Wilhelm einen Monat nach Eröffnung dorthin aufgebrochen.[254] Wie beim Wiener Kongress blieb ihnen der Zutritt zu den Tagungen versagt. Umso beflissener verlegten sie sich auf die Nächte. Wilhelm schreibt am 11. November an Louise Radziwill, die »Königin von Polen«, was ihn bewegt: »Sie fragen mich, was Fritz zu seiner verschiedentlich angekündigten Verheiratung sagt? [...] Auch ich bin neugierig darauf, wer einst sein Ideal erreichen wird.« Bei den Unterhaltungen in kleineren Zirkeln wurden Lieder nach einer ganz neuen, stimmungsvollen Manier vorgetragen. Der junge Johann Carl Loewe dramatisierte das Schauerliche und das Romantische der Liedkunst. Er wird zu Friedrich Wilhelms Gästen gehören und europäischen Volkslieder vortragen. Dieser zeichnete Kostüme in Verbindung mit deren Saiteninstrumenten. (Abb. 16) Wilhelm fährt fort: »Unsere hiesige Cousine Sophie von Taxis ist es auch wiederum nicht, obwohl sie sehr angenehm und munter ist.«[255]

14 Friedrich Wilhelm, Selbstbildnis mit Beischriften in Sanskritzeichen

15 Friedrich Wilhelm, Zwei Ruderer (Rückseite von 14)

16 Friedrich Wilhelm, Trachten, Musikinstrumente und Helmzier

17 Friedrich Wilhelm, Selbstbildnis als arkadischer Wanderer

Und vielleicht sind die Figuren auf der mit »Aachen 1818 Nov.«[256] datierten Zeichnung die Protagonisten des Geschehens. Friedrich Wilhelm unterhielt den preußischen Hof also weiter. Wilhelm verstand davon, dass es seinem Bruder um die Verwirklichung eines »Ideals« gehen müsse.

Im darauffolgenden Februar unternahm dieser einen weiteren »untertänigen« Versuch zur Genehmigung der Kavaliersreise: »Ich nahe mich heute mit dem kindlichen Vertrauen, eine große Bitte zu wagen. […] Möchten Sie sich doch überzeugen, daß nicht eine wilde, verkehrte, verbrannte Phantasie und Künstler-Narrheit und Possen mich nach Italien treiben, sondern die Überzeugung, daß es kein anderes Mittel gibt, um das, was noch von Übertreibung in meinen Ansichten über das Land übrig sein sollte, gänzlich in das Gleis zurückzuweisen.«[257] Doch der König wusste allzu gut, warum er den Reisewunsch abwies, und ließ ihn wissen, es bestehe kein Grund zum Unglücklichsein, bloß weil er nicht nach Italien, Griechenland oder, vom religiösen Eifer überwältigt, womöglich bis Syrien reise. Er dachte dabei an seinen eigenen Bruder Heinrich, der sich auf einer italienischen Reise in Rom auf irdische Weise verstrickte und nicht nach Preußen zurückkehren sollte.

Blieb also nur Venus. Auf einer Zeichnung hinterlässt er Spuren davon. Er porträtiert sich am 6. Mai 1819 als arkadischer Hirte, nachsinnend auf einen Stab gestützt. Wie aus der Griechenwelt Ciceros – oder aus Tassos *Aminta*. Diesmal befindet sich der verrauchende Vulkan tatsächlich in südlicher Landschaft.[258] Darunter schreibt er, was ihn bewegt: »d'antico amor sente la gran potenza«, aus alter Liebe schöpft er große Kraft. Er verschlüsselt den Spruch nicht mit Sanskritzeichen, schließlich ahnt man bei dem schlanken Hirten nicht, wer gemeint ist. Erst am folgenden Tag lässt er auf einer ganz ähnlichen Zeichnung, signiert mit einem Butt, wie er im näheren Umfeld genannt wurde, kaum Zweifel, wen er meint.[259] (Abb. 17)

Jenes Zitat steht in Dantes *Commedia*, dort wo der Dichter nach seiner Wanderung durch Inferno und Purgatorio Beatrice wiedersieht.[260] Friedrich Wilhelm hatte also seine alte Liebe, »Ma Reine«, wiedergetroffen. Doch er relativiert das Geschehene, setzt das Pax-Christi-Zeichen darüber. Oder will er die Sache »einschlafen« lassen? Unter das Porträt einer Ruhenden, ebenfalls in klassischer Landschaft, schreibt er: »Dormi bell'idol mio«, schlaf, meine schöne Verehrte, nach einem italienischen Volkslied. Dieses endet: »Dormi, che vuoi di più«, ruhe, was willst du mehr.[261]

Vier Wochen später, am 5. Juni, lässt er Charlotte wissen: »Ma Reine kommt ja wahrscheinlich zu Dir und Du weißt, wie hier bei Hof und von Papa die Sache genommen worden ist. […] glaube ich, daß ein kurzer Aufenthalt der Regina alle Interessen vereinigen wird.« Er war mit seinem Verhältnis zu »Ma Reine« beziehungsweise »Regina« auf Widerstand gestoßen und suchte nun nach einem Vorwand für ihr Verschwinden: »[…] und wollest Du sie gar als

Gouvernante annehmen [...].« Die Affäre musste allein wegen des Standesunterschiedes tunlichst ein Ende nehmen. Wir wissen nur, dass Charlotte in dieser Zeit die Gräfin Katharina von Tiesenhausen an ihren Hof aufnahm. Und vielleicht stammt aus dieser Zeit Friedrich Wilhelms tröstliche Abschrift eines Gedichtes der Gräfin Luise von Stolberg aus ihrem Poetischen Tagebuch:

> Ich hörte einen Lautenton
> In kühlen Waldesgründen,
> Ich eilt' ihm nach, er war entflohn,
> Ich konnt ihn nirgends finden. [...]
> Sie sprach zu mir, ich will Dein Glück
> Dir freudig offenbaren,
> Das Schöne raubt der Augenblick,
> Nur Liebe kann's bewahren.[262]

Der König mochte solchem Treiben nicht länger zusehen und erlegte dem Thronfolger eine Rundreise durch die deutschen Fürstentümer auf – zur »JungfrauenSchau«. Der wandte zwar ein, die geforderte Porträtbüste seiner Person könne Reife nur zum Ausdruck bringen, wenn sie wie die der Mutter in Rom entstanden sei. Der König hörte nicht mehr hin, die »JungfrauenSchau« wurde Befehl. Eine standesgemäße Liebesheirat ließ der König jedoch nach seiner eigenen Erfahrung zu, und über den Glauben herrschte Einvernehmen: Nach preußischem Recht war der König Summus episcopus, oberster Herr der protestantischen Kirche. Eine andersgläubige Königin war nach diesem Recht undenkbar.

Nächst Preußen war Bayern die mächtigste deutsche Monarchie. Man schaute aufeinander. Nachdem Friedrich Wilhelm zunächst mit der Behauptung, er hätte fürs Werben kein Talent, eher das Gegenteil davon kokettierte, ließ er sich auf die »Jagdpartie durchs Heilige Römische Reich« ein. Die Wittelsbacher führten ihren Stamm bis in die Reichszeit des 12. Jahrhunderts hinab. Charlotte nannte er das Terrain: Prag, mit Zwischenstation in Frankfurt am Main, dann nach Süddeutschland und von dort aus ein Besuch der preußischen Gebiete in der Schweiz, bis zum Lago Maggiore – nicht weiter.

Eine vorgeschobene Truppenschau in Schlesien sollte die neugierigen Höfe vom Grund der Unternehmung ablenken. Friedrich Wilhelm ließ sich Zeit, damit die Wittelsbacher sich nicht »einbildeten«, er komme »expreß um der Prinzessinnen willen hin, und die Sache sei rein fertig.«[263] In der Nacht des 10. Juni brach er nach Prag auf, wo er am 30. ankam. Von hier aus ging es nach Westen, die Partie war ein Rösselsprung. Bevor er auf dem Heidelberger Schloss »beinah närrisch wurde vor Glück«, hatte er im dortigen Wald den Wolfsbrunnen angeschaut, einen Ort, ganz »in meinem exaltirtesten Styl; ein enges Thal, himmelhohe Bäume, Nußbäume [...] ächte Castanien, dabey eine göttliche Quelle, 4 [...] Weiher, die étagenWeise die Landschaft widerspiegeln, ein halbrunder Mauerplatz, mit Stufen, Weinranken und 1000-jährigem Epheu überall, [...] ein Haus mit einem steinernen Altan, [...].«[264]

In Koblenz stießen sein Bruder Wilhelm und der Prinz der Niederlande dazu. Sie folgten zunächst der Empfehlung der Prinzessin Marianne auf die sogenannte Felsenburg über der Lahn, wo zurückgezogen zwei Prinzessinnen lebten. Man tauschte Artigkeiten aus. Von Karlsruhe her trafen die Prinzen schließlich in Baden, dem heutigen Baden-Baden ein, wo die Wittelsbacher kurten. Max Joseph führte seine sechs Töchter von zwei Müttern, darunter Zwillinge mit viel Witz, vor. Friedrich Wilhelm mochte dabei an die Geschichte der Brautwerbung Jakobs im Alten Testament denken – als Laban dem Werber von zweien die Richtige versprach, aber die Falsche unterschob. Nach einem Dejeuner kam es zu einer kurzen Konversation mit den Prinzessinnen im Garten. Man verabredete sich in der Münchner Residenz.

Unabdingbare Reiseziele waren das Straßburger Münster und die Burgruine des Hohenzollernstammsitzes in Schwaben. In Konstanz hielt Friedrich Wilhelm mit einem ungewöhnlichen Porträt eines bärtigen Alten im altdeutschen Kostüm wie aus Dürers Zeit inne. Verschlüsselt schreibt er darüber: »Gott besser's«[265] Das Wort durchzieht wie ein Leitmotiv Werners *Söhne des Thales*. Konstanz war ihm ein literarischer Ort – mit Luftschloss: Ludwig Achim von Arnims neuer Roman, vielleicht der bedeutendste dieser Jahre, handelt von sogenannten Kronenwächtern.[266] Angeregt vom *Ofterdingen* wollte Arnim den gesamten Kosmos der beginnenden Neuzeit in all ihren Eigenarten beschreiben – mit Hilfe der Urversion des *Faust*.

Jener Legende nach ist er ein lebensvoller Held und Magier, den für seinen Übermut der Teufel holt. Bei Arnim ist die Hauptperson ein anämischer bürgerlicher Aufsteiger, der zu Macht und Einfluss nach einer von Faust verabreichten Transfusion seines Blutes gelangt. Dass es dabei nicht mit rechten Dingen zugeht, suggerieren die im Geheimen agierenden Kronenwächter. Wie in alten Bundesromanen treiben sie ihr Wesen. Arnim lässt sie mit Schnurren und Possen durch die Zeilen irren wie weiland Ariosts Ritter. Ihr Luftschloss ist ein Denkmal für die Welt. Mit der sorgfältig bewachten alten deutschen Kaiserkrone schwebt es gläsern über dem Bodensee. Friedrich Wilhelm schreibt unter seine Zeichnung: »Bey Constanz auf dem Wasser«. Er wird jene Wächter im Gedächtnis bewahren und 1842 von »lieben Kronenwächtern« sprechen.

Nach dem Besuch der preußischen Orte Neuchâtel und Fali bei Interlaken, wo er eine Einheimische in Landestracht zeichnete[267], kam es zum vereinbarten Treffen in der Münchner Residenz. Friedrich Wilhelm spielt Ideal und Realität gegeneinander aus. Die Augen Elisabeths, einer der Zwillingsschwestern, seien so klar wie der neapolitanische Himmel – auf Schinkels Gemälde und beim

Überflug auf dem Roc. Ihre Brauen schwarz, das Haar dunkel und dergleichen mehr. Leidenschaft stellten seine Begleiter indes nicht fest, seine Passion bestehe »nur im Kopf, eine Art Ideal.«[268]

Glaubt man der Malerei der Restauration, dann spiegelt Elisabeths Porträt wieder, was einer Frau jener Zeit anstand. Arndt empfahl: »Ein Weib soll ja einem Kinde gleich sein und auch so gehalten werden.«[269] Der Strickstrumpf soll – Tieck, selbst Mitglied einer Ménage-à-trois, wird es 1835 in einer »Strickstrumpfnovelle« behaupten – nicht einmal im Ehegemach geruht haben. Die bayerische Prinzessin war mit ihrer Zwillingsschwester zu mehr erzogen worden. Der Altphilologe Ludwig Thiersch hatte ihnen die klassische Welt eröffnet. Sie schrieben griechische Gedichte.

Friedrich Wilhelm berichtet seiner Schwester, bei den Visiten sei ihm Unerwartetes widerfahren. Die Prinzessin habe ihn von seiner vermeintlich unstillbaren Italiensehnsucht vollkommen geheilt. Die Passion sei nicht mehr da, nur noch der ganz gewöhnliche Wunsch, so sehr sei er verändert und umgewandelt. Der Brief endet ernüchternd: Er habe mit seinen »schönsten Wünschen« kein Glück. Inzwischen hatte die bayerische Königin Karoline ihrer Tochter die unveräußerlichen Glaubensregeln am preußischen Hof nahegebracht, diese aber beharrte auf ihrem katholischen Glauben – den sie durch ihre Firmung bestätigt habe. Ihr Leidensweg begann.

Dem König gesteht Friedrich Wilhelm ein, dass »dies mir den letzten Stoß gab – nämlich zu sehen, daß ihr Glaube ihr nicht indifferent sei und daß sie Charakter zeigt, wo es drauf ankommt. Bis jetzt war ich nur charmiert, jetzt muß ich sie achten und lieben, und gerade um deswillen, was mich wahrscheinlich ewig von ihr trennt!« Achten und lieben konnte Friedrich Wilhelm nur eine Frau, für die das Glaubensbekenntnis genauso unumstößlich war wie für ihn selbst. Dies war sein Ideal. Dies schloss eine Mischehe unterschiedlichen Glaubens wie beim bayerischen Königspaar nicht aus. Doch der König verhandelte nicht über alte Regeln.

Nach dem Scheitern mehrerer diplomatischer Missionen blieb Friedrich Wilhelm nur die Hoffnung – und die Bühne. Am Geburtstag 1819 treffen diese auf eigentümliche Weise aufeinander: Im privaten Kreis die »scherzhafte« Aufführung zum Traum von Sankt Georgen im See[270] und im Opernhaus Glucks Oper *Orpheus und Eurydike*.[271] Nach Hoffmanns Satire über die Aufführungen von Gluck-Opern wurde nun eifrig an der Neuinszenierung des Stoffes gearbeitet, der für die Erfindung der Oper aus dem Geist der Antike maßgeblich war. Schinkel schuf Dekorationen für einen Amor-Tempel, den Orkus und das Grabmal der Eurydike. Friedrich Wilhelm geriet jene übermenschliche Liebe, der sich selbst die Unterwelt beugte, zur Hoffnung für die eigene. Er zeichnet Orpheus unmittelbar nach dem selbstverschuldeten zweiten Tod Euridikes: Unmittelbar vor dem Ziel hatte er sich der Wiedergewonnenen zugewandt – und

143

kann nur noch entsetzt ihren leblosen Körper auffangen.²⁷² Gluck hatte das Ende anders geplant. Eurydike sollte leben, doch hätte dies den Mythos zerstört.

Zur Abendmahlsvorbereitung am 31. Oktober 1819 schreibt Friedrich Wilhelm über sich: »Herr, meine Seele bedarf mehr als je, vom Irdischen zu Dir gekehrt zu werden. [...] Entzünde von Neuem mächtiger die heilige Liebe zu Dir, die stets meine Zuversicht, oft mein Trost war, daß alle Liebe sich an der göttlichen heilige, sich ihr gern und willig opfere, wenn's sein muß, daß ich gern und standhaft dulde um Deines Namens willen, und, wenn mir das Herz zerrissen wird, meine Schmerzen um Deiner Leiden willen verachte, in Deiner Auferstehung und göttlichen Majestät Erquickung finde und in Dir über allem Geschaffenen ruhe, Christe Jesu!«²⁷³

In der Not hilft der Orient, diesmal mit einer Allegorie aus dem alten Ägypten. *Nittetis*²⁷⁴ vom Münchner Hofkomponisten Johann Nepomuk Freiherr von Poißl handelt vom Liebesverzicht des altägyptischen Thronfolgers.²⁷⁵ Brühl bemerkte dazu: »Mein Kronprinz [ist] höchst zufrieden damit und meinte, er hätte sich ganz nach Memphis versetzt geglaubt.« Mit Hilfe historischer Kostüme waren ihm Simulation des Ortes und Tröstung des Kronprinzen gelungen. Offenbar »kennt« dieser den Ort.

Aus Napoleons *Description de l'Égypte* stand jetzt der erste Band der zweiten Auflage zur Verfügung.²⁷⁶ Er beginnt mit der Beschreibung der Insel Philae und ihrem geheimnisvollen Glanzstück, dem Isis-Tempel. Friedrich Wilhelm zeichnet den »Tempel« aus der Ferne und setzt ihm das christliche Kreuz obenauf.²⁷⁷ Dessen Geschichte läuft anhand der Abbildungen dieses Kapitels wie ein Zeitraffer vor ihm ab: Zuerst die Eroberung durch die Römer, dann, nach Einführung des Christentums durch Konstantin, die Aufgabe des altägyptischen Isiskultes. Wie bei der Borneo-Geschichte und den Zeichnungen zur *Zauberflöte* vollzieht Friedrich Wilhelm die Unterwanderung fremder Kulte durch das Christentum nach.

Wahrscheinlich hat der militärische Prinzenerzieher Minutoli²⁷⁸ die Neugierde Friedrich Wilhelms an der Architektur Altägyptens geweckt. Der Amateur hatte eine Expedition vorbereitet, wozu ihm der König wissenschaftliche Begleiter zur Seite stellte. An der archäologischen Erforschung Altägyptens sollte auch Preußen beteiligt sein. Die Expedition reiste noch im gleichen Jahr nach Unterägypten ab.

Am 4. Februar 1820 wurde zur Eröffnung des Karnevals der Zyklus neuinszenierter Gluck-Opern mit *Armida* – die Friedrich Wilhelms Leidenschaft für den Komponisten geweckt hatte – fortgesetzt. Schinkel führte eine ganz neue Art von Bühnenbild ein: nicht mehr gemalte Prospekte, sondern plastische Dekorationen. Sie ermöglichten das gleichzeitige Spiel auf mehreren Ebenen – und die Teilung der Aufmerksamkeit. Er war auf dem besten Weg zur Grand opéra, mit der in Paris bereits experimentiert wurde. Friedrich Wilhelm

18 Friedrich Wilhelm, Orientalische Zauberin (Armida?)

zeichnete die orientalische Zauberin, angetan mit Diadem, Perlenkette und einer Fülle von Armreifen.[279] (Abb. 18) Sie beschwört mit Hilfe von Zauberstab und Rauchgefäßen ihre Macht. Diese reizt ihn mehr als die Liebesszene, von der es in den *Berlinischen Nachrichten* hieß: »Armida war so prachtvoll und reizend kostümiert, daß man sehr verzeihlich finden muß, wenn Rinald ihretwegen Heer, Ruhm und Bouillon im Stich läßt.«[280]

Für den 18. April beraumte der König einen weiteren »Denktag« an, den dreihundertjährigen Todestag Raffaels. In der Akademie der Künste wurde der Alte Meister mit einer aufwendigen Feier geehrt. Der König lieh Kopien von Gemälden aus seinem Palais und Teppiche aus dem Schloss. Der Bildhauer Tieck drapierte vier Gipsfiguren nach Kostümen jener Zeit, Schinkel stellte Dekorationen als Hintergründe Lebender Bilder her. Zelter sorgte mit seinem Chor für die Musik. Der außerordentliche Professor Ernst Heinrich Toelken, in dieser Zeit zuständig für geisteswissenschaftliche Dinge aller Art, schilderte das Leben des »großen Künstlers«, der laut Schadow »bis auf den heutigen Tag den ersten Rang behauptet hat.«[281]

Raffael-Verehrung nahmen also nicht allein »kunstliebende Klosterbrüder« in Anspruch. Der König unterstrich die Eintracht von Kunst und Monarchie und ließ von Wilhelm Hensel Raffaels *Transfiguration* in den Vatikanischen Museen kopieren. Friedrich Wilhelm wird das monumentale Gemälde zur weiteren Sammlung von Kopien anregen – und dafür einen eigenen Ort schaffen. Schadow hält dessen Atelierbesuch im gleichen Monat in Begleitung seiner Brüder, des Herzogs von Cumberland und Carls von Mecklenburg, fest. Bei nächtlicher Beleuchtung besichtigten sie ein Bacchanal des Raffael-Verehrers Schadow.[282]

Angesichts von Friedrich Wilhelms unerwartet standhafter Haltung bei der Brautwerbung forderte ihn der König Ende des Jahres zur ersten politischen Mitarbeit auf. Er sollte einer Kommission zur Überprüfung des Hardenberg'schen Verfassungsentwurfs vorstehen. Dazu war es nur gekommen, weil der König, bei Napoleons Rückkehr um sein Reich fürchtend, dem Staatskanzler nachgegeben hatte. Die Kommission empfahl statt einer Verfassung eine ständische Volksvertretung mit abgestuften Rechten und dem König als patriarchalischem, natürlichem und ewigem Vormund des Volkes. Zur Kommission gehörte Ancillon, der mittlerweile das Amt eines Geheimen Legationsrates bekleidete. Es brachte ihn in unmittelbare politische Nähe des Königs.

Ancillon witterte im preußischen Heer und in der Presse neuerdings »boshaftes Selbstbewusstsein«, was die Subordination der Untertanen schwäche und die Autorität der Monarchie gefährde. Er verfasste eine Denkschrift *Über Souveränität und Staatsverfassungen*, in der er gegen das Modewort »Zeitgeist« focht. Einmal ausgesprochen – in Arndts *Geist der Zeit* –, glaube jeder, er kenne dessen Bedeutung. Der Zeitgeist sei nichts Vorhandenes, er bilde sich mit der Zeit heraus. Zwecks politischer Einschätzungen müsse er erfasst, geprüft, beurteilt und gesichtet werden. Friedrich Wilhelm erhielt eigens einen Kommentar, gab sich aber mit abgeschauten Allgemeinplätzen nicht zufrieden.

Er vollzog den weitgespannten geistigen Bogen von Schillers *Erziehung des Menschengeschlechts* über Fichtes *Reden*, Savignys organisches Staatsdenken bis zu den staatskonservativen Schriften nach. Im Anschluss an Fichtes *Reden* hatte der Romantiker Adam Heinrich Müller in den *Elementen der Staatskunst* sein »politisches Modell« veröffentlicht. Die Untertanen seien nach Klassen und Ständen zu repräsentieren, woraus allmählich ein Verfassungsgebäude entstehe. Für eine auf Vernunft beruhende Monarchie reiche der einfache, geschriebene Gesetzesbuchstabe nicht zur Lösung allgemeiner Probleme aus. Müllers Modell eines lebendigen Organismus war Fichte nachempfunden. Im Übrigen hatte schon Novalis als Gleichnis der Weltbetrachtung formuliert, sie bedürfe einer Warte wie »Traumbilder, Zauber und sogar Zustände in fernen Gegenden«. Nach dem Krieg wagte in der Politik niemand mehr solche Spekulationen.

Karl Ludwig von Haller wurde in der *Restauration der Staatswissenschaft* von 1816 deutlicher. Er wollte die organische Staatslehre allein mit Hilfe des Adels verwirklichen und riet den Monarchen von Konstitutionen ganz ab. Sie sollten allenfalls Provinzialstände zulassen – weil sie die monarchischen Rechte am wenigsten schmälerten. Das Volk solle wie ein Körper aus weltlichen und geistlichen Fürsten, Grafen, Rittern und Baronen nach Rängen, der Bürger- und Bauernstand nach Gilden und Gewerken vertreten sein. Künstler und Wissenschaftler müssten dem Thron nahestehen. Vor allem sei die von Hardenberg abgeschaffte Gesindeordnung wiederzubeleben. Diesem Körper müsse der König Leben einhauchen. Die Schrift war also nicht ohne Grund auf der Wartburg verbrannt worden.

Bei den Berliner Erweckten, dem soeben ins Leben gerufenen »pietistischen Club« und in der Gesellschaft der Maikäfer, deren Haupt kurz Clemens Brentano war, stieß Hallers Restaurationsbuch auf Zustimmung. Für Friedrich Wilhelm mochte diese Auffassung zwar naheliegen. Den literarischen Horizont des Heiligen Reiches verlor er aber nie aus den Augen. Er bezog eine Position, die es einerseits mit der Restauration nicht verdarb, für die Erweckten aber zu frei war. Nach außen hin sah sie unverbindlich aus. Der König ließ die empfohlenen Provinzialstände zu, stellte aber die Einberufung von Reichsständen der Zeit, der Erfahrung, der Entwicklung der Sache und seiner landesväterlichen Fürsorge anheim. Mit einem Wort: Die Restauration wurde zum politischen Vakuum.

Der König füllte es mit kultureller Prachtentfaltung. Am 30. Mai 1820 gab Spontini als erster Generalmusikdirektor der königlichen Bühnen sein vielbewundertes Debüt. Das in Paris ausgebrochene »Rossini-Fieber« hatte ihn das königliche Angebot annehmen lassen. Eine neuerliche Überarbeitung des *Cortez* führte zu einem neuartigen Friedensduett im Finale – und erschloss fern allen Bühnenlärms neue musikalische Räume. Friedrich Wilhelm fand mit diesem Meisterstück jene Zeit wieder, die er durch Erzählen der Borneo-Geschichte aufgehoben hatte – unter der Voraussetzung, Elisabeth werde den Platz sämtlicher echter und erdachter Königinnen einnehmen. Und wieder half ihm ein Dichter.

Nach ausufernder Vorarbeit hatte der ihm als Volksliedsammler wohlbekannte Thomas Moore die »Oriental romance« *Lalla Rookh* veröffentlicht. Sie besteht aus vier Verserzählungen, die wie *Tausendundeine Nacht* durch eine Rahmenhandlung miteinander verknüpft sind. Moore nutzte wie Southey alles, was in London über den Orient, insbesondere Indien, auftreibbar war. Kolonisten wie reisende Adlige hatten fremde Objekte als Erinnerungsstücke herbeigeschafft und spielten damit das Märchen von unermesslicher Pracht, orientalischem Reichtum und Wohlleben fort. Ganze Zimmer wurden zur vollständigen Illusion eingerichtet. Ihre Bewohner schlüpften unter Turbane und ließen sich inmitten des Luxus, nach dessen Herkunft niemand fragte, von darauf spezialisierten Malern porträtieren. Das enzyklopädische Sammelsurium aus Reiseberichten, Märchen, Karten, Zeichnungen, Historien sowie das Gemurmel der Stadt über Indien, das vollends englische Kolonie geworden war, schien der Nährboden für die Romanze.

Moore hatte nicht Chateaubriands Fehler begangen und den Orient bereist. Er schmuggelte vielmehr aktuelle Probleme seiner Heimat in *Lalla Rookh* ein. Die Geschichte um die indischen Feueranbeter richtete Aufmerksame auf das Schicksal seines von den Engländern unterdrückten irischen Volkes. Während *Lalla Rookh* unter fortschrittlichen Europäern enthusiastisch aufgenommen wurde, reagierte der Rezensent in der *Jenaischen allgemeinen Literaturzeitung* von 1818 ohne Verständnis. Der Dichterfreund Lord Byron habe dazu beigetragen, dass der Autor »lieber Abscheu und Ekel als Gefallen« errege. Hässliches grenzte der Kritiker ebenso wie Gesellschaftskritisches aus der Kunst aus.

Für den Besuch Charlottes im Herbst 1820 in Berlin machte Friedrich Wilhelm das Werk kurzerhand zu seiner Sache und bereitete eine szenische Aufführung für den Hof vor. Nach der Rahmenhandlung will Prinz Feramorz den Charakter seiner Braut, der Prinzessin Lalla Rookh, prüfen und holt sie inkognito ein. Wir kennen es von Goethes *Bajadere* und aus Opernlibretti. Die Reise führt durchs Kaschmirtal zu Füßen des Himalayas. Das Tal galt wegen seiner Fruchtbarkeit seit jeher als eines der lieblichsten der Welt, Muslimen als Paradies.

Den Text ließ Friedrich Wilhelm von Fouqué übersetzen. Er legte Wert auf dessen Dichtungsart, obwohl der Ritter am Erlernen des Persischen gescheitert war.[283] Sein Titel *Lalla Rukh, die mongolische Prinzessin* war wortmalerisch nach den Moghuln und richtete sich nach den »Sylbenmaßen des Originals«.

Seine Übersetzung diente als Textvorlage für die Lebenden Bilder. Schinkel und Brühl waren für die monarchische Prachtentfaltung verantwortlich.

Sie stellten nach allen vier Erzählungen möglichst getreue Dekorationsstücke für den Prospekt her. Moore hatte seine Quellen nach Southeys Vorbild benannt, und in der Königlichen Bibliothek stand viel über Indien. Inszeniert wurde also nach neuesten Erkenntnissen. Friedrich Wilhelm ließ sich vom Hofbibliothekar Samuel Heinrich Spieker ein Verzeichnis sämtlicher einschlägiger Titel aufstellen. Dieser schrieb stolz, was noch fehle, stehe in seiner Privatbibliothek.

Die Verse wurden von Kompositionen Spontinis untermalt. In Bild 4/3 schwärmt Nurmahal, die Prinzessin gewänne ihren Gemahl durch den Zauber der Musik. Lalla Rukh, die »tulpenwangige« Tochter des Sultans, spielt wie Satischeh Cara in der Borneo-Geschichte auf einer Laute. Ihre Rolle fiel Charlotte zu, die sich bestens im »orientalischen Prunk« des russischen Hofes eingelebt hatte. Brühl schrieb über die Aufführung auf dem Königlichen Schloss vom 27. Januar 1821, es sei gelungen, »dem Ganzen den täuschenden Anstrich eines wahrhaft morgenländischen Gebildes zu geben«.

Friedrich Wilhelm bedankte sich bei Charlotte für das geschenkte Exemplar, denn »du weißt ja wie ich die Lalla liebe und warum sie mich wie kein anderes Buch entzückt. Hierzu kömmt noch, daß ich nur das eine Dir Bekannte schlechte Exemplar besaß, ohne Bilder. […] *Ich muß* es aller Orten finden.«[284] Und vielleicht ist es nicht bloße Behauptung Moores, der preußische Kronprinz habe ihm geschrieben, das Buch liege unter seinem Kopfkissen stets bereit. Die Teilnehmer mussten Zeichnern im Kostüm für ein prächtiges Erinnerungsalbum[285] Modell sitzen. Friedrich Wilhelms Zeichnungen des Hochzeitspaares[286] sind dem Verwirklichten so nah, dass man sich fragen muss, ob es nicht wie bei Johanna von Aragon dessen Entwürfe sind.[287] (Abb. 19) Ferner, ob die Simulation einer Braut »aller Orten« der eigenen Vermählung helfe. Spontini jedenfalls musste eine Oper daraus machen.

Ein illustrer Gast hatte der Aufführung zugeschaut. Chateaubriand absolvierte in dieser Zeit ein diplomatisches Zwischenspiel in Berlin. Er wird dreißig Jahre später in seinen *Erinnerungen von jenseits des Grabes* dieses Fest nicht erwähnen. Ebenso wenig seine Audienz bei Friedrich Wilhelm. Beiden, eingesponnen in das Geflecht von Politik, Kunst und Religion, dürfte es an Gesprächsstoff nicht gefehlt haben. Zwar kaum über Chateaubriands Niederlegung der Herausgabe des *Conservateur* nach Einführung der Pressezensur in Frankreich. Gewiss aber über Religion: Während der eine über die Anziehungskraft des Christentums schrieb, war der andere um »Saat für den Himmel« bemüht.

Nachdem das Ordensprojekt von Sankt Georgen im See mit der satirischen Inszenierung des Geburtstages 1819 abgetan war[288], dachte Friedrich Wilhelm über eine andere Vereinigung nach, einen Freundschaftsbund. Er zeichnete drei

Jünglinge in langen Mänteln, mit Templerkreuzen an der Brust und Pilgerstäben.[289] Verschlüsselt schreibt er darunter: »Die Brüder des Thales«. Inspiriert von Werners Schicksalstragödie nimmt er dessen Dichterruf zur Fortführung christlich-ritterlicher Tugenden nach dem tragischen Tod ihres Ordensmeisters in einen religiös orientierten Freundschaftsbund auf.

Werner war Schleiermachers Vorstellungen nahegekommen. Der herrnhutisch erzogene Theologe meinte, der Mensch befinde sich erst in der Gemeine im Vollbesitz seiner anschauenden Kraft. In Friedrich Wilhelms Zeichnungen dieser Jahre kehrt das Motiv häufig wieder: Junge Männer, in Mäntel gehüllt, stehen, teils ins Gespräch vertieft, teils sinnend, in einer weiten offenen Landschaft mit Höhenzug im Hintergrund. Es ist sein Ideal vom Refugium hochgesinnter »Brüder des Thales«. Freunde ganz unterschiedlichen Alters – wohl auch er selbst – pilgern einer christlichen Zukunft entgegen. Den Zeichnungen haftet ein elegischer Zug an, wohlahnend die Endlichkeit menschlichen Strebens.

Mit Ancillon erörterte Friedrich Wilhelm staatsrechtliche Themen wie die Rechte des portugiesischen Thronfolgers Dom Miguel und verfolgte dessen Ansprüche bis auf das mittelalterliche Grundgesetz von 1143 zurück. Wie die Heilige Allianz hatte man sich schon damals auf »heilige und unteilbare Dreieinigkeit« berufen. Mit diesem Vergleich wollte Friedrich Wilhelm die preußische Konstitutionsdebatte beenden. Vor dem Hintergrund der gegenwärtigen Verfassungskämpfe in den Königreichen Portugal, Spanien und Neapel mit Waffen war dies keineswegs bloße Theorie.

Die Heilige Allianz war deshalb im Herbst 1820 im schlesischen Troppau (Opava) unter dem Vorsitz Metternichs zusammengekommen. Dieser trug Friedrich Wilhelm »wie ein Professor«[290] das Konzept zur Balance der politischen Kräfte Europas vor. Auf Antrag Russlands wurde das Interventionsrecht zur Unterstützung gefährdeter Throne beschlossen – das in Neapel dann auch vollzogen wurde. Vor Unruhen in den Ländern der Allianz wähnte man sich sicher.

Am 14. Mai 1821 stand Spontinis Überarbeitung der in Paris durchgefallenen *Olympie*[291] auf dem Spielplan. Voltaire hatte den Stoff der Zeit Alexanders des Großen entlehnt. Die Bühnenmittel wurden zwar so geschickt eingesetzt, dass die drei Elefanten wie echte aussahen. Schinkel aber musste sich allmählich vorwerfen lassen, der Bühne nicht mehr als Erziehungs-, sondern als Repräsentationsstätte der Monarchie zu dienen. Das humanistische Erziehungsideal wurde zunehmend vom raffinierten Kalkül der Grand opéra abgelöst.

Spontinis Musik lässt erneut aufhorchen. Gleich im ersten Akt klingen aus einem monumentalen Marsch mit neungeteiltem Chor ganz neue Töne hervor. Der Teilung des Bühnenbildes korrespondiert in der Musik der Spaltklang. Hoffmann, der auf seine »verfluchte« Übersetzerarbeit schimpfte, erkannte unmittelbar das Wesentliche der Oper, »in der alles, Gesang, Instrumentierung,

19 Friedrich Wilhelm, Lalla Rukh

Modulation, Rhythmus, aus einem und demselben Brennpunkt des dramatischen Ausdrucks herauswirkte«. Richard Wagner wird genau hinhören und Friedrich Wilhelm diese Oper noch 1852, als es um die Ausgrabung der antiken Stadt Olympia geht, infolge einer bloßen Assoziation hervorholen lassen.

Knapp zwei Wochen darauf wurde das neue Schauspielhaus eingeweiht. Schinkel hatte es nach dem Dafürhalten einer heilen, klassischen Welt zwischen den beiden Domen des Gendarmenmarktes gebaut. Friedrich Wilhelm meinte bei der Besichtigung, es sei ein vorzüglicher Bau – »und ist auch ein Theäterchen drin.«[292] Er meinte den Raum für Kammerspiele. Dem Bau gemäß kam für die Eröffnungsfeier nur klassizistische Bühnenkunst in Frage: Die Ouvertüre aus Glucks *Iphigenie in Aulis*, gefolgt von Goethes Schauspiel *Iphigenie auf Tauris*. Iphigenie galt als klassisches Gegenstück zur vaterländischen Thekla. Das abschließende komische Ballett *Die Rosen-Fee*, erdacht vom Herzog Carl, veredelte noch einmal Winckelmanns Duft von jenen Gräbern. Im Festprolog ließ Goethe sprechen:

> Denn Euretwegen hat der Architekt
> Mit hohem Geist so edlen Raum bezweckt,
> Das Ebenmaß bedächtig abgezollt,
> Daß ihr euch selbst geregelt fühlen sollt.

Gab nach den Karlsbader Beschlüssen nun auch Goethe das Maß zur Erziehung der Untertanen vor? Im *Tasso*, zu Zeiten der Revolution, hatte er geschrieben:

> Es ist kein schönrer Anblick in der Welt,
> Als einen Fürsten sehn, der klug regiert,
> Das Reich zu sehn, wo jeder stolz gehorcht,
> Wo jeder sich nur selbst zu dienen glaubt,
> Weil ihm das Rechte nur befohlen wird.

Goethe hatte damals noch ganz aus der klassischen Welt argumentiert, im Prolog bewies er monarchische Treue.

Und schließlich machte Rauchs Quadriga, gelenkt von Apoll, als Bekrönung des Hauses über jeden Zweifel erhaben: Für den dionysischen Gott der Frühromantiker, verborgen hinter der strahlenden apollinischen Maske, hatte die Restauration keinen Platz. Behördlicher Überwachung sollte Selbstzensur zur Seite stehen. Friedrich Wilhelm nahm mit Hilfe von Goethes *Egmont* dazu Stellung. Nachdem man die Tragödie zunächst mit Reichardts versöhnlicher Bühnenmusik aufgeführt hatte, forderte Friedrich Wilhelm eine Inszenierung mit Beethovens neuer Schauspielmusik. Den König störte Beethovens unüberhörbarer musikalischem Aufruf zur Freiheit, und so kam es nicht dazu.

Unmittelbar darauf wurde Friedrich Wilhelm nicht einmal der Zugang zu einer Uraufführung gestattet. Unter reger öffentlicher Anteilnahme hatte der auf Vielfalt bedachte Brühl eine Oper für die Untertanen inszeniert. Ihr Komponist, Carl Maria von Weber, war durch Vertonungen von Carl Theodor Körners Freiheitsgesängen bekanntgeworden, und man erwartete in der angekündigten Volksoper Ähnliches. Das Libretto, Goethe zufolge die »Dichtung des Kindischen«, stammte von Friedrich Kind. Er hatte den Stoff aus allerhand Spuk- und Gespenstergeschichten zusammengesucht.

Beim Kampf zwischen Gut und Böse geht es ohne göttliche Fügung nicht ab, ein Eremit sorgt für den Ausgleich. Es bestand also kein Anlass zum Argwohn, das Libretto durchlief die Zensur unbeanstandet. Doch Max, der Protagonist, muss das schlichte Glück der Restauration erst erkämpfen. Und seine Unbehaustheit ist von Weber, der diese am eigenen Leib erfuhr, komponiert. Thomas Mann sollte »die aufhellende Halbton-Modulation im Finale, beim Einsatz von Pauke, Trompeten und Oboen« der tödlichen Infektion seines »Doktor Faustus« entgegensetzen.

Brühl legte die Premiere der ersten Oper im neuen Schauspielhaus mit Bedacht auf den 18. Juni, den Jahrestag des Sieges bei Waterloo. Es ging dabei hoch her. Liberale nutzten das Ereignis und erinnerten mit Flugblättern an das Verfassungsversprechen des Königs. Zum Lobe Webers hieß es:

Wir winden zum Kranze das duftende Reis
Und reichen dir freudig den rühmlichen Preis.
Du sangest uns Lützows verwegene Jagd,
Da haben wir immer nach dir gefragt.
Willkommen, willkommen in unserem Hain,
Du sollst uns der treffliche Jäger sein.

Der König hatte zuvor davon erfahren und verbot dem gesamten Hof den Besuch der Premiere – was die Mendelssohns mit ihrem Sohn Felix keineswegs von der Teilnahme abhielt. Seit der Ouvertüre der *Silvana* wusste man um Webers musikalisches Neuland. Sein schöpferischer Geist agierte weit über politischen Dingen. Noch am Premierentag vollendete er sein *Konzertstück in f-Moll* für Klavier und Orchester.

Die ihm untergeschobene politische Haltung wies er öffentlich zurück, aber ohne Erfolg. Der König wollte keine Note mehr von ihm hören. Friedrich Wilhelm setzte sich vergebens für ihn ein. Wenigstens verstand der König, dass er diese Oper, die in der Gunst des Publikums die *Zauberflöte* noch übertraf, bedenkenlos weiterspielen lassen konnte. Auf den Straßen der Stadt wurde der harmlose »Jungfernkranz« zum Ohrwurm. Heinrich Heine fühlte sich zur Satire darüber herausgefordert. Die Selbstzensur war gelungen,

20 Friedrich Wilhelm, Der Moghulprinz Jahangir, Selbstbildnis(?)

21 Friedrich Wilhelm, Der Moghulherrscher Akbar

Körners Theaterstücke, die man nach dem Krieg noch häufig gespielt hatte, verschwanden hingegen aus dem Repertoire.[293]

Umso mehr machte der Hof Spontinis »indische« Auftragsoper zu seiner Sache. Das lyrische Drama *Nurmahal oder Das Rosenfest von Caschmir* nach *Lalla Rookh* mit Balletten wurde innerhalb der fünftägigen Feierlichkeiten zur Vermählung Alexandrines, Friedrich Wilhelms zweiter Schwester, mit Paul Friedrich von Mecklenburg-Schwerin nach einem großen Diner im Rittersaal am 27. Mai 1822 uraufgeführt. Obwohl Spontini Nummern aus älteren Opern wiederverwandte, ist das Drama am weitesten von dessen klassizistischem Monumentalstil entfernt.

Das erste Finale besteht aus einem von Huldigungen und Tänzen gerahmten Zwiegesang des Paares Nurmahal/Dschehengir, in dem beide Stimmen einen Effekt von ergreifender lyrischer Zartheit erreichen. Friedrich Wilhelm bat Spontini um eine genaue Beschreibung der Ouvertüre – zur Erläuterung der Charaktere. Weniger kreisten seine Gedanken um Hoffmanns Behauptung, das höchste Romantische fände man, außer in der absoluten Musik, in Ouvertüren. Tags darauf lud Friedrich Wilhelm das Paar zum Diner, worauf sie im Schauspielhaus das neue Lustspiel *Donna Diana* nach dem Spanischen[294] ansahen.

Für Friedrich Wilhelm war es damit nicht getan. Moore spielte auf den Hof in Kabul im 17. Jahrhundert an. Europäische Zeitgenossen hatten von religiöser Toleranz bis hin zur synkretistischen Kultur berichtet. Dort herrschte aber keineswegs der Ausnahmezustand menschlichen Daseins. Die Moghuln wurden von den Osmanen bedroht und suchten europäische Christen als Verbündete. Friedrich Wilhelm zeichnete den Herrscher Akbar und seinen Sohn Jahangir (Dschehangir). Das mit »Jahangir« verschlüsselte Blatt zeigt den indischen Kronprinzen vor einer vage angedeuteten Architektur. (Abb. 20) Auf dem zweiten spricht der Herrscher »Acbar Empereur mogul« wie in jenen Berichten dem Alkohol zu und lässt sich dabei von einer Spielerin der Langhalslaute unterhalten.[295] (Abb. 21) Spiegeln die Blätter Friedrich Wilhelms Wunsch nach mehr Offenheit der Bekenntnisse – sie hätte ihm den Weg zu Elisabeth geebnet – wieder, oder war es ein Hochzeitsgeschenk mit allerhand Anspielungen?

Im September war die Heilige Allianz in Verona verabredet. Geführt von Alexander von Humboldt reiste der König mit den Prinzen nach Italien. Die Prinzen nutzten die Reise zu einer Art kollektiver Kavalierstour. Aber einer fehlte: Friedrich Wilhelm. Seinem Bruder schrieb er, zurzeit könne er ohnehin nichts genießen, er sei so »kalt und trocken«[296], dass er sich nur noch abgeschmackt vorkäme. Italien- und Heiratsverzicht blieben bei ihm ineinander verkeilt. Dem König erklärte er: Wäre es ein Opfer, »so würde es mir sehr leicht fallen es zu bringen, durch den Gedanken, daß die geliebte Prinzessin es gewiß von mir fordern würde.«[297] Gefordert hätte sie es um der Pflichterfüllung, der Regentschaft in Abwesenheit des Königs willen. Und schließlich gab es noch den bewährten Weg in exotische Gefilde. Diesmal ließ er, anlässlich seines Geburtstages, das Trauerspiel *Alzire* frei nach Voltaire aufführen.[298] Vielleicht gehörte das Stück zu den mit Delbrück in Königsberg gelesenen.

Nicht zu politischen Entscheidungen befugt, nutzte er sein Amt für das seit Jahrzehnten anstehende Projekt eines öffentlichen Museums. Darin sollte die klassische Kunst mit Antiken und Renaissancegegenständen Platz finden. Es wurde das humanistische Bildungsideal bemüht. Dies entsprach dem neuerdings in bürgerlichen Kreisen geäußerten Anspruch auf Kunstgenuss. Es wurde mit der Einführung der Theaterzensur ins Museum verlagert. 1823 hatte der König den Kunsthistoriker Gustav Friedrich Waagen zur Vorbereitung der Einrichtung berufen. Neben dem Museumsausschuss unter Hirt, Schinkel und Wilhelm von Humboldt sprach Friedrich Wilhelm bei der Konzeption mit.

Im November war der König nach ergebnislosem Fürstenkongress mit seiner Gesellschaft nach Rom weitergereist. Dort musste Niebuhr als Cicerone herhalten. Noch Jahre später klagte er Friedrich Wilhelm über rohe Behandlung und führte diese auf Hardenbergs bürgerliche Herkunft – wie die seine – zurück. Überraschend starb der Kanzler auf dem Rückweg in Genua. Friedrich Wilhelm war dieser Mann, seit er 1812 die für seine Reichsvorstellungen unerlässliche Ständeordnung beseitigte, ein Dorn im Auge gewesen.

Bei der Neubesetzung seines Amtes unterband der König jeden fortschrittlichen Ansatz. Er überhörte Friedrich Wilhelms Empfehlung des bereitstehenden Willhelm von Humboldt.[299] Er selbst wurde mit der nutzlosen Kronprinzenkommission abgespeist. Zwar nahm er an allen Sitzungen des Staatsrates teil, doch ohne Befugnisse. Er fügte sich in seine politische Rolle des Zuschauers.

Unter doppeltem Warten in Politik und Vermählung widmete er sich der »Saat für den Himmel«. Er beendete den desolaten Zustand der mittelalterlichen Klosterruinen in der Umgebung Berlins. 1821 ließ er den Zustand des Klosters Chorin untersuchen. An dem seit der Reformation aufgelassenen Ort hatte er Schweineställe vorgefunden. Nicht besser stand es um die Ruine in Lehnin. Auch bei der nahe Eldena in Pommern gelegenen »Abtei im Eichwald«, deren Verfall der Maler Friedrich zum Symbol für Vergänglichkeit gemacht hatte, war nicht dies sein Anliegen. Er ließ der zuständigen Universität Greifswald auftragen, sie möge der vernachlässigten Ruine ihr würdiges Ansehen zurückgeben.

Nach Abschluss der ersten Baumaßnahmen auf der Marienburg veranstaltete er im Juni 1822 einen »festlichen Ehrentisch« auf dem Remter. Es wurde ein alter Liedsprecher aus Danzig einbestellt. Er sang zur Zither auf einen Text des preußischen Angestellten Joseph von Eichendorff:

Das ewig Alt' und Neue,
Das mit den Zeiten ringt,
Das, Fürst, ist's, was das treue

Herz Deines Volks durchdringt. […]
Wo das noch ehrlich waltet,
Da ist zu Gottes Ruhm
Die Kreuzesfahn' entfaltet
Und rechtes Rittertum.

Der sonst so wortgewandte Friedrich Wilhelm hielt sich auffallend zurück und antwortete ausweichend: »Alles Gute und Würdige entsteht mit diesem Bau.«

Mittlerweile gehörte die Instandsetzung mittelalterlicher Klosterarchitektur zu dem, was man Restaurierung nannte. Mit gewachsenem Bewusstsein für historische Epochen erfasste der Zeitgeist nun auch die Architektur. Am Alter von Gebäuden sei ihre »Physiognomie« ablesbar. Spätere Überbauungen hätten den ursprünglichen, mittelalterlichen »Charakter« bloß verdorben. Diesem Glauben an das Alte als wertvoller fiel manch jüngeres Meisterwerk zum Opfer. Friedrich Wilhelm nutzte dies für seine Zwecke. Hoffte er wirklich, jenen alten Bauten würde durch Restaurierung das klösterliche Leben von ehedem eingehaucht, oder meinte er dies politisch?

Einen mittelalterlichen Bau solchen »Charakters« erhielt er 1823 von der Stadt Koblenz geschenkt – die am Rhein gelegene Ruine von Burg Stolzenfels. Der Hohenstaufenbau stammte aus dem 13. Jahrhundert. Wer den Rhein oder die dort einmündende Lahn befuhr, sah die kümmerlichen Überreste der Burg vor Augen. Das Zerstörungswerk hatte während der französischen Belagerung von Koblenz in der Barockzeit begonnen, zuletzt diente die Ruine als Steinbruch. Friedrich Wilhelm begann aber nicht mit der Restaurierung. Seit kurzem gehörte seinem Cousin Friedrich die Burg Rheinstein, an deren Ausbau er Anteil nahm, während er Stolzenfels nicht einmal besichtigte. Er beauftragte den für Rheinstein tätigen Architekten Johann Claudius von Lassaulx, ihm in seiner Burg ein »Zimmerchen« herzurichten. Nicht mehr als ein Auslug auf den Rhein – ein Nachklang auf die romantische Jugend.

Anders verhielt er sich bei einem Berliner Neubau »wie im Mittelalter« – also ohne »Charakter«. Schinkel hatte für die Friedrichswerdersche Kirche gegenüber dem Schloss zunächst das klassizistische »Modul« des Schauspielhauses erprobt. Friedrich Wilhelm aber war noch ganz angetan von der pompösen Krönungsfeier Georges IV. in der mittelalterlichen Londoner Westminster Abbey Jahre zuvor und zeichnete wohl auch dazu.[300] Seine Vorstellungen ähnelten denen Walter Scotts, der bei der gefeierten Schottlandreise Georges im Sommer 1822 jede Gelegenheit zur Erinnerung an alte Traditionen genutzt hatte. Scott brachte es sogar fertig, dass der König sich im schottischen Kilt porträtieren ließ.

Am englischen Königshaus gehörte der Style gothic zur Repräsentation. Im Rokoko wurde die Fassade von Westminster Abbey, Salbungskirche der Könige, in diesem Sinne erweitert.[301] Zweifellos war Friedrich Wilhelm dies bekannt.

Der Kirchenneubau in Sichtweite des Berliner Schlosses war für ihn nicht nur Gemeindekirche, sondern gehörte zum preußischen Herrschaftsbereich. Der König entschied vielleicht deshalb für die »Westminstervariante«. Schinkel, der von der gotischen Architektur »nur dasjenige in Anwendung [...] bringen [wollte], was sich in der Entwicklung derselben als reiner Vorteil für die Konstruktion [...] für jede Zeit [als] nützlicher [...] Zuwachs [...] bewährt«[302] habe, war durch den königlichen Wunsch zusätzlich herausgefordert. Er machte eine Dekonstruktion von äußerster Konsequenz daraus. Er beschränkte die gotischen Schmuckformen auf Fassade und Fenster. Am fertigen Bau beeindruckt bis heute die Qualität der neuen Handwerkstechniken. Achim von Arnim bezeichnete das Ergebnis als Schinkels Triumph im »Zusammenwirken von Baukunst, Malerei, Bildhauerkunst, Tischlerei«. Die Restauration schärfte den Blick aufs Naheliegende, aufs Detail.

Friedrich Wilhelm blieb weiter auf gegenwärtige englische Literatur neugierig. Im Hause Cumberland waren nach den Romantikern die historischen Romane Walter Scotts gefragt. Nach dem *Pirate* von 1821 zeichnete Friedrich Wilhelm die Figur des Mordaunt Mertoun[303] – mit gegürtetem Degen, die Hand am Griff. Den Namen schreibt er verschlüsselt darunter, weshalb die Figur lange mit einem griechischen Freiheitskämpfer verwechselt wurde – und vielleicht war dies auch ein uneingestandener Wunsch.

Bei Scott zieht sich die Handlung in gewohnter Zähigkeit dahin. Allein Mertouns »Mutter«, die Zauberin Norna, verleiht dem Ganzen Farbe. Doch auch sie endet zwecks »Gesundung« im Schoß der Restauration. Womöglich machte Friedrich Wilhelm das umständliche Zustandekommen von Mertouns Heirat – als Projektion auf die eigene Zukunft – neugierig. Er las weiter bei Scott und machte den König im Juli 1823 auf *Quentin Durward* aufmerksam. Darin fände sich »eine vortreffliche Schilderung des Hofes Louis XI von Frankreich«. »Den Klugen« nannte man wegen seines allgegenwärtigen Spionagenetzes – jederzeit zur Entfernung unliebsamer Gegner bereit – »die Spinne«. Der König wird sich kaum für das 15. Jahrhundert interessiert haben. Friedrich Wilhelm wollte zeigen, dass er sich für die Schliche des Regierens eigne.

Im November erwähnt er den »sehr interessanten Roman, die *Herzogin von Montmorency* von Fouqué«. Nicht vom Baron, dessen endlose Festritte immer unverdaulicher wurden, sondern von dessen Gemahlin Caroline. Sie schildert das bewegte Leben der Herzogin, die in diplomatischer Mission für Louis XIV in Deutschland tätig war. Caroline schrieb keineswegs weniger ausladend als der Ritter. Ihre Schriften wurden aber wegen des neuartigen Realismus beliebt. Aus dem gleichen Grund ließ Friedrich Wilhelm sich auch Elise Philippine von Hohenhausen vorstellen. Sie betrieb seit kurzem in Berlin einen literarischen Salon, in dem die Dichter Scott und Byron, aus deren Werken sie übersetzte[304], das Wort hatten.

In diese Lektüre fiel Minutolis Rückkehr aus Ägypten. Er hatte dort mehr als eine Schiffsladung an Altertümern erworben, wovon in Berlin allerdings nur das ankam, was er auf dem Landwege mitbrachte. Das Frachtschiff war am 22. März bei einem Sturm in der Elbmündung gesunken. Minutoli hatte in der libyschen Wüste westlich des Nils – bei Totenstätten – in Sakkara den Zugang zur einzigen ägyptischen Stufenpyramide entdeckt. Friedrich Wilhelm vergleicht diese Pyramide zeichnend mit orientalischen Weltwundern – dem Turm von Babel und dem Leuchtturm von Pharos bei Alexandria.[305] Obwohl Minutoli wegen der verlorenen Altertümer keinen archäologischen Ruhm erwarb, hatte er wertvolle Papyri mitgebracht. Der König kaufte sie an als Grundstock jener ägyptischen Sammlung, die im Schloss Monbijou unterkam. Friedrich Wilhelm wird darauf aufbauen.

Hymenäisch

Nicht zufällig entdeckt Friedrich Wilhelm Ende 1823 ein zeichnerisches Genre, das er später als »extravagante Landschaftsdarstellung«[306] herabspielen wird. Dahinter verbergen sich allegorische Bilder an Wegscheiden seines Lebens. Das erste ist ein orientalisches. Von einer Anhöhe herab blickt man auf die Stadt Jerusalem. (Abb. 22) Friedrich Wilhelm nimmt den Blickpunkt eines französischen Malers[307] ein, der behauptete, er habe die Stadt vom Tal Josaphat aus aufgenommen. Nach der Bibel ist es das Tal des Urteils. Eben um ein solches geht es ihm. Er stellt drei »Weise« auf.

Will er auf die drei Religionen hinaus, die Lessings Nathan einander gleichstellt und damit die unlösbare Aufgabe löst? Er zeichnet genau. Die drei »Weisen« stehen so, dass der Felsendom im Hintergrund verdeckt wird. Der Islam tritt also bildlich zurück. Die drei »Weisen« unterschiedlichen Alters reden – nicht miteinander, es entsteht vielmehr eine choreographische Bewegung. Wie sich aus der jüdischen Religion die christliche und aus dieser die protestantische entwickelte, so die seines ungelösten Heiratsbegehrens durch Glaubenswechsel Elisabeths. War die Sache in Bewegung geraten?

Im Sommer dieses Jahres hatte der von Paris zum Sankt Petersburger Hof durchreisende Gitarrenvirtuose Fernando Sor mit seiner Frau[308] ein Gastspiel in Berlin gegeben. Es heißt, sie seien auch im Schloss Sanssouci aufgetreten. Dort verkehrte nur Friedrich Wilhelm, und auf dessen Terrasse kam es zur ersten

22 Friedrich Wilhelm, Drei religiöse Bekenntnisse (Drei Philosophen)

»Nacht von Aranjuez«. Friedrich Wilhelm hatte aus diskreter Quelle erfahren, dass sein Heiratswunsch nicht mehr aussichtslos sei. Sor jedenfalls erinnerte sich noch Jahre später mit seinen *Souvenirs d'une soirée à Berlin*[309] musikalisch daran: Deren Allegretto ist überschrieben mit »Mouvement de valse«. Es kam wieder Bewegung in das »abgeschmackte« Gemüt des Kronprinzen.

Auf einer Militärinspektion in Pommern erfuhr er mehr. Der Herzog von Meiningen hatte um Elisabeths Hand angehalten, und ihr Bruder fragte, ob Friedrich Wilhelm sein Vorrecht weiter geltend mache. Seine Antwort war offenbar so überzeugend, dass sie beinah eine zivilisierte Form von Kannibalismus ausgelöst hätte. Elisabeth schrieb: »Welch ein Kleinod! […] Ich habe meine Empfindung noch nicht in Worte gebracht. […] Ich habe das Blatt fast aufgegessen.« Es kam offenbar vor, dass situierte Damen dergleichen mit in Kaffee aufgelösten Theaterzetteln ihrer Idole praktizierten.

Elisabeth war in ihrer katholischen Festung aufgeschreckt worden. Sie musste wählen zwischen der Heirat eines ungeliebten Bewerbers oder dem Glaubensübertritt. Sie ließ den preußischen König wissen, den Übertritt trotz des »Opfers einst zu erfüllen«. Dieser verlangte kein »Opfer«, sondern Überzeugung. Schließlich gab sie auch darin nach. Ein weiterer Grund dafür war praktischer Art. Ihre Zwillingsschwester hatte Ende 1822[310] den Kronprinzen Johann von Sachsen geheiratet. Für Besuche lag Dresden näher bei Berlin als bei München.

Nach Jahren des Wartens stattete Friedrich Wilhelm einen Kurzbesuch in München ab. Ihm zu Ehren wurde beim Oktoberfest ein Pferderennen veranstaltet und ein Freudengesang auf die Melodie des »Jungfernkranzes« mit den Worten »umwunden mit weiß-blauer Seide« arrangiert. Webers Ohrwurm hatte sich verbreitet. Zur Uraufführung einer Oper anlässlich seines Geburtstages war der Bräutigam wieder in Berlin. Der Gluck-Zyklus schloss mit einem Werk »wie von Gluck«[311], mit Bernhard Kleins *Dido* nach der Aeneis. Obwohl er ihre Aufnahme ins Repertoire[312] wünschte, kam sie über vier Aufführungen nicht hinaus. Bedeutender waren die Oratorien des ehemaligen Musikdirektors am Kölner Dom und Kompositionslehrers am soeben auf Anraten Zelters gegründeten Königlichen Institut für Kirchenmusik in Berlin. Klein nahm damit Anteil an der Diskussion um das »wahrhaft Kirchliche«, und vielleicht war dadurch Friedrich Wilhelms Neugierde am historistischen Umgang auch mit der Musik geweckt.

Anfang November wurde in München katholisch geheiratet – aus Rücksicht auf die Kirche ohne den Bräutigam. Den Segen erhielt »per procuram«, stellvertretend, Elisabeths Bruder Karl. Von den Feierlichkeiten hob sich bloß die Fahrt durch neuerdings gasbeleuchtete Straßen heraus. Das vom König erdachte Berliner Zeremoniell sollte Luises damaligen Éclat nachstellen. Die Braut zog im vergoldeten Krönungswagen ein. Auf der Schlossbrücke verneigten sich einhundertfünfzig Ehrenjungfern, Elisabeth aber scheute den öffentlichen Auftritt. Die königlichen Wagen hatten bereits die Schlossbrücke passiert, als darauf unter den dicht nachdrängenden Schaulustigen eine Massenpanik ausbrach. Ihr fielen mehr als ein Dutzend Personen zum Opfer.

Die evangelische Trauung erfolgte am 29. November im Berliner Schloss. Man holte die Krone aus dem Tresor herauf und setzte sie der in einen Silberstoff gekleideten, mit den Kronjuwelen geschmückten Elisa Ludovica aufs Haupt. In der Schlosskapelle tauschte das Paar die Ringe und erhielt den Segen unter Abfeuern von Kanonen im Lustgarten. Zurückgekehrt überbrückte man die Zeit bis zum Auftragen des Diners mit Kartenspiel. Preußische und bayerische Herrscher waren auf den Vermählungsblättern abgebildet. Währenddessen erklang eine von Fouqué gedichtete und vom Kapellmeister Schneider vertonte Festkantate.

Dem Diner im Rittersaal, begleitet von Gesundheitswünschen und Musik vom Balkon des Saales, schauten Untertanen mit bezahlten Billetts zu. Danach folgte der traditionelle Fackeltanz im Weißen Saal. Eröffnet wurde er vom Oberhofmarschall. Ihm folgten die königlichen Räte mit weißen Wachsfackeln, dann der gesamte Zug. Nach dem ersten Umgang forderte die Braut den König zum Tanz, womit ein weiterer Umgang begann. Anschließend tanzten der Kronprinz mit allen Prinzessinnen, die Kronprinzessin mit allen Prinzen. Die Musik wurde für jede Vermählungen neu komponiert, diesmal von Spontini und Lauska. Danach überreichte die Oberhofmeisterin der Braut das Strumpfband. Man nahm Elisabeth die Krone ab und entließ den Hof.

Der folgende Tag begann mit einem Gottesdienst mit anschließendem Déjeuner dînatoire, einem aufwendigen Lunch. Nach der Cour beendete ein Polonaisen-Ball ab sechs Uhr den Tag. Am Abend des 1. Dezember wurde zuerst ein pantomimisches Ballett, *Die Rückkehr des Frühlings*, nach der Choreographie von Hoguet aufgeführt. Die Aufmunterung zu Glück und Fruchtbarkeit galt der Kronprinzessin. Kenner der venezianischen Bräuche wurden an das bis zu Napoleons Verbot am dortigen Frühjahrsbeginn gefeierte Vermählungsfest des Dogen mit der Adria erinnert. Darauf folgte die dreiaktige romantische Oper *Libussa*[313] über die Begründerin des tschechischen Staates von Conradin Kreutzer, Anna Milder-Hauptmann als Libussa. Trotz einiger neuer Rezitative mochte das Thema nicht zum Anlass passen. Die Aufführung war improvisiert. Am gleichen Abend wurde auf dem Schauspielhaus *Donna Diana* gegeben. Die Feierlichkeiten hielten drei weitere Tage an, wozu auch die Vorstellung der Kronprinzessin bei der Akademie und der Universität gehörte. Von beiden erhielt das Paar lateinische Poesien überreicht.

Elisabeth schrieb nach München, man hätte »in Sauß und Braus« gefeiert. Doch Friedrich Wilhelm hatte jene romantische Oper nicht bestellt. Spontini war trotz des alten Librettos[314] mit der Zauberoper *Alcidor* nicht fertig geworden. Der Bräutigam hatte ein Thema der vorrevolutionären Zeit gewählt und vom erfahrenen Librettisten Carl Alexander Herklots bearbeiten lassen. Darin geht es um Prüfungen zweier Liebender, ehe sie zueinander dürfen. Davon konnte das Paar ein Lied singen.

Die Uraufführung verzögerte sich, weil Spontini der Musik als eine Art Musique concrète neue Klangwirkungen abgewann: Der grandiose Effekt der Ambosse im einleitenden Chor der Gnome nimmt denjenigen der Nibelungen-Schmiede im *Rheingold* vorweg. Infolge fortgeschrittener Fertigungstechnik »spielten« die in Schlesien gegossenen Ambosse in exakter Stimmung: im fürstlichen C-Dur, während Becken und große Trommel dem Ganzen einen glockenartig überfangenden Klang verliehen. Der Hof musste sich mit diesem Erlebnis allerdings bis zum Mai 1825 gedulden – als man die Hochzeit der Prinzessin Luise feierte. Als bleibende Erinnerung an die Hochzeit des Kronprinzen wurde nach Levezows Entwurf eine antikisierende Münze geschlagen. Friedrich Wilhelm ist darauf als friedfertiger Held ohne Helm abgebildet. Dazu wurde eine über zweihundertseitige *Vollständige Beschreibung aller Feste und Huldigungen* mit sämtlichen Texten veröffentlicht.

Pünktlich erreichte das Kronprinzenpaar ein kunstsinniges Hochzeitsgeschenk aus Rom. Niebuhr hatte Friedrich Wilhelms Anteilnahme an der nazarenischen Kunst verbreitet. Auf Anregung Bartholdys stellten die achtunddreißig in Rom arbeitenden Künstler beider Monarchien eine Mappe mit Zeichnungen und Aquarellen zusammen. Laut Bartholdy sollte dies »befördern, was Einigkeit unter den Nationen und Liebe und Respekt gegen ihre Fürsten günstig ist.«[315] Der königliche Stipendiat Hensel zeichnete das Deckblatt, *Die Hochzeit zu Kana.* (Abb. 23) Das Hochzeitspaar sitzt inmitten von Prinzen und Prinzessinnen beider Höfe zu Tisch, umringt von den Künstlern.

Diese vertraten sämtliche Stilrichtungen – unter ihnen August von Kloeber, Emil Wolff, die Brüder Veit und Carl Joseph Begas aus Berlin, sowie aus München Joseph Thürmer, der Wahlrömer Franz Ludwig Catel und der Architekt Leo von Klenze, der die klassizistische Ornamenttafel für das begleitende Gedicht Ludwigs I. beitrug. Friedrich Wilhelm hatte nun auch eine Art Visitenkarte der Deutsch-Römer in Händen, Nazarener in der Überzahl. Für Staatsaufträge warben sie um die Gunst des preußischen Kronprinzen. Friedrich Wilhelm wird Kloeber, Wolff, Catel und Begas berücksichtigen.

Der bayerische Kronprinz Ludwig, jetzt Schwager Friedrich Wilhelms, war unangemeldet zur Feier des Gemeinschaftswerkes im Hause Bartholdy erschienen, wo er nicht nur eifrig mitzechte. Er ließ dem eleganten Portefeuille ein Gedicht beilegen, zu dem er nicht aufgefordert war:

23   Wilhelm Hensel, Die Hochzeit des Kronprinzenpaares als Hochzeit von Kanaan

Nimm verehrtestes Paar mit Huld es auf,
Was wir Künstler Preußens und Baierns in Rom
Bringen als Weihegeschenk.
Liebe erzeugte das Werk, die reinste,
Die innigste Liebe.
Ewig währt sie für Dich, blicke Du freundlich
Auf uns.

Das Paar nahm das Geschenk dankend an. Friedrich Wilhelm ließ die Blätter auf der Akademieausstellung 1824 zeigen. Über Ludwigs Gedicht hieß es in der *Vossischen Zeitung* lakonisch: »Anspruchslos«. Friedrich Wilhelm wusste, warum er das Dichten aufgegeben hatte.

Die dem König zur linken Hand neu angetraute Auguste, Fürstin von Liegnitz, beschreibt das Verhältnis des Paares zueinander so: »Der Kronprinz und die Kronprinzessin lieben sich zärtlich, sind also viel mit sich selbst beschäftigt, er ist seelengut und mitunter sehr lustig, sie sehr still und man muß ihr etwas entgegenkommen.«[316] Hatte Friedrich Wilhelm sein Ideal tatsächlich in die Realität versetzt? Charlotte erklärt er mit einem Wortspiel, wie es darum steht: Idalia und Karthago hätten sein heimatliches Rom überwunden. Idalia – nach ihrem damals inmitten Zyperns vermuteten Heiligtum[317] – sei ein Beiname der Aphrodite ebenso wie Karthago für Dido. Beides habe Elisabeth ersetzt.[318] Er bewegte sich im allegorischen Spiegelkabinett klassischer Geschichten.

Und darin eröffnete sich auch für ihn ein neuen Weg – nach Dresden. Während Elisabeth Kontakt zu ihrer Zwillingsschwester Amalie Auguste pflegte, wurde Friedrich Wilhelms Verhältnis zum Schwager Johann von dessen ehrgeizigem Projekt der Dante-Übersetzung und deren Folgen bestimmt. So fanden die beiden Prinzen umstandslos zueinander.

Die Sommermonate verbrachte Friedrich Wilhelms Hof in der Potsdamer Residenz. Im Frühjahr 1824 stieß der militärische Erzieher seines jüngsten Bruders, des Prinzen Albrecht, dazu. Joseph Maria Radowitz schildert einem Freund die ersten Eindrücke vom Potsdamer Hofleben: »Man kann behaupten, daß nicht leicht irgendwo eine solche Masse von Geist, von Geschmack und Einsicht und von Lebendigkeit beisammen ist, wie in der näheren Umgebung des Hofes. Die Seele dieser ganzen Gymnastik ist der Kronprinz.«[319] In Adelskreisen erwartete man, dass dieser Hof durch »Streben nach Edlem, Bedeutendem und Jungem« zu einer Art »Modellhof«[320] unter den deutschen Fürstentümern werde.

Radowitz las mit Friedrich Wilhelm politische Bücher und bewunderte dessen dialektischen Scharfsinn, der »ohne die geringste Beimischung von irgend etwas Individuellem« ideale Gedankengänge mit »entschiedener

Konsequenz«[321] durchführe. Welche es waren, sagt er nicht. Die Lesungen fanden vormittags statt. »Von Mittag an [begann] die ununterbrochene Reihe der Geselligkeit, rastlos, ewig wechselnd [aus] Lustpartien, Wasserfahrten, Musik, Abend- und Nachtspaziergängen zusammengesetzte Tage.«

Während ihres ersten gemeinsamen Sommers in Sanssouci wurden die Gänge des Paares zum Zwiegespräch mit der Natur. Wie in Salomon Geßners Idyll *Damon – Phillis* setzten sie sich wie die Tauben mit ihr in Einklang. Der künftige Hausherr einer eigenen Residenz ließ den vorhandenen Taubenschlag vor Baubeginn in unmittelbare Nachbarschaft verbringen. Zu den »dramatischen Abendunterhaltungen« gehörten die Besuche des Theaters im Neuen Palais. Der Programmzettel vom 4. August 1824 ist tatsächlich »ewig«:

- Deux Ans d'absence ou Le Retour de mari, Vaudeville nouveau de Mr. Armand Gouffé[322]
- Pas de cinq, ausgeführt von den Damen Desargus-Lemière, Hoguet, Vestris
- Le solliciteur ou L'Art d'obtenir des places, Vaudeville de Mr. Scribe
- Menuet à quatre, wie oben
- Pommadin ou Le Péruquier dupé, Vaudeville en 1 Acte de Mr. Mélesville[323]

Dieser Abend gehörte zu einem folgenreichen Gastspiel. Der König suchte Zerstreuung von den – selbst verantworteten – politischen Umständen. Er ließ für zwei Sommermonate die von Warschau her durchreisende Brüsseler Truppe des Komikers und Pantomimen Sarthé verpflichten. Friedrich Wilhelm bat Brühl um Auftritte im Neuen Palais.[324] Nach zwanzig Jahren wurde in der Residenz wieder Theater in französischer Sprache gespielt – im Geist der Restauration vorwiegend Vaudevilles. Dieses barocke Genre, die »voix de la ville« als Stimme der Stadt, die man auf den höfischen Eilanden nicht kannte, war auf der Bühne wohlgelitten. In Frankreich wurde diese Stimme unter dem aufsteigenden industriellen Bürgertum so gefragt, dass der Librettist Eugène Scribe, der dessen Protagonisten eifrig verspottete, ihm die Produktionsweise abschaute und dank der Arbeitsteilung mit seiner »Schreibfabrik« reich wurde.[325] Der König sann nach dem Gastspiel auf dauerhafte Unterhaltung dieser Art in Berlin.

Friedrich Wilhelm zeichnete im Dezember 1825 innerhalb weniger Tage gleich mehrere »extravagante« Seelenlandschaften mit »Idalia«: Elisabeth steht, an ihn geschmiegt, bei einem kulissenartigen Fluss, der als Kaskade in die Tiefe schießt.[326] Neben ihnen ruht eine Sphinx – nicht bedrohlich, sondern als Trägerin eines Geheimnisses –, auf dessen Enthüllung Friedrich Wilhelm wartet. Tage später kennen wir es: Das Paar ergeht sich, durch Renaissancetracht der Realität enthoben, auf einer Terrasse. Eine Amme trägt den sehnlich gewünschten Thronfolger herbei. Die Mutter Gottes im Hintergrund hat geholfen.[327] (Abb. 24)

24   Friedrich Wilhelm, Das Kronprinzenpaar in klassischer Landschaft

In diesem Jahr kam Niebuhr nach Berlin. Überraschend hatte er aus Rom um Entlassung und eine Pension nachgesucht. Der König lehnte ab. Das Gesuch war verbunden mit der Bitte um einen Studienaufenthalt in Pariser Archiven. Friedrich Wilhelm unterstützte dies nicht, weil er ihn in seiner Nähe wünschte. Niebuhr musste also anreisen und wurde gleich beschäftigt. Friedrich Wilhelm ließ ihn ein Gutachten über neues Papiergeld ausarbeiten.[328] Als Anstellung dachte er an einen Platz im Präsidium der Akademie der Wissenschaften und an einen Posten im Staatsrat. Der König stimmte nur Letzterem zu, und so fand sich Niebuhr bald als einziger Bürgerlicher unter lauter Adligen – was nicht lange gutging.[329]

Die erhöhte Repräsentation durch einen eigenen Hof verbesserte Friedrich Wilhelms finanzielle Lage. Radowitz erwähnt »eine Vereinigung von ausgezeichneten Künstlern«, die der Kronprinz um sich habe: die Bildhauer Rauch und Christian Friedrich Tieck, welcher die Kronprinzessin modelliere; Karl Wilhelm Wach male dessen Schwester, und Schinkel baue ihm eine Villa. Sämtliche Künstler hatten römische Erfahrungen, was Friedrich Wilhelms Wünschen am nächsten kam. Seine Vorstellungen vom Residieren, wie es ihm Fontaine nahegebracht hatte, legte er nun als selbständiger Bauherr Schinkel vor. Zuerst für Berlin.

Eine Zimmerflucht im ersten Obergeschoss des Stadtschlosses zu Spree und Lustgarten hin wurde umgestaltet. Das Arbeitszimmer richtete Friedrich Wilhelm in Chor und ehemaligem Gemeinderaum der spätgotischen Erasmuskapelle ein. Um deren ursprünglichen »Charakter« wiederherzustellen, wurde das von Friedrich II. überbaute alte Schlingrippengewölbe freigelegt. Ferner simulierten Gemälde mit überwiegend mittelalterlichen Themen sowie altes Fensterglas ein Stimmungsbild reichsstädtischer Zeit. Doch keineswegs die Klause eines »kunstliebenden Klosterbruders«. Die von Schinkel entworfenen Bücher- und Zeichenschränke waren wie die Möblierung der Friedrichswerderschen Kirche fortschrittlich. Ein einfaches Klavier durfte nicht fehlen.

Die Wohn- und Gesellschaftsräume ließ er von Schinkel, ausgehend vom europäischen Empirestil, auf preußische Verhältnisse zuschneiden. Das ehemalige Konzertzimmer Friedrichs II. wurde zum Teesalon der Kronprinzessin: Halbfiguren des mythologischen Paares Dionysos und der Königstochter Ariadne dominieren den Raum. Vielleicht suchte Friedrich Wilhelm für sich das dionysische Gegenstück zu dem, was die Darstellung Apollos auf dem Schauspielhaus verbarg. Ariadne half mit dem berühmten Faden aus dem Labyrinth, und womöglich würde ihm Elisabeth einen solchen mitgeben.

Ein Leben, wie es Radowitz beschrieb, war nur in ländlicher Umgebung möglich. Weihnachten 1825 erhielt Friedrich Wilhelm vom König ein Areal an der Südseite des Parks Sanssouci geschenkt. Die künftige Sommerresidenz durfte die Grundmauern des vorhandenen Gutshauses nicht überschreiten, um ausschweifenden Bauphantasien Einhalt zu gebieten. Gemeinsam mit Schinkel musste er Belriguardo auf das vorgegebene Maß stutzen. In Frage kam nur ein klassizistischer Bau. Architekt und Bauherr waren mittlerweile so weit eingespielt, dass Schinkel Ideenskizzen umstandslos in Baupläne übersetzte. Es ging ihnen um Klassizismus im italienischen Stil. Bei angewachsener Zahl von Stichwerken fehlte es nicht an Vorbildern.

Ideen und Vorbilder des Kronprinzen verschmolzen mit Schinkels Eindrücken von einer zweiten Italienreise. Das Ergebnis suggeriert Schlichtheit, die kleine Landvilla wäre aber in Italien an einem Ort und in einer Epoche undenkbar gewesen. Es fanden rekonstruierte antike Landhäuser und römische Stadtvillen zusammen. Die flache Parklandschaft wurde so aufgeschüttet, dass die Villa auf zwei repräsentativen Ebenen betretbar war. Für die Hofetikette benutzten Gäste den Eingang vom Fahrweg aus und wurden die repräsentative Treppe hinaufgeführt.

Wer zum näheren Kreis des Paares gehörte, gelangte längs des Terrassengartens zum oberen Eingang.[330] (Abb. 25) Die Fontäne ist nach einem englischen Stichwerk über die Alhambra angelegt.[331] Friedrich Wilhelm wollte den »Alhambrastrudel« anfangs nach der Vorlage von Zugtieren betreiben lassen, folgte dann aber doch Schinkels Rat für eine Dampfmaschine mit klassizistischem Kamin. Im Portikus, getragen von vier rustikalen dorischen Säulen, verwirklichte er ein ehrgeiziges Ansinnen: Wandmalereien nach Motiven der soeben entdeckten pompejanischen Ruinen. Der Aschehauch des Vulkanausbruchs 79 n. Chr. hatte den Menschen keine Zeit mehr zur Beschönigung gelassen. Lieferten die Malereien feiernder und tanzender Menschen also nicht den Beweis für die größere Nähe zum goldenen Zeitalter gegenüber der Gegenwart!

Auch im Inneren sollte diese Nähe sichtbar werden. Wie beim Bühnenhimmel der *Zauberflöte* wird das Vestibül bei abendlichem Sonnenstand durch ein bestirntes Glasfenster blau beleuchtet. Das Vestibül als eine Art Vorplatz von Sarastros Tempel. Vielleicht achtete man seit Minutolis Rückkehr aus Ägypten auf die Bedeutung des Lichteinfalls wie bei Pyramiden. Die kleinen darum gruppierten Räume spielen auf ein heiteres Dasein an: Ein Fries pompejanischer Tänzerinnen, beschwingter als das Original, und ein Zeltzimmer betonen das Leichte und Vorübergehende dieses Daseins. Zum Bestand der Monarchie sollte das Prunkbett, auf das sämtliche Wegachsen umher zulaufen, beitragen. Die Wände dieses Gemachs sind die einzig dunklen, bemalt im Schweinfurter Grün wie das Schlafgemach Napoleons auf Sankt Helena. Man wusste noch nicht, dass diese Modefarbe giftige Dämpfe aushauchte.

Mit dem Namen der Residenz spielte Friedrich Wilhelm einmal mehr die Simultanität von Orten und Bedeutungen durch. Der offizielle Name lautet

25 Friedrich Wilhelm, Schloss Charlottenhof (mit Elisabeth?)

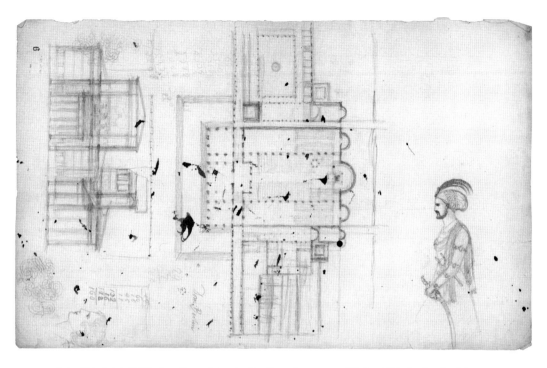

26   Friedrich Wilhelm, Grundriss des Berliner Domes und Selbstbildnis als »Architetto siamese«

Charlottenhof, nach der Vorbesitzerin. Von Anfang an nannte er sie »Siam«, was als romantische Marotte galt. Das Reich Siam, heute zwischen Thailand und Kambodscha geteilt, ist nicht fern von der Insel Borneo. Wer im Geistflug die Entfernung zwischen Paris und Borneo bewältigt, für den liegen Siam und Borneo auf einer Sichtachse wie die Schlösser Sanssouci und Belriguardo. In Kambodscha befindet sich das lange im Dschungel verborgene Angkor. »Entdeckt« wurde es im Barock, aber erst seit der Neuauflage der *Beschreibung des Königreichs Siam* bekannt. Der französische Missionar hatte seinem Werk Kupferstiche und Karten beigefügt.[332] Friedrich Wilhelm nannte sich in dieser Zeit »Architetto siamese«. Als »Siam« bezeichneten nur Europäer dieses Land. In der Thai-Sprache bedeutet das Wort: »frei«. Friedrich Wilhelm dürfte dies kaum gewusst haben, aber er ist jetzt als Bauherr mit eigenen Mitteln »freier« Architekt. Im Unterschied zur eben erst möglichen Selbständigkeit akademisch ausgebildeter Architekten kann er als königlicher Dilettant mit Baustilen frei schalten.

Ohne dass wir wüssten wann, lag es für ihn auf der Hand, dass er nicht nur »Architetto siamese« schrieb, sondern sich auch als solcher zeichnete. Es finden sich zwei orientalisierende Skizzen mit beinah identischem Halbprofil. Als Kronprinz mit eigenem Hof trägt er jetzt Kopfschmuck und Diadem indischer Herrscher. Zunächst ist die Architektur im Hintergrund noch ganz im Entstehen.[333] In der zweiten sitzt er neben einem Grundriss mit ausgedehnten Räumlichkeiten.[334] (Abb. 26) Es geht ihm um ein Projekt, deren Idee seit Streichung des romantischen Freiheitsdomes im Raum stand: den evangelischen Dom auf der Spreeinsel. Noch kann Friedrich Wilhelm in seinen Überlegungen ähnlich »frey athmen«, wie es ihm seit dem ersten Selbstporträt mit Turban verstattet war. Wie lange noch?

War jetzt auch der in höheren Kreisen erwartete »Musterhof« etabliert? Seine »stille« bayerische Gemahlin fand sich nur mühsam in die preußische Hofgesellschaft ein. Repräsentation blieb ihr fremd, was sie für das fürstliche »Theatrum« zur Fehlbesetzung machte. Überdies hatte sie gelobt, von ihrem Innersten, dem katholischen Glaubensbekenntnis, abzulassen – eine von vornherein unmögliche Aufgabe. König und Gemahl waren einfühlsam. Sie ließen ihr Zeit und sorgten für einen geistlichen Betreuer. Nicht einen Theologen, sondern jenen Angestellten im Kultusministerium, der das Gedicht für den Ehrentisch auf der Marienburg geschrieben hatte: Joseph von Eichendorff.

Seit 1816 in Danzig als katholischer Kirchen- und Schulrat im preußischen Staatsdienst, mochte er sich für den religiösen Dienst bei der Kronprinzessin empfehlen. Friedrich Wilhelm war offenbar mit seinem Gedicht zur Feier auf der Marienburg zufrieden. Eichendorff hatte nach Heidelberger Studien um die dortigen romantischen Häuptlinge Arnim und Brentano diese in Berlin wiedergetroffen, an der neuen Universität Fichte gehört und Kleist kennengelernt. Weiter half ihm die Bekanntschaft mit Fouqué. Dieser schrieb ihm, auf der Höhe seines Ruhms, das Vorwort zu *Ahnung und Gegenwart* und half bei dessen Veröffentlichung. Beide unterschieden sich von ihren romantischen Dichterfreunden darin, dass sie nicht erst fromm werden mussten, sie waren es von Anfang an. Dies dürfte für das Amt Eichendorffs den Ausschlag gegeben haben.

In dieser Zeit intensiven Umgangs mit Elisabeth und der Religion fand Friedrich Wilhelm nicht zufällig, wonach er seit jener Abrede mit Ancillon über Glaubensdinge suchte. Novalis hatte das Wort »man erblickt nichts als das herrliche Licht, weil in Gott nichts ist als Licht« vom Beginn des Evangeliums Johannis umgedeutet. Friedrich Wilhelm legte am 26. Juni 1824 seinem Gebetbuch den Auszug eines Textes bei, dessen Drama der Gottsuche er erst jetzt begriff: »Ich ging ein in die innersten Tiefen meiner Seele; ich konnte es, weil Du mir halfst. Ich ging ein und mein inneres Auge, so schwach es noch war, entdeckte, erhaben über der Klarheit meines Geistes, o Herr! Dein unwandelbares Licht, […] ganz ein ander Licht […] und durch die Liebe allein vermag man es zu erkennen. O! Ewige Wahrheit! O! Wahrhaftige Liebe! O! Geliebte Ewigkeit! Du bist mein Gott«!

Und weiter: »[…] daß das was ich suchte Daseyn habe, aber daß ich noch nicht fähig sei, den Anblick zu ertragen! […] Das Licht war durchdringend, daß meine schwachen Augen davon geblendet wurden. Vor heiligem Grauen, vermischt mit Liebe, erbebte meine Seele und ich erkannte, daß ich weit von Dir sey in einer Dir fremden Region und daß ich Deine Stimme nur wie von weiter Höhe herab vernahm, die mir rief: ich bin die Nahrung der Starken. Wachse! und du wirst dich von mir nähren.« Friedrich Wilhelm fügte hinzu: »Herr Gott, der du bist! Mein Schöpfer! Mein Erlöser! mein einziger Tröster!!! Du würdigst mich wieder, mich zum Geheimnis des hl. Abendmahles zuzulassen. […] Ich wurde matt, du willst mich stärken, ich strauchele am Abgrund.«

Den Text fand er in den *Bekenntnissen* des heiligen Augustinus. Der schrieb sie in einer Zeit, als die antike Welt mit ihrer glitzernden Vielfalt von Kulten und Glaubensbekenntnissen gegen das werdende Christentum zurückfiel. Augustinus' Schau der göttlichen Wahrheit und sein steiniger Weg dorthin ist die Beschreibung einer inneren Wandlung – nach der die Welt nicht mehr ist wie zuvor. Friedrich Wilhelm las aufmerksam: »Und ich erkannte, daß Du des Menschen Seele dünn gemacht hast wie ein Spinnengewebe.« Die Wahrnehmung ihres gleichsam zerreißbaren Zustandes schien Voraussetzung zur Gotteserkenntnis.

Er hatte diesen Zustand am eigenen Leibe erfahren und während der österlichen Vorbereitungen zum Abendmahl gebetet: »So laß mir Deine heilige Gegenwart aufgehen, die Dunkelheit verscheuchend und die Kälte erwärmend, erleuchtend Blüten entfalten.« Oder am Gründonnerstag 1823: »Dir übergebe ich mein Herz, mein armes, schwaches und verwundetes Herz. […] O, daß Dein Licht meine Schatten vertreibe und daß es willig und demütig sich dem König der Ehren öffnen möge.« Erst zum Abendmahl am 9. November 1823, in der Gewissheit der Zusage Elisabeths, hatte er aufgeatmet: »[…] hast Du eine schmerzliche Wunde meines Herzens so gnädig geheilt und mich das Glück der Liebe schmecken lassen! Heilige dieses Glück«!

Und Elisabeth? Sie wusste, dass ihr ein langer Glaubensweg bevorstünde. In den Vormittagsstunden lasen sie gemeinsam in der Herrnhuter Bibel. Dann fand Friedrich Wilhelm ein neues englisches Erbauungsbuch, dessen Thema seiner Lage ähnelte. Es stammt von der englischen Spezialistin für solche Dinge, Grace Kennedy. In *Dunallan* beschreibt sie, so einfühlsam wie ausladend, Wege zum christlichen Glauben. In kleinen, von Rückschlägen heimgesuchten Schritten löst der Protagonist Dunallan sich allmählich von Laster und Eitelkeit der Welt. Dazu gehört sein früheres Studentenleben, bei dem er sich in der irdischen Liebe zu Aspasia gefiel. Er hat durch die Hilfe eines tiefreligiösen Freundes auf den Glaubensweg gefunden, er will sich verheiraten.

Aber seine Braut Catherine ist wie er zuvor noch im nichtreligiösen Leben befangen, sie bedarf der Läuterung. Bis beider Seelen in Christus zueinanderfinden, müssen sie und der Leser einen weiteren Zyklus erbaulicher Seelenkämpfe durchlaufen. Friedrich Wilhelm empfand Dunallan als vorbildlich, richtete sich selbst auf längere Zeitläufe ein und zeichnete ihn als Selbstporträt desjenigen, der, wie auf Borneo, dem christlichen Glauben dient.[335] Würde er, von Gott erhört, in dessen Licht schauen können? Der erweckte Prediger Friedrich August Tholuck warnte: Nur wer die Höllenfahrt der Selbsterkenntnis durchstanden, gelange zur Gotterkenntnis.[336]

Inzwischen genehmigte der sonst so sparsame König Schinkels stattliche Pläne für das Museum im Lustgarten – wie das Schauspielhaus ein klassizistischer Bau. Diesmal schob Schinkel etwas von Fichtes fortschrittlichen Gedanken unter. Ausgehend vom Prototyp aller europäischen Kuppelbauten, dem vom Kaiser Hadrian erbauten Pantheon in Rom, verlegte er die von außen verdeckte Kuppel ins Zentrum. Sie sollte nicht mit der gegenüberliegenden des Schlosses konkurrieren.

Die durchgängige Säulenreihe vor der Hauptfassade wurde zum Abbild des in Fichtes zwölfter Rede angesprochenen republikanischen Geistes: der herrschaftliche Portikus entfiel. Schinkel machte, besonnen genug, die Menschheitsgeschichte zum Thema der Fassadenmalerei dahinter. Sie stand für den ewigen Fluss des Daseins, der aus philosophischer Sicht auch Regenten erfasst. War damit der Übergang ins Offene der Kunst erreicht? Das Zentrum unter der Kuppel vermittelte ein anderes Bild: Während im Pantheon der Verkehr mit der antiken Götterwelt durch die neun Meter messende Öffnung von der Witterung stets in Gang gehalten wird, zog Schinkel, ähnlich dem Herabsteigen der Königin der Nacht von der Sichel, die alten Götter in den Bau hinab: Zwanzig olympische Götterskulpturen sind im Rund zu Symbolen jener alten Welt erstarrt. In deren Mitte behauptete die Skulptur des Königs ihr patriarchalisches Recht.

Schinkels gleichzeitiges Gemälde *Blick in Griechenlands Blüte* ist dazu die Projektion zurück in die klassische Zeit der Antike: Repräsentative Gebäude werden von denen erbaut, die sich »selbst regulieren«. Schinkels Gemälde war als Hochzeitsgeschenk der Stadt Berlin für den Cousin, Prinz Friedrich der Niederlande, und für Luise bestellt worden. Glaubte Schinkel wirklich an dessen Botschaft? Friedrich Wilhelm ließ das Gemälde 1826 für seine Wohnung im Berliner Schloss kopieren.[337] Auch er huldigte einem Kulturgriechenland, in dem das Ideal der Beteiligung aller am Staatsganzen Wirklichkeit ist.

Der König wusste sehr wohl um die Grenze klassizistischer Selbstregulierung. Nach der begeisterten Aufnahme des *Freischütz* durch die Untertanen stimmte er dem Bau eines Theaters für Volksstücke nach Wiener Vorbild zu. Das Königsstädtische Theater am Alexanderplatz kostete ihn nichts. Geschäftsleute und wohlhabende Bürger der Stadt hatten die fortschrittliche Form einer Aktiengesellschaft gegründet. Den Spielplan, soweit es die rigiden königlichen Auflagen zuließen, bestimmten die Betreiber selbst. Erst seit Öffnung der Archive weiß man, dass der König zu den ungenannten Mäzenen gehörte.

Zu deren Eröffnung im Sommer 1824 wurde nach einem Prolog die »Festsinfonie« von Beethoven und *Der Freund in der Not* vom Lokalmatador des Alt-Wiener Volkstheaters Adolf Bäuerle gespielt. Ferner die *Ochsenmenuette*[338], eine Zusammenstellung Haydn'scher Kompositionen. Der Hof war anwesend. Beethoven hatte die Sinfonie, seine neunte in d-Moll, ausgerechnet dem König gewidmet, der Metternich bei der Einführung der Restauration gefolgt war.

■ **Fundstück:** Ich bin lüderlich (Wiener Trinklied / Walter Scott / Beethoven, Klaviersonate As-Dur, op. 110 mit einer Eilfuge) ■

Die Sinfonie wird bis heute zu bedeutenden Staatsanlässen und bis Kinshasa gespielt. Die Menschheitsverbrüderung der Ode *An die Freude* steht allerdings noch dahin. Friedrich Wilhelm hatte das Theater bereits vor der Ode verlassen. Den in empfindsamer Freundschaftseuphorie eines wahlverwandten Dresdner Kunstkreises entstandenen Text Schillers hatte Beethoven in ein sinfonisches Programm verwandelt. Es gab mittlerweile zwar nicht weniger Freundeskreise als damals. Doch sie entstanden als Schutz vor Bespitzelung. Friedrich Wilhelm hielt auf Schiller. Und bei den Besuchen des Königsstädtischen Theaters hätte er sich ein Bild von den Untertanen machen können: Für die, welche »mit dem Drange nach Bewegung, nach Äußerung [ihrer] Kraft, alle Richtungen der Öffentlichkeit verschlossen sahen«, wurde es zur Stätte kaum zensierter Meinungsäußerung. Es hieß: »Das Theater war freigegeben, in so weit, daß die Stimmen zu einem Chor wurden.«

Während Beethoven seine Adressaten gefunden hatte, machte sich Friedrich Wilhelm zum Freundschaftsbund erst noch auf – und fand eine »Braut«. Auf einer Inspektionsreise beim pommerschen Regiment in Stettin, das ihm unterstand, machte er 1824 Bekanntschaft mit dem Grafen Carl von der Groeben, demjenigen, der mit Fouqué den Bezan geteilt hatte. Friedrich Wilhelm erfuhr durch ihn den Enthusiasmus eines Erweckungsbewegten aus nächster Nähe. Bald nannte er den Grafen ein »Muster von Sittlichkeit« und, nachdem er ihn nach Berlin berufen hatte, »meinen treuen, erprobten, geliebten Freund«. Ihr Verhältnis wurde zur »Seelenverwandtschaft mit wenigen anderen«, wie sie die Erweckten hochhielten. Sie schworen einander, täglich zur selben Stunde dieselben Gebete zu sprechen. Groeben wurde bald Erster Adjutant des Kronprinzen mit dem Privileg freien Zutritts zum Hof.

Durch Groeben erfuhr er mehr über die Kreise der Erweckten. Jener war unermüdlich in frommen Gesellschaften tätig und brachte es bis zum Präsidenten der Gesellschaft zur Beförderung des Christentums unter den Juden. Das Verhältnis zu Groeben wurde dauerhaft. Er wird ihn als Soldat vor seinen Feinden schützen und es damit bis zum General bringen.[339] Noch 1853 bemerkte ein Beobachter, der König sei von denselben religiösen Ansichten und schwärmerischen Tendenzen wie Groeben beseelt – und würde ihn wie eine »Braut« lieben.

Eine ebenfalls aus der Erweckungsbewegung herrührende, wenn auch weit weniger persönliche Stellung nahmen die Brüder Ludwig und Leopold von Gerlach ein, die Friedrich Wilhelm ebenfalls durch das Militär kannte. Ludwig wird schreiben: »1819 und die folgenden Jahre wollten wir das Christentum herrnhuterisch, in der stillen Kammer, unbekümmert um die, welche draußen sind.«[340] Doch obwohl Friedrich Wilhelm ihnen Gehör schenkte, hätte er sich mit ihren Ansichten nie zufrieden gegeben. Demgegenüber gab es eine Verbindung zum christlich gesinnten Baron Hans Ernst von Kottwitz nur am Rande. Dieser hatte während der Besatzung in Berlin die sogenannte Freiwillige Beschäftigungsanstalt begründet, mit der er Armen aus der Not half. Anfang 1823 äußerte Friedrich Wilhelm in einem Billett den Wunsch um Aufnahme der Familie eines Arbeitsmannes, »in einem Holzstall in der Köpenicker Straße 66 wohnend«[341], in die Anstalt.

Was Caroline von Rochow als bloße Zurückgezogenheit aus dem »Berliner Weltleben«[342] erschien, war der Intensität sich selbst genügender Freund-

27 Friedrich Wilhelm, Brief an Elisabeth mit sich selbst als Lautenspieler

schaften geschuldet. Er habe sich in diesen Jahren »in wenig ausgedehnten Kreisen« bewegt. Zerstreutes »Weltleben« galt ihm als Zeitverschwendung. Alljährlich habe er ein oder zwei Bälle veranstalt, die zu den »gesuchtesten« der Stadt gehörten. Die Aufzeichnungen darüber sind verschollen, wir sind auf Kommentare angewiesen. Bei den allmählich einsetzenden Kuraufenthalten Elisabeths schmeichelte ihr Friedrich Wilhelm in einem Brief als orientalischer Lautenspieler[343] (Abb. 27) – vielleicht nach dem Besuch der »indischen« Oper *Jessonda*, deren Premiere der Komponist Louis Spohr am 14. Februar 1825 mit einem eigens für die Königliche Oper »angehängten« Ballett dirigierte.

In Ems, wohin er mitgereist war, traf er 1825 den Freiherrn von Stein. Dieser schrieb dem gemeinsamen Freund Niebuhr: »Er ist geistvoll, teilnehmend an großen Interessen.«[344] Für ihn bestanden diese in der Fortführung der Reformen. Der Kronprinz wolle die geschichtlichen Verhältnisse entwickeln. Dabei müsse aber »Altes und Neues zusammenstoßen […], wenn es nicht gelingt, sie weise miteinander zu verbinden.«[345] Friedrich Wilhelm dachte also über Neuerungen jenseits der Restauration nach. Die Thronwechsel in der Verwandtschaft forderten politische Überlegungen ein.

1825 wurde Friedrich Wilhelms neun Jahre älterer Schwager Ludwig König von Bayern. Er hob die Pressezensur auf und stellte dem Berliner Klassizismus in München ein italienisiertes Pendant gegenüber. Friedrich Wilhelm schrieb Niebuhr ironisch, doch voller Bewunderung, neuerdings würde die Stadt »medicäisch« – wie zur Zeit jenes berühmten florentinischen Herrschergeschlechts, das er aus dem Machiavelli kannte. Die versprochene freiere Luft und die Kunstbestrebungen Ludwigs zogen so ungleiche Persönlichkeiten wie Heinrich Heine, August von Platen und den genannten Cornelius an.

Bereits seit 1807 schmückte sich das Königreich Bayern mit dem Bediensteten Friedrich Wilhelm Schelling. In dieser Stellung schrieb er die *Philosophischen Untersuchungen über das Wesen der menschlichen Freiheit*. Auch Görres, der für seine Bewerbung den preußischen König um Aufhebung der politischen Verfolgung bitten musste, wurde als Professor angestellt. Dessen im Straßburger Exil verfasste Schrift über den heiligen Franz war hilfreich, denn unter dem frischten Zeitgeist blieb Ludwig I. stets sorgsam auf Wahrung des katholischen Glaubens bedacht. Auch das war »medicäisch«.

1825 gab es einen weiteren Thronwechsel in der Verwandtschaft. Im November war Alexander I., nachdem er der Welt entsagt hatte, gestorben. Ein Starez, ein russischer Heiliger, behauptete, der Zar habe nach der Beichte des Mordes an seinem Vater dem weltlichen Leben abgeschworen und tue Buße. Die Zarin vermehrte die Gerüchte mit der Behauptung, der Tote im Sarg sei nicht ihr Gemahl gewesen. Zu dessen Begräbnis schickte der König nicht Friedrich Wilhelm, sondern den sechs Jahre jüngeren Prinzen Carl. Er sollte zwecks Verheiratung Verwandtschaftsbeziehungen pflegen.

Verunsicherungen

Die dritte Krönung roch nach Pulverdampf. Nach jahrhundertelanger osmanischer Besatzung war die griechische Freiheitsbewegung angewachsen. Von dem Land, das europäischen Fürsten als mythologischer Steinbruch hergehalten hatte, fürchteten sie jetzt das Übergreifen der Freiheitsbewegung auf ihre Reiche. Zur Abwiegelung ließen sie verbreiten, ein Haufen Freischärler mache sich gegen die rechtmäßige osmanische Macht strafbar. Von Abendland war nicht die Rede.

Nicht gerechnet hatten sie mit Kulturhütern, Künstlern und übernational agierenden politischen Aktivisten. In ganz Europa kam es zu Zusammenschlüssen von Philhellenen. Manche zogen gleich los in den Kampf, während Sympathisanten Unterstützungsvereine bildeten. Und Friedrich Wilhelm? Obwohl man ihn seinen kulturellen Ansprüchen nach für einen Philhellenen halten musste, teilte er uneingeschränkt die fürstliche Politik. Nicht in einer Zeichnungen dieser Jahre findet sich eine Spur.

Ihm als klassisch Bewandertem musste Friedrich Hölderlins *Hyperion* spätestens seit 1822 bekannt sein, als das beinah vergessene Buch, wegen der aktuellen Ereignisse wieder aufgelegt, hohen Absatz fand. Hinzu kamen Fouqués umfangreiche *Betrachtungen über Griechen, Türken und Türkenkrieg* aus demselben Jahr. Der Ritter war wieder in seinem Element: Neben der Rückeroberung Griechenlands und Konstantinopels rief er, als neuerlichen »Kreuzzug«, zur Befreiung des Heiligen Landes auf. Im Hinblick auf Konstantinopel hatte er von den Griechen jene »große Idee« aufgeschnappt, die bis ins 20. Jahrhundert weitergereicht wurde. Aber von einem Kreuzzug wollte niemand mehr wissen.

Der Freiheitskampf nahm ganz von selbst romantische Dimensionen an. Die alten Vorurteile von türkischer Grausamkeit wurden durch neuerliche Massaker genährt. Lord Byron, der damals die beiden ersten Canti seines *Childe Harold* in Griechenland geschrieben hatte, war ausgezogen – und bei Messolongi gefallen. Alphonse de Lamartine setzte ihm mit *Le Dernier Chant du pèlerinage d'Harold* ein literarisches Denkmal. Messolongi war die letzte Bastion der Freiheitskämpfer, darunter eine ganze Schar europäischer Mitstreiter. In einer ebenso heroischen wie aussichtslosen Aktion sprengten sie sich nach langer Belagerung selbst in die Luft. Die Flut von Literatur, Kunst und Bühnenwerken zum Kampf stieg bedrohlich an, Berlin erreichte sie nicht.

Erst als die Allianz von England und Frankreich die Übermacht der Osmanen als Eingriff ins militärische Gleichgewicht Europas begriff, wurde sie tätig. Im Londoner Vertrag wurde eine griechische Teilautonomie anerkannt, die zum Schutz berechtigte. Es wurde eine Flotte entsandt. In der Bucht von Navarino kam es im Oktober 1827 zum Treffen mit der osmanisch-ägyptischen Flotte. Sie tauchte nicht wieder auf. Wilhelm schrieb begeistert: »Die Schlacht von Navarino hat hier rasende Freude gemacht.«[346] Die Hohe Pforte lenkte ein.

Graf Ioannis Antonios Kapodistrias, künftiger griechischer Präsident, sprach bei Friedrich Wilhelm vor und warb um Offiziere für den Aufbau eines Heeres. Doch dieser wich aus. Stattdessen animierte er Hufeland zu einem Fond für den Aufbau einer Monarchie. Damit wurde in Preußen offiziell, was die Philhellenen angestrebt hatten. Wer auf sich hielt, spendete in den Fond, nachdem der Hof mit einer größeren Geldsumme den Anfang gemacht hatte.

Zwar war es für die vereitelte Aufführung von Ernst Benjamin Raupachs vorausahnender Tragödie *Timoleon der Befreier*[347], nach einer neugriechischen Sage, zu spät. Dessen *Rafaele*[348] wurde aber seit Anfang November 1826 auf dem Königlichen Theater gespielt. Nachdem Friedrich Wilhelm im Dezember zuvor in einer seiner klassischen Landschaften in griechischen Buchstaben »Griechenlands Freiheit« wie eine Wegmarke eingebunden hatte[349], hielt er sich nun nicht mehr zurück. Er zeichnete »Freiheitskämpfer«, die trotz ihrer Kampfposen in plissierter Landestracht wie eben von einer er Bühne daherkommen. Friedrich Wilhelm war Philhellene geworden.

Die Diskussion um Griechenlands politische Führung wandte die Aufmerksamkeit der Wissenschaft auf die europäischen Dynastien. Seit 1823 publizierte Friedrich Ludwig von Raumer, Staatswissenschaftler an der Berliner Universität, die Geschichte der Hohenstaufen. Sein Werk schwoll mit den Jahren auf sechs Bände an. Er widmete es pflichtgemäß dem ganz und gar nicht mittelalterlich gesinnten preußischen König.[350] Tatsächlich meinte er Friedrich Wilhelm, dem er Vorträge darüber hielt.

Raumer hatte sich Zeit genommen für die Erkundung der schwäbischen Dynastie. Die Staufer herrschten in jenem von Friedrich Wilhelm bewunderten Heiligen Reich zwischen Deutschland und Italien. Wie die Brüder Grimm maß Raumer Legenden und Volksüberlieferungen den gleichen Rang wie historischen Dokumenten zu. Seine Betrachtungen klangen beinah wie die hehren Gesinnungen des Mittelalters in den Romanen Fouqués – nur war alles glaubhafter, denn Raumer schöpfte mehr aus Quellen. Er beschrieb, wie die Staufer durch Anhänglichkeit an den Kaiser, gepaart mit ritterlichem Mut, über Generationen hinweg Ruhm erwarben und durch Teilnahme an den Kreuzzügen höchste Ritterehre. Friedrich Rotbart, oder Barbarossa nach dem Italienischen, wurde schließlich Kaiser. Mit dem »Sizilianer« Friedrich II. erreichten die Staufer im 13. Jahrhundert ihre höchste Macht. Doch diese zerbrach jäh durch Verrat und Hinrichtung des kindlichen Thronfolgers Konradin.

28 Friedrich Wilhelm, Euryanthe de Savoye, Comtesse de Nevers Rethel & Forest

Friedrich Wilhelm zeichnete jenen legendären Kaiser in zwei Varianten: einmal in »altdeutscher« Renaissancetracht.[351] Das Wams fügt sich nicht recht zu den Beinkleidern der spanischen Hoftracht. Die mittelalterliche Variante ist die mit Zepter und adlerbesticktem Mantel.[352] Diesmal sind es keine Theaterkostüme.[353] Friedrich Wilhelm schreibt darunter, worauf es ihm ankommt: »Friedrich II. Imp« im Amt des Kaisers in »altdeutscher« Kleidung. Im Unterschied dazu ist »Fridericus II.« der Kaiser des Heiligen Reiches von Gottes Gnaden. Er trat gewissermaßen in zweierlei Gestalt auf. Dieser Unterschied mochte Friedrich Wilhelm den Umgang mit so unterschiedlichen Geschichtsauffassungen wie denjenigen Raumers und Niebuhrs vorerst erleichtern.

Auf ein mittelalterliches Bühnenkostüm greift er in einem anderen Zusammenhang zurück. Das Kronprinzenpaar hatte den lungenkranken Komponisten Weber beim Kuren in Ems kennengelernt. Auf einer Soiree hatte dieser für Elisabeth am Fortepiano improvisiert. In seiner Oper *Euryanthe* ging es nach dem *Freischütz* wieder um ein herrscherliches Thema: die anonym veröffentlichte *Histoire de Gérard de Nevers et de la belle et vertueuse Euryanthe de Savoye, sa mie*. Sie galt als Muster ehelicher Treue seit dem 12. Jahrhundert.

Euryanthe de Savoye, Comtesse de Nevers, soll ihre Standhaftigkeit gegen alle erdenklichen Anfechtungen verteidigt haben. Diese Geschichte war so anrührend, dass sie nach Boccaccios *Decamerone* und Shakespeares *Cymbeline* nun auch von der Librettistin Helmina von Chézy nacherzählt wurde. Für Dramatik fehlte Chézy aber der Sinn. Tieck riet Weber deshalb, er solle sich näher an Shakespeare halten. Der aber wollte den Erfolg des *Freischütz* wiederholen, und so stehen wir heute etwas ratlos vor einer durchkomponierten Zukunftsmusik ohne rechten Zusammenhang. Friedrich Wilhelm zeichnete Euryanthe bekrönt, im langen, gotischen Gewand und ineinandergelegten Händen, ihren überirdischen Eingebungen lauschend.[354] (Abb. 28)

Es geht um die Religion. Seine Notate an den Gründonnerstagen 1825 und 1826 sprechen von aufkommender Verunsicherung. Er spricht von »geängstigtem Geist« und »geängstigtem und zerschlagenen Herz« und bittet Gott um Glaubensstärkung. Zum ersten Mal verwendet er das Wort »Angst«. Es ist nicht mehr die Furchtsamkeit von einst. Vielmehr wird sein Lebensplan zunehmend fragwürdig. Die Thronwechsel hatten kein Interesse zur Rückkehr ins Heilige Reich erbracht. Erst jetzt verstand er eine Stelle aus dem Johannesevangelium: Vor seinem Tod wies Christus die Jünger auf die Angst als Grundbefindlichkeit des Menschen hin[355] – durch ihn allein könne sie überwunden werden.

Krieg den Philistern

Seiner Verunsicherung wirkte Friedrich Wilhelm mit allerhand Mitteln entgegen. Einmal durch regelmäßige Lektüre der 1827 von den Erweckten begründeten *Evangelischen Kirchenzeitung*[356], worin die Gerlachs und Friedrich Julius Stahl viel von innerer und äußerer Mission der Kirche redeten. Ihr Herausgeber war Ernst Wilhelm Hengstenberg, Inhaber des Lehrstuhls für Altes Testament in Berlin – wo er nach Schleiermachers Meinung als Erweckter gar nicht hingehörte.

Friedrich Wilhelm genügte ein Genre bei der Lektüre nie. Noch vor Dienstantritt bei Elisabeth hatte Eichendorff vorgeführt, was er bei den Frühromantikern gelernt hatte. Wie Clemens Brentano einst über den Sinneswandel der forcierten Frühromantiker spottete[357], zielte seine Satire *Krieg den Philistern* auf die Gesellschaft: Poeten haben den satten Philistern, die politische Ereignisse lieber zu Hause im Sessel kommentieren, als daran teilzunehmen, den Krieg erklärt. Doch sie sind uneins. Unter den mit einem Schiff – über Land – zum Angriff Ziehenden gibt es einige mitstreitende »Soldaten«, die lieber bei den Kaffee trinkenden Philistern geblieben wären.

Nicht minder lächerlich ist die Rolle des Monarchen. Mit einem Narren als Doppelgänger will er sein Volk verändern. Dieses will aber nicht glücklich sein, weil es sonst in Versen sprechen müsste. Der Autor wird vom Publikum wegen Unschlüssigkeit beschimpft. Man habe nicht umsonst Kant und Fichte gelesen. Das Kriegsende führt der Riesengeist Grobianus herbei. Er bringt, wie Simson den Tempel, den Fortschritt zum Sturz.[358] Zuletzt leiden alle an Langeweile. Aus Poeten sind harmlose Philister geworden, womit das »Märchen« die Zensur unbeanstandet durchlief. Friedrich Wilhelm merkte sich das Philiströse – als Tarnmittel.

Und nahm ein Lesestück zur Hand, in dem die Satire greifbar wird. Nachdem Ludwig I. die errungen geglaubten Münchner Freiheiten wieder einschränkte, hatte August von Platen nicht nur der Stadt den Rücken gekehrt. Seine *Verhängnisvolle Gabel* ist der kritische Blick zurück auf Deutschland, geschrieben nach Art des antiken Satirikers Aristophanes.[359] Platen prangert die restaurative, seichte Unterhaltung auf deutschen Bühnen in Form einer »Publikumsbeschimpfung« an. Aristophanisch daran sind die gefürchteten Parabasen, jene Abschnitte, wo der Chor die Maske abnimmt und unverhohlen Kritik spricht.

Statt des Chores tritt der Autor auf, verkleidet als Jude, und kritisiert die unfreien Zustände: Zwar sei Deutschland von Gelehrten bewohnt, dem

Griechischen aber abhold. In München sei alles in Gärung, in Stuttgart höre man »den gemütlichen Ton zartfühlender heimischer Lieder.«[360] »Dann leiden wir fast Schiffbruch im berlinischen Sandmeer. [...] Beduinische Kunst, kritisierende bloß, kommt fort im dasigen Klima«, womit er vor allem das der Hegel'schen Philosophie meinte. Auch die Autoren von Schicksalsdramen und Rührstücken wie Gottfried Adolph Müllner kommen nicht davon.

Müllners Tragödie *König Yngurd* war mit Schinkels Dekorationen und der Schauspielmusik Webers gleich nach der *Undine* aufgeführt worden. Friedrich Wilhelm las trotzdem weiter:

> Dieses mark- und knochenlose Publikum beklatschet nur,
> Was verwandt ist seiner eignen Froschmolluskenbreinatur;
> Kommt ja von Berlin und Dresden ein Roman mit jeder Post,
> Bis die Deutschen kindisch werden über diese Kinderkost!

Reizte ihn Platens Umgang mit dem antiken Theater, dem philiströsen Publikum, der restaurativen Politik, die er am eigenen Leibe zu spüren bekam, gegen die er aber nichts tat, oder war es nur Mittel zur Verdrängung der Verunsicherung?

Er beschäftigte sich überdies mit einem Autor, der die kommenden 150 Jahre unzeitgemäß bleiben sollte. Seine Theaterstücke waren während der Besatzung entstanden. Brühl erahnte deren Überzeitliches und ließ, um es überhaupt zeigen zu können, dessen »Ritterschauspiel« *Das Käthchen von Heilbronn*[361] von Fouqué »bearbeiten«. Dem König war es 1816 immer noch so befremdlich, dass er es trotz Schinkels fertiger Bühnendekorationen »verschieben« ließ. Erst die Auslagerung auf das Königsstädtischen Theater ermöglichte die Aufführung am 21. April 1824.[362] Für das Bühnenbild wurden Gemälde von Lucas Cranach, Holbein und Dürer herangezogen. Der bildnerische Aufwand stand im krassen Gegensatz zur Verstümmelung des Textes. Hof und Publikum hätten die ursprüngliche Fassung nicht ertragen. Und noch 1855 wird man von der Urfassung absehen.[363]

Waren es die befremdlichen, verstörenden, alles Gewohnte hinter sich lassenden Überschreitungen in den Stücken Heinrich von Kleists, die Friedrich Wilhelm reizten und uns bis heute herausfordern? Reumont bemerkt dazu, Kleists Dramen hätten bei Friedrich Wilhelm durch »spätere Beschäftigung mit ihnen starke Anklänge durch innewohnende Wärme und Fülle« zurückgelassen. Als Philologe musste er wissen, wovon er sprach. Wie also stand es um deren »Wärme und Fülle« und die Anklänge daran? Die »spätere Beschäftigung« mit den Dramen hängt mit dem verrätselnden Freitod des Dichters[364] im Herbst 1811 zusammen. Danach wurde die Beschäftigung mit seinem Werk tunlichst vermieden. Erst 1821 begann Tieck mit der Herausgabe der *Hinterlassenen Schriften* – wegen unfasslicher dichterischer Kraft.[365]

Für das *Käthchen* hatte Kleist Anregung in Gotthilf Heinrich Schuberts *Ansichten von der Nachtseite der Naturwissenschaft*, ein früher Versuch über psychologische Phänomene, gefunden. Käthchen folgt unverbrüchlich und wider alle Vernunft dem von einem Cherub verkündeten Traumbild einer Silvesternacht. Kleist spielt mit dem *Käthchen* das menschliche Ideal der unanfechtbaren Seele durch. Er holt im Menschlichen ein, wozu Romantiker Marionetten oder Undinen benötigten. Fasste Reumont dies als »Wärme und Fülle« auf? Kleist geht weiter: Das Gute siegt deshalb gegen das Böse, weil der Traum der Realität standhält.

Einem Freund schrieb er, was dahintersteckt: »Wer das Käthchen liebt, dem kann die Penthesilea nicht ganz unbegreiflich sein, sie gehören ja wie das + und − der Algebra zusammen und sind ein und dasselbe Wesen, nur unter entgegengesetzten Beziehungen gedacht.«[366] Sie sind wie Tableaus. Friedrich Wilhelm dürfte kaum Henriette Hendels Berliner Aufführung der Penthesilea von 1811 unter Rezitation der letzten Szenen gesehen haben. Kleist hatte ihr beim Abfassen des Textes für die Inspiration durch ihre Pantomimen gedankt.

In der *Penthesilea* machte er Ernst mit Schlegels Vermutung und zerpflückte die vom bürgerlichen Publikum sorgsam gehüteten Spielregeln antiker Tragödien. Es blieb wenig übrig von Euripides' Mythe.[367] Der in Liebe entfachte Achill nennt die Amazonenkönigin vorausahnend »halb Furie, halb Grazie« und gesteht ihr den Scheinsieg auf dem Schlachtfeld zu. Sie aber versteht nicht, greift statt zum Mythos zur Kriegslogik – und verliert den Verstand. Es kommt zum ersten Lustmord und zur Zerstückelung des Helden auf der Bühne. Es ist Kleist, der uns zur Pforte der Moderne führt.

Friedrich Wilhelm suchte seinen Weg über das *Käthchen* zum *Prinz Friedrich von Homburg*.[368] Brühl hatte das Stück sogar wegen des Bezuges zur preußischen Geschichte für die Einweihung des Schauspielhauses vorgeschlagen, kam aber gegen Goethes klassischen Fingerzeig nicht an. Als nächster wollte Fürst Radziwill den *Homburg* 1827 in seinem Privattheater aufführen. Dies fiel aus Rücksicht auf das adelige Publikum aus. Schließlich bearbeitete Ludwig Robert den Text. Er stellte Hof und Adel in ein besseres Licht, und so wurde der *Homburg* am 26. Juli 1828 auf dem Schauspielhaus gegeben.[369]

Der schlafwandelnde Prinz ist, als er einen Handschuh der geliebten Prinzessin, er weiß nicht wie, in Händen hält, von seiner Berufung überzeugt: zum Sieg im bevorstehenden Kampf. Im Glauben daran stürzt er sich entgegen ausdrücklichem Befehl ins Gefecht – und fällt nicht wie Prinz Louis Ferdinand, sondern siegt. Trotz des Erfolges ist laut Militärrecht des Großen Kurfürsten der Tatbestand militärischen Ungehorsams erfüllt, und darauf steht die Todesstrafe.

Wieder geht es Kleist um Zurechnungsfähigkeit. Mit der Rabulistik eines Militärgerichts ist dem ebenso wenig beizukommen wie Käthchen mit dem

Femegericht. Der Große Kurfürst lässt den Prinzen auf den Richtplatz führen, nicht um die Traumszene des Beginns fortzuspielen. Er will den Traum in der Realität aufheben. Der Prinz wird lorbeerbekränzt, weiß nicht, wie ihm geschieht, und fragt wie Calderón: »Ist es ein Traum?« Die Antwort: »Ein Traum, was sonst?« Es geht ins nächste Gefecht, und warum sollte dies nicht auch ein Traum sein!

Kleists Protagonisten sind nicht allein wegen mangelnden Bewusstseins schuldunfähig. Sie stören, jeder auf seine Weise, die Rechtsordnung, die Geschichte oder den Mythos und fordern an deren Stelle das Individuelle ein. Dem steht die Gleichsetzung des Menschen mit materiellen Werten gegenüber. Die Folgen sind verheerend.[370] Er wird reduziert auf seinen Besitz oder den, der er für andere bedeutet. Kleist ahnt den Materialismus voraus, doch noch hält er die hintere Pforte ins Paradies für offen[371] – wenn sich das Individuum in neuen Mythen wiederfindet. Die starken Anklänge bei Friedrich Wilhelm rühren daher, dass die Erkenntnis des Unbewussten noch ganz anfänglich, die Neugier deshalb umso wacher war. Die Faszinosum der Moderne lässt ihm keine Ruhe.

Auf die Aufführung reagierte der König wie einer, der Seelentiefe nicht erträgt. Er ließ den *Homburg* unverzüglich absetzen und verfügte, dieser dürfe »niemals wieder« gespielt werden. Er wehrte der Subversion ebenso wie damals dem romantischen Loblied Novalis'. Brühl, der durch das Verbot seine Freiheit als Intendant unzumutbar eingeschränkt sah, nahm dies nicht hin. Er trat gemeinsam mit Schinkel von der Theaterarbeit zurück. Ihr idealistischer Anspruch auf dem Theater war ans Ende gekommen.

Für Friedrich Wilhelm hatten sich die unbefriedigender Umstände gemehrt, als er am 28. August während eines Regimentsaufenthaltes in Stettin ein sechs-strophiges Gedicht – so lang wie keines sonst – verschlüsselt abschrieb.[372] Der Inhalt lässt aufhorchen. Das Gedicht ist dem ersten Buch der horazischen Oden entnommen und beginnt: »Integer vitae scelerisque purus«, wer da lebt unsträflich und frei von Schuld … Die dritte Strophe lautet:

Ist doch jüngst ein Wolf im Sabinerwald, als
Lalage ich sang und der Sorgen ledig
Übers Grenzmaß streift' ohne Wehr und Waffen,
Vor mir geflohen.[373]

Der Dichter und mit ihm Friedrich Wilhelm behaupten, sie seien frei von Schuld gewesen, als sie dem Mädchen Lalage sangen.[374] In der sechsten Strophe heißt es dann:

Setze dicht mich unter den Sonnenwagen
In ein Land, wo wohnlicher Sitz versagt ist:
Ewig lieb' ich Lalages holdes Lächeln,
holdes Geplauder.[375]

Er befindet sich also in einem Land, wo freies Wohnen ihm versagt ist. Verbirgt sich hinter Lalage eine konkrete Person, oder meint er dichterische Freiheit? Wenn eine Frau Friedrich Wilhelm beeindruckte, schrieb er ihren Namen oder zeichnete ihr Porträt. Ein Blatt mit der Jahreszahl 1828 sieht ganz danach aus.[376] Ein Fisch, wie er sich mitunter selbst zeichnete, doch kein Butt, schaut angeregt auf eine Frau. Hatte auch ihn die philiströse Langeweile erfasst, aus der er herauswollte? Wer ist Lalage?

Paris – Berlin

Mit der Krönung des Bourbonen Charles X Philippe Ende 1824 in Reims deutete in Frankreich alles auf einen Rückfall ins Ancien Régime hin. Friedrich Wilhelm »begleitete« die Zeremonie wie bei George IV. mit dem Zeichenstift.[377] Erneut ist es die Faszination an der alles Gewöhnliche aufhebenden Massenwirkung. In seinen Augen musste ein König von Gottes Gnaden durch schiere Präsenz, wie beim barocken Éclat, überwältigen. Ähnlich hatte es Schinkel mit der Dekoration zur *Jungfrau von Orleans* vorgeführt. Friedrich Wilhelm geriet der lilienbesatzte Krönungsmantel so prunkvoll wie der Louis XIV. Doch seit 1820, als man den Sohn von Charles X nach einem Opernbesuch erstach, hatte die Dynastie keinen Nachfolger mehr.

Zu den Inthronisationsfeiern gehörte die Aufführung der Oper *Il crociato in Egitto*, der Kreuzfahrer in Ägypten. Wie bei *La Vestale* war der anwesende preußische König so beeindruckt, dass er dies auch in Berlin sehen wollte. Doch der Komponist schlug ihm den Wunsch aus. Eine Übertragung des Librettos ins Deutsche würde dem Ganzen nicht gerecht. Für ihn war die Oper bloßes Beweisstück für seine Beherrschung des Rossini'schen Stils.

Der *Crociato* ist das Werk Giacomo Meyerbeers, Jakob Meyer Beer mit Jugendnamen. Die Meyerbeers waren neben den Mendelssohns die bedeutendste kulturschaffende jüdische Familie Berlins – nur reicher. Das außergewöhnliche musikalische Talent Jakobs war früh entdeckt und vom böhmischen Klavierlehrer und Komponisten František Louska / Franz Lauska gefördert worden. Lauska war anerkannt, er erteilte auch Friedrich Wilhelm Klavierunterricht.

Sie kannten sich also nicht erst seit dem Vorspiel des »Wunderkindes« bei Hofe. Die Mutter Amalia Beer führte ein gastliches Haus, Treffpunkt europäischer Künstler. Das immense Familienvermögen erlaubte ihr mäzenatische sowie soziale Aktivitäten. Stets nahm sie den Geburtstag des Königs zur festlichen Speisung der Zöglinge des Luisenstifts und der Invaliden des Befreiungskrieges wahr. Friedrich Wilhelm rechnete ihr dies hoch an und wird, eine Ausnahme gegenüber Personen außerhalb des Hofes, bei ihrem Tod der Familie kondolieren.

Nach dem Kompositionsunterricht bei Abbé Vogler hatte Meyerbeer in Italien erfolgreich Opern aufgeführt, *Emma di Resburgo* wurde auch in Berlin gezeigt.[378] Doch Meyerbeer genügte dies nicht. Er strebte nach einer Musik mit zeitgemäßem Stoff und einer Dramaturgie am Puls der Zeit. Dies war in Italien nicht möglich. Als man ihn mit dem *Crociato* nach Paris einlud, blieb er dort. Trotz der italienischen Einflüsse klang in seiner Musik Deutsches hindurch, und das war es, was die Pariser neuerdings hören wollten.

Meyerbeer horchte indes auf die »Cris de Paris«, die sich seit Victor Hugos *Odes* unaufhaltsam verbreiteten und den literarischen Schlagabtausch, »bataille romantique« genannt, auslösten. Charles X hatte dies beschleunigt. Mit dem berüchtigten »loi de tendance«, dem Gesetz, das jegliche Erinnerung an den jakobinischen Geist in Politik und Kunst verdrängen sollte, stieß er auf kollektiven Widerstand. Und nach Napoleons Tod erhielten die Bonapartisten breiten Zulauf. Der »Adler«, wie sie den Korsen respektvoll nannten, hatte bis zuletzt an seinem Nachruhm gearbeitet und einem Getreuen in die Feder diktiert, was die Welt über ihn wissen sollte. Nachrufe verbreiteten sich über neue Kommunikationswege rascher in Europa.

In Berlin dichtete Fouqué die anspielungsreichen Distichen:

Dir, Alexandros, brach in Schutt die trojische Veste!
Dir, Alexander, ersteht leuchtend erneuerte Welt! –
Du, Alexandros, rissest in deinen erglühten Armen
Helena fort. Es umfängt Helena, Korse, dich fest.
Helena läßt dich nicht los, du kühner verschmachtender Korse!
Ob auch dein Ilion fiel, – Helena läßt dich nicht los!
Doch ein Höchster befreite den schmachumketteten Erdrund,
Und mitleidig auch schaut zu dem Verketter er hin.
Helena laß ihn nur los! Die Macht der Erden entschwand schon.
Höhere Macht ist so mild: Helena laß ihn nur los! […]
Und, ach, Menschen, die ihr bewohnt noch freundlichen Erdrund,
Sendet, ein Xenion, noch milde Verzeihung ihm nach.

Napoleon verzeihen? War der Ritter noch bei Sinnen, und wie stand Friedrich Wilhelm dazu? Vom alles verzeihenden pietistischen Standpunkt aus hätte dies, wie es seine Mutter damals erwog, nahegelegen. Doch inzwischen machten zeitliche Ferne und Gedenken die Sache zur Kunst. Er las das »schöne Gedicht auf Napoleon« von Alessandro Manzoni. Auch dieser hatte dem Kaiser mit der Ode *Il cinque maggio* auf dessen Todestag gehuldigt. Friedrich Wilhelm standen Original und Übersetzung zur Auswahl.[379]

Der »bataille romantique« wurde theatralisch, als Victor Hugo 1827 das Lesedrama *Cromwell* veröffentlichte. In der langen Vorrede verunsicherte er seine Leser mit der Behauptung, in der Kunst sei das Schöne ohne das Hässliche, das Tragische ohne das Komische nicht wahrhaftig und nur durch beiderlei Wirklichkeit darstellbar – eine vollkommene Absage an die klassizistische Ästhetik, die in der französischen Kunst als unumstößlich galt. Paris geriet in Aufruhr.

Der König bot, nachdem er das bürgerliche Bildungstheater aufgegeben hatte, auf seinen Bühnen eine Alternative. Den Entschluss dazu hatte er während seines letzten Pariser Aufenthaltes gefasst. Man spielte ihm Vaudevilles und Komödien vor, die sich aufs Beste in die Restauration einfügten. Warum nicht auch in Berlin. Er eröffnete nach den Gastspielen französischer Truppen[380] am 8. Januar 1828 das Théâtre Royal français à Berlin.[381]

Gespielt wurde im Schauspielhaus, was von vornherein die Konkurrenz zum deutschsprachigen Theater mit sich brachte. Der König beanspruchte jährlich etwa ein halbes Dutzend Vorstellungen für sich – die Bourgeoisie, den Adel und hohe Militärs. Wie viel das übrige Publikum davon verstand, war eine andere Sache. Der Kritiker Moritz Gottlieb Saphir spottete: »Näselt die affektierte Frau Soundso: ›ach köstlich‹, ›französisches Theater‹, lispelt Fräulein Soundso; aber verstehen vom französischen Theater den blauen Dunst; dennoch ist es köstlich, denn es kommt ja von daher, wo die Bonnets de girafe und Jupons d'osage [Giraffenmützen und beinverstärkte Unterröcke] herkommen.«[382] Frauen, sofern sie die Mittel dazu besaßen, wurden Pariserinnen, indem sie die Mode des »Bon Marché« trugen.

Die Pariser Vaudevilles wurden vereinfacht. Aktuelle Geschehnisse und ihre Figuren waren in Berlin nicht zu sehen, entsprechende Textstellen gestrichen. Als der begabte Komödiant Isidore Gallimardet, genannt Francisque, die freie Improvisation auf Berliner Tagesereignisse versuchte, wurde ihm dies umgehend untersagt. Das Publikum wollte sich nach Paris versetzt fühlen, wofür einiger Aufwand betrieben wurde: Die Texte waren vor den Premieren käuflich[383] und wurden von Liebhabern und Schülern auch gelesen.

Bei Hofe gehörten Friedrich Wilhelm und Albrecht zwar zu den Unterstützern des Theaters durch zusätzliche Abonnements. Der Kronprinz besuchte die Vaudevilles aber selten. Er hatte in Paris »Originale« gesehen und nutzte jetzt allein die seltenen großformatigen Komödien wie Molières *Tartuffe ou*

L'Imposteur, womit das Theater auch eröffnet wurde. Mit einer Zeichnung steigert er den Wortwitz. Clitandre, eine Person aus einer anderen Komödie und Céphise von Racine gehören hinzu. Dem Publikum waren solche Stücke zu schwierig, und französische Tragödien mochte es nicht.

In Paris kam mit dem Bau einer ganzen Anzahl von Passagen Licht in das verwinkelte, mittelalterliche Straßengewirr des Zentrums. Es wurde eine Art glasbedecktes Labor mit übereinadergestapelten Waren, deren Angebot durch maschinelle Fertigung eine ungeahnte Vielfalt erreichte. Und zuoberst gingen Prostituierte ihren Geschäften nach. Es zählte der schnelle Warenumlauf, die Passanten verwickelten sich in den künstlichen Traum des Konsums wie in einen Kokon.

Diesen Traum förderte das Diorama. Louis Jacques Daguerre hatte es aus den Panoramen entwickelt, und vielleicht hatte man es dem preußischen König während seines Besuches gezeigt. Schinkel sah es 1826, und sein Freund, der junge Berliner Panoramenmaler Carl Wilhelm Gropius, war davon so angetan, dass er mit Schinkels Empfehlung um einen Bauplatz in Berlin anfragte. Der König schenkte ihm ein Grundstück direkt bei den Linden, an der Ecke Georgen- und Universitätsstraße. Eröffnet wurde es zur Weihnachtszeit 1827 mit den beiden Dioramen *Inneres der Kathedrale von Brou in Frankreich* und *Felsenschlucht bei Sorrento*.

Der Nachbau von Daguerres Diorama führte in einen ganz neuen virtuellen Raum: Bis zu 200 Besucher nahmen beinah im Dunkel auf einer zentralen Drehbühne Platz. Nachdem sie sich auf die Lichtverhältnisse eingestellt hatten, begann die Vorführung. Simuliert wurde ein Tagesablauf im Zeitraffer von zehn Minuten, beginnend mit der Morgendämmerung, bis in die mondbeschienene Nacht. Während die Bühne unmerklich gedreht wurde, schaute man in zwei Räume, worin die unbeweglichen, auf Stoffbahnen aufgemalten Dioramen hingen. Im Unterschied zu den Panoramen kam die Wirkung anfangs allein durch die Beleuchtung vor und Tageslicht hinter der Leinwand zustande. Die Lichtveränderungen wurden durch bewegliche Läden vor den großen Fenstern erzeugt. Vorstellungen waren deshalb auf die Zeit zwischen elf und drei Uhr beschränkt, im Winter auf eine noch kürzere Spanne. Saphir schrieb: »Es ist unmöglich, die Wahrheit treuer wieder zu geben und die Täuschung höher zu treiben.«[384]

Friedrich Wilhelm musste das Diorama schon wegen der Themen neugierig machen: *Das Innere der Kathedrale von Brou* war dem neuen Prachtwerk über das alte Frankreich entnommen, zu dem Daguerre selbst Zeichnungen beigesteuert hatte.[385] Friedrich Wilhelm zeichnete im Kult versunkene Figuren in gotischen Innenräumen. Vielleicht hat er es hier gesehen.

Ausgerechnet in dieser bewegten Zeit verließ Humboldt Paris, ohne dass wir den Grund kennen. Die Romantik lag dem Wissenschaftler ebenso wenig wie

Bataillen. Er brauchte seine Zeit zum Forschen und kehrte nach dem langen, vom König zugestandenen Aufenthalt Ende 1827 mit geringen Mitteln zurück. Er hatte sich einiges vorgenommen. Unter überwältigender Anteilnahme der Bildungswilligen trug er in einundsechzig Vorträgen in der großen Halle der Singakademie und in der Universität vor, was er in Paris erprobt hatte: die seit der Rückkehr aus Südamerika entwickelte Methode der Weltbeschreibung.

Vergleichende Studien in Geographie, Biologie, Klimaforschung und Himmelskunde sollten zu allgemeingültigen Gesetzen führen. Da die Naturwissenschaften für eine solche Aufgabe zu jung waren, bestand Humboldt auf dem Fundament universaler humanistischer Bildung. Als Beispiel wählte er die ihm naheliegende Geschichte der Landschaftsbeschreibung sämtlicher Völker der Erde. Die poetischen und malerischen Mittel derselben seien zwar völlig unterschiedlich, die menschliche Kultur bleibe aber mit den naturwissenschaftlichen Erkenntnissen unauflösbar verbunden. Humboldt kam mit dieser »physischen Weltbeschreibung« der »Universalpoesie« der Romantiker näher, als er wahrhaben wollte.

Der aufstrebende Komponist Felix Mendelssohn-Bartholdy hatte für ihn eine Kantate über den Fortschritt der Welt vom Chaos zur Ordnung komponiert, die der Neunzehnjährige anlässlich der Eröffnung einer von Humboldt einberufenen wissenschaftlichen Konferenz am 18. September 1828 auch dirigieren durfte. Humboldt hielt eine Ansprache über den sozialen Nutzen der Wissenschaft, und Friedrich Wilhelm gewann von der Weltsicht aus den wissenschaftlichen Höhen herab einen neuerlichen Eindruck. Zehn Jahre zuvor war er, beim Besteigen der böhmischen Schneekoppe mit dem Professor Heinrich Steffens, Zeuge barometrischer Höhenmessungen gewesen.[386] Für den näheren Kontakt zu Humboldt musste er sich gedulden. Dieser brach mit finanzieller Unterstützung des Zaren noch einmal zu einer größeren Forschungsreise auf. Diesmal nach Sibirien. Ob die Weltsicht, die er auf den äquatorialen Gipfeln Südamerikas gewonnen hatte, Entsprechung bei den sibirischen Einwohnern finde, gehörte aus gutem Grund nicht zu seinem Untersuchungsgegenstand. Reiseroute und Kontakte mit der Bevölkerung wurden vom Staatsapparat strikt festgelegt und kontrolliert.

Italien – mit Folgen

Nach Niebuhrs Rückzug vom preußischen Staatsdienst in Rom war Karl Josias Freiherr von Bunsen an dessen Stelle getreten. Bunsen hatte sich in den Vatikanischen Archiven mit altchristlicher Liturgie beschäftigt, was ihm jetzt zugutekam. Der König hatte zwar die Union von Lutheranern und Reformierten durchgesetzt. Mit einer gemeinsamen Liturgie stieß er aber auf heftigen Widerstand. Schleiermacher pochte in einer Denkschrift auf Unabhängigkeit der Kirchen von staatlicher Bevormundung. Und zur Reform des Berliner Gesangbuches ließ er geistliche Lieder von Novalis aufnehmen. Dieser wollte das schlichte Kirchenlied pietistischer Prägung. Schleiermacher empfand die Texte des einstigen Weggefährten nun als zu subjektiv und glättete sie. Friedrich Wilhelm wird sich wieder damit beschäftigen.

Als Bunsen Anfang Oktober 1827 aus Rom anreiste, um sein Vorhaben einer kapitolinischen Liturgie in der Gesandtschaftskapelle vorzustellen, fand er angesichts der Berliner Querelen aufmerksame Zuhörer. Die Liturgie hatte mit Niederknien, Beichte, Chor- und Gemeindegesang viel mit der katholischen gemeinsam. Den nazarenischen Malern, welche die Gottesdienste in altdeutscher Tracht besuchten, war sie nach den Konversionen wie auf den Leib geschnitten. Auch Friedrich Wilhelm empfand sie für die frommen Künstler als angemessen. Der König gab sich bei der Präsentation seiner eigenen Vorstellungen alle Mühe. Er ließ Bunsen am 2. Januar in Potsdam, im Beisein der königlichen Familie und des Bischofs Eylert, griechisch-orthodoxe Kirchenmusik hören. Bald darauf waren es seine »Lieblingsmelodien«, die in der Agenda gesungen werden sollten, »teils altdeutschen, teils Palestrina-schen, teils griechisch-russischen Ursprungs«. Demgegenüber erwirkte Bunsen, trotz anfänglichen Widerstandes, was niemand erwartet hatte: die Einwilligung des Königs zur kapitolinischen Liturgie – mit dem Bemerken, dass er seinen Einfluss nicht auf Rom ausdehnen wolle.

Am Geburtstag Friedrich Wilhelms wurde das von ihm mitgebrachte und in Berlin restaurierte Gemälde der *Madonna Colonna* Raffaels überreicht. Der Ankauf war wegen der verwickelten Eigentumsverhältnisse der Vorbesitzer einem diplomatischen Meisterstück gleichgekommen. Bei Hofe gewann man von diesem Mann den besten Eindruck, und nun, nach zehnjährigem Aufschub, genehmigte der König Friedrich Wilhelms Italienreise unter Bunsens römischer Obhut. Er ging davon aus, dass der verheiratete Thronfolger keinen Anlass mehr zu ausgefallenen Abenteuern habe.

Während Bunsens mehrmonatigem Berlinaufenthalt entwickelten beide ein freundschaftliches Verhältnis zueinander. Bunsen hatte Theologie, Philologie und Geschichte studiert und sich während eines kurzen Studienaufenthaltes in Paris beim berühmten Orientalisten Silvestre de Sacy fortgebildet. Seine Pläne wurden hochfliegend, er machte sich zu Sanskritstudien auf nach Indien. Unterwegs besah er die weltoffenen Projekte Niebuhrs in Rom. Dieser riet ihm zu orientalischen Studien vor Ort. Aus dem Indienplan wurde bis zur Übernahme des Gesandtschaftspostens die Teilnahme am Wettlauf um die Entzifferung der Hieroglyphen. Als in Paris der Durchbruch gelang, stellte man enttäuscht fest, dass sie die Ursprache der Menschheit nicht seien.

Als der Gast eine Aufführung der *Alceste* wünschte, musste Friedrich Wilhelm Spontinis Widerstand durch Befehl entgegentreten. Die Gespräche betrafen nicht nur Kunst und Religion. Der Kronprinz äußerte sein Missfallen über die »Judenpredigten und Ghettoszenen« im Rheinland, die nun schon seit zehn Jahren andauerten. Da er nichts dagegen unternehmen konnte, hatte er das politische Thema einmal mehr in die Kunst überführt: Eine Zeichnung, unterschrieben mit »Der ewige Jude« gibt eine Szene aus dem zweiten Akt von Ernst August Klingemann im September und Oktober 1825 in Berlin aufgeführter Tragödie wieder. Ihre beiden Themen, die zeitlose Wanderung des Ahasver und die Ehrengeschichte um die hinterhältige Ermordung Gustav Adolfs bei Lützen, wollen jedoch nicht zusammengehen, was in der Zeichnung zum Ausdruck kommt.

Bunsen berichtet ferner von einer »merkwürdigen Unterhaltung« über die Verfassung. Wir kennen Friedrich Wilhelms Auffassung dazu. Nachdem er durch zahlreiche Einladungen einen Einblick ins Berliner Gesellschaftsleben gewonnen hatte, schreibt Bunsen nach Hause, dass er diejenige beim »engelreinen« Kronprinzen zum Besten in Berlin zähle.

Der König genehmigte dessen Italienreise aus einem weiteren Grund. Die Gesundheit der Kronprinzessin blieb labil. Kuren in Familiennähe schlugen am besten an. Sie waren nötig, weil Elisabeth die Haupterwartung an eine künftige preußische Königin nicht erfüllte. Nach mehreren erhofften, einer Scheinschwangerschaft und quälenden Quacksalbereien musste das Paar mit Kinderlosigkeit rechnen.[387] Es ist gewiss kein Zufall, dass Rauch für Friedrich Wilhelm in dieser Zeit eine Marmorstatue betender Kinder als Geschenk an die Franckeschen Stiftungen in Halle schuf.

Dem Paar war dreimonatiges Fernbleiben vom Hofe erlaubt. Friedrich Wilhelm würde Italien nicht mehr durch fremde Augen anschauen müssen und strebte gewiss nicht wie in der *Verhängnisvollen Gabel* nach Syrien zu Salome, der Anstifterin und Verführerin. Sein »Kap der Guten Hoffnung« lag in Italien, wo er, wenigstens für diese Zeit, die Restauration abstreifen würde. Seit Anfang 1826 versorgte ihn Niebuhr aus Bonn mit Auszügen aus dem Manuskript seiner *Römischen Geschichte*. Darin machte er Ernst im Umgang mit Quellen. Während seiner Italienzeit war er systematisch der Entdeckung und Entzifferung verloren geglaubter Manuskripte wie denen Ciceros und einer juristischen Handschrift des Gajus[388] nachgegangen.

Ferner machte er ihn auf Schriften über italienische Fürstentümer wie Pietro Giannones *Istoria civile del regno di Napoli* von 1723 aufmerksam. Die Reise sollte trotz knapp bemessener Zeit bis dort hinab führen, bedurfte also genauer Planung. »Schnellreisen« auf Dampfschiffen, wie es Karl Baedeker soeben im epochalen Handbuch für Rheinreisende empfahl, waren dort noch nicht möglich. Schinkel war mit Informationen über günstige Reisemöglichkeiten um Siena dienlich.[389]

Für die Kenntnis der Bauwerke hatte er selbst gesorgt. Seine Bibliothek war mit ganz unterschiedlichen Werken wie der *Voyage pittoresque à Naples et en Sicile* des Abbé Richard de Saint-Non mit Abbildungen pompejanischer Ruinen rasch gewachsen. Unverzichtbar die Werke des Renaissancearchitekten Andrea Palladio, des barocken Universalgelehrten Francesco Bianchini und des Zeichners phantastischer Altertümer Giovanni Battista Piranesi. Selbstverständlich auch die neuesten französischen Stichwerke.[390] Ganz zu schweigen von Gropius' Diorama *Ansicht des Hafens von Genua*. Von Schwager Johann hatte er ein Trauerspiel des zeitgenössischen italienischen Dichters Alessandro Manzoni ausgeliehen.[391]

An den Gemälden des aus Rom zurückgekehrten Begas hatte er die nazarenische Kunst mitverfolgt. Der rührige Begas hatte 1821 seine Familie zu einem Gruppenporträt aufgestellt. Es ist so bieder drapiert, dass man ihm kaum glauben mag, und der fromme Blick durchs geöffnete Fenster auf eine hell leuchtende gotische Kirche hilft nicht weiter. Vielleicht witterte Friedrich Wilhelm Subversion, jedenfalls kaufte er das Bild nicht. Der Akademieprofessor war Ende 1827 an ihn herangetreten: Er käme seiner »Pflicht« nach, die Vollendung des Gemäldes *Der Fischfang des heiligen Tobias* »zur gnädigen Besichtigung und Beurteilung«[392] anzuzeigen.

Die gemeinsame Reise führte ohne Umwege nach Bayern. Am Tegernsee nahm Friedrich Wilhelm Ende September Abschied von Elisabeth. Er mied die romantischen Landschaften am Wege und stieg nicht wie damals Schinkel in Istriens Höhlen hinab. Von Humboldt hatte er gelernt, dass man der Natur mit dem Vordringen an ihre äußersten Grenzen längst nicht die inneren Geheimnisse ablockt. Erste Station machte er vielmehr in der touristisch ganz unbedeutenden »konzilen« Stadt Trient. Dorthin hatte der Papst dreihundert Jahre zuvor ein Konzil einberufen, mit dessen Folgen die Kirche immer noch beschäftigt ist. Verhandelt wurde die Erneuerung der katholischen Kirche gegen Luthers Protestantismus. Friedrich Wilhelm zog es zu einer Stätte, von wo barocke Verweltlichung und Theatralisierung mit den Mitteln der Kunst ausging.

Gleich nach Überschreitung der Alpen hatte er sich in unerwarteter Verlegenheit befunden. Wie damals beim Marsch auf Paris fiel ihm die Gewöhnung an die Fremden schwer. Ihre Physiognomien würden ihn eher abstoßen. Das Land aber mit all den historischen Stätten sei herrlich, schreibt er an Elisabeth. Er empfand wie viele nordeuropäische Reisende, die um der perfekten Simulation willen auf historischem Boden am liebsten nur historischen Persönlichkeiten begegnet wären.

Beim Besichtigen des Predigtstuhles des heiligen Ambrosius im mittelalterlichen Dom in Mailand hatte es dann mit dem Nachsinnen über Physiognomie und barocke Neuerungen ein Ende. Er ist überwältigt von der Pracht und dem »heiligen« Eindruck des gotischen Bauwerks. Das Wort »heilig« stand in dieser Zeit bei Hofe in Mode und floss häufig in Briefe ein. Der Dom war ebenso wie der in Köln nicht vollendet – und langsam dämmerte ihm, dass seine italienischen Zeitgenossen etwas mit den alten Gebäuden zu tun hätten.

Von Mailand ging es nach Florenz. Der »Kunstbaron« Carl Friedrich von Rumohr, der in Italien über Ankäufe für das Berliner Museum verhandelte, hatte sich ihm als Cicerone angetragen. Bekannt geworden war er mit einer Schrift über den *Geist der Kochkunst*, veröffentlicht unter dem Namen seines Leibkochs. Mit gleichem Eifer widmete sich Rumohr der Erforschung der italienischen Kunstgeschichte. Wie sein Freund Niebuhr stützte er sich auf Archivalien mit dem Ergebnis der *Italienischen Forschungen von den Anfängen der Malerei bis auf Raffael*.[393]

Er hält fest, Friedrich Wilhelm habe auf den anstrengenden Touren durch die Stadt stets »alle übrigen überdauert«.[394] Nach ausgefeilten Diners gingen die Abende mit Unterhaltungen über Kunst, Künstler und Ankäufe dahin. Rumohr zählte zu den Förderern der Nazarener, und als Bewunderer von Platens Versen schlug er ein Treffen mit dem Dichter vor. In dieser Zeit empfing er aber auch Platens Erzfeind Heinrich Heine, weshalb es nicht dazu kam. Heine indes musste sich mit einem Blick auf den Kronprinzen von ferne begnügen.

Die übrigen florentinischen Nächte verbrachte Friedrich Wilhelm bei Verwandten der Familie Johanns und im Opernhaus. Dort wurde ein Werk mit politischen Anspielungen gegeben. Wie zahlreiche Pariser Künstler zum »Philhellenen« mutiert, hatte Rossini seinen *Maometto secondo* – ein Stück über den historischen Kampf des Feldherrn Muhammed II. um Korinth – unter dem Titel *Le Siège de Corinthe* aktualisiert. Trotz des mittlerweile in Preußen offiziellen »Philhellenismus« wich Friedrich Wilhelm einem Kommentar aus. Er meinte bloß, die Musik sei »schön, [die] Aufführung aber mittelmäßig« gewesen. Vielleicht mochte er sich zur Einschränkung der Freiheitsrechte in Frankreich durch Charles X nicht äußern. In Italien machten sich unterdes die Anhänger des Risorgimento, der nationalen Einigung, Gedanken über eine gemeinsame Sache.

Friedrich Wilhelms Gemüt hellte sich vollständig erst auf, sobald das norditalienische »Mittelalter« hinter ihm zurückfiel. Diesen schwindeligen Übergang in eine andere Dimension erlebte er wie eine filmische Überblendung. Ausgerechnet dem Dante-Liebhaber Johann gesteht er ein, ihm habe bis zum letzten Übersteigen des Apennin hinter Spoleto immer Dante vorgeschwebt. Hinter Narni aber sei das Mittelalter verwischt, und alles, was er je von antiken Dichtern und Historikern »teutsch oder im Original«[395] gelesen, habe von dieser Stelle an Besitz von seinem Kopfe ergriffen. Es begann »eine Art übermütiges Leben«.

Stürzte er sich in den »freien« Geist der Antike? Er schreibt: »Bis die Wüste beginnt, die Rom umschließt, ist die Gegend unbeschreiblich schön. Ich behaupte, sie hat einen antiken Schnitt. So wie die alten Dichter schöne Gedanken schön auszusprechen und edel darzulegen strebten, so scheint auch das Land hier mit ganz eigentümlichem Maß und Takt ihre ruhigen und doch großen Schönheiten vorzulegen. Die Gebirge weichen ordentlich aus, als wollten sie jemand den Hof machen. […] Diese Gegend ist prädestiniert, eine Hauptstadt der Welt zu tragen. […] Die Königin der Welt ist Königin der Wüste geworden.« Von »Königin« hatte schon Madame de Staël in ihrer *Corinne ou L'Italie* gesprochen.[396] Für Schlegel war es die Hauptstadt alter, vergangener Zeiten. Den Unterschied übersah Friedrich Wilhelm. Er ist jetzt von ihr bloß noch einen Tag fern und richtet sich auf eine Art Eroberung ein wie »Hannibal ante portas« – eine Redensart, die Alexander von Humboldt noch in den vierziger Jahren für einen gefürchteten Neuankömmling in Berlin gebrauchen wird.

Inzwischen war man bis Bracciano vorgerückt, von wo aus in der Ferne die Kuppel von Sankt Peter auszumachen war. Dieser Eindruck wurde unzählige Male beschrieben. Schinkel beschloss 1803, in solch erhabenem Moment besser zu schweigen. Das Ereignis war vollständig für Friedrich Wilhelm inszeniert: Zuerst wurde die Kuppel ausgiebig mit dem Lorgnon begutachtet, doch fehlte noch der richtige Blickwinkel. Das lag weniger an seiner Kurzsichtigkeit, vielmehr musste erst ein kleiner Hügel, Monte Mario, bestiegen werden, von wo aus die Szenerie wie von einem Belvedere aus den gewünschten Effekt machte. Nun erst sah Friedrich Wilhelm das Vertraute. Es war der Fluchtpunkt, den der Rokokomaler Paolo Pannini 1749 für sein Gemälde einnahm. Von ihm aus hatte der Kronprinz im Schloss Sanssouci mangels Reiseerlaubnis jahrelang die Kuppel betrachtet.

Zum vollständigen Eindruck fehlte jetzt nur noch das »richtige« Licht der Abenddämmerung. Sie wurde geduldig bis zur völligen Übereinstimmung abgewartet. Obwohl mehrere Maler zur Begrüßung aus Rom heraufgekommen waren, ließ Friedrich Wilhelm diesen Augenblick nicht festhalten. Er wird der Dokumentation, auch nach Erfindung der Photographie, nie etwas abgewinnen. Gemeinsam mit dem preußischen Gesandten in Neapel, Graf August Ernst von Voss und seiner Gemahlin, wurde er in die Stadt eingeholt. Mit von der Partie waren Prinz Heinrich, jener, der Italien nicht mehr verließ, der Wahlrömer

Franz Ludwig Catel sowie der Miniaturmaler und Porträtist August Grahl, der ein Atelier in der preußischen Gesandtschaftsniederlassung im Palazzo Caffarelli betrieb.

Hinter der Inszenierung des Ganzen steckte Bunsen. Man erreichte pünktlich bei Einbruch der Dunkelheit die Stadt und eilte unverzüglich nach Sankt Peter. Friedrich Wilhelm fand für das größte Gotteshaus der Christenheit zuerst nur das Wort »Unermeßlich!« Kaiser Konstantin hatte die Basilika gestiftet. Ausgebaut wurde sie nach den strengen Lehren des Pythagoras und der Gnostiker: Zahlen und Proportionen bestimmten ihre Maße als Widerspiegelung der Weltharmonie – auf dass sich Architektur, Mathematik und Musik im Glauben an Gott als Schöpferkünste miteinander verbänden. Dem Umbau des Domes durch Michelangelo Buonaroti zur Belebung des Glaubens und zur päpstlichen Inszenierung waen in der Barockzeit weitere Umbauten gefolgt.

Friedrich Wilhelm blieb wenig mehr als ein kurzer Eindruck. Man fuhr weiter zur Engelsburg und zum Pantheon, bevor die römische Nacht anbrach: Mit Fackeln brachen die Kunstjünger im hellsten Mondschein auf zum Kapitol und stiegen von dort über die große Treppe zum Forum Romanum hinab. In dieser doppelten Beleuchtung wurde die Repräsentationsstätte der Kaiser, die sich Gott gleich gemacht hatten, wandernd erschlossen. Beim ältesten der Triumphbögen, dem des Titus, war es das Relief des siebenarmigen Leuchters, geraubt aus Jerusalem nach der Niederwerfung des jüdischen Aufstandes. Dann ging es über die Via Sacra zum frisch restaurierten Konstantinsbogen, von diesem nach dem Sieg an der Milvischen Brücke errichtet. Damit wurden nicht nur die Zeugnisse von zweihundertfünfzig Jahren triumphaler römischer Kaisergeschichte durchschritten. Es war die Zeitspanne bis zur Einführung des Christentums als römische Staatsreligion.

Unverzichtbar für den nächtlichen Eindruck waren die Ruinen des Kolosseums nahe dem Konstantinsbogen. Bald nach Schlegels Elegie hatte Lord Byron mit romantischer Wehmut der steinernen Zeugnisse römischer Vergangenheit gedacht:

Nicht Cicero war so beredt wie ihr,
O Säulen mit versunknem Piedestal!
Wo bleibt auf Cäsars Haupt die Lorbeerzier?
Bekränzt mit Efeu mich aus seinem Saal!
Wes ist der Pfeiler dort und dies Portal?
Des Titus? Des Trajan? – Nein nur der Zeit. […]
Bogen auf Bogen! So als wollte Rom,
Ansammelnd die Trophäen seiner Macht,
All seine Sieg' aufbaun zu einem Dom:

Das Kolosseum, nur vom Mond bewacht,
Dem Ampellicht, das die Natur entfacht!
Denn göttlich sei das Licht für solchen Bau,
Den lang durchforschten, nie erschöpften Schacht
Des ernsten Sinns.

Die Verse stehen im vierten Gesang von *Childe Harold's Pilgrimage*, dem Werk, das dem jungen Dichter einen Platz auf dem Olymp der europäischen Romantiker einbrachte und Madame de Staëls Behauptung stützte, solches vermöchten nur deutsche oder englische Dichter. Byrons Gesang über Italien, erst 1818 vollständig, war noch nicht ins Deutsche übersetzt. Friedrich Wilhelm las den Text im Original und nannte seine ganze Italienreise Johann gegenüber eine »Pilgrimage«.

Die nächtliche Doppelbeleuchtung verflocht Literatur und archäologische Wirklichkeit so dicht miteinander, dass Ancillons notorische Befürchtung, der Kronprinz würde bei alldem den Kopf verlieren, nicht eintraf. Dieser berichtet Elisabeth, erst in Rom habe er das Gefühl des »wirklich Krankhaften«[397] verloren. Was er ihr verschwieg, vertraute er Johann an: »Es ist ein Wunder, daß ich nicht verrückt bin. Meine Kälte und Gleichmut ist nun ganz gewichen und ich muß mich aus Pflichtgefühl öfters ganz philiströs stimmen.«[398] Obwohl er diesen Zustand im Innersten verachtete, benutzte er ihn zur Verschleierung seiner wahren Gefühle. So überstand er unter Bunsens kundiger Führung in den folgenden Tagen das, was jener von langer Hand für ihn vorbereitet hatte.

Berief sich Luther nicht hier auf das Urchristentum! Doch es blieb kaum Zeit zum ergründenden Gespräch. Friedrich Wilhelm wollte frühchristliche Architektur sehen. Die »Dinge«, die man innerhalb der kommenden vierzehn Tage besichtigte, waren vor allem Kirchen. Bunsen musste dem Gast ein Werk über die hiesigen Basiliken versprechen – das er ihm 1842 widmen wird. Er besah Raffaels Malereien im Vatikan gründlich, beinhalten sie doch das Scharnier zur neuzeitlichen Malerei.

Ferner führte Bunsen den archäologisch Interessierten mit der »Gesellschaft der römischen Hyperboreer«[399] zusammen. Sie bewahrten das klassische Erbe und gewannen den Prinzen ohne Not als Mäzen für die Erforschung römischer Altertümer. An Elisabeth schrieb er, er sei jetzt »zu Haus« – in der Art wie ihm Childe Harold das Gesicht der morbiden Stadt heimisch machte:

O Rom! Du meine Heimat! Stadt der Seele!
Verwaistes Herz, es kehre ein bei dir,
Einsame Mutter, Toter Reich, und hehle
Beschämt sein Zwergenweh! – Was murren wir?
Kommt, sehet die Zypresse, höret hier

Die Eule schrein, Schutt vom zerbrochnen Thron
Betretet, steigt durch Tempelscherben, ihr,
Mit eurer Qual, die Morgen schon entflohn!
Vor uns liegt eine Welt, so morsch wie unser Ton.

In der Kirche Santa Maria in Aracoeli auf dem Kapitolshügel fand Friedrich Wilhelms »Lithomanie« Nahrung. Dort war der Porphyrsarkophag Helenas, der Mutter Konstantins, aufgestellt. Die aus Ägypten hergeholte Steinart war damals allein römischen Kaisern wegen ihrer Härte und Beständigkeit vorbehalten. In sicherem Gehäuse einbalsamiert, blieben ihre Leiber unzerstörbar wie die der Pharaonen.

Helena wurde wie die Kaiser bestattet, weil sie infolge der Erscheinung ihres Sohnes eine Wallfahrt nach Jerusalem unternahm und dort durch ein neuerliches Wunder das Kreuzesholz gefunden haben soll. Sie ließ es ausgraben, um die ganze Christenheit mit Splittern für den Reliquienkult zu versorgen. Vollends zum protestantischen Spott herausgefordert war Friedrich Wilhelm, als er hier die Skulptur des »mit den schönsten Edelsteinen aufs Garstigste gezierten« Santo Bambino anschaute. Es wurde so glaubhaft verbreitet, ihr Holz sei aus einem Ölbaum vom Garten Gethsemane aus der Zeit Christi geschnitzt worden, dass es heute verschollen ist.

Von der neuen Kunst sah er zuerst die Wandgemälde in der Casa Massimo, welche die Nazarener eben vollendet hatten. Die Fresken nach Dante, Tasso und Ariost verbildlichen seine Jugendlektüre. Er wird öfter darauf zurückkommen. Franz Overbecks Hauptthema war *Das befreite Jerusalem* gewesen. Julius Schnorr von Carolsfeld gab bei der Ausmalung des Saales Karls des Großen die Ereignisse nach Ariost und historischen Quellen wieder.

Zu Ehren Friedrich Wilhelms gelang die Ausstellung deutscher Künstler im Gesandtschaftspalast. Sie »aktualisierte« sein Hochzeitsgeschenk. Unter den Tafelbildern hing Overbecks heute als *Italia und Germania* bekanntes Gemälde: Zwei junge Frauen in Renaissancekleidung sitzen einträchtig beisammen, als erfüllten sie die »Sehnsucht, die den Norden zum Süden hinzieht, nach seiner Kunst, seiner Natur, seiner Poesie«. An dem nicht einmal ein Quadratmeter großen Bild hatte Overbeck über ein Jahrzehnt gemalt.

Ursprünglich hieß es *Sulamith und Maria* wie ein Gemälde des inzwischen verstorbenen Mitbruders Franz Pforr. Hatte Pforr mit der Darstellung der Toleranz zwischen Juden und Christen ein geistliches Andachtsbild geschaffen, so deutete Overbeck das Thema zum Sinnbild romantischer Sehnsucht um. Als solches war es für Friedrich Wilhelm nicht mehr von Interesse. Der Schwager Ludwig kaufte es.

Nach Atelierbesuchen meinte Friedrich Wilhelm, die Nazarener hätten nicht hinzugewonnen. Für den in Berlin ausgebildeten klassizistischen Landschafts-

29   Friedrich Wilhelm, Vergil, Dante, Charon nach der *Göttlichen Komödie*

maler August Wilhelm Ahlborn fand er anerkennende Worte[400]. Von Overbeck bestellte er eine Kopie der älteren *Himmelfahrt des Elias*, von Catel *Pompejus' Besuch Ciceros in seiner Villa*[401] – eine Hommage des Herrschers an den Erfinder des römischen Arkadien. Die romantische Malerei des für Cornelius eingesprungenen Altmeisters Joseph Anton Koch hielt er für überholt. Mit Bertel Thorvaldsen lernte er den Bildhauer kennen, der dem jungen Rauch für die Luisenskulptur den Vortritt gelassen hatte. Desgleichen besichtigte er das Atelier des verstorbenen Canova, um die Aura des Meisters zu verspüren. Er wird die Besuche von Wohnhäusern verehrter Künstler fortsetzen.

Im Rang des preußischen Kronprinzen war für ihn eine Audienz beim Papst obligatorisch. Dessen Herrschaft über den Kirchenstaat war nach dem Sieg über Napoleon wiederhergestellt, das Regieren aber schwieriger geworden. Leo XII. wolle es allen, auch Gott recht machen – und sei darüber zum Gotteslästerer geworden. Friedrich Wilhelm wird für ihn in der *Göttlichen Komödie* einen Platz finden: »In meiner Divina Commedia kommt er nicht nach Übel Bulgen [gemeint ist Malebolge, der achte und vorletzte Höllenkreis], sondern ins irdische Paradies, obenan unter die hohen Schatten des Haines jenseits der Lethe [des Flusses, in dem Dante sich von Sünde reinwusch (Abb. 29)]. Nachher werde ich ihn zur Cunizza [in den Venushimmel] befördern. Dabei profitiere ich ein Erdbeben.«[402] Von einem solchen Mann, der es nicht wie andere Kirchenväter zur Teilhabe am göttlichen Empyreum bringen würde, war nichts für seinen Traum vom Heiligen Reich zu erwarten.

Das vom Papst gefeierte Allerheiligenfest schien ihm zwar ein »maß- und zielloses Zeremoniell«. Beim Hochamt aber traf ihn die Gewalt der »herrlichen alten Musik«. Was E.T.A. Hoffmann 1819 am Anfang des vierten Abschnitts von den *Serapionsbrüdern* über [Alte und neue Kirchenmusik] diskutieren ließ, stand ihm nun lebendig vor Augen. Und vielleicht war er seither auf die Differenz der Kirchenmusik zwischen den Alten Meistern, der barocken Pracht des bewunderten Messias und dem »Romantischen« Mozarts, Haydns und Beethovens aufmerksam geworden. Soeben hatte der päpstliche Kapellmeister, Abbate Giuseppe Baini, sein epochales Werk über Giovanni Pierluigi da Palestrina veröffentlicht.[403] Mit seinen Untersuchungen begründete er – wie Niebuhr für die Historie – das musikkritische Quellenstudium. Baini schrieb von der Wiederbelebung der Musik seines Amtsvorgängers. Der Papst hatte jenem nach den Grundsätzen des Tridentinischen Konzils aufgetragen, er möge die alten Texte neu vertonen – so emphatisch, wie die einstimmigen gregorianischen Choräle beseelt waren. Es kamen dabei polyphone Vokalwerke von ergreifender akkordischer Schlichtheit heraus. Palestrinas Genie gelang die Fortentwicklung des alten rhetorischen Musters zu Klangpredigten, die dort reden, wo das gesprochene Wort aufhört. Friedrich Wilhelm konnte durch Bunsen, der, von Baini beraten, seit Beginn des Jahrzehnts die Alte Musik mit päpstlichen Leihsängern erprobte, Einsicht in das Spektrum altchristlicher Überredung gewinnen. Er wird darauf zurückgreifen.

Die römischen Abende vergingen mit Empfängen bei bedeutenden Persönlichkeiten der Stadt, im Theater und bei Gesellschaften Bunsens im Palazzo Caffarelli. Darin war auch der derzeitige Gesandtschaftsprediger Friedrich August Tholuck einbezogen. Friedrich Wilhelm hörte Predigten des »Herzenstheologen« und empfahl deren Publikation. Tholuck schrieb an einen erweckten Freund: »Ich bin mehrmals mit dem Prinzen zusammengewesen, aber ach! Es ist noch gar viel zu wünschen – wie schwer ist's, daß ein Reicher ins Himmelreich komme!«[404]

Am 2. November schrieb Friedrich Wilhelm an Elisabeth, die Gedanken an sie hätten jetzt alle übrigen verdrängt und er wäre, nähme er die Post, in sechs Tagen im Schnee von Tegernsee zehntausendmal glücklicher, als unter immergrünen Eichen und Orangen. Abgesehen von dieser Rhetorik lag auch für Herodot das Land der Hyperboreer im legendären Norden. Tags darauf brach Friedrich Wilhelm mit dem Archäologen Friedrich Eduard Gerhard[405] auf – in den Süden, nach Neapel. Ihr Weg führte durch die einst besiedelte, nun wüste Campagna Romana. Nordeuropäische Bildungsreisende suchten sie wegen der Ruinen auf oder ließen sich stimmungsvoll darin porträtieren. Maler um Koch hatten dort die romantische Ursprünglichkeit der Natur entdeckt. Friedrich Wilhelm durchquerte sie auf kurzem Weg. Erst der abrupte Wechsel zur kultivierten Natur weckte seine Aufmerksamkeit: »Von Aversa an sieht man das Land nicht mehr vor hochstämmigen Pappeln und Weinranken. Plötzlich tritt man aus diesem von der Kultur erzeugten Wald hinaus, und bei einer Biegung des Weges liegt Neapel zu Füßen, geradeaus der rauchende Vesuv.«[406]

Im Zentrum der Stadt hätte ihn beinah das Mittelalter eingeholt: Aus Raumers Hohenstaufengeschichte wusste er, dass auf der Piazza del Mercato das Blutgerüst Konradins stand. Warum hatte Gott zugelassen, dass ein Geschlecht von solchem Glaubensverdienst mit einem einzigen Schwerthieb vernichtet wurde! Doch Zeugnisse des schreienden Unrechts fand er nicht – nur Marktgeschrei. Spätestens der Besuch Pompejis beförderte ihn ins »heitere« Dasein zurück. Er begutachtete die Ausgrabungen, die seit Schinkels Dekoration für Charlottenhof fortgeschritten waren.

In Neapel lernte er den schlesischen Maler und Dichter August Kopisch kennen. Sein einnehmendes Wesen erlaubte ihm Umgang nicht nur mit Nazarenern und Platen. Er hatte sich unters Volk gemischt und sammelte dessen Geschichten. Außerdem brüstete er sich der Entdeckung der Blauen Grotte von Capri. Die Einheimischen kannten das Naturschauspiel seit jeher, warum sollten sie es romantisieren. Friedrich Wilhelm hat es nicht gesehen.

Der 13. November war Elisabeths Geburtstag. Beide begingen das Fest unter dem Psalm 139, Vers 12: »Denn auch Finsternis nicht finster ist bei dir, und die

Nacht leuchtet wie der Tag. Finsternis ist wie das Licht.« Es war die Losung der Herrnhuter Bibel. Kopisch hatte für diesen Tag die Besteigung des Vesuvs vorgeschlagen, ein leichter Weg. Beim Eremiten, dem besten Aussichtpunkt auf die Umgebung, wurde noch »still« auf Elisabeths Wohl ein Lacrimae Christi getrunken – der Wein, den man an dessen Grab in Jerusalem ausschenkte. Friedrich Wilhelm berichtet vom einstündigen Aufstieg »durch diese schwarze Mixtur von Asche, Steinen und Schlacke« bis zum Kraterrand. Dort sah man in den »Höllenschlund, von Schwefel gelb auf dem Grunde, an den Seiten ein wenig rauchend. Inmitten war ein aparter Crater entstanden, der von Zeit zu Zeit dicken Qualm von sich gab.«[407] Hier stieß die Gesellschaft unter Vivat-Rufen mit Champagner auf das Wohl der Kronprinzessin an und warf die Gläser in den Abgrund. Man brauchte wohl deshalb nur acht Minuten zurück zum Eremiten. Die dort gedeckte Tafel mit Elisabeths Porträt hielt Kopisch auf einer Zeichnung fest. Obendrein hatte er Verse gedichtet, was ihm vollends die Sympathie Friedrich Wilhelms eintrug. Zur »Erinnerung« bestellte dieser eine große Ansicht des Vesuvs – mit der Eruption des vorangegangenen März.

Trotz der Reiseverspätung war die Tour zum Golf von Neapel unabdingbar. Hätten dem klassisch Gebildeten die Steinklippen über dem Meer von Sorrent – wo die Sirenen sich, nachdem sie mit ihrem Gesang an Odysseus gescheitert waren, aus Gram in Stein verwandelt hatten – ausgereicht, eilte Friedrich Wilhelm zu einem jüngeren Pilgerziel: dem Geburtshaus Tassos auf deren Anhöhe.[408] Jetzt war er der »Aura« des Dichters, der ihn auf den Weg der Allegorien gebracht hatte, nah. Er vergaß darüber sogar Charlotte, die Post aus Neapel wünschte. Und konnte zurückkehren.

Zur Rückstimmung vom »übermütigen Leben« suchte er die mittelalterliche Stadt Ravenna auf. Hier sah er, was er Charlotte am Zeremoniell der Borneo-Geschichte nicht erklärt hatte: Der König von Borneo bietet Feridoun den Platz seines Sohnes an – wenn er einen hätte. Was wie ein Jugendscherz in Wielands Manier aussah, war eine Anspielung auf das byzantinische Hofzeremoniell. Darin ist der Platz neben dem Herrscher einzig Christus vorbehalten: Gott spricht durch Christus und dieser wiederum durch den Herrscher zu den Untertanen.

Der Besuch von Dantes Grabstätte war die Reverenz an den Dichter, den er nicht mehr aus den Augen lassen wird. Er versichert Johann, »daß ich gestern über unseres Freundes Ruhestätte gestanden bin – und zwar mit recht lebendigem Gefühl, das man ohne Lüge Rührung nennen kann.« Zum Zeichen des Freundschaftsbundes ritzte er ihre Monogramme in eine Wand der Grabstätte ein. Vielleicht findet man sie heute noch.

Beim Kurzbesuch Venedigs machte Friedrich Wilhelm die Bekanntschaft des Historikers Leopold von Ranke. Dieser war seit 1825 außerordentlicher Professor für Geschichte in Berlin. Ein Jahr zuvor hatte er den ersten Band des laut Friedrich Wilhelm »herrlichen Werkes« über die Fürsten und Völker Südeuropas im 16. und 17. Jahrhundert veröffentlicht. Ranke suchte in den Archiven Roms und der venezianischen Biblioteca Marciana nach historischen Quellen. In seiner Antrittsrede zur ordentlichen Professur sechs Jahre später wird er die umstürzende wissenschaftliche Forderung erheben, für die Forschung »mein Selbst gleichsam auszulöschen.«[409] Ranke verwirklichte für die Geschichtswissenschaft, was Niebuhr zum Programm erhoben. Und Rumohr hätte ohne beide seine Studien nicht geschrieben. Würde Friedrich Wilhelm daraufhin Raumers romantische Vorträge hinter sich lassen? Immerhin wird er Ranke gleich nach Regierungsantritt in seine Dienste nehmen. Die Besichtigung von San Marco brachte ihn vollends aus dem »Übermut« zurück: »Es wird einem, wenn man die Wunder von San Marco beschaut, wie bei der Lesung der Apokalypse.« Unter dieser Devise fand er den Weg in die Berliner Restauration zurück.

Zunächst beschäftigten ihn die italienischen Nachwirkungen. Bunsen fragte an, ob Platen in irgendeiner Form für den preußischen Staatsdienst tätig werden könne. Platen schickte Gedichte, eine größere Auswahl seines poetischen Schaffens. Rumohr half mit und machte auf dessen Satiren aufmerksam. *Der Romantische Ödipus* mit persönlichen Angriffen gegen Heine war jetzt gedruckt. Platen legte einen erläuternden Brief bei, weil er in der *Verhängnisvollen Gabel* abfällig über Preußen geschrieben hatte. Bunsen wiegelte ab: Die Angriffe würden sich nicht gegen die Monarchie, sondern die Hegel'sche Partei richten.

Nach der Lektüre ließ Friedrich Wilhelm ein wohlwollendes Handschreiben an Platen übermitteln. Dessen Vorbehalte gegen den preußischen Staatsdienst aber blieben, was sie von Anfang an waren: unüberwindlich. Im Frühjahr schrieb er an Kopisch, »Alles, wodurch Deutschland verrückt geworden«, sei von Berlin ausgegangen, »der Romanticismus, der Pietismus, die Hegelei und so Vieles andere«. Platen erging es wie Heine. Die Restauration hatte sie heimatlos gemacht – mit dem Unterschied, dass jener sich als den letzten Romantiker, dieser als Spross der Antike bezeichnete.

Im Juli 1829 reiste Niebuhr im Auftrag Friedrich Wilhelms nach München. Seit er die römischen Fresken der Nazarener mit eigenen Augen gesehen hatte, wollte er Cornelius unbedingt in preußischen Diensten sehen. Das Verhältnis zwischen diesem und Ludwig I. stand nicht mehr zum Besten. Niebuhr schrieb, jener habe ihm gegenüber geäußert, seinen Dienstherrn wechseln zu wollen. Doch eine Anstellung in Preußen hätte vom König finanziert werden müssen, wozu offenbar keine Bereitschaft bestand.

Wenigstens war mit Bunsens Hilfe die Gesellschaft der Hyperboreer in Rom mit Namen »Istituto di corrispondenza archeologica« zur europäischen erweitert worden. Er selbst wurde Sekretär und der französische Gesandte[410] zum Präsidenten gewählt. Der König steuerte nichts bei, Friedrich Wilhelm aber löste sein Versprechen ein, wozu eine Anleihe bei der preußischen Seehandlung nötig war – der erste Wechsel auf die königliche Zukunft. Das Institut trägt heute den Namen »Deutsches Archäologisches Institut«.

Die Italienerfahrung schlug sich gleich aufs Bauen nieder: Zuerst weitete Friedrich Wilhelm das einen Steinwurf von Schloss Charlottenhof entfernte Projekt des Gästehauses mit Gärtnerwohnung zum Ensemble einer Landvilla aus. Es sollten Bäder nach römischen Vorbildern entstehen. Er wird dazu langen Atem benötigen. Was Humboldt in seinen Akademievorträgen behauptet hatte – die Analyse fremder Gegenden könne die Spannung zwischen Architektur und ungestalteter Natur umso deutlicher zur Geltung bringen –, hatte er in Italien erfahren. Er wird es nicht vergessen.

Für die Potsdamer Bauten zog er seit kurzem den jungen, außerordentlich begabten Architekten Ludwig Persius heran. Sie entwickelten einen Baustil, der von Charlottenhof beträchtlich abwich: Während die Residenz, Ergebnis ausgeklügelter Reduktion, als geschlossener Baukörper dasteht, wirkt der neue Komplex durch ineinander verschachtelte Kuben zwanglos. Der »Architetto siamese« brachte etwas vom »übermütigen Leben« der Reise in die Architektur ein und gelangte, mit Schinkels Schüler, zu eigenständigen Formen. Ausgehend von dessen Klassizismus entstand eine Signatur, die »offenes Bauen« zulassen wird. Schinkel sorgte für die Ausstattung der Römischen Bäder. Friedrich Wilhelm wollte deren Herkunft sichtbar machen, den Wert der Vergangenheit herausstellen. Es ist der Standpunkt des Historismus, der allmählich Fuß fasste.

Solche Erwägungen halfen für einen völlig neuartigen Bau nicht weiter. Humboldts mittlerweile hoch gewachsene südamerikanische Pflanzen bedurften der Unterbringung. Der König kannte das Pariser Palmenhaus und Spontinis Simulation der exotischen Welt im *Cortez* – ein Grund mehr zum Übertreffen eines Pariser Vorbildes. Während Humboldt für die Pflanzen den exotischen Totaleindruck wie vom Chimborazo herab wünschte, dachte der König an ein technisches Bauwerk. Er hatte Schinkel nach England geschickt, wo man damit am weitesten fortgeschritten war. Als Standort kam nur die Pfaueninsel bei Potsdam in Frage. Dort pflegte der König seit dem Barock die exotische Flora und hielt eine Menagerie fremder Tierarten.

Es würde also in Friedrich Wilhelms »Elysion« der Jugend stehen. Er zeichnete eine Kombination aus Schinkels Entwurf und dem, was der englische König in Brighton gebaut hatte, dem Royal Pavilion. Es wurde ein orientalisierender Prachtbau mit Fahnen und indischen Kuppeln.[411] Friedrich Wilhelm wird Jahre später das Prachtwerk über den Bau, das »Fabelhafteste, was je mit Abstraczion von jedem guten Geschmack und gesunden Menschenverstand geschaffen worden ist«[412], von der »lieben, treuen Elise« zum Geschenk erhalten. Dessen Entstehung entging ihm ebenso wenig wie die Krönung Georgs oder die neue englische Literatur. Gleich beim Betreten der Insel sollte man nahe dem Palmenhaus einen exotischen Gesamteindruck erhalten. Kurzerhand setzte er indische Kuppeln auch auf das Kulissenschlösschen.[413]

Im Frühjahr 1829 erfuhr er dann von über London nach Hamburg gelangten kostbaren indischen Marmorgittern, die dort zur Versteigerung standen. Ohne dass wir wüssten wie, bewegte er den König zum Erwerb dieser Bauteile. Womöglich hing dies mit Schinkels Strategie des Verbergens zusammen: Er hatte den Tadsch Mahal bei Agra im Sinn, aber er verkürzte die Abfolge der Gesamtanlage so weit, dass dies nur noch dem Kenner der Grundrisse nachvollziehbar ist.[414] Die Verkäufer behaupteten, die Teile stammten aus einem indischen »Tempel«. Sie wurden halbkreisförmig wie Apsiden in christlichen Kirchen angeordnet. Die Höhe des Palmenhauses gestattete einen Balkon über dem Einbau, von wo aus Umschauende in die mittlere Höhe des tropischen Pflanzenwuchses – allerdings ohne Tierwelt – blickten. War es für Friedrich Wilhelm ein Ort, der ihn die Restauration vergessen machte – oder suchte er die Herausforderung?

Der König schloss jetzt seine monarchische Aufgabe der Prinzenverheiratung ab. Sollte Friedrich Wilhelm kinderlos bleiben, gewann die preußische Erbfolgeregelung für Wilhelm an Bedeutung. Der Thronanspruch ging auf den ältesten Bruder über. Schon deshalb hatte der König ihm die Liebesheirat mit Louise von Radziwill verbaut. Er musste standesgemäß die weimarische Prinzessin Augusta Marie Luise nehmen. Zur Hochzeit am 12. Juni 1829 wurde Spontinis romantisch-historische Oper *Agnes von Hohenstaufen* aufgeführt.

Diese Oper hatte bereits am 26. Mai 1827 zur Verheiratung des Prinzen Carl mit Marie von Sachsen-Weimar-Eisenach auf dem Programm gestanden. Gehört wurde damals aber nur der erste Akt. Diesmal verwies Spontini auf das schlechte Libretto. Der zum Berliner Modeschriftsteller gewordene Raupach änderte es nach seinem Historiendrama *Heinrich VI.*, dem Sohn Barbarossas, ab. Die Geschichte der Agnes findet zwar vor dem Hintergrund des Kampfes zwischen Welfen und Ghibellinen statt. Doch Agnes, immerhin Protagonistin der Oper, war frei erfunden. Der Glanz des einstigen Herrschergeschlechts kam so nicht zum Tragen.

Spontinis Musik war hoffnungslos überholt. Bettina von Arnim stand die fünf Akte nicht durch und verwies auf Savigny, der Wochen gebraucht hätte, um das Ganze zu verdauen. *Agnes* war die letzte Hohenstaufenoper. Und den fortschrittlichen Dramenzyklus von Christian Dietrich Grabbe ließ Friedrich Wilhelm auch nicht unter seiner Regierungszeit zu. Er korrigierte indes die fehlende historische Anbindung der *Agnes* und wählte für seinen diesjährigen Geburtstag das Trauerspiel *Kaiser Friedrich II.*[415] von Carl Immermann.

Seine Brüder beriet er nach deren Heirat beim Bau ihrer Residenzen. Wilhelm baute in Babelsberg im neugotischen Stil und Carl, ihm gegenüber, nach dem Erwerb von Hardenbergs klassizistischem Schlösschen in Glienicke den »Klosterhof« mit mittelalterlichen Sammelstücken. Seine Geschwister waren noch nicht recht aus dem Mittelalter heraus. Anlässlich eines großangelegten Hoffestes sorgte Friedrich Wilhelm erneut für die passende Theatralisierung. Charlotte wurde anlässlich ihres Geburtstages erwartet. Das Thema lag von vornherein fest, reichte es doch in ihre Jugend zurück. In ihren Briefen hatte sie die Erinnerung an den *Zauberring* stets wachgehalten.

Also durfte Fouqué nicht fehlen. Das Fest sollte den Namen Charlottes nach dem *Zauberring* tragen, Blanchefleur. Fouqué hatte den Namen in der Geschichte von Tristan und Isolde gefunden. Man entschied sich für die deutsche Form, »Die weiße Rose«. Charlotte hatte sich zur Vorbereitung ein Buch mit Ritterdevisen von ihrem Bruder schicken lassen. Das Fest bestand aus einem öffentlichen Turnier und einem Hoffest. Der Vorhof des Neuen Palais in Potsdam war zum »Turnierplatz« hergerichtet. Angeführt von Friedrich Wilhelm zogen die Ritter im Gewand des 12. Jahrhunderts hoch zu Ross ein und senkten ihre Schwerter zur Dame des Festes wie in alten Turnieren üblich. Blanchefleur trug eine Krone aus weißen Rosen. Dann wurde turniert. Nicht gegeneinander reitend, sondern es kam auf Geschicklichkeit beim Lanzenstechen und Ringwerfen der Neuzeitritter an – und auf geometrische Figuren wie beim Rossballett.

Nach dem öffentlichen Spektakel wurden den geladenen Gästen im Palais Tableaux vivants vorgeführt. Wie im Zauberspiegel der Frau Minnetrost[416] wechselten ganz unterschiedliche allegorische Darstellungen: die Gestalt der Erinnerung, die Pflege eines Strauches weißer Rosen, eine Ansicht Berlins, die vier Jahreszeiten, Flussnymphen, Rübezahl im Riesengebirge, die altrömische Kriegsgöttin Bellona, lorbeerbekränzte Helden, eine über Moskau schwebende Glanzgestalt, Kronos im Sternenmantel. Abschließend Aurora, umgeben von schwebenden Gestalten mit Harfen.

Die Tableaus hatten die napoleonische Geschichte von der Zeit der verstorbenen Königin bis zum Wiederaufstieg Preußens zum Thema. Beim abschließenden Festbankett traten Minnesänger auf. Spontini hatte sich bei der Komposition der *Agnes* mit provenzalischen Troubadourromanzen beschäftigt, deren Melodieführung klingt wie von Vincenzo Bellini. Dies machte umso deutlicher, dass seine Zeit merklich dem Ende entgegenging.

Wie es hinter den Kulissen dieses künstlichen Mittelalters aussah, geht aus einer Notiz der noch ganz jungen Augusta im Tagebuch hervor. Nur so kam, was Elisabeth nicht bei sich behalten konnte, auf uns. Neugierig geworden, wer denn der Vater des Kindes der unverheirateten Tochter ihres Hofkutschers sei, hätte sie erfahren müssen: niemand anderer als ihr Gemahl. Augusta nahm weibliche Partei und urteilte über einen Sachverhalt, den sie nur aus dritter Hand kannte: Obwohl man bedenken müsse, dass Friedrich Wilhelm in seiner

Stellung als preußischer Kronprinz alle Wege offen stünden, ändere dies nichts am Tatbestand des Ehebruchs.

Augusta von Sachsen-Weimar-Eisenach war in Weimar, dem ersten deutschen Fürstentum mit einer Verfassung, aufgewachsen. Ihre Einstellung war fortschrittlich, sie wechselte Briefe mit Goethe, was auf Missfallen am preußischen Hof stieß. Sie schrieb, Friedrich Wilhelm hätte ihr, im Namen des Königs, den Kontakt mit dem »Gottesleugner Goethe« verboten.[417] Beim ungebrochenen Interesse Friedrich Wilhelms für diesen Dichter durchschaute sie dies nur mühsam: »Der Kronprinz zwar meint es nicht böse mit seinen Witzen, [er] ist so schlagfertig, man weiß nie, ob man lachen oder sich fürchten soll.«[418]

■ **Fundstück**: Les allusions sont mes armes, l'allégorie mon bouclier. / Die Anspielungen sind meine Waffen, die Allegorie mein Schild. (Népomucène Lemercier: Suite de la Panhypocrisiade ou le spectacle infernal du dix-neuvième siècle, Paris 1832, S. VII, zit. Nach W. Benjamin, *Das Passagen-Werk*, S. 293) ■

Kommt gewöhnlich nur durch Zufall heraus, wie es Prinzen und Prinzessinnen im Verborgenen hielten, ließ Friedrich Wilhelm in seinen Zeichnungen und Notizen etwas davon durchblicken: Jenes Blatt mit einem überaus neugierig auf eine Frau blickenden Fisch[419] mochte harmlos sein. Die verschlüsselte Abschrift einer Horaz-Ode deutet, gemeinsam mit Augustas Notiz, auf einen handfesten Zusammenhang: Ist die bislang im Dunkel der Chiffre gebliebene Lalage die Tochter des Kutschers? Deren »holdes Lächeln« und »holdes Geplauder« – das sich offenbar erfrischend vom zeremoniellen Hofleben unterschied – dasjenige, was er hören mochte? Horaz jedenfalls war im zweiten Buch, Ode vier, unmissverständlich. Lalage ist der Name einer Sklavin, deren Liebe man sich nicht schämen solle. Das Zitat von einer Welt, wo ewig »Nebel und Nacht liegt«[420], könnte dafür stehen, dass Friedrich Wilhelm in seinen festgezurrten Verhältnissen anderem gegenüber offen war.

Die Abschrift der Ode verfasste er in Stettin, dem Ort seines Regiments. Ist dort jenes »ferne« Land, wo er ungestört Lalage lauschte und sie singen hörte? Friedrich Wilhelm rechtfertigt die Affäre ebenso wie die mit »Ma Reine« oder wie die Notiz »Amata Arensberg« auf einem anderen Blatt[421] mit Hilfe der Kultur. Und wer es immer noch nicht glauben mag, dem sei die Beischrift auf einer Zeichnung zu Schloss Charlottenhof empfohlen. Friedrich Wilhelm notiert: »Nec regem, nec patriam / Sed Venerem servisti«[422], weder dem König, noch dem Vaterland, sondern Venus hast du gedient.

Vielleicht gehört dazu ein Blatt, das aussieht, als hätte Friedrich Wilhelm etwas angestellt. Wie bei Dr. Freud liegt der »Sünder« auf einer Couch, ihm gegenüber die Befragerin. Das Ganze wird durch das Ambiente südlicher Pflanzen gemäßigt, wie man es bis heute kennt. Darunter steht unmissverständlich »KaKa dauphin«, womit nicht nur eine Farbe bezeichnet wurde. Dennoch kommt es darauf nicht an. Was Friedrich Wilhelm, weit über Affären hinaus, unverbrüchlich mit Elisabeth verbindet, ist die Religion. Beide einigten sich auf eine allegorische Lösung der Sache, die überdies das Problem des fehlenden Thronfolgers gleich mit löste. Es konnte sich nur um eine biblische Allegorie handeln – von dorther, wo das Allzumenschliche höherem Sinn weicht. Zugleich ist es jene ideale Region, die beide, nachdem die Wogen geglättet waren, betraten – und aus der das eheliche Verhältnis fortan schöpfte.

Sie ließen am Schloss Charlottenhof, auf dem Brunnentrog unter den Fenstern von Elisabeths Kabinett, ein Relief anbringen, dessen tieferen Sinn nur sie verstanden. Dargestellt ist Hagars Vertreibung in die Wüste nach dem ersten Buch Mose, Kapitel 16. Isaak und Sarah hatten keinen leiblichen Erben, und Sarah war so alt, dass sie nicht mehr auf Schwangerschaft hoffen durfte. Auf ihr Anraten hin zeugte Isaak mit der Sklavin Hagar den zum Fortbestand des Stammes notwendigen Sohn. Die Anspielung auf das Geschehene liegt auf der Hand, ebenso die auf die Zukunft. Jahwe entschied, dass Sarah – wenn sie daran glaube – doch noch schwanger würde, was dann auch geschah.

Vor diesem Hintergrund gerät ein Gemälde, das nach Friedrich Wilhelms Vorschlag für ihn und Charlotte, Mitwisserin der Borneo-Geschichte, gemalt wurde, in ein anderes Licht. Carl Blechens Innenansicht des Palmenhauses gibt uns ein erhellendes Bild von Palmen. Ansonsten vermittelt es mit der indischen »Apsis« und keuschen Odalisken einen Traum von Unberührtheit wie bei den Huris im islamischen Paradies. Es ist nichts da von dem, was französische Maler so gewandt darstellten und was Blechen nicht entgangen sein kann. Seine Odalisken bleiben diskret, ziehen den Blick nicht auf sich. Hat man ihm bedeutet, dass Valeurs anderer Art auf königlichen Gemälden keinen Platz hätten?

Elisabeth mochten die Ereignisse den Übertritt zum evangelischen Glauben nach siebenjähriger Bedenkzeit erleichtern. Der Domprediger Abraham Strauß hielt sich zugute, er hätte ihr den Begriff »Heimat« als nicht glaubensgebunden vermittelt[423] und ihr damit den Weg zum Übertritt ermöglicht. Er wusste gar nichts von dem, was Elisabeth wirklich bedrängte. Augusta schreibt Anfang 1830, mit Elisabeth sei es »ein großes Kreuz«[424], und nennt die Gründe. Einerseits käme sie schwer mit ihrer Konversion zurecht. Von den Katholiken dafür angefeindet, setze sich in ihr fest, dass der Himmel sie deswegen zur Kinderlosigkeit verdammt habe.[425]

Ihr zufolge hatte Elisabeth aber schon früher Klage gegen die himmlische Fügung geführt. Sie habe nicht mehr beten können, nachdem sie zunächst zu Gott geschrien aus der tiefen Not ihres Herzens. Dann zur Madonna, welche ihren Wunsch ebenfalls nicht erhört habe[426], und vielleicht meint Friedrich Wilhelms innige Zeichnung von Mariä Verkündigung diese Bitte.[427] Von Augusta wissen wir auch, Elisabeth habe die Stunde der Zusage zum Übertritt als die ihres Verhängnisses beklagt.[428]

■ **Fundstück:** Man kann in namenlosen Grüften Gott schauen / Man kann den Glauben finden durch ein Geldstück ohne Wert / Man kann in den Kapellen der Kirchen welken …(Forugh Farrochsad) ■

Elisabeths trat am 4. Mai 1830 in der Berliner Schlosskapelle zum protestantischen Glauben über.

Anschwellender Lärm

Zu Charlottes Geburtstagsfeiern hatte nicht bloß das Ritterfest gehört. Auf Initiative ihres Bruders Carl wurde auf dem Tempelhofer Feld bei Berlin das erste Pferderennen unter den Augen des Hofes veranstaltet. Carl machte damit einen andernorts längst[429] betriebenen Sport in Berlin hoffähig. Das englische Königshaus pflegte ihn seit zweihundert Jahren in Epsom[430], aber erst der französische Maler Théodore Géricault hatte ihn 1821 mit einem Gemälde gewürdigt. Er wollte Bewegung im freien Raum darstellen, Entmaterialisierung wie beim Ballett. Dies war das Spektakuläre.

Es ist aufs Innigste mit dem Starkult verknüpft. Nach ihrem umjubelten Wiener Debut in Webers *Euryanthe* hatten die Aktionäre des Königsstädtischen Theaters die noch ganz junge Sängerin Henriette Sontag engagiert. Sie wurde zur ersten Berliner Primadonna. Solche gab es zwar seit der Barockzeit, doch ausschließlich für das große Spiel des fürstlichen »Theatrum europaeum«. Jetzt kam es auf Publikumszahlen, zahlendes Publikum an. Friedrich Wilhelm wird der Gesangskunst der Sontag auch nach ihrem erzwungenen Rückzug von der Bühne treu bleiben.

Hatten ihre Auftritte noch viel mit den alten Mustern gemein, so war derjenige des Geigers Niccolò Paganini im Frühjahr 1829 Teil einer europäischen Tournee. Er verlangte bei seinen Soloauftritten als erster Instrumentalist Preise wie die gefeierten Sänger. Das Berliner Eröffnungskonzert fand am 4. März in Anwesenheit des Hofes statt. Am 27. April wurde sein neuestes Werk, die Variationen über das Thema »God save the King«, das mit der preußischen Hymne »Heil dir im Siegerkranz« identisch ist, uraufgeführt. Der König verlieh ihm dafür den Ehrentitel eines »Kammervirtuosen« mit der Begründung, die Klänge seiner Violine gingen »geradewegs zur Seele und erregen in den Herzen Eurer Zuhörer die eigenartigsten Gefühle.«[431] Der Violinist hatte einen König, der sich ansonsten nicht über Gefühle oder Musik ausließ, zum Sprechen gebracht.

Dichter beschrieben den Bewusstseinsverlust, den Paganini durch gleichzeitige Anziehung und Abstoßung provozierte. So der durch *Sappho* in Berlin wohlbekannte Franz Grillparzer:

Adagio und Rondo auf der G-Saite

Du wärst ein Mörder nicht? Selbstmörder du!
Was öffnest du des Busens sichres Haus
Und stößt sie aus, die unverhüllte Seele,
Und stellst sie hin, den Gaffern eine Lust?
Fährst mit dem Dolch nach ihr und triffst; [...]
Drauf höhnst du sie und dich,
Aufjubelnd laut in gellendem Gelächter.
Du nicht ein Mörder? Frevler du am Ich!
Des eignen Leibs, der eignen Seele Mörder!
Und auch der meine – doch ich weich dir aus![432]

Was Hoffmann der Verschwiegenheit seines Tagebuchs über jene Sphinx anvertraut hatte, geschah nun öffentlich. Die menschliche Seele wird auf Konzertpodien zur Schau gestellt, die Stars benutzen sie zum Spiel mit dem Publikum. Fanny Mendelssohn nannte es das »Ansehen eines wahnsinnigen Mörders und [die] Bewegungen eines Affen«.[433]

Sie schreibt dies, während ihr Bruder Felix Bachs Wiederaufführung der *Matthäuspassion* einstudierte. Dazu hatte es gründlicher Vorbereitung bedurft. Das Familienoberhaupt Abraham hatte, um ihre Berufsaussichten zu verbessern, seine Kinder taufen lassen. Die beiden musikbegabten Fanny und Felix genossen hauptsächlich durch Zelter eine gründliche Musikerziehung, und bald akkompagnierte Felix bei öffentlichen Konzerten wie dem der Primadonna der königlichen Oper Anna Milder-Hauptmann am Fortepiano. Obwohl er nicht bei Hofe konzertierte, dürfte ihn Friedrich Wilhelm spätestens in dieser Zeit kennengelernt haben.

Zelter hatte ihn in Bachs musikalische Welt eingeführt. So umfassende und komplexe Werke wie die Matthäuspassion hielt er jedoch einem Publikum, das solche Kompositionen gründlich vergessen hatte, für nicht zumutbar. Mendelssohn und sein Freund Eduard Devrient mussten ihm die Zusage für eine Aufführung in der Singakademie förmlich abtrotzen. Zu dem mit Spannung erwarteten Ereignis waren der Hof ebenso wie Schleiermacher und Hegel anwesend. Mendelssohn leitete am 11. März die beiden Chore und das Orchester vom Fortepiano aus. Zu den Solisten gehörten Anna Milder-Hauptmann und Devrient.

Das Erstaunen über diese behutsam gekürzte Komposition, die auch nicht, wie bei der Uraufführung, von einer Predigt unterbrochen wurde, war unbeschreiblich – und wirkt nach. Für Mendelssohn wie auch für Friedrich Wilhelm hatte es dazu ein Vorspiel gegeben. Was dieser als »herrliche alte Musik« in Rom beim Hören von Palestrinas mehrchöriger Musik erfahren hatte, stand für Mendelssohn im engen Zusammenhang mit seinem Durchbruch als eigenständiger Komponist. In Heidelberg hatte er Anton Friedrich Thibaut, den Verfasser der Schrift *Über Reinheit der Tonkunst*, aufgesucht, worin dieser die Wiederherstellung des »reinen« Palestrinastils forderte. Bachs Werk war ihm bereits zu theatralisch, was Mendelssohn zwar keineswegs unterstützte, sich aber in dessen Bibliothek ältere Kompositionen zeigen ließ. Folge war die Komposition der monumentalen Motette *Hora est* für vier vierstimmige Chöre und Orgel-Continuo.

Für eine weitere Aufführung der Matthäuspassion an Bachs Geburtsfest am Monatsende musste Friedrich Wilhelm erst Spontinis Einspruch ausräumen. Dieser legte seit der Kritik des Mendelssohnfreundes Adolf Bernhard Marx an seinem Kompositionsstil Mendelssohn Steine in den Weg. Dieser bedankte sich mit der Widmung des Klavierauszuges im Jahr darauf. Die dritte Aufführung am Karfreitag, dem 17. April, ersetzte Grauns obligatorische Passionsmusik *Der Tod Jesu*. Die Motette *Hora est* wurde im November und im Januar darauf öffentlich aufgeführt. Deren Texte stammen aus dem katholischen Adventsofficium. Hora est, dem Wecken aus dem Schlaf, antwortet das Responsorium Ecce apparebit, der Erscheinung des Herrn auf einer Wolke, umgeben von Heiligen. Hier setzen die vier Chöre, erst in separaten harmonischen Blöcken ein, sammeln sich allmählich und gehen »fließend in ein Più vivace über, in dem alle 16 Stimmen in eine strahlende Kontrapunktspirale stürzen.« Nach den Worten seines Biographen erreichte Mendelssohn in der Chormusik nie wieder einen vergleichbaren Grad an Komplexität. Friedrich Wilhelm und der Komponist werden darüber erst unter ganz anderen Voraussetzungen ins Gespräch kommen.

Paganini indes zog es weiter, dorthin, wo die Kunst einen neuen Fluchtpunkt aufrichtete, nach Paris. Statt der ewigen Vaudevilles wurde dort Victor Hugos *Cromwell*-Vorwort ernst genommen. Zur Uraufführung seines *Hernani ou L'Honneur Castillan* am 25. Februar 1830 in der Comédie-Française hatte man sich abgesprochen: Musiker, Maler, Literaten einschließlich der jungen »Bohème galante« des Montmartre waren mit faulem Obst und dergleichen mehr zum Kampf gegen bourbonische Philister angetreten. Das Mitgebrachte flog durch den Saal, und es blieb nicht bei Beschimpfungen. Der Abend ist als »Bataille d'Hernani«, als erste Theaterschlacht in die europäische Geschichte eingegangen. Womit Tieck und Platen noch in Lesekomödien experimentiert hatten, war von der Wirklichkeit eingeholt. Kunst und Politik rückten aufeinander zu.

Friedrich Wilhelm wurde, hellwach, von der politischen Realität erfasst. Zwei Monate nach jener Theaterschlacht war er zum ersten Mal mit Alexander von Humboldt unterwegs. Im Auftrag des Königs begrüßte er offiziell den Zaren Nikolai I. in Warschau. Es ging um die politischen Zuspitzungen in Europa. Nach den Repressionen Charles X wurde Unruhe auch andernorts vernehmbar – auch in Polen. Friedrich Wilhelm wohnte in Warschau der Eröffnung des polnischen Reichstages bei. Dieser hatte sich noch nach der von Alexander I. verfügten Verfassung konstituiert. Obwohl Nikolai andeutete, er werde diese nicht dulden, blieb Friedrich Wilhelm unbeirrt. Das polnische Verfassungsmodell ging nicht so weit wie die westeuropäischen. Er war neugierig auf Alternativen, solange sie als Ständeverfassung daherkamen. Radziwill musste ihm eine Abschrift der polnischen Staatsverfassungen besorgen.[434]

In Paris hatten sich mittlerweile Bonapartisten und Liberale zusammengetan. Die Kunst brachte ihre Sache voran. Rossinis *Guillaume Tell* passte so gut auf die aktuellen Verhältnisse, dass die uralte Distanz zwischen Bühne und Realität für einen schwindeligen Geschichtsmoment fiel. Oder war es der Weltgeist – jenes von Hegel in die europäische Geistesgeschichte eingebrachte unfassliche Phantom –, der den Umschwung bewirkte? Tells Ruf »Freiheit oder Tod!« im zweiten Akt wurde von Theaterbesuchern wörtlich genommen. Man eilte auf die Straße, zur Revolution. Im Juli wurde mit Barrikadenkämpfen und Straßenschlachten die Abdankung Charles X erzwungen.

Die Monarchie blieb, aber der König stammte aus dem Geschlecht der Orléans. Man würde in Paris nie wieder den jahrhundertealten Zuruf »Le Roi est mort, vive le Roi!« hören. Louis-Philippe wurde vielmehr durch die Konstitution bestätigt, nannte sich »König der Franzosen« und machte es den Bürgern recht, indem er sie zur Bereicherung aufforderte. Friedrich Wilhelm war außer sich. Die Bourbonen hatten ihre Dynastie in der ältesten Linie auf

30 Friedrich Wilhelm, »Canaillen-Diengstag«

einen Bruder Karl Martells zurückgeführt, der das Reich vor den anstürmenden Muslimen rettete. Ihr Glaubensrittertum hatte unter Gottes Gnade die Jahrhunderte überdauert. Von jener verdienstvollen Dynastie, deren Herrscher er im Lilienmantel gezeichnet hatte[435], blieb nur Nachruhm. Friedrich Wilhelm war überzeugt, mit Louis-Philippe säße das »gekrönte Verbrechen« auf dem französischen Thron – worüber selbst den Unerschrockensten ein Beben anwandeln müsse. Aber es rührte sich nichts. Der preußische König garantierte dem Orléans Frieden, womit er ihn als erster europäischer Souverän anerkannte.

Ähnlich wie in Paris fanden bei der belgischen Verwandtschaft Kultur und Politik zusammen. Hatte man 1828 mit Daniel-François-Esprit Aubers Oper *La Muette de Portici*[436] noch die Erfindung der historischen Grand opéra gefeiert, war es bei der Brüsseler Vorstellung im August 1830 nicht bei der Kunst geblieben. Die Stelle, an der die Marseillaise zitiert wird, fasste das Publikum als Signal auf und eilte auf die Straße – statt bis zum niederschmetternden Schluss auszuharren. Man stürmte den Justizpalast, was bald zur Unabhängigkeit Belgiens führte. Friedrich Wilhelm wurde vom König zwecks Einschätzung der Folgen für die Verwandtschaft dorthin geschickt.

In Berlin wurde *Die Stumme* nach Friedrich Wilhelms Rückkehr aus Italien in der Bearbeitung des Freiherrn Carl August von Lichtenstein aufgeführt.[437] Das dramatische Finale, bei dem sich die Stumme nach der missglückten Volkserhebung unter d-Moll-Klängen aus Verzweiflung in die Lava des ausbrechenden Vesuvs stürzt, stand in beunruhigendem Widerspruch zu dem von Friedrich Wilhelm bei Kopisch bestellten Gemälde. Doch während die Brüsseler Aufführung zu den unkalkulierbaren Volten des Weltgeistes gehörte[438], sollte Goethe für die Zukunft recht behalten: Er sah die Ursache der Breitenwirkung einer Oper, die in Berlin zu den meistgespielten des Jahrhunderts zählen wird, darin, dass »nun jeder in die leer gelassene Stelle das hineintrage, was ihm selber in seiner Stadt und seinem Lande nicht behagen mag.«[439]

Als in Deutschland Unruhen ohne Kunst ausbrachen, schrieb Friedrich Wilhelm aufgebracht nach Dresden: »Die Ereignisse bei Euch sind mir von allen ähnlichen, jetzt fast unzähligen im schönen teutschen Lande die widrigsten und empörendsten. […] Bei euch waltet die väterlichste Regierung von Teutschland. Ihr habt ein treues Heer, die mächtigsten Nachbarn […] und vor allem ein vortreffliches Volk auf dem Lande. […] Und Ihr weist dem Otterngezücht, der handvoll Canaille und Canaillen, dieser Mixtur aus empörtem Pöbel und schändlichen Empörern nicht die Zähne? […] und verhandelt – da wo Ihr von Gott und Rechts wegen nichts tun solltet als befehlen entweder–oder. […] Und wehe denen, die Widerstand leisten; aber sie werden nicht wollen, wenn Ernst gezeigt wird, ich garantiere es; und flösse ein wenig Blut, nun denn mit Gottes Hülfe fliesse es.« Tags darauf meint er, etwas besonnener: »Du wirst das Maß finden zwischen dem Kleben am Alten und dem so verderblichen Betreten eines ganz neuen Weges.«[440]

Dann griff er zur Zeichenfeder. Auf einem mit »Canaillen Diengstag« bezeichneten Blatt ist die furiose Beschwörungsszenerie der »Canaillen« in vollem Gange.[441] (Abb. 30) Dirigiert von einer Frau, erscheinen jene »Ottern« und »Canaille« mit verzerrten Mienen aus sumpfigem Grund und der Luft. Sie füllen das Blatt bis zum letzten Winkel. Friedrich Wilhelm hat eine seiner Wortkombinationen daruntergeschrieben. »Diengstag« enthält das altgermanische Wort für »Ding«, Versammlung. Am Dienstag, dem 27. Mai, war in Paris die Revolution der »Canaille« losgebrochen, und dieses Ereignis, dessen Tragweite für die europäischen Monarchien er erkennt, wird ihm zum Bühnengeschehen, bei dem Himmel und Erde in Bewegung geraten. Die Zauberin weckt mit ihren Kräften die Schreckensmacht der Freiheitsgeister. Der Gegensatz zur Utopie des gleichzeitigen Gemäldes Eugène Delacroix', auf dem Liberté ihre Mitkämpfer in eine bessere Zukunft führt, kann kaum größer sein. Es macht umso deutlicher, dass Wachs damaliges Befreiungsgemälde mit Luise als Amazone allein der Rettung der Monarchie gedient hatte.

Beinah sieht es aus, als würde mit den dichten Schraffuren die kindliche Angst nach dem Verlust der Mutter wieder hervorbrechen. Doch hören wir ihn selbst, diesmal aus Brüssel: »Meine Phantasie [geht] mit mir durch – um die Sprache des ZeitGeistes zu reden.« Er meint seine »Lieblingsidée«: deutsche Fürstentage.[442] Mit solchen Treffen will er die Einheit Deutschlands auf patriarchalischer Basis erreichen und meint, dass »in allem, was mir darüber in Kopf und Herz liegt, wirklich ein ziemliches Gleichgewicht zwischen Verstand und Gefühl vorhanden ist. Aber ich fürchte, die Zeit ist zu matt und miserabel, um irgend eine Institution zu gründen, die über die quatsche Charten-Schablone [er meint die ausgediente Heilige Allianz] hinaus geht! Das ist zum Verzweifeln für die, denen der teutsche Name und das teutsche Wesen so heiß im Herz und Eingeweide brennen wie mir! Nur Gott besser's.« Darunter setzt er Amen – in Sanskritzeichen.

Doch er schwingt sich erst auf: »Ich glaube, daß nicht alle, die der ZeitGeist für toll hält, wahnsinnig sind und daß nicht alle, die der ZeitGeist für ernste, zeitgemäß organisierte Männer hält, auch nur ein Scherflein gesunden Menschenverstand haben. – Aber brechen wir lieber davon ab. Ich würde sonst nicht endigen«. Die Revolution aber hält ihn fest, »dieses Ungeheuer, welches erst seit vierzig Jahren das Licht der Welt erblickt hat, und welches ich, wenn ich Apokalyptiker wäre, frischweg mit dem Thier [der Offenbarung] par excellence vergleichen würde oder mit der Hure [ebenda], welche mit den Königen gehurt und sie aus ihrem Kelch trunken gemacht hat. Auf jeden Fall sind Hure und Thier Geschwister Kind und eine reitet auf'm andern.«

Erst nachdem er sich derart Luft gemacht hat, findet er zurück zu seinen Allegorien: »So im Schreiben gefalle ich mir in der apokalyptischen Rolle und decretiere nunmehr, daß das Thier die Revoluzion ist und die Hure die Weisheit des Jahrhunderts, die immer vollauf frißt und säuft und andern gibt in großen Haufen zu kosten und doch nimmer satt wird, noch satt macht. Gewiß ist das Ding, was Revolution jetzt heißt, etwas, was seit Erschaffung der Welt kein Mensch geträumt hatte bis 89. Es ist etwas apart Behendes, Kluges und Gottloses daran, wie in nichts Ähnlichem bis Daher, und den Reiz der Originalität kann niemand ihm absprechen bei seinem Auftreten. Daß es nach 43 Jahren, nach so viel Blut und Tränen und nach so abgenutzten Kunstgriffen und Verführungen noch immer verführt, ist wahrhaft kein Kompliment für unser Geschlecht. Wenn nur die Könige sich frei hielten von den Mahlzeiten des Thiers – Doch genug Apokalypse; laß uns flugs ein recht kühles Thema wählen, um aus dem mystischen Wust zu entkommen. [...] Die beste Abkühlung ist immer die nächste. Reden wir demnach vom Flußbad …«

Dieses Zeugnis von Friedrich Wilhelms Einstellung gegenüber der Revolution enthüllt mehr noch seine theatralische Weltsicht und benennt die Anziehungskraft des »apart Behenden und Klugen des Zeitgeistes« einschließlich des Flussbades. Kopischs »Entdeckung« der blauen Grotte von Capri gehört ebenso dazu wie seine Leibesübungen gegen Korpulenz: »Wenn ich des Morgens mit Albrecht in der alten Havel liege, intonieren wir das Lied [vom Meermädchen aus Webers *Oberon*] zuweilen dermaßen, daß die Fische davon sterben.«[443] Im Unterschied zu repräsentativen Schlittenfahrten der Prinzen vor Publikum kam es jetzt auf körperliche Ertüchtigung an. Man konnte dem beschleunigten Zeitgeist nicht nachhinken. Abgekühlt schrieb er an Charlotte: »Wir haben fünfzehn Jahre lang gar nicht erkannt, was es heißt, frei atmen zu können, bis das Alpdrücken nun wieder angeht.«[444]

Verglichen mit Dresden und anderen deutschen Städten verhielten sich die Berliner Untertanen in diesen Wochen ruhig. Johann erfährt: »Unsre Troubles, die eigentlich den ernsten und ominösen Namen ganz und gar nicht verdienten, sind spurlos vergangen, einige schlecht geführte flache Hiebe abgerechnet, welche ein paar eselhafte Köpfe und Schultern getroffen haben. Rätselhaft ist es, was diese Attroupements vor dem [Schloss-]Portal [...] bedeutet haben. Nicht eine Idee, eine Forderung ist laut geworden; nur pöbelhaftes Betragen gegen einzelne Polizei-Leute, Patrouillen und Passanten.« Tatsächlich hatte ein betrunkener Schneidergeselle dort am 18. September die Revolution hochleben lassen.

Gefährlicher für die Monarchie war der republikanische Geist. Es kam zur Einlassung Friedrich Wilhelms mit Georg Wilhelm Hegel, dem Dekan der Universität. Bereits bei dessen Berufung auf Fichtes Lehrstuhl hätte Friedrich Wilhelm lieber den Konkurrenten Schelling an diesem Platz gesehen.[445] Dessen christliche Anschauungen kamen ihm näher, je mehr dieser von der Dialektik abrückte. Man müsse zeigen, dass alles Wirkliche, die Natur und die Dinge

Tätigkeit, Leben und Freiheit zum Grunde habe. Die Natur solle als »Ich« begriffen werden. Diesem Begriff vom »Ich« gab Schelling den Namen Gott.

Nach dem Wartburgfest war das Votum aber auf Hegel gefallen. Der Kommission, vor allem Altenstein, ging es um die Darstellung der preußischen Monarchie als ideale Staatsform. Über den Staat hatte Hegel in den *Grundlinien der Philosophie des Rechts* gelesen. Die Vertreter der Staatsmacht wollten die ebenso sperrige wie unangreifbare Formulierung im Vorwort verstanden haben: Das Wirkliche sei vernünftig und das Vernünftige wirklich. Man konnte dies aber auch anders auffassen, zumal bekannt war, dass Hegel an den Jahrestagen der Revolution das Glas erhob. Dennoch hielt Altenstein, der in Jena mit der idealistischen Philosophie vertraut geworden war, schützend die Hand über ihn. In den zwanziger Jahren kamen Hegels Kollegien, zum Missbehagen Friedrich Wilhelms[446], beim gebildeten Bürgertum in Mode. Es verhielt sich damit wie bei allem Spektakulären: Man berauschte sich an der Eleganz des Dargebrachten, ohne es zu hinterfragen. Unter Studenten hatte man genauer hingehört.

Friedrich Wilhelm lud den Dekan – wohl zum einzigen Mal – aus konkretem Anlass an seine Tafel. Hegel hatte nach Jahren das Kolleg über Rechtsphilosophie seinem Schüler, dem Professor der Rechte Eduard Gans, übertragen. Dieser fasste Hegels Gedanken konkret auf und sprach von der vormundschaftlichen Staatsaufgabe, die Kluft zwischen Arm und Reich zu mäßigen, und dergleichen mehr. Davon hatte Friedrich Wilhelm, womöglich durch Gans' Gegner Savigny erfahren – und nahm dies nicht hin. Es sei skandalös, dass Gans die Darstellung der Rechtsphilosophie zur liberalen, ja republikanischen Seite hin färbe und damit die Studenten, von denen Hunderte die Vorlesung besuchten, zu Republikanern mache. Tatsächlich waren Gans' Vorlesungen äußerst besucht, nicht nur von Studenten. Der Anhänger einer konstitutionellen Monarchie entging der Relegation. Beim Diner wandte Hegel ein, unter seinem Dekanat hätten keinerlei republikanische Aktionen an der Universität stattgefunden. Ansonsten versprach er Abhilfe. Er wolle das Kolleg wieder selbst halten – wozu er aber nicht mehr kam, denn Hegel verstarb im November 1831 an der Cholera.

An der Cholera? Die Krankheit kam aus Asien. Ein an der preußischen Ostgrenze errichteter Cordon war nutzlos gegen die »orientalische« Seuche. Vielleicht auf Anfrage schickte Hufeland die siebenseitige Druckschrift *Über die Verschiedenheit der Erkrankungs- und Mortalitätsverhältnisse bei der orientalischen Cholera und ihre Ursachen*[447] an Friedrich Wilhelm. Mit dem mageren Ergebnis, die Krankheit könne überall auftreten, selbst auf dem offenen Meer, sei ansteckend und nicht absperrbar. Mehr wusste man darüber nicht.

Sie machte nicht halt vor Persönlichkeiten des öffentlichen Lebens. Neben Hegel fiel ihr Carl Philipp von Clausewitz zum Opfer, den Friedrich Wilhelm damals erfolglos zum Minister vorgeschlagen hatte. Gneisenau, der einen Zusammenhang zwischen liberalen Tendenzen und der Cholera behauptete, hatte sich für immun gehalten, und es erwischte ihn wie seinen Mitstreiter Blücher beim Militärdienst. Nach Hufelands Schrift war Friedrich Wilhelm unerschütterlich davon überzeugt, die Seuche sei die Strafe Gottes gegen den Liberalismus, und verwendete apokalyptische Begriffe.

Dass die Zahl der Toten gegenüber anderen europäischen Metropolen gering blieb, lag am neuzeitlichen Stadtgrundriss. Die Baronne de Staël hatte dies im Kontrast zu Paris beschrieben: Da Berlin größtenteils neu gebaut sei, fänden sich weniger Spuren älterer Zeiten, und das Neue werde durch keinerlei Altes unterbrochen oder eingezwängt.[448] Als es vorüber war, komponierte Fanny Mendelssohn-Hensel die Kantate *Nach dem Aufhören der Cholera in Berlin*[449] auf einen Bibeltext. Wenn man auch über Gottes Zorn uneins war, wurde ihm allseits gedankt.

Wegen der Ansteckungsgefahr hatte der König sämtlichen Prinzen mit ihren Familien den Rückzug auf ihre Residenzen befohlen. Vor diesem Hintergrund mutet Friedrich Wilhelms Beschreibung seines diesjährigen Geburtstages in Sanssouci wie aus einer anderen Welt an: Während unvergleichlicher Herbsttage hätte Lenné die Terrasse vor dem ovalen Saal des Schlosses in einen Garten umwandeln lassen. Bei der Rückkehr von der Entenjagd sei alles wie ein Traum vorbereitet gewesen: Kinder, als Genien verkleidet, sprachen Gedichte. Ferner erscholl aus dem Terrassengarten Vokalmusik. Rasenaltäre waren durch blaues, grünes und rotes Feuer magisch erleuchtet. Im Hintergrund habe eine Sonne wie ein Transparent geglänzt. Am folgenden Tag war es der Mond. Der Himmel sei völlig saphirfarben wie im Mai gewesen, wozu Friedrich Wilhelm Dante einfiel:

> Dolce color d'oriental zaffiro,
> Che s'accoglieva nel sereno aspetto
> Del mezzo, puro infino al promo giro,
> Agli occhi miei ricominciò diletto,
> Tosto ch'io usci' fuor dell'aura morta,
> Che m'avea contristato gli occhi e il petto.
> Lo bel pianeta, che d'amar conforta,
> Faceva tutto rider l'oriente.[450]

Dies stehe im ersten Gesang des Purgatorio beim Aufstieg aus dem Höllenschlund in die schimmernde Welt der südlichen Hemisphäre, und das hätte nicht zu Unrecht auf den Himmel jener Abende gepasst.

Kurz vor Ausbruch der Choleraepidemie hatte in Polen der Freiheitskampf gegen die Unterdrückung durch den Zaren Nikolai begonnen. Dieser ging mit militärischer Gewalt vor. Platen schickte gleich im November 1830 einen poetischen Aufruf an Friedrich Wilhelm, Preußen möge polnischen Flüchtlingen Asyl gewähren. In einem seiner Polenlieder, die zensiert, aber kaum weniger gelesen wurden als diejenigen Adam Mickiewiczs, heißt es:

> Es ist von manchem hohen Stamme
> Die Wurzel faul.
> Und seit es Könige hat gegeben,
> So rief sie nur das Volk ins Leben
> Seit jenem ersten König Saul!

Der Adressat konnte ungeschickter nicht gewählt sein. Platen griff den russischen Schwager Friedrich Wilhelms an. Dieser schrieb gelassen zurück, ließ aber sein Befremden durch Bunsen mündlich übermitteln. Der Kontakt des Dichters mit Berlin war beendet. Der bereits kranke Platen starb ein Jahr später in Syrakus.

Friedrich Wilhelms Sorgen blieben: Im Frühjahr 1832 fragte er Johann, was er vom »Tier der Apocalypse« halte, das mit Lästerung sein Haupt in »Teutschland« erhebe, und bat: »Mache nur […] daß Schwager Ludwig den Wirth und Siebenpfeiffer beim Kopf kriegt, sonst wird bald ganz Deutschland nach seinen sieben Pfeifen tanzen. Aber von der anderen Seite mache, daß wir ein Deutschland nach unserm Sinn bekommen, damit die Leute sich nicht nach einem apocalyptischen ditto sehnen«. Beide waren sich über ein zukünftiges Deutschland, in dem die Fürsten ihre Untertanen zur standesgemäßen Bildung anhielten, einig. Dies allein würde Anmaßung verhindern. Sie suchten den »Fortschritt« aus der Geschichte.

Dies hatten die Protagonisten des Hambacher Festes Ende Mai anders gesehen. Johann Georg Wirth und Philipp Jakob Siebenpfeiffer waren die Festredner auf Schloss Hambach in der damaligen bayerischen Provinz Rheinpfalz gewesen. Sie warben für die Wiedergeburt Deutschlands, für Pressefreiheit und das Ende politischer Unterdrückung. Nach seiner Rede wurde Wirth feierlich ein mittelalterliches Schwert überreicht. Die Liberalen nahmen Symbolik der Fürsten für sich in Anspruch.

Die Verwicklung zwischen Kunst und Politik in den Pariser Revolutionstagen hatte Meyerbeer aus nächster Nähe miterlebt. Während Auber und Scribe mit der *Stummen* bei vollem Orchesterspiel vor ausbrechendem Vesuv den theatralischen Extremeffekt erprobten, erlebte Meyerbeer in den Straßen den spektakulären kollektiven Ausbruch und seine Auswirkung auf den Einzelnen. Mit Hilfe der Grand opéra wollte er nun die Realität in die Kunst zurückführen – gleichsam eine Umkehr der Revolution. Dies schien ihm nur gemeinsam mit Scribe möglich.

In ihrer ersten Zusammenarbeit, dem *Robert le diable*, klingt zwar noch der romantische Nachhall des Jugendfreundes aus dem *Freischütz* herüber. Doch mit Robert kommt die Trostlosigkeit des modernen Subjekts ins Spiel. Geht Agathe beim Betreten des Altans noch ins geschützte Freie und kehrt Max zuletzt in den sicheren Schoß der Gesellschaft zurück[451], so fehlt Robert jeder Schutz. Sein Inneres liegt bloß, man kann dem grausen Zerstörungswerk in der menschlichen Brust als Mittel des Spektakulären zuschauen.

Der Überwältigung durch die Wirklichkeit entsprach der theatralische Schock. Neu waren Tableaus, die das Individuum unablässig in unbekannte und verstörende Dimensionen des unsicher gewordenen Daseins hineinziehen und mit dem Pulsschlag der Großstadt verkoppeln. Die Moral wird vom kollektiven Rausch bestimmt. In der großangelegten Verführungsszene im dritten Akt wollen aus Gräbern entstiegene Nonnen Robert zum Sakrileg verführen – durch Alkohol, dann durch Würfelspiel, und als auch dies nicht wirkt, mit ihren Körpern. Der Äbtissin widersteht Robert nicht.

Zur mit Spannung erwarteten Uraufführung im November 1831 hatten sich neben drei gekrönten Häuptern die fortschrittlichen Künstler der Stadt eingefunden. Diesmal war man sich über das Unerhörte, Ungesehene und Überwältigende der Oper einig. Das Schicksal Roberts, den der Epochenwandel erbarmungslos durch gesellschaftliches Oben und Unten wirbelt, traf sämtliche Zuhörer – einschließlich der neuen Spezies der Voyeure. All dies dürfte den beispiellosen Triumph des *Robert* auch über die Grenzen Europas hinaus ausgemacht haben.

Was aber hatte eine solche Oper mit Preußen zu tun, und warum wollte der König ausgerechnet diese auf seinen Bühnen sehen? Mendelssohn, der in Paris zuschaute, schrieb an seinen Vater, »auf solch eine kalte berechnete Phantasieanstalt kann ich mir keine Musik denken«. Und Robert Schumann führte nach der Leipziger Premiere eine Kampagne gegen ein »Machwerk«, vor dem sich sittsame deutsche Mädchen die Augen zuhalten müssten. Auch der Selbsterfahrene mochte neuerdings auf philiströse Doppelmoral nicht verzichten. Und Spontini berichtete dem Kronprinzen beflissen noch 1834 von einer Pariser Aufführung »avec la profanation des saints tombeaux des chastes epouses de Jesus Christ.«[452]

Meyerbeer hätte dem König nicht auch noch diese Oper abschlagen können – und stellte Bedingungen. Er wolle sie, wie gewohnt, selbst einstudieren. Wegen der Diskussion um die Moral der Verführungsszene setzte er durch, dass dafür das »Original« der spektakulären Pariser Uraufführung einschließlich der Choreographie übernommen wurde. Dies bedeutete den Auftritt der berühmten italienischen Tänzerin Marie Taglioni als Äbtissin unter der Choreographie ihres Vaters Filippo. Maries Tanz war über jeden Vorwurf von Freizügigkeit erhaben. Von kleiner Statur, mit zu kurzer Taille für die zu langen Arme gelang ihr auf der Bühne die Verwandlung in ein Wesen, wie es Moralhüter sich wünschten: entkörperlicht, keusch und unschuldig – eine perfekte Äbtissin.

Wesentlichen Anteil an der Entmaterialisierung im Mondschein hatte das erstmals auf den Königlichen Bühnen benutzte Gaslicht. Gezielte Ausleuchtung verfremdete die Atmosphäre derart, dass einem überraschten Publikum die Distanz zwischen Bühnengeschehen und Realität unantastbar wurde. Nach den Überschreitungen andernorts wurden Missverständnisse für alle Zukunft ausgeschlossen – und wir beginnen zu begreifen, warum der König die Oper aufführen ließ.

Für die deutsche Fassung hatte Meyerbeer, um einer schlechten Presse vorzubeugen, den Dichter und Kritiker Ludwig Rellstab vorgesehen. Doch dieser ließ ihn wissen, er gehe lieber in Haft, als dass er seine Ideale verrate. Das Werk spräche aller Sittlichkeit und Religion Hohn.[453] Der König besuchte die Proben demonstrativ und in Begleitung sämtlicher Prinzen. Nach dem mäßigen Erfolg der Premiere am 26. Juni 1832 ernannte er Meyerbeer zum preußischen Hofkapellmeister. Der Erfolgsgewohnte schrieb an seine Frau von der »Lauheit« des Publikums. Das Musterstück des gewandelten Zeitgeistes aus der neuen kulturellen »Hauptstadt der Welt« wurde im ruhigen Berlin schwer verstanden, das Spektakuläre aber entfaltete seinen Reiz.

König und Kronprinz taten sich leichter mit der Pariser Neuerung. Sie blieben dem Ballett, auch wenn es zum Ballet d'action geworden war, verpflichtet. Eben hatte Auber Goethes Ballade *Der Gott und die Bajadere*, aus der Friedrich Wilhelm gezeichnet hatte, für ein pantomimisches Ballett in Musik gesetzt. Im Februar 1832 bezauberte damit die noch ganz junge Wiener Tänzerin Fanny Elßler bei einem Gastspiel das Publikum. Zelter schrieb an Goethe, er habe sich an der Musik »wahrhaft ergötzt. Sie hat was Indisches, was anderes, als man schon hatte. Geist, Neuheit, Leichtigkeit, Fluß«. Fanny Elßler habe »eine Fronte rings herum für tausend Augen. Die Teile ihres Gesichts sind ein Farbenklavier.«[454] Friedrich Wilhelm zeichnete eine Tänzerin, groß, bestens proportioniert für schnelle, fließende Bewegungen.[455] (Abb. 31) Angetan ist er von der Leichtigkeit des Körpers auf Zehenspitzen. Der umständliche, körperverhüllende Glockenrock und das Tamburin gehören zwar nicht zu einer Bajadere. Fanny Elßler trat aber in mehreren Rollen auf.

Im Mai 1832, gleich nach ihrer spektakulären Pariser Uraufführung, wurde dann jene Ballettpantomime in Berlin gezeigt, die synonym für das romantische Ballett wurde: *La Sylphide*. Was bislang nur Marionetten möglich schien, hatte Marie Taglioni durch sportliches Training bewältigt. Von nun an wurde es für die Tänzer obligatorisch. Die im Ballett blanc, im weißen Tüll auf Spitzen daherkommenden Tänzerinnen taugen kaum mehr als Objekt der Begierden. Umso begehrenswerter werden sie in der Virtualität.[456]

31   Friedrich Wilhelm, Tänzerin

La Sylphide verkörpert die von Männern erdachte Gegenwelt der Frauen. Zweifellos stehen die entkörperlichten Sylphiden im Bund mit luftigen Wesen, mit Geistern. Männliche Liebesglut muss daran scheitern. Der Traum des 19. Jahrhunderts wird psychologisch. Die entmaterialisierten Körper lösten die Vormacht des mythologischen Balletts ab. Das fein ausgesponnene Zusammenspiel der Künste, das die Barockoper zweihundert Jahre lang auf herrschaftlichen Bühnen durchgespielt hatte, ging zu Ende. Während diese wertvolle Stütze des Königtums verlosch, erschienen für engagierte Leser Zeitschriften wie *La Sylphe* oder das Magazin *La Fille mal gardée*. Die Emanzipation des Zuschauers kam voran.

Als im Februar 1833 Conradin Kreutzers Oper *Melusina* in Berlin uraufgeführt wurde, ging es um ein ähnliches Thema: die Utopie einer besseren Welt. Da die Oper nicht wortlos wie die Ballette war, wurde sie vorsichtshalber ins Königsstädtische Theater verwiesen. Grillparzers Libretto war jahrelang in Wien herumgereicht worden. Melusina ist eine Art umgekehrte Undine. Das Reich der Freiheit kann nicht in einer restaurativen Menschenwelt liegen, allenfalls im von Melusina beherrschten Zauberreich der Phantasie. Wurde auf der Bühne möglich, was die Restauration nicht zuließ? Die Oper endet so: Nachdem die Philister den Ritter bereits auf ihrer Seite wähnen, gibt er der Versuchung im letzten Moment nach und folgt Melusina in ihr Reich. Wird es ihm ergehen wie unter Sylphiden oder verwirklicht sich die Utopie? Obwohl die Frage offen bleibt, besteht über den Ausgang von Zauberopern kein Zweifel.

Wie stets, wenn Friedrich Wilhelm ein riskantes Thema angeht, zieht er zuletzt eine klare Trennlinie. Im gleichen Jahr noch bestellt er beim Maler Carl Friedrich Lessing das Gemälde *Lenore* nach Bürgers Ballade. Lenores Geliebter war in die Schlacht gezogen. Als sie ihn unter den Heimkehrern nicht findet, klagt sie, rauft sich das Haar – und verflucht Gott trotz mütterlicher Warnung. In der Nacht klopft es dann an ihre Kammertür, der »Geliebte« ist zurück. Wir wissen, wer er, der nur um Mitternacht sattelt, ist – und Lenore weiß es auch. Bereitwillig sitzt sie auf, um in der Ferne Hochzeit zu feiern. Es ist nicht das Grauen, das wie im Erlkönig den atemlosen Ritt begleitet, sondern todestrunkne Lust. Als Gottverflucherin kann Lenore kaum auf Vergebung, Voraussetzung der Unio mystica, hoffen. Und so ist es am Ziel der schiere Tod, der ihr, nachdem der Mantel gefallen ist, als Skelett gegenübersteht.

Der Teufel hat sie geholt. Friedrich Wilhelm will sich dies gründlich vor Augen halten: Er ließ das Gemälde wie ein zentrales Altarblatt in der Erasmuskapelle über einer Reihe kleinerer, überfangen von einem gotischen Gewölbebogen, anbringen.[457] Wollte er sich mit solchen »Mahntafeln« vor den »Mahlzeiten des Tieres« fernhalten, oder waren sie gegen Anfechtungen gerichtet, die Elisabeth als ebenfalls hier Betende in ihren Seelenkämpfen durchmachte?

Beim Zeichnen für den Ausbau der Potsdamer Garnisonkirche[458] schreibt er eine Zeile aus dem geistlichen Lied *St. Jeromes Love* von Thomas Moore darüber. Auf die Frage, welches das Mädchen sei, das sein Geist suche, findet Hieronymus die Antwort, die Friedrich Wilhelm zitiert:

> Ne'er was youth in its prime as bright
> So touching as that forms decay
> Which like the altars trembling light
> In holy splendour wastes away.

Moore hatte den heiligen Hieronymus in der *Times* vom 29. Oktober und 12. November 1832 dafür gleich zwei Mal zur Erde herabsteigen lassen.

Der König reagierte unterdes auf das Hambacher Fest. Er ließ das Presserecht prüfen. Die behördliche Ordnung sah vor, dass für das Gutachten zur Meinungsfreiheit ausgerechnet der beamtete »Hilfsarbeiter« Joseph von Eichendorff zuständig war. Aus Furcht vor der Cholera war dieser vom Königsberger Dienst ins Kultusministerium nach Berlin zurückgekehrt. Er sollte Gründe für den Entwurf des längst versprochenen Pressegesetzes zusammentragen. Es wurde strengste Geheimhaltung gewahrt, weil der Innenminister mit Hilfe dieses Gesetzes die Position Preußens von Metternichs reaktionärer Pressepolitik trennen wollte.

Eichendorff schrieb, es sei »der Wunsch aller Beteiligten, alle Zensur gänzlich zu beseitigen«. Natürlich wusste er, dass die Konservativen dies nicht dulden würden, und leitete seine Behauptung aus dem Versprechen des Königs von 1815 und dem geltenden unzulänglichen »Provisorium« her. Preußen gewinne »durch diese zeitgemäße Liberalität die Meinung und Stimme der ausgezeichnetsten und mithin einflussreichsten Schriftsteller, eine überwiegend intelligente Macht, die sich, bei einem entgegengesetzten Verfahren, nicht ohne empfindlichen Nachteil gegen die ganze Angelegenheit wenden dürfte.« Er sollte Recht behalten.

Der König hatte das »Machwerk« einen Tag vor dem Hambacher Fest heftig getadelt. Er entließ seinen Minister, während für Eichendorff der nicht unterzeichnete Entwurf folgenlos blieb. Die politischen Forderungen des Hambacher Festes beantworteten die Herrscher des deutschen Bundes im Juli 1832 mit einem Maßregeln-Gesetz, das mit dem Presserecht zugleich die Versammlungsfreiheit einschränkte. Deutschland bewegte sich auf ein »Wintermärchen« zu. Eichendorff machte seinem Unmut Luft und brachte – nach Dienstschluss – »eine Phantasie« zu Papier, die unverstümmelt erst seit kurzem bekannt ist. Nach dem spielerischen *Krieg den Philistern* eine handfeste Satire.

Auch ich war in Arkadien führt nicht nach Italien wie bei Goethe, sondern in einen deutschen Albtraum: Ein nach neuen Geistesufern Strebender hat von der Julirevolution »wenig Notiz genommen« und glaubt sich, mit gescheiteltem

Haar wie Albrecht Dürer und »nicht ohne gründliche historische Vorstudien«, im altdeutschen Kostüm hinlänglich für die Reise präpariert. Unverkennbar ist er ein Jünger Wackenroders. Im großen Gasthof »Zum goldenen Zeitgeist«, der damaligen »ästhetischen Börse der Schöngeister«, trifft er weder Frühromantiker noch verlaufene Kotzebueaner. Beim Betreten des langen, gewölbten »Eßsaales« fällt ihm eine Reihe hoher »Betpulte« längs der Wände auf. Daran knien elegant gekleidete Herren mit großer Devotion, »aus aufgeschlagenen Folianten« sowie aus englischen und französischen Zeitungen lesend. Ein Professor hält eine Rede über Freiheit, Toleranz und wie dies alles zur Wahrheit werden müsse.

Dann schlägt die Stunde. Nicht auf dem Vogel Roc und auch nicht nach Borneo geht die Reise, es ist Walpurgis. Dazu wird ein beschleunigter Pegasus benutzt, der »wie aus einer Bombe geschossen« zum Blocksberg fliegt. Dort zieht eine Menschenmasse von weißgekleideten, bannertragenden liberalen Mädchen, Doktoren und Kindern mit roten Mützen über »lüderliche Handwerker und betrunkene alte Weiber hinweg« dem Hexenaltar auf der Höhe entgegen. Darauf steht in bläulich bengalischer Beleuchtung »ein ziemlich leichtfertig angezogenes Frauenzimmer zierlich auf einem Beine«. Es ist die öffentliche Meinung. Der Professor hält vor dem Altar eine gutgesetzte Rede, spricht und lügt wie gedruckt: von ihren außerordentlichen Eigenschaften, den Volkstugenden, der »Preßfreiheit« und dem »allgemeinen Schrei darnach«.

Dem folgt ein Schauspiel: Ein Tyrann liest eifrig in einer Schrift über das Menschenwohl, bis er plötzlich aufschreit: »Ja, seid umschlungen Millionen! … nieder mit der Zensur!« Man merkt ihm an, wie schwer Verbrüderung fällt – und denkt an das ganz und gar disparate Porträt Kaiser Franz' I. von Österreich.[459] Die Verbrüderung geht so lange gut, bis das Volk dem Tyrannen den Tabaksbeutel stiehlt. Nun gibt es kein Halten mehr. Auf den Thron kann er nicht zurück, da Krone und Mantel ebenfalls gestohlen sind. Von diesem Augenblick an verliert das Spiel alle Ordnung. Bei der anschließenden allgemeinen Rauferei gerät der gesamte Berg in Rotation, und der Reisende erwacht aus dem Alb.

Eichendorff wusste, warum er dies nicht publizierte. So aber blieb er für Friedrich Wilhelm und die Nachwelt der Schriftsteller mit dem romantischen Tonfall. Als er Friedrich Wilhelm am Ende des Jahrzehnts anfragt, ob er ihm die vierbändige Gesamtausgabe seiner Schriften zueignen dürfe, willigte dieser »mit Vergnügen« ein. Die Satire als provokante Form wird er an einem anderen Dichter wahrnehmen – bis er selbst damit umgeht.

Die gewandelte Zeit

Nachdem Saphir 1829 im *Berliner Courier* »unsere an Pano-, Cosmo-, Neo-, Myro-, Kigo- und Dio-Ramen so reiche Zeit«[460] vermerkt hatte, versuchte es Gropius im August 1832 mit einem Pleorama, der Simulation einer *Wasserfahrt auf dem Golf von Neapel*. Wer es sich leisten konnte, mietete eine »Barke«. Eine Zeichnung Friedrich Wilhelms von 1828[461] führt uns demgegenüber in eine abgeschlossene Welt: Eine überdachte Barke gleitet durch ein Bassin, während die Passagiere einen antiken Tempel betrachten. (Abb. 32) Die Szene spielt nicht an einer Küste, sondern auf herausgehobener Höhe. Friedrich Wilhelm schloss sich an einem idealen Ort ab. Gropius' zweites Pleorama *Den Rhein von Mainz bis St. Goar hinab* war das letzte dieser Art. Man experimentierte weiter mit Diaphanoramen, Navaloramen, Fantoramen, Fantasma-Parastasien, Cinéoramen, Stereoramen, Cycloramen, dem Panorama dramatique und – den Besuchern schwindelte – mit malerischen Reisen im Zimmer.

Gegenüber solchen Entwicklungen mutete Friedrich Wilhelms Ideal vom alten Reich umso rückständiger an. Vielleicht versagte ihm der König auch deshalb die politische Mitsprache. Auf blankes Unverständnis stieß er im August 1833, als er an einem Treffen der Kaiser Nikolai und Joseph im böhmischen Königgrätz teilnahm. Während eines Aufenthaltes im neuerdings fortschrittlicheren Weimar im November wird sein Bruder Wilhelm nachdenklich: »Wenn der Butt [Friedrich Wilhelm] zuletzt gezwungen wäre, etwas zu instituieren oder selbst ungezwungen wie es Papa jetzt kann, mit welchen Augen würde man des Butts Machwerk […] bekritteln bei der vorgefaßten Meinung gegen ihn? Dahingegen mit welcher Dankbarkeit und Freude würde man aus des Königs Händen Institutionen empfangen.«[462] Man traute Friedrich Wilhelm »Instituierung« ohne Bedingungen nicht zu. Dieser schreibt im März 1835 an Johann: »Während ich in der Welt als der illiberalste Kauz gelte, komme ich unseren Feseurs [den politischen Machern] hier sehr liberal vor. Ich sage meine Meinung unverhohlen; darauf beschränkt sich meist mein Einfluß.«[463] Sein Bekenntnis zum Heiligen Reich hatte sich bis zu den Liberalen herumgesprochen, während der Wunsch nach einer Ständeverfassung dem König zu weit ging.

Inzwischen zeigte sich die gewandelte Zeit noch von anderer Seite. Mit der vom König betriebenen Verbesserung der Verkehrswege hatte sich die Kommunikation in Europa erheblich beschleunigt. Die Öffentlichkeit nahm die anschwellenden Neuigkeiten begierig auf. In Konditoreien wie Stehely und Josty lagen neben deutschsprachigen Zeitschriften der Pariser *Constitutionel* und das *Journal des débats* aus. 1833 gab es über vierhundert Zeitungen ein-

32   Friedrich Wilhelm, Klassizistische Landschaft mit Tempel und Barke

schließlich Rankes konservativer *Historisch-politischer Zeitschrift* und des *Berliner politischen Wochenblattes* als aktuelle Foren in der Stadt. Auf einem Gemälde heißt es bündig: »Alles liest alles.«[464]

Allmählich entstand, was Regierungen fürchteten: die öffentliche Meinung. Zur Lektüre fanden sich nicht bloß Eichendorffs »kniende Schöngeister« ein, der Tischnachbar konnte ein Polizeischnüffler sein. Man diskutierte besser nicht öffentlich. Literaten, bildende Künstler, Musiker, Aristokraten und gebildete Staatsbeamte trafen einander in vertrauten Zirkeln. Hier wurde frei diskutiert und philosophiert. Die Nächte verloren ihre poetische Mondeshelle und -stille, die Nachtmahre und Schatten der schwarzen Romantik verschwanden. Die »unfrohe« Stimmung vergangener Jahre wich einer zuversichtlichen, zumindest empfanden Fortschrittliche so.

Der Komödiant und Hofschauspieler Louis Schneider war neugierig geworden und veröffentlichte 1835 *Bilder aus Berlin's Nächten*. Der Untertitel *Genre-Skizzen aus der Geschichte, Phantasie und Wirklichkeit* sowie die Widmung an Friedrich Wilhelm täuschen kaum über die Verlegenheit hinweg. Seine Nächte beginnen in historischer Ferne, 1159 bei Albrecht dem Bären. Erst im zweiten Teil kommt er in der »Wirklichkeit« an. Auf der Suche nach dem Neuen wandert der Ich-Erzähler durch Berlins nächtliche Straßen. Wenn um zehn Uhr die fünf Stadttore geschlossen werden, wird es still[465], die Nacht steht unter obrigkeitlicher Kontrolle. Unverhüllt bleiben nur Armut und Not. Den Zeitgeist kann er nur hinter den Türen erahnen. Sie sind Schleusen für Gäste, Gauner und Spieler. Alles Weitere bleibt seiner Phantasie überlassen.

Als Schneider das Buch dem Widmungsträger übergibt, kommt er zu spät – Friedrich Wilhelm erzählt ihm daraus. Er wird 1837 in der Silvesternacht, als der Hof bei ihm versammelt ist, Schlag zwölf den Nachtwächter zur Einforderung der Ruhe auftreten lassen. Für ihn blieb die Nacht seit Schinkels Lichtallegorie dem Orient vorbehalten:

> Einst hielten wir unsere Tier' im Trabe
> In einer Nacht, die von Alter ein mädchenhafter Knabe
> Und von Locken war ein Rabe;
> Wir spornten, bis die Dämmerung graute
> Und die dunkle Schminke der Luft zertaute.[466]

So hatte der arabische Dichter des 11. Jahrhunderts Al-Hariri al-Basri die Nacht gesehen, und ihm tat es der Dichter im Okzident, Friedrich Rückert nach. Friedrich Wilhelm las nach dessen Freiheitsliedern nun dies.

In der literarisch orientierten Berliner Mittwochsgesellschaft wurde auch über die Chancen für Preußens Liberalisierung diskutiert. Chamisso, geborener Louis Charles Adélaïde, schrieb an einen Freund, er hoffe auf Besserung der

Zustände, nämlich dann, wenn »heute zwei Augen sich schließen, könnte es morgen anders sein.« Er hatte, auf den Kronprinzen hoffend, diesem seine Werke geschickt. Friedrich Wilhelm schätzte die Reisebeschreibung und die Gedichte.[467] Die Reisebeschreibung ist das 1835 zuerst gedruckte *Tagebuch zur Reise um die Welt*, das Chamisso während der naturwissenschaftlichen »Romanzoffischen Entdeckungs-Expedition« 1815–18 geschrieben hatte. Für Friedrich Wilhelm bedeutete es ein Stück Jugenderinnerung. Und wie jene »Carte von Isle de France« sorgte er jetzt für eine vom Vorderen Orient durch den Geographen Carl Ritter.[468] Über Chamissos Kritik am russischen Kolonialismus sah er hinweg.

Dessen späte Dichtung führt neben ungewöhnlichen literarischen Formen[469], die Friedrich Wilhelm stets beachtete, eine Stimmung von Nacht und Winter, stumpf vor Initiativlosigkeit herauf. *Salas y Gomez*, eine Art Robinson-Ballade über das einsame Inselleben, wird zum endgültigen Abschied von ausschweifender Unendlichkeit. War es dies, was Friedrich Wilhelm angesichts der Einengung des Zeitgeistes an dieser Dichtung berührte?

■ **Fundstück:** Nähen, immer nähen, nein! (Chamisso, *Die Kartenlegerin*) ■

Die Literaten der jungen Generation schrieben ganz anders. Sie kannten die Ritterzeiten nur noch vom Hörensagen, wussten nichts vom einstigen Pakt zwischen König und Untertanen und warum diese ihm trotz Nichteinhaltung des Verfassungsversprechens die Treue hielten. Sie schrieben auf eigene Rechnung und nannten sich nach anderen europäischen Ländern »Junges« Deutschland. Rückzug ins private, schlichtes Glück war ihre Sache nicht. Man wollte sich ungezwungen in der Öffentlichkeit bewegen, wies jede Art von politischer Gängelung von sich, begrüßte liberale Ideen und wurde weltmännisch.

Sie lasen nicht nur »alles«, sondern berichteten von überallher. Das bislang allein von Fürsten unterhaltene Netzwerk von Korrespondenten erhielt Konkurrenz im zirkulierenden Journalismus. Brennpunkt blieb die französische Hauptstadt. Ludwig Börne schrieb in den *Briefen aus Paris*: »Freunde politischer Altertümer werden durch unsere Städte wandern und unsere Gerichtsordnung, unsere Stockschläge, unsere Censur, unsere Mauthen, unseren Adelsstolz, unsere Bürgerdemuth, unsere allerhöchsten und allerniedrigsten Personen, unsere Zünfte, unseren Judenzwang, unsere Bauernnoth begucken, betasten, ausmessen, beschwatzen, uns armen Teufeln ein Trinkgeld in die Hand stecken, und dann fortgehen und von diesem Elende Beschreibungen und Kupferstiche herausgeben. Unglückliches Volk! wird ein Beduine mit stolzem Mitleid ausrufen!«

Friedrich Wilhelm als wachem Leser entgingen ihre besten Schriften nicht. Zu ihnen gehörte Karl Gutzkows *Wally die Zweiflerin* – insbesondere, weil der Skandal um den Roman weitreichende Folgen hatte. Gleich bei den ersten Sätzen mochte ihm der Atem stocken: Wally reitet auf einem weißen Zelter durch den »sonnengolddurchwirkten« Wald, »ein Bild, das die Schönheit Aphroditens übertraf«. Mochte dies noch wie eine Anleihe an Jean Pauls Widmung an die Königin klingen, fährt er fort mit Wallys »so vollkommen gegenwärtige[r] Koketterie auf einem Tiere, von dem sie wahrscheinlich selbst nicht wußte, daß es blind war!« Ihr modernes Gehabe bestimmt zunächst das Romangeschehen. Sie verlacht Rumohrs kurz zuvor erschienene *Schule über Höflichkeit* als klassizistisches Ärgernis. Dann liefert sie die erste Nackt- beziehungsweise Voyeurszene im deutschen Roman. Gutzkow hatte in den Pariser »Sündenpfuhl« geschaut, was Friedrich Wilhelm, nach dem, was wir von ihm wissen, gewiss nicht abschreckte.

Gutzkows Inhaftierung erfolgte aus einem anderen Grund: Der bodenlose Glaubenszweifel treibt Wally zuletzt in den Freitod. Sie hatte den Weg zu Gott in mehreren Religionen bis hin zum tiefsten Grunde – ob er denn existiere –, gesucht. Friedrich Wilhelm war dagegen durch seinen Glauben gewappnet. Die Schriften der Jungdeutschen wurden im gleichen Jahr, 1835, durch Beschluss des deutschen Bundestages verboten.

Darunter waren Heinrich Heines die besten. Nur wenig jünger als Friedrich Wilhelm, hatte er das Ende des Befreiungskrieges noch miterlebt und stilisierte sich darüber zum letzten Romantiker. Obwohl er von den Jungdeutschen Abstand nahm, traf auch ihn das Verbot. Da aber lebte er längst in Paris. Wie dem ihn unterstützenden Meyerbeer benötigte er die »Cris de Paris« als Schaffenselixir. Als er über die deutsche Romantik schreiben sollte, machte er Kritik an Madame de Staëls Ausführungen zur Bedingung.

In der *Romantischen Schule* spitzte er den veränderten Zeitgeist zu. Am ärgsten traf es die »Häuptlinge« der Romantik. Das kurz vor dem Verbot erschienene Werk verbreitete sich weltweit. Umstritten blieb es, weil er Goethe Indifferenz vorwarf und ihn als Vertreter der »klassisch-romantischen Kunstperiode« bezeichnete. Friedrich Wilhelm war von Heines neuartigen Stilmitteln ebenso angetan wie die Fortschrittlichen. Er wird diesem quecksilbrigen Geist, komme was da wolle, die Treue halten.

Ansonsten suchte er Freiraum beim unpolitischen schriftstellerischen Nachwuchs. Bei ihm stand »Orientalisieren« als Gemisch aus Restauration und Neugier in Mode. Goethe hatte es im *Westöstlichen Divan* vorgemacht. Er wurde mit Hilfe von Übertragungen arabischer und persischer Dichter zum simulatorischen Vorbild. Die weit in den Orient reichenden Utopien der Frühromantiker wurden abgetan und ins Private gewendet. Der Alternde hatte 1819 hinter dem orientalischen Schleier von Hafis' Liebesdichtung[470] eine hessische Affektation verborgen.

Die jungen Dichter machten daraus ein orientalisierendes Allerlei. Das Muster von Ferdinand Freiligraths *Gedichten* von 1838 besteht aus bloßen Klang- und Sprachbildern. Er benutzte zwar wie die Orientalisten des 18. Jahrhunderts das Gewand eines *Auswanderers*. Aber weder von der Kritik an europäischen Verhältnissen, noch der Kühnheit jener Weitgereisten ist etwas zu verspüren. Stattdessen beschwört er wortreich herauf, was im zivilisierten Norden fehle: echtes Lebensgefühl, Daseinsfreude, Wollust und Grausamkeit. Trotzdem bleibt all dies Wüstenpoesie für Daheimgebliebene von einem Daheimgebliebenen:

> Wär' ich im Bann von Mekkas Toren, […]
> Wär' ich am Sinai geboren,
> Dann führt' ein Schwert wohl diese Hand,
> Dann zög' ich wohl mit flücht'gen Pferden
> Durch Jethros flammendes Gebiet!
> Dann hielt' ich wohl mit meinen Herden
> Rast bei dem Busche, der geglüht.

Der Mischmasch aus Sandglut, Orientgefühl und Altem Testament suggeriert Zeitlosigkeit. Folglich hatte, für die Leser wie auch für Friedrich Wilhelm, Christus die Welt eben erst verlassen. Diese Suggestion eines »echten« Orients verband sich mit dem religiösen Empfinden für die Wirkungsstätten Christi.

Rückerts orientalisierende Dichtung geht von ganz anderen Voraussetzungen aus. Der Orient war ihm in den zwanziger Jahren geistiger Flucht- und Ausgangspunkt georden. Er lernte in Wien in selbst für Begabte schwindelerregender Folge orientalische Sprachen. Dies versetzte ihn nicht allein auf den Olymp der Orientwissenschaft. Als nachdichtender Poet eröffnete er das Spiel mit den orientalischen Sprachen – wie bei der Übertragung des Hariri.

Friedrich Wilhelm wurde neugierig. Rückert vermerkte später, ihn habe bereits Anfang der dreißiger Jahre der Brief einer Berliner »Persönlichkeit von Rang« erreicht, die ihm Friedrich Wilhelms Fragen zum persischen *Schāhnāme* übermittelte.[471] Rückerts Antwort schien zufriedenstellend, denn 1834 ließ Friedrich Wilhelm ihm mitteilen, er betreibe dessen Anstellung, obwohl an der Berliner Universität zurzeit keine Professur vakant sei.[472] Rückerts Übersetzungen aus dem Sanskrit, von Sprüchen der Propheten des Alten Testaments und aus dem Hebräischen deckten das gesamte Spektrum seiner orientalischen Passion von ehedem ab. Zu einer weiteren Annäherung kam es vorerst nicht.

1832 lernte Friedrich Wilhelm dann den mittlerweile als Stettiner Musikdirektor tätigen Carl Loewe persönlich kennen. In dieser Position war er im Hause Mendelssohn zu Gast gewesen, wo er sich spontan zur Uraufführung von Felix' Ouvertüre zu Shakespeares *Sommernachtstraum* in einem Winterkonzert 1827 bereiterklärte. Dies sowie der Roman *Corinne ou L'Italie* der Madame de Staël spornte ihn zur zeitgemäßen Dramatisierung von Gedichten an. Er komponierte ausladende Balladen, die man bald »musikalische Legenden« nannte. Das philiströse Publikum verlangte nach dem Schauer, Loewe besorgte ihm den Stoff.

Goethes monumentale Ballade *Die Braut von Corinth* handelt vom Widerstreit zwischen Christentum und – Vampirismus. Im alten Jahrhundert war dieser ein Modethema geworden. Goethe wiegelte schnell ab: »Eilen wir den alten Göttern zu.« So fasste es auch Friedrich Wilhelm auf. Im März 1838 bedankt er sich bei Loewe für eine »Musiksendung« mit dem Bemerken, unter den neuen horazischen Liedern hätte ihn vorzüglich der »baudarische Quell« entzückt.[473] Bei Horaz heißt es[474]:

O Bandusiaquell, glänzender als Kristall,
Wert des süßesten Weins, festlicher Blumen wert,
Morgen fällt Dir ein Böcklein,
Das der keimende Schmuck der Stirn

Schon zum Kämpfen bestimmt, Kämpfen und Liebesglück,
Ach, das ist nun umsonst! Denn mit dem warmen Blut
Färbt der muntre Geselle
Bald dir purpurn dein kaltes Bett.

Womöglich hat Loewe die arkadischen Lieder allein für Friedrich Wilhelm vertont. Im publizierten Liedschaffen des Komponisten mit Gedichtvertonungen von Burns, Byron, Freiligrath, Rückert und Uhland sucht man sie vergebens.

Komponist und Kronprinz waren einander nicht auf dem Felde der Liedkomposition begegnet. Von Februar bis Anfang März 1834 ließ Spontini Loewes komisches Singspiel *Die drei Wünsche*[475] im Schauspielhaus aufführen. Es ist die Bearbeitung eines orientalischen Märchens nach den Brüdern Grimm. Loewe schreibt, Hof und Publikum hätten sich um die Wette amüsiert. Friedrich Wilhelm zeichnete ihn aus ernsterem Grund mit einer goldenen Medaille aus. Für das Oratorium *Die Zerstörung Jerusalems*.[476]

Nach Revolution und Cholera nahm Friedrich Wilhelm das religiöse Thema unmittelbar auf. Beim Gespräch mit Loewe schlug er einen weiten Bogen bis zur bewunderten alten italienischen Kirchenmusik. Bunsen hatte dem jungen

Komponisten Otto Nicolai die Organistenstelle in der Gesandtschaftskapelle im Palazzo Caffarelli verschafft und ihn zum Unterricht an Baini vermittelt. Loewe komponierte daraufhin das Oratorium *Die Siebenschläfer* auf einen Legendentext seines Freundes Ludwig Giesebrecht. Diesem zufolge schloss sich das Thema dem »katholisch-christlichen Glauben« poetisch an, schwebte also über den Bekenntnissen. Loewe widmete seine Kompositt dem Kronprinzen.

Der behielt offenen Horizont für die Oper. Bei einem Parisaufenthalt schickte ihm Spontini im März 1833 das Libretto der jüngst uraufgeführten Oper *Gustave III. ou Le Bal masqué* von Auber. Sie handelt vom Mord am schwedischen Barockkönig während eines Hofballes. Als unerschütterlicher Royalist war Spontini empört über das »grauenhafte Sujet« des Königsmordes. Offenbar so sehr, dass er nicht hinhörte. Diese Oper wurde in Berlin nicht gegeben.

Von Aubers Musik ließ sich Friedrich Wilhelm nicht abbringen. Nach der *Muette* und *Le Dieu et la Bayadère*[477] hatte der Komponist das ernste Genre zugunsten der politisch unverfänglichen Opéra comique aufgegeben. Er blieb bei diesem Stil von höchster Eleganz und Leichtigkeit ohne plakative Effekte. Damit ging sogar – am Geburtstag des Monarchen – in der Räuberpistole *Fra Diavolo* der erste Striptease auf einem königlichen Theater ohne Skandal über die Bühne. Friedrich Wilhelm feierte in diesen Jahren zwei Mal mit Aubers Werken Geburtstag: 1831 mit dem *Liebestrank*, in Paris unmittelbar nach der Revolution uraufgeführt. Scribes diffuse politische Haltung versuchte Auber gar nicht erst umzusetzen. Ihm kam es darin, ebenso wie in der *Gesandtin* 1837, auf vielgliedrige Vitalität voll tänzerischer Rhythmik an, und dieses Sylphidische schätzte Friedrich Wilhelm an Aubers komischen Opern.

Spontinis royalistischer Groll über das Schicksal des vertriebenen Charles X, den er »Charles Martyr« nannte, ließ ihn Friedrich Wilhelm im April 1836 das Projekt einer antirevolutionären Oper über die »Buße für Königsmord« vorschlagen. Religion, Thron, Moral und Legitimität sollten gegen Blasphemie verteidigt werden. Daraus wurde aber nichts. Ähnlich ging es mit Spontinis Plan zu »Miltons Tod«. Er griff auf den Einakter *Milton* zurück, mit dessen harfenbegleitetem Sonnenhymnus er einst in Paris Furore gemacht hatte und an den man sich aus den zwei Berliner Aufführungen im März 1806 erinnern mochte. Raupach nahm sich des Stoffes an, Spontini wünschte Friedrich Wilhelms Urteil. Doch auch dieses Projekt verlief im preußischen Sande.

Demgegenüber war das neue Genre romantischer italienischer Opern von Anfang an eine spektakuläre Erfolgsgeschichte. Den Auftritt des »Re dei tenori«, Giovanni Battista Rubini, im Jahr 1831 hielt Augusta im Tagebuch fest. Er sang, am Klavier begleitet, aus Donizettis *Anna Boleyn*. Die junge

Prinzessin war so vom »Brausen, Klingen und einzigen Ton« des Gesanges überwältigt, dass sie die Tränen der Besiegten weinte – was ihr von Friedrich Wilhelm die Mahnung eintrug, eine verheiratete Frau müsse »vorsichtig und immer bedacht«[478] auf ihren Ruf sein. Er hielt jetzt auf Unanfechtbarkeit aller Art. Den »Re« lud er zur Tafel.

Spontini war als Generalmusikdirektor eifrig um Gastspiele solcher Belcanto-Sänger bemüht. Während der Name Franchetti in der Geschichte untergegangen scheint, gelangte Francilla Pixis zu einiger Berühmtheit. Unter anderem von Henriette Sontag und Rossini gefördert, glänzte sie in Bellinis erstmals am 4. Juni 1834 aufgeführten *I Capuleti e i Montecchi.* Während der zwei Monate ihres Gastspiels erwog Spontini ein Programm von atemberaubender Dichte: *Don Juan, Figaro, Alcidor, Nurmahal, Fidelio, Opferfest*[479]*, Agnes von Hohenstaufen, Zweikampf, La Vestale,* vielleicht *Armide* oder *Iphigenie. Herzsprache, Rataplan* und *Sonnambula* seien ins Auge gefasst. Uns bleibt das Staunen, mit welcher Hingabe das Publikum ein Programm vorwiegend zeitgenössischer Werke mitverfolgte. Wenn es mitunter etwas dauerte, bis neue italienische Opern nach Berlin fanden, lag dies an der Sparsamkeit des Königs. Er verließ sich auf die von Spontini gedrillten Ensemblemitglieder. Er schätzte Opern von Adolphe Charles Adam wegen der tänzerischen Einlagen, repräsentierten sie doch die Kontinuität der hergebrachten Hofkultur.

Gegen die Konkurrenz des Belcanto hatte die Berliner Sprechbühne einen schweren Stand. Während Charlottes Besuch 1834[480] schrieb Friedrich Wilhelm in einem Billet an Friedrich Wilhelm von Redern: »Meine Schwester von Rußland ist außer sich, daß man morgen Tasso's Tod gibt. Sie will es sehen, hat aber seit 8 Tagen [Bellinis] ›Norma‹ auf der Königsstadt […] bestellt. Ihr Wunsch ist also, daß ›Tasso‹ etwas warten möge, um dann in kaiserlicher Gegenwart zu sterben.«[481] Raupachs Trauerspiel *Tassos Tod* hatte man kurz zuvor uraufgeführt: Bei ihm hat Tasso Absencen, hört Stimmen und sieht Gespenster – Effekte, auf die das Publikum – wie in den Belcanto-Opern auf Wahnsinnsarien – in dieser Zeit begierig war. Das Stück stand dreizehn Jahre lang auf dem Plan.

Eine höfische Akademie?

Als Reaktion auf die Revolution erprobte Friedrich Wilhelm »Abend-Unterhaltungen« – eine Art Adelstraining gegen die Vergessenheit höfischer Kultur. Er ließ solche Zusammenstellungen aus Bildender Kunst, Literatur und Musik mit gedruckten Programmen sorgfältig vorbereiten. Die erste, am 24. März 1832, hatte zum Thema: Ruth, nach einem Gemälde von Julius Hübner, Pygmalion und Galathea, Romeo und Julia und Kenilworth nach Walter Scott. Verbunden waren die Teile durch eine Romanze aus Grétrys Oper *Richard Löwenherz*. Eine Szene aus *Wallensteins Lager* bildete den Abschluss.

Anfang 1833 bat er Brühl um Vorbilder für Kostüme und Wappen der Ritter der Tafelrunde. Der Graf fand ein dreihundert Jahre altes französisches Werk, das der Fiktion jener sagenreichen Ritter »eine gewisse Heiligung«[482] verleihe und für den beabsichtigten Zweck vollauf genüge. Im Übrigen sei der Maler Stürmer mit Kostümen nach alten Mustern beschäftigt. Vielleicht gehörte hierzu Schinkels Entwurf eines »Kapitells in Artus«. Die Unterhaltung am 12. März begann mit der Romanze »In der stillen Mitternacht, / Wo nur Schmerz und Liebe wacht« aus Herders *Cid*, vertont von Bernhard Klein. Wir kennen sie von Friedrich Wilhelms Kriegsvertröstungen her – und meinten, er hätte das Thema beim Bohnenfest 1820, als der Hof des Königs Artus zur satirischen Disposition stand, hinter sich gebracht.[483]

Es folgten die beiden Tableaus *Das trauernde Königspaar* nach Carl Friedrich Lessing und *Pyrrhus und Andromache* nach dem Pariser Klassizisten Pierre Narcisse Guérin.[484] Danach die Romanze »Wer ist der Ritter hochgeehrt, / Der hin gen Osten zieht?« mit Chor aus *Der Templer und die Jüdin* von Heinrich August Marschner. Zu den Tableaus gehörten *Malagis erklärt dem Helden die Basreliefs vom Merlinsbrunnen*[485] und *Die beiden Foscari* nach Lord Byrons Tragödie. Die Veranstaltung endete wie im Jahr zuvor mit der Finalszene aus *Wallensteins Lager*.

Die letzte Unterhaltung vom 6. März 1834, »bei welche[r] den Malern das mittelalterliche [!] Costüm zum Studium dienen konnte«, war die aufwendigste. Man befand sich in der Zeit Lorenzo de Medicis: »Sämtliche Personen des Hofes [traten] in vollem Staate in tanzender Prozession und in allen Trachten jener Zeit«[486] auf. Die Tableaus wurden mit Musik aus Beethovens *Coriolan* untermalt. Dann folgten *Pausias und die Kranzwinderin* nach dem Gemälde von August von Kloeber mit der einleitenden Musik Spontinis sowie eine Romanze von Lachner. Im zweiten Teil ging es um die altenglische Romanze *Des Bettlers Tochter* von Bednall Green. Carl Loewe hat den Text im gleichen Jahr, vielleicht zu diesem Anlass, vertont.

Der Schluss überstieg alle bisherigen Lebenden Bilder: Es begann mit der Ouvertüre von Vincenzo Righinis in Berlin 1800 uraufgeführter Oper *Tigrane*. Die Tableaus bildeten *Mädchen am Brunnen* nach dem Buch Exodus, gezeichnet von Schinkel, sowie *Die Belehnung des Kurfürsten Friedrichs I.* nach Karl Stürmer. Im Anschluss an das Souper gab sich die Gesellschaft dem allgemeinen Tanz mit Melodien Rossinis hin. Schadow hob den »zauberhaften Reiz« des Ganzen hervor. Schinkel und Brühl hatten nach ihrem Rückzug von der Bühnentätigkeit Friedrich Wilhelm eine Gefälligkeit erwiesen. Er aber musste einsehen, dass Veranstaltungen, bei dem die Mitwirkenden für ihre Kostüme selbst aufkommen, einem Kronprinzenhof nicht zustanden. Er bestieg die Barke.

Johann hatte seine Übersetzungsarbeit an Dantes *Commedia* fortgeführt und erörterte mittlerweile deren drittes Buch, das Paradiso mit seiner 1829 ins Leben gerufenen Dresdner »Accademia Dantesca«. Zu ihr gehörten der Übersetzer Graf Wolf von Baudissin, der Universalgelehrte Carl Gustav Carus und Ludwig Tieck – gelegentlich auch Rumohr. Durch sie fand die Übersetzung wertvolle Anregung. Sie erschien unter dem Pseudonym Philaletes und ist bis heute anerkannt. Johann dachte ferner darüber nach, wie er Grundsätze daraus auf die gegenwärtige Politik anwenden könne.

Bei den Familienbesuchen in Dresden nahm Friedrich Wilhelm an der »Accademia« regen Anteil, verfolgte das Unternehmen aus Berlin weiter und schrieb dem Schwager, er lechze nach der Übersetzung wie der Hirsch nach frischem Wasser. Laut Psalm 42 schreit die menschliche Seele nach Gott. Friedrich Wilhelm reflektierte beim Inferno auf sich selbst: Nach biblischem Vorbild beginnt dieses mit den aufrüttelnden Worten:

Nel mezzo del cammin di nostra vita
Mi ritrovai per una selva oscura
Che la diritta via era smarrita.

Johann übersetzte:

Als ich auf halbem Weg stand unsers Lebens,
Fand ich mich einst in einem dunklen Walde,
Weil ich vom rechten Weg verirrt mich hatte.

So mochte sich Friedrich Wilhelm, dem der monarchische Weg versperrt wurde, fühlen. Johann übersandte ihm auf seinen Wunsch einen von Carus entworfenen Kupferstich mit einer Karte des Inferno einschließlich sämtlicher Personen, denen Dante auf seiner Seelenwanderung begegnete. Er wird sich dafür mit Joseph Anton Kochs Dante-Zyklus bedanken.

Auf Carus war Friedrich Wilhelm neugierig geworden, weil dieser zuerst die menschliche Psyche wissenschaftlich untersuchte. Carus hatte ihn und Johann im Winter 1829/30 zu einer Vorlesung über Psychologie eingeladen. 1846 wird er mit *Psyche* sein Hauptwerk auf diesem Gebiet vorlegen, den Versuch einer Beschreibung des Unbewussten. Er bestätigt, was die Frühromantiker universalpoetisch umschrieben hatten: Dieses und nicht das Bewusstsein leite das Handeln. Er hatte die Grundstruktur der menschlichen Psyche entdeckt. Von Friedrich Nietzsche bis Carl Gustav Jung sollte sie die Forschung bestimmen.

Im Anschluss an die Vorlesungen nahm man in der Villa Carus naturwissenschaftliche Untersuchungen ebenso wie Gemälde in Augenschein. Zwar gab es darin Ansätze zur symbolischen Landschaftsmalerei seines Freundes Caspar David Friedrich, der Naturwissenschaftler hatte sich aber dem Realismus verpflichtet. Friedrich Wilhelm kaufte eines dieser Gemälde, eine biblische Geschichte. Schlicht gewandet kommen *Die drei Weisen aus dem Morgenlande* mit Wanderstäben daher. Wir erkennen sie nur am Bildtitel. Sämtliche christliche Attribute – wie sie Friedrich Wilhelm bei den Brüdern des Thales verwendet hatte – fehlen. Wie Friedrichs *Mönch* kehren sie dem Betrachter den Rücken, schauen aber nicht in metaphysische Unendlichkeit. Vor ihnen liegt eine Hügellandschaft, die sie durchqueren müssen. Das romantische Motiv des Wanderns als Pilgerschaft ist nicht einmal angedeutet. Die Wanderer blicken nicht ins Ungewisse, Ungeschützte. Sie sind auf dem Heilsweg. Friedrich Wilhelm bekräftigte damit den christlichen Glaubensweg nach der Revolution. Einen anderen gab es für ihn nicht. Deshalb kaufte er von Friedrich, dessen Atelier er ein paar Straßen weiter aufsuchte, nichts mehr.

Ebenfalls bei Johann lernte er das »Akademiemitglied« Tieck kennen. Tieck hatte sich zeitig vom frühromantischen Geniekult verabschiedet und schrieb Novellen. Sie passten besser zum Zeitgeist und ließen ihm Spielraum zur Herausgeber- und Theaterarbeit. Nach Goethes Tod war dem Bejahrten die unliebsame Rolle des Dichterfürsten zugefallen – womit er zur Zielscheibe der Jungdeutschen wurde. Vielleicht hatte er sich deshalb noch einmal zur Verwirklichung eines alten Planes aufgerafft und die Lebensgeschichte der *Vittoria Accorombona* geschrieben. Es wurde daraus ein historischer Roman über die Zeit Tassos. Im Unterschied zum »Kristall Ariosts« wandle Tasso »mit den Gestalten seiner Sehnsucht und Poesie in einem grünen, dämmernden Hain, [...] und eine freundliche Wehmut erfaßt und durchschauert unseren Geist, indem wir uns dem poetischen Taumel ergeben. Wie so ganz anders das blendende, verwirrende und verlockende Labyrinth unsers Ariost! Wo uns im innersten Gemach [...] statt des Minotaurus ein Reigen scherzender und übermütiger Nymphen und Satyrn überrascht, die uns laut wegen unserer Erwartungen verlachen.«[487] Friedrich Wilhelm wird einen »grünen Hain« anlegen und sich bald auch im Labyrinth befinden.

Das Thema um die Verflechtungen der Familie Accorombona mit Adel und Päpsten in der Zeit der politischen Anarchie des Kirchenstaates kam in der »Accademia« zum Vortrag, vielleicht hörte Friedrich Wilhelm zu.[488] Jedenfalls ließ Johanns Gesellschaft ihn mit dem Gedanken an eine eigene »Accademia« spielen. Das Modell fürstlicher Liebhaberkreise gab es seit der Renaissance. Friedrich Wilhelm brauchte bloß im Nachlass der Königin Sophie Charlotte zu blättern, wo viel von ihrer Lützenburger »Académie champêtre« aufgezeichnet ist. Heraus kam die Idee einer »Catedra« in Potsdam, wie er Johann schreibt. Der italienische Dichter Giacomo Leopardi hatte in seinem Canto *Sopra il monumento di Dante* 1819 über dessen Grabmal gedichtet und leuchtete der »Accademia« als Stern am italienischen Poetenhimmel. Die Verbindung des in den Marken lebenden Schriftstellers zu Friedrich Wilhelm war durch die Begeisterten Niebuhr und Bunsen[489] zustandegekommen.

Er unterstützte Niebuhrs Vorhaben eines Dante-Lehrstuhls an der preußischen Universität in Bonn. Leopardi aber wollte Italien nicht verlassen. Erst 1833, als es wegen seines bedenklichen Gesundheitszustandes zu spät war, trug er sich mit dem Gedanken. Leopardi starb 1837, ohne dass es zu einem weiteren Kontakt mit Friedrich Wilhelm gekommen wäre. Eine »Accademia« nach dem Muster Johanns, wo man sich vornehmlich einem Thema widmete, hätte dem unruhigen Geist Friedrich Wilhelms nicht entsprochen. Selbst beim Bauen, wo er in »Konferenzen« mit Künstlern und ausführenden Architekten auf einzelne Projekte konzentriert war, konnte davon nicht die Rede sein. Er nährte während eines Truppenaufenthalts auf der Kaiserwart in Swinemünde am »Hochmittag« seinen Tagtraum mit der Zeichnung einer italienischen Stadt am Berghang.[490]

Inzwischen war Kopisch von dort zurückgekehrt. Bald tauchte er in Berlin auf und wurde 1833 mit Friedrich Wilhelms Hilfe Maler des Königlichen Hofmarschallamtes. Dies allerdings nur der Form halber, da er, an einer Hand behindert, kaum noch malte. Friedrich Wilhelm diente er mit Arrangements von Festlichkeiten wie damals am Vesuv. Ferner versuchte er sich an einem Nachbau der Blauen Grotte von Capri. Wenn es im Wörlitzer Park mit den Mitteln des Rokoko gelungen war, einen »Vesuv« Feuer speien zu lassen, warum dann nicht die Simulation der Blauen Grotte in Sanssouci!

Friedrich Wilhelm beauftragte ihn mit einem Geschichtswerk über die Königlichen Schlösser und Gärten in Sanssouci und gab ihm Quartier im Drachenhaus des Parks, wo ihn harmlose Geister heimsuchten, er erfand die Mainzelmännchen. Aus seinen italienischen Recherchen machte er *Agrumi*, eine dreihundertneunzigseitige Sammlung volkstümlicher italienischer Poesie in zwei Sprachen. Woher die Idee zu einer weiteren Übersetzung von Dantes *Commedia* stammte, wissen wir nicht. Das Einzelunternehmen war keine Konkurrenz zu Johanns Arbeit, vielmehr der Versuch einer populären metrischen Übersetzung, ergänzt durch Abhandlungen über Zeitalter, Leben und Schriften, Dantes Bildnis und zwei Karten seines Weltsystems. Das Ganze wurde beliebt und bis zum Ende des Jahrhunderts gedruckt.

Wenn schon aus Leopardis »Catedra« nichts wurde, wollte Friedrich Wilhelm seinen bevorzugten italienischen Dichtern doch ein Denkmal setzen. Er ließ unmittelbar neben Charlottenhof einen Dichterhain mit Wäldchen – seit der Antike Ort ungestörter Inspiration – anlegen. Rauchs Skulpturen Dantes, Petrarcas und Ariosts waren Wegmarken der poetischen und bildlichen Phantasie Friedrich Wilhelms.

Im Spätherbst 1833 machte er sich auf zu einer großangelegten Repräsentationsreise durchs Rheinland, während Elisabeth den zu erwartenden Strapazen die Erholung am Tegernsee vorzog. Ihre Wege trennten sich am 28. September in Halle. Friedrich Wilhelm räumte mit dem Besuch von Luthers Geburtshaus und Taufkirche Sankt Peter und Paul in Eisleben dem Glauben Raum ein. Und die Kirchen am Wege, für deren Erhalt oder Wiederaufbau er gesorgt hatte, bedingten für ihn die Frucht jener »viel herrlichen Saat«.

Er besichtigte auch soziale Einrichtungen wie die als Krankenanstalt eingerichteten Paderquellen in Paderborn oder das Bürgerhofspital in Trier. Auf der ganzen Reise genoss er die Aufmerksamkeit, die ihm als Kultur- und erhoffter Freiheitsstifter entgegenschlug. Der Berichterstatter schwärmte von einem »Siegeszug des Kronprinzen« von der Porta Westfalica bis zum rheinischen Siebengebirge.[491] Seine Neugier brachte Verzögerungen mit sich, auf seinen Geburtstag wurde diesmal auf den Hügeln um Limburg, »2700 Fuß über der Meereshöhe«, angestoßen. Später stellte man hier einen Obelisken mit der Aufschrift »Auch hier war unser Kronprinz« auf – wahrscheinlich ohne literarischen Hintergrund.

Die erste größere Kunstausstellung besah er in der Aula der Akademie von Münster und übernahm das Protektorat für den dortigen Kunstverein. Die Düsseldorfer Akademie betrieb weit größeren Aufwand. 1826 war Friedrich Wilhelm Schadow dem von Ludwig I. abgeworbenen Akademiedirektor Cornelius nachgefolgt. Er und der frisch zum Musikdirektor der Stadt verpflichteten Mendelssohn hatten ein Festspiel auf dem neuesten Stand der Kunst ersonnen.

Mendelssohn war damals noch vor der dritten Aufführung der *Matthäuspassion* zur Bildungs- und Aufführungsreise durch Europa aufgebrochen. Wie Friedrich Wilhelm hatte er in Rom Palestrinas Musik, aufgeführt von älteren und »unmusikalischen« Chorsängern, gehört. Über Baini erhielt er Kontakt zum Priester Fortunato Santini, der eine einzigartige Sammlung von mehrstimmigen Werken aus Renaissance und Barock zusammengetragen und aufbereitet hatte. Jetzt kamen ihm die Studien darin bei der Aufführung katholischer Kirchenmusik in Düsseldorf zugute. Überdies hatte er bei seinem vierten Englandaufenthalt kurz zuvor in der Londoner King's Library eine Abschrift von Händels Oratorium *Israel in Egypt* mit neuen Arien entdeckt – was er für das Festspiel nutzte.

Dieses wurde mit einem Gedicht des Malers und Schriftstellers Robert Reinick, von ihm selbst im mittelalterlich-nazarenischen Künstlerkostüm vorgetragen, eröffnet. Dazu gab es zwei Transparente, die *Melancholie* und *Der heilige Hieronymus* nach Dürer. Dessen Wertschätzung war durch die Berliner Feier anlässlich seines 300. Todestages 1828 in Anwesenheit des gesamten Hofes in der Akademie der Künste bestätigt worden.[492] Trotz der mäßigen Verse Levezows hatte Mendelssohn mit der über einstündigen Festkantate *Albrecht Dürer* mit Chören, Soloarien und Rezitativen im Stile Händels dessen Andenken glanzvoll zum Ausdruck gebracht. In Deutschland stellte man den Alten Meister mit Raffael auf eine Stufe. Beim Festspiel ließ Mendelssohn die Transparente durch lateinische Gesänge von Palestrina und Antonio Lotti hinter der Bühne kommentieren. Händels Hauptszenen hatte er einschließlich der veralteten Übersetzung überarbeitet, Julius Hübner und Eduard Bendemann malten die Transparente.

»Der Effekt, der [...] die Musik mit der Plastik vereint«, übte einen »überraschenden«[493] Eindruck aus. Die Nazarener nutzten die musikalische Dramatik für ihre Malerei. Über Händels Musik hatte Friedrich Wilhelm seiner Schwester schon nach der Aufführung des *Messias* anlässlich der Vereinigung der protestantischen Konfessionen beinahe zwei Jahrzehnte zuvor geschrieben: »Denk Dir nur Charlotte, daß das, nach meiner innigen Überzeugung, eine Musik ist, vor der unsre göttliche Passionsmusik sich verkriechen muß«[494] – und wir ahnen, warum eine Komposition Händels an seinem Sarg erklang.

Im vierten Bild ging es zurück ins »Mittelalter« – für uns in die Renaissance. Dem thronenden Cosimo de' Medici dem Alten, Begründer des Familienruhmes, wurden mittels allegorischer Figuren vier berühmte Repräsentanten italienischer Künste zugeführt: Dante, die Baumeister Bramante und Michelangelo sowie Raffael. Historia, zu Füßen des Thrones, schrieb den Namen Friedrich Wilhelms als Beschützer der Künste nieder – worauf das Ganze angelegt war. Während dieser Szene ertönte aus Händels *Judas Maccabäus* der Chor »Seht, er kommt mit Preis gekrönt«. Nach der Pause folgte wie in frühen Opern ein satirisches Nachspiel: die Rüpelszene aus Shakespeares *Sommernachtstraum*, ebenfalls vor Transparenten der Düsseldorfer Maler. Und vielleicht hatte Friedrich Wilhelm dabei die Idee, Mendelssohn möge nach seiner vielgerühmten Ouvertüre an dem Werk weiterkomponieren. Nach dem Festspiel äußerte er ihm gegenüber sein Bedauern, dass er nicht in Berlin geblieben sei. Er hätte ihm etwas bieten müssen.

1830, nach der Rückkehr aus Italien, hatte ihm die Berliner Universität eine Professur angetragen, wozu Friedrich Wilhelm im Jahr der Widmung des

Klavierauszuges womöglich beigetragen hatte. Doch jener war dafür bereits zu beweglich und lehnte ab. Eine zweite Gelegenheit zur Anstellung bot die neu zu besetzende Leitung der Singakademie nach dem Tod Zelters. Wegen der Bewerbung des langjährigen Assistenten hatte ein Komitee, dem unter anderem Schleiermacher und Devrient angehörten, vorgeschlagen, Carl Friedrich Rungenhagen die Geschäfte und Mendelssohn die künstlerische Leitung zu übertragen. Dieser hatte durch eine Auftrittsserie, darunter die Berliner Erstaufführung des *Sommernachtstraums* und Schuberts *Erlkönig* sein Möglichstes gegeben. Die Mitglieder der Singakademie stimmten aber für die Gewohnheit – also gegen die Kunst.

Am 29. Oktober reiste der Kronprinz weiter nach Bonn. Die Fresken in der großen Aula der Universität waren nahezu vollendet, und der Professor August Wilhelm Schlegel zeigte ihm das neue Museum für Altertümer. Als »Schnellreisender« auf dem Rhein benutzte er Dampfschiffe. Nach dem Besuch von Aachen und Köln fuhr er moselaufwärts in den äußersten Westen des Reiches, wo er am Abend des 8. November in Trier ankam. Trier gehörte unter Augustus' Regierung zu den strategischen Hauptorten der römischen Nordprovinzen mit Stadtrecht. Ihr römisches Gepräge wird gleich am Stadttor, der Porta Nigra, sichtbar. Seit sie zu Preußen gehörte, war die Restaurierung ihrer verfallenen oder entstellten Bauten, an Amphitheater und Kaiserthermen beträchtlich fortgeschritten. Zuerst besichtigte Friedrich Wilhelm die Römischen Bäder, was wegen seiner eigenen in Potsdam nahelag. Die Porta Nigra oder Porta Martis wurde abends stimmungsvoll beleuchtet.

Konstantins Palastaula beachtete er kaum, weil darüber fast nichts bekannt war. Einstweilen wurde sie »Basilika« genannt. Eine archäologische Sensation war die Entdeckung von römischen Mosaiken in der Villa Otrang bei Fließem. Friedrich Wilhelm schrieb an Elisabeth: »Ich war außer mir vor Wonne.« Sein römisches Interesse sprach sich herum, und im November 1834 war bei einer Festlichkeit ihm zu Ehren im pommerschen Stargard ein Feuerwerk vor der Kulisse einer Nachbildung der Engelsburg mit der kolossalen Statue des Erzengels Michael und der Girandola aufgebaut.

Seine italienischen Neigungen pflegte er in der Korrespondenz mit Bunsen. Christentum, Kunstsachen und römische Archäologie blieben ihre Themen. Neugierde weckten die neuesten Ausgrabungen auf dem Forum Romanum. Bunsen wollte aus den Bodenschichten die Epochen römischer Herrscher herauslesen. Friedrich Wilhelm bat darüber seinen alten Lehrer und Kenner der Materie Hirt 1835 um Stellungnahme. Prompt hielt dieser Bunsens Ausführungen für »ganz verkehrt«. Friedrich Wilhelm hätte sich am liebsten selbst ein Bild davon verschafft und kündigte Bunsen mehrmals baldiges Kommen an. Doch er verschob die Reise immer wieder[495], und vom behaupteten Abstecher mit Elisabeth nach Venedig im Sommer 1835 fehlt jede Spur. Bunsen blieb aufmerksam und berichtete von der Versteigerung des Apsismosaiks der abgerissenen Klosterkirche San Cipriano auf der Insel Murano vor Venedig. Der Wert des byzantinischen Mosaiks war unschätzbar geworden, weil die Herstellungstechnik vollständig vergessen war. Friedrich Wilhelm ließ das Mosaik ersteigern und behielt es der Ausstattung einer Kirche für die Königszeit vor.

Am italienisierenden Ensemble um Schloss Charlottenhof baute er mit einem Hippodrom weiter. Den Plan zu einer solchen Pferderennbahn hatte Plinius der Jüngere der Beschreibung seiner Landvilla am Fuße des Apennin beigefügt.[496] Friedrich Wilhelm dachte nicht an Pferderennen, wie sie neuerdings bei sportlichen Anlässen oder zwecks militärischer Übung üblich waren.[497] Pferde gehörten für ihn zur Jagd, zu Paraden und beim »Vorspann« noch zum täglichen Leben.

Allmählich formte er das gesamte Areal zu einer kultivierten Symbiose von Natur und Architektur aus. Belebt wurde es durch Skulpturen von Naturgottheiten, Satyrn, Faunen und Nymphen als Platzhalter der klassischen Welt. Rauch hatte viel zu tun.[498] Was kindliche Phantasie einst von selbst belebt hatte und durch Erziehung mit Namen und Allegorien versehen wurde, geriet zum antikisierenden Idyll. Geßners Kupferstich *Sur l'eau* benutzte er als Vorbild zu einem Steg über den Wassern. Und nach dessen Idyll vom *Zerbrochenen Krug* zeichnete er einen Faun.[499]

Dieser hatte dem Wein kräftig zugesprochen und spie ihn in eine Schale. Nach zwei Skizzen stellte Rauch einen Zinkguss in neuer Technik her. Er fand seinen Platz auf einer Säule beim Gärtnerhaus. Hinter diesem »Bildchen« in bukolischem Sinn lauern Fragen, die man Friedrich Wilhelm stellen wird: Wie ist es mit dem Rausch, und was geschieht danach? Schiller hatte zeitig gewarnt. »Redliche« Hirten samt Schäferinnen seien nur noch ironisch gebrochen darstellbar – und so sollte die Skulptur auch verstanden werden.

Einer Neuauflage der *Idyllen* von 1827 war Geßners zeitgemäßere Miniatur *Die Nacht* vorangestellt. Es ist der unschuldige Dialog zwischen Mensch und Natur, unsichtbare Baumbewohner, Wesen wie Dryaden eingeschlossen. Ihnen können die Nachtgeister der Romantik nichts anhaben, wie im Idyll *Mirtil – Thyrsis*: Nymphen greifen helfend ein, bevor der Mensch im Nachtmahr versinkt. Als Adolphe Adam auf einer Durchreise Berlin besuchte, trug ihm Friedrich Wilhelm die Komposition einer dazu passenden ländlichen Szene auf. Er lieferte das Intermezzo *Die Hamadryaden*[500] über Wesen, die im hellenischen Naturkult große Verehrung genossen. Der Auftraggeber hatte den schaurilichen undinischen Romantikerglauben in die unschuldige Antike verlängert.

Im Mai 1836 kam es »völlig unerwartet« zu einem Besuch der »trikoloren« Prinzen, für Friedrich Wilhelm also die Söhne des »gekrönten Verbrechers« Louis-Philippe. Wilhelm sprach von einer »Kalamität.«[501] Man wahrte das Protokoll monarchischer Repräsentation, dem sich Friedrich Wilhelm nicht entziehen konnte: Er gab Soupers, die wie das große Diner im Rittersaal »toutes les cours, en grande tenue, damit gar keine Art von Intimität eintritt«, vonstattengingen. Abends wurde die Oper besucht. Die Polizei wusste von Leuten im Publikum, die den Orléans applaudieren wollten, was es zu verhindern galt. Das Ballett *La Sylphide* und ein Déjeuner dansant in Charlottenburg, wobei jene Prinzen bis auf die Mazurka alles tanzten, verlief unter Ausschluss der Öffentlichkeit mühelos. Wilhelm meinte beeindruckt, der Orléans ließe nichts zu wünschen übrig.

Friedrich Wilhelm ließ der Besuch nachdenklich zurück. Im Geburtstagsbrief an Charlotte zwei Monate später holte er weit aus in die Zeit des Festes der weißen Rose. Wie traurig anders sähe es doch jetzt aus. Damals sei das letzte Jahr gewesen, »wo der Himmel voller Geigen hing, wo man noch zehrte und sich freute an dem, was von 12–15 so viel Blut erkauft hatte, nämlich frey athmen zu können! Und jetzt!!!!!!! Ja 7 Seufzer, einen ernsten Blick um uns her, einen ernsteren gen Himmel und nun Stille davon.«[502] Er will nichts davon hören, dass das Blut, das ihm zum freien Atmen verhalf, nicht allein für den König vergossen war. Bei dessen Geburtstag Anfang August wurde ausgerechnet der durchreisende Mendelssohn Augenzeuge eines signifikanten Ereignisses: Untertanen wollten den Geburtstag mit Feuerwerk feiern, was dieser verbot. Als am 4. August »Straßenjungen« in der Gegend der »Linden« randalierten, griff das Militär ein. Mendelssohn schreibt an Wilhelm Schadow nach Düsseldorf, dass es dabei Tote gegeben hätte.

Die Verklärung der Antike wurde wie der Orientalismus zum Mittel, über derlei Realität hinwegzusehen. Während die europäischen Fürsten seit Griechenlands Versinken in Anarchie über die Schaffung einer Monarchie ohne Stammbaum nachdachten, ging Friedrich Wilhelm nicht darauf ein. Er hatte Johann, der 1829 dazu befragt worden war, schon damals mit einer architektonischen Idee, dem Bau eines »akropolischen Pallastes«[503], geantwortet und einen Grundriss beigelegt.

Die Suche nach einem Kandidaten schritt fort. Friedrich Wilhelm schrieb Elisabeth im Juli 1830 an ihren Kurort, seine Brüder seien ebenfalls um die Besetzung des griechischen Thrones angefragt worden. Spontini hörte davon und unterbreitete die Idee einer Atheneroper. Er schrieb an Goethe und musste wegen Friedrich Wilhelms »lebendigem Interesses« an dem Dichter Goethes Brief[504] kopieren. Das Projekt kam aber schon deswegen nicht zustande, weil Goethe kurz darauf starb und die politischen Verhältnisse die Kunst überholten. Im Oktober 1831 bestätigte der Mord an Kapodistrias alle Vermutungen. Die Monarchiepläne wurden durchgesetzt, die Wahl fiel auf den Wittelsbacher Prinzen Otto Friedrich Ludwig, Sohn Ludwigs I. Als es bei einem Verwandtschaftsbesuch Friedrich Wilhelms im Dezember 1833 in München um dessen Athener Residenz ging, empfahl er erneut den »akropolischen Pallast«.

Die Idee ging vom »Charakter« historischer Architektur aus. Nach jahrhundertelangem Verfall »entdeckten« erst Romantiker, dann Historiker die Akropolis. Friedrich Wilhelm hatte an Niebuhr von der Phantasie eines seiner »goldensten Luftschlösser, in Griechenland Herr zu sein, um unter den Trümmern zu wandern, zu träumen und zu graben«[505] geschrieben. Mittlerweile war ihm bekannt, dass der Hügel der Akropolis in mythologischer Vorzeit bebaut war und dort der attische König Kekrops regiert haben soll. Die Verbindung von Politik und Archäologie zwecks Erneuerung der vorzeitlichen Monarchie bot sich an. Gemeinsam wurde dies mit dem bayerischen Kronprinzen Maximilian und dem Architekten Klenze in München besprochen.[506]

Zurück in Berlin konferierte Friedrich Wilhelm mit Rauch und Schinkel darüber. Schinkel nennt die Akropolis einen leuchtenden Punkt in der Weltgeschichte, »an welchen sich unendliche Gedankenketten knüpfen, die dem ganzen Geschlecht fortwährend wichtig sein […] werden.«[507] Seine »unendliche Gedankenkette« reichte allerdings nicht in jene mythologische Vorzeit zurück: Nach seiner Zeichnung ragt die kolossale Skulptur der Athena Promachos über die Stadt. Sie ist mit Schild und Speer ihre weithin sichtbare Wächterin.

Der klassische Bildhauer Phidias hatte sie um 450 v. Chr. im Auftrag der demokratischen Stadtregierung geschaffen. Friedrich Wilhelm nannte Schinkels Zeichnungen »politisch wie artistisch gut durchdacht.«[508] Wenn Demokraten die Göttin für sich in Anspruch genommen hatten, stand dies einer Monarchie umso gewisser zu. An die Verwirklichung der Idee wurde am wenigsten gedacht. Schinkel schrieb an Klenze, er habe sie ohnehin nur als »Gefälligkeits-Sache« für den Kronprinzen ausgeführt. Der ganze Gedanke sei nichts weiter als ein »schöner Traum.«[509]

Mit einem solchen wanderte er weiter: in ein Projekt für Charlotte. Nachdem ihr der Zar den Landsitz Orianda auf der Halbinsel Krim geschenkt hatte, bat sie ihren Bruder im Oktober 1837 um Pläne für »eine Art Siam, zum Bewohnen, aber […] recht was Romantisch Klassizistisches«, nicht also um ein Belriguardo, das ihr »zu toll« schien. Ihre Vorstellungen waren eindeutig, und die Bezeichnung »romantisch-klassizistisch« entsprach dem, was eben auf dem Theater thematisiert wurde.

Für Friedrich Wilhelm gerieten zwei sich bis dahin offenbar ausschließende Begriffe aneinander. Am 28. Oktober 1838 sah er in Potsdam das Lustspiel *Bürgerlich und romantisch* des Wiener Theaterdichters Eduard von Bauernfeld.[510] Es bezeugt die Niederlage frühromantischen Geistes in der Schlacht gegen die Philister. Für Charlotte beinhaltete das Romantische etwas ganz Konkretes: Sie verlangte nach einem gesicherten Balkon direkt über dem Abgrund der felsigen Meeresküste – so, dass sich beim Umschauen »der Kopf einem drehen kann.«[511] Es sollte wieder einige Zeit dauern, bis Romantiker ungesichert zum Gipfelsturm menschlichen Daseins aufbrachen.

Charlotte machte ferner auf den Schlossbau des neurussischen Gouverneurs im nahen Aluschka (Alupka) aufmerksam. Es wurde nach Plänen eines englischen Architekten im orientalisierenden Stil erbaut.[512] Vom Meer aus glaubten Ankommende sich tief in den Orient versetzt. Für Kenner mutete die Schlossfassade mit zentralem Eingang in der Art von Iwanen indisch-persischer Moscheen wie Ironie auf die islamische Geschichte dieser Insel an. Das Innere ist neugotisch ausgestaltet.

Friedrich Wilhelm schlug Charlotte einen »rein classischen« Bau vor. Die ehemals tatarische Kulturepoche der Gegend überspielte er mit der gewohnten Ironie. Charlotte sei seit tausend und mehr Jahren die erste, die ein »rein classisch« antikes Haus oder Häuschen bauen wolle.[513] Bei ihrem Besuch in Berlin Ende Mai 1838 wurde das Projekt besprochen – was Friedrich Wilhelms Interesse an der älteren Geschichte der Insel förderte. Im nur wenig entfernten Kertsch hatte man altgriechische Kleinplastiken gefunden und 1830 das vermeintliche Grab von Mithridates VI. Eupator, der 63 v. Chr. in Kertsch gestorben war.

Schinkel schickte Pläne an die Zarin und erklärte im Begleitbrief – gewundener geht es kaum –, es sei wegen der altgriechischen Funde ein Taurisches Museum hinzugekommen. Ihr Wunsch nach den edelsten Formen des klassischen Altertums sei ihm ein Wink gewesen, »ungestört von fremden Elementen« den erhabenen Stil der rein griechischen Kunst, die im Unterschied zur modernen ihre Unschuld bewahrt habe, zu entwickeln. Vom bestellten schlichten Landsitz war nichts geblieben. Entschuldigend fügt er hinzu, dieser ideale Stil stünde mit vielen neuen Lebensverhältnissen ganz direkt im Widerspruch. Er hätte ihn deshalb modifizieren müssen.[514]

In Schinkels Nachlass findet sich, was er verschwieg: Die achteckigen Pfeiler, die im Inneren eine Promenade bildeten, seien »auf mannigfache Weise in musivischer Kunst geziert, eine Art, die bislang nur in maurischen und indischen Bauwerken bemerkbar wurde, neuerdings aber auch in einem Atrium in Pompeji gefunden ward und wieder beweist, daß beinahe keine architektonische Schönheit gefunden werden kann, die sich nicht schon in der alten klassischen Kunst fände.«[515] Schinkel argumentierte im idealistischen Sinne, die Auftraggeberin bezeichnete den Entwurf als Schinkels »Traum«. Dieser wurde in Form eines aufwendigen Albums publiziert.

Charlotte ließ ihren Bruder als Drahtzieher mit kaum verhohlener Ironie wissen, der Entwurf hätte gewiss »Mithridates Nachfolgern Ruhm eingebracht« – und verlangte Kleineres, zum Wohnen. Friedrich Wilhelm reagierte nicht. Er wusste um die Geschichte der Insel. Landeinwärts von Orianda befindet sich der als »Tatarische Alhambra« gepriesene Bachtschyssaraj (Bağçe Sarai), der Palast, von dem aus die muslimischen Khane, Herrscher der sogenannten Krimtataren, dreihundert Jahre lang die Insel regiert hatten. Der 1519 vollendete »Palast der

Gärten« verdankte seine Berühmtheit der subtropischen Vegetation. Charlotte hatte beim Auftrag ihr »gartisches« Interesse bekundet.

Zum Zeitpunkt des Oriandatraumes befand sich jener Palast in desolatem Zustand. Allenfalls Romantiker schauten zurück auf dessen einstige Schönheit. 1824 hat ihm Alexander Sergejewitsch Puschkin mit einem Gedicht über die Fontäne des Bachtschyssaraj seinen Mythos verliehen. Der Stoff geht auf eine tatarische Sage zurück, wonach ein Khan in Liebes- und Glaubenskonflikt zwischen der Europäerin Maria und der Muslimin Sarema gerät. Das Thema hat alles an sich, was Friedrich Wilhelms Phantasie in romantischen Tagen beflügelt hätte. Jetzt erwähnt er es nicht einmal.

Ein weiteres Mittel zur Abkehr von der Realität war die orientalisierende Malerei. Beim neuerlichen Aufenthalt des königlichen Stipendiaten Wilhelm Hensel in Rom lernte dieser 1839 den Direktor der französischen Akademie Horace Vernet kennen. Der erfahrene Orientmaler trat entsprechend gekleidet in der Öffentlichkeit auf. Er war verwundert, warum Hensel ihm von seiner Orientsehnsucht erzähle, statt dort zu sein, wo die französischen Maler längst Inspiration fänden.

Seine Frau Fanny riet zum unverzüglichen Aufbruch, denn »was wir lange unter uns besprochen, geahnt, gefühlt, das bringt nun Vernet mit frischer Tat und klarem Wort ins Leben und in kurzem wird es Gemeingut sein. Dort liegt die Zukunft der Kunst.«[516] Hensel indes schätzte sein Können realistisch ein – und blieb. Ein Jahr später wird sich der mit ihm und Freiligrath befreundete Maler Hermann Kretzschmer unter Friedrich Wilhelms Anteilnahme über Griechenland und Konstantinopel in den Vorderen Orient aufmachen.

Ein anderer Weg in den malerischen »Orient« führte nach Spanien. Das Land steckte, nicht zuletzt aufgrund der industriellen Rückständigkeit, noch tief in alten Traditionen, Reisende wähnten sich im Mittelalter. Friedrich Wilhelm hatte den spanischen Schauplatz mit der Lektüre von Herders *Cid* und entsprechenden Passagen aus Byrons *Childe Harold* ebenfalls als romantischen betreten. 1832 war es der Amerikaner Washington Irving, der mit *Alhambra, A Series of Tales and Sketches of the Moors and Spaniards* die Zeit der Reconquista, die »eigentümlich starke Mischung sarazenischen und gotischen Wesens«, heraufbeschwor. Ritterlichkeit, Ehrgefühl, Stolz und Frömmigkeit alter Zeiten seien hier am reinsten erhalten geblieben. Wir kennen es: Spanien wurde eine eigene Geschichte nur ungern zugesprochen. Man beharrte auf der großen Zeit, in die auch Friedrich Wilhelm sich gerne hineinträumte.

Irvins Beschreibungen weckten die Neugier zahlreicher Maler. Sie sannen auf ein Abbild jener glanzvollen maurisch-spanischen Welt, denn für den Absatz ihrer Gemälde konnten sie auf eine wachsende Zahl von Bildungsbürgern und Philistern rechnen, auf Zimmerreisende. Der Münchner Maler Wilhelm Gail brach gleich nach Erscheinen des Buches dorthin auf. Friedrich Wilhelm stand auf der Berliner Akademieausstellung vor dem Ergebnis. Die noch wenig bekannten Ansichten waren begehrt, weil sie »die nackte Wirklichkeit hinter dem Schleier der Illusion verbergen.«

Friedrich Wilhelm kaufte die *Aussicht aus der Lindaraja auf Granada*. Der sich in den poetischen Inschriften der Kapitelle selbst rühmende Palast – etwas, das die christliche Architektur nicht kennt – spielte auf das Belvedere an, das mittlerweile das Gärtnerhaus der Römischen Bäder bekrönte. Von dort aus kann man den »Alhambrastrudel« von Charlottenhof sehen. Gail malte ihm noch eine Ansicht des *Löwenhofes im Schloss Alhambra bei Granada*.[517] Beide gehören zu den Gemälden, die er für den Teepavillon bei den Römischen Bädern sammelte und am Ende des Jahrzehnts mit siebzehn weiteren Architekturansichten mit weitem kulturellen Horizonts vereinte: der von Carl Ludwig Rundt festgehaltene Moment friedlichen Nebeneinanders christlicher und muslimischer Kultur in der Ausstattung der Cappella Palatina im Königspalast von Palermo, von Maxim Worobjew die Grotte in der Geburtskirche zu Bethlehem und die Ansicht des Dogenpalastes in Venedig, die byzantinische Variante herrscherlicher Baukunst.

Unterdes drang die Realität immer weiter in die Kunst vor. Den Besucher des Königsstädtischen Theaters musste jener ernste Blick längst nachdenklich stimmen. Bereits 1832 war dort *Ein Trauerspiel in Berlin* uraufgeführt worden mit der unauslöschlichen Figur des »Eckenstehers«. Obwohl dessen Erfinder, Karl von Holtei, im Vorwort behauptete, Nante sei nur eine Nebenfigur, wusste er um die Verhältnisse. Sein Bestreben sei gewesen, Leute von niederen Ständen, die ihrem trüben Geschick von innen heraus trotzten, als edle Naturen darzustellen.

Dem Dienstmann in abgerissener Kleidung ist nur ein Behelfsname geblieben, Nante. Was zählt ist die Blechnummer seiner behördlichen Konzession. Er steht nach Arbeit und hält seine Schlagfertigkeit mit Kümmelschnaps aufrecht. Das soziale Elend erreichte mit dieser Figur das Theater. Die herkömmlichen Mittel des Königs wie Spenden an die Armen oder Benefizveranstaltungen wie das Pferderennen von 1835 zugunsten »der durch Misswuchs in Notstand geratenen Bewohner von Ostpreußen und Litauen« konnten die Not nicht mehr beseitigen.

Friedrich Wilhelm sprach zunehmend von der wohltuenden, »einzigen Ruhe von Sanssouci« und wünschte seiner Schwester eine ebensolche »nervenberuhigende« Zeit beim Aufenthalt in Meran und Italien. 1837, beim Reiseantritt, meinte er, nur ein dortiger Aufenthalt könne sein Philistertum verhindern. Er weiß darum. Oft kämen Bekannte vorbei, aber nur solche, die ihn und die Kronprinzessin »nicht aufregen«: Rumohr, der in Siam wohne, und Strauß. Die Carls seien viel bei ihnen, zumal abends. Doch dies half offenbar wenig. Im Mai 1837 schreibt er, dass er nach Kissingen müsse: »O scheußlich …«[518] Die Ärzte hatten ihm den ersten Kuraufenthalt auferlegt.

Ende Juni erwähnt er den ihm seit einem oder zwei Jahren bekannten amerikanischen Presbyter Baird. Es gehe um das Anliegen der Temperance Societies in Europa. Dessen vortreffliche Schrift über Mäßigkeitsvereine sei ins Deutsche übersetzt[519] und habe schon sehr viel Gutes bewirkt, mehr noch dessen eigene Worte und Wärme für die gute Sache. In Berlin seien zwei Gesellschaften im Werden. Der Geistliche wolle auch nach Petersburg reisen, um in Russland seinen Kreuzzug gegen den Branntwein fortzusetzen. Er könne ihn »von ganzem Herzen«[520] empfehlen.

Trutz und christlicher Glaube

Gleich nach der Revolution hatte der Kronprinz Raupach mit einem gigantischen Schauspielzyklus zur Hohenstaufengeschichte beauftragt: Geplant waren je vier Abende über Friedrich I. Barbarossa und Friedrich II. sowie einzelne Tragödien über Heinrich VI. und andere Mitglieder der Dynastie. Zwischen März 1832 und 1837 brachte es Raupach auf vierzehn fünfaktige Trauerspiele mit Vorspielen – ohne Bühnenmusik. Bis auf die ergreifende Geschichte um den jungen Konradin überstanden diese endlosen Tragödien kaum mehr als drei Vorstellungen. Karl Immermanns fortschrittlicher *Kaiser Friedrich II.* wurde nicht gespielt. Friedrich Wilhelms Anspruch der Förderung »vorbildlicher« Mittelaltertugenden stellte sich vor den theatralischen.

Den Königsberger Professor Eberhard Gottlieb Graff unterstützte er bei der Herausgabe des *Krist: Das älteste von Otfrid im neunten Jahrhundert verfaszte hochdeutsche Gedicht*, erschienen 1831. Der gelehrte Mönch Otfrid aus dem bayerischen Kloster Weißenburg hatte das Evangelienbuch im damaligen spätkarolingischen Reich Ludwigs des Deutschen geschrieben, und Graff fügte dem Text die erste schriftliche Fassung des Georgsliedes hinzu.

Nachdem Friedrich Wilhelm jenen Ritter bislang im höfischen Umfeld herbeizitiert hatte, betonte Graff in der Widmung, »daß, wie der beßte König, so auch der Erbe seines Thrones, mitten unter den Sorgen für Rettung und Sicherung der durch eine überall verbreitete Verblendung gefährdeten Ruhe und Wohlfahrt der Staaten, den Wißenschaften seine huldreiche Theilnahme und Pflege nicht entzog.«[521] Buch und Widmung waren ganz im Sinne Friedrich Wilhelms. Nach Humboldts Gutachten gab er für Graffs literarisches Großprojekt, den *Althochdeutschen Sprachschatz*, »ungeheuer viel Geld [...], weil der Mann von so redlichen und vortrefflichen politischen Grundsätzen«[522] sei. Es werde ein Werk einzig in seiner Art, und er bat Charlotte und den Kaiser, sie mögen ihm auf einige Exemplare unterzeichnen. Die Herausgabe begann 1835, Graff konnte es aber aus eigener Kraft nicht mehr vollenden.

Noch im Revolutionsjahr hatte Friedrich Wilhelm den jungen Freiherrn Rudolf Maria von Stillfried-Rattonitz kennengelernt. Dieser verschrieb sich nach dem Jurastudium ganz der Erforschung der Hohenzollerngeschichte. Als Ausgleich zu vermehrten liberalen Aktivitäten ließ Friedrich Wilhelm von ihm die Chronik seiner Ahnen ins rechte Licht rücken. Kotzebues und Fouqués patriotische Versuche waren überholt. Es sollte geforscht werden. Bei jenem venezianischen Treffen mit Ranke war Friedrich Wilhelm die Bedeutung historischer Quellen bewusst geworden. Im Winter 1834/35 schickte er Stillfried zur Hohenzollernstammburg nach Schwaben, wo alte Dokumente über das Haus aufbewahrt wurden.

Die Arbeit sollte Jahrzehnte in Anspruch nehmen. Nur der erste der beiden mächtigen Folianten der *Altertümer und Kunstdenkmale des Hauses Hohenzollern* erschien zu Lebzeiten des Königs. Bei der Arbeit erging es Stillfried kaum anders als Raumer mit der Geschichte der Hohenstaufen. Er geriet in den Sog dynastischer Konjunktionen – bis er schließlich bei Karl dem Großen ankam. Dies gaben die Quellen keinesfalls her. Friedrich Wilhelm nannte sich Pate dieses Werks und hielt es ansonsten mit seinem bayerischen Schwager Ludwig: Historische Wahrheit musste, wie bei der Freskierung der Münchner Residenz, hinter dynastischer Gravité zurückstehen.

Auf der damaligen Rheinlandreise hatte er die verfallene Eremitenklause hoch über der Saar bei Kastel besichtigt und erhielt sie zum Geschenk. Es wäre nur eine Ruine mehr im Besitz Friedrich Wilhelms geblieben, wenn man nicht wenige Kilometer entfernt, in Mettlach, die Gebeine des mittelalterlichen Grafen Johann von Luxemburg aufbewahrt hätte. Sie waren in den Wirren der Französischen Revolution auf abenteuerliche Weise aus Altmünster im Elsass in Privatbesitz gelangt. Johann, Sohn Kaiser Heinrichs VII., galt vor seiner Erblindung als die Verkörperung höfischer Ritterideale schlechthin – was er in Turnieren bis nach Paris und in italienischen Kriegszügen vorführte. Johann soll nach tapferem Kampf in der Schlacht von Crécy 1346 gefallen sein. So will es die Legende um den Erblindeten.

Würdige Bestattung in jener Eremitenklause zusichernd, erhielt Friedrich Wilhelm die Gebeine übermacht. Sie erfolgte nach ausführlichen Skizzen für den Sarkophag.[523] Sein Interesse galt der Verbindung Johanns mit dem Hause Wittelsbach, also mit Elisabeth. Den roten Faden ins Mittelalter knüpfte Stillfried, und seit Schinkels Restaurierung schmückt ein gemalter Stammbaum vollständig bis ins alte Reich hinab die Westwand der Kapelle mit dem Königspaar am Ende der langen Ahnenkette.

In Rhens, südlich von Koblenz, hatte der von Napoleons Armee zerstörte Königsstuhl gestanden. Es hieß, im Nussbaumgarten über dem Rhein hätten sich die rheinischen Kurfürsten 1273 für die Wahl Rudolfs von Habsburg zum Kaiser des Römischen Reiches abgesprochen. Später zelebrierten die Fürsten an dieser Stelle auf einem Königsstuhl den Ritus der Kaiserwahl. Friedrich Wilhelm ließ ihn wiederherstellen. Und als 1835 Ferdinand I. den österreichischen Thron bestieg, schlug er vor, jener solle sich vom Papst in Rom oder Mailand zum Römischen König krönen lassen. Ansonsten zählte er zu denen, die Ferdinands Regierungsunfähigkeit verlachten.

Auch seine Burgruine Stolzenfels war nach der Revolution in ein anderes Licht gerückt. Frankreich erhob jetzt wieder Anspruch auf sämtliche linksrheinischen Gebiete – worauf die Burg ebenso wie die Altertümer an Mosel und Saar stehen. Friedrich Wilhelm ließ vom Architekten von Wussow einen Vortrag über die herausragende Bedeutung des Burgausbaus für Preußen halten. Dann wurde die Ringmauer der Ruine ein letztes Mal im abendlichen Fackelschein romantisch erleuchtet, bevor die Burg in weiten Teilen neu aufgebaut wurde.

Die unterschiedlichen Auffassungen zwischen ihm und Schinkel waren unübersehbar. Friedrich Wilhelm wünschte, alles Neue solle aussehen »wie beim alten Bau«. Selbst die Maurerarbeit, »damit womöglich gar nicht bemerkt werden kann, wo das alte Mauerwerk aufhört und das neue anfängt.«[524] Der mittelalterliche »Charakter« war unabdingbar. Schinkel sah historische Architektur als das Unentwickelte der Gegenwart an und riet ab. Schließlich einigte man sich auf ein Äußeres, das Rheinreisenden den Eindruck zeitlos-ungetrübter Souveränität suggerieren sollte. Die mit neuen Fertigungstechniken seriell hergestellten Steine sehen aber nicht wie alte aus, und am streng gegliederten Baukörper ist das Neue unübersehbar. Schinkel behauptete, nur so könne ein künftiger preußischer König darin wohnen – woran dieser am wenigsten dachte.

An Fouqué schrieb er: Dessen Schriften hätten ihm den Sinn noch mehr auf »jene schöne Zeit gerichtet, als der Mann Liebe und Schönheit verteidigt und damals mehr durch Wert und Treue als jetzt gegolten« habe. Er meinte damit jene »gran bontà« Ariosts, die Schiller mit »Edelmut«, Gries als »Biederkeit der alten Rittersitten« übersetzt und die Fouqué zur unendlichen Melodie seiner Romane machte. Jene Tugenden seien ihm Triebfeder zur Erbauung einer kleinen Burg, die ihn ganz in Zeiten versetze, in denen er so gerne »sich träume«. Man hat dies lange als Beweis von Friedrich Wilhelms romantischer Einstellung gewertet. Jene »Träume« enthüllen sich jedoch vor veränderten politischen Umständen als Tagträume.

In diesen Jahren entwickelte sich das mittelalterliche Genre literarisch fort. Die Berliner Salonnière Henriette Paalzow hielt in ihren Romanen den Glauben an mittelalterliche Tugenden hoch. Ihr *Godwie-Castle, Aus den Papieren der*

Herzogin von Nottingham, erschienen 1834, war bei Hofe äußerst gefragt. Über sie, die in schwarzen, plissierten Mittelalterkleidern auftrat und in einem Turm – wie einst Frau Minnetrost – gegenüber von Schloss Monbijou lebte, hieß es, ihre Person sei weit bemerkenswerter als ihre Romane. Friedrich Wilhelm empfing sie, weil ihr Roman seine Tagträume bediente. Reumont schreibt, er habe »die Vorliebe des Königs für diese späte Nachahmung Walter Scotts«[525] nie begriffen. Er hielt ihre Romane für vergebliche Mühe, »einem an sich falschen Genre eine neue interessante Seite abzugewinnen.« Er verstand nicht, dass es Friedrich Wilhelm nicht um literarische Qualität ging. Ihm war jede Glaubhaftmachung von »Reichstugenden« willkommen.

Der Glaube half mit. 1837 bat er Fouqué um Auskunft über eine Geschichte, die jener gleich nach dem Befreiungskrieg geschrieben habe. Darin sei die Rede von einem Engel auf weißem Ross in goldener Rüstung, der einem König vorausritt und siegen half. Bis hierher sieht es wie ein Nachbild der verklärten Königin Luise aus. Doch es führt in eine weit fernere Zeit zurück: Ein rotes Kreuz sei am Himmel erschienen, dem eine dicht gedrängte Schar von Rittern mit golden gepanzerten Rüstungen folgte.

Barbarossa war es auch nicht. Fouqué hatte sich von jenem berühmten Traum des Konstantin inspirieren lassen. Jener soll über die Zukunft des Christentums entschieden haben: In der Nacht vor der historischen Schlacht an der Milvischen Brücke, der jetzigen Ponte Molle bei Rom, in der Konstantin gegen die Heiden kämpfte, erschien ihm das Kreuz leuchtend als Himmelszeichen über den Truppen. Er gelobte, im Falle eines Sieges seine künftige Regierung unter das Kreuzesbanner zu stellen – und siegte. Das Kreuz hatte während der beinahe tausendjährigen Dauer des Heiligen Römischen Reiches die weltliche Macht gestützt. Nun wurde es zu Friedrich Wilhelms Trutzzeichen. In diesem Sinne war die innere Ausgestaltung von Stolzenfels gedacht. Die nazarenischen Maler der königlich preußischen Akademie in Düsseldorf konnten nicht geeigneter dazu sein. Schadow hatte die »Düsseldorfer Schule« zur führenden Deutschlands gemacht. Die Künstler beherrschen die neue Freskotechnik, die Friedrich Wilhelm und Ludwig I. für repräsentative Bauten vorzogen.

Die Monarchen standen mit ihrer Auffassung von christlicher Kunst keineswegs allein. Nach bald zwei Jahrzehnten Beschäftigung mit dem *bitteren Leben unseres Herrn Jesu Christi, nach den Betrachtungen der gottseligen Anna Katharina Emmerich, […] nebst dem Lebensumriss dieser Begnadeten* war Clemens Brentanos Buch 1833 erschienen. Das, was er nach seiner Rückkehr zum katholischen Glauben am Bett jener stigmatisierten Augustinernonne erlauscht hatte, war Dichtung geworden. Brentano beschrieb nicht die Visionen. Er wollte den Gläubigen lebendige Wirklichkeit zur kontemplativen Jesusliebe an die Hand geben – und führte Chateaubriands romantische Betrachtungen mit eigenen Vorstellungen weiter.

Ein ähnliches Ansinnen verfolgte ein protestantischer Autor aus Tübingen, der Stiftsrepetent David Friedrich Strauß. Dessen *Leben Jesu, kritisch bearbeitet* von 1836 unterschied systematisch zwischen Historie und Mythos. Die Erzählungen der Evangelien verstand Strauß als Mythen, deren Wahrheit freilich nicht minder bedeutend sei als die der Philosophie. Strauß tastete damit das Selbstverständnis reinen Glaubens an und erntete einen Proteststurm ohnegleichen.

Religiöse Fragen beschäftigten die Allgemeinheit in diesen Jahren nicht nur literarisch. Der Maler Louis Ammy Blanc brachte mit seiner *Kirchgängerin*[526] himmlische Beseeltheit so zeitgemäß zum Ausdruck, dass das Motiv des bibellesenden Mädchens vor rußgeschwärztem Kölner Dom bald auf Sofakissen, Reisetaschen, Ofenschirmen und Kaffeetassen prangte. Eine betende Bürgermeistertochter verbuchte den Erfolg von Stars für sich. Wenn auch die religiöse Ikonographie unangetastet blieb, erreichte Blanc das Publikum mit nazarenischen Stilmitteln. Friedrich Wilhelm griff auf zwei Hauptwerke der Düsseldorfer Nazarener zu.

Nachdem ein Gemälde Eduard Bendemanns in Paris preisgekrönt wurde, erwarb er dessen biblische Historie *Jeremias auf den Trümmern Jerusalems*. Das zweite war *Die Hussitenpredigt* von Carl Friedrich Lessing. Hinter der Darstellung des auf dem Scheiterhaufen verbrannten Jan Hus verbirgt sich das Thema der Verklärung Christi auf dem Berg Tabor. Lessing hatte Raffaels Meisterwerk in den Vatikanischen Sammlungen sorgfältig studiert. Da den Malern der Weg zum frommen Bewusstsein tiefgläubiger Zeiten unzugänglich war, griff Lessing zu den simulatorischen Hilfsmitteln seiner Zeit. Friedrich Wilhelm, dessen bewusst, beauftragte ihn mit einer weiteren Historie.

Als Lessing im Frühjahr 1840 *Die Gefangennahme des Papstes Paschalis II.* liefern wollte, kam es zum Eklat. Der Klerus erhob Einspruch, er fasste das Gemälde als Tendenzstück auf. Wie Friedrich Wilhelm störte ihn nicht das Plakative der religiösen Malerei, vielmehr mögliche Anspielungen auf die aktuelle Politik. Friedrich Wilhelm, den sein Bruder Wilhelm kurz zuvor die »Hauptstütze« der »Frömmelei« genannt hatte[527], wollte es sich mit der Geistlichkeit nicht verderben und behauptete, er habe den Auftrag nicht erteilt – musste das Bild aber schließlich annehmen.

Dazu war es gekommen, weil der katholische Klerus im Streit mit dem König lag. Nach Friedrich Wilhelms Fürsprache war das Amt des Kölner Erzbischofs durch den Freiherrn von Vischering neubesetzt worden. Clemens August Droste von Vischering hatte die Prüfung der Wundmale der Katharina Emmerich geleitet und war zum salomonischen Ergebnis gelangt, die Nonne sei eine besondere Freundin Gottes und deshalb von diesem gestempelt, was man vernünftigerweise nicht hätte denken können. Im evangelischen Berlin stießen solche Umschreibungen auf Befremden.

Offener Streit zwischen Vischering und der preußischen Regierung war 1837 in Fragen von sogenannten Mischehen ausgebrochen. Es ging um die religiöse Erziehung von Kindern aus Ehen zweierlei Konfession. Nach preußischem Recht war die Konfession des Vaters maßgeblich, was Vischering wie auch der Erzbischof von Posen abwies. Nach ergebnislosem Streit griff der König zum altbewährten Mittel gegen Andersdenkende und setzte beide Bischöfe in Festungshaft. Der Papst protestierte gegen die Einmischung des Staates in kirchliche Angelegenheiten, Bunsens diplomatisches Geschick versagte. Der Papst empfing ihn nicht mehr, er wurde von seinem Gesandtschaftsposten abberufen.

Friedrich Wilhelms religiöse Vorstellungen gingen weit über derlei Querelen hinaus. Nach Erweckung und Gotteserkenntnis war ihm der Umgang mit der Heiligen Schrift, Sündenbekenntnis, Gebet und christlicher Lebenswandel Voraussetzung für Gottes Heils- und Gnadengabe. Den Gläubigen sollte Gewissensfreiheit bei der Religionsausübung überlassen bleiben, solange sie sich zur »einen« christlichen Kirche bekannten. Folglich dürfe der preußische Monarch, obwohl Summus episcopus, lediglich »Schutzherr« beziehungsweise »Friedensrichter« der Bekenntnisse sein. Er hielt die Maßnahmen des Königs für nicht gerechtfertigt.

Ähnlich dachte er über einen Streit um Meinungsäußerung: An der Göttinger Universität war es zu Entlassungen von Professoren gekommen, die auf ihrer verfassungsmäßigen Meinungsfreiheit beharrten. Unter ihnen die Brüder Wilhelm und Jacob Grimm. Sie waren verwandt mit den loyalen Savigny, die sich für sie einsetzten. Bettina von Arnim hielt seit dem Tod ihres Dichtergemahls politisch nicht mehr hinter dem Berg, sie wandte sich an Friedrich Wilhelm. Dieser fragte bei Altenstein an, ob die beiden Wissenschaftler an der Berliner Universität angestellt werden könnten: »Gewiß haben sie und Konsorten nicht gut gehandelt mit ihrer Protestation, [aber] der Charakter beider Männer soll höchst achtungsvoll sein, ihr Ruf und ihre Kenntnisse sind anerkannt.«[528] Altenstein musste sein Amt im Frühjahr 1838 wegen Krankheit aufgeben. Die Akte Grimm blieb liegen.

Der König folgte dem Hannoveraner Beispiel und entließ den Bonner Hochschullehrer Arndt. Die restriktiven Maßnahmen gingen in Berlin so weit, dass die Herausgabe der *Jahrbücher für wissenschaftliche Kritik*, durch Zensur behindert, erst nach ministeriellem Einspruch fortgeführt wurde und das französische Theater, das sich seit Bestehen selbst kontrollierte, den Grafen von Miltitz zum Zensor erhielt. Im Januar 1840 notierte Friedrich Wilhelms Adjutant Voss-Buch, es hätte an einem der Teeabende bei der Kronprinzessin einen Streit gegeben, der ihn an frühere Zeiten erinnerte.

Man sei schnell einig geworden, dass das königliche Verfahren gegen Arndt »ebenso ungerecht als unklug« sei. Der Streit entbrannte »über die Korrektheit von dessen politischen Grundsätzen, zumal in der früheren Zeit.« Friedrich

Wilhelm habe sich auf Niebuhr berufen, was die Diskussion auf dessen letzte politische Doktrinen brachte. Dabei sei die Konversation »etwas sehr heftig geworden.«[529] Der Kronprinzessin war es zu viel, was den Streit beendete.

Zweifel an der väterlichen Regierung mochten am 17. November 1838 zur Notiz fürs Gebetbuch geführt haben: »tiefste Zerknirschung« und »zu DIR flüchte ich in meiner Not, denn ich weiß gewiß, außer DIR ist Tod.«[530] Angesichts des körperlichen Verfalls des Königs wurde sein Regierungsantritt absehbar – eine Aufgabe, die ihm nicht einmal in seiner nächsten Umgebung, allen voran von der Kronprinzessin, zugetraut wurde. Mit Bunsen wechselte er Briefe über den Gottesbegriff.

Eine »Publikation« Schellings hatte dies verursacht. Der Philosoph zählte mit den Jahren zu den Gästen am Wittelsbacher Hof. Seit dessen Abkehr von der rein dialektischen Systematik hatte sich Kronprinz Maximilian in Schellings Philosophie vertieft. Er ließ die öffentlichen Vorlesungen von Stenographen mitschreiben. Erst seit kurzem wissen wir, dass sich eine Art Lehrer-Schüler-Verhältnis bildete.[531] Bei den Münchner Familienbesuchen vermittelte Maximilian Schellings Gedanken an Friedrich Wilhelm.

Schelling entwickelte seit 1830 seine *Philosophie der Mythologie*. Durch Setzung eines mythologischen Anfangs fand er aus dem Korsett der dialektischen Triaden heraus.[532] Reumont nannte zwar nicht Schelling, sondern Görres als Anreger Friedrich Wilhelms auf diesem Gebiet. Doch bei der Wiederbesetzung von Hegels Lehrstuhl plädierte Friedrich Wilhelm nach wie vor für seinen alten Wunschkandidaten Schelling. Alexander von Humboldt musste Schellings treuen Anhänger Bunsen jedoch am 22. März 1835 über Altensteins abweisendes Schreiben informieren. Friedrich Wilhelm verglich es mit einer »shakespeareschen Hexensuppe.«[533] Er musste sich weiter gedulden.

Der ins Alter gekommene Schelling hatte jedenfalls länger kein Buch mehr veröffentlicht. Im Wintersemester 1838 las er zum ersten Mal über die Philosophie der Offenbarung, und die erwähnte philosophische Schrift dürfte die Mitschrift dieses Kollegs gewesen sein. Schelling anerkannte, entgegen Hegels Dialektik, die Existenz Gottes als leitendes Prinzip. Was dessen Verhältnis gegenüber dem Menschen anbelange, war Friedrich Wilhelm allerdings anderer Ansicht. Am 25. März 1839, dem Fest Mariä Verkündigung, wie er ausdrücklich dazuschreibt, adressiert er zu dieser Frage an Bunsen einen seiner längsten Briefe. Diesmal ist er sogar zu begrifflichen Erklärungen aufgelegt: Am schwersten widerlegbar seien in jener Schrift Begriffe, die laut Schelling benutzt würden, »als nähmen sie vor der Schöpfung die Menschheit als von Ewigkeit im Logos verborgen an. Hätte jener Recht, dann freilich wäre die Menschheit nicht mehr ein Geschöpf Gottes, sondern eine Ausströmung aus seinem Wesen, folglich ein Teil der Gottheit selbst, welches ich, und sagte es Schelling selbst, für eine unlogische Ketzerei erklären müßte.«[534]

Damit sprach Friedrich Wilhelm einen philosophischen Streit jener Zeit an. Seinen Widerspruch begründet er mit jenem Abschnitt aus den *Bekenntnissen* des Augustinus, den er in seiner Bibel mit sich führte: »Fast von keinem und in keiner der alten und neuen Schriften habe ich die lebendige, scharfe, logische Erkenntnis des unaussprechlichen Unterschiedes des Schöpfers und des Geschöpfes gefunden. [...] Allein in L.VII.CX der Augustinischen Confession ist eine Stelle, der ich diese Auffassung verdanke und die Epoche in meinem Leben machte, wo er von dem Ringen nach der Erkenntnis des unwandelbaren Lichtes der Gottheit redet und sagt, daß der Beistand des Herrn ihn endlich erkennen ließ, daß sein Licht über dem Lichte des eigenen Geistes sei; nicht wie das Öl über dem Wasser, nicht wie der Himmel über der Erde, sondern es war über mir, [...] weil es mir das Dasein gegeben und ich war unter ihm, weil es mich erschaffen hat.«

Friedrich Wilhelm hatte das Verhältnis Schöpfergott–Mensch eingehend bedacht. Was Augustinus darlegt, ist der Übergang von der alten platonischen Lehre zum Beginn des johanneischen Evangeliums: Der menschliche Geist zeugt vom Licht, ist aber nicht das Licht. Er ist der göttlichen Wahrheit gegenüber nur geschaffen, um jene zu erkennen. Die absolute Substanz durchdringt laut Johannes die Menschen. Erst dadurch könnten sie ihrer selbst bewusst werden. Offenbar werde dies, so Friedrich Wilhelm, im Verhältnis von Kirche und Gesellschaft: Die Kirche sei nicht nur eine Seite des gesellschaftlichen Daseins, die nach und nach im Staat aufgehe, sondern sie verbinde als Mittler das diesseitige Leben mit dem jenseitigen. Staat und Kirche blieben, unter Wahrung ihrer Selbständigkeit, stets miteinander verbunden. Dies blieb für Friedrich Wilhelm unverrückbar. Jene apostolische Abstraktion war nicht ausschließlich mit dem Frühchristentum verbunden. Im Mittelalter seien die Menschen noch von jener absoluten Substanz durchdrungen gewesen. Der Wunsch nach deren Wiederbelebung ist der tiefere Grund für Friedrich Wilhelms Beharren auf dem »Charakter« mittelalterlicher Kirchen.

Im März 1840 notierte Carl von Voss-Buch: »Der Kronprinz entfaltete die Idee, daß die Könige ein von Gott eingesetztes, dem bischöflichen ähnliches, von allen anderen Verhältnissen aber verschiedenes Amt bekleideten. Alle anderen Ämter wären von Menschen gemacht und verliehen. [...] Ich aber sagte ihm, daß er an die Ideen Jakobs I. herangeriete.«[535] Jakob I. von England, geboren 1566, hatte in seinen *Opera* jenes absolute Königtum verteidigt. Er ist als »weisester Narr der Christenheit« in die Geschichte eingegangen. Gegenüber jenen Ideen standen für Friedrich Wilhelm die aktuellen Monarchien hintan: die immerhin im Mittelalterkostüm frisch gekrönte Victoria von England ebenso wie der Kampf Karls V. um die Macht in Spanien. Voß-Buch bemerkt: »Er sucht und findet überall etwas Sakramentales [...] in diesen Dingen, die vielleicht Lebensfragen werden können.«

■ **Fundstück:** Hierophanie ■

Seine Beschäftigung mit tiefschürfenden Gedanken wurde offensichtlich. Die mit dem Hofleben vertraute Caroline von Rochow schrieb über seine Verfassung vor dem Thronwechsel: »Ich mag daher den Kronprinzen gern in jener schweigsamen, in sich versunkenen Stimmung treffen, in welcher ihn die Menschen präokkupiert oder auch wohl verstimmt nennen. [...] Er ist so völlig anders als alle Menschen, die ich kenne. [...] Was auch andere für Faxen machen mögen, um ihm ein Lächeln abzugewinnen: es ist, als schlummere er, und unaussprechliche Träume ziehen über seine klare, wirklich noch kindliche Stirn hin.«[536] Diese Charakterisierung hat ihm den missverständlichen Namen »preußischer Hamlet« eingetragen. Weder die Gräfin noch sein Adjutant verstanden etwas vom unmittelbar bevorstehenden Wandel der Person.

Einen der »unaussprechlichen Träume« hat er Charlotte mitgeteilt: »Laß [Nikolai] sagen, ich wünsche ihm zu so viel Ruhm noch Einen aus tiefstem Herzen, nemlich die Befreiyung des Heiligen Grabes.« Wenn auch die jetzt alles beherrschende »Miserabilität« die Ausführung vereitle, bringe schon die Idee Ruhm. »Ich hätte diesen Ruhm uns gewünscht. Das Verpassen des rechten Augenblicks ist aber der charakteristische Zug der laufenden Epoche.«[537] Friedrich Wilhelm schreibt dies nach der Rückkehr von einer vierundzwanzigtägigen Bade- und Trinkkur in Marienbad. Sie habe ihm sehr gut getan. Wir müssen ihm glauben.

Von »Versunkenheit« ist auch auf dem Porträt Alexander Clarots von 1839 nichts zu bemerken. Ein nach englischer Mode gekleideter »gentle man« mit kindlichen Zügen blickt aufmerksam in die Zukunft. Er wird am 2. Mai 1840 – gegen den Widerstand des Innenministers – das Trauerspiel *Richard Savage* des verbotenen Dichters Gutzkow aufführen lassen. Darin geht es um eine Adelige, die ihren Sohn verstößt, weil er nicht standesgemäß gezeugt wurde. Die Moral der Geschichte benennt Gutzkow im Vorwort: »Denn in der Liebe ist selbst der Irrtum besser als im Haß die Wahrheit!« Was bei Friedrich Wilhelm in die Tiefen seiner Vergangenheit zurückreichen mochte, weckte bei den Fortschrittlichen neue Hoffnungen, und selbst der nörgelige Varnhagen von Ense vermerkte, das Junge Deutschland habe bei dieser Aufführung einen »Glanz und Sieg« erlebt, den sich bei ihrem Verbot »niemand träumen ließ.«[538] Man musste mit Friedrich Wilhelm rechnen. Anfang des Jahres hatte Wilhelm geschrieben, bei der Revision der gesamten Gesetzgebung entwickle sein Bruder vortreffliche Ansichten, und er »siege« fast immer. Dabei sei es ungemein interessant zu sehen, »dass er die Gesetze machen hilft, nach denen er einst regieren wird!«[539] Und Humboldt schrieb, er bewohne neuerdings öfter als früher »den einst berühmten Hügel von Sanssouci, und dieser Teil meiner Existenz ist [...] der geistig erfreulichere.«

Am 24. Mai fragte Friedrich Wilhelm bei Johann an: »Kennst Du Mendelssohns Abhandlung über das Politische in der divina commedia?«[540] Er meint Joseph Mendelssohns zwei Vorlesungen über Gabriele Rossettis neuen Ansatz zur Dante-Forschung.[541] Rossetti hatte behauptet, trotz zahlreicher Lehrstühle sei Dantes Hinweis auf die allegorische Bedeutung seiner *Commedia* bislang nicht ernstgenommen worden. Der wie Dante politisch flüchtige Rossetti hielt die Modelle der bisherigen Forschung ohne Beachtung der politischen Allegorien für naiv. Der Schlüssel läge vielmehr in Dantes *Tractatus de monarchia*, worin er einem Königtum von Gottes Gnaden ohne weltliche Macht der Päpste das Wort rede. Das musste Friedrich Wilhelm neugierig machen. Er stand jetzt auf der Schwelle zum Königtum. Würde es ein unbegreiflicher Moment, eine Art Epiphanie – und wie würde es dann?

3
Das Labyrinth des Königs
(1840–1851)

Königsversuche mit preußischer Sibylle

Der hinfällige König glaubte unbeirrt daran, das hundertjährige Regierungsjubiläum Friedrichs des Großen mitzuerleben. Mit dem 31. Mai 1840 hatte es für ihn eine besondere Bewandtnis: Während der zweiten Pariser Friedensverhandlungen hatten er und der Zar bei der berühmten Wahrsagerin Madame Lenormand in die Zukunft geschaut. Ihm sagte sie voraus, Napoleon komme nicht mehr an die Regierung und werde 1821 sterben. Nachdem beides eingetreten war, würde gewiss auch ihr dritter Spruch – sein Tod nach Friedrichs Gedenkfest – wahr.

Ihm verblieb also nur noch wenig Zeit, und als der Grundstein des Friedrichsdenkmals Unter den Linden gelegt wurde, musste er sich vom Kronprinzen vertreten lassen. In seinen letzten Tagen überstieg die Anteilnahme der Bevölkerung alle Erwartungen. Trotz seines Widerstandes gegen jegliche Liberalisierung war man der gemeinsamen Not der Besatzung noch eingedenk. Friedrich Wilhelm wird sich, wie sein Bruder es vorausgesehen hatte, nicht mehr darauf berufen können.

Am 11. Juni fand das Leichenbegängnis statt. Für die Totenfeier im Berliner Dom hatte der Verstorbene eine schlichte Zeremonie mit Kreuz und Wort verfügt – so wie er als evangelischer Christ dafürhielt. Zwecks unverzüglicher Wiedervereinigung mit der Königin Luise im Tod wurde der Leichnam noch in der Nacht ins Charlottenburger Mausoleum überführt. Friedrich Wilhelm nutzte dies zur ersten monarchischen Inszenierung: Beim Kondukt wurde die Gasbeleuchtung Unter den Linden gelöscht, er wurde in »mondbeglänzter« Nacht allein durch Fackeln erhellt, was das von leichten Wolken umzogene elegische Dämmerlicht des Mondes zur anschaulichen Wirkung brachte. So hatte es Friedrich Wilhelm in jener Nacht auf dem Forum Romanum erlebt. Oder meinte er Tiecks Gedicht?

Der Zug erreichte das Brandenburger Tor um Mitternacht, wo er nach Norden abbog. Am Gitter des Charlottenburger Schlossgartens war ein großer Männerchor versammelt, der die Choräle »Jesus, meine Zuversicht« und »Auferstehn, ja auferstehn wirst du / Mein Staub nach kurzer Ruh«[542] intonierte. Hinter dem Gitter wurde die nächtliche Trauerfeier im engsten Kreise der königlichen Familie beendet. Ende Juni gab es in der Berliner Garnisonkirche noch einen Gedächtnisgottesdienst für das Militär und am 19. Juli Mozarts *Requiem* im Potsdamer Neuen Palais. Es sah so aus, als würde Augustas Vermutung, der arme König sei bald vergessen, eintreten.

Sollte jene stimmungsvolle Trauerzeremonie der Beginn einer romantischen Regierung sein? Friedrich Wilhelm behauptete beflissen, er wolle als vierter unter diesem Namen regieren wie der selige König. Dies ersparte ihm Ausführungen darüber, worauf seine Regierung denn hinauswolle. Er deutete bloß an, dass seine Kräfte zum Regieren bestenfalls zwanzig Jahre hinreichten. Noch am Todestag des Königs ordnete der König an, was ihm seit 1701 nicht in den Sinn gekommen war: Sein Amt sollte in Form täglicher Journale vom Aufstehen bis zum abendlichen Entlassen des Hofpersonals von Adjutanten aufgezeichnet werden. Im Vergleich zu Louis XIV unterschied sich dies nur darin, dass Lever und Coucher zu Privatangelegenheiten wurden. Die Journale sollten als Beweis seiner guten Regierung veröffentlicht werden. Es fand sich aber niemand, der sie redigierte.[543] Sie haben, gebunden, im Königlichen Archiv ihren Platz gefunden.

Erst nach acht Tagen durchlittener Trauer hatte er sich so weit gefasst, dass er Johanns Kondolenzbrief beantworten konnte: »Wie tief und wahr ist's, was Du sagst, daß man sich beim Tode des Vaters von seiner Wurzel losgerissen fühlt! Dies herbe Gefühl ist uns und mir insbesondere im vollsten, überwältigendsten Maße zuteil geworden und noch heut kann ich das Haupt nicht von dem Schlage erheben.«[544] Acht Jahre später wird er seinem politischen Beauftragten Joseph Maria Radowitz seinen wirklichen Zustand in diesen Wochen eingestehen: »Als der Hochselige König geendet hatte, war ich so traurig, weint' ich so viel, daß ich, um den Kopf oben zu behalten, und meines Amtes leben zu können auf allerhand Versuche von Gedanken kam. So versucht' ich einmal, um mir Trost und Mut zu geben, mir so recht tief ins Gemüt zu rufen ›Nun, du bist ja König‹. Die Folge des Versuches war ein unerträglich brennender geistiger Schmerz, daß ich ablassen mußte, wie den Finger vom heißen Metall.«[545] Wie also über diese »Versuche von Gedanken« hinwegkommen?

Durch Ausübung der Herrscherpflichten. Nach der Vereidigung der Minister am 12. Juni hätte das Regieren beginnen können. Doch Minister sollten nicht »Feseurs« wie unter dem Vater sein. Er behielt sich Entscheidungen in allen wesentlichen Dingen vor. Was die Minister betraf, ging es eher wie im Personenverzeichnis von Theaterstücken zu, wo es weit unten »Minister« heißt.[546] Solche Nebenfiguren sind leicht austauschbar. Das schwerwiegende Beamtentum Hardenbergs hat darin keinen Platz.

Am 11. August empfing der König die Gesandten Russlands und Englands, und am 13. fuhr er zu Johann nach Dresden, wo er sich mit Metternich und seiner russischen Schwester traf. Anschließend brach er zur Krönung auf. Seit der Geburt des preußischen Königs 1701 fand diese Zeremonie in Königsberg statt. Für den festlichen Einzug waren Ehrenpforten und Fahnen an den Straßen errichtet, die Stadt von den Einwohnern geschmückt worden. Schaulustige sahen aus den Fenstern und von den Dächern herab. Es war jene Menschenfülle, die wir von Friedrich Wilhelms Zeichnungen bei solchen Anlässen kennen. Erdachte Bühnen wurden zur Realität.

Bei der Krönung setzte sich der König nach altem preußischem Recht als Summus episcopus die Krone selbst aufs Haupt. Nur als Träger der Krone konnte er gesalbt werden. Sie war ihm Lehen Gottes, und als Leihnehmer war er allein ihm gegenüber verantwortlich. Es hatte sich keine Epiphanie ereignet, der König wird aber von nun an mittels der Krone zu Gott in unauflöslicher Verbindung stehen. Was Friedrich Wilhelm mit Hilfe von Talismanen begonnen und dem Besuch von königlichen Schatzkammern fortgesetzt hatte, war nun beglaubigt. Und in diesem Sinne war seine Äußerung gemeint: Was er als Kronprinz nicht verstanden habe, verstehe er erst als König. Er wird diese juristische Konstruktion weiter entwickeln.

■ **Fundstück**: Das Leben und die Träume sind Blätter eines und des nämlichen Buches. Das Lesen im Zusammenhang heißt wirkliches Leben. (Arthur Schopenhauer, *Die Welt als Wille und Vorstellung I*, § 1) ■

Als nächstes bestätigten die Stände mit ihrer Huldigung offiziell den preußischen König. Dies hätte dem Zeremoniell vollauf genügt. Friedrich Wilhelm aber trat – zum ersten Mal in der Geschichte des preußischen Königs – vor seine Untertanen und verlangte nach deren Bestätigung. Was viel Eindruck machte. Am Abend war die Stadt festlich erleuchtet. Gewerke und Zünfte führten Maskeraden auf. Die Krönung wurde zum Triumph des Königs. Unter Liberalen war die Hoffnung auf eine Verfassung genährt. Eilfertige ließen Vorschläge zirkulieren. Der König wies solches jedoch strikt zurück, sprach von Ständestaat und langwierigen Vorbereitungen, um ihn mit einer Verfassung zu verbinden. Wollte er Zeit gewinnen? Jedenfalls stand die erste Frage seiner Regierung im Raum. In der Nacht träumte ihm von einem Zimmer im Schloss Sanssouci, das genau wie zu Zeiten Friedrichs II. aussah.

Ausgelassener noch als in Königsberg verlief der Einzug in Berlin. Zünfte und die Stadt hatten ebenfalls Ehrenpforten errichtet, die prächtigste auf dem Alexanderplatz von Wilhelm Stier, Professor an der Bauakademie. Am Tag vor der Huldigung hatte Aubers Oper *Der Feensee* Premiere. Der König ließ Billetts nach Ständen ausgeben. Er selbst erschien laut Journal wegen der Hoftrauer nur für einen Augenblick.

Die Huldigung im Stadtschloss eröffnete er mit einer Rede an Ritterschaft und Adel. Es war sein Geburtstag. Anschließend sprach er von einer mächtigen Tribüne des Schlosses aus zu den Untertanen. Über den Inhalt der Rede hatte er Stillschweigen bewahrt. Später hieß es, er hätte sie improvisiert. Die »Dramaturgie« des Auftritts war alles andere als dies. Mit der Rede hob er den »geistigen Schmerz der Regierung« auf. Und er wird weiterreden solange man ihm zuhört:

»Im festlichen Augenblicke der Erbhuldigung Meiner deutschen Lande, der edelsten Stämme des edelsten Volkes, und eingedenk der unaussprechlichen Stunde zu Königsberg, die sich jetzt wiederholt, rufe ich zu Gott dem Herrn, Er wolle mit seinem allmächtigen Amen die Gelübde bekräftigen, die eben erschollen sind, die jetzt erschallen werden, die Gelübde, die ich zu Königsberg gesprochen, die ich hier bekräftige. – Ich glaube, Mein Regiment in der Furcht Gottes und in der Liebe der Menschen zu führen, mit offenen Augen, wenn es die Bedürfnisse Meiner Völker und Meiner Zeit gilt; mit geschlossenen Augen, wenn es Gerechtigkeit gilt. Ich will, so weit Meine Macht und Mein Wille reichen, Friede halten zu Meiner Zeit – wahrhaftig und mit allen Kräften das edle Streben der hohen Mächte unterstützen, die seit einem Viertel-Jahrhundert die treusten Wächter über den Frieden Europas sind. Ich will vor allem dahin trachten, dem Vaterlande die Stelle zu sichern, auf welche es die göttliche Vorsehung durch eine Geschichte ohne Beispiel erhoben hat, auf welcher Preußen zum Schilde geworden ist für die Sicherheit und die Rechte Deutschlands. In allen Stücken will Ich so regieren, daß man in Mir den echten Sohn des unvergeßlichen Vaters, der unvergeßlichen Mutter erkennen soll, deren Andenken von Geschlecht zu Geschlecht in Segen bleiben wird. Aber die Wege der Könige sind tränenreich und tränenwert, wenn Herz und Geist ihrer Völker ihnen nicht hilfreich zur Hand gehen. Darum in der Begeisterung Meiner Liebe zu Meinem herrlichen Vaterlande, zu Meinem den Waffen, der Freiheit und dem Gehorsam geborenen Volke richte ich, an Sie, Meine Herren, in dieser ernsten Stunde eine ernste Frage! Können Sie, wie ich hoffe, so antworten Sie mir in eigenem Namen, im Namen derer, die Sie entsandt haben. Ritter! Bürger! Landleute! Und von den hier unzählig Gescharten Alle, die Meine Stimme vernehmen können – Ich frage Sie: Wollen Sie mit Herz und Geist, mit Wort und Tat und ganzem Streben, in der heiligen Treue der Deutschen, in der heiligen Liebe der Christen Mir helfen und beistehen, Preußen zu erhalten, wie es ist, wie ich es soeben, der Wahrheit entsprechend bezeichnete, wie es bleiben muß, wenn es nicht untergehen will? Wollen Sie mir helfen und beistehen, die Eigenschaften immer herrlicher zu entfalten, durch welche Preußen mit seinen nun 14 Millionen den Großmächten der Erde gesellt ist? – nämlich Ehre, Treue, Streben nach Licht, Recht und Wahrheit, Vorwärtsschreiten in Altersweisheit zugleich und heldenmütiger Jugendkraft? Wollen Sie in diesem Streben Mich nicht lassen noch versäumen, sondern treu mit mir ausharren durch gute wie durch böse Tage – o! dann antworten Sie

Mir mit dem klarsten, schönsten Laute der Muttersprache, antworten Sie Mir ein ehrenfestes Ja!«

Nach dem »Ja« fuhr er fort: »Die Feier des Tages ist wichtig für den Staat und die Welt – Ihr Ja aber war für Mich – das ist Mein eigen – das laß ich nicht – das verbindet uns unauflöslich zu gegenseitiger Liebe und Treue – das gibt Mut, Kraft, Getrostheit, das werde ich in Meiner Sterbestunde nicht vergessen! – Ich will meine Gelübde, wie ich sie hier und in Königsberg ausgesprochen habe, halten, so Gott Mir hilft. Zum Zeugnis hebe ich Meine Rechte zum Himmel empor! – Vollenden Sie nun die hohe Feier! Und der befruchtende Segen Gottes ruhe auf dieser Stunde!«

Die Liberalen nannten diese Rede spöttisch »Hochzeitspredigt« des Königs – voller rhetorischer Worthülsen, erst in den Köpfen der Zuhörer zu Wahrheiten wachsend. Unter solchen Worten fand das ungleiche Paar leichter zueinander.

■ **Fundstück**: Empty words ■

Dennoch waren ganz persönliche Äußerungen eingestreut wie jenes ihm zuteil gewordene Streben nach Licht. Die Untertanen verstanden, dass ihr Treueid die Verfassung nach sich zöge, und nahmen dafür die gestellten Bedingungen an. Sie gaben ihr Jawort mit freudigem »Vivat«. Nachdem im Dom das Lied der Gemeinde »In Deiner Stärke freuet sich der König allezeit!« mit einem »Domine, salvum fac regem«, der Herr erweise dem König Gnade, vertont von Spontini erwidert war, wurde gefeiert.

Am 18. Oktober notierte Fanny Hensel im Tagebuch: »Das Fest der Ritterschaft war wahrlich zauberhaft schön eingerichtet, beim König dagegen drängte und schwitzte man sich todt.«[547] Der Grund für das Lob des Ritterfestes lag auf der Hand. Ihr Gemahl war am königlichen Auftrag für Transparente als Hintergrund Lebender Bilder beteiligt. Sein viertes Bild, *Wallensteins Lager bei Frankfurt an der Oder*, stammte aus dem Zyklus brandenburgischer Geschichte. Die erhaltene Vorzeichnung gibt einen Eindruck vom Einfluss italienischer Malerei. Hensels vom König verlängertes Stipendium hatte sich also gelohnt. Das Ritterfest beschloss die Krönungsfeierlichkeiten. Der König äußerte auf seine Art scherzend die Hoffnung, dass dem Rausch nicht bald Ernüchterung folge.

Vorbeugend griff er auf einen alten Herrschertopos zurück, die Amnestie bei Regierungsantritt. Sämtliche wegen Demagogie verurteilten Häftlinge und Verbannte waren frei. Darunter auch die Erzbischöfe von Köln und von

Gnesen und Posen. Man erhoffte eine freiere Zukunft. Wer auf die Namen der prominentesten Begnadigten sah, bemerkte allerdings das kulturelle Ansinnen des Königs. Die Amnestie führte zur Anstellung der Brüder Grimm in Berlin. Im Dezember schrieb der König an Georg von Mecklenburg: »Die Schriften der ausgezeichneten Brüder entzücken mich seit mehr denn 20 Jahren. Diese Freude steigerte sich allmählich zu höchstem Interesse und zur regsten Teilnahme an den Autoren, als ich von [...] ihrer stets wachsenden Bedeutung für die altdeutsche Literatur und Sprache hörte. Seit Jahren war es mein brünstiger Wunsch, diese Perlen teutscher *echter* Gelehrsamkeit bei uns zu wissen.«[548]

Für ihn markierte ihr Werk die Grenzlinie zwischen Romantik und Historismus: Es sind nicht ihre Märchen, seine Anteilnahme erwächst an den Ergebnissen ihrer historischen Studien. Dazu gehörte die bis heute aufgelegte *Deutsche Mythologie* Jacob Grimms von 1835. Das Interesse Friedrich Wilhelms für die historische Begründung der Mythologie war aus der Stimmung nach der Julirevolution entstanden und hatte das an Görres romantischen Studien überholt. Nun dankten die Grimms ihre Anstellung mit der Aufnahme des ebenso monumentalen wie zukunftweisenden Projekts des *Wörterbuchs der deutschen Sprache*. Jacob Grimm verstarb über dem Buchstaben F. Abgeschlossen wurde es in unseren Tagen als Vademekum für Sprachforscher, Wortartisten und Schlaflose im virtuellen Raum.

Unter die Amnestie fielen ebenso der Professor Ernst Moritz Arndt und der lange Zeit inhaftierte Friedrich Ludwig Jahn aus Berlin. Beide waren wegen liberaler Schriften bis zuletzt in Preußen unerwünscht gewesen. Arndt setzte die Lehre in Bonn fort, während Jahn zum Anhänger eines preußischen Erbkaisertums wurde – womit er vom Ansinnen des Königs noch immer nichts begriff.

Dagegen war Hans Ferdinand Maßmann – einer der Anstifter der Bücherverbrennung auf der Wartburg – aus eigener Kraft vorangekommen. Nach einer Kurzhaft und wechselnden Anstellungen war er bei jenem Aufbruch Ludwigs I. in die Münchner Freiheit auf einen der ersten Lehrstühle für Germanistik berufen worden. Maßmann hatte eine ganze Reihe von Werken veröffentlicht, unter anderem über *Gotische Urkunden zu Neapel und Arezzo*, aber auch, 1839, ein geläufiges über die *Geschichte des mittelalterlichen Schachspiels*.[549]

Kurz nach dessen Regierungsantritt schrieb er an den König, er suche beim »nunmehrigen Schirmherrn reinen evangelischen Glaubens« eine neue religiöse Heimat.[550] Dieser rief Maßmann, entgegen dem Willen seines Kultusministers, nach Berlin: Dessen Leidenschaft für das Turnen hatte in München zur Einrichtung der Königlich Öffentlichen Turnanstalt geführt. Der König führte diesen Unterricht an allen preußischen Schulen ein und ernannte Maßmann auf Anraten Humboldts zum Berater.

Sein »altpatriotisches« Konzept war jedoch längst durch neue schwedische Methoden überholt. Für den Spott sorgte Heine: In den satirischen *Lobgesängen auf König Ludwig* lässt er Maßmann als Einzigen der nach Berlin Abgewanderten von Ludwig zurückfordern. Und Hoffmann von Fallersleben schrieb 1844 in den *Deutschen Salonliedern*: »Tüchtig wird geübt der Leib, / Und gestählt zu Kraft und Tugend / Wird die ganze deutsche Jugend. / Welch erhab'ner Zeitvertreib!« – was ihm nicht gut bekommen sollte.

Erfolgreich war Maßmanns wissenschaftliche Arbeit. Dem zum außerordentlichen Professor für Altgermanistik Ernannten kaufte der König das neueste Werk über den ersten Fund römischer Kursivschrift ab[551] – und die Fundstücke gleich mit. Ferner vollendete Maßmann Graffs höchst anspruchsvollen *Althochdeutschen Sprachschatz*. Dies war wegen der Herleitungen aus indogermanischen Wurzeln nur einem Kenner des Sanskrit möglich. 1846 veröffentlicht, ist er für Altgermanisten unentbehrlich geblieben. Für den König schloss sich damit ein Kreis, den er mit romantischer Neugier am Sanskrit betreten hatte. Dessen Zeichen benutzte er weiter.

Ohne Lockerung der Pressezensur wäre die Amnestie unvollständig geblieben. In einem Reskript wies der König die Zensurbehörden bei ihren Kontrollen zur Großzügigkeit an. Er hoffte auf eine günstige politische Entwicklung und wollte entgegen den Ratschlägen seiner Minister möglichst bald allgemeine Pressefreiheit gewähren. Die Zweifler verstummten jedoch nicht, weil nur Bilder und Bücher über zwanzig Bogen zensurfrei waren. Druckerzeugnisse von geringerem Umfang, vor allem Flugblätter und Zeitungen, ließ er als »Gegengift gegen Gift«[552] weiter überwachen. Fanny Hensel schrieb am 12. April 1842 über dieses Verfahren: »Unser Staat kommt mir vor wie der Pilger, der Jerusalem erreichen wollte, indem er zwei Schritte vorwärts und einen rückwärts tat, […] etwas, [das] zu langweiligem Geschwätz führt.«

Über die allgemeine Stimmung berichtete Wilhelm an Charlotte, »die große Einfachheit Papas, der alle Verhältnisse so praktisch nahm, kontrastiert gewaltig mit den jetzigen Erscheinungen! Jetzt wird Alles so zu sagen, im Fluge, öffentlich vorgenommen, so daß dies seinen Effekt nicht verfehlen kann, weil es ganz neu und überraschend ist. […] Ich kann diese ganze erste Regierungszeit von Fritz nicht anders, als mit der Mousse des Champagners vergleichen, es spritzt in die Augen, betaumelt, regt auf und benebelt die Sinne! Fritzens gewiß großartige Natur läßt hoffen, daß fortwährend der belebende Saft des Champagner-Weins nicht hinter der Mousse fehlen wird.« Ihm werde »oft bang […], wenn ich mich aus dem Taumel zu erheben suche und mich frage: wie wird es möglich sein, solche Eindrücke wiederholentlich herbeizurufen.«[553] Offensichtlich fiel ihm außer der Wiederholung – deren Tücken er nicht ahnte[554] – nichts dazu ein. Ihm war das Überraschende, der Éclat, fremd.

Die Besetzung der leitenden kulturellen Posten brachte wenig äußere Veränderung mit sich, der König aber entwickelte ein neues, lebendiges Zusammenspiel. Humboldt wurde Berater für Wissenschaft und Mittler der Kunst. Er erhielt erleichterten Zugang zum Hof, den er unermüdlich für Projekte nutzte. Ein Rast- und ein Ruheloser hatten zusammengefunden. Oft sprach Humboldt den König nach Gesellschaften noch in den späten Abendstunden auf kulturelle Themen an oder zeigte ihm eine Künstlermappe – was zu spontanen Ankäufen führen konnte. Überdies vergaß Humboldt nie Empfehlungen einschließlich des Ankaufs wissenschaftlicher Bücher für die königliche Bibliothek.

Selbst gegenüber dem Direktor des alten und bald neuen Museums, Ignaz von Olfers, wurde Humboldt zum Mittler. Olfers war seit 1837 Nachfolger Brühls, und man versteht, warum Eichendorffs damalige Bewerbung um diesen Posten von vornherein aussichtslos gewesen war. Dem Dichter fehlten neben der Welterfahrung die gesellschaftlichen Verbindungen, die der ehemalige brasilianische Gesandte mitbrachte. Der König schätzte Olfers' offenen Horizont, den er stets einforderte und über den sich selbst Humboldt bisweilen wunderte: Als er sich wie selbstverständlich aus einer Schrift des Naturforschers Christian Gottfried Nees vorlesen ließ, meinte Humboldt: »Solche Gelüste muß der König entweder nicht haben oder zu bezahlen wissen.«[555] Vielleicht war ihm die Konkurrenz auf seinem Terrain nicht recht.

Zu Beratungen über klassizistische Kunst zog der König Rauch heran. Von früh an mit ihm vertraut, legte er auf dessen in Rom gereiftes Kunsturteil höchsten Wert. Rauch bediente jetzt die königliche »Lithomanie«. Es musste jederzeit ein geeigneter Steinblock für die spontanen Wünsche des Königs bereitliegen. Rauch hatte in den Steinbrüchen von Carrara Schüler angelernt, die in Berlin und vor Ort zahlreiche Kopien von Skulpturen der klassischen Götterwelt schlugen. Wegen der schweren körperlichen Arbeit war Rauch weit weniger als Humboldt im Umkreis des Königs anzutreffen.

Die Intendanz der Königlichen Bauten besetzte er wegen Schinkels schlechtem Gesundheitszustand mit dem in Potsdam erprobten Baurat Ludwig Persius. Nach der Zusammenarbeit mit Schinkel stand Persius der direkte Weg zum König offen. Für ihn galt wie für sämtliche Intendanten höchste Dienstfertigkeit. Der König fasste seine Projekte als Prozess auf, für die er jederzeit »Konferenzen« einberief. Selbst der mehr als ein Jahrzehnt im Amt befindliche Direktor der königlichen Gärten, Peter Joseph Lenné, stellte sich nur schwer auf den Überschwang von Ideen ein. Der König, der »jeden Tag ein neues« Projekt erfinde, mischte sich auch in dessen Genre ein.[556] Er wollte seine Bauprojekte im Sinne von Humboldts physischer Weltbetrachtung gärtnerisch ausgestalten.

Die Intendanz der Bühnen ließ er mit dem Grafen Redern unverändert. Er schätzte die Nähe des komponierenden Grafen zur Musik und nannte ihn seinen

Musikgrafen, der er auch nach der baldigen Abgabe des Postens bleiben sollte. Redern war – wie Humboldt für Kunst und Wissenschaft – als Mittelsmann zu Musikern und Komponisten unersetzbar. Im Unterschied zu Humboldt erlaubte ihm sein Reichtum ein gesellschaftliches Leben in Stadtpalais und Landsitz. Der König wird weiterhin zu den häufigen Gästen des Grafen gehören.

Sah dies noch wie die Fortsetzung der Kultur des verstorbenen Königs aus, so kam für ihn als Legitimierung der Monarchie im Reichssinne die Besiegelung durch Dichterwort hinzu. Er lancierte – strikt vertraut – einen Briefwechsel, der seinesgleichen sucht. Aus der Korrespondenz über die Einstellung der Grimms hatte er einen ausreichenden Eindruck von Bettina von Arnim gewonnen, als er mit ihr einen Pakt wechselseitiger »Untertänigkeit« schloss: Sie unterwarf sich der Macht des Königs, der König der »Macht« des Dichterwortes. Wieder war das Schachbrett belegt, diesmal aber wird es zum »Schach dem König« kommen – womit dieser nicht rechnete.

Schon die begleitenden Umstände hatten mit Gewöhnlichem nichts gemein. Beide kannten einander vermutlich nur unter den Masken eines Hoffestes. Die Einladung des Königs lehnte die Dichterin entschieden ab. Ihre unverblümte Art, die Dinge – einschließlich der liberalen – auszusprechen, machte sie bei Hofe zur Unperson. Mit Humboldt hatte man schon Verdruss genug. Die Briefschreiber verabredeten also den nichtoffiziellen Weg und vereinbarten neben der Verschwiegenheit Aufrichtigkeit. Wegen der Zensur wurden die Briefe von Freunden oder Verwandten, unter ihnen Savigny und Humboldt, befördert.

Die Dichterin war eben mit ihrem Erstling *Goethes Briefwechsel mit einem Kinde* bekannt geworden.[557] Zur unverfänglicheren Eröffnung ihres Vorhabens wählte sie die *Gesammelten Werke* ihres verstorbenen Gemahls Ludwig Achim von Arnim, herausgegeben von Wilhelm Grimm. Im Dankbrief für die »gütige Übersendung«[558] gesteht ihr der König, er kenne von dessen Werk nur wenig. Er weist aber zurück, dass der Schriftsteller keine Anerkennung gefunden habe. Am Ostermontag darauf bedankt er sich für »meine lieben, alten, närrischen Jungen, die *Kronenwächter*«, die er von seiner »huldvollphantasiebildanredenden Anonyma«[559] erhielt. Das Spiel war eröffnet.

Der König, dem durch die Ägyptomanie »keine Hieroglyphe zu kraus« war, »horchte willig und gespannt«. Sie hatte ihm einen langen Brief von Wilhelm Grimm beigelegt, der ihm erschien »wie Beethovens Symphonie aus c-moll, die ich am Bußtage gehört habe, mit Ausnahme des letzten triumphalen Satzes; der kommt vielleicht einmal nach.«[560] Außerdem legte sie dem Horchenden die untadelige Einstellung eines weiteren Professors der »Göttinger Sieben« nahe. Friedrich Christoph Dahlmann wird 1842 eine Professur an der königlich-preußischen Universität in Bonn erhalten.

Worauf will sie hinaus? Mit einer Metapher, wie er sie noch nicht kannte, sprach sie ihm von der Größe des Königsamtes – ein guter König müsse sich überall selber Schach bieten können – und verdoppelte nicht bloß das persische Wort Shah.[561] Sie legt ihren zweiten Band über die »romantische Sappho«, ihre Jugendfreundin Karoline von Günderode, dazu. Jene hatte in *Die Manen* in frühromantischer Ausschließlichkeit geschrieben: »Dies Zeitalter ist mir nichtig und leer. […] Ich möchte zurück in der Vergangenheit Schoß.« Worte von ihr waren beim König haften geblieben. Er bemerkte, »vom göttlichen Kinde ist mir ihr anziehend-schwermütiges Bild teuer.«[562] Wie Werther hatte sie Dichtung und Leben vermischt. In einer unerwiderten Liebe stürzte das Luftschloss über ihr ein und ließ sie am Grunde des Rheins ihre »Heimat« suchen.

Nachdem sich die Dichterin des untertänig »horchenden« Königs sicher war, rückte sie ihm mit einem weiteren Bild zu Leibe: »Könnte ich doch einen unterirdischen Weg mir bahnen bis zu des Königs Füßen«, denn »ein unterirdisch Bächlein quillt auch zu den Füßen der mächtigen Eiche, und seine lebendigen Wässer tränken ihre Wurzeln, sie steigen auf zu ihrem Haupt, ungewußt; und der Quelle Begeisterung für den Baum dringt in des Baumes blühender Kraft zum Licht.«[563] Dieses romantische »Bildchen« lockte nicht. Der Horchende rät ironisch, sie möge noch einen »recht herzigen Sprühregen oben auf«[564] gießen.

Da sie ihn mit solchen »Bildchen« nicht erreicht, steuert sie auf die Sache zu. Damit sie ihm das Gewünschte sagen kann, erklärt sie ihn zum »Traumgenossen«, der sei wie der König und mit dem sie auf der Ebene des Du unsagbare Dinge spricht. Sie redet über die Zukunft des Königs, ohne ihn anzusprechen. Die Strategie scheint dem König auf den Leib geschnitten, er lässt sich ein. Zunächst zählt sie die Gefahren auf, die am königlichen Weg lauern: »Wolfsgruben und Fuchsschlingen auf jedem Schritt und dazwischen mit verbundenen Augen den Eiertanz aufführen, das scheint mir jetzt die Aufgabe des Mannes, der ausersehen war, mit festem Schritt die falschen Gesetze der Politik und Geistfesseln zu zertrümmern, und Herr zu sein über alle durch seinen Bund mit dem Genius der Menschheit.«[565]

Für den »mysteriösen Mann, der so garstig tanzen muß«, als den er sich aber nicht sieht, hat der König einen weiteren praktischen Rat bereit: »Der wäre pro primo das Tanzen sein zu lassen, dann sich die Binde von den Augen zu nehmen; dann werfe er die Wolfsgruben zu und hüte sich vor den Schlingen, nehme sich auch eine Buchsen und schieße auf die Fuchsen.«[566] Er ist jetzt im Vorteil, weil er nicht zum romantischen »Traumgefährten« taugt. Die Dichterin macht dies wett, indem sie ihm mit einem erfundenen indischen Fruchtbarkeitsritus einen Bären aufbindet. Sie nennt es »an der Nase kitzeln«.

Einige Monate darauf spricht er sie als »Meine liebe, gnädige, Reben-GeländerEntsprossene, SonnenstrahlenGetaufteGebieterin von Bärwalde«[567] an. Das sind Wortschöpfungen, wie er sie einst in Dschinnistan benutzte und nun für die Dichterin fand. Sie schlingt sich daran hoch, um den »Geliebten«

ihrer Träume, wie sie ihn nennt, mit dem schwierigsten Thema herauszufordern: »Eine Religion würde ich in mir begründen an seiner [des Königs] Stelle, die alle Willkür in mir bezwingen würde, und doch mich zum Überwältiger des ganzen Menschengeschlechts machte. Es ist das Gewissen, dem ich alle Macht in Händen gäbe meines höheren Ichs, dieses würde ich zum Herrn in mir setzen, denn es ist das Prinzip der ganzen Menschheit, es ist das verbindende Element, die Gemeinschaft des Heiligen zwischen Fürst und Volk, es hebt alle Entfremdung zwischen beiden auf, aus ihm sind alle Prinzipien hervorgegangen, die dem Evangelium unsern Glauben zugewendet haben.«[568]

Die Dreifaltigkeit darf nicht fehlen: »Der Sohn ist das Gewissen, der Geist ist der Genius des Selbstbewußtseins, der Vater ist das beide erzeugende Gefühl der Unsterblichkeit. [...] Denn innerlich kann das Geheimnis nichts anderes sein, als dies Selbstbewußtsein, das im Geist zur Unsterblichkeit sich entwickelt. Selbst Gott werden, das ist Religion, und sonst ist nichts Religion.«

■ **Fundstück**: Wandering rocks (James Joyce, *Ulysses*) ■

Nach dem, was er mit Bunsen verhandelt hatte, dürfte der König nur mit Mühe weitergelesen haben: »Drum! König zu sein, Selbstherrscher! – Das ist, dieses Gewissen frei und offen, hoch vor aller Welt Angesicht und Begriff auf den Thron zu stellen. Was wär Regieren, wenn es das nicht wär, wenn nicht jede Handlung der Inbegriff der drei Personen in der Gottheit in der Selbstheit wär. [...] Und die einzige Weise, wie der Gott uns erscheine, ist, daß Wir in die eigne Seele hinein unsre Beweggründe erforschen, und wenn diese im Vergleich mit dem Göttlichen nicht aushalten, sie verwerfen, so kann etwas ein moralischer Grundsatz sein und muß von einem Genialen sich lassen in die Flucht schlagen, ein religiöses Prinzip kann mit einem göttlichen Begriff vernichtet werden und so muß es sein, sonst werden dir die heiligen Quellen, aus denen die Kraft der Macht dir zuströmt, nämlich der Geist dir nie sich erschließen.«

Sie steigerte sich noch: »Der Gott, den man anbetet, ist allemal das goldene Kalb, aber der Gott, der handelt in uns mit kühner Selbstvergessenheit, der ist immer der wahre Gott. [...] Drum gib jedes Verlangen zu! Nur so hast du Herrschergewalt, und kannst deine eigne Gewalt von deinem Volk auf dich rückwirkend empfinden. Was dir zukommt, das gönne auch den Deinen. Nur das ist vollkommener Großmut. Geistesfreiheit im vollsten Sinne des Wortes kommt dem Herrscher zu.«[569] Wohlahnend bittet sie den König am Ende um Verzeihung, falls er solches für Wahnsinn halte.

Als er diesen »Gesang« der Dichterin »aus heiterer Zeit« – sie waren einverständig, nicht von der Realität zu sprechen – in Händen hielt, las er ihn nicht mit »Verwunderung, sondern mit Bewunderung, mehr mit Staunen als mit Glauben«. Dass aber jedem Menschen sein Gott zum »goldenen Kalb« werde, weist er als schweren Irrtum entschieden zurück. Und ab hier will er nicht mehr mit der Dichterin wie der Vogel fliegen oder der Bach fließen.[570]

Sie hatte mit romantischen Bildern Geistfreiheit für das Volk erbeten. Aber wie konnte der König dies annehmen! Er war auf den Flügeln ihres Gesanges geflogen, dass er aber ihre Auffassung von Dreifaltigkeit und Gottesfurcht als Hindernis zu sich selbst annahm, war ausgeschlossen. Als Selbstherrscher und Genius mochte er sich wohl sehen, und so bewertete er ihre Ausführungen über den Glauben literarisch – etwa so wie er jenen ersten Gesang von Dantes Purgatorio aus der *Göttlichen Komödie* »mit stets aufatmendem Entzücken« las.

Die Dichterin aber musste einsehen, dass der König ihrer Forderung nach Geistfreiheit nicht einmal in der Verschwiegenheit ihres Briefwechsels traute. Enttäuscht stellte sie fest, »der delphinische Gott ist Dir stumm, und die Straße ist eingestürzt, die dahin führte.« Ihr Orakel war unerhört geblieben. Wenn auch die Partie noch nicht beendet war – sie sann auf einen anderen Weg –, so trübte sich das Ringen um die Liebe des Königs ein. Dieser vergaß den »unerträglich brennenden geistigen Schmerz« nicht, von dem er wie »vom heißen Metall« ablassen musste.

Als die Königin zur besseren Bewältigung des Amtes einen Tagesplan vorschlug, empfand er dies als »unangenehmen Zwang«.[571] Er hob den geistigen Schmerz des Regierens mit den Regeln der Kultur auf. Wie früher zeichnete er während Staatsratssitzungen, beim Vortrag der Minister oder dem Vorlesen von Depeschen. Geteilte Aufmerksamkeit war wie bei der Simultanität neuerer Opern nichts Ungewöhnliches mehr. Politischen Geschäften tat dies keinen Abbruch. Sie dauerten oft nur deshalb länger, weil der König über alles Bescheid wissen wollte.

Wenn nicht höfische Verbindlichkeiten, die Jagd oder Reisen seine Zeit in Anspruch nahmen, begab er sich nach Ausgabe der täglichen Parole an das wachhabende Militär[572] und dem Zivilvortrag des Innenministers über den Zustand des Reiches zur Besichtigung laufender Kulturprojekte in Künstlerateliers, zu Ausstellungen oder in die Museen. Es war nicht bloße Anteilnahme am Entstehen von Kunstwerken, die er anhand von Skizzen in Auftrag gab. Oft genug griff er in den Fortgang ein. Änderungsvorschläge bis zuletzt machten es den Künstlern nicht leicht.

Erst im Anschluss daran widmete er sich Staatsgeschäften. Nachmittags gegen drei Uhr wurde, abgesehen von den »Diners en famille« an verwandtschaftlichen Gedenktagen, Tafel gehalten. Dazu lud der König Gäste:

fürstliche Personen mit Gefolge, Adelige, Künstler und Wissenschaftler – Letztere mit Projekten für den Auftraggeber befasst oder zu Gast in der Stadt. Nach dem Essen ging er, beim Kaffee zwanglos plaudernd, zwischen den Gästen umher. Es folgten Audienzen zu aktuellen Angelegenheiten.

Die Abende galten Besuchen von Opernhaus, Theater und Soireen. Trotz vermehrter repräsentativer Verpflichtungen räumte der König künstlerischer Qualität Vorrang ein. Selbst nach äußerst arbeitsreichen Tagen oder der Jagd kehrte er oft erst nach Mitternacht zur Königin, die dies schon wegen ihrer Gesundheit nicht durchgestanden hätte, zurück. Es sieht ganz danach aus, dass er die Nacht wie Humboldt und Auber zur Arbeit nutzte.

Der Freitag war »Extraordinaria« vorbehalten. Ein König aber, der nur den »Regeln« der Kultur gehorchte, ließ diesen Unterschied nicht gelten. Nur der sonntägliche Gottesdienst und die anschließende Audienz der Geistlichen, mit denen über ihre Predigt gesprochen wurde, blieben unverändert. Was ihn christlich erbaute, gab der Königin Gelegenheit zur »Einübung in den Protestantismus«. Ruhetage im heutigen Sinn, vom König wie von Humboldt als überflüssig abgetan, gab es nicht.

Das Tableau, der Rauch ...

Am 4. Juni 1841 saß der mittlerweile in ganz Europa geehrte Bildhauer Thorvaldsen an der königlichen Tafel. Nach Jahrzehnten in Rom besuchte er, unterwegs in seine Heimatstadt Kopenhagen, für einige Tage Berlin. Weitere Gäste an diesem Tag waren der wissenschaftliche Grenzgänger Steffens, Rauch und Cornelius. Sie bereiteten dem Bildhauer einen ebenso glänzenden Empfang wie die Künstlerschaft der Stadt.

Ähnlich erging es Cornelius. Nach der von Friedrich Wilhelm mitbewunderten Ausmalung der Münchner Glyptothek hatte er zuletzt in der Ludwigskirche gearbeitet. Eigentlich sollte er die ganze Kirche ausmalen. Sein monumentales Altarbild hatte den Vergleich mit Michelangelos *Jüngstem Gericht* herausgefordert – worüber es zum Streit mit dem Auftraggeber kam. Ludwig ließ sich zur Behauptung herab, Cornelius könne gar nicht malen. Umso bereitwilliger folgte er diesmal dem Wunsch des Königs zum Ortswechsel nach Berlin. Man wurde schnell einig über Freskierungen in königlichen Bauten und dem Dom.

Zuvor aber schickte der König im Frühjahr 1841 Persius nach Paris – nicht nach Rom, sondern in die Hauptstadt des 19. Jahrhunderts. Er hielt dies »sowohl in artistischer Hinsicht, als auch für die besonderen Verschönerungspläne von Sanssouci für durchaus notwendig.« Hatte er nach dem Krieg noch für Schlossfassaden nach Fontaines Mustern geschwärmt, so waren dort mittlerweile bedeutende bautechnische Fortschritte erzielt worden. Und noch im Alter war Fontaine der Faszination von Eisenarmierungen für Versailles erlegen.

Der Architekt und Schinkel-Verehrer Jakob Ignaz Hittorff verband klassizistische Elemente mit neuen Techniken. Ihm sollte Persius die umfängliche Zeichenmappe mit Umbauplänen vorlegen. An Stelle der für die königliche Repräsentation zu kleinen Terrasse Charlottenhofs musste die von Sanssouci mit Vasen und skulpturalem Schmuck nach Vorbildern Louis XIV ausgestattet werden. Die »Verschönerung« fasste die langgestreckte Schlossterrasse ein. Dort würde im Sommer die königliche Tafel mit Blick hinab in den Garten stehen.

Das königliche Spiel der Allegorien mehrte sich beim Tafeln, wenn die Gäste saßen. Sie sahen nicht mehr zwanzig Meter in den Garten hinab, sondern über ihn hinweg. Dem König ging es um eine einzige Stelle. Dort, wo er saß, würde sich eine Fluchtlinie über den höchsten Punkt des springenden Wassers hinweg ergeben, die – wir erinnern uns – zu Belriguardo, dem virtuellen Landsitz seiner Jugend führte. Nachdem Charlotte jenen Entwurf für »wahnsinnig« erklärt hatte, fand er zu dieser Variante. In Reisebeschreibungen hatte er von morgenländischen wie Perlen schillernden Trugbildern bei Wasserspielen gelesen. Und warum sollte Belriguardo nicht als glasperlendes Luftschloss über dem Wasser schweben – wie das nicht minder virtuelle der Kronenwächter.

■ **Fundstück**: Tout pour moi devient allégorie / Alles wird für mich zur Allegorie. (Charles Baudelaire, *Le Cygne*) ■

Diese Phantasie, mit welcher er den großen Friedrich übertreffen wollte, war nur mit dem technischen Mittel einer leistungsstarken Dampfmaschine, welche das Wasser auf Terrassenniveau pumpte, zu verwirklichen. Die Ummantelung der Maschine sollte das orientalische Vorbild sichtbar werden lassen. Der königliche Auftrag lautete deshalb auf einen Bau »nach Art der türkischen Moscheen mit einem Minarett als Schornstein.«[573] Wie Schinkel benutzte Persius Stichwerke, darunter ein neues französisches über die Moscheen von Kairo.[574]

»Türkisch« war die Stadt insofern, als die Osmanen lange Zeit dort geherrscht hatten. Als Kuppel wählte der König das Mausoleum des Ibn Barqūq, eines mamlukischen Herrschers des 15. Jahrhunderts. Dieser regierte zwar vor osmanischer Zeit, aber so genau nahm man es noch nicht. Das Minarett wurde ohne überflüssigen Umgang und arabische Inschriften mit Backsteinen nachgebaut. Den Baukörper konstruierte Persius aus Kuben wie schon das Gärtnerhaus bei Charlottenhof. Die Sache war offenbar so stimmig, dass der König ausnahmsweise nicht dazu zeichnete.

Beim Betreten des Inneren mochte es Betrachtern ergehen wie jenen, denen sich beim Besuch der Pariser »Feenhäuser« aus Eisen und blendendem Kupfer »der Kopf drehte und das Herz stillstand.«[575] Und vielleicht war es Persius bei der Besichtigung der Stadt und den neuen Cafés auf den Champs-Élysées, an denen Hittorff mitbaute, ebenso ergangen. Die Bewegung kommt daher, dass man im Maschinenhaus auf die geometrische Flechtbandornamentik von Al-Andalus zurückgriff. Persius benutzte Muster der Paläste von Cordoba und Granada.[576]

Er fand sie in einem für den Buchdruck epochalen Stichwerk. Seit 1838 waren Probehefte in einem vollständig neuen Verfahren erschienen. Es wurde nicht mehr handkoloriert, sondern maschinell nach genauen Vorgaben in Farbe gedruckt. Der englische Architekt Owen Jones hatte lange Jahre zu Studien auf der Alhambra zugebracht. Die beiden monumentalen Foliobände *La Alhambra* ermöglichten Nichtreisenden in ihren Sesseln – mit Eisenskelett – einen umfassenden Eindruck von der Farbgestaltung jener Burganlage. Was Maler seit Jahrhunderten suggerierten, war von nun an überprüfbar. Dies betraf allerdings nur die Farben, nicht die Struktur der Ornamente. Wie die Literaten, die ihn auf die Alhambra gelockt hatten, scheute er die exakte Wiedergabe von Formen, er orientalisierte. Mit der Konsequenz des Europäers verweigerte er sich einem Flechtwerk, dessen unendlicher Rapport letztlich dem islamischen Gott huldigt. Der Orientalismus von Jones besteht in der Rückführung auf ornamentale Binnenstrukturen wie in Musterbüchern. Begeisterung für den Islam oder gar Islamismus hatte im kollektiven Traum der Europäer des 19. Jahrhunderts keinen Platz. Der König erkannte die umwälzende Bedeutung von Jones' Werk und ließ seinen Namen obenan auf die Liste der Subskribenten setzen.

Seinen Traum verwirklichte Persius mit Hilfe der Technik. Die gusseiserne Arkatur der Dampfmaschine ist im »Alhambrastil« gehalten. Säulchen und Bögen setzten die statischen Gesetze herkömmlicher Konstruktion in Stein oder Holz außer Kraft. Dies versetzt den Betrachter in ein von Tragen und Lasten freies Bewegungsspiel. Wie beim bewunderten Spitzentanz verblüffte die vorgebliche »Schwerelosigkeit«. Die Maschine ging am 23. Oktober 1842 in Anwesenheit des Königs in Betrieb.

Der Eindruck von Schwerelosigkeit des ganzen Gebäudes entsteht vom Wasser aus. Es scheint, als würde es über den Wassern schweben. Der König wird diesen Effekt weiterspielen. Zunächst ließ er ihn vom Vedutenmaler der Königlichen Porzellanmanufaktur Carl Daniel Freydanck mit Blick von einem Kahn aus festhalten. Dazu gehört ein Gemälde am Aufgang zu Schloss Sanssouci, dort wo die Fontäne aufschießt. Die Ankunft seiner Gäste simuliert eine Fête champêtre. Sie schreiten zum Schloss hinauf, um auf der Terrasse dem Luftschloss des Königs zu huldigen. Die Gemälde sind Teile eines Bildzyklus der königlichen Gebäude von Sanssouci.[577] Der König legte den Malern die Blickpunkte genau fest und ließ sie Stimmungen herausarbeiten – als bleibe Sanssouci sein Paradies von ehedem.

Die Realität holte ihn noch im gleichen Jahr ein. Ihm starben zwei Wegbegleiter. Ende der dreißiger Jahre hatte Schinkel noch mit der Ausmalung der Museumsfassade begonnen. Er wollte die Menschheitsgeschichte in einer großen idealistisch-überzeitlichen Apotheose veranschaulichen. Seine Allegorien aber waren so abstrakt, dass nicht einmal Gebildete sie verstanden. Sie hätten Dantes verschlungener *Commedia* alle Ehre gemacht. Der König ließ die anspruchsvolle Bildfolge während Schinkels Krankheit fortführen. Er sah darin den historischen Fortschritt der Menschheit. Das Thema wird ihn weiter beschäftigen.

Schinkel verlor allmählich seine Kräfte, und nach einem Besuch konnte Humboldt dem König nur noch von »geistiger Umnachtung«, wie es damals hieß, berichten. Der Tod trat am 9. Oktober 1841 ein. Mit Schinkel hatte der König den Architekten verloren, der den idealistischen Stil eingeführt hatte. Dieser Stil war offen für die Architekturen fremder Völker, die er wie die historischen miteinander verschmolz. Die Moderne wird dies auf die Spitze treiben. Wie sehr der König das Werk des Baumeisters schätzte, unterstrich er mit dem Ankauf seines Nachlasses. Mit diesem begründete er das Schinkelmuseum.

Zu den Trauergästen bei Schinkels Begräbnis hatte Fouqué gehört. In den dreißiger Jahren hatte er nichts Nennenswertes mehr geschrieben. Friedrich Wilhelm vergaß ihn nicht und schenkte ihm zum Dank für sein Werk ein Landgut auf der Insel Sacrow – dort, wo der Ritter als Kind die erste Zaubergeschichte von Burgfräulein und tanzenden Rittern geschrieben und von wo aus er manchen Blick auf die königliche Familie auf der Pfaueninsel erhascht hatte. Doch er war nicht zur Altersruhe geschaffen. Er wurde krank, und Gebet und Buße – womöglich infolge seines heimlichen Selbstporträts in *Abfall und Buße* – gewannen die Oberhand.

Der König bezeichnete ihn als »kreuzbrav«. Doch der Ritter hatte, wie die frühen Romantiker, in den »inneren Orient« geschaut. Was als poetisches Zauberspiel im Spiegel Frau Minnetrosts begann, war ihm im Laufe der Jahre zur Daseinsfurcht geworden. Er leitete sie aus der Gottesfurcht ab, und deshalb musste er schreiben, wollte er »nicht ersticken an der eigenen Unruhe der Phantasie«, wie seine Gemahlin Caroline meinte. Fouqué hatte jenes Pseudonym verinnerlicht, das August Wilhelm Schlegel ihm mit auf den Weg gegeben hatte: »Pellegrin«. Er wich von seinem Weg nicht ab, weil er den Gang ins Unbewusste scheute – was ihn mit Friedrich Wilhelm verband. Der eine war ins »finstre Grauen« im »Wald der Welt« gelangt, über den anderen war das Gottesgnadentum gekommen.[578] Mit Fouqué verließ der letzte romantische Kreuzritter die Partie.

Schon 1843 konnte der Philosoph Kierkegaard in *Furcht und Zittern* schreiben, »den Ritter des Glaubens [unterscheide] nichts von einem deutschen Bürger, der nach Hause zurückkehrt oder zum Postamt geht.«[579] Heine zählte Fouqués Romane zu den Ursachen des königlichen »Gamaschenrittertums« und übersah, dass dessen Mittelalterromantik längst der politischen Instrumentalisierung gewichen war. Aus der zeitlichen Distanz von 1885 meinte dann Reumont, Fouqué sei »vielleicht der letzte Vertreter der falschen Anschauungen vom Mittelalter« gewesen, wie sie den Romantikern eigen waren, Ludwig Tieck und Joseph von Eichendorff, den noch »gesünderen unter ihnen.«

Anfang November 1841 begann der König ein Projekt, das lange Zeit in seinen Vorstellungen gereift war. Er besichtigte den Bauplatz für ein neues Museum auf der Berliner Spreeinsel.[580] Das, kaum ausgestattet, wurde zum Alten Museum. Wie in Sanssouci wollte er das Alte mit Hilfe von Kunst, Technik und Wissenschaft weiterentwickeln und erklärte die Nordseite der Spreeinsel gegenüber dem Schloss kurzerhand zu deren Freistätte. Das Museumsprojekt ließ alle bisherigen hinter sich. Es ging um die geschichtliche Präsentation der Kulturen der Welt in einem einzigen Durchgang – etwas, das heute niemand mehr wagt.

Die Bauausführung legte er in Stülers Hand. Friedrich August Stüler hatte als Direktor der Hofbaukommission das Domprojekt entwickelt. Er wird ihn im folgenden Jahr zum »Architekt des Königs« befördern. Dazu trugen dessen Pläne zum Museum wesentlich bei. Deren erste Durchsicht war so intensiv, dass die diesjährige Weihnachtsbescherung erst nach 6½ Uhr im runden Turmzimmer beginnen konnte. Den beiden wie Brennpunkte einer Ellipse hervorgehobenen Höfen, einem ägyptischen und einem griechischen, sollten sämtliche Kulturen zugeordnet werden.

Olfers legte Pläne zur Ausgestaltung vor.[581] Wegen der Freskierung sämtlicher Räume wurde von vornherein mit einer ausufernden Bauzeit gerechnet. Trotz des von Wasser umgebenen unsicheren Baugrundes war der Rohbau schnell errichtet. Stüler ließ ein Pfahlwerk einrammen, auf das er mittels der neuen Eisenskelett-Technik einen leichten Bau stellte. Ein schlichtes Äußeres im neuklassizistischen Stil eignete sich für diese Konstruktionsweise am besten. Eine amerikanische Dampfmaschine und ein Bauzug erleichterten die Arbeit. 1845 war Richtfest.

Der Kunstwissenschaftler Franz Kugler hatte Friedrich Wilhelm seine Werke nicht vergebens gewidmet: 1837 die *Geschichte der Malerei* und nun das *Handbuch der Kunstgeschichte*. Ihm und allen, die mehr darüber wissen wollten, standen fortan grundlegende Kompendien zur Kunst- und Architekturgeschichte über Rumohrs Anfänge hinaus zur Verfügung. Der König lud den Widmungsgeber zu einem Vortrag über Architektur an den Hof.

Noch bevor die Lockerung der Hoftrauer die Bühnenkünste aufleben ließ, hatte der König im August 1840 bei Johann in Dresden einer der vielbewunderten Rezitationen Ludwig Tiecks von Dramen Shakespeares und klassischen griechischen Texten beigewohnt. Dieser deklamierte selbst schwierigste Wendungen mit höchster Deutlichkeit und formte aus Chorstrophen melodische Bögen. Es hieß, Tieck sei das beste Einmanntheater Deutschlands. Beim König machte dies solchen Eindruck, dass er ihm für den kommenden Sommer ein »Gastspiel« in Potsdam anbot.

Am Tag nach jenem glänzenden Empfang Thorvaldsens hatte der Komponist Carl Loewe seine Besuche bei Hofe »wie früher«[582] fortgesetzt. Er trug im kleinen Kreis bei der Königin neue Liedkompositionen vor. Es waren serbische Lieder in Übersetzungen. Der Stettiner Musikdirektor weilte wegen seines neuen Oratoriums *Jan Hus* in Berlin, wo er mit der Singakademie über eine Aufführung verhandelte. Der König wird das Drama um den Abweichler, den die Inquisition verbrannte, am 11. Dezember hören.

Hinsichtlich des Schauspiels gewährte der König jener Tragödie den Vortritt, die ihm damals in der »richtigen« Form verwehrt worden war, Goethes *Egmont*.[583] Mittlerweile kam es ihm nicht mehr auf Beethovens Siegessinfonie an – die den Triumph der Befreiung sinnfällig zum Ausdruck bringt, vielmehr auf Egmonts Traumszene. Goethe hatte mit seinem Drama einen Spalt zum Unbewussten geöffnet. Erst Jahre später wird es diesen Namen erhalten.

Im Sommer 1841 traf Tieck zu seinem Gastspiel ein und gab an den Teeabenden in Sanssouci erste Proben seiner Kunst. Deren Anordnung hatte der König wohlbedacht: Zunächst ließ er Shakespeares Königsdramen lesen. Tieck begann am 28. Juli, wie anders, mit *Macbeth*. Es folgten der *Kaufmann von Venedig* und schließlich *König Richard III*. Als eine Art Zwischenspiel diente ein Abschnitt aus Goethes *Torquato Tasso*.

Zwei Tage später war es Sophokles' *Antigone*.[584] Als er daraus las, war Tieck bereits mit der Inszenierung für den König beschäftigt. Dieser wünschte größtmögliche historische Treue. Wer aber wusste, wie die Griechen Theater spielten, und nach der Revolution waren die Zweifel gewachsen, ob damals – wie Goethe und Schinkel bis zuletzt behaupteten –, tatsächlich Bürger aus freien Stücken zum Gemeinwohl beitrugen und auf dem Theater eifrig Katharsis, Seelenreinigung also betrieben.

Der König wollte von Zweifeln nichts hören. Die alten Griechen galten ihm als Vorläufer seines Ständestaates. Er scheute für die Inszenierung keine Kosten und ließ ein Amphitheater nach Hans Christian Genellis Schrift *Das Theater zu Athen* von 1818 einrichten – was einen dionysischen Altar inmitten der Bühne zur Folge hatte, der dort nicht hingehört. Unter Hinweis auf das Fehlen von Dekorationen bei den Griechen machte Tieck die Bühne zum geistigen Raum. Er verbannte alles überflüssige Beiwerk und konzentrierte sich auf das Spiel im Proszenium und auf den Treppen. Was die Moderne als sinnstiftende Verknappung schätzte, konnte man allerdings bereits bei *Sakontola* finden.

Den Chorgesang wünschte der König als Kommentar zur Handlung, allerdings nicht im Sinne von Platens damaligen kritischen Experimenten. Er legte die Vertonung aus gutem Grund in Mendelssohns Hände: Dieser hatte in seinem beim Niederrheinischen Musikfest in Düsseldorf zu Pfingsten 1836 uraufgeführten Oratorium *Paulus* die Choräle als nachsinnende Haltepunkte nach den vermeintlichen Chören griechischer Tragödien ausgestaltet. Der Schlusschor der *Antigone* ist wie der in der Matthäuspassion in c-Moll komponiert, womit Mendelssohns Respekt vor dem geistlichen Werk des alten Meisters erneut zutagetrat.

Antigone hatte anlässlich des Geburtstages des Königs am 27. Oktober 1841 im Theater des Neuen Palais Premiere. Im Journal sind neben dem Hof »Minister, Gesandte und Gelehrte aller Art und Kaliber« als eingeladene Gäste vermerkt. Während Tieck von der Szenenmusik durch das »Getümmels modischer« [Holz] Blasinstrumenten von der »himmlischen Tröstung« der Tragödie abgelenkt wurde, war die Wirkung auf den König vollkommen. Er sah mit allen, die das Heidnische nicht nah an sich heranließen, in der Antike das Christentum vorausgeahnt. *Antigone*, in der Hauptrolle die bewunderte Tragödin Auguste Crelinger, wurde am 6. November im Garten des Neuen Palais wiederholt.

Im April 1842 kam die Tragödie auf die Berliner Bühne. Von Seiten der Künstler wurde sie trotz der teils als steif empfundenen Deklamation der Versübertragung[585] einhellig als Meilenstein der Theaterkunst vermerkt. Fanny Hensel hielt am 15. ihren tiefen Eindruck im Tagebuch fest. Die Erscheinung der Bühne sei »so schön, edel und interessant, daß alles, was wir gewohnt sind, dagegen wie Seiltänzerwerk aussieht.« Bettina von Arnim wollte gar »ein Heft Melodien schicken«[586] – das nie ankam. Als Auszeichnung für ihre Arbeit ließ der König eine Medaille mit den Porträts beider Künstler schlagen.

Die Tragödie wurde anderenorts übernommen. Ganz im Sinne des Königs löste sie eine Diskussion über Antigone als Vorbild christlicher Standhaftigkeit aus. Der Stoff fand bald auch in London und Paris Interesse, bis er in seine griechische Heimat, nach Athen, zurückkehrte. Sein heidnischer Geist war indes vom Christentum verschlungen.

Tieck setzte sein Gastspiel mit eigenen Texten fort, zwei davon aus der Zeit seiner Erkundung des romantischen Eilandes vor der Jahrhundertwende. Nach der Lektüre von Shakespeare, Gozzi und Perrault hatte er das Ergebnis zunächst in einer romantischen Märchensammlung veröffentlicht. Während man ihn anderwärts noch nachahmte, hatte er sie längst dramatisiert. Friedrich Wilhelm dürfte sie in dieser Form im *Phantasus*[587] gelesen haben. Jetzt wurden die beiden Stücke *Blaubart* und *Der gestiefelte Kater*, die nie auf die Bühne gekommen waren, hervorgeholt. Wollte der König sie wirklich inszenieren lassen? Am Ende des »Gastspiels«[588] ernannte er den Dichter zum »Hofrat« und legte ihm die dauerhafte Übersiedlung nach Potsdam nahe.

Wie aber hielt er es mit Mendelssohn? Er hatte den Widerstrebenden für ein dreifaches Gehalt gegenüber dem in Leipzig vorerst ohne feste Verpflichtungen nach Berlin gerufen, nachdem ihm Bunsen schon 1840 dessen Anstellung empfahl.[589] Mendelssohn biss in den »sauren Apfel« einer Stadt, deren musikalisches Niveau auch nach dem Willen des Königs gehoben werden sollte. Der mittlerweile erfahrene Dirigent verfasste dazu ein Promemoria zur Verbesserung der Musikerausbildung an der Akademie der Künste. Ein ähnlicher Vorschlag lag dem sächsischen König vor. Obwohl beide Könige den seit dem *Paulus* berühmten Mann in ihren Dienst wünschten, zogen sich die institutionellen Verhandlungen hin.

Ebenfalls wegen der Verbesserung der Königlichen Musiken war am 12. Juli 1841 Meyerbeer zur Charlottenhofer Tafel geladen. Der Komponist plante diesmal nicht wie gewöhnlich nur einen kurzen Aufenthalt bei Gemahlin und Töchtern in Berlin. Heine schrieb er nach Paris, er wolle eine ganze Saison in Preußens Hauptstadt verbringen. Die veränderte Stimmung mache ihn neugierig. Er schrieb vom »hohen Umschwung« und wie viele »ehemals schroffe Ansichten« über Dinge und Personen seit Regierungsantritt »dieses geistreichen, echt humanen Königs«[590] geschwunden seien.

Dieser stellte ihm großzügig den Apparat der Oper zur Verfügung. Man verabredete, Meyerbeer solle vor aufwendigeren Projekten eine seiner frühen italienischen Opern einstudieren. Am 13. August wurde *Semiramis* gegeben.[591] Für Berlin war dies Meyerbeers zweite italienische Oper. Der König ließ am Regierungsbeginn seiner Neigung zu italienischen Belcanto-Opern freien Lauf. Er ließ zu seinem diesjährigen Geburtstag Donizettis *Lucrezia Borgia*[592] und kurz darauf vom gleichen Komponisten *Parisina* aufführen. An diesen Opern schätzte er die literarischen Themen: *Lucrezia Borgia* – nach Victor Hugos gleichnamigem Roman – führte ihn wieder an den Hof der d'Este. *Parisina* folgte einer Romanze von Lord Byron.[593]

Die Hundertjahrfeier der Grundsteinlegung des Berliner Opernhauses kurz zuvor offenbart einmal mehr die Vorliebe des Königs für dramatische Gegenüberstellungen: Innerhalb von drei Tagen gab man *Parisina*, *Antigone* und eine Anthologie deutscher Opern. Letztere hatte Vorgänger[594] und wurde diesmal von einem Gremium zusammengestellt. Meyerbeer merkte kritisch an, die Auswahl hätte mit einer angemessenen Würdigung der Musikgeschichte wenig zu tun. Man habe zwar wichtige Werke von »Händel, Graun etc.« gespielt, aber namhafte Meister ausgelassen wie »Keiser, den Vater der deutschen Oper« und andere mehr.[595] Er bemängelte auch die Wahl der Stücke: Unter Glucks Ouvertüren die von *Orpheus*, »warum nicht die von *Iphigenie auf Aulis*? … usw.« Meyerbeer hätte auf königlichen Wunsch den vierten Akt seines *Robert le diable* beisteuern sollen – was er aber bei zwei angesetzten Probentagen als völlig undurchführbar von sich wies. Hatte Mendelssohn recht mit seiner Einschätzung des Berliner Musiklebens?

Angetan mit den letzten Utensilien der Hoftrauer reiste das Königspaar am 8. November 1841 zur Verwandtschaft nach München. Während Elisabeth in der Zeit ihres Geburtstags im Kreise ihrer Familie auflebte, war der König ruhelos in Kunstsachen unterwegs. Am 12. besuchte er das Atelier des Malers Wilhelm von Kaulbach, dann dasjenige des Bildhauers Ludwig von Schwanthaler mit anschließender Besichtigung der Gießerei Angermeyer. In der neubyzantinischen Basilika des heiligen Bonifaz, der künftigen Grabeskirche Ludwigs I., besah er die fast vollendeten Wandfresken.[596] Die darauffolgenden Tage waren Glyptothek und Pinakothek gewidmet, der Architekt Klenze diente ihm als Führer. Ende des Monats kehrte das Paar über Dresden – wo Tieck seine endgültige Übersiedlung vorbereitete – nach Berlin zurück.

Am 18. Dezember wurden die Utensilien der Trauer vollends abgelegt. Gerade rechtzeitig für den Klaviervirtuosen Franz Liszt, welcher nach längerer Pause wieder auf Tournee war. Der knapp Dreißigjährige hatte im Zuge des Starkults das Genre des Soloklavierabends eingeführt, wobei er auf dem seitlich zum Publikum aufgestellten Pianoforte oder auf mehreren Programme eigener Kompositionen sowie Klavierbearbeitungen von beliebten Werken anderer Komponisten aus dem Gedächtnis spielte. Bei den freien Improvisationen geriet das Publikum regelmäßig in einen Rauschzustand wie bei Paganini. Doch das Pianoforte bot mehr an Möglichkeiten, und Liszt nutzte sie weidlich. Er behauptete zwar in seinen Briefen, er leide unter der Artistik, berauschte sich aber an ihrer Wirkung. Gleich beim ersten der dreißig Berliner Konzerte am 27. Dezember in der Singakademie war der König – ungeladen – anwesend und beeindruckt. Er besuchte zwei weitere Konzerte und gab selbst eine Soirée musicale mit dem Solisten. Am 12. Januar saß Liszt an seiner Tafel.

Vier Tage darauf brach der König, nachmittags um vier Uhr, zu einer Winterreise auf. Sie vereinte Antrittsbesuch und Kultur. Die erst zweiundzwanzigjährige Queen Victoria hatte ihn zum Tauffest des Kronprinzen Albert Edward von Wales nach England geladen. Begleitet wurde er von Humboldt und dem pietistischen Berater und Englandkenner Graf Stolberg-Wernigerode.[597] Unterwegs besuchten sie Magdeburg und Köln. Am Baukran des dortigen Domes wehte eine kolossale Flagge mit der Aufschrift »Protectori«, womit der König als Schutzherr für dessen Weiterbau gemeint war.

Nach der Begrüßung durch den Oberbürgermeister wurde wegen des »Eisganges«, der zum Abbau der Pontonbrücke über den Rhein geführt hatte, ein Dampfschiff bestiegen. Über den Wassern trank der König aus jenem goldenen Pokal, welchen der bayerische König dem Dichter des Rheinliedes: »Sie sollen ihn nicht haben, / Den freien deutschen Rhein, / Ob sie gleich gier'gen Raben / Sich heiser danach schrei'n«[598] verehrt hatte. Für dieses in ganz Deutschland gesungene Lied wurde Nikolaus Becker vom König ebenfalls ausgezeichnet. Louis-Philippe hatte im Jahr zuvor gedroht, er würde die linksrheinischen Gebiete besetzen, wenn Preußen sich noch enger an Russland und Österreich anschließe. Die Lage entspannte sich, als der König in einem Akt europäischer Politik strikte Neutralität bekundete und damit ein erstes Zeichen für seine künftige Haltung setzte.

Dann landete er ein zweites Mal an Englands Küste. Nun betrat er mehr als das Land des Phantoms Ossian. Er hatte die englische Literatur in ihren unterschiedlichen Äußerungen mitverfolgt. Durch den inzwischen nach London versetzten Bunsen wusste er um die englische Kirchenpolitik ebenso wie um die reichhaltigen Privatsammlungen. Er wurde von Greenwich aus mit den für Staatsgäste obligatorischen Ehren und dem Abspielen von »God save the Queen« und »Rule Britannia« nach Windsor Castle eingeholt.

Die Tage bis zum Tauffest mochten nicht mehr abenteuerlich wie die damaligen sein, dafür aber ebenso abwechslungsreich. So oft als möglich fuhr er mit seinen Begleitern nach London hinüber, besichtigte die Stadt und traf Personen, die seine Interessen teilten. Von der Architektur sah er Westminster Hall, insbesondere deren Abtei, Marlborough House und das alte königliche Lustschloss Hampton Court an der Themse. Dort hingen die berühmten Gemälde Canalettos, Correggios und Velázquez'. Aufmerksam besah er die fünf Porträts der Königin Elisabeth I. und Heinrichs VIII. in verschiedenen Lebensaltern, »mehr ihres historischen als ihres artistischen Wertes wegen.«

Zur Erläuterung von Raffaels Zeichenkartons über das Leben der Apostel Petrus und Paulus war der Kupferstecher Ludwig Gruner einbestellt. Er kopierte diese seit Monaten in Originalgröße. Ein weiteres Glanzlicht war die Besichtigung der neun Gemälde Rubens' in der königlichen Kapelle von Whitehall. Deren religiöse Darstellungen erklärte der Bischof ausführlich. War der Besuch der National Gallery obligatorisch, so galt der des Zoologischen

Gartens und des Kanals unter der Themse neuen Bauaufgaben. Der König projektierte einen Zoo für Berlin.

Ihm zu Ehren gab die Londoner Aristokratie Empfänge. Zu einem Dejeuner auf Windsor Castle versammelte Bunsen wie in römischen Tagen bedeutende Personen aus Kunst und Wissenschaft. Anwesend waren: der Geologe Buchland, der Astronom Herschel, der Historiker Henry Hallam, Captain Trotter, der die Expedition ins innere Afrika, an den Niger, unternommen hatte. Ferner der Architekt Charles Barry, der Westminster Palace wieder aufbaute; der Schriftsteller Thomas Carlyle, dem Bettina von Arnim ihre Meinung über den Genius von Herrschern verdankte; Jonathan Birch, der den *Faust* in englische Verse übertragen hatte; der Sanskritgelehrte Höfer; Gruner und die beiden Geistlichen Sydow und Isenberg.

Der Empfang wurde mit musikalischen Darbietungen beendet. Ritter Johann Sigismund von Neukomm und Ignaz Moscheles spielten an Orgel und Flügel. Die ungewöhnliche Wahl der Instrumente beruhte auf der Tastenleidenschaft des Prinzen Albert. Neukomm war 1815 mit einem großartigen Requiem in neue Dimensionen vorgestoßen. Moscheles hatte es in den zwanziger Jahren nach England gezogen, wo er die Liedersammlung *Recollections of Ireland* herausgab – was mit dem Interesse des König zusammenfiel. Der Freund der Familie Mendelssohn hatte Felix auf dessen Studienreise durch England und Schottland begleitet. Nun bat der König Moscheles um »Phantasien« auf dem neuen französischen Flügel, stellte sich hinter ihn und verfolgte die schottische Melodie »Robin Adair« und Händels »Halleluja« mit. Bunsen stellte ihm nicht nur einen in der englischen, irischen und schottischen Volksliedkunst Bewanderten vor, sondern einen, der nach Deutschland zurückkehren wollte – dorthin, wo Mendelssohn sich aufhielt.

Am 25. Januar fand dann auf Windsor Castle die pompöse Taufe des Prinzen von Wales statt. Der König wurde in der Rubenshalle zum Ritter des Hosenbandordens geschlagen. Er befand sich mitten in einer Feier des englischen Hofes, wie er sie für den preußischen König nach dem Befreiungskrieg miterlebt hatte. Anschließend wurde Festbankett in der Sankt-Georgs-Halle, benannt nach dem Ritter seiner Jugend, gehalten. Ein Musikcorps spielte die schottischen Nationalmelodien »Oh where and oh where is my highland laddie gone?« und »The Scottish piper«, welche der König zum eigenen Gebrauch kopieren ließ. Am folgenden Tag besichtigte er Eton College mit der »schönen Statue Eduard's IV. von [John] Bacon«. Er fehlte auch nicht in den Theatern der Stadt: im Theatre Royal, Drury Lane, sah er Shakespeares *Two Gentlemen of Verona* und *Harlekin, June Humphreys Dinner* und im Covent Garden *The Merry Wives of Windsor.*[599]

Bunsen hatte sein kirchliches Projekt sorgsam vorbereitet. Verhandelt wurde die »protestantische Sache« im Buckingham Palace. Geplant war die Begründung eines englisch-preußischen Bistums in Jerusalem. Der König wollte die apostolische Idee an ihrem Ursprungsort wiederbeleben und erneuert nach Europa tragen. Er drängte auf eine gemeinsame Vertretung des protestantischen Glaubens im Orient und hatte dazu vom Erweckten Otto von Gerlach die anglikanische Liturgie begutachten lassen.[600]

Danach schlug er die Führung des Bistums durch den Bischof von Canterbury vor. Er hoffte damit auch auf ein Muster für die anstehende Reform der preußischen Kirchenverfassung. In St. Paul's Cathedral wohnte er einem anglikanischen Evening Service, entwachsen aus den klösterlichen Stundengebeten, bei. Drei Stunden lang wie sein Besuch im British Museum. Ähnlich dem kapitolinischen war er von dieser Liturgie im altchristlichen Sinn beeindruckt. Die Durchführung des Projekts wurde allerdings zur Enttäuschung. Die anglikanischen Kirchenvertreter regelten die Sache in ihrem Sinne vor Ort. Der protestantische Gottesdienst wurde alternierend mit dem anglikanischen und dem »hebräischen« unter englischer Aufsicht vollzogen. Von einem Kirchenbau, welchen der König für Stüler skizziert hatte, war nicht mehr die Rede.

Noch in England erreichte ihn ein »Liebesgruß« seiner russischen Schwester von »jenseits des Meeres, […] von wo Du mir den gewiß roten Shawl brachtest«, was aufhorchen lässt: Charlotte bringt uns dem Geheimnis um die Königin von Borneo näher. Sie schreibt: »Es ist doch ein Glück, daß Du nicht wahnsinnig geworden bist und ich mit, aus Freundschaft und für Dich und aus Liebe für jene Schwägerin aus Borneo. Es ist wohl besser für Dich und uns alle, daß Elis[abeth] jenes Phantom aus Luft und aus Staub verdrängt, durch ihr Erscheinen auf der wirklichen deutschen Erde.«[601] Sie schrieb dies gewiss nicht ausgerechnet nach England, weil gerade getauft wurde. Zum einen ist das »Phantom« ein luftiges, dem Scherz, der Phantasie geschuldetes. Es ist aber auch aus Staub – dem jener verstorbenen englischen Thronfolgerin Charlotte, welche die Borneo-Geschichte ausgelöst hatte. Der König antwortete darauf nicht. Er wird ihr stattdessen zwei Vasen mit Motiven des Hoffestes aus *Lalla Rookh* schicken.

Die Rückreise führte ihn am 11. Februar 1842 nach Düsseldorf. Dort wollte er das Schaffen an der Kunstakademie für künftige Aufträge begutachten. Seit der bald ein Jahrzehnt zurückliegenden Festveranstaltung hatte Wilhelm Schadow den Ruf der »Düsseldorfer Malerschule« begründet. Der König sah »eine Menge schöner Gemälde, Kartons und einen Steinschnitt des jungen Bildhauers v. Nordheim«[602], der wegen seiner Darstellung des preußischen Wappens Aufmerksamkeit fand.

Unterdessen zeitigte die »Lisztomania« in Berlin ungeahnte Höhen. Heine verstand sie als Frauenkrankheit, und auf einer Karikatur liefert ein Mann seine Gemahlin in eine »Irrenanstalt« ein. Wie Jahre zuvor bei Amys *Kirchgängerin* wurden Gebrauchsgegenstände mit dem Porträt verziert. Auch gab es den

Liszt-Flacon. Die Anteilnahme des Publikums soll die am Einzug des Königs aus Königsberg noch übertroffen haben. Gewiss hatten daran die sieben Wohltätigkeitskonzerte ihren Anteil. Sie waren für Liszt als Sympathisant mit den sozialen Ideen Saint-Simons selbstverständlich. Zu den Auftritten gehörten die bei der Königin in Potsdam und tags darauf im Weißen Saal des Stadtschlosses.

Nachdem der König die erste der gewünschten Aufführungen des *Paulus* verpasst hatte, hörte er am 17. Februar in der Singakademie zu, Mendelssohn dirigierte. Vier Wochen später war es *Die heilige Cäcilie* von Carl Friedrich Rungenhagen. Die unterschiedlichen musikalischen Höhenlagen dieser Oratorien waren ihm also vollauf bewusst, als Mendelssohn um eine Audienz bat. Nach ermüdenden Verhandlungen mit Ministerium und Akademie bat dieser um Entlassung. Doch der König nahm sie nicht an und versprach – gewiss auch unter dem Eindruck dessen, was er in England erlebt hatte –, er werde ein Spezialensemble zur Aufführung geistlicher Musik im Dom gründen. Mendelssohn sollte ihm vorstehen. Ferner bestand er nicht mehr auf Ortsansässigkeit. Er hatte eingesehen, dass Mendelssohn wegen seiner Tätigkeiten als Solist, Dirigent und Komponist nirgendwo zu halten war.

Dieser willigte ein und nahm nach Leipzig Kompositionsaufträge mit: Für Schauspielmusiken zu Shakespeares *Sommernachtstraum* und Sophokles' *Ödipus in Kolonos*. Es folgten noch der zu Shakespeares *Sturm* und Racines *Athalie*. Letztere waren Modernisierungen dessen, was der König kannte: Reichardts Bühnenmusik zur *Geisterinsel* und die Vertonung der Chöre *Athalias* von Johann Abraham Schultz, zwischen 1789 und Anfang 1841 immer wieder aufgeführt. Bis auf den *Sturm* wird Mendelssohn allen Aufträgen nachkommen.

Am 22. November 1842 ließ der König in einer Kabinettsorder verlauten: »Ich halte es für notwendig, zur Verbesserung des Kirchengesanges und der Kirchenmusik im allgemeinen ein Institut zu gründen. […] Der jetzige Zeitpunkt […] erscheint als der günstigste, da der Kapellmeister Felix Mendelssohn-Bartholdy in meinen Gedanken eingegangen ist, sich für die Sache lebhaft interessiert und es übernommen hat, die Leitung zu übernehmen.«[603] Er ernannte Mendelssohn zum Generalmusikdirektor für geistliche und kirchliche Musik. Aus dem »Institut« sollte der Berliner Domchor werden.

Doch bereits eine Woche nach der Order war eine weitere Audienz nötig geworden. Die ministerielle Verwaltung kam gleich nach der Vereinbarung in Gang und wollte über regelmäßige vertragliche Verpflichtungen verhandeln – was Mendelssohn strikt zurückwies. Er kam mit dem König überein, dass er fortan gegen reduziertes Gehalt bloß noch auf dessen Wunsch komponieren und dirigieren solle. Fanny Hensel merkte im Tagebuch an, der König sei bei der Unterredung unbeschreiblich liebenswürdig gewesen, Felix habe beim Bericht darüber geweint. Der König hatte ihn regelrecht umworben. Er plante die

Reformierung des Gottesdienstes – und beide waren einig in der Wertschätzung der Vokalpolyphonie des 16. und 17. Jahrhunderts.

Inzwischen war ein weiterer, lang umstrittener Posten der königlichen Musiken frei geworden. Nach zwei Jahrzehnten Amtszeit standen hinter dem Generalmusikdirektor Spontini zuletzt nur noch die Orchestermusiker und der König. Erstere, weil sie ihm die 1832 gegründete Caisse de Secours, ein Fond zugunsten notleidender Musiker dankten.[604] Auch wenn dem König dessen späte Opern zu lärmend wurden, lebte in ihnen doch der musikalische Geist des Klassizismus aus deutschen, französischen und italienischen Einflüssen fort. Spontini stand noch immer am Pult, als wolle er die Schlacht von Austerlitz gewinnen helfen.

Rellstab, der ausschließlich deutsche Opern gelten ließ, hatte so lange gegen ihn angeschrieben, bis dieser 1839 die Geduld verlor. Ein unglücklich ins Deutsche übersetztes öffentliches Schreiben, worin er sich gegen die Denunziationen wehrte, hatte eine Verurteilung wegen Majestätsbeleidigung ausgerechnet eines der treuesten Royalisten zur Folge. Die königliche Amnestie verhinderte Schlimmeres, Spontinis Amtsverbleib war indes unmöglich geworden. Als er vor seiner Rückkehr nach Paris 1842 noch einmal vom König empfangen wurde, witterte Humboldt »Carlistische Zärtlichkeit« gegenüber den Bourbonen, womit er den in Spanien ausgebrochenen Karlistenkrieg meinte.[605] Und als der König Jahre später ein Denkmal für Spontini erwog, spottete Humboldt über »Narrheit«.

Als Nachfolger Spontinis kam für Friedrich Wilhelm nur Meyerbeer in Frage. Der Mitbegründer der wegen der Ballette königsnahen Grand opéra studierte seine Werke möglichst selbst ein, war also ein erfahrener Orchesterleiter. Er sollte als erster Jude in Preußen ein hohes Amt bekleiden. Der Vertrag wurde zwischen ihm und dem König geschlossen, regelte also die künstlerischen Belange auf direktem Wege. Meyerbeer verpflichtete sich für die ersten zwei Spielzeiten zu jährlich mindestens viermonatigem Aufenthalt in Berlin. In dieser Zeit sollte er eigene und fremde Opern einstudieren und die Hofmusik leiten.

Zu Letzterer gehörten Festmusiken. Der erste Kompositionsauftrag lautete auf den Fackeltanz anlässlich der Hochzeit der Prinzessin Marie Friederike von Preußen mit dem Kronprinzen und »Schelling-Schüler« Maximilian von Bayern am 5. Oktober 1842. Die Braut war am dreißigsten Geburtstag Friedrich Wilhelms als Tochter von »Frau Minnetrost« auf dem Berliner Schloss zur Welt gekommen und trat nun den umgekehrten, fruchtbareren Weg Elisabeths nach Bayern an.[606] Im Auftragsschreiben Rederns an Meyerbeer heißt es: »Da wird der Fackeltanz getanzt, von 130 Blechinstrumenten (Trompeten, Posaunen) ausgeführt. [...] Er ist ¾ Takt langsam gehend durch den Saal in vielen Umzügen. [...] Wieprecht könnte arrangieren, wenn Sie etwa nur den Klavier Auszug schicken sollten.«[607]

Genannter Wilhelm Friedrich Wieprecht reorganisierte die preußischen Militärkapellen und hatte 1838 ein gigantisches Konzert mit 1300 Blasmusikern veranstaltet – etwas, das es in diesem Umfang erst wieder bei den Weltausstellungen geben wird. Wieprecht setzte nicht auf bloße Quantität. Er entwickelte die Blasinstrumente weiter, indem er deren Spieltechniken erleichterte. Wegen seiner kompositorischen Kenntnisse war er als Arrangeur gefragt, Meyerbeer nahm den Vorschlag an. Auch der zur neuen Orchesterinstrumentierung strebende Hector Berlioz wird bald für seine *Symphonie funèbre et triomphale* für großes Blasorchester und Chor auf 600 Bläser Wieprechts zurückgreifen – und deren »Lippen aus Leder«[608] rühmen.

Mit dem zweiten Auftrag an Meyerbeer hob der König ein weiteres Aufführungsverbot auf. Anfang April 1838 hatten beide darüber gerätselt, warum der König die Inszenierung der *Hugenotten* verweigere. Nach Friedrich Wilhelms Ansicht konnte es das Zitat eines Bachchorals nicht sein, denn »den haben wir schon vor 20 Jahren [...] sogar ohne Schnörkel in der ›Weihe der Kraft‹ gehabt.«[609] Er hatte sich mit dem Klavierauszug begnügt, woraus ihm Elisabeth laut Meyerbeer vorgespielt haben soll.[610] *Die Hugenotten* scheinen wegen der historischen Ferne des Stoffes nur auf den ersten Blick unverfänglich. In der Bartholomäusnacht 1572 wurden in Paris Tausende Hugenotten von fanatisierten Katholiken niedergemetzelt.

Die Dramatisierung des Stoffes gründete vielmehr auf Meyerbeers genauer Beobachtung der Julirevolution. Der kollektive Ausbruch und dessen Unkontrollierbkeit hatten ihn gleichermaßen fasziniert und abgestoßen. Und aus nächster Nähe wurde ihm bewusst, wie der Einzelne auf seine existentielle Angst zurückgeworfen wird. Die Diskussion um Blasphemie hatte sich damals an einer bestimmten Szene entzündet. Friedrich Wilhelm störte, dass ein Laie »ohne irgend eine Weihe [...] im 5ten Akt gleich einem Priester die Liebenden einsegnet.« Was er vor der Thronbesteigung als Handlung eines Unberufenen verwarf, nahm er nun als dramatische Wendung hin. Ein weiteres Problem war das erschütternde Ende der Oper. Die Protagonisten verlieren durch Massenhysterie und Fanatismus ihr Leben. Hoffnung im irdischen Dasein besteht nur, wenn die Vernunft einkehrt – ein Thema, das dem König damals zu weit gegangen war und ihn jetzt zunehmend beschäftigen wird.

Das Berliner Publikum war auf eine Grand opéra dieses Anspruchs nicht vorbereitet. Man war betroffen – nicht wie in Hamburg, wo mit der Lokalparodie *Hugos Notten oder Was Bartholomäus macht* die Sache verdrängt wurde. Im übrigen Europa, allen voran in den katholischen Ländern, ließ sich die Oper zwar nicht verhindern, Scribes Libretto wurde aber bei der Übertragung in die Landessprachen »bearbeitet«. In München spielte sie unter Anglikanern.

Unter Musikkennern und -liebhabern bestand Einvernehmen. Die Zeit des ungenierten Musikkonsums sei vorüber. Meyerbeers Oper müsse öfter gehört werden, um nach und nach die neuartige Verbindung von Text, Musik und Inszenierung zu verstehen. Der König beraumte gleich fünf Aufführungen in zehn Tagen an. Paris und Berlin rückten einander näher. Dazu verließ sich Meyerbeer auf den Auftritt der Protagonistin der Pariser Uraufführung, Pauline Viardot-Garcia. Mehr als der Umfang der Mezzosopran-Stimme überraschte ihre Wandelbarkeit in den unaufhörlich wechselnden Tableaus.

Der König tastete sich im Mai 1842 mit dem vierten Akt an das komplexe Werk heran.[611] Erst nach mehreren Besuchen sah er die *Hugenotten* vollständig und rief Meyerbeer in seine Loge. Augusta bezeichnete den Komponisten – in ironischer Anspielung auf das Brimborium des Königs – »als hochkultivierten Musiker von Gottes Gnaden«, hatte aber noch vor der Premiere im Palais in der Wilhelmstraße aus dem Klavierauszug den vierten Akt spielen lassen.[612] Am Fortepiano saß kein Geringerer als Liszt, den sie anschließend über Themen der Oper improvisieren ließ – ein Ereignis gleichwohl für raffinierten Geschmack und kontrollierten Rausch.

Am 2. November führte die französische Schauspieltruppe die Komödie *Une Chaîne* auf. In Scribes Traumfabrik kurzweiliger Unterhaltung kreiert, gehörte sie zu den jetzt vermehrt gespielten Komödien größeren Formats. Grund war das Engagement des Pariser Komödianten Adolphe Saint-Aubin, dessen Künste der König in der Benefizaufführung am 23. Dezember begutachtete. Mit dem Ergebnis, dass er die Zensur für dieses Theater aufhob und in den folgenden Jahren die herausragenden Stücke wie den unverwüstlichen *Michel Perrin*[613] oder diejenigen von Alexandre Dumas nicht versäumte: *Mademoiselle de Belle-Isle* und *Les Demoiselles de Saint-Cyr*.[614] Letzteres in Begleitung der Königin, es geht darin um eine religiöse Stiftung.

Im Oktober hatte er in Gropius' Diorama die Vorführungen *Der innere Hof des Klosters St. Francesco in Assisi* und *Das Wetterhorn in der Schweiz* betrachtet. Als er den Ort am 12. Dezember wieder besuchte, war das Panorama wie stets in diesen Wochen geschlossen.[615] Die Brüder Gropius hatten ihre Weihnachtsausstellung aufgebaut. Der König mochte darin noch etwas von der kindlichen Neugier erleben, die Delbrück mit dem Besuch der Schaufenster von Konditoreien bei den Prinzen geweckt hatte. Er wird es noch einmal am 13. Dezember 1845 in Begleitung der Königin aufsuchen.

Obwohl im Diorama auch *Die mittlere Kirche im Kloster St. Francesco von Assisi* und *Die Kuppelbeleuchtung der St. Peterskirche in Rom* gezeigt wurden, besuchte er dies nicht mehr. Das Ende dieses träumerischen, dem veränderten Zeitgeist zu schlichten Mediums kündigte sich an. Der Themenvorrat hatte sich in den dreißiger Jahren erschöpft: Wilde Landschaften, das Innere von Kirchen wie die *Peterskirche in Rom am Charfreitag bei der Kreuzesbeleuchtung*, Kreuzgänge und maurische Architekturen. Das gegenüber Paris weniger zahlungskräftige Publikum suchte nach Neuem. Auch das von Gropius gegenüber aufgebaute Panorama änderte daran nichts mehr. Es war der Neuaufbau von Schinkels *Panorama von Palermo*, das damals nur in einem einfachen Rondell »gespielt« hatte. Vielleicht hatte der König, Zuschauer am 4. Juli 1843, dies angeregt. War er als Kind davon nicht fortzubringen, so führte ihn nun die Erinnerung dorthin.

Mehr als ein Jahr nach Regierungsantritt hatte der König am 2. November 1841 ein weiteres großes Diner mit Künstlern gegeben. An der Tafel saßen Schelling, Rückert und der Düsseldorfer Akademiedirektor Schadow.[616] Nachdem Hegels Lehrstuhl lange Zeit unbesetzt blieb, war der seit 1819 favorisierte Schelling seinem Ruf gefolgt. Er sollte »gegen die Drachensaat des Hegelschen Pantheismus« ankämpfen. Gemeint waren die Hegel-Schüler, die den Meisterdenker zwecks Selbstbestimmung weiterdachten. Ferner sollte Schelling gegen »flache Vielwisserei und die gesetzliche Auflösung der ehelichen Zucht«[617] angehen, wie es in Bunsens Brief an ihn vom 1. August 1840 hieß.

Schelling hatte gezögert, fühlte sich Ludwig I., der ihm seit Jahrzehnten wohlwollte, verpflichtet. Erst als die erzkatholische Regierung Karl von Abels die religiöse Lehre aus den philosophischen Fakultäten der bayerischen Universitäten vertrieb, änderte er seine Haltung. Er akzeptierte den Wechsel als von Ludwig »ausgeliehen«. Trotz Unwohlseins beim Diner[618] konnte er seinem »Schüler« stolz nach Bayern berichten, der König ließe ihn sogar sein Gehalt selbst bestimmen.

Der Siebenundsechzigjährige, mit langem weißem Haar und leuchtenden Augen eine imposante Erscheinung, hielt seine berühmte Antrittsrede am 15. November um fünf Uhr vor einem Publikum, das illustrer kaum sein konnte – darunter Steffens, Kloeber, August Neander, Kopisch, Friedrich Engels, Kierkegaard, Michail Bakunin, Ranke und Humboldt. Er sprach zunächst von der Philosophie als »Schutzengel« und vom »gelobten Land« der Philosophie. Dann kam er auf das mit Spannung erwartete Thema zu sprechen: »Ich will nicht Wunden schlagen, sondern die Wunden heilen, welche die deutsche Wissenschaft in einem langen, ehrenhaften Kampfe davon getragen, nicht schadenfroh den vorhandenen Schaden aufdecken, sondern ihn womöglich vergessen machen.« Zitiert wurden bald seine Sätze: »Weil ich ein Deutscher bin, weil ich alles Weh und Leid wie alles Glück und Wohl Deutschlands in meinem Herzen mitgetragen und mitempfunden, darum bin ich hier, denn das Heil der Deutschen ist in der Wissenschaft.«[619]

Die Rede war so abgefasst, dass selbst die anwesenden Junghegelianer nichts einwendeten. Sie wurde gedruckt, war also auch dem König zugänglich. Er hielt Schelling trotz seiner Kritik an dessen Gottesbegriff für den geeigneten Mann zur Korrektur des Idealismus. Zunächst sah es ganz danach aus, auch wenn Kierkegaard im darauffolgenden Februar seine Vorlesungsmitschrift einstellte.

Vielleicht sah der König auf einer Spazierfahrt in den Tiergarten diesen wunderlichen Philosophen mit großem Kopf und zum Leben kaum tauglichem Körper im dialektischen Zickzackkurs Unter den Linden hinabschwanken. Der frisch Promovierte hatte wegen dieser Lehre Kopenhagen zum ersten Mal verlassen. Schellings Potenzenlehre bekunde »höchste Impotenz.«[620] Er konnte es nicht lassen. Dabei hätte er auf dem kargen Weg der Philosophie bloß durchhalten müssen, um die Potenzen, die laut Schelling als Form der Materie abzuarbeiten seien, hinter sich zu lassen. Was er von ihm nach Kopenhagen mitnahm, war ein rhetorisches Nebenprodukt dieser Lehre: Der Begriff »Angst« war ins Gespräch gekommen. Er wird ihn ausarbeiten und dem Existenzialismus den Weg bereiten.

Schelling las in diesem Wintersemester erneut über die Philosophie der Offenbarung. Mit deren Positivität trat er Hegels dialektischer Negation entgegen: Nicht der Weltgeist sei Schöpfer der Welt, sondern Gott. Dieser werde vom Menschen in drei Potenzen erfasst: als Materialursache, als bewusst gewordener Wille und als Einheit beider. Ihren Ausdruck fänden diese Potenzen in der göttlichen Trinität. Der Mensch befinde sich zwischen den ersten beiden. Als Offenbarung sei das Wirken Christi anzusehen. Durch sein Leben hebe er die Unvereinbarkeit zwischen den beiden ersten Potenzen auf und ermögliche die Versöhnung mit der dritten, dem Geist. Durch diese Opferung der zweiten Potenz werde die dritte erlangt, ohne die beiden ersteren vollständig zu verneinen. Offenbarung sei demnach die Wiederherstellung des richtigen Verhältnisses aller drei Urpotenzen.

Schelling begründete seine Philosophie der Offenbarung mit zahlreichen alttestamentlichen und römischen Beispielen, ferner mit dem Wirken Christi und des Urchristentums. Dem Moment der Fleischwerdung des Logos in Christus kommt dabei – verständlich allein durch philosophisches Staunen – besondere Bedeutung zu. Die Philosophie der Offenbarung wird zu einer des Christentums: eine Christologie.

Wir verstehen jetzt, warum dies so unterschiedliche Hörer anzog. Theologen, Junghegelianer und Liberale fühlten sich, jeder auf seine Weise, herausgefordert. Der König dachte über das Verhältnis dieser Lehre zur Herrschersymbolik nach – und wird eine Lösung finden. Dass die Konsequenz daraus auch den Konfessionsstreit hinter sich ließ, wollten die Theologen nicht wahrhaben. Schelling, mit dem der König darüber sprach, schrieb Maximilian, außer dem preußischen König würde ihn kaum jemand verstehen.

Schelling lebte sich schnell in Berlin ein: »Hier ist wirklich geistiges Leben, alles ergreifend, nichts ausschließend, nicht die tödliche Monotonie eines immer und ewig, wenn auch mit Variationen wiederkehrenden Gedankens, sondern ein wahres Konzert von Bestrebungen, wo man denn auch selbst gern mitwirkt.«[621] Er teilte den Eindruck mit Meyerbeer, allerdings reflektierte jener statt auf München auf das allen vorauseilende Paris. Nach einem Jahr wird Schelling auf Wunsch des preußischen Königs seinen Ausleihstatus zum dauerhaften machen.

Ein weiterer Ruf erging an Schellings Freund Rückert. Seit 1838 war die Akte wegen Krankheit und Tod Altensteins in der Amtsstube liegengeblieben. Der Dichter kam, weil er eine vielköpfige Familie versorgen musste, und der König wusste darum. Er verpflichtete ihn zu öffentlichen Vorlesungen über orientalische Sprachen allein für die Wintersemester. In der hellen Jahreszeit sollte er dichten. Reumonts Behauptung, der König habe ihn »zur Belebung der orientalischen Sprachen« berufen[622], umfasste nur einen Teil der königlichen Wünsche.

Rückert schreibt, er hätte Material für annähernd zwanzig historische Dramen herausgesucht, von denen er einiges verwenden wolle. Darunter solches über den Kaiser Heinrich IV. und Herodes. Rückert machte sich unverzüglich an die Arbeit, und schon am 6. August 1842 las Tieck an einem der Vorleseabende aus Rückerts Trauerspiel *Saul und David*.[623] Rückert meinte dazu, Tieck habe den König »verhext«.[624] Was seine öffentlichen Vorlesungen betraf, war er enttäuscht über das geringe Interesse. Schelling nehme ihm sein Publikum weg.

Der König ließ es nicht bei einer Handvoll Berufungen bewenden. Er wünschte eine Einrichtung zu Ehren von Kultur und Wissenschaft. Hundert Jahre zuvor hatte Friedrich der Große den Orden Pour le Mérite als Auszeichnung verdienter Männer wie Voltaire ins Leben gerufen. Doch mit zunehmender Hintansetzung der Kultur berief er nur noch Militärs zu Ordensmitgliedern. Der König korrigierte dies mit der Erweiterung des Ordens um die »Friedensklasse für Kunst und Wissenschaft«. Im Mai 1842 wurde die Stiftung als »ein Zeichen der Tendenz der Regierungsrichtung«[625], wie es sein Bruder Wilhelm nannte, besiegelt.

Eine Kommission wählte sechzig Ritter aus, der König behielt sich deren Bestätigung vor. Die deutschen sollten in der Überzahl bleiben. Zuerst waren es dreißig und sechsundzwanzig ausländische Ritter, ab 1844 drei ausländische mehr. Der Ordenskanzler, Humboldt, schöpfte seine Möglichkeiten voll aus. Seitdem bestimmen die amtierenden Ritter die Nachfolge verstorbener Mitglieder selbst. Obwohl der virtuelle Orden allein durch eine königliche Porträtgalerie öffentlich sichtbar wurde, fand er Beachtung. Der König hatte eine institutionalisierte Form für seinen früheren Gedanken einer »Accademia« gefunden.

Unter den Rittern der Ordensgründung finden sich zahlreiche Wunschkandidaten des Königs. Von den deutschen lebte über die Hälfte in Berlin. Aus seinem Umkreis kamen Rauch und Humboldt, dann die mit Regierungsantritt nach Berlin gerufenen Tieck, Cornelius, Rückert, Schelling, die Brüder Grimm sowie die Musiker Mendelssohn und Meyerbeer. Unter den Wissenschaftlern waren es der Altphilologe August Boeckh, der Sprachforscher Franz Bopp, der Chirurg Johann Friedrich Dieffenbach, der Rechtsgelehrte Karl Friedrich Eichhorn, der Astronom Franz Encke, der Chemiker Eilhard Mitscherlich, der Physiologe Johannes Müller und der Geograph Carl Ritter.

Ordensritter, die Friedrich Wilhelm von seinen Reisen und Aufenthalten her kannte und wegen ihrer Leistungen ehrte, waren der Astronom Friedrich Wilhelm Bessel und der Mathematiker Carl Gustav Jacobi aus Königsberg, die Maler Julius Schnorr von Carolsfeld und Ludwig Michael Schwanthaler aus München. Ferner August Wilhelm Schlegel aus Bonn, der Düsseldorfer Nazarener Carl Friedrich Lessing und der geniale Göttinger Mathematiker Carl Friedrich Gauß, den Friedrich Wilhelm von Humboldts wissenschaftlicher Konferenz her kannte.

Ähnlich stand es mit der Auswahl ausländischer Ritter. Obenan die ins Alter gekommenen Fontaine, Chateaubriand und Moore, deren Schaffen den König durch die Jugend geleitet hatte. Unter den Malern die beiden in klassizistischer Tradition ausgebildeten jüngeren Jean-Auguste-Dominique Ingres und Horace Vernet. Beide übertrafen in der Gunst des Publikums den »modernen« Eugène Delacroix. Der König besaß, soweit wir wissen, keine Gemälde von ihnen. Weitere Künstler waren Thorvaldsen, der Kupferstecher Carlo Toschi aus Florenz sowie der Archäologe Francesco Avellino aus Neapel. Unter den Musikern Rossini, Spontini und Liszt.[626]

Die Auswahl der Naturwissenschaftler dürfte Humboldt beeinflusst haben. Noch in Paris hatte er sich für das neuartige Verfahren Louis Daguerres, des Erfinders der Photographie, eingesetzt und konnte ebenso die Verdienste des Naturwissenschaftlers Joseph Louis Gay-Lussac, des Botanikers Robert Brown, des Physikers Michael Faraday, beide aus London, hinreichend einschätzen. Aus langjähriger Erfahrung mit seiner *Voyage aux régions équinoxiales* wusste er, dass Forschen und Publizieren weit auseinanderliegende Dinge sind.

Der zweiunddreißigjährige Karl Richard Lepsius war noch mit dem Erwerb wissenschaftlicher Meriten beschäftigt. Nach einem Studium vergleichender Sprachwissenschaften und der spektakulären Entzifferung der Hieroglyphen in Paris widmete er sich der altägyptischen Sprachforschung. An den König wandte er sich nach seiner Publikation über das Alphabeth der Hieroglyphen. Dieser stimmte dem Projekt einer ägyptischen Forschungsreise bedingungslos zu. Er konnte ein gutes Ergebnis und reiche Ausbeute erwarten. Der ägyptische Herrscher Muhammad Alī ließ seine repräsentativen Gebäude nach dem neuesten Stand der europäischen Technik bauen. Den Altertümern aus vorislamischer Zeit maß er keinen Wert bei.

Der König fand auf einem anderen Weg nach Altägypten – ins Reich der Toten. Mitte Mai 1842 reiste er zum Trost seiner Schwester Alexandrine, deren Gemahl, Großherzog Paul Friedrich, im März gestorben war, nach Schwerin.

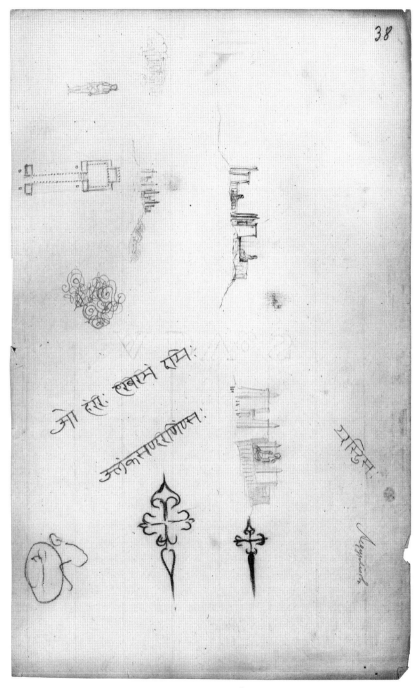

33 Friedrich Wilhelm IV., Phantasie einer Ägyptischen Grabanlage für Paul Friedrich von Mecklenburg-Schwerin

Dazu bewegte ihn die Phantasie eines Grabmals im altägyptischen Stil von gewaltigen Ausmaßen.[627] (Abb. 33) Diesmal kennen wir das Vorbild genau. Es ist die Grabanlage des Memnon in Theben, abgebildet in der *Description de l'Égypte*.[628] Pharaonen vorbehalten, führt eine ausladende Prozessionsstraße zum Grab. In verschlüsselter Schrift schreibt der König dazu: »Alexandrine / Meritus / Herr: Erbarme Dich.« Vielleicht stand hinter dieser kolossalen Phantasie die Hoffnung, Lepsius werde, nach der Ernüchterung durch Jean-François Champollion, mit der völligen Entschlüsselung der Hieroglyphen die Ursprache der Menschheit doch noch finden. Er teilte diese mit Friedrich Schlegel.[629]

Als nächstes stand eine offizielle Reise nach Sankt Petersburg an. Sie galt dem Regierungsantritt und Geburtstag des Zaren am 6. Juli. Der König war dort, wie an fremden Orten gewohnt, ruhelos unterwegs. Er besah Kirchen, das Smolny-Kloster und, mit dem Zaren, mehrere Privatpaläste. Zu den Abendunterhaltungen gehörte die von der französischen Schauspielergesellschaft Sankt Petersburgs aufgeführte Comédie-Vaudeville *Les Mémoires du diable*.[630] Der mit Bettina von Arnim korrespondierende Étienne Arago hatte sie verfasst. Sie beinhaltet das mittlerweile auch in Frankreich beliebte Faustthema.

Am weitesten hatte es der Schriftsteller Melchior Frédéric Soulié 1838 mit dem Diabolischen getrieben und den Sieg des Bösen über die Moral gefeiert. Hugos Forderungen waren zur Trivialität herabgekommen. Der Autor brüstete sich seines »schlechten Geschmacks«, gegen den nicht einmal die Zensur einschritt. Der Protagonist weidet sich am Bösen als effektvolle Verhöhnung der Moral. Soulié hatte einschlägige Werke über schwarze Magie gelesen und ließ nun den Leser durch sein tausendseitiges Werk irren. Das orientierungslose Buch fand in der Restauration reißenden Absatz. Aragos Parodie kam dagegen nicht an.

Am 12. Juli war der König aus Russland zurück – und ging, für einen Tag[631], gleich wieder auf Tour: zum Großherzog Georg nach Strelitz. Er wollte das Konzert der herzoglichen Freundin Gräfin Rossi – Henriette Sontag – im Weißen Saal des Strelitzer Schlosses hören. Wie der Schweriner Verwandtschaft bot er Georg die Dienste seines Architekten Stüler an, der Räume im Schloss ausstattete. Den Rückweg trat er nachts um zwölf Uhr an, und wer den Weg durch jene Wälder kennt, weiß um ihr Raunen. Der Adjutant vermerkt stolz: halb acht früh in Sanssouci. Der König besaß gute Pferde. Seine »Leibreitpferde« suchte er selbst aus.[632]

Am 20. August verließ er Berlin zu einer bis heute aussichtslosen Unternehmung. Im Kölner Dom sollte die alte Frömmigkeit, die »Einübung ins Christentum« wie in Rückerts *Hohem Dom zu Köln* in Form der Evangelienharmonie wiedererstehen.[633] Nach der romantischen Jugendbegeisterung hatte Friedrich Wilhelm den Bau in den zwanziger Jahren von Schinkel begutachten lassen. Jener bestätigte die architektonische Wertschätzung Boisserées. Nachdem die Bausubstanz gesichert war, ordnete der König jetzt, sechshundert Jahre nach dem ersten, ein zweites Grundsteinlegungsfest an. Dazu versicherte er sich höchster Beglaubigung und lud König Ludwig I. von Bayern und Metternich ein. Die Königin durfte diesmal nicht fehlen. Selbstverständlich waren Boisserée, von dem die ersten historischen Bauaufnahmen stammten, und der zum Ausbau bestimmte Architekt Ernst Zwirner zugegen.

Am Morgen des Festtages, dem 4. September 1842, besuchte das Königspaar zuerst den protestantischen Gottesdienst, anschließend das katholische Hochamt. Bei Letzterem nahm die Königin demonstrativ an der katholischen Liturgie teil. Dann legte der König den Grundstein mit einem geweihten Hammer. In seiner Rede betonte er »das Werk des Brudersinns aller Deutschen […] aller Bekenntnisse« beim damaligen Dombau. Der Weiterbau »verkünde den späteren Geschlechtern von einem […] den Frieden der Welt unblutig erzwingenden Deutschland.« Das klang wie in Fichtes Reden.

Er sprach weiter von »evangelischer Katholizität«, als stünde die Versöhnung der Bekenntnisse unmittelbar bevor. Die Gläubigen sollten Glieder der Kirche und, geleitet von Gottes Gnade, seine Untertanen sein. Dazu sollte eine gemeinsame Verfassung der Glaubensgemeinschaften, gewährleistet durch Bischöfe nach dem Modell der anglikanischen Kirche, gehören. Doch der Versöhnungsgedanke stieß auf unerbittlichen Widerstand. Unter Theologen verwarf man fortschrittliche Gedanken, und die Kirchenvertreter leben zu gut zum Teilen.

Die religiöse Feier wäre ohne Kunstinszenierung nicht vollständig gewesen. In Düsseldorf ließ der Akademiedirektor Schadow im Beckerschen Garten Szenen der antiken Mythologie darstellen. Tags darauf verweilte der König »für längere Zeit«[634] bei der Betrachtung von Werken der Düsseldorfer Schule in der Akademie. Auf der Weiterreise durch die Rheinprovinz besichtigte er die Restaurierungen der römischen Stätten an der Mosel. Ferner das von ihm finanzierte Grabmal des im Januar 1831 gestorbenen Freundes Niebuhr auf dem Alten Friedhof in Bonn. Die Vollendung des stattlichen Grabmals hatte viel Zeit in Anspruch genommen. Friedrich Wilhelm skizzierte im italienischen Stil, Schinkel führte aus[635], Rauch schuf das Porträtrelief.

Fortgeschritten war die Restaurierung der Burg Stolzenfels, wo der König dem Staatskanzler Metternich einen glänzenden Empfang bereitete. Die »Trutzburg« sollte diesem, gemeinsam mit dem, was ihm beim Kölner Grundsteinlegungsfest vorgeführt worden war, die politischen Vorstellungen des Königs näherbringen. Nachdem sie darüber gesprochen hatten, schrieb dieser an einen Freund, die Ideen des Königs würden an dessen Persönlichkeit scheitern. Sie seien nicht anders als durch die Worte »des Künstlerischen« zu charakterisieren – woraufhin er jüngst zum Künstler stilisiert wurde.

Auf der Rückreise nach Berlin schlug das Königspaar einen weiten Bogen den Rhein hinauf über das Königreich Baden bis nach Neuchâtel. Letzteres ein Antrittsbesuch auf preußischem Gebiet. Gemeinsam besichtigten sie die wohltätige Stiftung der Sœurs du Sacré-Cœur. Die Einrichtung fand unter der Schirmherrschaft Elisabeths Nachahmung, als der König Diakonissenhäuser in Berlin, Breslau und Königsberg errichten ließ. Zu den früheren Aufenthalten in preußischen Provinzen kam diesmal die Besichtigung technischer Bauwerke hinzu: ein Diner im Kölner Bahnhof, die Besichtigung der Brücke bei Louisburg, die Benutzung von Dampfschiffen auf dem Rhein und des Tunnels unter dem Flüsschen Sezon. Sie sollten die königliche Repräsentation gründlich verändern.

Nach der Rückkehr vom Rhein wandte sich der König der christlichen Liturgie zu. Er geleitete die frisch vermählte Kronprinzessin, jetzige Marie von Bayern, bis nach Halle. Am Abend fand in der dortigen Moritzkirche eine Aufführung altitalienischer Kirchenmusik statt. Am folgenden Tag schaute er das Lucas Cranach zugeschriebene Altargemälde in der Marienkirche an.[636] Die »evangelische Katholizität« war lebendig geworden.

Er trug Mendelssohn für zwei hohe Feiertage, den Passionssonntag und den Karfreitag, Kompositionen zur Gottesdienstreform auf. Mit derjenigen von Psalm 22, ganz ohne Instrumente, näherte sich dieser am anschaulichsten der gewünschten, a cappella vorgetragenen Psalmodie mit wohlklingenden, antiphonalen Gegenüberstellungen, deutlich syllabischer Textdeklamation und sparsam eingesetzter Dissonanzen an.

Vom Erfolg der Kölner Ereignisse beflügelt, geriet das Projekt des evangelischen Domes in Berlin zu einem der Versöhnung mittels des Evangeliums. Er glaubte, dieser Bau führe als »Mater ecclesiarum«, als Mutter aller, zur zukünftigen Kirche[637], in der sämtliche christlichen Bekenntnisse geistig aufgehoben wären. In diesem Sinne veranlasste er mehrere Architekten zu Entwürfen. Stüler hatte am längsten mit ihm zusammengearbeitet und verschmolz das klassizistische Vokabular mit dem frühchristlicher Kirchen zur Zeit Konstantins. Im gleichen Jahr noch wurde der Grundstein gelegt. Doch mit dem Auslegen der Fundamente auf der Spreeinsel wuchs der Widerstand der Kirchenvertreter.

Der König stellte den Weiterbau zurück und verlegte sich auf die Planung der dazugehörigen Grablege der Hohenzollern. Sie sollte dem 1828 besuchten Campo Santo, dem Pisaner Kirchhof, nachempfunden werden. Dazu wird er Cornelius nach Italien schicken, um vor Ort die Ikonographie der Ausmalung zu studieren: »Sünde und Tod«, »Die Tröstungen der Religion«, »Die Verbreitung der christlichen Heilslehre durch die Kirche«, »Weltgericht und der Sieg des Guten mit der Gründung des Reiches Gottes auf Erden«.

Beim Bau evangelischer Gemeindekirchen in Berlin stand ihm nichts im Wege. Er skizzierte, wonach unter Stülers Hand zwei heute noch einprägsame

Bauten entstanden. Die Apsis der Sacrower Heilandskirche reicht bis in die Havel hinein. Sie scheint wie die neuen Dampfschiffe das Wasser zu durchziehen. Die Entmaterialisierung des Dampfmaschinenhauses vom Wasser her war demnach nicht bloße Orientalisierung, sondern ein Effekt europäischer Baukunst.

Die Matthäuskirche am Rand des Berliner Tiergartens hat erst durch die Museumsbauten des 20. Jahrhunderts den in ihr verborgenen Traum enthüllt, die Reduktion frühchristlicher italienischer Kirchen unterschiedlicher Herkunft. Noch einmal fanden Religion und Kunst als Verdichtung im Sinne Schinkels zueinander. Der König behauptete, es sei in ihm, als er las, die Apostel hätten Kirchen gestiftet und so dem christlichen Glauben allmählich zum Sieg verholfen, wie die Sonne aufgegangen. Dies einzig Mögliche und wahrhaft Notwendige sei seit 1800 Jahren als ihr Vermächtnis unverändert geblieben. Gerade so, wie damals gebaut worden, sei wieder zu bauen – wie er, auch kritisch zu dessen Buch, an Bunsen nach London schrieb. Er wird dreihundert Kirchen bauen.

Zur Mittelaltersimulation der Ausstattungen setzte er ein mit Schinkel auf der Marienburg erfolgreich erprobtes Medium ein: die Glasmalerei. Schwager Ludwig hatte gleich nach Regierungsantritt die Münchner Manufaktur für Glasmalereien begründet. Der König[638] tat es ihm mit der Einrichtung des Königlichen Instituts für Glasmalerei in Charlottenburg nach. Bereits im Dezember 1841 hatte er Kartons für den Magdeburger Dom gutgeheißen[639] und das Ergebnis auf dem Weg ins Rheinland besichtigt. Die Glasmaler belebten die biblischen Geschichten so dramatisch wie auf nazarenischen Gemälden. Doch auch diese Art Malerei hatte im Mittelalter eine ganz andere Aufgabe. Für die zahlreichen Analphabeten bedeuteten sie den einzigen Zugang zum Weltbuch, der Bibel. Der König ließ während seiner Regierung vierundsechzig Kirchen damit ausstatten, darunter die Marienkirche in Danzig und die Königsberger Schlosskirche. Die Ausstattung des Kölner Domes überließ er dem katholischen Schwager.

Zum nur scheinbar kuriosen Ausstattungsstück wurde ein kolossaler bronzener Kronleuchter. Es war ein Geschenk für den ägyptischen Vizekönig. Dieser ließ auf der Zitadelle von Kairo eine Moschee unter europäischer Bauleitung errichten. Dahinter stand weniger missionarischer Eifer als Berechnung: Muhammed Ali ließ Lepsius dafür an Altertümern mitnehmen, was dieser zur Forschung benötigte. Der König verschaffte sich auch über diese Arbeit einen Eindruck und suchte die Werkstatt seines Hofbronzewarenfabrikanten auf.[640]

Im Herbst 1842 stand erstmals die junge schwedische Sängerin Jenny Lind auf der Berliner Bühne. Der König hatte sie seinem Generalmusikdirektor nur zögerlich zugestanden. Als er sie dann mit der Königin in Donizettis komischer Oper *Marie oder die Tochter des Regiments*[641] am 20. Oktober sah, war er so angetan, dass er sie von der Schauspielerin Charlotte Birch-Pfeiffer für deutschsprachige Rollen anlernen ließ. Die Sängerin verwandelte sich schon beim Betreten der Bühne in Musik und bannte damit ihr Publikum.

Zwei Tage zuvor hatte Fanny Elßler bei einem neuerlichen Gastspiel in *Der Gott und die Bajadere* ihre gereiften Künste vorgeführt.[642] Die *Bajadere* wie auch ihr pantomimisches Ballett *Die Tarantel*.[643] passte zum Zeitgeist. Die Protagonisten dieser Stücke suchten nicht mehr Aufnahme im Schoß der Restauration[644] – auch wenn es, wie bei der *Fille mal gardée* Anfang November, so gemütlich wie im Ancien Régime zuging. Schelling besuchte das Ballett gleich mehrfach. Pariser Feerien standen hoch im Kurs. Nur von dorther konnte der Stich einer Tänzerin auf Spitzen, angehimmelt von einem Beau, kommen. Und vielleicht war Eichendorffs Beschreibung der »Liberté« nur ein Pendant gewesen.

Der König empfing indes den Schriftsteller Charles Victor Prévôt, Vicomte d'Arlincourt, der nach einem Epos über Karl den Großen gegen Louis-Philippe, jenen »gekrönten Verbrecher« auf Frankreichs Thron, anschrieb. Und er hatte die Sankt Petersburger Aufführung der *Mémoires du diable* nicht vergessen und ließ sich von Louis Schneider eine deutsche Bearbeitung für Potsdam einrichten. Dort amüsierte er sich im November über das Vaudeville, in dem Souliés Unterwelt karikiert wurde.[645]

Zur Repräsentation griff er auf die Historie zurück. Er beauftragte Meyerbeer mit der Komposition zum *Hoffest zu Ferrara*, einem Fest des Festes. Mit der Allegorie über den Renaissancehof des von Künstlern umgebenen Herzogs Alfonso d'Este suggerierte er ein Bild seines eigenen Hofes. In Ferrara waren die Meisterwerke von Ariost, Tasso und Guarini entstanden[646], was mit der Simulation einer Nacht auf Schloss Belriguardo der Geschichtsvergessenheit abgerungen werden sollte.

Das Fest wurde am 28. Februar 1843 auf dem Berliner Schloss gefeiert. Meyerbeers Musik verband die in drei Abteilungen zusammengestellten Bilder und Szenen. Beim Eintritt des Hofes und seiner Gäste wurden Herzog und Herzogin von Ferrara durch Wilhelm und die Königin verkörpert. Letztere erschien als Barbara, die zweite, kinderlose Gemahlin des Herzogs. Das Ende des Zuges bildeten die beiden Dichter und »Nebenbuhler« Torquato Tasso und Giovanni Battista Guarini, dargestellt von preußischen Adligen.[647] Der König schaute wegen seines traditionellen Auftrittsverbots zu. Den Text zum Maskenzug nach Ariosts *Rasendem Roland* sprach »Guarini«. Es traten auf: das christliche Heer unter Karl dem Großen, Zauberer und Feen, Abenteuernde und das Sarazenenheer. Sie tanzten Quadrillen, wonach »Tasso« die Überleitung zum dritten Teil mit Lebenden Bildern aus seinem *Befreiten Jerusalem* sprach.

Raupach hatte die Textstücke zusammengestellt und Cornelius danach Lebende Bilder entworfen: die Zauberin Alcina; Heere von Christen und

34 Henriette Sontag/Gräfin Rossi als Alcina beim Hoffest von Ferrara

Sarazenen; der Erzengel Gabriel bei Gottfried von Bouillon; Armida; Erminia bei den Hirten und die sterbende Clorinda, von Tancred getauft. Vieles davon war nach den römischen Fresken gestaltet. Die Musik wurde von einem Chor und Solisten vorgetragen. Wegen der nichtöffentlichen Veranstaltung stand zur Freude des Königs dem Auftritt von Henriette Sontag nichts im Weg. Sie spielte und sang die Alcina. (Abb. 34) Zum abschließenden Ball waren dreitausend Gäste geladen.

Nach dem Fest lobte der König Cornelius' Entwürfe, sie seien »ganz in dem Charakter der idealen Darstellungsgabe des erhabenen Sängers«[648] gewesen. Einige Gesangsnummern wie die Romanze der Erminia erschienen im Druck.[649] Meyerbeer verwendete einen Chor später wieder.[650] Das Fest wurde einhellig gelobt, und wie bei *Lalla Rookh* hielten Zeichner die Kostümierten für eine Publikation fest.[651] Es wurde nicht nach Jones' neuem Verfahren gedruckt, die Zeichnungen sind handkoloriert.

Die Realität wischte solche Phantasien bald beiseite. In der Nacht vom 18. zum 19. August 1843 brannte das Opernhaus vollständig ab. Der König ordnete gleich nach Besichtigung der Brandstelle dessen Wiederaufbau an.[652] Meyerbeer brachte zur Modernisierung der Bühne und zur Vergrößerung des Orchestergrabens seine Pariser Erfahrungen ein. Zur Wiedereröffnung sollte er eine Oper mit preußischem Thema komponieren. Diesmal gab es keine Ausflüchte.

Meyerbeer hatte einen befreundeten Pariser Komponisten auf Berlin neugierig gemacht. Die allgemeine Frage, was man nach Beethoven noch komponieren könne, hatte Hector Berlioz 1830 mit der *Symphonie fantastique* beantwortet. Sie klang, als hätten sich im aufgeladenen Milieu der Passagen die »Cris de Paris« entladen. Meyerbeer machte den König auf den jungen Komponisten aufmerksam. In dessen Musik stecke viel von der Glucks. Berlioz wurde auf seiner Reise durch Deutschland nach Berlin eingeladen. Er erhielt den Apparat der Königlichen Schauspiele zur Verfügung einschließlich der Hälfte der zu erwartenden Bruttoeinnahme.

Nach zwei erfolgreichen Konzerten im Schauspielhaus[653] richtete der König es für die Aufführung von *Roméo et Juliette* so ein, dass er pünktlich zum Beginn in seiner Loge saß. Ferner waren die Ouvertüren zu *Benvenuto Cellini* und *Harold en Italie*, Webers *Aufforderung zum Tanz*, Sätze aus dem *Requiem* und die Kantate *Der fünfte Mai* zu hören. Napoleons Todestag geisterte nun auch durch die Musik. Vom Fest der Capulet aus *Roméo* bat der König anschließend um eine Abschrift.

Berlioz war gekommen, um hier zu hören, was die Pariser Gier nach dem Neuen verdrängt hatte: alte Musik. Der Gluck-Verehrer wusste, dass die Wiederaufnahme der *Armida* auf den König zurückging, der »die Bewegungen […] der zeitgenössischen Kunst« interessiert verfolge, darüber aber nicht »die

302

Pflege der Meister alter Schule« vernachlässige. Ihm entgehe nichts, »er will alles hören und alles studieren.«[654] Meyerbeer hatte neueinstudiert. Berlioz lobte dessen Sorgfalt und Achtung vor dem alten Werk. Vor allem bewunderte er die Hass-Szene und diejenige im Liebesgarten, wo ihn bei der »göttliche[n] Gavotte eine wollüstige Sehnsucht, ein schmeichelnder Zauber in diesem von beiden Dichtern erträumten Liebespalast«[655] ankam. Gluck hatte aus Tassos *Gerusalemme liberata* jene Ausdrucksmöglichkeiten hervorgeholt, die Lully noch hinter funkelnden barocken Affekten verstecken musste. Jetzt war die Musik aus der Macht des Textes befreit, ihr Mit- oder Gegeneinander eröffnet. Die Hass-Arie hatte den jugendlichen Friedrich Wilhelm in den Freiheitskrieg führen helfen. Mittlerweile wusste er auch um die »wollüstige Sehnsucht«.

Berlioz widmete der musikalischen Anteilnahme des Königs seine bis heute vielbeachtete *Instrumentationslehre*.[656] Für die königliche Gunst bedankte er sich in einem persönlichen Brief.[657] Wenn auch in seiner autobiographischen Schilderung Fürstenlob mitschwingen mochte, scheute der König auch längere Wege zum Musikhören nicht. Am 5. Juni 1843 besuchte er das Musikfest auf der Marienburg, weil dort Händels Ode *Das Alexanderfest oder Die Gewalt der Musik* aufgeführt wurde. Was er jetzt in deutscher Sprache hörte, war womöglich eine Erinnerung an Londoner Jugendtage. Und vielleicht hatte er bei Kleist gelesen, dass die geistliche Musik selbst Verbohrte auf den Glaubensweg führen könne.[658]

Für Berliner Aufführungen, Soireen und Bälle außerhalb der königlichen Bühnen bevorzugte er die Palais der Grafen Redern und des britischen Gesandten Graf John Fane Westmoreland.[659] Meist vermied er dabei den Aufwand königlicher Repräsentation und trug Zivilkleidung – war also inkognito unterwegs. Als Glanzlichter galten die Abende bei der Gräfin Rossi in der Dorotheenstraße[660], wo illustre Gastmusiker auftraten. Henriette Sontag hatte 1828 den sardischen Gesandten Carlo Rossi geheiratet. Auf Weisung des sardischen Königs wurden ihr aus Standesgründen öffentliche Auftritte untersagt. Umso begehrter war ihr Gesang vor ausgewähltem Publikum.

Künstlern und Gelehrten standen solche Stätten nur aufgrund verwandtschaftlicher Verbindungen offen – wie den Savigny und Olfers. Der König soll zwar die Gemahlin seines »Kunstministers«[661], Hedwig Olfers, zu einem eigenen Salon überredet haben. Er selbst suchte Salons und bürgerliche Spielstätten wie Mendelssohns Gartenhaus in der Leipziger Straße nicht auf. Fanny Hensel leitete dort seit Jahren sonntägliche Matineen. Ihre Vorbehalte gegen den König dürften von diesen strikt gewahrten Standesgrenzen herrühren. Eine Ausnahme hatte es im Hause Mendelssohn nur seitens preußischer Prinzessinnen gegeben, als Liszt zu Gast war. Ansonsten blieb die Singakademie der einzige Ort, wo sich im Vortragssaal bei wissenschaftlichen Vorträgen die Stände mischten.

Dem wachsenden bürgerlichen Unterhaltungsbedürfnis kam der König mit dem Bau eines Vergnügungsetablissements nach Pariser Vorbild nach. Hatte Berlin bei Regierungsbeginn noch wenig mehr als 300 000 Einwohner, wurde es wegen des raschen Bevölkerungswachstums innerhalb des Mauerrings eng. 1848 sollten darin 400 000 Menschen leben. Die Wahl des Grundstücks vor der Mauer hatte also auch städtebauliche Gründe.[662] Der König bereitete das Wachstum Berlins außerhalb der Mauern vor, ein erster Schritt zum Fall der mittelalterlichen Mauer.

Vor dem Brandenburger Tor, zum Tiergarten hin, sollte sich allmählich ein neuer Verkehrsknotenpunkt herausbilden. Das Grundstück lag auf dem vom König im 18. Jahrhundert genutzten Exerzierplatz. Das Gelände wurde wegen des wüsten Zustandes »Sahara« genannt. Die Bauidee war dem König auf der schlesischen Huldigungsreise gekommen. In Breslau besuchte er den dortigen Wintergarten und überredete den Betreiber Joseph Kroll zu einem solchen Bau für das Berliner gebildete Publikum.[663] Er bot jenes Grundstück kostenlos an. Ferner »lieh« er Persius und Lenné zur Durchführung. Das Recht auf Änderung der Pläne behielt er sich vor. Persius, der solche Bauten in Paris gesehen hatte, wusste, was der König, mit dem er über einen Schlossneubau in Sanssouci diskutierte, wünschte. Das Projekt lief reibungslos ab. Inmitten des schlossartigen Baus mit offenem Dachstuhl befand sich der Königssaal, umgeben von zwölf Logen, am stattlichsten die königliche. Am 15. Februar 1844 eröffnete der König Krolls Wintergarten.

Das offizielle Programm begann zwei Tage darauf mit einem Bal masqué, an dem der König nicht teilnahm. Das Publikum war von den Darbietungen in der gehobenen Atmosphäre bezaubert. Kroll zeigte ein abwechslungsreiches Programm mit Attraktionen aller Art. Dazu gehörten ein Metamorphosentheater sowie Weihnachts- und Gewerbeausstellungen. Es gab Konzerte – auch mit Gastkünstlern wie das von Johann Strauß aus Wien. Hier fand mancher Traum des 19. Jahrhunderts den im Dasein verwehrten Platz. Den Prinzen Carl traf es im Juni 1846, als der König ihm verbot, sich in der italienischen Nacht außerhalb der königlichen Loge aufzuhalten.[664] Er selbst suchte sich unter den Attraktionen die des Wiener Professors Julius Laschert heraus, der in sogenannten physikalischen Vorstellungen natürliche Magie zur Konstruktion eines Luftbildes anwandte. Krolls Etablissement war in diesen Jahren so erfolgreich, dass der König ein weiteres »Bauherrenmodell« in Potsdam genehmigte. Er ließ den von Friedrich dem Großen erbauten Palast Barberini am Alten Markt der Situation entsprechend anpassen. Erneut »lieh« er seine Architekten, die Pläne für Räume des Kunstvereins und mehrere Konzertsäle lieferten. Wegen der kommenden politischen Ereignisse wurde der Umbau erst im Januar 1852 eingeweiht.

Krolls Etablissement war der erste Bau auf dem Königsplatz. Lenné legte das Gelände vor dem Wintergarten für ein Rasenparterre mit Fontäne tiefer.

Pendant gegenüber wurde das Palais Raczynski. Das Grundstück wurde unter der Bedingung öffentlicher Nutzung des Palais als Galerie geschenkt. Der finanziell unabhängige Graf Antoni Raczynski hatte zunächst Gemälde italienischer Meister gesammelt. Seit er sich auch auf neue deutsche Kunst verlegte, reichte der Platz nicht mehr aus. Das Gebäude im Stil der Renaissance wurde nach Plänen des Architekten Strack gebaut, womit der Platz eine stilistische Einheit gewann.

Seine Verkehrsanbindung war neuartig. 1839 hatte der König noch die Potsdam–Berliner Eisenbahnlinie eröffnet, die ihre Züge bis vor das Brandenburger Tor brachte. Von Krolls Aussichtstürmen aus sah man der beschleunigten Zeit zu. Die weißen Rauchwolken der Lokomotiven zeugten wie die im Dampfmaschinenhaus vom technischen Fortschritt. Die Kunst verband sich mit dem Fortschritt. Ob dies dem König, Lenné oder Humboldt bei der Betrachtung des Luftbildes von Krolls Türmen herab oder bei den »Konferenzen« um die Nutzung des Areals einfiel – jedenfalls war offensichtlich, dass man sich am nördlichsten Punkt der Spree befand, und warum sollte nicht von hier aus ein Verbindungskanal für den Schiffsverkehr zur Havel hin gebaut werden. Humboldt, nach dem der dortige Hafen benannt wurde, mochte es scheinen, als würde er soeben einen weiteren Nebenlauf des Amazonas, tauglich zur wirtschaftlichen Nutzung, entdecken.

■ **Fundstück:** Der Rauch des Hüttenwerks und der Weihrauch begegnen sich in der Luft und vereinigen sich auf Gottes Geheiß. (Pierre Lachambeaudie, *La fumée*[665]) ■

… und die Sommernachtsträume

Als wolle er Schillers Wort vom Menschen, der nur dann ganz Mensch sei, wenn er spiele, einlösen, setzte der König in diesem Jahr zu einem ausschweifenden Reigen an. Auf dem Theater ließ er sämtliche Stücke von ihm aufführen. Dazu Kleists *Zerbrochenen Krug*. Persius schrieb im Frühjahr an Rauch über »Sans Souci, […] wo es jetzt mehrfach paradiesisch ist. Gestern Abend sprangen die Wasser bis 11 Uhr und verbreiteten erfrischende Kühle ringsum, während die Mondsichel auf dem hohen Strahl zu hüpfen schien.«[666] Durch den Strahl ein Luftschloss zu sehen, blieb dem König vorbehalten.

Die Mondnächte vom 9. und 11. Juli mit Diners auf der Schlossterrasse werden im Journal herausgehoben. Als der König mit den Herren des Hofes allein war – die Königin weilte bei der Dresdner Verwandtschaft –, tat sich bei bengalisch beleuchteter Fontäne eine besondere Stimmung auf, als wechselweise Gedichte vorgetragen wurden. Am Abend des 27. August verwandelte sich das Tableau auf der Terrasse ins Spanische, der Reigen fand zu sich selbst. Die Tänzerin Maria Dolores Gilbert gab ihren ersten Auftritt in Sanssouci.

Spanische Tänzer waren seit 1835 auf den Berliner Bühnen mit schönen und harmlosen Nationaltänzen aufgetreten.[667] Erst als der bis 1842 sorgsam in privaten Kreisen gehütete Flamenco öffentlich wurde, brach der sinnliche Aufschrei dieses Tanzes gegen die entkörperten Sylphen los. Wahrscheinlich hatten Einwanderer den Tanz vor Jahrhunderten aus Indien ins maurische Spanien mitgebracht. Ihre Präsenz war bis dahin bloß durch Staffagefiguren auf romantischen Gemälden im europäischen Bewusstsein vorhanden. Mit einem Schlag stand jetzt der lebendige Orient auf der Bühne.

Der Tänzerin eilte ihr Ruhm unter dem Künstlernamen Lola Montez voraus. Es wird ihr gelingen, den Münchner Schwager Ludwig um die königliche Contenance und schließlich um sein Reich zu bringen. In Potsdam blieb es bei anhaltender Begeisterung, im September zwei Mal mit einem Déjeuner dansant vor der Neptungrotte und im Marmorpalais. Tieck las ein Theaterstück von Lope de Vega.

Und ein »Sommernachtstraum« des Königs wurde zum »Midsummer Night's Dream«. Mendelssohn war seinem Wunsch zur Weiterkomposition der Ouvertüre nachgekommen. Was dessen Freund Marx in der Schrift *Ueber Malerei in der Tonkunst* geschrieben hatte, war aus ganz unterschiedlichen musikalischen Gattungen zusammengewachsen. Vielleicht hatte Mendelssohn bei seinen Studien in der King's Library sogar die Noten zu einer elisabethanischen Masque, einem tondichterischen Quodlibet, das alle Freiheiten überraschender Szenenwechsel zuließ, gesehen. Es wurde eine Abfolge von Zwischenaktmusiken mit vertonten Textstücken sowie melodramatische Passagen im Sprechgesang daraus. Die Komposition ging vom eindrücklichen Tetrachord der Ouvertüre aus, moduliert in den Zwischenteilen und kommt zum Schluss auf das Ausgangsmotiv zurück.

Auf besonderen Wunsch des Königs wurden »altenglische Theatervorrichtungen« nachgebaut. Tiecks Einrichtung zielte wie bei der *Antigone* auf Schlichtheit. Zur Wahrung der Standesunterschiede trugen die Athener Herrschaften spanische Hofkleidung des 17. Jahrhunderts, was die Vermutung nahelegt, dass Tieck ein Manuskript aus einer Zeit kannte, als jene Person, die wir Shakespeare nennen, erstmals als Autor genannt und abgebildet wurde. Devrient spielte den Lysander und merkt später an, dass es die Schauspieler nicht leicht hatten, denn Mendelssohn und Tieck hätten nach unterschiedlichen Übersetzungen gearbeitet. Der Komödie tat dies offenbar keinen Abbruch.

Die nach zermürbenden Proben von Mendelssohn geleitete Uraufführung im Neuen Palais am 14. Oktober anlässlich des königlichen Geburtstages wurde einhellig bestaunt. Für diesen verwirklichte sich nicht nur, was er in der Jugend an Shakespeare bewundert hatte. In dem Stück gelang die von Schiller eingeforderte Aufhebung der Realität. Es war damit wie bei seinen ebenfalls »Sommernachtsträume« genannten Architekturphantasien – aufbewahrt in einer besonderen Zeichenmappe. Sie fanden nur im virtuellen, spielerischen Raum ihren Platz.

Am Geburtstag selbst, einem Sonntag, besuchte der König den Gottesdienst in der Potsdamer Garnisonkirche und fuhr anschließend mit dem Dampfschiff nach Paretz, wo man an kleinen Tischen dinierte und beim Tee der Freiluftmusik von Oboisten zuhörte. Nach diesem Tag »En retraite« wurde am 16. eine Soirée musicale mit Pauline Viardot-Garcia[668], dem Flötisten Brinaldi und am Fortepiano Mendelssohn veranstaltet – eines der seltenen Male, dass letzterer seine solistischen Fähigkeiten bei Hofe hören ließ.

Zu diesem Geburtstag erhielt der König ein Geschenk, das seine »Eheschließung« mit den Untertanen bekräftigte. Franz Krüger, gefragter Vertreter des neuen Realismus, hatte im Auftrag der niederen Stände die Huldigung auf dem Berliner Schlossplatz nachgestellt und die Auftraggeber entsprechend ins Bild gebracht. Aber nicht nur sie: Der König nutzte Krügers szenische Akkuratesse und bestimmte ein Gremium zur Auswahl der Einzelporträts.[669] Von den auf einer Ehrentribüne im festlichen Ornat drapierten Künstlern und Wissenschaftlern waren am Huldigungstag nur wenige anwesend. Die heute verschollene Inschrift war ein Zitat aus seiner Rede. Auf dem edelsteinbesetzten emaillierten und vergoldeten Rahmen[670] stand: »Dies ist mein.« Der König trug das Jawort der Untertanen wie ein Schild vor sich her.

Unterdessen mühte sich der vierundsiebzigjährige Humboldt mit königlicher Unterstützung um die Niederschrift seines »vielleicht allzu kühnen Planes«[671], die physische Weltbeschreibung des *Kosmos*. Mit der Vollendung zu Lebzeiten rechnete er nicht. Im November 1844[672] ließ der König die »höchst interessante Vorrede zu seinen einst in Berlin gehaltenen Vorlesungen« an einem der Leseabende vom Verfasser selbst vortragen. Humboldt hatte das Werk »in unbestimmten Umrissen [...] fast ein halbes Jahrhundert lang vor der Seele« gestanden. Die damaligen Vorlesungen und das Buch hatten allenfalls Einleitung und Aufbau gemeinsam. Der Forscher war also »am späten Abend eines vielbewegten Lebens« noch einmal aufgebrochen. Nicht als Reisender in fremde Weltgegenden, sondern als einer, der die Summe aus der Lesbarkeit der Welt zieht.

Sein *Kosmos* besteht folglich nicht bloß aus naturwissenschaftlichen Betrachtungen: Wie Herder in den *Ideen zu einer Philosophie der Geschichte der Menschheit* beginnt er mit der Beschreibung des Universums und endet beim »Menschengeschlecht«. In den einleitenden Betrachtungen des ersten, vor allem aber im zweiten Band geht es ihm um die »Anregungsmittel« zum Naturstudium und um die Geschichte der physischen Weltanschauung. »Ein beschreibendes Naturgemälde [soll] nicht bloß dem Einzelnen nachspüren«; zur Vollständigkeit bedürfe es keiner »Aufzählung aller Lebensgestalten«. Viel mehr zähle die auch in anderen Kulturen ausgeübte Naturbeschreibung. Dazu gehöre beispielsweise das Thema der Sonnenanbetung.[673]

Der ordnende Denker könne »der Gefahr der empirischen Fülle [nur] entgehen«, wenn er in der Mannigfaltigkeit die Einheit erkenne. Und dann schreibt er, was uns heute, nachdem der wissenschaftliche Positivismus hinterfragt ist, wieder neugierig macht: Was den Denker antreibe, sei die »Sehnsucht« nach Wissenszuwachs. »Eine solche Sehnsucht knüpft fester das Band, welches nach alten, das Innerste der Gedankenwelt beherrschenden Gesetzen alles Sinnliche an das Unsinnliche kettet; sie belebt den Verkehr zwischen dem, was das Gemüt von der Welt erfasst, und dem, was es aus seinen Tiefen zurückgibt.«

Humboldts Auffassung von Naturwissenschaft, worin er sich anfangs mit Goethe ausgetauscht hatte, zielte nicht auf starre Begriffe. Sie sei wie die Natur kein »totes Aggregat«, sondern vielmehr – jetzt ist er Schelling ganz nah – für den begeisterten Forscher »die heilige, schaffende Urkraft der Welt, die alle Dinge aus sich selbst erzeugt.«[674] In diesem dynamischen Verhältnis von Natur und Geist haben vergangene Paradiese keinen Platz mehr. Der König, der längst von ihnen Abschied genommen hatte, ließ Humboldt regelmäßig aus seinen Forschungen samt zugehöriger Korrespondenz vorlesen. Was bei den übrigen Zuhörern geteilte Aufmerksamkeit fand, nährte des Königs Glauben an die »Lesbarkeit der Welt.«[675] Der *Kosmos* wird bald als überholt gelten, obwohl der erste Teil des lang erwarteten Buches noch gefragt war.

■ **Fundstück:** *O Kosmos* (Claude Vivier) ■

Während der Komposition seiner Preußenoper kam Meyerbeer der Verpflichtung zur Einstudierung neuer Opern dienstfertig nach. »Invention« war sein Beurteilungsmaßstab. Am weitesten ging damit der junge Richard Wagner, den er aus Pariser Tagen kannte. Jener suchte nach einer Musikdramaturgie, bei der sich Wort und Musik verschlingen würden. Seine Libretti schrieb er deshalb selbst. *Der fliegende Holländer*, 1843 von ihm in Dresden uraufgeführt[676], endet wie die *Hugenotten* in Tod und Vernichtung – aber mit einem wesentlichen

Unterschied: Während sich bei Wagner Unerlöste ihrer Todessehnsucht hingeben – wir wissen es seit dem zweiten, dem Senta-Motiv in der Ouvertüre –, brachte Meyerbeer mit dem Kampf zwischen Individuum und Masse die Grundbedingungen des aktuellen Zeitgeistes zum musikalischen Ausdruck.

Rederns Nachfolger, Karl Theodor von Küstner, hatte die Aufführung des *Holländers* – mit dem Instinkt desjenigen, der alles Neue fürchtet – zunächst blockiert, musste sich aber dem Drängen des Publikums beugen. Meyerbeer studierte ein, der König war bei der Premiere am 7. Januar 1844 anwesend. Während diese Oper sich beim Publikum nachhaltiger Beliebtheit erfreute, besuchte der König sie nur ein Mal. Reumont bemerkt Jahrzehnte später, der König habe diesen Komponisten nicht geschätzt. Für das Sublimationsbedürfnis Unerlöster hatte er keinen Sinn. Er hoffte im christlichen Glauben, und das Thema des Ewigen Juden war ihm von Jugend an bekannt.[677]

Er schätzte italienische Opern der dreißiger Jahre.[678] Beim neuerlichen Gastspiel Rubinis konnte er in *I puritani*[679] gewissermaßen das »Original« hören, denn Bellini hatte dem Tenor Arien auf den Leib geschrieben. Beim Genre der »Oper« blieb der König der historischen Linie von Händel an über Gluck bis zu französischen und italienischen zeitgenössischen Komponisten treu – und natürlich Meyerbeer. Die romantische deutsche Oper beachtete er wenig.

Auf dem Theater zog er ernste Stücke und großformatige Komödien den Lustspielen oder Vaudevilles vor. Wenn er Letztere hin und wieder besuchte, war dies dem Unterhaltungsbedürfnis fremder Höfe geschuldet. Unter den deutschsprachigen Lustspielen waren dies *Der Spion wider Willen*[680], *Die Reise nach Potsdam, Der Jude, die Rolle der Schewa* und *33 Minuten in Grüneberg*.[681] Die plakativen Titel sprechen für sich. Solche Stücke verschwanden schnell in der Versenkung der Theatergeschichte. Anders stand es mit Edward Bulwer-Lyttons *Richelieu*.[682] Der Baron, damals ein vielgelesener Autor, ist heute für den nach ihm benannten Wettbewerb um den schlechtesten Romananfang bekannt. Wagner hatte bei ihm den kruden Stoff zum *Rienzi* gefunden. Auf dem Spielplan blieben Stücke des Burgtheaterdichters Eduard von Bauernfeld. Der König besuchte mehrfach dessen *Liebesprotocoll*.[683] Charlotte Birch-Pfeiffer brachte es als Autorin weit mit ihren Romanadaptationen wie *Elisabeth*[684] und *Mutter und Sohn*.[685] Diese sogenannten Rührkomödien gelangten bis in die Neue Welt.

Als Vermittler italienischer Kultur diente dem König Bunsens Nachfolger am päpstlichen Stuhl, Reumont. Der Historiker und langjährige Kenner Italiens hatte ihm über das alljährliche Palilienfest[686] der römischen Künstler auf dem Kapitol berichtet. Daraufhin gab dieser am 21. April 1844 den »Römern«, mit denen er zu tun hatte, ein Gastmahl. Der Prominenteste unter ihnen war der Architekt Wilhelm Stier. Es blieb das einzige »Römerfest«, abgesehen von der Gedächtnisfeier für den »Wahlrömer« Thorvaldsen, der im Juni gestorben war. Die Feier fand in der Singakademie statt. Bildende Künstler und Musiker inszenierten Lebende Bilder. Den Prolog sprach Kopisch. Rungenhagen sowie der Königliche Kapellmeister Wilhelm Taubert steuerten die Musik zu Prolog und Kantate bei.

Reumont hatte für einen Berlinaufenthalt neue Literatur aus Italien mitgebracht. Er las bei der Königin aus Giovanni Battista Niccolinis Tragödie um *Arnaldo da Brescia,* den Kirchenreformer des 12. Jahrhunderts. Der König wollte mehr darüber wissen, und so kam es zu einer Vorlesung im gewohnt kleinen Kreise. Dies brachte den häufiger anwesenden Raumer auf den Gedanken eines Zyklus wissenschaftlicher Vorträge vor größerem Publikum.

Er selbst begann im Vortragssaal der Berliner Singakademie mit einer Vorlesung über Jeanne d'Arc. Zuhörer waren neben Prinzen und Prinzessinnen Interessierte aller Bevölkerungsschichten. Der König hörte zunächst Vorträge über die Erziehung griechischer Männer in der Antike und über römische Wasserleitungen. Nach dem Vortrag von Ernst Curtius über die Athener Akropolis las Reumont über politische Literatur Italiens vom Ende des 18. Jahrhunderts bis zur Gegenwart. Namen wie Giuseppe Pannini, Ugo Foscolo und Niccolini waren im Norden nur Spezialisten bekannt. Die Vorträge wurden so beliebt, dass die Einrichtung bald in Deutschland Nachahmung fand.

Als nach Reumonts Vortrag bei der Königin darüber diskutiert wurde, war man sich einig in der Bewunderung der scheinbar so einfachen, an Poesie und Moral der Heiligen Schrift angelehnten Mittel, mit denen Manzoni literarisches Neuland betreten habe. Reumont nannte ihn »Gegenfüßler« Leopardis, dessen romantische Poesie auch dem König fremd geworden war. Reumont wird behaupten, dem König habe »im gewissen Sinne das Vermögen gefehlt, Unreines zu begreifen, sodass er innerlich unberührt davon durchs Leben gegangen«[687] sei. Ferner habe dieser »standhaft« an dem festgehalten, was er einmal als wahr erachtete. Nur waren, seit er den »Schmerz des Regierens« verspürte, solche Wahrheiten nicht mehr die von früher.

Raumer hatte in seinem Vortrag nicht allein über die Tugenden der Jeanne d'Arc gesprochen. Desgleichen würdigte er den Freisinn und die Toleranz Friedrichs des Großen. Der König war darüber ungehalten. Ihm missfiel die Feststellung, Friedrich II. habe den religiösen Überzeugungen seiner Untertanen freien Lauf gelassen. Obwohl er dessen aufklärerische Jugendüberzeugungen keineswegs teilte, wollte er Friedrichs Schriften veröffentlichen. 1840 hatte er verfügt, ihm »gleichsam [ein] geistiges Denkmal zu setzen«, und eine Herausgabekommission gebildet. August Wilhelm von Schlegel sollte die Einleitung schreiben. Der nun Fünfundsiebzigjährige bat sich Zeit aus[688] – und kritisierte die mangelnden Französischkenntnisse der Herausgeber. Erst nach Humboldts Vermittlung und einem klärenden Brief des Königs[689] setzte er die Mitarbeit fort.

Ende Oktober 1844 ging er näher auf das Projekt ein: »Die Auslassungen [in den bisherigen Veröffentlichungen] sind ein Rätsel: Sie erregen die Neugierde.

[…] Die neue Ausgabe ist ja für das ganze gebildete Europa bestimmt, […] so bleibt wohl keine andre Wahl, als entweder die fraglichen Worte vollaus zu schreiben, oder die Stücke, worin sie enthalten sind, von der neuen Sammlung auszuschließen.« In letzterem Falle müsse zwar eine Anzahl witziger Einfälle und sinnreicher Wendungen aufgeopfert werden, es bliebe aber ein großer Reichtum von scherzhaften Gedichten übrig, die »nirgends das Zartgefühl verletzen können, und sich in den Grenzen einer heitern Laune halten«. An Stellen, wo zu viel Freisinn herrsche, solle nicht beschönigt, sondern am besten ganz weggelassen werden. Es ist die wirkungsvollste Form der Zensur. Der König war einverstanden. An der Religion ließ er von niemandem rütteln.

Was die zeitgenössische Literatur betraf, unterstützte der König seit Regierungsbeginn die Dichter Ferdinand Freiligrath und Emanuel Geibel. Zählte der Belesene sie wirklich zum hoffnungsvollen Nachwuchs, oder bewegten ihn Hintergedanken? Geibel, in den dreißiger Jahren zeitweise als Hauslehrer in Athen tätig, hatte 1840 eine erste Gedichtsammlung veröffentlicht. Er hielt sich mit jenen, welche die deutsche Literatur seit Goethes Tod als bloß nachdichtendes Erbe empfanden, für einen »Epigonen«. Ohne Rücksicht auf stilistische Unterschiede bastelte er Hergebrachtes zusammen. Der darübergestülpte, heute kaum erträgliche Volksliedton ließ seine Leser geschmackvoll in die modischen Canapés, Divans, Ottomanes, Causeuses oder Méridiennes zurücksinken.[690]

Als er sich 1841 mit den *Zeitstimmen* gegen jede Form von politischer Radikalisierung aussprach, wurde er zum kulturellen Hoffnungsträger des Königs – von 1843 an mit Jahresgehalt. Geibel wird es ihm 1846 mit patriotischen Sonetten danken, ein Genre, das die kommenden Jahrzehnte überdauern sollte. Im 20. Jahrhundert winkte man ab: Geibels späte Gedichte seien Vorläufer von Schlagertexten.

Gegen derlei Eklektizismus hatte das feingesponnene Netz des schwäbischen Pfarrers und Schriftstellers Eduard Mörike von vornherein keine Aussicht auf Gehör. Mörike hatte im Herbst 1843 sein Pastoramt aus Gesundheitsgründen verloren und hoffte nun auf Unterstützung durch den preußischen König – wie Geibel und Freiligrath. Er übersah das Entscheidende: Weder war er preußischer Untertan noch stammte er aus einem für das Kulturverständnis des Königs maßgeblichen Teil Europas.

Mörike legte seinem Anschreiben einen kalligraphisch sorgsam mit Zeichnungen ausgeschmückten Band Gedichte von 1838 und das Neueste aus dem *Maler Nolten* bei. Die preußischen Beamten wussten nichts über Mörike und holten ein Gutachten über ihn in Stuttgart ein. Dieses fiel wohlwollend aus: Der Verfasser habe sich nie in politische Angelegenheiten gemischt. Die Empfehlung gelangte offenbar nicht in Humboldts helfende Hände, und ein Treffen mit dem literarisch wachsamen Tieck scheiterte am schwäbischen

Eigenwillen des Dichters. Mörike blieb ohne Protektion, der König dankte bloß für das Album.

War er seinem Ziel einer kulturellen Regierung nähergekommen? An Bettina von Arnim hatte er geschrieben, er bedürfe ihrer Ausführungen nicht mehr, er wolle den Grundstein zu seinem Amt selbst legen. Aber seine »Sibylle« hatte nicht lockergelassen. Nachdem er auf ihre »Träume« nicht mehr hörte, konfrontierte ihn ausgerechnet dieser romantische Verwirrkopf mit der sozialen Wirklichkeit. Im Frühjahr 1841 hatte sie Humboldt anfragen lassen, ob sie dem König ihr geplantes kleines Buch mit harmlosen »abstrusen Gedanken«[691] widmen und ohne Zensurauflagen veröffentlichen dürfe. Ahnungslos und großzügig hatte dieser zugestimmt. Humboldt überreichte ihm dann das druckfrische Buch am 30. Juni 1843. Der Titel war Widmung zugleich – was den König hätte stutzig machen können: *Dies Buch gehört dem König!*

Es ist raffinierter als die früheren. Unter die Fiktion zweier Besuche der Mutter Goethes bei der späteren Königin Luise mischte sie im leichten Ton Forderungen nach politischer Freiheit, Abschaffung von Standesprivilegien und Aufhebung sozialer Missstände. Ferner kennt sie Schleiermachers Gedanken dazu, ohne ihn zu nennen. Ihre »abstruse« Darstellungsweise suggerierte, es bedürfe – wie im romantischen Märchen – nur eines Federstrichs des Königs zur Beendigung des »Massenelends«. Er hätte lesen können: »Er [der Fürst] hebt durch erhöhte Flugkräfte uns dahin, wo der Menschengeist durch alle Zwangsmarter, durch allen heimtückischen Widerpart sich durcharbeiten wird.«[692] Zunächst wurde das Buch wegen der gewohnten Umschweife kaum beachtet, auch vom König nicht. Er schrieb ihr, beim Anschauen habe er begriffen, dass es »dem Könige« gehöre und »die Offenbarungen Ihrer Muttergottes enthält.«[693] Ob der Dank falle oder steige – wie bei einer Aktie – könne er erst sagen, wenn er das Buch gelesen habe.

Dies geschah womöglich erst, als es ein Rezensent in einer Zusammenfassung überschwänglich die »Geisterbibel der Zukunft« nannte. Die Dichterin hatte im Anhang eine Untersuchung des Berliner Massenelends von Heinrich Grunholzer am Beispiel des Vogtlandes, dort wo die neuerbaute Elisabethkirche stand, mitgeliefert. Es war die erste sozialkritische Analyse in Deutschland. Die Fortschrittlichen stützten ihre Forderungen darauf. Die Rezension wurde beschlagnahmt, aber nicht das Buch. Der König setzte den Briefwechsel mit der Autorin fort, äußerte sich aber mit keinem Wort darüber. Die Zensoren waren so aufgebracht, dass sie Arnims nächstes – harmloses – Buch *Clemens Brentanos Frühlingskranz* mit allen Mitteln unterdrückten. Es erschien erst auf königliche Anordnung.

War das »bewegende Prinzip«, das er ihr gegenüber ins Feld geführt hatte, jene »brama d'onor«, die Ehrsucht, gewesen, auf die Tasso sich berufen haben soll?[694] Diesen Brief von 1844 beendete der König mit einer eingängigen Allegorie.

Es sei Johannistag, und sie habe – an diesem Tauftage neuer Gedanken – sicherlich auch schon Wasser geschöpft. Jetzt gelte es, dieses nicht in schlechte Gefäße zu füllen, wo es verderbe »ut in litteris humilissimis«, wie in schlechtesten Briefen. War dies eine Abmahnung, besser auf ihre Texte zu achten?

Am 29. März 1845 sollte es bei einer Soirée zum beidseitigen Treffen kommen. Savigny gab eine Assemblée in seinem Hause, wozu der König geladen war. Sie ließ anfragen, ob sie dazu ein kleines Theaterstück nach königlichem Wunsch aufführen dürfe. Die Wahl fiel auf *Das Band* von einem Autor, über dessen Lektüre wir erst hier erfahren, den Rokokodichter Christian Fürchtegott Gellert. Nach einem neuerlichen Vortrag in der Singakademie über den Arzt und Chemiker Gottfried Christoph Beireis eilte der König dorthin und hatte an dem Laienspiel, zu dem Arnim eine Bühne aus Seidenblumen und Pappmaché gebastelt hatte, seine helle Freude.[695]

Die sozialen Probleme änderte es nicht. Der König blieb bei der Auffassung, Not sei durch kirchliche und ständische Einrichtungen sowie königlich verordnete Benefizveranstaltungen zu lindern. Die Begründung karitativer Stiftungen und des Schwanenordens hatten das gleiche Ziel. Und in Ausübung christlicher Barmherzigkeit baute er wie im Mittelalter Krankenhäuser. Dass seine Leidenschaft für Eisenbrücken und Dampfmaschinen mit dem Hunger zu tun haben könnte, wollte ihm nicht in den Sinn.

Rhizome

■ **Fundstück:** Wenn ein Rhizom verstopft ist, wenn man einen Baum daraus gemacht hat, dann ist es vorbei, dann kann das Begehren nicht mehr strömen, denn das Begehren wird nur durch das Rhizom bewegt und erzeugt (Gilles Deleuze/Felix Guattari, *Mille Plateaux*, Einleitung) ■

Was ihm Arnim vorhielt, wurzelte im Regierungsbeginn. Der Königsberger Arzt Johann Jacoby hatte bei der Krönung zu den Fortschrittlichen gehört und verfasste 1841 *Vier Fragen, beantwortet von einem Ostpreußen*. Sie wurden als erste politische Schrift in Preußen bekannt. Darin wird anonym die 1815 versprochene Verfassung und eine allgemeine Volksvertretung gefordert. Als er sich gegenüber dem König zu erkennen gab, wurde er wegen Majestätsbeleidigung angeklagt.[696] Ludwig Uhland, den Reumont zu den vom König geschätzten Dichtern zählt[697], lehnte deshalb Humboldts Angebot zur Aufnahme in den Orden Pour le Mérite dankend ab.

Der König war also an dem Punkt angelangt, den Eichendorff in seinem Gutachten vorausgesagt hatte. Uhland und sein Kreis waren der Ansicht, der preußische König unterdrücke die freiheitliche Sache, was man auch an der Relegation des Theologen Bruno Bauer von seiner Professur sehe. Dessen Hegelianismus wurde ebensowenig geduldet. Wer also seine fortschrittlichen Ansichten nicht poetisch oder wissenschaftlich einkleidete oder wie Arnim als »eine Macht« auftrat, wurde vom König nicht geschützt.

Als er im Mai 1842 entgegenkommend das Dekret zur Bilderfreiheit erließ, ahnte er nicht, was über ihn losbrechen würde. Es begann mit einem schlecht gedichteten Vierzeiler über die liberale Stimmung in Preußen:

> Als der König winkt mit dem Finger,
> Auf tut sich der Geisteszwinger,
> Und der Satyr aus nur halb geöffnetem Haus
> Speit Caricaturen in Unzahl aus.

Er hatte sich an Karikaturen über Napoleon und den Bürgerkönig Louis-Philippe erfreut, und in England gehörten sie längst zum guten Stil. Dass die Reihe nun an ihm sei, gehörte nicht zu den Bedingungen seiner »Vermählung«. Dem Hirn des Satyrs entschlüpfen Teufelchen mit weiteren Karikaturen. Sie alle fliegen, Freiheit fordernd, über das königliche Haupt hinweg. Am Ende werden sie mit einem Kescher eingefangen. Kannte der König den »Traum« oder »Schlaf« der Vernunft, der seit Goyas berühmtem Stich Monstren gebiert? Er entschied für den »Schlaf der Vernunft« und schaffte die Freiheit des Bildes durch ein weiteres Dekret ab – so lange, bis eine bessere Lösung gefunden sei. Die Angelegenheit sollte im Zusammenhang mit den Bestimmungen für die Publikation von Gedrucktem neu geregelt werden. War dies die alte, abgenutzte Ausflucht? Wilhelm meinte noch im Januar 1843, der König »kokettiere« bald mit dieser, bald mit jener Partei, wodurch alle konfus würden. Sein »Ideenflug«[698] sei unberechenbar. Ende Mai 1843 schrieb er: »Leider aber grübelt er über anderweitige Zensurerleichterungen.«[699]

Im Herbst 1842 war der fünfundzwanzigjährige Schriftsteller Georg Herwegh aus dem Exil nach Deutschland zurückgekehrt. Er wollte im preußischen Frühling eine liberale Zeitschrift gründen. Aufmerksamkeit hatte er 1841 mit seinen *Gedichten eines Lebendigen* erlangt. Der liberal gesinnte Varnhagen vermerkte, deren wohlgezielte »Pfeile« hätten den Machthabern einen »Schrei des Schmerzes und der Erbitterung« abgerungen. Der ehemalige Romantiker beanspruchte nun die »blaue Blume der Politik«, und in den Terzinen *Auch dies gehört dem König* bezog er sich unübersehbar auf Arnim. Mit dem Gedicht *An den König von Preußen* lockte er mit Dichtergefolgschaft.

> Die Sehnsucht Deutschlands steht nach dir,
> Fest, wie nach Norden blickt die Nadel;
> O Fürst, entfalte dein Panier;
> Noch ist es Zeit, noch folgen wir,
> Noch soll verstummen jeder Tadel!

In Berlin wurde der Dichter von Gleichgesinnten gefeiert. Zum Entsetzen des Hofes ließ der König ihn an seine Tafel zu. Er wolle »aus demselben Gefühl nicht abschlagen, aus welchem man ein Duell nicht abschlägt«. Der Dialog zwischen König und Republikaner schien auf einen Ehrenhandel hinauszulaufen. Im Voraus sprach man von einem Treffen des Marquis Posa mit Philipp II. – nach Schillers *Don Carlos*. Doch bei dem Bühnenwerk gehören die Gegner höheren Ständen an. Herwegh war, wie er stolz betonte, in den »Hütten« geboren, trug also Stallgeruch an sich. So konnte das Duell nicht stattfinden. Der König soll geäußert haben: »Ich weiß, wir sind Feinde, aber ich muß bei meinem Handwerk bleiben, und wir wollen ehrliche Feinde sein.« Ende des Jahres sah das »Handwerk« des Königs so aus, dass er die von Herwegh angekündigte Zeitschrift *Der Deutsche Bote aus der Schweiz* wegen Vermutung republikanischer Beiträge in Preußen verbieten ließ. Der Dichter beschwere sich beim König. Sein ehrenrühriger Brief wurde – später hieß es, gegen seinen Willen – in der *Leipziger Allgemeinen* abgedruckt.

Daraufhin nahmen nur noch Freunde und Gesinnungsgenossen für Herwegh Partei. Heine nutzte den Éclat noch Jahre später für das Spottgedicht *Die Audienz*. Herwegh wurde des Landes verwiesen und die *Leipziger Allgemeine* verboten. Humboldt, in jenen Tagen abwesend, behauptete später, er hätte den König umgestimmt. Verbote von Zeitschriften nutzten kaum noch, sie erschienen auf andere Weise oder unter neuem Namen.

Zusammen mit der *Leipziger Allgemeinen* war die *Rheinische Zeitung* verboten worden. August Heinrich Hoffmann von Fallersleben hatte darin am 23. September 1842 im Gedicht *An meinen König* geäußert:

> O sprich Ein Wort in diesen trüben Tagen,
> Wo Trug und Knechtssinn, Lüg' und Schmeichelei
> Die Wahrheit gern in Fesseln möchte schlagen,
> Mein König, sprich das Wort: *das Wort sei frei!*

Als Hoffmann dies anmahnte, war er dem König kein Unbekannter mehr. Sein erster, verschollener Brief an ihn stammt von 1835. Machte er ihn darin auf seine frühere *Geschichte des deutschen Kirchenliedes bis auf Luthers Zeit* aufmerksam? Seit den *Unpolitischen Liedern* schlug er 1840 einen neuen Ton an. Er wurde der Demagogie bezichtigt und von seiner Breslauer Professur relegiert, 1842 sogar aus Preußen verwiesen. Auch dies ließ der König geschehen.

Um die Wirkungslosigkeit von Zensurmaßnahmen durch die neuen Kommunikationsmittel im diffusen Europa wusste er selbst. Aus dieser Einsicht heraus rang er sich im Februar 1843 zur Abschaffung der »Polizeischnüffler« und Begründung eines preußischen Oberzensurgerichts durch. Ferner wollte er, um Rechtssicherheit über Preußen hinaus zu gewährleisten, den Deutschen Bund durch eine Verfassung reorganisieren. Dies hätte Metternichs Zustimmung bedurft, was der Staatskanzler verweigerte.

Fanny Hensel notierte am 14. April 1843: »Politisch sieht es so traurig wie irgend möglich aus. [...] Der König betrachtet und behandelt die, deren Meinung von der Seinigen abweicht wie persönliche Feinde und das gibt zu den pitoyabelsten Briefen Anlass, zum Beispiel an Hering [den Schriftsteller Willibald Alexis].« Nun protestierte auch Ferdinand Freiligrath gegen den Umgang mit politisch Andersdenkenden, kündigte dem König Anfang 1844 den zum »Maulkorb« gewordenen Ehrensold auf und begab sich ebenfalls ins Exil, nach Belgien.

Der König grub sich noch tiefer in die Geschichte ein. Aus den Feiern zum Weiterbau des Kölner Domes wurden 1843 die zum tausendjährigen Bestehen des Reiches. Im Vertrag von Verdun hatten die Enkel Karls des Großen 843 das europäische Großreich dreigeteilt. Der König ließ also ein Partikularreich feiern: Otto der Große hatte bei seiner Krönung in Rom jenes Reich bestätigt, das dann von 1512 bis zu seiner Zerschlagung durch Napoleon den Namen »Heiliges Römisches Reich Deutscher Nation« trug – dasjenige, das in den Vorstellungen des Königs weiterbestand. Zur Feier hatte er bei Mendelssohn ein lutherisches *Te Deum* für zwei vierstimmige Chöre, vier Posaunen, Streicher und Orgel bestellt. Dieser vertonte die alte ambrosianische Melodie mit dreißigmaligem Lobpreis wechselnd zwischen Instrumenten und Gesang, so wie es ein zeitgenössisches Publikum erwartete. Er führte es am 6. August im Berliner Dom auf, begleitet von Kanonendonner im Lustgarten. Der Auftrag hatte aber auf behutsame Anwendung der Instrumente gelautet. Der König legte an diesen Gedenktag besonderen Wert auf historische Herleitung.

Politischer Hintergrund der Feier war die wachsende Diskussion um das, was neuerdings »Nationalstaat« genannt wurde, ein Gebilde, das ohne die Tradition des Heiligen Reiches auf die deutschen Staaten ohne Österreich beschränkt war. Sie lief wie in Westeuropa auf eine konstitutionelle Monarchie ohne »Gottes Gnaden« hinaus. Der König wird bald seine ganze Kraft brauchen, um einen solchen deutschen Nationalstaat zu verhindern.

Gestiefelte Kater und ihr Publikum

Die Trunkenheit des Regierungsbeginns wurde jetzt missdeutet. In den Karikaturen, die nach ihrem Verbot umso ungenierter kursierten, wurde das königliche Schwanken bei der Freigabe von Wort und Bild buchstäblich ausgelegt – als Folge übermäßigen Champagnergenusses. Es entstand das Bild, das bis heute im kollektiven Gedächtnis haftet: Der König in Gestalt eines Katers in viel zu großen Stiefeln tritt vergebens in die Fußstapfen seines übermächtigen Vorgängers Friedrich. Eine »Sektpulle« in der Hand, prostet er ihm zu, während jener die kalte Schulter zeigt. Was ist schon mit einem anzufangen, der »immer daneben« tritt, wie es in der Beischrift heißt! (Abb. 35)

Der König antwortete mit dem ihm eigenen Mittel, der Kultur. Tieck musste seinen im Sommer zuvor noch als Erinnerungsstück gelesenen *Gestiefelten Kater* inszenieren. Das Märchenspiel aus frühromantischer Geniezeit war nicht für die Bühne gedacht gewesen. Tieck riet unbedingt von einer Aufführung ab. Die Zeit sei eine andere. Der König aber bestand darauf, und so brachte sein Hofrat das Gewünschte auf die Bühne.

Seit Jahrhunderten weitererzählt, war das Märchen im Barock von Charles Perrault schriftlich festgehalten worden. Tieck machte daraus ein »Märchen«, das keines war. Akteure, Publikum und Dichter beanspruchen gleiches Recht. Zwischenrufe, Kommentare und verdorbenes Obst sind die Hilfsmittel des Publikums. Sie nahmen auf dem Papier jene Pariser »Bataille« vorweg. Tieck wollte, aufgebracht durch Stücke wie die Kotzebues, die bürgerliche Doppelmoral auf dem Theater enthüllen. Und Platen war dreißig Jahre später mit dem *Romantischen Ödipus* ebenfalls dagegen angegangen. Friedrich Wilhelms Aufmerksamkeit gegen Philister war geschärft, jetzt aber war er König in veränderter Zeit.

Mit dem Zwischenruf »Es kommt ja kein Publikum in dem Stück vor!« fordern die Zuschauer Berücksichtigung ein. Tieck führte, damit es nicht zum Abbruch komme, zwei weitere Figuren ein, den Besänftiger und einen Hanswurst. Während Letzterer wie in der alten Commedia del'arte das Publikum durch Lächerliches von den Dingen ablenkt, wiegelt die neue Figur des Besänftigers ab. Der König nahm die Karikatur persönlich. Er hatte jenen Genius vor Augen, der ihm im Königsberger Kindheitstraum den Thron reinigte.

Zur Uraufführung am 20. April 1844 hatte er dreihundert Gäste nach Potsdam geladen, darunter Bunsen. Dieser schreibt seiner Ehefrau, »die Verspottung des Publikums [sei] zu weit angesprochen und der Reiz des Märchens [ginge] in derselben unter«. Der König blieb dabei und ließ das Stück bis zum Oktober noch drei Mal öffentlich aufführen. Das Publikum aber war nicht mehr einfach abzuspeisen, die Kritik fiel einstimmig darüber her. Man kannte zwar jenen Traum nicht, verstand aber, dass angesichts der politischen Umstände keine harmlose Satire gemeint sein könne. Erst daraufhin brach der König die als »Kindermärchen« in drei Akten, Prolog, Zwischenspielen, Epilog und einer Bühnenmusik[700] deklarierte Erziehungsmaßnahme ab.

Die Gegenseite blieb am Zug. In den Karikaturen wurde er vollends zum Alkoholiker. Sein bukolischer Faun in den Römischen Bädern[701] verwandelte sich zum preußischen König, der den Mageninhalt über seine Untertanen speit – und schließlich nahm der Körper des Königs die Form einer Champagnerflasche an. Bei Louis-Philippe war es immerhin eine Birne.

Nach der fehlgeschlagenen Maßnahme war es für die Erzkonservativen bei Hofe, unter ihnen die Königin, ein Leichtes, ihm die Freigabe von Wort und Bild auszureden. Er schränkte die Pressefreiheit bis auf weiteres ein und berief sich auf die königliche Würde. Fanny Hensel hielt am 13. März dessen Floskel »es ist mein gnädigster Wille...« für völlig überholt: »O neunzehntes Jahrhundert, du hast noch viel auszukehren.«

Bei den fast täglichen Zusammenkünften mit Bunsen kamen als Mittel zur Beschwichtung die Athener Tragödien des Aischylos zur Sprache. Obwohl der König durch Glucks Iphigenie-Oper und Goethes Schauspiel vom Fluch des Atridengeschlechts wusste, habe er, laut Bunsen, von Aischylos' Trilogie durch Ancillon bloß einen Eindruck gewonnen. Erst Tiecks Lesungen hätten ihn entzückt. Wahrscheinlich war dies schon während der Aufenthalte bei Johann in Dresden geschehen. Seine kathartische Anteilnahme am Schicksal der Atriden fand in zwei Zeichnungen Ausdruck: der Verabredung des Mordkomplotts an Agamemnon vor dem Tempel und dem Mord selbst.[702] Im Augenblick des Mordes an ihrem Gatten Agamemnon erkennt die Königin jäh, dass auch sie dem Fluch unterliegt. Die Zeichnungen stehen noch unter dem Eindruck grauser Mechanik der Fememorde.

Erst im dritten Teil der Trilogie, den *Eumeniden*, tritt das Naturrecht zugunsten des Gesetzes zurück. Apoll, göttlicher Helfer des flüchtigen Orest, hält die Schuld des Muttermordes für gesühnt. Die Erinnyen, Rachegöttinnen, fordern aber ihr altes Recht ein. Es kommt zum Gerichtsverfahren. Verdiente Athener Bürger sollen über die Schuld des Orest urteilen. Wäre es nach ihnen, das heißt nach menschlichem Recht gegangen, hätte der Urteilsspruch auf »schuldig« gelautet. Die Göttin Athene jedoch – Stadtschützerin, wie sie Schinkel auf der Akropolis zeichnete – leitet den Prozess. Ihre Stimme führt zum Gleichstand – nach Athener Recht bedeutete dies Freispruch.

In den *Eumeniden* treffen Natur- und geschriebenes Recht aufeinander, was allenfalls Richterspruch lösen kann. Ähnliches schwebte dem König hinsichtlich einer Verfassung vor. Wie in Athen ist sie nur Grundlage, nicht aber

35 Anonyme Karikatur 1848, Friedrich Wilhelm IV. als gestiefelter Kater

bestimmendes Merkmal der Rechtsordnung. Gewährleistet wird sie durch das unverbrüchliche Zusammenspiel zwischen Göttern und Menschen. Das antike theatralische Muster sollte die Gegenwart verpflichten.

Bunsen ließ dafür im Schnellverfahren eine Übersetzung und Kürzung der Trilogie auf einen dreistündigen Abend vornehmen. Das Ergebnis stellte Tieck, der sich zur Inszenierung bereiterklärte, offenbar zufrieden. Zur Vertonung der Chorstücke fehlte jetzt bloß noch die Zustimmung Mendelssohns. Dieser aber wich aus: Er habe bereits Sophokles' dritten Teil, *Ödipus Rex*, skizziert. Überliefert ist davon nichts.

Inzwischen fühlte sich Heine in Paris zur Stellungnahme der politischen Zustände in Preußen aufgerufen. Unwillig hatte er erst mit angesehen, wie man in Frankreich neuerdings nicht nur respektvoll über die Geistwelt Kants, Fichtes und Hegels sprach. Sogar die Romantiker fänden Gehör. Mehr noch trinke man Bier und schiebe Kegel – mit einem Wort: Geist und Manieren der Deutschen stünden in Mode. Sein jahrelanger Spott war verhallt. Er musste sich etwas einfallen lassen. Im Sommer 1840 hatte ihn Meyerbeer aufgemuntert: »Mit Schmerzen warte ich und ganz Deutschland auf ein neues Heinisches Buch, um nach dem deutschen Wasser ihrer Kollegen wieder einmal von Ihrem sprudelnden Geiste zu kosten.«[703] Er sollte nicht enttäuscht werden.

Heine war zum Nachweis deutschen Philistertums über den Rhein gekommen. Schon an der Grenze verlachte er still die Zöllner beim Schnüffeln nach verbotenen Druckwerken – wo doch das Verbotene im Kopfe stecke. In den altehrwürdigen Städten am Rhein schlägt ihm der verhasste Biedergeist entgegen. Erst in Hamburg, der Stadt seiner Jugend, macht ihn deren Schutzgöttin auf die Vergeblichkeit seiner Suche nach den schönen Seelen der Vergangenheit aufmerksam. Das Leben hätte sie verschlungen, und die alte Zeit der Jugend, die das Herz vergöttere, fände er ohnehin nicht wieder.

Blieb also nur *Deutschland. Ein Wintermärchen*. Die preußische Zensur arbeitete rasch und verbot das Buch noch im Oktober 1844. Es enthält Sage und Traum vom Stauferkaiser Barbarossa im Kyffhäuser: von ihm, der seit Jahrhunderten im Berge wache, geschirrt und gewappnet, um auszureiten, wenn die Zeit reif zur Erlösung der Deutschen sei. Und im Traum ist der Dichter schon im Berge. Es kommt zum Zank. Erwacht fordert er den Kaiser inständig auf, er möge wiederkehren, das alte Heilige Reich wiederherstellen, das Volk in Stände, Gilden und Zünfte teilen und den modrigen Plunder mit allem Firlefanz zurückbringen. Er nimmt alles in Kauf – um der Erlösung von jenem im Augenblick herrschenden Zwitterwesen willen. Dessen »Gamaschenrittertum« sei »ein ekelhaft Gemisch […] von gotischem Wahn und modernem Lug«. Den Kaiser fordert er auf:

Jag fort das Komödiantenpack,
Und schließe die Schauspielhäuser,
Wo man die Vorzeit parodiert –
Komme du bald, o Kaiser!

Nachdem er es in früheren Jahren noch bis zum Vizepräsidenten des Pariser Emigrantenvereins zur Förderung des Dombaus gebracht hatte, trat er dem Projekt nun unerbittlich entgegen. Die jetzige Hinwendung der Deutschen zum Mittelalter sei herabgekommener Schusterpatriotismus, der jeglichen Fortschritt hemme. Er wünschte, die Ruine bliebe Symbol der Vergangenheit, Hort von Krähen und Raben. Im Traum verspottet er die im Dom aufbewahrten Gebeine der Heiligen Drei Könige: Man solle sie verbrennen. Mit dem Reliquienkult hätte es besser sein Ende.

Dann kommt er auf den König zu sprechen:

Vergebens wird der große Franz Liszt
Zum Besten des Doms musizieren,
Und ein talentvoller König wird
Vergebens deklamieren![704]

Von Anfang an war er ihm der Winterkönig gewesen:

O König! Ich meine es gut mit dir,
Und will einen Rat dir geben:
Die toten Dichter, verehre sie nur,
Doch schone, die da leben. […]

Kennst du die Hölle des Dante nicht,
Die schrecklichen Terzetten?
Wen da der Dichter hineingesperrt,
Den kann kein Gott mehr retten –

Kein Gott, kein Heiland, erlöst ihn je
Aus diesen singenden Flammen!
Nimm dich in Acht, daß wir dich nicht
Zu solcher Hölle verdammen.

Wir kennen den Kommentar des Königs nicht. Zweifellos las er das »Märchen«, zum Durchblättern ist es zu glitzernd. Ob er für den Haftbefehl Heines auf preußischem Boden verantwortlich war, ist nicht sicher, aber so viel: Humboldt schrieb noch im Januar 1846, der König hege für Heines Gedichte eine »unverwüstliche Vorliebe.«[705] Die »Vorliebe« beruhte auf der dichterischen Qualität. Aber vielleicht teilte er insgeheim Gedanken wie den des Gamaschenrittertums – dessen Allegorien sich politisch nutzen ließen. Wir befinden uns über schwankendem Grund.

Mittlerweile verbreitete sich das soziale Elend über ganz Preußen. Am härtesten traf die Industrialisierung die Weber im schlesischen Eulengebirge. Hier wiederholte sich, was jedem, der es wissen wollte, Jahre zuvor in Lyon geschehen war. Gegen die schlesische Not war in Berlin 1843 ein Centralverein mit Zweigstellen vor Ort gegründet worden. Der König bestellte Leinenzeug für sein Schloss Erdmannsdorf von einheimischen Webern, was aber angesichts der allgemeinen Not völlig unzureichend war.

Gleichzeitig mit dem Centralverein begründete er Brandenburgs mittelalterlichen Schwanenorden neu. 1440 hatten Fürsten und Edelleute zu Ehren der Muttergottes diese mildtätige Vereinigung gegründet. Das Ansinnen des Königs zielte in eine weitere Dimension. Er wollte den Schwanenorden allen religiösen Bekenntnissen öffnen – und stieß aus den gleichen Gründen wie seine Bestrebungen um eine gemeinsame Liturgie auf Widerstand. Die Protestanten schoben das Abbild Marias im Ordenszeichen als Hindernis vor. Die Übrigen folgten mit jeweils eigenen Vorwänden. Bunsen schlug deshalb während seines Aufenthaltes die Gründung eines evangelischen Mutterhauses in Berlin und die Rückführung der noch verbliebenen Frauenstifte unter deren Obhut vor. Die Äbtissinnen sollten diese freiwillig auflösen, was nicht weniger aussichtslos war.

Bereits wenige Wochen später führte die materielle Not in Schlesien zu Übergriffen. Weber zerstörten die Wohn- und Fabrikgebäude eines Kaufmanns »nebst allen seinen Warenvorräten […] einerseits gänzlich, […] andererseits [wurde er] beraubt.«[706] Zum Schutz der Fabriken marschierte die im Bezirk stationierte preußische Infanterie auf. Als die Zerstörer nicht einlenkten, wurde das Feuer eröffnet. Man zählte elf Tote und fünfzig Verhaftete. Im amtlichen Bericht darüber wird ausdrücklich erwähnt: »Ein allgemeiner Angriff der Armen gegen die Reichen […] scheint jedoch weder beabsichtigt gewesen zu sein, noch dürfte derselbe zu besorgen stehen. Es wird vermutet, daß die baldige Zurückziehung des Militärs die geeignete Maßnahme sei.«

Umso stutziger macht die eigenhändige Anmerkung des Königs: »Das auffallend Organisierte bei all diesen Zerstörungsmaßregeln scheint nicht beachtet zu sein, ist aber die Hauptsache, auf die jede Untersuchung gerichtet sein muß.«[707] Die Verkennung der Tatsachen kann nur von Kräften herrühren, die den König anstachelten. Er ließ die Anführer, obwohl ihnen keine politischen Absichten nachgewiesen werden konnten, hart bestrafen. Die Zensur bekam jetzt viel zu tun, und doch wusste jeder, was geschehen war. Der König verlor an Ansehen. Heines Kommentar ließ nicht auf sich warten: Der König sei von den Extremen seiner Zeit ein närrisch Gemisch und begeistre sich zugleich für Sophokles und die Knute. Der Dichter, der seine Frau regelmäßig schlug, wusste, wovon er sprach.

■ **Fundstück**: *Vergiftet sind meine Lieder* (Heinrich Heine) ■

Kaum einen Monat nach dem Weberaufstand erwartete den König eine weit gravierendere, von langer Hand vorbereitete Attacke. Beim Verlassen des Stadtschlosses in den Morgenstunden des 26. Juli hatte sich eine Menge von Armen und Bittstellern an der Treppe versammelt. Das Königspaar wollte nach Bayern reisen. Späteren Ermittlungen zufolge hatte ein Unbekannter seit Tagen die näheren Umstände in Augenschein genommen. Pünktlich um acht Uhr rollte der Wagen an der Haupttreppe des ersten Portals vor. Die Reisenden waren die Treppe herabgekommen, der König verweilte noch einen Augenblick mit Anweisungen der Hofmeisterin und bestieg dann ebenfalls den Wagen. Kaum in Bewegung, fiel »ein stark schallender Schuß«.[708]

Der Unbekannte war auf das Trittbrett des Wagens gesprungen, drückte das Fenster weg und feuerte ein zweites Mal ins Wageninnere. Während der Mann von der Menge überwältigt wurde, sah der Flügeladjutant zunächst nur Rauch aus dem Wagen aufsteigen. Als dieser zum Stehen kam, schaute der König hinaus und fragte, was es gebe und warum man halte. »Ich habe wohl einen Stoß gefühlt, es kann aber keine Kugel gewesen sein, denn ich fühle jetzt gar nichts«.

Man untersuchte seine Kleidung. Der Mantel war in der Höhe der Brust durchlöchert. Weste und Hemd wurden aufgerissen, aber der König war unverletzt. Er behauptete gleich: »Es ist hier gar nicht geschossen, es war gewiß nur ein dummer Spaß, ein bloßer Pfropfen.« Und den Umstehenden die Brust zeigend: »Ihr seht, es ist hier bloß ein roter Fleck.« Nicht sein konnte, was nicht sein durfte. Als sei nichts geschehen, gab er Befehl zur Weiterfahrt an den Bahnhof. Der diensthabende Adjutant vermerkt noch: Das Königspaar habe größte Ruhe und Haltung im Ausdruck gezeigt.

Gott schien dem König tatsächlich gnädig. Johann, der unverzüglich davon erfuhr, scherzte darüber, wie der Täter seinen Freund »Dicki« aus nächster Nähe habe verfehlen können. Der König gestand ihm ein, er habe eine »niaise«, lächerliche Rolle auf dem Schlossplatz gespielt. Bei den Ermittlungen stellte sich heraus, dass der Attentäter, beim Laden der Pistole unruhig geworden, Pulver verstreut hatte. Die Wucht der Kugel reichte nicht zum Eindringen in den Körper. Die zweite Kugel war von einem Uniformknopf abgeprallt und über die Königin hinweg in die Verkleidung des Wagens geschlagen.

Die Reise führte über Schloss Erdmannsdorf, wo der König eine im norwegischen Vang niedergelegte und im nahen Krummhübel am Fuße des Riesengebirges wiedererrichtete mittelalterliche Stabkirche am 28. Juli einweihte. Den Holzbau hatte er dem in Dresden lehrenden norwegischen Maler Johan Christian Clausen Dahl, welcher dazu ein Buch geschrieben hatte, abgekauft.[709] Auf den Altarstufen dankte er dem Herrn für die glückliche Rettung. Die anschließende Besichtigung der neuen Maschinen-Flachs-Spinnerei am Garnisonsort der Truppen in Schweidnitz machte noch einmal deutlich, dass der König die Industrialisierung der Weberei trotz der sozialen Probleme uneingeschränkt unterstützte.

Nach dem Besuch von Prag, Budweis und Linz sowie der Besichtigung der Salinen am Thuner See traf das Königspaar am 9. August in Elisabeths Kurort Bad Ischl ein. Der Empfang war festlich. Eine Illumination erhellte vom Wasser des Wolfgangsees aus die Berge. Am folgenden Tag wurde in Begleitung einer Schar bergmännisch gekleideter Führer, Zither- und Gitarrenspieler sowie steirischer Sänger eine Wanderung zum nahen Wasserfall unternommen – der einheimische Volkscharakter sollte in Kleidung und Musik möglichst authentisch sein.

Zum Kuren fehlte dem König die Zeit. Er eilte mit den neuen Verkehrsmitteln Eisenbahn und Dampfboot allein weiter nach Wien. Am Abend der Ankunft wurden im kleinen Theater eine Komödie, Gesangsstücke und Dichtungen im Welser Dialekt gegeben. Volksgut war auch hier gefragt. Am nächsten Tag suchte er den Kaiser in Schönbrunn auf, besichtigte eilends dessen Gemäldegalerie, in der Burg das Antikenkabinett und den Garten mit dem Theseus-Tempel. Die Visite beim Fürsten Metternich dauerte wegen dessen Unpässlichkeit kurz. Wollte der König ihn zum politischen Nachgeben überreden?

Auf dem Rückweg besichtigte er in Danzig die in Auftrag gegebenen Glasfenster in der Marienkirche. Nach einem kurzen Manöver in Sachsen traf er wieder mit der Königin zusammen, bevor er sich, den »Gott so sichtbarlich beschützt« habe, in Berlin feiern ließ. Die Häuser waren geschmückt, und bei Krolls gab es eine aufwendige Illumination in Form einer »Academie lebender Bilder von der Gesellschaft des Herrn Prof. Becker in neun Gruppen.«[710] Der König lud mit vierhundertachtzig Couverts zur Tafel.

Arnim schreibt zu den Ereignissen an einen Freund, die Hofpropaganda wolle »wie die alten Peppel- oder Kinderlutschbeutelwärterinnen den Schreck ins Nichtige herabziehen«. Man gebe nicht zu, dass aus dem »erhitzten Laboratorium des Zeitgeistes« so viel Dunst aufgestiegen sei, »um diesen überraschenden Meteor auszuarbeiten! [...] Nein, keine Erörterung der Art! Den

König so zu verletzen wär ein Verbrechen gegen jedes menschliche Gefühl, und also: Schlaf Kindchen schlaf ...«[711]

Als Mendelssohn von dem Attentat erfuhr, war er entsetzt und vertonte aus dem 91. Psalm die folgenden Zeilen in Form einer A-cappella-Motette für acht Solisten und widmete sie dem König. Sie wurde zum Standardwerk für Kirchenchöre:

Denn er hat seinen Engeln befohlen über dir,
Daß sie dich behüten auf allen deinen Wegen,
Daß sie dich auf den Händen tragen
und du deinen Fuß nicht an einen Stein stoßest.

Der mochte sich die Existenz eines »Schelmen« zuerst nicht einmal vorstellen, aber am Tag nach dem Attentat deutete ihm eine Berliner Delegation in Christianstadt an, es sei dem Täter durchaus ernst gewesen.

Das Gerichtsverfahren brachte zutage, dass die Tat Gipfel zwölfjähriger Erniedrigung war. Erst hatte der Täter seine Bürgermeisterstelle in einem kleinen brandenburgischen Dorf wegen unnachsichtiger Härte verloren. Dann wurden ihm sämtliche Gesuche um Anstellung verwehrt, bis er zuletzt König und Königin um Hilfe anging. Als seine Schreiben unbeantwortet blieben, machte der jetzt Mittellose nur noch einen Schuldigen aus – und beschloss den Königsmord. Zum ersten Mal in der Geschichte des Königs wog ein Untertan sein Leben gegen das des Königs auf. Der Form nach blieb der Attentäter preußisch korrekt: In einem minutiösen Bericht über sein Leben rechtfertigte er die Tat und schickte das Manuskript an den Verleger Brockhaus.

Darüber, ob das »erhitzte Laboratorium des Zeitgeistes« zum Tatentschluss beigetragen habe, befand das Gericht nicht. Die Tatsachen waren eindeutig. Der Täter beschönigte nichts, es fällte das Todesurteil. Der König ließ im Ministerrat über Begnadigung diskutieren. Auch sein Einwand auf Wahnsinn stimmten den Rat nicht um. Von sich behauptete der König: »Wenn ich über Recht und Unrecht in einem Konflikt entscheiden will, so habe ich seit langer Zeit kein anderes Mittel, als mich gleichsam in das Gemüt, Stellung, Amt beider Teile hineinzumagnetisieren – und dazu hab' ich ein besonderes Talent.«[712] Jetzt verlangte er Reue – als sei Gnade abdingbar. Wollte er seine Hände in Unschuld waschen? Oder dachte er, ebenso literarisch, an Thomas Moores *Paradise and the Peri*, wo sich die Paradiesespforte allein durch Tränen eines Reuigen öffnet?

Der Täter aber war weder religiös noch poetisch gesinnt und hatte nichts zu bereuen. Als man ihm bei Nacht und Nebel das Haupt abschlug, stieß dies auf erheblichen Unwillen bei den Untertanen. Man wusste um Gnadenakte von Louis-Philippe und der Königin Victoria in ähnlichen Fällen. Zur Abkühlung des »Laboratoriums« fiel dem König Anfang Oktober 1844 die Beleuchtung des am Alten Museum vollendeten Freskenzyklus der Menschheitsgeschichte mit bengalischem Feuer ein. Das überzeitliche Thema regte niemand auf.

Die Lektüre bei der Königin führte von der Realität fort, in den dafür hinlänglich erprobten Orient. Humboldt machte den Anfang mit dem neuesten Werk des Fürsten Pückler über Ägypten. Das dreibändige *Aus Mehemet Alis Reich* war eine Momentaufnahme aus dem Reich, in das der König immerhin einen Kronleuchter verschenkt hatte. Pückler beschreibt darin eine Frau, in »deren lieblicher Erscheinung man schon jene uns bevorstehende Vereinigung des Orients mit dem Westen verkörpert zu sehen glaubt [...]«.[713] Er war mit einer auf Kairos Sklavenmarkt gekauften Nubierin heimgekehrt. Der König sah darüber hinweg – auf dessen Gartenkünste.[714]

Beim Publikum fanden Pücklers Schilderungen nicht mehr die gewohnte Aufnahme. »Semilasso«, wie er sich in den dreißiger Jahren stimmungsvoll nannte, hatte damals zu den orientreisenden Pionieren gehört. Neuerdings erhielt er Konkurrenz durch Romane der exzentrischen Gräfin Ida Hahn-Hahn. Sie schilderte 1844 in *Orientalischen Briefen* das Leben ausschließlich höherer Gesellschaftskreise. Reumont schätzte die *Briefe* wegen der »geistigen Frische und Gefühlstiefe« als den »Höhepunkt ihrer Beobachtungsgabe« ein.[715] Der König ließ auch daraus vorlesen.

Anfang November las Tieck an drei Abenden mit *Daimons Kindern*, *Die schöne Magelone* und *Die schöne Melusine* aus seinem romantischen Fundus. Es folgte *Pugatschew*. Jemeljan Iwanowitsch Pugatschew war 1775 nach dem Aufstand gegen die Leibeigenschaft in Moskau hingerichtet worden. Neuerdings fand das Schicksal von Freiheitskämpfern Interesse bei Künstlern, Gutzkow hatte über ihn ein Trauerspiel verfasst. Humboldt las aus der 1840 ins Deutsche übersetzten Geschichte jenes Aufstandes von Alexander Sergejewitsch Puschkin vor. Doch in die Gemächer der Königin schlich sich auch Unterhaltungsliteratur ohne künstlerischen Anspruch ein.[716] Beispielsweise Johannes Wilhelm Meinholds – des Spezialisten für Hexen aller Art[717] – *Degenknopf* über Friedrich den Großen. Humboldt verweigerte die Lektüre.

Inzwischen war Meyerbeers Auftragskomposition zum Ruhme Preußens vollendet. Aufgrund des Dauerproblems deutschsprachiger Libretti hatte er – wegen der Nationalisten – stillschweigend mit Scribe zusammengearbeitet. Der König willigte unter der Bedingung ein, dass es nicht »zu piqant und abnorm« würde. Nach außen hin fungierte Ludwig Rellstab als Librettist. Der Gegner alles »Ausländischen« bearbeitete und übertrug *Ein Feldlager in Schlesien*. Wie anders aber hatte Friedrich der Große damals das neue Opernhaus eröffnet! Er verfasste den Entwurf zum Libretto. Die italienische Übersetzung wurde vom Hofkompositeur Carl Heinrich Graun vertont: *Montezuma* – ein exotisches Sujet mit aufklärerischer Botschaft. Ausgerechnet in diesem Fall erreichte der

König, der den Horizont der Kulturen der Welt übersah, das damalige Niveau nicht.

Für Meyerbeer begann mit dem *Feldlager* die »Berliner Wirtschaft«. Wegen des langen Provisoriums im Schauspielhaus fehlte dem Intendanten Küstner die Erfahrung mit großformatigen Werken, wie sie das *Feldlager* benötigte. Als er dann auch noch die Produktion erschwerte, wandte sich Meyerbeer, vertragsgemäß, direkt an den König. Dieser bemerkte, »daß unter unserm Himmel hier das schöne Wetter in der fruchtbaren Zeit des Jahres, fast immer mit einem Gewitter erkauft werden muß.«[718]

Das »Gewitter« bestand darin, dass Jenny Lind bei der Premiere nicht die weibliche Hauptrolle singen sollte. Der König bot Meyerbeer dafür an, die knappe Probenzeit durch Verschiebung des Premierentermins wettzumachen, was die Jubiläumsfeier um drei Wochen überschritten hätte. Er stellte die künstlerische Qualität über das höfische Protokoll. Dass der Termin dennoch eingehalten wurde, verdankte sich der Professionalität und dem Einsatz aller Künstler.

Im *Feldlager* geht es um den Schlesischen Krieg Friedrichs II. Dieser entgeht der Gefangennahme nur mit Hilfe der Zigeunerin Vielka. Wegen des Verbots von Bühnenauftritten preußischer Könige war Friedrich nur zu hören. Die Hauptszene, ein Flötenduell, musste also hinter der Bühne stattfinden. Im Übrigen verzichteten Meyerbeer und Scribe weitgehend auf heroische Handlungen. Der König ließ – als sei das Ganze nicht historisch genug – noch eilends einige »Traumbilder« aus der Zeit des Königs hinzufügen.[719]

Diese Apotheose auf die Hohenzollern fand am 17. Dezember 1844 die Zustimmung des Königs, der an diesem Abend mit der Königin erschienen war. Die weiteren Aufführungen ohne »Traumbilder« stellten die Nationalisten nicht zufrieden, weil der erste und dritte Akt die Würde des Herrscherhauses nicht ausreichend betonten. Ferner wurde beanstandet, der große König werde von einer Zigeunerin gerettet. Wagner schrieb anerkennend an Meyerbeer, »auf einem so ziemlich seichten Grunde ein so lebensvolles künstlerisches Gebäude aufzuführen«[720], sei allein seiner Meisterschaft verdankt.

Meyerbeer arbeitete, als ihm aus Wien die Aufführung angeboten wurde, das Singspiel zu *Vielka* um. Die Figuren der Zigeunerin und des agierenden Königs standen jetzt im Vordergrund. Trotzdem war der Erfolg mäßig. Ähnliches sollte ihm mit dem dritten Versuch, diesmal für die Pariser Oper, mit *L'Étoile du Nord* widerfahren. Der König reagierte ganz pragmatisch: Er ließ nur noch den zweiten Akt aufführen. Meyerbeer komponierte daraufhin nichts Größeres mehr für Berlin. Er begnügte sich mit der Einstudierung von zwei oder drei neuen Werken jährlich.[721]

Im Winter hörte der König eine ganze Reihe weiterer Vorlesungen in der Singakademie, darunter: »Kriminelle Beobachtungen und Erfahrungen in besonderer Rücksicht auf Gefängnisse« – die Straftaten häuften sich.[722] Dann über die »Religion der Römer«, diesmal begleitet von der frommen Königin. Raumer las über Gustav Adolf, der Geograph Ritter über Ceylon und Waagen über Raffael. Über die Sklaverei in der Antike war nicht länger hinwegzureden. Im Februar fielen dann die Nachttemperaturen bis auf 14 Grad Réaumur (17,5 Grad Celsius) mit ungewöhnlichen Folgen: König und Königin wurden auf der Schlittschuhbahn gesehen, wogegen sie in der Garnisonkirche bloß der Liturgie beiwohnten, die Predigt aber aus gesundheitlicher Rücksicht ausfallen ließen.[723]

In dieser Zeit ließ der König ein unerklärliches Thema auf die Bühne bringen: ein Märchen als tiefenpsychologisches Glanzstück. Wieder hatte Perrault eine alte mündliche Überlieferung niedergeschrieben. Sie ist, wie der Blutfleck im Märchen, nicht aus der abendländischen Kultur fortzubringen: Die Geschichte vom *Ritter Blaubart*. Diesmal lässt uns der König bestenfalls deren Oberfläche sehen. Bereits im Sommer 1842 musste ihm Tieck seine dramatische Bearbeitung dieses Märchens aus dem *Phantasus*[724] vorlesen. Von der Bühne kannte er sie spätestens seit der Bearbeitung der Geschwister Elßler für ihr 1832 in Berlin aufgeführtes Ballett.[725] Am 25. November 1842 hatte der König dieses Ballett erneut besucht. Was ihn dazu trieb, eine neuerliche Fassung Tiecks aufzunehmen, liegt noch ganz im Dunkel. Neugierig macht, dass die beiden Aufführungen am 1. Februar 1845 und am 2. Februar 1846 binnen Jahresfrist stattfanden. Warum dieser Aufwand? Gedachte der König Anfang Februar eines Ereignisses, das er nicht preisgeben wollte?

Im Februar kamen mit Louis Spohrs *Der Fall Babylons* die Oratorienaufführungen wieder in Gang. Sie strebten mit Grauns *Der Tod Jesu* am 21. März ihrem österlichen Höhepunkt zu. Diesmal folgte noch ein *De profundis* in Glucks Vertonung. Der ungewöhnliche Abschluss des Osterfestes hat seine Parallele im Notat des Königs zur Abendmahlsvorbereitung am 20. März. Nach siebenjähriger Unterbrechung und erstmals als König hatte er am Gründonnerstag geschrieben: »O vereinige mich im Geist, wie kein anderer sündiger Mensch es vermag – O hilf in mir dazu – mit dem hochheiligsten Geheimnis der Menschenerlösung.« Dass der König um geistige Vereinigung fürbat »wie kein anderer sündiger Mensch«, ist keine Überhebung. Als Folge des Attentats ist es eher die flehentliche Bitte um Erkenntnis des göttlichen Willens. Ihm soll die Enthüllung des Geheimnisses um die Menschenerlösung zuteilwerden. Das *De profundis clamavi* bedeutet: Aus der Tiefe schreie ich zu dir! Es ist der Beginn des sechsten Bußpsalms. Während er dies schrieb, stieg der kaum zwanzigjährige Charles Baudelaire ebenfalls in die Tiefe menschlichen Daseins hinab. Sein »De profundis« schreit von jenseits der geistlichen Literatur herauf: als Anklage gegen Gott, er habe diese Welt aus sich geschaffen. Friedrich Wilhelm war dergleichen bei der Diskussion um den Gottesbegriff fremd. Er hielt sich der Moderne gegenüber verschlossen.

Drei Wochen nach jener österlichen Einkehr, am 14. April 1845, wandte er sich an den Bischof Eylert wegen eines Kirchenbaus im Schlossbezirk von Sanssouci, der ihn seit längerem umtrieb. Er schrieb ihm, was dieser bei der Grundsteinlegung erwähnen müsse. Er begründete dies mit einer dialektischen Formel: »Nach vielem Nachdenken will ich die [...] Kirche Christ- oder Friedenskirche nennen. [...] Es scheint mir passend, eine Kirche, welche zu einem Palastbezirk gehört, der den Namen Sanssouci trägt, dem ewigen Friedensfürsten zu weihen und so das weltliche negative ›ohne Sorge‹ dem geistlich positiven: ›Frieden‹ entgegen- oder vielmehr gegenüberzustellen.«[726]

Wegen der komplexen allegorischen Verknüpfungen hatte das Projekt lang gedauert. Die von der Stadt her das Gotteshaus betretenden Gemeindemitglieder sollten an die »Vermählungsfeier« mit dem Versprechen zur Teilhabe gemahnt werden. Infolge seiner Wertschätzung des apostolischen Wortes[727] kam wie bei Domprojekt und Matthäuskirche nur die Gestalt einer frühchristlichen italienisierenden Basilika in Frage.[728] Die Kirche mit offenem Dachstuhl erinnert an San Clemente, der später daneben aufgerichtete Glockenturm an Santa Maria in Cosmedin aus dem 12. Jahrhundert, ebenfalls in Rom.

Der Wandschmuck hat ausschließlich Christi Leben zum Thema. Der Maler Eduard Hildebrandt[729] wurde mit einem Stipendium zu dessen Wirkungsstätten ins Heilige Land geschickt, um sie ins Bild zu bringen. Der König teilte den Glauben, seit biblischen Zeiten hätte sich dort nichts verändert. Erste Photographien vor Ort bewiesen aber die ernüchternde Realität, Hildebrandt konnte nichts erfinden. Der König behalf sich mit historischen Inschriften. In die Apsis ließ er das lang aufbewahrte Mosaik aus Murano aufbringen.

Die mäßigen Kenntnisse altchristlicher Liturgie taten dem Mosaik aus späterer Zeit keinen Abbruch. Christi Huldigung als Pantokrator, als Allherrscher, wie er in der orthodoxen Kirche verehrt wird, ist leicht verständlich. Frontal dem Gegenüber zugewandt, breitet er zum Zeichen der Versöhnung die Arme aus. In Anbetracht der voraufgegangenen Ereignisse kam Christus als Mittler besondere Bedeutung zu. Die raumlose Pracht und Herrlichkeit des Goldhintergrundes versperrt freilich den Weg ins Irdische, ins Freie, der seit der Neuzeit erprobt wird. Sollte er den Untertanen versperrt bleiben?

Für sich selbst hatte der König einen weit verschlungeneren Pfad vom Garten Sanssouci her erdacht: Der Übergang oder die Schwelle vom Garten zur Kirche nannte er Christuspforte, für die nur er den Schlüssel besaß. Der anschließende Säulengang mit Irrwegen ist labyrinthisch angelegt. Es ist ein Läuterungsweg, eine Art Via crucis, auf der sich der gläubige König von Gottes Gnaden vom paradiesischen Garten aus auf die Begegnung mit Christus vorbereitete. Was in altchristlichen Kirchen als Vorbau unter dem Namen »Paradies« angelegt war, behielt der König für sich vor. Den Tag der Grundsteinlegung bestimmte er symbolträchtig auf das »dreißigste Jahr des Friedens nach dem Sturz Napoleons und auf den Tag genau hundert Jahre nach der Grundsteinlegung von Schloss Sanssouci.«[730]

Nach diesem Aufruf zu Frieden und Ordnung im Reich wandte er sich wieder der Bühne zu. Nach beinahigem Verschwinden brachte die französische Instrumentalmusik wieder Neues hervor. Im März 1845 waren es mehrere Konzerte des Klaviervirtuosen Émile Prudent, den man als »Paysagisten« rühmte. Auf dem Theater besuchte der König herausragende Gastauftritte. So, wenn Julie Rettich vom Wiener Burgtheater, eine Schülerin Tiecks, Donna Diana und die Iphigenie gab. Er nahm zum Saisonauftakt auch neue Stücke wahr.[731] Die Gedächtnisaufführung von *Das Bild*[732] des verstorbenen Dramatikers Freiherr Ernst von Houwald war ein Erinnerungsstück an dessen Schicksalstragödien der dreißiger Jahre.

Als er Mitte Juni 1845 zur Reise nach Dänemark aufbrach, war dies bereits die dritte in diesem Jahr. Anfang Januar weilte er zum Geburtstag des Prinzen Georg in Strelitz.[733] Der Großherzog, der so oft wie möglich mit dem König in Berlin Opern anschaute, hatte mit von ihm geliehenen Hofkünstlern sein Schlossareal verschönert: Die Orangerie, worin die Gräfin Rossi sang, beruht auf Vorschlägen Schinkels. Stüler schuf Wandausstattungen, und Rauch schlug Skulpturen für den Park.

Die zweite Reise hatte im April nach Dresden geführt. Auf Anraten Meyerbeers hatte es in Berlin eine Benefizveranstaltung für ein Denkmal Carl Maria von Webers in Dresden gegeben.[734] Humboldt meinte, damit werde »dem übrigen Deutschland das erste Beispiel […] zur Nachahmung dargeboten.«[735] Der König ließ dafür sogar Glucks *Iphigenie in Aulis* ausfallen.[736] Es begann mit Webers vierstimmigem Grabgesang, gefolgt von einem Prolog Rellstabs, welcher in einen von Meyerbeer arrangierten melodramatischen Geisterchor überging und im Lied der Meerjungfern aus dem *Oberon* endete. Man hatte Webers Asche von London nach Dresden überführt, und der König spendete für eine angemessene Grabstätte.

Obwohl der Königlich-Sächsische Kapellmeister Richard Wagner Webers Musik genau studiert hatte, wurde sein *Rienzi, der letzte der Tribunen* als Meyerbeers größte Oper verspottet. Dieser meinte, »eine unsinnige Überfülle der Instrumentation«[737] betäube. Johann und sein hoher Gast verschafften sich ein eigenes Urteil. Dem König war sie zu laut. Der Komponist wird sie später als seinen »Schreihals« verwerfen, der Stoff taugte nicht zur Erlösung. Der König nahm stattdessen Theaterstücke der Wettiner Verwandten Amalia mit nach Berlin. Hier ließ *Rienzi* bis 1847 auf sich warten.

Für die Reise nach Dänemark hatte der König Humboldts Rückkehr aus Paris abgewartet. Die Königin reiste nur bis Swinemünde mit, wo sie das Seebad nahm. Wie stets wurde das Protokoll zugunsten der kulturellen Aktivitäten des Königs aufs Nötigste beschränkt. Die Stadt Kopenhagen hatte noch vor Thorvaldsens Tod mit dem Bau eines Museums begonnen. Die Arbeiten zogen sich wie beim Neuen Museum in Berlin hin, man hatte sich viel vorgenommen. Der König besichtigte die Baustelle eingehend. Anschließend zeigte ihm die Witwe Thorvaldsens das Atelier, wo noch die unvollendete Skulptur Luthers stand.

Von eigenem Reiz war die Sundfahrt über Marienlyst. Dort soll sich Hamlets Grab befinden. Die Visiten auf den Schlössern der königlichen Familie betrafen die Kunst. Auf Charlottenburg fand sich eine kleine Gemäldesammlung jüngerer dänischer Künstler, auf Rosenburg lagen die Regalien der dänischen Könige, neuerdings nach Kabinetten angeordnet. Der dänische König empfing seinen »Frère« gastlich, zeigte ihm Familienporträts und lud ihn ins Theater ein. Es wurde *Der politische Kannengießer* von Ludwig Baron von Holberg in dänischer Sprache gegeben. Auch hier war die Mode landessprachlicher »Echtheit« angekommen. Das Ballett war obligatorisch. *La Toréador*, choreographiert von August Bournonville, zeigte das Königlich-Dänische Ballett auf höchstem europäischem Niveau.[738] Am 22. Juni, nachts gegen zwei Uhr, reiste der König beschenkt mit zwei Schimmeln aus königlicher Zucht zurück.

Er verweilte nur kurz. Lepsius' Bericht über Bauten auf dem Sinai war eingetroffen.[739] Der König wollte das gebildete Publikum an den Entdeckungen Anteil nehmen und die Nachrichten ungekürzt im Staatsanzeiger veröffentlichen lassen. Erst Humboldts Einwand, sie würden ins Englische und Französische übersetzt, ließen ihn davon Abstand nehmen. Während Lepsius' Reise trug der Geograph Carl Ritter, der mit königlicher Unterstützung zuvor im Orient geforscht hatte, über die oberen Nilgegenden, dem Ziel der jetzigen Expedition, vor. Humboldt steuerte entsprechende Stellen antiker Schriftsteller bei – Herodot und Strabo – sowie den Bericht des Altertumsforschers und Direktors der königlichen Bibliothek in Paris Jean-Antoine Letronne. Bei so intensiver Beschäftigung mit Ägypten wäre der Reisebericht eines Begleiters des Prinzen Waldemar über Delhi beinahe untergegangen.[740] Der König wird zum gegebenen Zeitpunkt darauf zurückgreifen.

Vor Antritt zur nächsten Reise hatte er Louis Spohr an der Tafel, Kapellmeister in Kassel. Dieser war mit den Jahren als Komponist so erfolgreich, dass ihm Meyerbeer ein Festmahl bei Krolls gab. Die Mitglieder der Hofkapelle empfingen den sechzigjährigen »Klassiker« mit großen Ehren. Spohr war zum Dirigat der Premiere seiner *Kreuzfahrer*[741] am 26. Juli eingeladen. War dies ein Akt von »Gamaschenrittertum«? August Lewald, Herausgeber der Zeitschrift *Das neue Europa,* schrieb der Oper prompt »eine Art politische Wirkung« zu. Sie sei eine »Beschwichtigungsoper, welche gegen alle Aufregungen des Völkerlebens gut zu gebrauchen ist.« Der »Besänftiger« aus dem *Gestiefelten Kater* war nicht vergessen.

Die neuerliche Rheinreise wurde von bislang nicht gekanntem künstlerischen und repräsentativen Aufwand begleitet. Unterwegs besichtigte der König die neuen Glasmalereien in den Domen von Naumburg und Erfurt. Bei Ausgrabungen auf der Wartburg waren frühere Bauphasen zutagegetreten. Im Rheinland besuchte er neben Kunstausstellungen an vertrauten Orten auch Kleve. Dort hatte der Maler Barend Cornelis Koekkoek 1841 eine Zeichenschule eröffnet und stellte nun aus. Der äußerst gefragte niederländische Landschaftsmaler gab eine Vielzahl druckgraphischer Werke heraus. Der König kaufte Stiche von Landschaften und verlieh dem Künstler den Roten Adlerorden. Erneut besichtigte er technische Bauwerke wie das Eisenbahnviadukt auf der Strecke nach Lüttich. Im Hanielschen Hüttenwerk in Oberhausen wurde Material für seinen Traum eines preußischen Schienennetzes produziert. Er wurde Pate eines Unternehmersohns.

Der repräsentative Aufwand galt dem Empfang der englischen Königin Victoria am Rhein. Der König unternahm alles, um die Musikliebende auf ihrer Rheinreise zufriedenzustellen. Meyerbeer stellte ein Programm mit herausragenden Gastkünstlern zusammen. Nach dem Empfang von Königin und Gemahl in Köln am 13. September ging es zum Schloss Brühl, wo ein monumentaler Zapfenstreich unter Wieprechts Leitung vorbereitet war. Er dirigierte seine Bläser und dreizehn Chöre. Gespielt wurden Geschwindmärsche und der Hochzeitsmarsch aus dem *Sommernachtstraum*.[742]

Während des Soupers mit Ministern, Gesandten und hoher Generalität gab Meyerbeer ein kleines Konzert. Drei Tage später war es eine Soirée musicale, in die er hineinpackte, was der König wünschte:

– Gebet, Romanze und Duett aus Méhuls *Joseph*
– Phantasie für Violoncello (Alexandre Batta)
– 18. Psalm von Benedetto Marcello
– Phantasie über Themen aus dem *Freischütz*
– Der »Flötenkampf« aus Meyerbeers *Feldlager*
– *Der Wanderer* von Franz Schubert
– *Le Songe de Tartini*, Ballade mit obligater Violine (Pauseron)
– Terzett für drei Bassstimmen aus *Margarethe von Anjou* von Meyerbeer
– Phantasie über spanische Nationalmelodien
– Arie aus *Don Juan*
– Spanische Volkslieder

Liszt spielte die Phantasie über spanische Nationalmelodien. Jenny Lind sang die Arie aus Mozarts *Don Juan*. Den Abschluss gab Meyerbeers bevorzugte Sängerin Pauline Viardot-Garcia.

Der König präsentierte also keineswegs ein rheinisches Ritterprogramm, unter seinesgleichen gab es nichts zu »besänftigen«. Vielmehr war Musik aus Frankreich, Deutschland, Italien und Spanien wie im Barock vereint. Méhuls

Joseph, uraufgeführt 1807, wurde in Deutschland beliebter als in Frankreich. Er war als »biblischer Jude« respektiert, Friedrichs »Flötenkampf« repräsentativ tauglich. Mit dieser musikalischen Reise durch Europa stellte der König »Weltoffenheit« unter Beweis. Nach der Julirevolution entstandene Kompositionen wurden, abgesehen vom »Flötenkampf«, nicht gespielt.

In Köln zeigte der König seinen Gästen den Dombau und das Rathaus. Beim Empfang zu Ehren der Königin auf Schloss Brühl war man dann wieder im barocken Ambiente angelangt. Es lässt sich gut darin repräsentieren – was selbst der Königin zu viel wurde, die einmal zur Überraschung der Höfe allein dinierte. Dann begab man sich rheinaufwärts zur Burg Stolzenfels, wo die Schlosskapelle Zur Geburt Christi eingeweiht wurde. Sie war erst teilweise vollendet, weil der König sie freskieren ließ.

Die Ausmalungen in der Burg waren weiter fortgeschritten. Der Cornelius-Schüler Hermann Anton Stilke freskierte im kleinen Rittersaal einen Zyklus von Mittelaltertugenden. Es handelte sich um die Weiterentwicklung der damaligen Anfrage an Fouqué. Es waren sechs Bilder daraus geworden: Der blinde Johann von Böhmen steht für Mut und Tapferkeit; Hermann von Siebeneichen, der bei einem Mordkomplott gegen Barbarossa statt seiner starb, für Treue; die Ikone der Frühromantik, Rudolf von Habsburg, für Gerechtigkeit; Gottfried von Bouillon, der Anführer des Kreuzritterheeres für den Glauben; der Stauferkaiser Friedrich II., seine Braut Elisabeth begrüßend, für höfische Minne. Ferner der im Kampf um die Krone des Heiligen Reiches ermordete Philipp von Schwaben. Ihn hatte der Minnesänger Walter von der Vogelweide besungen. Er ist als Personifikation der Poesie auf einer Rheinfahrt dargestellt. Die Vorbilder stammen überwiegend aus Raumers Schilderungen der Stauferzeit.[743] Die monumentalen Malereien sind voll dramatischer Bewegtheit im Stil der Düsseldorfer Nazarener. Auch hier macht plakative Äußerlichkeit mangelnde Glaubwürdigkeit nicht wett. Für Heine waren Gamaschenritter leere Hülsen.

Zu den Feierlichkeiten am Rhein gehörte die Enthüllung des Beethoven-Denkmals vor dem Bonner Rathaus an dessen 75. Geburtstag. Wilhelm schrieb verärgert an seine russische Schwester, der König lasse unentwegt Denkmäler für Künstler errichten statt für Militärs, wie er es für angemessen hielt. Hatte nicht der verstorbene König bis zuletzt die Genehmigung zum ersten Denkmal für einen Bürgerlichen auf dem Rathausplatz verweigert! Wilhelm konnte sich allerdings nicht beklagen: Von August Kiß hatte der König eine Reiterstatue des Vaters für Königsberg und von Friedrich Drake dessen Standbild bestellt. Wilhelm empörte sich ferner, Beethovens Statue habe ihm bei der Enthüllung den Rücken zugekehrt.

Nach Victorias Weiterreise fuhr der König den Rhein hinauf zum Familienbesuch in München. Dort besichtigte er Cornelius' Altargemälde in der Ludwigskirche und die Fortschritte beim Bau der Bonifatiuskirche. Beim Besuch des Ateliers von Kaulbach sah er die spektakuläre Interpretation eines Themas, das ihn seit langem beschäftige: *Der Tempel von Jerusalem*. Loewe hatte dessen Zerstörung in einem Oratorium vertont. Nun besichtigte er Kaulbachs im Auftrag Ludwigs geschaffene sieben mal sechs Meter große *Zerstörung* – und ließ das Thema durch Kupferstiche massenhaft verbreiten.

Ende August war er für den Besuch seiner russischen Schwester zurück in Sanssouci. Dort war ein liturgisches Experiment vorbereitet. In den Neuen Kammern war eine Kapelle für einen »griechischen« Gottesdienst hergerichtet worden. Nach seinen byzantinischen Schwärmereien von ehedem suchte er nun nach Erweiterung der evangelischen Liturgie um Elemente der orthodoxen – vielleicht würde dies die festgefahrene liturgische Diskussion inspirieren. Er ließ sich von einem russischen Sänger Kirchenlieder im alten Stil für den Domchor vortragen.

Es war nicht sein erstes Experiment dieser Art. Wilhelm erwähnte bereits im November 1843, es seien »einzelne Stellen aus einer katholischen Messe gesungen«[744] worden. Was ihn als zu prächtig von der Andacht ablenkte, wollte der König, nachdem ihm der höhere Sinn der Musik Palestrinas aufgegangen war, für den evangelischen Gottesdienst nutzen. Womöglich erwog er auch Anleihen aus der anglikanischen Liturgie. Doch wie beim verstorbenen König fanden solche übergreifenden Vorstellungen keine Zustimmung. Die Zeit dafür lässt weiter auf sich warten.

Am 28. Juni las Tieck aus dem *Agamemnon* vor. Die Abrede im Jahr zuvor hatte darin bestanden, dass mit Mendelssohns Zusage zur Vertonung der Chorverse die Lesung beim König beginnen solle. Von dessen Zusage wissen wir nichts, die Sache schien aber wegen der anstehenden Aufführung ähnlicher Werke offen: Ende Oktober sah der König einer Vorauführung zu. Tieck hatte ihm den *Ödipus in Kolonos* inszeniert.[745] Nach *Antigone* war dies der zweite Teil von Sophokles' thebanischer Trilogie. Die Tragödie gilt als die der Versöhnung. Nach dem Misserfolg des *Gestiefelten Katers* wandte der König ein anderes Mittel zur Abwiegelung an. Doch trotz der *Antigone* in nichts nachstehenden Musik Mendelssohns hatte das am 1. November in Potsdam uraufgeführte Stück keinen Erfolg und verschwand nach nur wenigen Vorstellungen von der Bühne.[746]

Eigentlich wollte der König seiner Schwester noch die neue Schauspielmusik zu Racines *Athalia* vorführen. Seine Änderungswünsche hatten es verhindert. Für ihn bildete das Stück die Verbindung zwischen den griechischen Tragödien und der christlichen Heilslehre – wie von Racine angedeutet.[747] Mendelssohn komponierte anhand der Chortexte den heilsgeschichtlichen Weg vom alttestamentarischen Drama zum Christentum. Wie am Ende der Apokalypse des Johannes, Kapitel 21, mündet das Drama nach der Zerstörung des alten Jerusalem unter dem überraschenden Lutherchoral »Vom Himmel hoch« in die

Vision von der Heraufkunft des neuen, christlichen »aus der Wüste Schoß, / vom Licht umstrahlt«. Dieses Thema hatte der König, vermutlich lange zuvor, in einer eigenständigen Phantasie gezeichnet. (Abb. 36) Die Menschen gelangen über eine Brücke dorthin. Das Ziel deutet er als geistiges durch Strichelung eines Ortes an. Mendelssohn malte ihm diese Vision mit Harfenarpeggien und schimmernden Tremoli von Holzbläsern und Streichern in Tönen.

Am 1. Dezember kam es im Charlottenburger Theater zur Uraufführung. Eingeladen war der Weimarer Hof, bei dem sich der König für die damalige Aufführung Alter Musik revanchierte.[748] Danach sorgte er für eine Abschrift der Partitur für Königin Victoria, die *Athalie* in französischer Sprache, nach der sie vertont war, zum Neujahrstag auf Windsor Castle aufführen ließ. In Berlin wurde das Stück bis Ende 1847 zwar noch zwei Mal gezeigt. Die Zeit der Sommernachtsträume aber neigte sich unübersehbar dem Ende entgegen. Eine Lesung aus den *Fröschen* des Aristophanes ließ der König vom Musikdirektor Franz Commer bloß noch untermalen.[749] Kopisch las seine Übersetzung, die musikalische Begleitung der Chöre bestand aus Harfen und Blasinstrumenten.[750]

Zu seiner diesjährigen Geburtstagsfeier in Paretz spielten die Oboisten eine Freiluftmusik. Vorgelesen wurde aus *Emanuel d'Astorga*, einem Roman von Karl Spindler über das abenteuerliche Leben jenes adeligen Barockkomponisten. Der Vielschreiber hatte keinen Kunstanspruch an seine historischen Romane. Wir könnten ihn vernachlässigen, wäre er nicht seit den dreißiger Jahren der meistgelesene deutschsprachige Autor gewesen. Mit ihm konnte nicht einmal Henriette von Paalzow mithalten. Laut Journal wurde in vier seiner Romane gelesen. Wenigstens darin war der König seinen Untertanen nah.[751]

Minna Meyerbeer schrieb nach der Geburtstagsfeier an ihren Gemahl: »Denke Dir, daß man zum Geburtstag des Königs vor und nach der Rede, drei Mal Tusch geblasen hat, und daß sich nicht eine Stimme zum vivat erhoben, die Festrede nicht einen Applaus erhalten, er ist nebbig gräßlich unpopulär…«[752] Für den Abend war ihm zu Ehren in Berlin Franz Paul Lachners große Oper *Caterina Cornaro, Königin von Zypern*[753] von Meyerbeer einstudiert worden. Der König forderte den Applaus nicht heraus. Erst zwei Tage darauf trieb ihn die Neugier in seine Loge.

Jene Venezianerin hatte nach ihrer Abdankung im heimatlichen Asolo im Veneto, umgeben von Künstlern und Wissenschaftlern, ein Still-Leben der Renaissance geführt.[754] Ihre anrührende Lebensgeschichte forderte mehrere romantische Vertonungen gleichzeitig heraus und bietet noch heute Stoff für Romane. Neben dieser studierte Meyerbeer weitere deutschsprachige Opern ein, darunter Albert Lortzings *Wildschütz* und Friedrich von Flotows *Alessandro Stradella* über das abenteuerliche Leben des italienischen Barockkomponisten. Was sich in Loewes Oratorium *Palestrina*[755] angekündigt hatte, fand nun Eingang in die Oper: historische Stoffe ohne Bezugnahme zur Gegenwart.

36 Friedrich Wilhelm, Der Engel der Apokalypse nach Johannes

Diese wurde dem König auf andere Weise nahegebracht. Am 8. Dezember kam es nach dem Diner zur ersten Audienz des Berliner Polizeipräsidenten Eugen von Puttkamer. Es ging um Innenpolitik. Nachdem die »afrikanische Hitze«[756] des Sommers 1843 die Brunnen versiegen und die Felder vertrocknen ließ, hatte die Missernte von 1844 weitreichendere Folgen. Während der Hunger im ganzen Reich um sich griff, wurde bei Zusammenkünften erstmals darüber diskutiert, ob man in der Not radikal vorgehen müsse. Der König schreibt unterdes an die Sizilien bereisende Charlotte: »Auch hab ich für meine wenigen MußeMomente [den Roman] *Caroline en Sicile*[757] angefangen. Es interessiert mich sehr.«

Künstler und Wissenschaftler lud er weiter zur Tafel: die Maler Kretschmer und Krause, ferner die Architekten Klenze und Thomas Witlam Atkinson. Dieser hatte 1829 die *Gothic Ornaments* herausgegeben, die Friedrich Wilhelm für die neugotischen Einrichtungen seiner Brüder nützlich waren. Inzwischen war Atkinson als Forschungsreisender unterwegs. Jahrelang durchstreifte er Sibirien, Mongolei und Mandschurei, schrieb darüber Reisewerke und besuchte jetzt die Höfe in Sankt Petersburg und Berlin. Der Theologe Konstantin Tischendorf aus Leipzig legte dem König eine biblische Handschrift aus dem Orient, den *Codex Ephraemi Syri rescriptus* und der Königin die *Reisebeschreibung durch den Orient* »zu Füßen«. Als zwei Tage darauf der indische Prinz Mohan Lal zu Gast war, hatte ein lebender Bewohner den Platz des erlesenen Paradieses von einst eingenommen.[758]

Zur diesjährigen Weihnacht veranstaltete der König für sämtliche Prinzen und Prinzessinnen ein aufwendiges Konzert mit Jenny Lind und weiteren europäischen Künstlern. Das anschließende Privatkonzert bei der Königin bestritt die Sängerin mit schwedischen Volksliedern allein. Als das Königspaar am 30. Dezember eine neuerliche Aufführung der *Vestalin* besuchte, war es eine wehmütige Erinnerung an unwiederbringlich verlorene Zeiten. Der König schien das Kommende zu ahnen und begann das Jahr 1846, als müsse er seinen Körper trainieren, mit so vielen Jagden wie nie zuvor: Treibjagden, Kesseljagden, Parforcejagden. Er traf immer noch schlecht, obwohl man es mit einem unterirdischen Gang bis zum Wild versucht hatte. Abends sah er Lustspiele[759] und hörte Märchen.

Hierbei kam es in den Gemächern der Königin zu einer Lesung unter verdeckten Begleitumständen.[760] Der Dichter »Arendson« – kaum verhüllter Name des dänischen Dichters Hans Christian Andersen – las die Märchen *Der Traumbaum, Die junge Ente, Der Kreisel* und *Der Ball der Prinzessin.*[761] Der Dichter besuchte die Stadt inkognito, weil er – zeitlebens – bestritt, Sohn einer Hofdame des dänischen Königs zu sein. Er wollte das Weihnachtsfest unbehelligt bei seiner in Berlin lebenden Mutter verbringen. Offiziell war dagegen der Besuch seines Landsmannes Adam Oehlenschläger. Der mittlerweile Siebenundsechzigjährige hatte seinen Lesern die nordische Götterwelt in romantischen Dichtungen nähergebracht, aber auch das Märchen von *Aladin und die Wunderlampe* neu erzählt – was sich als Skizze Friedrich Wilhelms in einem Brief an Charlotte wiederfindet.⁷⁶²

Mitte Januar feierte das französische Theater den 225. Geburtstag Molières – mit *Tartuffe*. Nach bloßen Wiederaufnahmen bis in die Mitte der dreißiger Jahre wurde er zur Feier neu inszeniert. Der König hatte ein Jahr zuvor dessen *Dom Juan* für Potsdam wahrscheinlich bestellt. Wenn dieser nicht in Berlin weilte, wusste Wilhelm nichts mit sich anzufangen: »Wir haben hier einen langweiligen Winter. Fritz geht […] wieder nach Potsdam au désespoir de tout le monde [zur allgemeinen Verzweiflung]. Wäre nicht die gute Oper durch die Lind und der Zirkus, so wüsste man vor Langeweile nichts anzufangen.«⁷⁶³ Der Mal de siècle, der Ennui oder die Langeweile, erfasste also Hof und Adel, sobald der König diese nicht mehr unterhielt. In Paris und bald in London gab es für solche Anfälle neuerdings Abhilfe durch Kaufhäuser, welche die Traumwelt des Konsums für die bessere Gesellschaft erfanden. Hatte der verstorbene König den Entwurf für ein Kaufhaus Unter den Linden zurückgewiesen, scheiterte das Unternehmen jetzt an den königlichen Allegorien.

Am 28. Januar kehrte Lepsius von der ägyptischen Forschungsreise zurück. Seine regelmäßigen Berichte hatten die Neugier erhöht. Tags darauf saß er an der königlichen Tafel und berichtete aus erster Hand. Es blieb nicht bei der Wissenschaft. Wie Fürst Pückler hatte er einen abessinischen Eingeborenen mitgebracht. Der Knabe, den er nach einigen Tagen präsentierte, war dreizehn Jahre alt. Der König »geruhte«⁷⁶⁴, ihn in seine Dienste aufzunehmen. Er folgte dem barocken Beispiel der ersten preußischen Königin Sophie Charlotte und nährte die Vorstellung, die Monarchie habe sich seither – wie der Orient – nicht gewandelt. Selbst Humboldt schwärmte bei einer Gedenkfeier von ihrer höfischen Gravité. Nicht finden wir, wie er über den Knaben dachte.

Nicht fern davon war eine neue Idee des Königs. Er gewährte dem Numismatiker Julius Friedländer einen dreijährigen Forschungsaufenthalt in Italien. Humboldt hatte geglaubt, der König sei »leider! nicht warm für Münzen«. Ein Blick ins *Theatrum Europaeum*, der wichtigsten Publikation der Barockzeit über die fürstliche Gravité – der König benutzte sie⁷⁶⁵ –, hätte ihn belehrt, dass Münzen zur geschichtlichen Legitimation der Monarchien unabdingbar waren. Münzsammeln war wie ein Muster, die farbige Dienerschaft deren Ornament.⁷⁶⁶

■ **Fundstück:** Tunesien 1846, Abschaffung der Sklaverei ■

Lepsius wurde zum gern gesehenen Gast bei Hofe. Er las über seine Forschungen vor. Rückert, der sich lieber krankmeldete, als den Einladungen des Königs zu folgen, schrieb seiner Frau, was man ihm zutrug. Das Neueste sei, dass der König mit Bunsens Buch *Die Kirche der Zukunft* unzufrieden sei, ebenso wie mit »irgend einem Mann der heiligen Synode, denn mit diesen […] redet er von allen möglichen anderen Dingen, […] was man ihm als Großmut und Bescheidenheit auslegt, sondern er hats, wie ich höre, dem ägyptischen Reisenden Lepsius auseinandergesetzt, der gewiß nichts davon versteht. Dagegen spricht er mit den Theologen über die Pyramiden; so gleicht sichs aus.«[767]

An seine Schwester schrieb der König nach Italien, er werde »ein alter Philister. So aber im Brief an Dich, bockt die alte Jugendfrische in mir wieder auf«[768] – und erwähnt das »ewige« Rom, das »Einzige, Unvergleichbare, wo einem so weit und so eng, so wohl und so wehe wird.« Also doch Paris? Fünf Tage darauf will er Hugos damaliges Skandalstück *Hernani* von der französischen Truppe sehen.[769] Der Kampf um eine Frau, bei dem nach typisch kastilischen Ausbrüchen nur der spanische König Karl V. überlebt, hatte beim König Aufmerksamkeit gefunden. Las er auch im Vorwort, worin Hugo die dichterische Freiheit als Tochter der politischen bezeichnete, oder war es der provokante, unregelmäßige Vers coupé, der anders als der Alexandriner die Zeile bricht?

Der König blieb neugierig auf französische Kunst. Der Komponist Félicien David war gefährlich gereist. Er hatte sich in den Kopf gesetzt, die Muslime für die Lehren Saint-Simons zu gewinnen, der die Ankunft der Femme-Messie, des weiblichen Messias, aus dem Orient erwartete. Sie konnte genausogut Prostituierte wie Heilige sein.[770] Im Unterschied zu Vogler setzte sich David, unterwegs im Maghreb bis nach Ägypten, vor Ort mit der orientalischen Musik auseinander.

Er übertrug ihre modale Melodik ins Europäische und erregte beim Publikum zwar fremdartige Assoziationen, verunsicherte es aber nicht. Seine Mittel riefen jenen Orientschauer hervor, den sie von anderen orientalisierenden Künsten her kannten. Davids Orientalismus blieb in den Grenzen der Restauration. Der König besuchte am 26. Mai 1845 dessen in Paris vielbewundertes Orchesterstück *Le Désert*. Die allgemeine Begeisterung für dieses Genre betraf auch Davids Kammermusik. Lieder wie *L'Hirondelle* oder das Klavierstück *Le Minaret* erklangen in den Salons. Letzteres war das musikalische Pendant zu dem, was mit dem Potsdamer Dampfmaschinenhaus vor aller Augen stand.

Auch Conradin Kreutzer nutzte im *Nachtlager in Granada*[771] dieses Genre. Er suchte weder Anverwandlung von Fremdem noch Lokalkolorit. Ein verfallenes maurisches Schloss als Schauplatz dient bloß als romantische Kulisse für Bolero-, Polonaisen- und Liederseligkeit, die – man weiß es von Anfang an – zum Happy End strebt. Wenn auch das *Nachtlager* noch nicht ins Repertoire der Königlichen Oper aufgenommen wurde, kündigte sich unüberhörbar eine neue Epoche an.

Auf diesem Niveau vermehrte der König seinen repräsentativen Aufwand. Zugleich mit dem Krönungstag ließ er am 18. Januar das Gründungsfest des Schwarzen Adlerordens feiern. Sechs Tage darauf, am Geburtstag Friedrichs des Großen, lud er die Ritter des Ordens Pour le Mérite mit sechundvierzig Couverts zum Diner. Kurz darauf folgte eine Rede Boeckhs zu Friedrichs Ehren. Und Raumer musste ihm einen Aufsatz über die Staatsverfassung der Römer unter den Kaisern schreiben.[772] In diesem Sinne wollte er weitere Neuerungen verstanden wissen. Er schrieb, es sei »viel, sehr viel Anstand verloren gegangen. [...] Das ist, weit entfernt, mich zu veranlassen, so fortzufahren, die Ursache, warum ich den Anstand und als solchen Zeichen verlorener Würde wieder einführe. Darum die Amtstracht des Magnifikus und der Professoren, darum die Amtstracht der Richter, darum den Marschällen Marschallstäbe.« Bei seinen Kritikern rief dies blanken Spott hervor.

Im Februar 1846 reiste er in Begleitung seiner Brüder Carl und Albrecht nach Wittenberg, um dort Luthers Todestag mitzufeiern. Vor dem Gottesdienst im Freien wurde ein Bläserchoral gespielt. Dann folgte eine Prozession zu Luthers Gruft, wo der feierliche Gesang »Ecce quomodo moritur justus« und ein Responsorium gesungen wurden. Nach der Aufführung von Mozarts *Requiem* auf dem Schloss wurde auf dem Marktplatz vor Luthers Standbild, gestiftet vom verstorbenen König, der Choral »Ein feste Burg ist unser Gott, ein gute Wehr und Waffen« von sechstausend Personen begleitet von Posaunen intoniert. Der König war zu diesem Zeitpunkt »wegen Schnupfens« nicht mehr anwesend, besah aber am folgenden Tag Lucas Cranachs Lutherporträt in der Stadtpfarrkirche und das Wohnhaus Melanchthons.

Den Kehraus des folgenden Karnevals auf dem Berliner Schloss[773] bildete ein Kostümball mit Quadrillen. Selbstverständlich wurden diese nicht auf die neue Art, sondern wie im Barock getanzt. Personen in farbigen Dominos begleiteten als Deutsche, Spanier und Griechen kostümierte Gruppen. Einzig der König trug Schwarz.[774] Er blieb von den übrigen Teilnehmern abgehoben – und war in der verkehrten Welt des Karnevals doch nicht er selbst. Das Arrangement stammte von Pourtalès. Kopisch steuerte Merlins Prolog auf das Ende der nordischen Winternacht bei. Die Tableaus waren nach den *Volksmärchen der Deutschen* von Johann Karl Musäus zusammengestellt. Der König hatte diese als Kind gehört.[775] Zur Erinnerung ließ er sich daraus vorlesen. Reumont führte im Merlinsgewand durch die Tableaus und sprach den Epilog.

Im kommenden Frühjahr gastierte das Tänzerpaar Fanny Cerrito und Arthur Saint-Léon aus Kopenhagen. Sie tanzten am 30. März zum ersten Mal *Giselle ou Les Wilis*. Das Ballett ist zur romantischen Ikone, zum Inbild von Männern erdachter Frauenmacht geworden.[776] Varnhagen wird die Vorstellung im Tagebuch auf den 20. Dezember zurückdatieren. Der König sei mit seinen Kumpanen Schelling und Eichhorn nicht müde geworden, die üppigen Formen der Spanierin mit Lorgnons zu begaffen. Varnhagen erhielt keine Freikarten.

Der König besuchte weiter Bildhauerateliers.[777] Bei Kiß besichtigte er das Modell des Reiterstandbildes des verstorbenen Königs für Königsberg und beim Schadow-Schüler Ludwig Wilhelm Wichmann dasjenige Winckelmanns. Dieses gelang so gut, dass er es auch in Bronze gießen ließ. Er behielt den technischen Fortschritt im Auge und besuchte überdies, gemeinsam mit dem sächsischen König, die Gewerbeausstellung in Potsdam.[778] Dies gehörte als Information über Kriegstechnik zur Herrscherpraxis.

Trotz anhaltenden Interesses an der Kunst wurde er sichtlich von den idealistischen Höhen hinab in die Realität gezogen. Nachdem er das klassizistische Marmorpalais nach Regierungsantritt noch mit italienischen Landschaften versehen hatte, trifft die Anfang 1846 begonnene Freskierung der äußeren Kolonnaden den Charakter von Bau und Umgebung umso schmerzlicher. Dargestellt sind Szenen aus der Nibelungensage mit Allegorien auf die Tugenden, wie er sie bisher nur für den Trutz im rheinischen Grenzland zugelassen hatte. Was er bislang nur Tugendvertretern des Heiligen Römischen Reiches zugestand[779], verkürzte er nun auf das Nordische. Mit seiner bisherigen Legitimation hatte dies nichts mehr gemein.

Schwenkte er damit auf nationalistische Argumente, die er souverän von sich gewiesen hatte, ein? Für den Schwager Ludwig gehörten Nibelungenallegorien seit den Fresken in der Münchner Residenz fraglos zum Repräsentationsstandard der Wittelsbacher Monarchie. Ging es dem König also um die besondere Verbundenheit mit jener Dynastie – wie im Wappen für Stolzenfels, wo Kölner Dom und Walhalla zueinander finden?

Mit den Potsdamer Fresken erteilte er auch für Stolzenfels einen Nibelungenauftrag. Der in Berlin arbeitende Koblenzer Bildhauer Johannes Hartung sollte eine Skulptur des Nibelungenhelden Siegfried schlagen. Die heute im dortigen Rosengarten aufgestellte Brunnenfigur ist gehörnt. Der Sage nach wurde der einfältige Siegfried erst durch das Bad im Drachenblut unverletzlich. Friedrich Heinrich von der Hagen hatte dies in seinen *Altnordischen Liedern und Sagen* 1812 erläutert.[780] Der nordische Held sei durch diese Tat genauso berühmt geworden wie der antike Hermes als »Argusmörder«. Als Schlegel-Leser legte er nach, »zumal da auch der älteste und berühmteste Held der persischen Geschichte, Rostem [aus dem *Schāhnāme*], einen ehernen Panzer wider Hieb und Stich trug.«[781] Hagen hielt entgegen den literaturgeschichtlichen Fortschritten an seiner Behauptung fest und der König mit ihm. Er ließ Hagens Porträtbüste im Audienzzimmer unmittelbar vor der gotischen Erasmuskapelle aufstellen. Seine Suche nach vorbildlichen Helden und Verbündeten verlor an poetischer Unschuld.

In diesem Sommer reiste er nach Regensburg.[782] Unterwegs mit der Königin besichtigte er Nürnberg, Dürers Wohnhaus und die Kirchen Sankt Sebald und Sankt Lorenz »auf das Genaueste.«[783] Der Architekt Carl Alexander Heideloff diente ihm als Führer. Dieser wollte den mittelalterlichen Baustil mit den Bedürfnissen der Gegenwart vereinen, was er allerdings nicht mit dem neuen Dürerbrunnen und dem Altaraufsatz in Sankt Sebald vorführte. Seine neuartigen Bürgerhäuser ließ der König außer Acht. Er gab den Heideloff'schen Restaurierungen auf der Burg den Vorzug. Die Kaiser des Heiligen Reiches hatten hier Reichstage abgehalten.

Reiseziel war die von Ludwig seit jenem Berlinbesuch Schadows unermüdlich verfolgte Galerie der Deutschen. Die Walhalla bei Regensburg war soeben vollendet. Auf einem Fels über der Donau steht sie von Klenze nach dem Vorbild des Parthenon. Ihr vom offenen Dachstuhl durchleuchtetes Inneres nimmt Büsten und Tafeln berühmter Deutscher auf. Das Gesims tragen Walküren wie in Athen die Karyatiden. Die Könige hatten sich ihre patriotischen Symbolbauten aufgeteilt. Was dem Wittelsbacher die Walhalla, war dem Preußen der Dom zu Köln. Die Ludwigsfenster im Dom und vom König geschenkte Büsten in der Walhalla standen für Gemeinsamkeit. Von Regensburg aus fuhren die Reisenden mit dem Dampfschiff zum Kurort Elisabeths, nach Marienbad. Dem König stand eine Aussprache mit Metternich bevor.

Nach vergeblichen Versuchen hatte er zur Ausarbeitung eines Pressegesetzes den preußischen Militärbevollmächtigten beim Frankfurter Bundestag Radowitz zu seinem persönlichen Beauftragten bestimmt. Radowitz stammte aus einer katholischen Familie ungarischer Herkunft. Der König kannte ihn seit 1824. Radowitz' Entwurf musste wegen der bundesrechtlichen Bindung Preußens von der Bundesversammlung genehmigt werden. Metternich aber hatte dafür gesorgt, dass man diesen Entwurf in Frankfurt so zerredete, dass ein Beschluss vertagt wurde. Radowitz stellte ernüchtert fest, der politische und kirchliche Parteienkampf habe beim König »das Feld seiner besten und reinsten Absichten verwüstet«. Das Gespräch mit Metternich führte offenbar nicht weiter.

Der König reagierte jetzt sogar empfindlich gegenüber Theaterstücken mit politischen Anspielungen. Eines davon war Gutzkows Lustspiel *Zopf und Schwert*, das man in Dresden längst uraufgeführt hatte.[784] Harmlos genug geht es um den Hof des sitten- und familienstrengen Soldatenkönigs Friedrich Wilhelm I., dessen Tochter Wilhelmine aus dem väterlichen Drill ausbricht und – kaum mehr als ein typisches Lieto fine auf dem Theater – ihr Glück in der Bayreuther Ehe findet.

Ihm war die Persiflage schon wegen des Auftrittsverbots preußischer Könige zu viel und kam mit seinen vermehrten Vorstellungen von königlicher Gravité auch nicht mehr überein.[785] Das Stück wird erst – außerhalb der Berliner

Stadtmauer – aufgeführt werden, wenn der König es nicht mehr verhindern kann. Die Leseprobe von Gutzkows *Uriel Acosta*[786], ebenfalls in Dresden gespielt, führte zum gleichen Ergebnis, obwohl er ihn vom Dresdner Theater her persönlich gekannt haben dürfte. Das Trauerspiel handelt vom unglücklichen Glaubenskampf eines Juden in der Renaissancezeit und war in Deutschland manchenorts verboten.

Er begutachtete noch einen weiteren Theatertext. 1827 hatte der König die Aufführung des *Struensee* von Meyerbeers Bruder Michael Beer verboten. Es geschah aus Rücksicht auf den dänischen Hof. Nun bemühte sich Amalia Beer um die Aufführung – mitsamt Meyerbeers Schauspielmusik. Der König beschäftigte sich ausführlich damit. Tieck musste ihm am 7. September noch aus dem gleichnamigen Stück des Jungdeutschen Heinrich Laube vorlesen. Nach mehreren Lesungen entschied er sich für Beers Stück, während das von Laube bis zum 29. Januar 1848 warten musste.[787] Meyerbeer nahm Ludwig van Beethovens *Egmont* zum Ausgangspunkt. Es entstand ein Pasticcio auf der Höhe der Zeit mit Ouvertüre, dreizehn Musikstücken, Melodramen, Zwischenakten, einer Traumszene, Militärmusik und Chor hinter der Bühne.

Erneut ging dies nicht ohne königlichen Sonderwunsch ab. In der Ouvertüre sollte das zur »Hymne« gewordene dänische Volkslied »König Christian stand am Mast« erkennbar sein. Meyerbeer waren folkloristische Zitate zu platt. Er baute das Lied, kaum mehr kenntlich, in den zweiten Satz ein. Die Uraufführung des *Struensee* fand am 19. September statt, als der König durch Schlesien reiste. Auch später hat er das Stück nicht besucht. Ausgerechnet die Ouvertüre ohne den »König Christian« erfreute sich bald großer Beliebtheit. Doch noch in dem harmlosen Pasticcio witterte ein Kritiker das Glockenspiel des »Besänftigers«.[788]

Seit einiger Zeit rede der König »sehr viel«[789] über einen lang schwelenden Wunsch, die Neuvertonung der *Adelheid von Italien*. Ignaz Ritter von Seyfried hatte diese Oper auf ein Libretto von Kotzebue 1823 in Wien herausgebracht. Die für ihre Tugend, Klugheit und Schönheit gleichermaßen Bewunderte war nach abenteuerlichen Lebensumständen Gemahlin Ottos I. geworden. Die Hofjuristen nannten sie »Genossin des Reiches«. Sie war eine Zeitlang Statthalterin Italiens, bis sie sich ausschließlich frommen Stiftungen und dem Kirchenbau widmete. Ihr Leben, soeben von einem Biographen beschrieben[790], enthielt alles, was Friedrich Wilhelm als Tugendvorbild für eine Oper brauchte.

Meyerbeer überhörte diesen Wunsch geflissentlich. Er wollte nicht für Glaubensverbreitung komponieren. Pflichtbewusst führte er Hofkonzerte auf, darin die Paraphrase des 18. Psalms, des »Dank- und Siegesliedes« in der schlichten, vom Continuo begleiteten Barockvertonung des Venezianers Benedetto Marcello, »da der König das Musikstück liebt.«[791] Er hatte es bereits Victoria vorgespielt. Dem höfischen Musikleben blieb Meyerbeer verbunden und leitete ein Musikfest beim Grafen Redern auf dessen Landsitz nahe Angermünde mit der Gräfin Rossi als Solistin und dem König als Gast.[792]

Auf seiner Schlesienreise Mitte September besuchte dieser neben Kirchen wie der barocken in Schweidnitz das Grabmal der heiligen Hedwig in Trebnitz. Außerdem das Gießwalzwerk in Ohlau und Hüttenwerke, die für die Krakauer Eisenbahn produzierten. Am Schloss der preußischen Prinzessin Albrecht bei Kamenz wurde seit Ende der dreißiger Jahre gebaut. Die Pläne stammten noch von Schinkel, und wieder war, wie bei Schloss Orianda, die Verschmelzung von Orient und Okzident das Thema. Marianne schuf sich einen Fluchtort. Sie hatte Sizilien bereist. Was dort als Wehrbauten[793] beim Kampf zwischen Christen und Muslimen entstanden war, sagte der vom König aus Preußen Verbannten zu. Der König verband diesen Baustil mit der Lage, »die weithin die rauhen und romantischen Gegenden Schlesiens beherrscht.«[794]

Zurück in Berlin besah er am 17. Oktober das neu erbaute Gefängnis am Neuen Tor. Die Zahl der Straftaten stieg. Im Sommer hatte es auf der Kirmes in Köln ein »Unwesen«[795] gegen die Regierung gegeben. Unbeirrt ließ der König Humboldt weiterlesen: über dessen russische Forschungsreise bis 77 Grad nördlicher Breite. Mit der Lektüre Voltaires[796] rückten die Lesungen in geschichtliche Ferne.

Mitte Dezember wurde aus dem Libretto *Tanhäuser* für Carl Amand Mangolds Oper gelesen.[797] Der Komponist suchte vergebens um eine Aufführung nach. Wagner hatte seine gleichnamige Oper im Jahr zuvor auf die Bühne gebracht. Er hatte Märchen aus *Des Knaben Wunderhorn*, Tiecks *Getreuen Eckart* und den *Sagenschatz aus dem Thüringerland* als Textvorlagen benutzt. Es hieß, jener in den Sängerkrieg verstrickte Heinrich von Ofterdingen sei kein anderer als der Tannhäuser gewesen. Geschichte und Sage blieben unentwirrbar ineinander verwoben. Wie Fouqué zur Undine hatte Wagner einen zutiefst romantischen Stoff entdeckt. Gleich zu Beginn kommt es zu einer Verführungsszene im Venusberg. Trotzdem kam die Oper wie bei Meyerbeer durch die Zensur. Der König konnte mit dergleichen nichts mehr anfangen.

Er tat am 20. Dezember mit einer Komposition Mendelssohns in der Charlottenburger Schlosskapelle einen weiteren Schritt zur Gottesdienstreform. Am Messbeginn sollten Introitus-Psalmen von Chor und Gemeinde antiphonal gesungen sowie der metrische Psalter der reformierten Kirche des 16. und 17. Jahrhunderts wiederbelebt werden. Mendelssohn hatte die alten Melodien neu gesetzt. Anschließend wurde das Ergebnis gemeinsam mit dem predigenden Bischof Eylert besprochen.

Ein Romantiker auf dem Thron der Cäsaren?

Nach Mörike meldete sich ein weiteres Mitglied des schwäbischen Romantikerkreises zu Wort, David Friedrich Strauß. Dem König war er gewiss seit seiner Darstellung des *Lebens Jesu* bekannt. Nun hatte er auch noch *Der Romantiker auf dem Thron der Cäsaren oder Julian der Abtrünnige* veröffentlicht, einen Vortrag, der sich unmittelbar auf den König bezog. Seither wird diese Schrift ebenso oft wie ungelesen zitiert. Ihr Untertitel sollte vor der Zensur verharmlosen, dass die Betrachtungen über den römischen Kaiser Julian der Charakterisierung des preußischen Königs dienten. Die Zensur in Württemberg ließ sich nicht täuschen und verbot das Werk, das schließlich 1847 im badischen Mannheim gedruckt wurde.

Strauß hatte sich eingehend mit Flavius Claudius Julianus[798] beschäftigt und behauptete, mit den philosophischen Mitteln seiner Zeit die Rätsel um jenen Kaiser zu lösen. Bezüglich des Königs fand er zu einer bedenkenswerten Interpretation. Julian ist unter dem Beinamen »Apostata«, Abtrünniger vom Christentum, in die Geschichte eingegangen. Strauß' provokante These bestand in der Behauptung, Romantiker könnten niemals wahre Christen sein. Julians (und des Königs) Christentum sei einem Zeitgeist geschuldet, wie er an Markscheiden von Weltepochen auftrete. Das Neue sei gegenüber dem hochentwickelten Alten noch roh und könne folglich nur negativ erscheinen. In solchen Zeiten würden Menschen, bei denen Gefühl und Einbildungskraft das klare Denken überwiege, sich immer zum Alten hinwenden – Julian nach der heidnischen Zeit der Griechen und Römer, also nach dem Glanz der Vergangenheit. Ebenso sei das romantische Christentum, da nicht mehr zeitgemäß, nicht das wahre, sondern bloß noch ein schwärmerisches.

Julians Schwärmen war für Strauß alles andere als harmlos: Was wie unparteiische Duldsamkeit und theologisches Fieber des philosophischen Monarchen aussehe, sei bloße Teilnahme am abergläubischen Zeitgeist und durch diesen geschwächtes Handeln. Und hinter aller vorgeblichen, durch Tugenden umwölkten Schwärmerei fände sich frommer Betrug. Dieser setze sich fort in der Eitelkeit, »mit welcher Julian seine Gesinnungen wie seine Reden durch klassische Reminiszenzen aufstutzte – und für sich immer vor dem Spiegel, nach außen immer auf der Bühne stand.« Strauß weiß auch deren Ursache: Sie liege in Julians Glauben an die göttliche Abkunft und Bestimmung des Menschen; ferner im Glauben an uralt überlieferte Weisheit. Diese sei Grunddogma aller »Romantik« vom Neuplatonismus bis zu Schellings Symbolik, welche wiederum zu nichts anderem diene, als misslingende Restaurationsversuche theoretisch zu stützen.

Obwohl Romantiker sich nach jener »urväterlichen« Sitte sehnten, seien sie als Kinder ihrer Zeit und mehr als sie wüssten von dem Neuen angesteckt. Das Alte sei deshalb so, wie es sich in ihnen reproduziere, nicht mehr das rein ursprünglich Alte, sondern mit dem Neuen vielfach durchmischt und deshalb an dieses von vornherein verraten. Mehr noch: Obwohl im Romantiker immer auch ein Rationalist stecke, verberge sich besagter Widerspruch und das Unwahre des Bewusstseins durch ein phantastisches Dunkel. Aber noch im tiefsten Dunkel sei die Unwahrheit mit Händen zu greifen. Die Unwahrheit jenes willkürlichen Glaubens müsse im innersten Bewusstsein empfunden werden, weswegen Selbstverblendung und innere Unwahrhaftigkeit zum Wesen jeden Romantikers gehöre.

Die Ursache des Ganzen finde sich in der Jugend- und »Kronprinzenzeit« – hier wird deutlich, wen er meint. Das Selbstgefühl des talentvollen jungen Menschen sei durch die Aufmerksamkeit für die Sophisten (Romantiker) erregt und während der politischen Zurückstellung in der Prinzenzeit durch jenen Einfluss vollends verdorben worden. Endlich zur Regierung gelangt, habe er als einziger geglaubt, jenes Hirngespinst aus Poesie, Philosophie und Aberglauben könne sich an die Stelle wahrer Religion setzen. Zu dessen Verwirklichung habe er deshalb jene Sophisten berufen. Strauß kommt zu dem Schluss, jeder noch so begabte und mächtige »Romantiker«, der eine ausgelebte Geistes- und Lebensgestalt wiederherzustellen oder gewaltsam festzuhalten unternehme, müsse gegen Christus, wie damals Julian, oder den Genius der Zukunft (wie heute Friedrich Wilhelm) unterliegen.

Die Diskussion um die Romantik war dem Zeitgeist geschuldet. Sie wurde seit ihrem Bestehen geführt, als Novalis in seiner Formel fürs religiöse Romantisieren empfohlen hatte, »dem Endlichen einen unendlichen Schein« zu geben. Strauss' Projektion in die römische Kaiserzeit machte sie frei für die Geschichte. Er nannte dergleichen »frommen Betrug«, und bis heute sind Zweifel an der romantischen Ernsthaftigkeit des Glaubens geblieben.[799] Doch dagegen gibt es ein zentrales protestantisches, von Luther in die Welt gesetztes Dogma. Er behauptete, der Mensch sei »justus et peccatus«, gerecht und sündig, und setzte damit Spekulationen in Gang, wann, wo und wobei jener das eine oder andere oder womöglich und mitunter ohne Widerspruch beides zugleich sei. Auf der bis hierher ausgerollten Landkarte sind manche Brüche, weit auseinanderliegende Höhenlinien und unterirdische Verwurzelungen sichtbar geworden. Spuren von »verblendeter Absichtslosigkeit« aber nicht. Dem König vorzuwerfen, er habe nicht zur wahren Religiosität gefunden, hätte allerdings verlangt, dem Zeitgeist zu entkommen – was Strauß' für ausgeschlossen hielt. Der König aber wird sich etwas einfallen lassen.

Auch ein Vorspiel

Als er Ende Januar 1847 den Hamburger »Maler« Hermann Biow empfing, war dies bereits ihr zweites Treffen. Es galt der Erprobung eines neuen Mediums, für das es noch keine eindeutige Bezeichnung gab. Der König wollte das neue photographische Medium zu Porträts nutzen. In der Galerie des Stadtschlosses wurden »vorzügliche Daguerrotypien« aufgestellt und ausgelegt. Ihr Erfinder, Daguerre, hatte das Verfahren so weit verbessert, dass Künstler neugirig wurden. Die Ergebnisse waren denen vom September 1839 im Charlottenburger Schlosspark so weit überlegen, dass der König Daguerre den Orden Pour le Mérite eher dafür anstatt für die Dioramen verlieh.

Jetzt schlug er Biow die Einrichtung eines Ateliers in Charlottenburg vor, »um dort die Bildnisse der Majestäten anzufertigen.«[800] Dies fand aber am 28. Januar im Rittersaal des Berliner Schlosses statt. Laut Journal blieb die Aufnahme des Königs »unvollendet«. Stillhalten war dessen Sache nicht, und die Zeiten Thorvaldsens, der bei der ersten Aufnahme das Bannzeichen gegen das »Auge« der Kamera machte, waren vorüber. Als es schließlich gelang, hatte das »Auge« einen völlig Entnervten und Erschöpften eingefangen. Der König ist gegenüber dem Regierungsbeginn sieben Jahre zuvor kaum wiederzuerkennen. Auf erschreckende Weise wird sichtbar, wie sich die von Radowitz genannte Zerrüttung seiner besten Ideen auf sein Äußeres auswirkte.

Solche Erschöpfungszustände beschreibt der Herzog Ernst II. in seinen Erinnerungen vierzig Jahre später: »Er litt unter den heftigsten Aufregungen, vermochte den Zorn nicht zu beherrschen. In den besseren Jahren seines Lebens vermochte er seinen Unmut jedoch durch beißende und sarkastische Bemerkungen gleichsam hinwegzuscherzen. Später trat bei jedem Sturm eine rasche Reaktion von Schwäche und Apathie ein.«[801] Ein Adjutant hält fest, in dieser Zeit habe sich der König noch schnell von solchen Zuständen erholt.

Er lud Biow mehrmals nach Berlin ein. Neben gemalten Porträts entstand eine Galerie der Ritter Pour le Mérite im neuen Medium: von Rauch und Humboldt, von Olfers, Schadow, Cornelius, Schelling, den Brüdern Grimm, Lachmann, Ritter und dem Chirurgen Johann Friedrich Dieffenbach. Räume oder Landschaften ließ er nicht photographieren. Olfers hatte die Idee einer physiognomischen Landschaftssammlung »in des Königs Seele gepflanzt.« Im Neuen Museum sollte die Physiognomie sämtlicher Erdteile möglichst umfassend sichtbar werden.

Den Nutzen einer solchen Dokumentation hatte Olfers während seiner brasilianischen Gesandtschaft erkannt. Natürlich riet Humboldt zu. Der König besaß bereits von den Malern Rugendas und Bellermann Aquarelle aus Brasilien und Nordamerika, von Hildebrandt solche aus Mexiko und der Stadt Caracas. Humboldt hoffte auf Malereien Rugendas' aus Chile. Schicke der König diesen vortrefflichen Künstler noch nach Indien, so schaffe man eine physiognomische Sammlung von Naturbildern, eine weltumfassende Charakteristik der tropischen Landschaft, wie sie keine andere Stadt besitze. Er schwärmte vom »herrlichen Ölbild von Niagara« in der königlichen Sammlung.

■ **Fundstück:** Le sel noir / Schwarzes Salz ■

In der Malerei beschäftigte sich der König mit historischen Allegorien. Er besah In Cornelius' Atelier die in Blei ausgeführten Freskenentwürfe für die preußische »Fürstengruft«[802], also den Campo Santo beim Dom, sowie einen Karton des Wiener Malers Moritz von Schwind.[803] Ferner begutachtete er Cornelius' neues Gemälde *Christus in der Unterwelt* in der Galerie des Fürsten Radziwill und im Atelier des Professors Wach das Porträt *Der heilige Otto*. Inzwischen saß auch Kaulbach an der königlichen Tafel.[804] Sie besprachen die Ausmalung des Treppenhauses im Neuen Museum.

Im Februar war es zu einer Variante bei den Oratorienaufführungen gekommen. Robert Schumann dirigierte sein vier Jahre zuvor uraufgeführtes weltliches Oratorium *Das Paradies und die Peri*. Für den König war es eine Erinnerung an Lalla Rookh, woraus der Text stammte. Die Aufführung wäre beinah zum Abbruch gekommen. Wie bei seiner eben vollendeten Oper *Genoveva* verstieß Schuman gegen sämtliche dramatischen Konventionen seiner Zeit. Er konnte sich mit den Musikern kaum verständigen.

Ganz anders wurde die Instrumentalmusik der aufblühenden Pariser Schule angenommen. Der junge Geigenvirtuose Henri Vieuxtemps erhielt ungeteilte Aufmerksamkeit. Sein Ruhm führte ihn zum Engagement am Hof Zar Nikolais. Wie David führte Vieuxtemps neue Formen in den musikalischen Orientalismus ein. Der König hörte ihm im März zu. Dem Virtuosen folgte Berlioz, ebenfalls auf der Durchreise nach Russland. Er wünschte vom König eine Empfehlung an dessen Schwester. Seine neue Faustvertonungen fanden in Sankt Petersburg solchen Beifall, dass der König sie unbedingt auch in Berlin hören wollte. Berlioz kam für drei Wochen.[805] Er hatte den Zyklus 1829 mit *Huit Scènes de Faust* begonnen[806] und war, nachdem Nerval weiterübersetzt hatte, zu Fausts Ende gelangt. Als er 1846 die dramatische Legende *La Damnation de Faust* in Paris aufführte, fanden die Zuhörer keinen Zugang dazu.

In Berlin kam es ärger. Man war der Ansicht, Faust gehöre – wegen der nötigen Seelentiefe – allein den Deutschen. Louis Spohr habe dies mit seiner Faustoper hinlänglich bewiesen.[807] Ein anderer Grund für Berlioz' Debakel, bei dem man selbst die neu hinzukomponierte Ballade vom König in Thule auspfiff, war die Anhängerschaft des Grafen Radziwill. Sie ließ nur dessen Komposition gelten, welche dieser mit einer Gruppe um Henriette Sontag eingeübt hatte.[808] Zu seinen von vornherein aussichtslosen Bemühungen bemerkt Berlioz in seinen Memoiren, ihm sei nichts Verrückteres als die Intoleranz deutscher »Fanatiker« zu diesem Thema begegnet. Der König besuchte das Konzert vom 19. Juni. Er hörte auf die Musik. Der nationalistische Blickwinkel in der Kunst blieb ihm fremd. Er ließ ihm – auf dessen Wunsch und Meyerbeers günstiges Urteil – den Roten Adlerorden dritter Klasse überreichen.

An der Potsdamer Tafel habe er, laut Berlioz, ungezwungen mit ihm, stehend, beim Kaffee, den dieser heftig gestikulierend verschüttete, geplaudert: Berlioz nannte ihn den »wahren König der Künstler«[809] und zählte auf, was er bereits für sie, in dieser Art einzig in Europa, getan habe. Sein unmittelbares Interesse an allen edlen Versuchen der Kunst treibe die Künstler zu neuen Werken an. Der König meinte nur, wenn dies so sei, müsse man doch nicht noch davon reden.

Berlioz' Gastspiel war von Redern vermittelt worden. Nach dessen Ausscheiden aus dem königlichen Dienst dankte ihm dieser für seine Tätigkeit und hatte bei Rauch eine Hermesstatue für dessen Landsitz in Gerlsdorf bestellt. Er schrieb ihm: »Hermes verstand die Kunst, seinen Feind trotz der hundert Augen desselben, worin Argus ganz dem falschen modernen Liberalismus gleicht, zu überwinden. […] Argus unterlag den Tönen von Hermes Flöte.«[810] Der König begegnete der fortschreitenden Politisierung mit einer weiteren Allegorie.

Wie wenig Redern die wahren Gedanken des Königs verstand, enthüllt dessen Charakterisierung in seinen Lebenserinnerungen. Er nannte ihn »Schwanenritter der Romantik im Schwelgen der Phantasie« gepaart mit »märkischem […] Witze«. Das Leben habe sich ihm »wie zu einem poetischen, opernhaften Vorgange in glänzenden Bildern, in phantastischen Träumen« gestaltet, weshalb er nicht begriffen habe, dass ihm der »derbe Realismus des 19. Jahrhunderts«[811] gegenüberstehe. Er übersah – oder wollte es nicht schreiben –, dass der König wohlüberlegt mit dem »derbem Realismus« umging.

Ernst II., Herzog von Sachsen-Coburg-Gotha, kam dem näher. Die Stärke des Königs habe darin bestanden, eine Situation »oft sehr passend und meist frappant« zurechtzulegen und in den schönsten Farben zu einem Bilde zu fügen. Er sei den Gegenständen wie ein Maler gegenübergestanden, der die wirksamsten Effekte erzielt: heute heilige Jungfrauen und morgen Teufel mit gleicher Vollkommenheit. Und da es künstlerisch nicht darauf ankam, ob die Gesinnung jedes Mal mit dem Gegenstande übereinstimme, sei unwillkürlich und unabsichtlich der Besitzer jedes einzelnen Gemäldes über den eigentlichen Gesamtcharakter des Künstlers getäuscht worden.[812] Der Herzog forderte vom König ein, was die Künstler hinter sich gelassen hatten. Der Zeitgeist nährte sich von der Opposition der Widersprüche.

Nach den Theaterstücken entdeckte man bei Hofe die Romane Alexandre Dumas des Älteren.[813] Tieck las aus *Les Trois Mousquetaires.* Humboldt folgte mit den Briefen Louis XVIII an Emmanuel de Saint-Priest und aus *Les Girondins* von Alphonse de Lamartine. Letzterer war in den dreißiger Jahren durch seine *Voyage en Orient* bekannt geworden. Ihm stand jene sprachliche Feinheit und Eleganz zu Gebote, wie der König sie von französischen Dichtern des 18. Jahrhunderts – und von Wieland her kannte. Der in diplomatischen Diensten Stehende reagierte unmittelbar auf die Politisierung des Geisteslebens. In den *Girondins* stellte er die Geschichte der Auseinandersetzung zwischen Girondisten und Jakobinern zur Revolutionszeit in achtunddreißig Porträts dar. Dem König vermittelte sie anschauliche Beispiele, wie man politischen Veränderungen beikommt.

Weiter las Humboldt den Bericht »des Herrn Mérimée – meines Freundes« über die Restaurierung der Sainte-Chapelle, des Hotel de Cluny und des Louvre. Der König war »entzückt« und ließ den Bericht in der Staatszeitung veröffentlichen. Prosper Mérimée war seit 1831 Intendant der historischen Bauten Frankreichs und hatte darüber die *Monuments historiques* herausgegeben. Er wusste Klassizismus und Romantik mit feiner Ironie und Sarkasmus gegeneinander auszuspielen. Dem König entging nicht, was ihm nahe war.

Nach der damaligen königlichen Rüge[814] hatte Willibald Alexis offenbar nachgegeben. Er schrieb einen unverfänglichen Roman aus der vaterländischen, der brandenburgischen Geschichte. Zunächst nannte er ihn *Hans Jürgen und Hans Jochem*, dann *Die Hosen des Herrn von Bredow*. Es ist eine mit breitem Lokalkolorit durchtränkte Geschichte aus der Zeit des aufbegehrenden Rittertums gegen den brandenburgischen Kurfürsten Joachim I. Der König ließ ausgiebig daraus vorlesen.[815] Er fand darin die Warnung vor Beratern – ein Problem, das ihn mit fortschreitender Regierung beschäftigen wird.

Inzwischen war die in Auftrag gegebene religionsphilosophische Begründung seiner Monarchie vorangekommen. Auf Humboldts und Savignys Anraten hatte er sie dem Juristen und Theologen Friedrich Julius Stahl in die Hände gelegt. Stahl war vom jüdischen Glauben zum Protestantismus konvertiert und wurde, angeregt durch Schellings Ideen über Christentum und Philosophie, mit einem Werk über Staat und Kirche bekannt. 1845 bezeichnete er in seinem *Monarchischen Prinzip* die Teilnahme am Staat durch eine zeitgemäße Vertretung als Ziel, »auf welches die neuere Staatenbildung mit einer inneren Notwendigkeit hinausstrebt.« Sie sollte das ausgediente System Metternichs modernisieren.

In dessen *Christlichem Staat* von 1847 fand der König viele seiner Vorstellungen ausgedrückt. Ausgehend von Savignys romantisch-historischem Ansatz behauptete er, das Recht sei »bestimmt, dem Reiche Gottes zu dienen«. Er stellte das Naturrecht auf die Grundlage der Gebote Gottes und fand Gehör beim König: Zu Lebzeiten der Apostel sei das Christentum allein durch ihr Wort übermittelt worden.

Die Gläubigen sollten so ihren Platz in der Kirche finden und sich in schlichter Frömmigkeit betätigen. Der König sah darin ein Mittel, sein Amt von Gottes Gnaden im Bewusstsein der Gläubigen zu halten, Haupt und Körper in Einklang zu bringen, ohne als Summus episcopus, als oberster Kirchenherr, Macht auszuüben. Schelling schrieb an Maximilian, für die Orthodoxie gebe es nichts außerhalb ihrer Ansichten. Sie glaubten, der Buchstabe der Schrift würde genügen. Von den »Prinzipien jedoch, deren Grund schon mit der Welt gelegt worden, hat niemand eine Ahndung, einen Begriff, den König allein ausgenommen.«[816]

Am 11. April 1847 eröffnete dieser im Weißen Saal des Berliner Schlosses wie geplant den Vereinigten Landtag der preußischen Reichsstände. Er versicherte – als wolle er allem Künftigen wehren –, es werde keiner Macht der Erde gelingen, »das natürliche, gerade bei Uns durch seine innere Wahrheit so mächtig machende Verhältnis zwischen Fürst und Volk in ein conventionelles, constitutionelles zu verwandeln, und, daß Ich es nun und nimmermehr zugeben werde, daß sich zwischen unseren Herrn Gott im Himmel und dieses Land ein beschriebenes Blatt, gleichsam als zweite Vorsehung eindränge, um Uns mit seinen Paragraphen zu regieren und durch sie die alte, heilige Treue zu ersetzen. Zwischen uns sei Wahrheit.«

Dann sprach er von der »Lebensfrage« zwischen Thron und Ständen. Letztere sollten diejenigen Rechte ausüben, welche ihnen die Krone zuerkenne: der Krone gewissenhaft Rat zu erteilen, den diese von ihnen fordere, nicht aber Zeit- und Schulmeinungen geltend zu machen – was undeutsch und unpraktisch für das Wohl des Ganzen sei. Die Krone herrsche nach dem Gesetz Gottes und des Landes und nach eigener freier Bestimmung – nicht nach dem Willen von Mehrheiten.

Zu den Rechten des Landtages gehörten Steuerbewilligungen und Staatsanleihen. Darunter die zum Ausbau der preußischen Eisenbahn. Die mehrheitlich gewählten Vertreter der Kammern begannen unverzüglich mit dem, wovor sie der König gewarnt hatte: Sie sprachen nicht nach ihrem Gewissen, sondern es bildeten sich – erstmals in der preußischen Geschichte – Parteien. Der Antrag der Regierung auf den Ausbau wurde prompt mit Zweidrittelmehrheit abgelehnt. Die Arbeiten ruhten, Arbeiter wurden entlassen.

Am 24. April gab der König ein Diner mit einundvierzig Couverts im Salon des Treibhauses von Schloss Bellevue und besuchte, nachdem ihm vom

Polizeipräsidenten gemeldet wurde, in der Stadt sei alles ruhig, in Begleitung sämtlicher Prinzen demonstrativ das völlig belanglose dänische Drama *König Renés Tochter*.[817] Einen Tag später erstattete ihm der General Wrangel Bericht über »tumultuarische Aufläufe« in Stettin wegen der Teuerung der Lebensmittel, zu deren »Beseitigung das Militär hat einschreiten müssen.«[818] Wenig später kam es dann in Berlin zu »Brotkrawallen«: Die Armen nahmen sich, was sie nicht mehr bezahlen konnten.[819] Am Oranienburger Tor und dem von Arnim vorgeführten Neu-Voigtland überfielen Frauen wuchernde Händler und versorgten ihre Familien mit dem Lebensnotwendigen. In wohlhabenderen Berliner Bezirken wurden Spezereien geplündert. Es dauerte drei Tage, bis die Polizei die Ordnung wiederhergestellt hatte. Abgesehen davon, dass dem Prinzen Wilhelm, der hartes militärisches Durchgreifen forderte, die Scheiben seines Palais eingeworfen wurden, verhielten sich die Untertanen friedlich.

Im Sommer reiste der König zum Schwager nach Dresden. Er besuchte die Kunstausstellung und kaufte bei Ernst Rietschel Skulpturen. Gewiss wurden auch die politischen Ereignisse und der kühne Entschluss des Königs zu einer Kurzreise nach Norditalien besprochen. Humboldt hatte aus Reumonts neuem Buch vorgelesen: *Ganganelli. Papst Clemens XIV. Seine Briefe und seine Zeit*, veröffentlicht in der Königlichen Buchdruckerei Duncker. Jener Papst war durch die Aufhebung des Jesuitenordens 1773 in die Geschichte eingegangen. Reumont beschrieb dessen Herrschaft als unangefochten.

War es die in Italien noch herrschende politische Ruhe, die den König dorthin lockte, oder die Hoffnung, noch einmal vom Philiströsen fortzukommen? Bei ihm ist beides denkbar. Nachdem er durch Informanten und den Blick in die *Fliegenden Blätter* sowie die *Königsberger Blätter*[820] die Sicherheit seines Reiches eingeschätzt hatte, legte er eine auf zwei Wochen befristete Reise fest. Er verließ Preußen am 23. August 1847.

Die Kurzreise war nur mit den neuen, schnellen Verkehrsmitteln möglich: Mit der Eisenbahn ging es bis Triest und von dort auf einem Lloyddampfer nach Venedig. Auf dem Vordeck verblieb ihm und seinem Cicerone Reumont hinreichend Zeit, in sternenklarer Nacht mit venezianischen Sonetten die Poesie der Lagunenstadt heraufzubeschwören. Platen hatte sie 1824 unter dem melancholischen Eindruck ihres Niedergangs nach der napoleonischen Okkupation beschrieben:

> Venedig liegt nur noch im Land der Träume
> Und wirft nur Schatten her aus alten Tagen. […]
>
> Wo ist das Volk von Königen geblieben,
> Das diese Marmorhäuser durfte bauen? […]

> Hier wuchs die Kunst wie eine Tulipane, […]
> Gleich einer zauberischen Fee Morgane. […]
>
> Um Gottes eigne Glorie zu schweben,
> Vermag die Kunst allein und darf es wagen. […]
>
> O goldne Zeit, die nicht mehr ist im Werden,
> Als noch die Kunst vermocht die Welt zu lehren
> Und nur das Schöne heilig war auf Erden!

Reumont wird als Kenner der neueren Literatur gewiss auch solche Gedichte vorgetragen haben.

Gleich bei der Einfahrt in die Lagune wurden sie von der prosaischen Gegenwart eingeholt. Der Dampfer lief auf Sand. Dem König sollte es, nur sechs Monate später, mit seinem Staatsschiff ebenso ergehen. An der Riva degli Schiavoni angelangt, war er nicht mehr zu halten. Er eilte die wenigen Meter bis San Marco und die Treppen des Dogenpalastes hinauf. Nach der Besichtigung ging es mit der Gondel den Canal Grande hinauf bis zur Rialtobrücke. Von dort in die Kirche San Salvador. Sie diente hochgestellten Venezianern als Grablege, dort hängt aber auch Tizians *Verklärung Christi*, dem in kühner Zusammenschau von Altem und Neuem Testament Moses und Elias zur Seite stehen. Dann wurde noch »Sanquirinis Magazin« besichtigt, bevor man das Hotel Danieli bezog.

Abends hörte der König im Teatro La Fenice Saverio Mercadantes neue Oper *Orazi e Curiazi*. Sie besiegelte das Ende der italienischen Reformoper. Von nun an sollte Giuseppe Verdi mit handgreiflichen Bezügen zur Realität das Feld beherrschen. Am folgenden Tag durchstreifte er eine weitere Anzahl von Kirchen: zuerst San Michele auf der Insel Murano und den dortigen Dom San Donato, dann Kirchen in der Stadt. An diesem Tag machte er Visiten bei der bourbonischen Herzogin de Berry im Palazzo Vendramin-Calergi am Canal Grande und beim Patriarchen Monico.

Vor der Abreise am 8. September verblieb Friedrich Wilhelm nur noch Zeit zur Tour durchs Quartier von San Marco. Nach der Besichtigung weiterer Kirchen[821] mit Gemälden von Tizian und Tintoretto sowie der Akademie der Schönen Künste suchte er im Palazzo Pisani-Moretta hinter der prächtigen gotischen Fassade das Atelier des Malers Friedrich Nerly auf. Er hielt ihn vom letzten Italienaufenthalt in guter Erinnerung.

Seither hatte Nerly einen delikaten Vedutenstil entwickelt, mit dem er erfolgreich gegen die Jüngeren und die aufkommende Photographie konkurrierte. Der König bestellte eine Ansicht von San Michele di Murano und mehrere Veduten. Anschließend begab er sich zum Vizekönig der Stadt, dem österreichischen

Erzherzog Rainer. Die Antipathie der höheren Stände und der Literaten gegenüber der Monarchie, wie sie in Mailand massive Formen annahm, gab es in Venedig noch nicht. Die Stadt sollte dem König auch in dieser Hinsicht in bester Erinnerung bleiben, und so bestellte er beim Aquarellisten Karl Friedrich Werner noch Bildnisse des Dogen Contarini und der Opernprotagonistin Caterina Cornaro.

Für die Reise nach Padua am folgenden Tag benutzte die Gesellschaft die Eisenbahn. Man besichtigte die Fresken des Mitbegründers der Renaissancemalerei, des Klosterbruders Giotto in der Scrovegni-Kapelle, anschließend Dom und Baptisterium. Unabdingbar war der Verzehr der Schokolode im Café Pedrocchi. Ohne die Besichtigung weiterer Kirchen wäre Friedrich Wilhelm nicht von Padua abgereist. In und um Vicenza galt das Interesse erneut den Bauwerken Palladios. Es blieb noch Zeit zur Besteigung des Wallfahrtsberges Monte Berico, der neun Monate später von den Anhängern des Risorgimento gestürmt werden sollte. Über Verona, wo der König erneut die Gräber der Scaliger und diesmal noch die Ruine der Dichtervilla Catulls aufsuchte, reiste er auf dem kürzesten Weg zurück.

Welcher Bau ihn derart beschäftigte, dass er Humboldt noch auf der Stettiner Eisenbahn befahl, die Bildhauer Pietro Tenerani und Johann Niclas Byström sowie den Baumeister Neppen zu rufen, ist nicht gewiss.[822] Jedenfalls hatte die Besichtigung von Palladios Bauten den Durchbruch eines ihn zwanzig Jahre beschäftigenden Vorhabens erbracht: das neue Königsschloss in Sanssouci. Mit Persius hatte er daran gearbeitet und diesen 1844 nach Italien reisen lassen. Aber Persius war kurz nach der Rückkehr im Sommer 1845 an Typhus gestorben. Der König musste das ehrgeizige Projekt ohne ihn bewältigen.

Er plante das Schloss mit Orangerie, Kasino, Nymphäum und einem Monument zum Gedächtnis an Friedrich den Großen in Form eines Tempels mit antikem Theater und Zirkus zu dessen Füßen – ganz so, als wolle er Schinkels *Blick in Griechenlands Blüte* auf die Potsdamer Landschaft übertragen. Die neuen Bauten sollten wie eine Perlenkette an einer Triumphstraße aufgereiht sein, inmitten das neue Schloss, herausgehoben durch das nach Palladio benannte Motiv, ein Triumphbogen mit erhöhter Mitte.

Der Gedanke ist so schlicht wie variabel und wurde jahrhundertelang von Architekten durchgespielt. Für den König war er das Element, das den Mittelbau aus dem 300 Meter langen Orangerieschloss hervorhob. Wie gewohnt kamen Anspielungen auf herausragende italienische Architektur hinzu.[823] Im Inneren ist allein der Raffaelsaal als Gemäldegalerie bemerkenswert. Als Oberlichtsaal steht er auf dem Niveau damaliger Museumsarchitektur. Er ist mit Kopien Raffael'scher Gemälde, die seit dem Befreiungskrieg vom König in Auftrag gegeben wurden, ausgestattet. Kopien taten der Wertschätzung des Meisters keinen Abbruch.

Der Fassadenschmuck nahm mit Allegorien von Monats- und Jahreszeiten noch einmal die mythologische Welt der Hofkultur auf. Deren Bedeutungen wurden aber immer weniger verstanden. In den neuen Gärten im Schlossbereich fand mit nördlichen und südlichen Pflanzen Humboldts Idee vom Weltgarten im *Kosmos* ihren Platz.[824] Nach Art von Blumenstücken der Renaissancemalerei trug der König – Besucher von Blumenausstellungen – eigene Vorschläge ein. Sie strebten zum »Paradiesgarten« hin.

Dieses Jahr ging mit einem schmerzlichen Verlust für den König zu Ende. Mendelssohn hatte inzwischen die noch fehlenden Messvertonungen zu den sechs hohen Feiertagen vollendet. Der Domchor sang darin kurze, kontrapunktisch im Stile Palestrinas gesetzte Sprüche von eindrücklicher spiritueller Ausdruckskraft. Ferner die wie ein Pendant zum katholischen Ordinarium gestalteten Zwischenstücke im reformierten sonntäglichen Gottesdienst des Kirchenjahres. In dieser *deutschen Liturgie* führte er die zwei Chöre mit abwechslungsreichen Mitteln bis zum glanzvollen achtstimmigen »Heilig« hinauf.

Im Zuge der Lutherfeierlichkeiten 1846 bat der König ihn um die Komposition eines Oratoriums über den Reformator, was dieser womöglich auch wegen schwindender Kräfte ablehnte. Er konzentrierte sich vielmehr auf den Abschuss des über lange Jahre entstandenen *Elias* und brachte das Oratorium im Frühjahr 1847 in Birmingham zur Uraufführung. Der König hatte ihn mit der Berliner Erstaufführung für den 18. Oktober beauftragt. Doch es kam nicht mehr dazu. Mendelssohn konnte ihm nur noch die überarbeitete Version der Partitur zuschicken. Er verstarb, wie seine Schwester kurz zuvor, nach mehreren Schlaganfällen am 4. November.

Der König verlor nun auch den Kontakt zu Schelling. Ein alter Feind, Professor der Theologie in Heidelberg, hatte einen Stenographen zur Mitschrift der Vorlesung über die Philosophie der Offenbarung gedungen und ließ deren Bearbeitung mit herabsetzenden Kommentaren zirkulieren. Schelling verlor den Prozess um sein Urheberrecht in zwei Instanzen, der König ließ es geschehen. Von Maximilian wissen wir, dass Schelling sich zuletzt kaum noch in der Lage sah, das gesamte Gebäude seiner Gedanken gewärtig zu haben. Er ist uns das »Original« seiner *Philosophie der Offenbarung* schuldig geblieben. Enttäuscht zog er sich von seinen Ämtern zurück, blieb aber in Berlin und hielt gelegentlich einen Vortrag in der Akademie der Wissenschaften. Der König hörte ihm nicht mehr zu.

Bei den abendlichen Lesungen Anfang 1848 war er auf einen alten Bekannten aufmerksam geworden. Für die sensationslüsterne Leserschaft druckte ein französisches Blatt vorab Auszüge aus Chateaubriands *Mémoires d'outre-tombe*. Die Lebenserinnerungen »von jenseits des Grabes« waren ganz diesseitig. Der König war neugierig, ob er darin etwas über sich fände, wurde aber nicht erwähnt. Der Romantiker verstarb ein halbes Jahr nach deren Veröffentlichung.

In dieser Zeit verließ eine ganze Anzahl Fortschrittlicher die Stadt, darunter Meyerbeer. Nachdem er das »Riesenmelodram«[825] von Alexandre Dumas – er meint den *Graf von Monte Christo* – in die Hand bekommen hatte, war er nicht mehr in Berlin zu halten. Weniger wegen Dumas – den las der König auch. Vielmehr zog es ihn zurück in die Stadt der Inspiration für seine Opern. Die »Cris de Paris«, neuerdings Aufschrei der Massen genannt, nahmen zu. Meyerbeer bat um Veränderung seines Status. Der König wollte ihn »coûte que coûte«, um jeden Preis nicht ziehen lassen. Humboldt vermittelte, wonach der König einjähriges Fernbleiben gewährte.

Anfang Dezember saß anstelle von Meyerbeer der Komponist Friedrich von Flotow an der königlichen Tafel.[826] Der Mecklenburger, dessen Stil, graziös und von schlichter Melodik, die Trivialität nicht scheute, hatte ausgiebig in Paris studiert. Auber war sein Vorbild. Er erfreute sich eben am überwältigenden Erfolg seiner Oper *Martha oder Der Markt von Richmond*, die der König hören wollte. Das romantisch-komische Potpourri besteht aus Ohrwürmern vermischt mit Irish Tunes nach Thomas Moore. War es das, was der König wieder hören wollte? Die Gunst des Publikums machte die Oper ebenso wie Meyerbeers Grand opéras zum Welterfolg. Doch was Meyerbeer aus der Revolution herausgefiltert und in eindrückliche, aufwühlende Tableaus gegossen hatte, war Flotow die Simulation einer heilen Welt. War damit davonzukommen? Jedenfalls konnte die Oper, als sie am 7. März 1848 mit anschließendem Ballett Premiere hatte, zu den politischen Ereignissen im kaum größeren Gegensatz stehen.

Revolutionsdelir

Auf einem Kongress des Bundes der Kommunisten in London hatte Karl Marx Ende 1847 seine mit Friedrich Engels entwickelte Gesellschaftstheorie vorgetragen und Anfang 1848 als *Manifest der kommunistischen Partei* veröffentlicht. Es heißt darin, Königshäuser seien ebenso wie der Reichtum der Sitten und Bräuche in Deutschland als Überbleibsel vergangener Zeiten zum Untergang verurteilt. Der König las in diesen Tagen Radowitz' Memorandum zur Pressegesetzgebung. Es befürwortete den Wegfall der Zensur, die Öffentlichkeit und Protokollierung von Sitzungen der Bundesversammlung und anderes mehr. Und Meyerbeer war im rechten Augenblick in Paris eingetroffen.

Er nahm das Diorama im »Treibhaus«[827] des neu erbauten Jardin d'Hiver mit derselben Neugier auf wie den Marché du Temple. Eugène Sue hatte ihn in den *Mystères de Paris* beschrieben. Seine Schaffenskraft konnte er wenige Wochen später aufladen. Während er mühsam an der »Prêche«, der »Predigt« im ersten Akt seiner neuen Oper, komponierte, verbrachte er den langen Tag des 23. Februar auf den Straßen, um »den Gang der Unruhen zu beobachten«. Wie 1831 wurde er Zeuge des kollektiven Ausbruchs. Studenten und Arbeiter stürmten Ende Februar den Sitzungssaal des Parlaments, erzwangen Louis-Philippes Abdankung und ließen die Republik ausrufen. Binnen kürzester Zeit erreichten die politischen Unruhen den Rhein, den man, laut Heine, nicht in Ruhe ließ.

In Berlin hielt sich der König an die Pariser Kunst: Nach Jahrzehnten war dort eine Interpretin klassizistisch-französischer Tragödien namens Mademoiselle Araldi[828] aufgestanden. Nach ihrem Hamburger Gastspiel ließ er sie von Mitte bis Ende Februar in Berlin auftreten. Racines Phèdre war ihre gefeierte Rolle, ferner dessen Andromaque. Die neue Tragödie *Virginie* von Latour de Saint-Ybars konnte sie indes nur mit Streichungen aufführen, und *Lucrèce* von François Ponsard wurde abgesetzt – aus politischen Gründen. Das Gastspiel endete am 29. Februar. Presseberichte gab es nicht. Dem König hatte es zwar die klassische französische Tragödie, Symbol des absoluten Königtums, vor Augen gestellt. Doch das Schweigen der Presse war wie die früheren Karikaturen ein sicheres Anzeichen, dass die Mittel monarchischer Repräsentation nicht mehr griffen.

Anfang März schickte der König Radowitz nach Wien, um dort die Akzeptanz des Memorandums und die Einberufung eines Fürstenkongresses für den 15. März im sicheren Potsdam auszuhandeln. Es sollte um eine Ständeverfassung gehen. Aber das »Gespenst der Revolution« kam vor ihm in Wien an. Am 13. März dankte Metternich ab und begab sich ins englische Exil. Es hieß, er habe die Monarchien alter Zeiten unwiederbringlich mit sich genommen, und wir verstehen allmählich, warum der König ihm als einzigem Politiker gegen den Protest von Künstlern und Wissenschaftlern den Orden Pour le Mérite verliehen hatte.

Am 20. März führten Unruhen in München zur Abdankung des Schwagers Ludwig. Der »Schelling-Schüler« Maximilian II. folgte ihm auf den bayerischen Thron. Der König hatte Charlotte gegenüber die Affäre um Ludwig Ende Dezember noch weggescherzt. Es sei doch etwas »scheiß'lich's mit der Lola [Montez]!!! Vor 200 Jahren wäre sie als Liebestrankeingebende Hexe ohne Zweifel verbrannt worden.«[829] Im selben Brief, nachdem er Charlotte wieder einmal von »Peristan« und einer gemeinsamen Rheinreise als seinem »Sommernachtstraum« vorgeschwärmt hatte, wird er mit einem Mal ganz ernst – mit einem Bild: »Die Gewitter haben uns in den letzten Jahren auch sehr verschont; daher meine Furcht, daß sie A[nno] 48 recht arg tosen werden.« Er wusste sehr genau, was auf ihn zukam – und ihn umgab: Carl hatte in ein »ColonisazionsProject an der Mosquitoküste«, der Küste des heutigen Nicaragua, investiert und dabei auch Wilhelm mit hineingezogen. Den Begriff »Baisse« vermied er tunlichst.

Noch am 17. März wurde ihm seitens der Polizei die Parole von Aufrührern bekannt: »Morgen geht's los!« Nachdem es in Wien zu spät war, unterzeichnete er Radowitz' Bundesverfassungsgesetz im Alleingang und wechselte erzkonservative Minister aus. Das Volk las darüber auf den nachts eilends an den Straßenecken angeklebten Plakaten: »Vor allem verlangen Wir, daß Deutschland aus einem Staatenbund in einen Bundesstaat verwandelt werde. Wir erkennen an, daß dies eine Reorganisation der Bundesverfassung voraussetzt, welche nur im Verein der Fürsten mit dem Volke ausgeführt werden kann. [...] Wir erkennen an, daß eine solche Bundesrepräsentation eine constitutionelle Verfassung aller deutschen Länder notwendig erheische, damit die Mitglieder jener Repräsentation ebenbürtig neben einander sitzen.«

Hatte er über Nacht das Gespenst verscheucht? Über die Ereignisse zwischen dem 18. und 21. März ist viel geschrieben worden. Dass Friedrich Wilhelm trotz der Aufregungen sein Spiel verfolgte, fiel niemandem auf. Deshalb so viel: Am 18. waren die Untertanen in Sonntagskleidung auf dem Schlossplatz erschienen. Sie wollten dem König ihre Zustimmung zum Versprochenen bekunden. Er erschien mehrmals auf dem Balkon und wurde stets mit Vivatrufen begrüßt. Militär oder Polizei fand man auf dem Platz nicht.

Allerdings waren jene anwesend, welche eine Gelegenheit zum Aufruhr suchten. Sie drangen in den inneren Schlosshof vor, wo seit dem Attentat eine Militärbrigade Wache hielt. Dabei fielen nach übereinstimmenden Aussagen zwei ungezielte Schüsse. Die Aufwiegler fassten diese als Angriffssignal auf und errichteten in den umliegenden Straßen eilends Barrikaden. Ferner verteilten sie ein Flugblatt mit einem Barrikadenlied, das zwar nicht zur Situation passte, aber die Verbrüderung mit dem Volk einleiten sollte.[830]

Der König musste handeln, wenn er die Ausbreitung des Aufruhrs verhindern wollte. Sollte er, wie es sein Bruder Wilhelm forderte, das Militär mit »Kartätschen« vorgehen lassen? In der Bedrängnis rief er zu Gott, und es heißt, er sei hernach wie betäubt gewesen – man wird später verstehen warum. Dann befahl er die Räumung der Barrikaden in der Umgebung des Schlosses und in der Innenstadt – notfalls mit Gewalt. Die Barrikadenkämpfer leisteten unerwartet heftigen Widerstand. Als das Artilleriefeuer begann, soll der König in Tränen ausgebrochen sein. Aber vielleicht ist dies nur die romantische Version. Die Untertanen machten den Kämpfern zwar Häuser zum Unterschlupf zugänglich. Zur Verbrüderung wie in anderen Städten kam es in Berlin jedoch nicht. Immerhin hatte der König Entgegenkommen versprochen.

Bis hierher verhielt er sich noch so, wie Friedrich Wilhelm es Johann 1831 für Dresden empfohlen hatte. Um Mitternacht aber traf er, entgegen den Ratschlägen von militärischen Beratern und nächster Umgebung, eine souveräne Entscheidung: Er befolgte, was er geschworen hatte. Er, der seine Macht von Gottes Gnaden im Vertrauen auf seine Untertanen ausübte, hatte das Militär zwar gegen Aufrührer eingesetzt, nicht aber gegen das Volk.

Er verfasste – eigenhändig – jene Proklamation »An meine lieben Berliner«, die er, ohne weitere Beratung noch vor Tagesanbruch verbreiten ließ. Manch einer mochte seinen Augen nicht trauen:

»Durch mein Einberufungspatent vom heutigen Tage habt Ihr das Pfand der treuen Gesinnung Eures Königs zu Euch und zum gesamten deutschen Vaterlande empfangen. Noch war der Jubel, mit dem unzählige treue Herzen mich begrüßt hatten, nicht verhallt, so mischte ein Haufen Ruhestörer aufrührerische und freche Forderungen ein und vergrößerte sich in dem Maße, als die Wohlgesinnten sich entfernten. Da ihr ungestümes Vordringen bis ins Portal des Schlosses mit Recht arge Absichten befürchten ließ und Beleidigungen wider meine tapferen und treuen Soldaten ausgestoßen wurden, mußte der Platz durch Kavallerie im Schritt und mit eingesteckter Waffe gesäubert werden, und zwei Gewehre der Infanterie entluden sich von selbst, Gottlob ohne irgend jemand zu treffen. Eine Rotte von Bösewichtern, meist aus Fremden bestehend, die sich seit einer Woche, obgleich aufgesucht, doch zu verbergen gewußt hatten, haben diesen Umstand im Sinne ihrer argen Pläne, durch augenscheinliche Lüge verdreht und die erhitzten Gemüter von vielen meiner treuen und lieben Berliner mit Rachegedanken um vermeintlich vergossenes Blut erfüllt und sind so die gräulichen Urheber von Blutvergießen geworden. Meine Truppen, Eure Brüder und Landsleute, haben erst dann von der Waffe Gebrauch gemacht, als sie durch viele Schüsse aus der Königsstraße dazu gezwungen wurden. Das siegreiche Vordringen der Truppen war die Folge davon.

An Euch, Einwohner meiner geliebten Vaterstadt, ist es jetzt, größerem Unheil vorzubeugen. Erkennt, Euer König und truester Freund beschwört Euch darum, bei allem, was Euch heilig ist, den unseligen Irrtum, kehrt zum Frieden zurück, räumt die Barrikaden, die noch bestehen, hinweg, und entsendet an mich Männer, voll des echten alten Berliner Geistes mit Worten, wie sie sich Eurem Könige gegenüber geziemen, und ich gebe Euch mein Königliches Wort, daß alle Straßen und Plätze sogleich von den Truppen geräumt werden sollen und die militärische Besetzung nur auf die notwendigen Gebäude […] und auch da nur auf kurze Zeit beschränkt werden wird. Hört die väterliche Stimme Eures Königs, Bewohner meines treuen und schönen Berlins, und vergesset das Geschehene, wie ich es vergessen will und werde in meinem Herzen, um der großen Zukunft Willen, die unter dem Friedenssegen Gottes für Preußen und durch Preußen in Deutschland anbrechen wird.«

In den frühen Morgenstunden hielt der König eine bewegende Ansprache an Rellstab und einige verdiente Bürger der Stadt mit der Aufforderung, an den

Barrikaden alles Erdenkliche zum Einlenken der Kämpfer zu tun. Ob durch Worte oder die Nichtbeteiligung des Volkes, jedenfalls wurden die Barrikaden niedergelegt. Im Gegenzug befahl der König die Truppen zurück. Flötenspiel war das Signal zum Abmarsch, worauf sich allgemeiner Jubel ausbreitete. Viel Volk folgte den Truppen und versammelte sich vor dem Schloss.

Die Aufwiegler hatten noch nicht aufgegeben. Sie ließen die Gefallenen auf Bahren herbeitragen, nachdem sie ihre Wunden mit Blumen geschmückt und mit Lorbeer bekränzt hatten. Das zur Schau gestellte Martyrium verfehlte seinen Eindruck auf die Menge nicht. Der König wurde gerufen, die Leichen anzuschauen. Zum Beweis dessen, was er zu verantworten habe, hob man die Bahren empor und forderte von ihm Entblößen des Hauptes und Verbeugen. Die Besorgnis eines Beobachters, man könne auf ihn schießen, entsprach der Stimmung. Es wurden Anstalten zur Stürmung des Schlosses gemacht. Später hieß es, »zwanzig Entschlossene hätten den Treppenaufgang vollständig frei gefunden, dem Könige ein Abdankungsdekret vorlegen und die Republik proklamieren können.«[831]

Angesichts des – wie sich später herausstellte – durch ein Missverständnis vom Militär entblößten Schlosses war der König, neben sich die Königin, klug genug, den Aufforderungen der aufgebrachten Menge Folge zu leisten. Das hatte Ludwig XVI. 1789 auch getan und sogar die Jakobinermütze aufgesetzt. Im Augenblick höchster Erregung – so sah es der König später – erfolgte Gottes Gnadenerweis: Aus der unergründlichen Tiefe des kollektiven Bewusstseins wurde der Choral »Jesus, meine Zuversicht und mein Heiland, ist im Leben« angestimmt. Die Menge stimmte ein. Meyerbeers Hugenottenchoral war in Berlin angekommen. Die Leichen wurden weggeschafft. Die Menge verlief sich. An die Stelle des abgezogenen Militärs trat eine Bürgerwache für den König, »befehligt« von Wilhelm Hensel. Der König »inspizierte« das »Corps«, bestehend aus Intellektuellen und Künstlern. Deren Förderung hatte sich gelohnt.

Dann tat er den nächsten Zug: Am 20. März ließ er durch Proklamation »allen Deutschen« verkünden: »Deutschland ist von einer Gärung ergriffen. [...] Rettung [...] kann nur aus der innigsten Vereinigung der deutschen Fürsten und Völker unter *einer* Leitung hervorgehen. Ich übernehme heute die Leitung, [...] habe heute die alten deutschen Farben angenommen und Mich und Mein Volk unter das ehrwürdige Banner des Deutschen Reiches gestellt. Preußen geht fortan in Deutschland auf.«

Damit man ihm glaube, trat er am 21. in die Öffentlichkeit. Von sämtlichen Prinzen und höchsten Militärs begleitet, führte er, am Arm die schwarz-rotgoldene Kokarde, jene Farben, die im Banner des Alten Reiches enthalten waren, den Zug zum vieldiskutierten »Umritt« an. Unter den Linden, am Zeughaus, am Universitätsgebäude und vor dem Cöllnischen Rathaus hielt er Reden, worin er die Proklamation bekräftigte.

Warnende Stimmen gingen im allgemeinen Jubel unter. War der König in die Rolle des »Besänftigers« geschlüpft? Kaum hatte man in den übrigen deutschen Ländern von Proklamation und Umritt erfahren, waren sich die Fürsten über die Anmaßung und die Untertanen in ihrer Empörung einig. Im Rheinland wurde das Porträt des Königs durch die Straßen getragen, anschließend verbrannt oder im Rhein versenkt.

Am 22. März fand das feierliche Leichenbegängnis der Gefallenen statt. Im Trauerzug, der über den Schlossplatz geleitet wurde, fand man Vertreter aller Gesellschaftsschichten: Humboldt, Johannes Müller, Rektor der Universität, und der Unternehmer August Borsig waren die prominentesten unter ihnen. Der junge Maler Adolph Menzel hielt die Szenerie fest: Auf dem Balkon des Schlosses stand ein Adjutant mit Trauerfahne, ihm gegenüber ein Bürgeroffizier mit einer schwarz-rot-goldenen. Sooft eine neue Abteilung Särge vorbeigetragen wurde, trat der König barhaupt heraus und blieb stehen, bis sie vorüber war. Der Aufzug dauerte mehrere Stunden.

Schelling hatte die Ereignisse von seiner Wohnung Unter den Linden 71 nahe dem Brandenburger Tor mitverfolgt. Am 19. März musste er das Haus wie sämtliche in der Straße illuminieren, denn »es ist Befehl des souveränen Volks.«[832] Tags darauf sei an das Palais Wilhelms, das man eigentlich demolieren wollte, in großen Buchstaben geschrieben worden: »Bürger- und Nationaleigentum«. Am 22. März schreibt er: »Man muß der Bürgergarde Gerechtigkeit widerfahren lassen, daß die Nächte jetzt sogar ungewöhnlich ruhig, bei Tag überall Sicherheit ist.« Zwei Tage später habe man über die Ängstlichkeit derer, die sich davonstahlen wie Stahl und Hengstenberg, nur noch gelacht. Dem Royalisten Schelling wäre so etwas nicht eingefallen.

Ferner ging das Gerücht, der König sei gezwungen worden, sich vor der Revolution zu beugen. Eine Rede an die Soldaten in Potsdam gipfelte in den Sätzen: »Ich habe die Überzeugung gewonnen, daß es zu Deutschlands Heil notwendig ist, mich an die Spitze der Bewegung zu stellen. […] Ich wünsche daher, daß auch das Offizierskorps den Geist der Zeit ebenso erfassen möge, wie ich ihn erfaßt habe, und daß Sie alle von nun an ebenso als treue Staatsbürger sich bewähren mögen, wie sie sich als treue Soldaten bewährt haben.« Diese Sätze, die Preußen auch militärisch in Deutschland aufgehen ließen, hätten fast zu einer Empörung geführt. Man konnte sie sich nicht anders als durch Zwang erklären. Der König soll, sobald er sich allein wähnte, Gott geklagt haben, dass er dies seinen »braven Offizieren« sagen musste. Später wird er behaupten, er hätte im »Revolutionsdelir« gehandelt, berief sich also auf verminderte Zurechnungsfähigkeit. So musste er nicht erklären, was er verbarg.

Der König hatte, unter dem Schmerz des Regierens, sein Amt weit besser verteidigt als andere Monarchen. Proklamation und Umritt sicherten die preußische Monarchie. Dass er Elisabeth gegenüber den Tag des Umritts als den schlimmsten seines Lebens bezeichnete und nicht den der »Demütigung« vor den Toten, verschafft uns tieferen Einblick: Die Behauptung, an die Spitze der neuen Bewegung zu treten, hatte der »Besänftigung« gedient. An ihre Verwirklichung dachte er keinen Augenblick. In diesen Tagen soll er die Abdankung erwogen haben. Als König von Gottes Gnaden hätte sie ihm weder zugestanden, noch hätte er sein Amt Wilhelm, dem er den Degen genommen und bis zur Beruhigung der Lage ins Exil geschickt hatte, überlassen.

Man wundert sich, dass der König in jenen Tagen Zeit zum Zeichnen fand. Von ihm selbst wissen wir, dass ihn die Wendepunkte seines Lebens in Landschaften führten. Nun gab er – in aller Eindrücklichkeit – ein letztes Mal über sich Auskunft. Was er gegenüber Elisabeth in Worte fasste, wurde unter seiner Hand zur zeichnerischen Allegorie.[833] (Abb. 37) Das »Revolutionsdelir« wird ihm als Abfolge zwischen »1848« und »1849« bewusst, wie er darunterschreibt. Wieder besteht die Landschaft aus bekannten Versatzstücken einer heiteren Welt – aus Schloss, hügeliger, baumbewachsener Szenerie mit Meilensäule und Kirche, in der Ferne ein Wasserlauf.

Erst die beiden Personen im Vordergrund lassen das darin versteckte Drama erkennen. Es macht diese Zeichnung zu einer der persönlichsten und berührendsten des gesamten Nachlasses: Im Vordergrund liegt ein Mann am Boden, als hätte man ihn aus dem Schloss »ausgeprügelt« und dann achtlos liegengelassen. Die Meilensäule trägt einen Anker, als würde sie dem Gestrauchelten den Weg weisen, der über eine Kluft vorbei an der Kirche ins Helle führt. Am Wegrand sitzt eine weibliche Person, das Kreuz in der Hand wie die Allegorie der Spes, der christlichen Hoffnung.

Es besteht kein Zweifel, dass der Gestrauchelte der König selbst ist. Die unmittelbare Gefahr ist vorüber, aber er wird nicht mehr herrschen wie zuvor. Das Symbol der Monarchie, das Schloss, liegt verlassen hinter ihm. Der Weg vor ihm ist noch immer derjenige christlicher Hoffnung, wie nach dem Befreiungskrieg angekündigt, die Tugenden aber sind verbraucht. Der König muss jetzt die Kluft überschreiten, die ihn für immer vom Alten Reich trennen wird.

Unter großer Aufmerksamkeit der Öffentlichkeit hatten die Verfassungsverhandlungen in der preußischen Nationalversammlung begonnen. Die Zusammensetzung der Kammern nach Ständen ließ nur wenige der erhofften Freiheiten zu. Und solange die Verfassung nicht Gesetz war, hatte der König das jederzeitige Eingriffsrecht. Im von ihm und dem Militär verlassenen, von der Bürgerwehr kontrollierten Berlin machten sich Freiräume breit. Am Abend des 11. April sah Schelling einen »große[n] aus vielleicht 8000 Menschen bestehende[n] Arbeiterzug (eine Trommel an der Spitze), eine Art von Triumphzug, weil sie von den großen Fabrikherren Abkürzung der Arbeitszeit und Erhöhung des Lohnes erhalten«, vorüberziehen.

37 Friedrich Wilhelm IV., Klassische Landschaft mit Gestraucheltem »1848/1849«

Dies änderte nichts an seinen Gewohnheiten. Am 13. April 1848 ging er »nach dem Museum, die dort ausgestellten Gemälde, Kopien nach Raffaelschen Bildern zu sehen«, und Ende Mai auf die Kunstausstellung. Die Ereignisse hatten den Philosophen zutiefst betroffen. Am 5. Mai notiert er: »Gerade weil alles so verworren und alle menschliche Klugheit so gar aus ist, muß das Vertrauen zur göttlichen Hilfe und Macht desto tiefer wurzeln, das ist ein Segen und ein Trost, der niemand genommen werden kann.« Und über »die Zelte«, außerhalb des Brandenburger Tores, vernahm er am 16. Mai: »Die gestrige Versammlung hat mit einer Ausprügelung der Hauptredner geendet«.

Wegen der Unruhen hatte das französische Theater starke Einbußen hinnehmen müssen. Für den Intendanten Küstner willkommene Gelegenheit, das ihm von Anfang an unliebsame Theater abzuwickeln. Er fing die Sache geschickt an und bot dessen Leiter Saint-Aubin eine für ihn lohnende Entschädigung an: Es müsse alles schnell gehen, denn nur jetzt sei dies möglich. Er meinte den geschwächten Zustand des Königs. Saint-Aubin willigte eilfertig ein, bat sogar um Protektion. Der König gab seine Zustimmung. Im *Preußischen Staatsanzeiger*[834] verkündete Küstner die Notwendigkeit der Abwicklung aus »öffentlichen« und »nationalen« Gründen.

Wie wenig dies im Sinne des Königs war, geht aus dem Brief hervor, den er drei Tage darauf von Humboldt an seinen achtundsiebzigjährigen Kultusminister Wilhelm Fürst von Sayn-Wittgenstein schreiben ließ: Er gehe zwar selten ins französische Schauspiel, es sei ihm aber jedes Mal eine Freude und Erholung. Wir kennen die Stücke, die er während seiner Regierungszeit sah: Am 2. und 15. November 1842 waren es die Premieren von *Une Chaîne* und *Les Mémoires du diable*[835] und im Dezember die Benefizvorstellung von Saint-Aubin. Anfang April 1843 wurden Alexandre Dumas' Drama *Mademoiselle de Belle-Isle* und zwei Wochen später die Tragödie *Britannicus* von Racine durch ein Gastspiel der Mademoiselle Alexander aus Paris möglich. Im September folgte dann *Le Verre d'eau* von Scribe.

Wenige Tage nach dem Geburtstag des Königs 1844 wurden beim Besuch des französischen Theaters für »alle Höfe« gleich eine ganze Abfolge von Vaudevilles und ein abschließendes Ballett gegeben: *Dieu vous bénisse* (Ancelot und Duport), *Le Muet de Saint-Malo* (Varin); *La Cachucha* (Morel) und *La Esmeralda* – ein Unterhaltungsabend wie in den dreißiger Jahren, wobei das im gleichen Jahr in London uraufgeführte Ballett nach Victor Hugos *Notre-Dame de Paris* der Höhepunkt gewesen sein dürfte. Am 24. Februar 1845 hatte der König die fünfaktige Komödie *Les Demoiselles de Saint-Cyr*, wieder von Dumas, und am 4. Oktober von D'Emercy und Lemorine das fünfaktige Drama *La Grâce de Dieu* besucht. Und schließlich am 12. Juni 1847 die Vaudevilles *Le Chevalier de Saint-George* und *La Gazette*.

In Humboldts Brief heißt es weiter, das Theater trage zur Erhaltung und Belebung der französischen Sprache in Berlin bei, und der König sehe voraus, dies könne Gehässigkeit gegenüber den Franzosen erzeugen, was nicht gut sei.[836] Doch alle Versuche zur Aufrechterhaltung dieser Bühne scheiterten. Das Théâtre Royal français à Berlin existierte nach dreißig Jahren königlicher Unterstützung nicht mehr. Mit ihm hatte die preußische Monarchie ein weiteres Stück ihrer Gravité eingebüßt. Am selben Tag, als Humboldt seinen Brief schrieb, notierte Schelling im Tagebuch: »[...] ausnahmsweise [...] bis vor Stralau gegangen. Mir war, als ließ ich die Stadt hinter mir in Ruinen ausgebrannt.« Es sollte ein Jahrhundert später in der gott- und kulturverlassenen Stadt Wirklichkeit werden.

Der König erwartete in der »schwülen« Junistimmung das »Gewitter«, wie er es gegenüber Charlotte genannt hatte. Seine Phantasie trug ihn zu biblischen Geschichten um den Propheten Elias. Dieser wirkte in der Regierungszeit des Königs Ahab, welcher den Götzendienst duldete. Als dessen glühende Anhängerin wiegelte ihn die Königin zur Verfolgung des Propheten auf. Elias konnte nur ein anschauliches Ereignis zum Beweis der Macht seines Gottes helfen.

Die königliche Phantasie kam nicht von ungefähr. Mendelssohn hatte ihn als »durch und durch Propheten« dargestellt, »wie wir ihn etwa heut' zu Tage wieder brauchen könnten, stark, eifrig, und auch wohl bös und zornig und finster, im Gegensatz zum Hofgesindel und Volksgesindel.«[837] Der Komponist benutzte Texte aus dem Alten Testament, um in einer »ungläubigen« Zeit mit starken Worten und guten Werken die Menschen zur Besinnung zu bringen. Sein Oratorium war 1846 beim Musikfest in der englischen Industriestadt Birmingham mit großem Erfolg uraufgeführt worden.

Der *Elias* stammt aus den Hungerjahren. Die Textstelle »So ihr mich von ganzem Herzen suchet, so will ich mich finden lassen, spricht unser Gott. Ach, daß ich wüßte, wie ich ihn finde und zu seinem Stuhle kommen möchte« wurde entgegen der Oratorientradition solistisch vorgetragen. Die Phantasie wandte sich jenen biblischen Ereignissen zu. Elias erwirkte nach dreijähriger Dürre den lebensspendenden Regen, der das Volk vor Hunger und Unglauben rettete. Während der König es herbeiwünschte, vollzog sich das Zeichen – allerdings zeitgemäß und profan.

Am 14. Juni stürmten bewährte Barrikadenkämpfer das Berliner Zeughaus. Sie versorgten sich mit Waffen, bemächtigten sich dort aufbewahrter Kunstgegenstände und verschleuderten sie noch in der Nacht. Für einen Augenblick schien es, als würde Alfred Rethels Holzschnittserie *Auch ein Totentanz aus dem Jahre 1848* doch noch Wirklichkeit. Das Volk indes beteiligte sich wieder nicht. Schelling hörte die Trompeten der Bürgerwehr: »Endlich wird das hier befindliche Militär aufgefordert, ein Teil der Waffen durch die Bürgerwehr den einzelnen Räubern wieder abgenommen.« Die Ordnung war schnell wiederhergestellt. Schelling schrieb am 17. Juni: »Es muß so werden, daß Worte der heiligen Bücher, die bisher wie ein toter Buchstabe erschienen waren, wie lebendiges Wort werden; die Philosophie der Offenbarung ist der lebendige Kommentar der Heiligen Schrift.« Und so hat er uns doch noch einen Fingerzeig auf das Unvollendete hinterlassen.

Die Ereignisse wirkten sich auf das Auftreten des Königs aus. Ranke, dem noch das Bild von jenem venezianischen Zusammentreffen in Erinnerung war, meinte, als er ihn im Sommer 1848 sah: »[Er machte] mir den Eindruck eines jungen Mannes, voll von Geist und Kenntnissen, der aber in dem Examen [...] durch irgend eine Zufälligkeit durchgefallen ist. Das Selbstvertrauen, das früher aus ihm redete, war verschwunden. [...] Er hatte das Vertrauen zu seinem Volke verloren. [...] Der Argloseste aller Könige war mißtrauisch geworden.«[838] Im Unterschied zum König fand sich Wilhelm nach der Rückkehr aus dem englischen Exil mit den Folgen der Revolution ab. Er meinte: »Doch ins Unwiederbringliche muß man sich fügen. Ist das Opfer im innersten Herzen gebracht – was es kostet, sagen keine Worte! – so geht man getrost der neuen Ära entgegen.« Dies konnte nur sagen, wer nicht die Vision vom Heiligen Reich »im innersten Herzen« trug.

Zu deren Bewahrung fand der König einen weiteren historischen Ankerpunkt. Am 15. August, sechshundert Jahre nach dessen Grundsteinlegung 1248, ließ er den Kölner Dom weihen. Ihn begleitete die Königin und großes Gefolge, zu dem neben Humboldt auch der »Kronenwächter« Wilhelm Hensel gehörte. Die Anwesenheit des Erzherzogs Johann von Österreich, den die Paulskirchenversammlung zum Reichsverweser gewählt hatte, machte die Vision vom Reich lebendig. Ihm hatte er in der Zeit, als sein Bruder Wilhelm am Oberrhein kämpfte, geschrieben: »Österreich muss Carls des Großen Krone erblich haben, und Preußen erblich das Schwert von Teutschland.«[839]

In der Kölner Rede bezeichnete er den Dom als »Weltwunder«, das mit einer Höhe von 100 Fuß dastehe, und wer wisse, dass noch 50 Fuß Höhe fehlten, werde schwerlich meinen, ein schöneres Gotteshaus gesehen zu haben. Sieben Weltwunder gab es in der Antike, und jeder Versuch eines achten war seither gescheitert. Was würde auf den letzten 50 Fuß noch geschehen? Der König sprach von »rasendem Enthusiasmus« der Allgemeinheit – was bei den gleichzeitigen politischen Kundgebungen in der Stadt einen eigentümlichen Gegensatz hervorrief.

Einen Monat darauf ließ er in Potsdam die Friedenskirche mit der Weihinschrift: »Christo, dem Friede-Fürsten, unserm Herrn« weihen. Dies lenkte die öffentliche Aufmerksamkeit nicht von den Verfassungsverhandlungen ab. Mittlerweile war man zur unvermeidlichen Frage nach der Formel »von Gottes Gnaden« vorgedrungen. Ein Abgeordneter nannte diese das Relikt einer alten

Firma, die vollkommen Bankrott gemacht habe. Der König reagierte gegenüber dem Staatsministerium, wo man sich ebenfalls Gedanken über die Abschaffung der »Formel« machte: »Es entehrt Mich vor mir selbst und allen Meinen Untertanen, es ist Meine Abdankung. Es greift Meine Religion, Meinen Glauben, Mein Bekenntnis an, für welche ich mit Freuden Mein Leben opfere.« Keine irdische Macht werde ihm das »von Gottes Gnaden« nehmen.

Dann schlug er los. Zuerst entließ er die Minister, die dies in Frage stellten. Dann befahl er zur Wiederherstellung der Ordnung der Monarchie den Einmarsch des Militärs in Berlin. Erneut schätzte er die öffentliche Reaktion richtig ein. Der Einzug wurde vom Volk begrüßt, die Bürgerwehr gab ihre Waffen zurück. Allerdings blieb es bei Zwischenfällen. Wilhelm berichtete am 16. November nach Sankt Petersburg: »Wir haben alle das Land verlassen. [...] Die Zerstörung der Eisenbahn und Telegraphen beweist, daß man uns leicht eine Visite hätte machen können, um uns als Geiseln zu fangen.«[840] Sein Verhalten im März war nicht vergessen. Als während einer Aufführung von Glucks *Alceste* am 29. November in der letzten Szene die Dekoration des *Feldlagers* sichtbar wurde, begleiteten die Zuschauer dies mit Ovationen an den anwesenden König, und zum »Heil dir im Siegerkranz« wurden Tücher geschwenkt.[841] So jedenfalls sah es Wilhelm Beer.

Der König setzte nach. Er verlegte die preußische Nationalversammlung nach Brandenburg mit der Folge, dass zahlreiche Abgeordnete nicht erschienen. Daraufhin löste er die Versammlung wegen mangelnder Beschlussfähigkeit vollständig auf und griff zu einem Mittel, das Stahl im *Monarchischen Prinzip* nahegelegt hatte: dem Oktroi der Verfassung. Er schrieb, »daß an Stelle der Märzrevolution das Gegenteil der Revolution kommen könne, nämlich das gesetzmäßige Zustandekommen eines in Wahrheit freien Verfassungswerkes.«[842] England sei das einzige Muster, »dem man folgen kann«. Das Parlament sei »nicht der Sitz, sondern nichts als die Spitze der Freiheit des Volkes. Diese selbst muß im self government, vernünftig geordnet, gesucht werden nach unserm Adlerwahlspruch suum cuique«[843], jedem das Seine.

Effacieren

Im März 1849 nahm die deutsche Nationalversammlung in Frankfurt den König beim Wort. Wenn er sich tatsächlich an die Spitze der neuen Bewegung setzen wolle, könne er auch unter dem Vorbehalt einer Reichsverfassung die deutsche Kaiserkrone tragen. Der König war empört: »Ich bin krank vor Ärger und Kränkung. Ich nehme die Krone *nicht* an. [...] Alle Minister wissen es, aber sie glauben, ich heuchle. Und ich kann Gott zum Zeugen anrufen, daß ich es nicht will, und zwar aus dem einfachen Grunde, weil Österreich aus Teutschland dann scheidet«[844] – was das unwiederbringliche Ende seiner Vision vom Heiligen Reich bedeutet hätte. Dem Schwager Ludwig hatte er geschrieben: »Schilt mich einen Träumer. Es ist süß[,] von der Größe der Deutschen Fürsten und Völker zu träumen! Ich träume weiter von äußerem Glanz und Glorie[,] auf dem Haupte des mächtigsten deutschen Fürsten – des österreichischen Kaisers – die Krone Carls des Großen wieder zu sehen.«

Für den König war das Angebot von Demokraten widersinnig, eine Art Majestätsbeleidigung – einschließlich der altehrwürdigen eines Deutschen Kaisers. Noch bevor die Kaiserdeputation, unter ihnen der Patriot Ernst Moritz Arndt, in Berlin eintraf, hatte er diesem geschrieben, dass das Ding, das man ihm anbiete, nicht das Zeichen des heiligen Kreuzes trage, sondern nur ein eisernes Halsband sei, das zu tragen ihm fernliege. Im Übrigen würde diese Krone den »papiernen Wisch« einer Verfassung voraussetzen, welcher das patriarchalische Band der Liebe zwischen Fürst und Volk – wir hören noch Novalis – auflöse.

Die Deputation ahnte, was auf sie zukäme. Charlotte kündigte der König an, er werde seine wahren Motive nicht offenlegen. Er empfing die Delegation mit allen protokollarischen Ehren, eine Posse wie im *Sommernachtstraum*. Der Schwester gegenüber verglich er jene Abgeordnete mit Mensch, Esel und Hund, die nach ihrer Wahl keineswegs daran dächten, die Interessen des Volkes zu vertreten. Sie seien wie bunte Schlangen »zweigezüngt«, und bei Shakespeare heißt es, um dergleichen loszuwerden: »Igel, Molche, fort von hier! / Daß ihr euer Gift nicht bringt / in der Königin Revier!« Er wähnte sich auf »Hinterfüßen und zum Sprung bereit«.

■ **Fundstück:** Und wenn man *durch* Literatur zu einem Tier oder einer Pflanze würde? (*Tausend Plateaus*, S. 13) ■

Die Karikaturisten kamen wieder in Schwung. In der seit März unzensierten Presse erschienen Flugblätter mit dem König im Narrengewand. Er will das eine, aber etwas anderes kommt heraus – typisch für einen Alkoholiker. Und er zählt an seinen Jackenknöpfen ab, ob er die Kaiserkrone annehmen soll oder nicht. Sie ahnten die Posse, aber nicht deren Hintersinn: Der König ließ verlauten, er sei grundsätzlich mit der Wahl zum Deutschen Kaiser einverstanden – nur müsse diese die Zustimmung aller gekrönten Häupter finden. Eine völlig unerfüllbare Bedingung. Charlotte lässt er wissen, es sei gleich, ob ihm eine rebellische Versammlung oder Fürsten die Herrschaft darbieten, denn er würde in beiden Fällen »des einen oder des anderen Knecht oder beider Knecht«, und dazu sei er sich zu gut. Nach Aufhebung der Zensur schossen zahllose private Bühnen aus dem Boden. Sie deckten den Bedarf an Revolutionsszenerien bis hin zu allen erdenklichen bislang verbotenen politischen Stücken. Das Interesse war genauso schnell erschöpft wie die revolutionären Kräfte. Nur wenige Spielstätten überlebten.

Der König wurde versöhnlich. Er ließ dem relegierten Hoffmann von Fallersleben ein Ruhegeld zukommen. Dieser »bedankte« sich mit dem Text zur deutschen Nationalhymne. Von Rückert erhielt er anlässlich seines ersten Geburtstages nach dem »Märzdelir« ein recht unpassendes Gedicht. Ihm war ein Ruhegehalt ohne weitere Verpflichtungen bewilligt worden, nachdem er sich in Berlin ohnehin bloß in den dritten Stock seiner Wohnung in der Behrenstraße 65 verkroch. Er fühlte sich in der Stadt »imprisioniert«, sagte aber eine Einladung zur königlichen Tafel wegen Krankheit ab – weshalb Humboldt ihn aufsuchte und sich im Namen des Königs nach seinem Befinden erkundigte.

Rückert waren in Berlin zwar einige bedeutende Übersetzungen gelungen, darunter 1843 *Amrilkais, der Dichter und König*.[845] Das monumentale Übersetzungswerk von Firdausis *Schāhnāme*, das Friedrich Wilhelm in den dreißiger Jahren nicht entgangen war, entstand jedoch in Rückerts fränkischem Refugium. Ob der König noch ein Auge auf dessen Fortführung hatte, wissen wir nicht. In vollem Umfang ist es erst seit kurzem lesbar. Aus dichterischer Abgeschiedenheit schrieb er an den König:

Wo ich verborgen wohn' im Hain,
Geht ein namenloser Strom
Hinab zum Main,
Wo gebaut wird der deutsche Dom.

Die Guten bauen dort für dich,
Gott segne was sie bauen;
Zu Gott und den Guten, Friederich
Wilhelm, habe Vertrauen![846]

Er meint die deutsche Nationalversammlung in der Frankfurter Paulskirche. Die Antwort fiel gelassen aus: »Der Dichter soll mit dem König gehen; drum schelt' ich Sie, mein sehr werter Rückert, daß Sie Ihre Wünsche, Mitgefühl und Sorgen seit dem März der Trübsal nicht laut werden ließen. Und doch, indem ich das schreibe, im Augenblick, da ich Ihr Blatt aus der Hand lege, weiß ich nicht, ob ich nicht Unrechtes sage? Der König hat geschwiegen und ist geschwiegt. Da ziemte *dem* Dichter, der mit ihm geht[,] auch wohl zu schweigen[.] – Doch das kann ich nicht zurückhalten, sei's als Bitte, sei's als Hoffnung, sei's als schöner Traum ausgesprochen: – *Bricht* einst *der König sein Schweigen*, so *breche* sein Gefährte, *der* Aufgangbegeisterte *Sänger auch das Seinige*! […] Zum Abschied noch einen Auftrag. Sagen Sie Ihrem namenlosen Bächlein, der König grüße es und trage ihm auf, wann er glücklich in und mit dem Main geflossen bis dahin, wo die königegleichen Fürsten des alten Reichs ›den König‹ wählten, so möge er dort den versammelten Bauleuten recht vernehmlich zuraunen: einen Dom baue man nur für *Gott den Herrn* (oder für 'nen Götzen). *Ein Haus aber, baue sich ein König selber.* Führe Sie Gott einst, dichterfroh zu uns zurück. In diesem Wunsche steckt verborgen eine Welt. Deren Aufgang zu erleben wünscht dem herrlichen Vaterlande, seinen Treuen und dem geliebten Dichter dankbar[:] Friedrich Wilhelm.«[847]

Das Wortspiel um das Schweigen lässt weniger an den Briefwechsel mit Arnim denken als die orientalischen Sprach- und Wortspiele aus Rückerts Al-Hariri-Übertragung. »Der Dichter geht mit dem König« kann bei dem, was ihn in jenen Tagen umtrieb, in doppeltem Sinn gemeint sein. Doch in der Bewunderung für die Dichtkunst bleibt er unverstellt. Sie ist jene verborgene Welt, die Dichter und König allein zu Gebote steht. Für das Entbergen jener Welt, von der er immer noch träumt, braucht er aufgangbegeisterte Dichter.

Am Tag, als er dies schreibt[848], sitzt er über einer weiteren Landschaftszeichnung. Es ist zunächst nichts weiter als eine festungsartige, völlig schmucklose »Trutzburg« nahe dem Meerufer, von deren Höhe herab die Umgebung gut überschaubar ist. Zwar gibt es, wie bei der Landschaft mit Tempel von 1828, noch immer ein befahrenes Wasserbecken. Doch das Idyll ist vollständig verschwunden. Man nimmt das »Schweigen« des Königs förmlich wahr.

Anlässlich seines Geburtstages versuchte er das Entbergen der dichterischen Welt mit Hilfe jenes Autors, dessen Theaterstücke ihm als Kronprinz verwehrt wurden. Er ließ Kleists damals verbotenen *Prinz Friedrich von Homburg* in der ursprünglichen Fassung spielen. Der aufkommende Nationalismus setzte das Stück in ein ganz anderes Licht. Von Kleists vaterländischem Aufbegehren, das Friedrich Wilhelms jugendliche Anteilnahme geweckt hatte, war nichts übriggeblieben. Ganz zu schweigen von der romantischen Phantasie des Vorrangs des Unbewussten vor der Realität. In einer prosaisch gewordenen Welt wurde die Frage des Prinzen, ob es ein Traum sei, was da geschehe, als Überleitung in die Routine des Alltags verstanden: »Ein Traum, was sonst!«

■ **Fundstück**: Still! 's ist nur ein Traum / 's geht alles vorbei / was es auch sei… (Gustav Falke) ■

Inzwischen war der Bau der Friedenskirche beendet. Bei Charlotte bedankt sich der König am 25. Oktober für die vom Zaren zum Geburtstag geschenkten Säulen für den Altarbaldachin und erklärt ihr ausführlich, worauf es ihm bei dem Bau des »Kirchleins« ankam.[849] Das fortlaufende System von Inschriften finde man außen und innen, zum Beispiel: »Friede sei mit Euch«, »Christus ist unser Friede« oder »Dem Friedefürsten, Jesu Christo unserm Herrn«.

Zwischen zwei Marmortafeln mit den zehn Geboten und den neun Seligpreisungen, »also zwischen Altem und Neuem Bund«, trete man in die Kirche ein. Sie leite hin zum Mosaik aus Murano, wo in der Altarnische die Worte des Evangelisten Johannes »Dieser ist der wahrhaftige Gott und das ewige Leben« stünden sowie Christi Worte »Den Frieden lasse ich Euch, meinen Frieden geb' ich euch – nicht geb ich Euch wie die Welt gibt. Euer Herz erschrecke nicht.«

Er betont, die Inschriften bildeten wie die Kirche selbst »ein Ganzes« und seien nicht bloße Aufzählung. Für ihn ist es der bei der Grundsteinlegung angekündigte Weg ins »Negative«, und wir befinden uns, nicht unvorbereitet, mitten in der Christologie Schellings: Mit Christi Ankunft habe sich eine neue Zeit angekündigt. Die Theogonie, wie sie Hesiod beschrieben und Schelling in einer weltumfassenden Mythologie als geschichtsphilosophisch gedeutet hatte, lässt das Bewusstsein hinter sich. Die Welt der Abbildungen und Allegorien tritt allmählich zurück. Es bleibt nur noch ein Schritt zu tun.

Am 29. November feierte das Königspaar Silberhochzeit in Sanssouci. Meyerbeer hatte aus Paris eine »Festhymne« für Solo und Chor a cappella geschickt, welche der Domchor zur allgemeinen Zufriedenheit aufführte. Als das Königspaar dann am Gedenktag des 18. Januar 1849 während der Ouvertüre einer Aufführung des *Struensee* stürmisch und mit Tücherschwenken beim »Heil dir im Siegerkranz« begrüßt wurde, war dies ein Vertrauensvorschuss auf die künftige konstitutionelle Monarchie.

Genau ein Jahr nach der Revolution[850] wurde im Opernhaus wieder eine Uraufführung gegeben: Otto Nicolais *Die lustigen Weiber von Windsor*. Der komisch-phantastischen Oper war 1847 in Wien die Annahme verweigert worden. Der Komponist war daraufhin dem Angebot des Königs gefolgt, welcher ihn zum Kapellmeister und, nach Mendelssohns Tod, zum künstlerischen Berater des Hof- und Domchores ernannte. Nicolai war wohlvorbereitet. Er hatte auf der Organistenstelle an der Preußischen Gesandtschaftskapelle in Rom deren Liturgie und bei Baini strengen Kontrapunkt studiert. Nach einigem Hin und Her zwischen Italien und Wien komponierte er 1844 eine Festouvertüre über den Choral »Ein feste Burg« für die Feierlichkeiten zum 300. Gründungstag der Universität Königsberg. Meyerbeer gab ihm daraufhin eine Empfehlung und verwies weiter auf Berlioz' wohlwollende Kritik im Buch über die deutsche Musik.[851] Nicolais kompositorisches Ziel war die Verbindung der »deutschen Schule« Bachs und Händels mit »italienischer Leichtigkeit.«[852]

Das Libretto nach Shakespeares *Lustigen Weibern* hatte er gemeinsam mit Salomon Hermann Mosenthal erarbeitet. Das Ganze zielt auf das bürgerliche »Lachtheater« ab. Erst Arrigo Boito und Giuseppe Verdi werden den Stoff mit *Falstaff* auf Shakespeares Niveau zurückführen. Auch wenn der König nach dem »Besänftiger« zum »Spaßmacher« übergegangen war, tat dies seiner Wertschätzung Shakespeares nichts an. Im Juli kaufte er Ludwig Unzelmanns in Kupfer gestochenes »Porträt« des Dichters und ließ Olfers – entgegen seiner Gewohnheit – ausrichten, er möge dafür »jeden Preis« bezahlen. Nicolai wurde nach den *Lustigen Weibern* Mitglied der Akademie der Künste, wovon er allerdings nichts mehr hatte. Er starb neununddreißigjährig wenige Wochen nach der Uraufführung. Mit ihm verlor der König nach Mendelssohn binnen kurzer Zeit den zweiten Komponisten der jüngeren Generation, von dem er sich die Erneuerung der geistlichen Musik erhoffte.

Von einem weiteren Berliner Künstler der jungen Generation, dem Maler Menzel, bestellte er eines der ersten Eisenbahngemälde der Geschichte – ein Sujet, dem die Photographie noch nichts entgegenzusetzen hatte. Mochte dabei die abgelehnte Staatsanleihe für die Eisenbahn eine Rolle spielen, die Rauchschwaden auf dem '48er Gemälde suggerieren den »Bewegungsrausch«, dem sich auch der König hingab. Aus der Faszination an der beschleunigten Bewegung bei Pferderennen hatte sich allmählich die Huldigung der Eisenbahn entwickelt.[853] Zwar kam Menzel mit den abbildenden Mitteln seiner Epoche nicht über die Andeutung hinaus – der »Rausch« in der Malerei wird erst durch Abstraktion vermittelt. Doch führt die Strecke am Potsdamer »Paradies« der Jugend vorbei, wo der Rauch von Dampfmaschinenhaus und Lokomotive eine neuartige Verbindung von Kunst und Technik einging.

Seine Huldigung an die Technik wurde am Potsdamer Triumphtor[854] mit der Darstellung der Telegraphie zur Allegorie. Ihrer Erfindung verdankte er die ständige Verbindung zu Wilhelms Schloss in Koblenz, von wo aus er über die politischen Zustände am Rhein informiert wurde. Nach den Siegen gegen die Revolution in den verbündeten Monarchien am Oberrhein widmete er diesem das Tor. Diesmal hatte er ihn nicht ins Exil geschickt, sondern militärisches Vorgehen befohlen. Trat für ihn die Kunst jetzt vollends vor der Politik zurück? Die Eingangsseite des Tores ist wie eine Kehrseite der Medaille gestaltet. Sie ist den kaiserlichen Triumphbögen des Forum Romanum nachempfunden.

Veränderungen machten sich nun auch im persönlichen Umfeld des Königs spürbar. Tieck erschien nicht nur wegen seiner Hinfälligkeit kaum noch bei Hofe. Er ging den veränderten künstlerischen Vorstellungen des Königs aus dem Weg – und wird im Frühjahr 1853 sterben. An seine Stelle als Vorleser trat Louis Schneider. Er las, wozu Tieck sich nicht hergeben wollte, überwiegend Unterhaltungsliteratur. Schneider hatte die Schauspielerei nach einer Auseinandersetzung mit den Liberalen aufgegeben. Seine historischen Recherchen über das Hohenzollernhaus hatten ihn dem König nähergebracht. Ferner hatte er ein einnehmendes Wesen. Er war für diese Zeit der richtige Mann.

Als am Teeabend des 6. Oktober 1849 zwei italienische Musikerinnen, die Sängerin Bertrandi, begleitet von einer Harfenistin, in den Räumen der Königin auftraten, schaute der König beim Zeichnen nicht einmal auf.[855] Die Künstlerinnen, solches nicht gewohnt, wurden verlegen und zogen sich nach drei Stücken zurück. Konnte sich der König nicht mehr auf zwei Dinge gleichzeitig konzentrieren? Nach Schneiders Ansicht waren die Lesungen davon nicht betroffen. Der König habe sich eine Woche darauf das Geflüster der Hofdamen bei einem Gedicht von Scherenberg verbeten. Er wolle zuhören.

Gelesen wurde dessen über siebzig Seiten ermüdendes »Schlachtengemälde« *Waterloo*. Danach fragte der König nach den Lebensumständen des Dichters. Christian Friedrich Scherenberg war Mitglied des »Tunnel über der Spree«, einer von Schneider mitbegründeten Schriftstellervereinigung mit Eulenspiegel als Wahrzeichen. Nachdem der König über dessen bescheidene Lebensverhältnisse unterrichtet war, ließ er ihm ein Geschenk machen und jenes Versepos zur preußischen Geschichte drucken. Das Genre wurde in den fünfziger Jahren auch beim Publikum erfolgreich.

Anfang 1850 las Schneider aus Mosenthals *Cäcilia von Albano*. Der Ort liegt in der Campagna, was den König wieder in seine alte Heimatgegend versetzen mochte.[856] An den Sitz des Römischen Königs führten ihn die Skizzen *Wien und die Wiener in Bildern aus dem Leben*. Adalbert Stifter beschreibt darin das Leben vor Ausbruch der Revolution. Der König wird mit einer gewissen Wehmut zugehört haben. Es hieß, Metternich habe die Monarchien der Restauration mit sich fortgenommen.

4
Das Double
(1851–1861)

38 Carl Joseph Stieler, Friedrich Wilhelm IV. von Preußen

Zeitgeist versus ewige Wiederkehr

Als die vollständig ausgearbeitete Verfassung zur Inkraftsetzung vorlag, war die Zeit des Effacierens für den König vorüber. Er hatte kein Mittel gefunden, das »Stück Papier« zwischen ihm und den Untertanen zu verhindern. Diese ließen sich nicht länger hinhalten, man wartete auf den Verfassungseid. Am 6. Februar 1850 kam es zu jenem denkwürdigen Ereignis, das Befremden auslöste und Spekulationen über den Geisteszustand des Königs wachhielt. Er begann:

»Ich erscheine heute vor Ihnen wie nie zuvor und nie hernach. Ich bin hier, nicht um die angeborenen und ererbten heiligen Pflichten des Königlichen Amtes zu üben – die hoch erhaben sind über dem Meinen und Wollen der Parteien; vor allem nicht gedeckt durch die Verantwortlichkeit Meiner höchsten Räte, sondern als Ich selbst allein, als ein Mann von Ehre, der sein Teuerstes, sein Wort geben will, ein Ja, vollkräftig und bedächtig. [...] Das Werk, dem Ich heute Meine Bestätigung aufdrücken will, ist entstanden in einem Jahre, welches die Treue werdender Geschlechter wohl mit Tränen, aber vergebens wünschen wird, aus unserer Geschichte hinauszubringen. [...] Ich darf dies Werk bestätigen, weil Ich es in Hoffnung kann. [...] Und so erklär' Ich, Gott ist deß Zeuge, daß Mein Gelöbnis auf die Verfassung treu, wahrhaftig und ohne Rückhalt ist.«

Und weiter: »[...] daß Mir das Regieren mit diesem Gesetze möglich gemacht werde, denn in Preußen muß der König regieren. [...] Ein freies Volk unter einem freien Könige, das war Meine Losung seit zehn Jahren, das ist sie heute und soll es bleiben, so lange Ich atme.«

Dann schwor er den Eid: »Jetzt aber und indem Ich die Verfassungsurkunde kraft Königlicher Machtvollkommenheit hiermit bestätige, gelobe Ich feierlich, wahrhaftig und ausdrücklich vor Gott und Menschen, die Verfassung Meines Landes und Reiches fest und unverbrüchlich zu halten und in Übereinstimmung mit ihr und den Gesetzen zu regieren. – Ja! Ja! – Das will Ich, so Gott Mir helfe.«

Diese überaus gewundene Rede versteht nur, wer von den letzten Gesprächen vor der Thronbesteigung weiß: Hinter der Regierung Jakobs I. von England verbarg sich eine juristische Konstruktion, wonach der König mit zweierlei Persönlichkeit ausgestattet war – einmal als Träger eines unverlöschlichen göttlichen Amtes – und nur diesem verantwortlich. In tiefgläubigen Zeiten sahen die Untertanen dies für gegeben an und bestätigten das Lehen nach dem Tod der Könige mit dem immergleichen Ruf: »Der König ist tot, es lebe der König!« Das Amt des Königs verlosch nicht.

Die zweite Persönlichkeit war die des sterblichen und fehlbaren Menschen, der das Amt jeweils bekleidet. Juristisch bedeutete dies die doppelte Existenz des Königs, also zweierlei Verantwortlichkeit. Er handelte nach zweierlei Recht. Was in der mittelalterlichen Rabulistik seinen Platz hatte, stieß in der Neuzeit auf zunehmendes Befremden. Dies wurde umso deutlicher, als sich der König nun auch noch mit absolutistischen Herrschersymbolen abbilden ließ. (Abb. 38)

Seine Rede erhält indes nur durch jenes Modell ihren Sinn: Gleich zu Beginn gab er sich als Herrscher nach zweierlei Recht zu erkennen. Unter dieser Voraussetzung gelobte er nicht in der Person des seit einhundertneunundvierzig Jahren lebenden preußischen Königs, sondern als der Mann, der, 1795 geboren, jetzt die Position des Königs innehatte und sich dem Willen des Zeitgeistes beugte. In die zweite Rolle schlüpfte er unter dem Mantel königlicher Machtvollkommenheit beim Schwur und konnte so vor Gott und den Menschen zugleich und ohne Meineid schwören.

Friedrich Wilhelm hatte den Konflikt seiner Verantwortung vor Gott als König wie auch der Anerkennung der Verfassung gelöst. Doch die von Juristen erdachte Rechtsform, »Alius vir« genannt, gehörte einer fernen Zeit an. Diese Herleitung benannte er besser nicht. Sie war sein schützendes Double. Wir verstehen erst jetzt, warum er den Tag des Umritts als den schlimmsten seines Lebens bezeichnete. In der Person des sterblichen Friedrich Wilhelm hatte er seine Untertanen getäuscht. Diese Schachpartie war zwar gewonnen, aber die simultane um das Double stand dafür offen. Er verfolgte sie konsequent weiter: »Ich *kann*, ich *darf* und ich *will* aber grade mit der Hilfe der beschworenen Gesetze *aus denselben herauskommen*«, schrieb er an Charlotte. Wenn Gott mir beisteht, »so *ersetze* und töte ich die französischen ›Ideologien‹ durch echtteutsche ständische Einrichtungen.«

Der Ruhelose wurde darüber zum Wandelnden. Im Charlottenburger Schlosspark, an der königlichen Ruhestätte, begann er nächtliche Gänge. Niemand durfte ihn begleiten, denn das hätte womöglich die erhoffte Erscheinung vertrieben. Die Königin war aus naheliegendem Grund besorgt: Der Gemahl kehrte nach dem Durchstreifen von Lennés verschlungenen Gartenpfaden oft genug mit zerrissenen Kleidern oder Blessuren zurück. Ein heimlich nachgesandter Beobachter fand über das nächtliche Treiben des Königs nichts heraus. Eines Nachts verletzte er sich ernsthaft am Bein. Er behauptete, er sei an eine steinerne Gartenbank gestoßen, aber vielleicht hing dies nicht allein mit Dunkelheit und Kurzsichtigkeit zusammen. Die Genesung dauerte wochenlang. Er ließ sich vorlesen.

Nach über einem Jahr kehrte Meyerbeer aus Paris zurück. Er hatte dort die Höhen und Tiefen der Revolution beobachtet – und komponiert. Die Uraufführung von *Le Prophète* in der Opéra comique am 16. April 1849 war schon wegen der Umstände legendär. Abgeordnete waren so zahlreich anwesend, dass das Parlament beschlussunfähig war. Meyerbeer und Scribe hatten an diesem Tag der Politik den Rang abgelaufen – was ohne Steigerung der sinnlichen Mittel nicht möglich gewesen wäre So war das Kleid der Sängerin Viardot-Garcia mit einem modernen »Cul de Paris« ausgefüttert. Sie sollte ein solches auch in Berlin tragen.

Im Unterschied zu den *Huguenots* waren die Melodien nicht eingängig. Ebenso hatte Scribe auf Aufruhr- und Gewaltszenen verzichtet. Das Beunruhigende an dieser Oper ist, dass weder Gut noch Böse siegt. Am Ende trifft die rivalisierenden Parteien das gleiche Los des kollektiven Untergangs. Aber vielleicht machte dieses düstere Ende ihren weltweiten Erfolg aus: Das »Jenseits von Gut und Böse« kündigte sich an. Wagner, der dies gleich erkannte, sprach vom »Propheten der neuen Welt.«[857] Es hieß, die Oper sei das »Pamphlet der Zukunft«.

Die Berliner Premiere am 28. April hatte sich hinausgezögert. Erst als der König, laut Humboldts ironischer Bemerkung »wahrscheinlich« durch »nächtliche Inspiration«[858] von Meyerbeers Meisterwerk überzeugt war, stimmte er dessen Forderung nach Sängern seiner Wahl zu. Rellstab übertrug Scribes Libretto. Wieder ging es um ein in die Vergangenheit gerücktes religiöses Thema: um die Wiedertäufer, welche Münster besetzt und ein neues Reich Zion mit den Freiheitsidealen von Vielweiberei und Aufhebung des Privateigentums ausgerufen hatten. Es war Fanatismus im Spiel. Diesmal hatte Meyerbeer zwei Choräle vertont: »Kommet zu uns, wir sind die heilbringende Welle«; und womöglich bestand die Inspiration des Königs im vom Volk gesungenen Choral »Herr, gewähre Heil dem König«, Domine, salvum fac regem.

Wie nötig er dessen bedurfte, wurde wenige Tage nach der Premiere offenbar. Als er in Begleitung der Königin den Potsdamer Bahnhof unterwegs nach Berlin betrat, wurde aus nächster Nähe auf ihn geschossen. Er behauptete gleich – wir kennen es bereits –, er sei nicht getroffen, aber es troff Blut aus einem Rockärmel. Genaueres Hinsehen ergab eine leichte Schussverletzung am Arm. Für sein Leben war nichts zu fürchten. Das »Heil dem König« hatte offensichtlich gewirkt.

Nachdem er in jener Rede vom März 1848 die Offiziere vor den Kopf gestoßen hatte, verbreiteten sich demokratische Gedanken auch im preußischen Militär. Man diskutierte offen darüber, ob der Oberbefehl des Königs nicht durch die Entscheidung des Parlaments ersetzbar sei. Nur in den adeligen Offizierskreisen erlegte man sich Königstreue auf. Angestachelt durch die Diskussion war ein Soldat zum Medium der Unzufriedenheit geworden und gab ihr freien Lauf. Als es dann hieß, der Täter sei als »Irrer« für seine Tat nicht verantwortlich, es liege also kein Komplott vor, ging man schnellstens zur Tagesordnung über. In die Züge des Königs grub sich Misstrauen ein. Er brauchte militärischen Rückhalt und empfing im Juli eine Deputation zur Errichtung eines Denkmals für die »gebliebenen« Soldaten in den Jahren 1848/49 und legte dafür den Grundstein.

Meyerbeer sollte für seinen *Propheten* eine goldene Tabatière erhalten. Der aber wies die »Pandorabüchse«[859], wie Humboldt spottete, mit dem Bemerken zurück, wenn schon eine Auszeichnung, dann sei ein Orden oder eine bessere Stellung angemessen. Dergleichen wurde überhört, und so kam es zu einem »gemütlichen« Geschenk – einer Büste des Königs, welche Meyerbeer nicht zurückwies, da solches »noch nie in der Geschichte vorgekommen« sei. Ferner ließ der König von Begas ein »ehrliches« Porträt Meyerbeers für seine Bildersammlung malen – so lange jener noch »jung und mahlerisch«[860] sei.

Die Malerei ging weiter mit dem Auftrag zur Freskierung des Niobidensaales im Neuen Museum. Der König hatte Anfang 1846 einen Vortrag des Professors Trauthenburg über Niobe und das Erhabene angehört[861] und brachte nach den griechischen Tragödien ein weiteres Schicksal des Atridengeschlechts ins Bild.[862] Nachdem er in Sanssouci eine Arbeit August Theodor Kaselowskys angesehen hatte[863], übertrug er diesem die Ausführung. Ende August empfing er Nerly, der aus Venedig angereist war und ihm Zeichnungen der Stadt zeigte.[864]

Für diesen Monat hatte er, nachdem 1845 Verhandlungen wegen zu hoher Geldforderungen gescheitert waren, die gefeierte französische Tragödin Elisa Félix, genannt Rachel, für ein Gastspiel gewonnen. Rachels Rollen in den klassischen Tragödien wie Jeanne d'Arc wurden allgemein bestaunt, in der Präzision des Ablaufs auch ein gewisser »Überreiz« vermerkt. Insbesondere unter Schauspielern wurde die Professionalität des französischen Theaters gelobt. In Deutschland reiche niemand heran. Racines *Bajazet* und *Marie Stuart* fanden einhelliges Lob. Am meisten gefiel dem Publikum, wie vom französischen Theater gewohnt, die von Scribe für Rachel geschriebene Comédie-Drame *Adrienne Lecouvreur*.

Der König schätzte ihr Können als hohen Ausdruck französischer Sprechkunst und Esprits. Er lud sie 1851 wieder ein. Hinzugekommen waren die 1848 für Mademoiselle Araldi gekürzten *Virginie* und *Horace et Lydie* von François Ponsard. Und schließlich Victor Hugos *Angelo*. Der König konnte sich nicht sattsehen. Rachel gastierte 1852 wieder, diesmal auch im Neuen Palais und im Potsdamer Theater. Am 13. Juli ließ sie mit einer Lesung auf der Pfaueninsel das Bild des »Elysion« seiner Jugend aufleben. Ob sie allerdings wie in Paris die Marseillaise halb singend, halb rezitierend im tiefsten Kontraalt auf »unbeschreiblich geniale und großartige Weise«[865] vortrug, wie Meyerbeer sie erlebt hatte, ist nicht überliefert. Immerhin befindet sich das Musikstück im musikalischen Nachlass des Königs.

Noch zwei Mal konnte der König das französische Theater, wie es in Berlin mehr als zwanzig Jahre bestanden hatte, sehen. Prinz Carl hatte das Gastspiel der kleinen, sehr guten französischen Truppe aus Braunschweig[866] für März und April 1852 vermittelt. König und Königin besuchten die Vorstellung am 21. April. Gespielt wurden *Manche à manche* und *La Fille terrible*, zwei einaktige Vaudevilles.[867] Der König besuchte die Vorstellungen wie stets bei diesem Genre kein weiteres Mal, ließ aber, als sei in den vergangenen Jahren nichts geschehen, den Text der *Fille* bei Schlesinger drucken. Die ausgefeilten *Proverbes* von Alfred de Musset sah er sich aber nicht an. Das Gastspiel wurde im darauffolgenden Jahr wiederholt, hatte aber kaum noch Erfolg.

Der König zog sich jetzt mehr auf Kreise zurück, welche die alten Allegorien nicht antasteten. Eine theatralische Besonderheit hatte lange Zeit der Oberzeremonienmeister Friedrich Pourtalès geboten. Er führte in seinem Haus ein kleines Theater für Diplomaten mit Stücken ausschließlich in französischer Sprache. Nach dessen Schließung stellte der König für die Liebhaber Räumlichkeiten im Stadtschloss zur Verfügung. Für die Eröffnung wünschte er ein nicht näher genanntes Stück von Pierre Carlet de Chamblain de Marivaux. Das französische Theater hatte drei seiner Stücke aufgeführt.[868] Sie sind wegen ihrer ausgezirkelten Seelenlandschaften als Marivaudagen berüchtigt geblieben. Der König, der selbst mit dem Modell des Double jonglierte, wünschte den Einakter *Le Legs*, suggerierte er ihm doch das heile höfisches Theatrum des Ancien Régime und seiner Jugend. Zur Entspannung sah er Heinrich Becks reichlich angespecktes Lustspiel *Die Schachmaschine*[869] über einen philosophierenden Aussteiger und weitere Possen.

Zu den musikalischen Fluchtlinien aus der Gegenwart hinaus kamen neben Gluck- und Belcanto-Opern Erinnerungen. Eine Königsberger Truppe spielte Carl Ditters von Dittersdorfs Rokokooper *Doktor und Apotheker*, die von der Königin Luise so geschätzte *Fanchon* und *Paul et Virginie*. Angesichts der modischen deutschsprachigen Bühnenwerke verwundert dies allerdings kaum. Flotows *Sophia Catarina oder Die Großfürstin* nach dem Libretto von Charlotte Birch-Pfeiffer ist nur ein Beispiel.[870] Meyerbeer kannte Flotows Pariser Original und sprach von einem »Operchen«.

Obwohl die Berliner Akademie sich umstrukturiert hatte und Mendelssohn eine Professur anbot[871], schlug deren Professor Adolf Bernhard Marx dem König Ende 1845 die Gründung eines Musikkonservatoriums für die »neu [zu] belebende Kirchenmusik« vor.[872] Nach der Revolution wollte Marx das Institut nicht mehr der Gunst des Königs überlassen. Er gründete Anfang November 1850 gemeinsam mit Julius Stern und Theodor Kullak eine private »Musikschule für Gesang, Klavier und Komposition« – das spätere Stern'sche Konservatorium. Der König verlor ein weiteres kulturelles Gebiet.

Neuerdings sah es sogar danach aus, als wolle er die Kunstförderung insgesamt einschränken. Humboldt schrieb im Juli 1850 an Olfers, es sei jetzt »eine fixe Idee« des Königs, die hungernden Künstler kosteten ihn zu viel

381

Geld. Am ärgsten traf es Albert Lortzing. Obwohl mehrere seiner eingängigen Opern im Opernhaus aufgeführt wurden, war damit wegen fehlenden Urheberschutzes nicht viel verdient. 1848 hatte er *Regina*, die einzige deutschsprachige Revolutionsoper, komponiert. Die Zeitumstände machten die Aufführung unmöglich. Lortzing, der, seit man sich bei Krolls auch an Opern heranwagte[873], seinen *Zar und Zimmermann* zum Geburtstag des Königs 1850 dirigierte, half dies nicht weiter. Drei Monate darauf war er buchstäblich verhungert. Vielleicht meinte Humboldt ihn.

Der König sparte auch an den Bühnen. Das Königsstädtische Theater hatte seine Attraktivität eingebüßt, seit der König es nicht mehr für spektakuläre italienische Operngastspiele subventionierte. Gegen den Protest der Anwohner ließ er das Haus im Oktober 1851 schließen. Dazu mochte beigetragen haben, dass man 1848 in den sechs Monaten völliger Zensurfreiheit ihm unliebsame Stücke gespielt hatte. Jetzt blieb die Vorzensur zwar abgeschafft, aber ausgerechnet die Verfassung gestattete die Zensur, die nun durch das Pressegesetz vom Mai 1851 geregelt wurde. Viel hatte sich also nicht geändert auf den Königlichen Bühnen. Nach der Revolution bestritt Friedrich Wilhelm Dieckmann in seinem Casino ein abwechslungsreiches Programm mit volkstümlichen Stücken. Für weiteren Ersatz sorgte das wiedereröffnete Krolls. Nach einem Brand war es in etwas schlichterer Form rasch wieder aufgebaut. Der König nahm das Etablissement am Eröffnungstag »in hohen Augenschein«.[874]

Im Oktober 1850 hatte er den zum Baumeister des französischen Kaisers aufgestiegenen Hittorff aus Paris an der Tafel.[875] Humboldt hatte ihm 1844 dessen Pläne der nach langer Bauzeit fertigen Kirche Saint-Vincent-de-Paul mitgebracht. Sie sieht griechisch, sizilianisch und münchnerisch in einem aus. Hittorff zeigte dem König Ansichten und Pläne neuerer Bauwerke. Sie stimmten überein, je mehr man darin von der Architekturgeschichte verpacke, desto würdevoller sei das Ergebnis. Napoleon III., jetziger Kaiser, hatte nach der Revolution das sogenannte Second Empire auf den Weg gebracht und das mittelalterliche Paris samt Passagen zugunsten großangelegter Boulevards, wie wir sie heute kennen, gegen den Barrikadenbau aller Art niederreißen lassen. Hittorff führte soeben den Großauftrag zum Ausbau der Champs-Élysées aus. Und gewiss hat er auch seine Pläne des Eisenbahnhofs Gare du Nord erläutert.

Unter Kennern sorgten seine frisch veröffentlichten Farbstudien zur griechischen Architektur auf Sizilien für Aufsehen.[876] Der Baumeister wies nach, dass die damaligen Tempel keineswegs im reinsten Marmorweiß aufleuchteten, wie es Klassizisten seit Winckelmann wahrhaben wollten. Wie die Skulpturen seien sie mit den buntesten Farben bemalt gewesen. Inwieweit dieser Blick in die Seelengründe altgriechischer Malerei mit den klassizistischen Vorstellungen des Königs übereinstimmte, können wir nur erahnen. Ludwig

Wilhelm Wichmann musste ihm immerhin eine Statue Winckelmanns schlagen. Hittorff, der noch wegen eines Aufsatzes über Schinkel angereist war, verlieh er den roten Adlerorden zweiter Klasse. Reumont zählt ihn zu den vom König am meisten geschätzten Architekten und wird sich nach Fontaines Tod im Oktober 1853 für Hittorff als dessen Nachfolger unter den Rittern Pour le Mérite einsetzen.[877]

Der König ließ sich im Sternsaal des Museums weiterhin Kunstwerke zeigen.[878] Vom Maler Kretschmar ein Gemälde vom indischen Feldzug des Prinzen Waldemar. An dessen Todestag im Februar 1849 hatte er ihn mit einem Requiem geehrt und, ein letztes Mal, im orientalisierenden Stil gezeichnet. Was nach dem Tod des Schweriner Schwagers noch ein phantastisches ägyptisches Grabmal gewesen war, wurde, Waldemars dortigem Aufenthalt entsprechend, zu einer Studie über indische Grabbauten. Wahrscheinlich hatte er Waldemars Reisezeichnungen bei der Hand, so genau ist deren Äußeres wiedergegeben.[879] An Verwirklichung dachte er wie für Schwerin nicht.

Mit dem dortigen Schlossbau war man auf dem besten Weg zum Märchenschloss. Zu dessen poetischer Aufladung diente ein maurisches Zimmer aus Berliner Produktion.[880] Der König war neugierig geworden und ließ sich die weitläufige Anlage am Wasser vom »entliehenen« Architekten Stüler zeigen. Auf seinen eigenen Schlossbau in Sanssouci hatte diese Kulissenarchitektur aus politischen und architektonischen Gründen keine Auswirkung.

In Berlin weihte er am 31. Mai 1851, über zehn Jahre nach Grundsteinlegung, das Denkmal Friedrichs des Großen ein. Nach der Rede spielten die Musikchöre unter Kanonendonner den Hohenfriedberger Marsch. Lange dichtete man die Komposition Friedrich an. Deputationen der Armee standen mit dessen Fahnen Spalier. Meyerbeer[881] hatte auf einen Text Kopischs die *Ode an Rauch* komponiert. Dem Schöpfer des Denkmals und mittlerweile vierundsiebzigjährigen königlichen Berater wurde für lebenslange Treue höchste Ehre zuteil.

Am Abend wurde zum Gedenken an Friedrich das *Feldlager* aufgeführt, diesmal in voller Länge. Der König verweilte über drei Stunden im Opernhaus. Dafür sorgten die Preußenlieder, Originaluniformen und jene Szene, in der die preußischen Soldaten, als ihnen die Gefangennahme ihres Königs bekannt wird, die Losung ausgeben: »Für unseren König unser Blut!« Nicht zu vergessen das Chorlied »Ein Preußenherz schlägt voller Muth in Tod und in Gefahr«. Es hört also nicht auf zu schlagen.

Der König hielt das Preußentum hoch. Rauchs Werkstatt kam jetzt kaum noch der Flut von königlichen Aufträgen zu Schutz, Mahnung und Verdienst nach. Vor der Neuen Wache sollten endlich die Statuen der Befreiungsgeneräle Gneisenau und Clausewitz stehen. Es hatte des geschichtlichen Abstandes zur Verklärung bedurft. Zu Rauchs Entlastung vergab der König Aufträge an jüngere Bildhauer wie Johann Friedrich Drake für das Denkmal des verstorbenen Königs im Berliner Tiergarten. Ferner Skulpturen der persönlichen Erinnerung wie die des 1837 verstorbenen Ancillon und die Schinkels.

Zu den Besuchen in Bildhauerateliers kamen die in Gießereien, da die Skulpturen meist im fortschrittlichen Bronzeguss hergestellt wurden. Der König beauftragte den Bildhauer Kiß mit der überlebensgroßen Figurengruppe des heiligen Michael im siegreichen Kampf gegen den Drachen. Seit jenem aufsehenerregenden Blatt Hensels gegen Napoleon hatte Friedrich Wilhelm das Motiv mit unterschiedlichen Gegnern gezeichnet. Diesmal war der Sieg Wilhelms über die Revolutionäre gemeint. Die Gruppe wurde über Wilhelms Schloss Babelsberg aufgestellt. Die später hinzugefügte nationalistische Inschrift am Sockel ist verschollen.

Im Juli 1851[882] besichtigte er im galvano-plastischen Institut im Wedding den Guss einer weiteren christlichen Skulptur. Es ist der Nachguss von Thorvaldsens marmorner Christusfigur in der Kopenhagener Frue Kirke.[883] Wieder ist die Statue überlebensgroß. Der segnende Christus fordert die Menschen zur Eintracht auf. Die Skulptur wurde im Atrium der Potsdamer Friedenskirche aufgestellt. Ähnlich wie der Erzengel Michael beherrscht sie derart den Raum. Mit Bedeutung durch Übermaß hatte bereits der Klassizismus gespielt.

Der königliche Wunsch, den Breslauer Fürstbischof Melchior von Diepenbrock als lebenden Ritter in den Orden Pour le Mérite aufzunehmen, wurde ihm allerdings abgeschlagen. Jener hatte nach den schlesischen Aufständen zur Besserung der sozialen Zustände beigetragen und im Revolutionsjahr in einem Hirtenbrief zur Unterstützung der preußischen Monarchie aufgerufen. Nach dem Attentat war er vom König zum Militärseelsorger bestimmt worden. Er musste einsehen, dass sein Vorschlag nichts mit der Sektion von Kunst und Wissenschaft zu tun hatte.

Seinen diesjährigen Geburtstag und den Namenstag der Königin nutzte er zu religiösen Zwecken in der Friedenskirche. Am 18. November fand eine Feier zu Gunsten der Mission in China statt. Über das Thema hatte er im Sommer mit Bunsen korrespondiert. Ranke hat daraus veröffentlicht und einige historische Erörterungen über den Glauben der Chinesen, die er gewiss auch dem König vortrug, beigefügt: Chinesen hätten die Bibel übersetzt, und die katholische und anglikanische Kirche seien bei der Missionierung – immerhin eines Drittels der Menschheit – unerwartet erfolgreich gewesen.

Der König, dessen Missionsgedanken wir seit der Nachkriegszeit kennen, wollte den anderen christlichen Bekenntnissen keineswegs nachstehen. Es sollten Missionare angeworben werden, und er beklagte bei Bunsen die »kopf- und schwanzlose deutsch-evangelische Kirche«, welche nicht in der Lage sei, ihren Splittern eine »fest-gültige« Ordnung zu geben – womit er gewiss auch die Kirche in Jerusalem meinte. Auch kritisierte er den Katholizismus, zu dem man ihm Sympathien nachsage: Er meinte die »Verwerfung des Leibes, den uns Gott gemacht und der nicht, wie Rom dem Geiste seine Gesetze auferlegt, sondern in welchem der Geist und zwar der heilige Geist, den ich trotz Schleiermacher […] sehr heftig glaube, schafft und negiert.«[884] Er wünschte die Stiftung von Kirchen, die wie einzelne kleine Sterne in Chinas Nacht Leben in sich trügen. Er glaubte aufrichtig, dass überall dort, wo das Christentum nicht verbreitet sei, Finsternis herrsche.

Dies beeinträchtigte seine Aufgeschlossenheit gegenüber Andersgläubigen im eigenen Reich nicht. Der jüdischen Gemeinde Berlins schenkte er ein Grundstück an der Oranienburger Straße. Die Liberale Synagoge wurde zum Wahrzeichen religiöser Toleranz. Deren orientalisierender Baustil als Metapher für die Herkunft des jüdischen Glaubens hatte sich beim europäischen Synagogenbau durchgesetzt. Die leichte Kuppel wäre allerdings ohne den preußischen Fortschritt im Stahlbau nicht denkbar gewesen. Stüler sorgte für die reiche Ausstattung des Saales. Die hochprächtige Synagoge stieß allerdings auf Kritik orthodoxer Juden. Sie hätten einen integrierenden Stil bevorzugt.

Anfang 1852 verband der König ein Thema mit ganz unterschiedlichen Ausführungen: Er hörte im Januar[885] eine Aufsehen machende Vorlesung von Ernst Curtius, damals noch Erzieher des späteren Kaisers Friedrich. Der Archäologe war auf die Spur der noch nicht entdeckten antiken griechischen Stadt Olympia gestoßen. Sie sollte bald zum Erfolg führen. Der König war so angetan, dass er kurzerhand Spontinis *Olympia* ausgraben ließ.

Ende Februar sah er im neuen Friedrich-Wilhelmstädtischen Theater die Buffooper *Die wandernden Komödianten*[886] von Valentino Fioravanti, wahrscheinlich ebenfalls eine Kindheitserinnerung. Das heutige Deutsche Theater war vom Architekten Eduard Titz für den Casinobetreiber Friedrich Wilhelm Deichmann erbaut worden und spielte ein ähnliches Repertoire wie das Königsstädtische Theater. Der Komponist der *Komödianten* war auf Figuren der Commedia dell'arte spezialisiert. Er hatte es zum Kapellmeister der Sixtinischen Kapelle gebracht, und der König ließ am gleichen Tag in den Räumen der Königin geistliche Kompositionen von Palestrina musizieren.[887]

Wie weit ihn die Politik vom Spiel mit den Dingen abgebracht hatte, ermisst sich am Abbruch des Briefwechsels mit Bettina von Arnim. Sie wollte ihn für das Projekt eines Goethe-Denkmals im Tiergarten gewinnen und bat um ein Treffen. Dergleichen war damals nicht vereinbart worden, und der König nutzte dies zum endgültigen Bruch mit einer gewählten, deshalb aber nicht minder lapidaren portugiesischen Formel: »Dios y Su madre y todos Santos protegem VM.«[888] Nach dem Ende ihrer »Liebesgeschichte« – im Sommer 1845 hatte er einen Briefboten »Postillon d'amour zwischen mir und ›dem Kinde‹« genannt[889] – war ihm der Brunnen der Poesie versiegt. Den Grund nannte er ihr vor dem Abschied: »Als Sie eine Macht waren, vor 1848 war ich durch das Interesse, welches Sie mir weihten[,] geschmeichelt. In der Fülle des Bewußtseins meiner Pflichten ertrug ich Ihren Absagebrief und – 1848 …«[890]

Aber am 13. September 1848 hatte sie Neuerungen angemahnt. Und an Weihnachten 1850 konstatierte sie: »Mir wird geschrieben, der König habe auf die Frage, ob er lange keine Briefe von mir erhalten, geantwortet: Sie hat mir erklärt, daß sie mich aufgebe.« Und etwas später: »Aber sagen Euer Majestät nicht, daß wir einander aufgeben, ich sage ja auch niemand, daß wir einander lieben.«[891] Für den König war diese Volte nur noch Anbiederung. Er ließ ihre weiteren Briefe ungeöffnet liegen und suchte einen Frieden, den ihm die Romantik nicht geben konnte.

Die neue Ära

Mit den Weltausstellungen seit 1851 stellte sich die »neue Ära« zur Schau. In ganz Europa schwärmte man vom Londoner »Kristallpalast«, und noch 1900 erinnerte sich ein Autor an die ihm als Kind darin eingeschlossene »Prinzessin im gläsernen Sarg«.[892] Der Bau aus Eisen und Glas erhielt als erstes technisches Bauwerk den Namen »Palast«. Königin Victoria inszenierte darin mit ihrem Auftritt die englische Monarchie. Der Glanz der Warenwelt aber brachte ihre alten Allegorien zum Erliegen. Das faszinierte Publikum schmiedete am kollektiven Traum und Gérard de Nerval forderte ihn heraus. Seine *Aurélia* beginnt er mit »La rêve est une seconde vie«, der Traum als zweites Leben. Es war die Zeit der Doubles.

Prinz Albert soll Mitte April an seine Mutter geschrieben haben, die angereisten ausländischen Arbeiter hätten eine Revolution einschließlich der Ermordung der Königin angekündigt.[893] Es war also nicht bloßes Phantasieprodukt des Königs, als er Ende März seinem Bruder Wilhelm nach London schrieb, er müsse dem Treiben fernbleiben. Der bevorstehende Ausbruch der Revolution fordere ein »Entweder-Oder« heraus. Er meinte nicht Kierkegaards dialektischen Hochflug für Eingeweihte, sondern Scherenbergs *Waterloo*. Es beginnt mit dem »Entweder-Oder!« des »fränkischen Cäsars« Napoleon, der von Elba aus aufbricht. Der König schreibt weiter, der Revolutionär Mazzini sei von London nach Italien zurückgekehrt, »wo es losgehen soll«, und »dann bricht der Pöbel, dem Plan zufolge in Paris, Wien, Berlin und Dresden los.« Diesen Plan gab es freilich nicht.

Der König setzte unbeirrt auf die alten Monarchien. Für das Theaterstück *Habsburg und Hohenzollern* – eine Apotheose der Hofkultur – ließ er sogar die Premiere einer Oper Adams aus.[894] Dies hing mit dem Antrittsbesuch des österreichischen Kaisers Franz Joseph I. 1852 in Berlin zusammen. Der König erwiderte diesen im Mai 1853. Heraus kam ein sogenanntes Schutz- und Trutzbündnis, wobei der König sein Double nicht aufdeckte. Er behauptete nur das »Ideal meiner Jugend und meines Alters« vom Kaiser als »Ehren-Haupt teutscher Nation«.[895] Der Kaiser legte seinerseits das Bündnis als bloße Rhetorik aus. Es begründete keinerlei Recht. Die Hoffnung des Königs, »Gott wolle [...] dem armen Kayser von Östreich die Augen öffnen«[896], erfüllte sich nicht.

Mittlerweile forderten die politischen Spannungen auf der Krim Entscheidungen der europäischen Monarchen heraus. Unter dem Vorwand, er müsse die Christen im Heiligen Land gegen den Islam schützen, versenkte Zar Nikolai kurzerhand die osmanische Flotte im Schwarzen Meer. Diesmal waren sich die alten Feinde Frankreich und England einig über die unzumutbare Verschiebung der europäischen Machtverhältnisse und zerstörten ihrerseits die russische Flotte. Der König sah diesem Kriegsspiel seit 1853 aufmerksam zu, ließ sich aber nicht hineinziehen. Wilhelm drängte ihn zum Krieg gegen den Zaren. Und jetzt war er es, der behauptete, jener sei so »heilig« wie damals der Befreiungskrieg. Er unterschied nicht mehr zwischen patriotischen und nationalen Motiven.

Der König wurde ungehalten und machte ihm dies im März 1854 schriftlich begreiflich: »Meine Ehre 1. als christlicher Mann, 2. als König von Preußen, 3. als Fürst meiner Völker, 4. als Christ befiehlt mir aber, 1. den Undank gegen treue Freunde wie die Pest zu fliehen, 2. meiner Krone Unabhängigkeit, 3. die freie Selbstbestimmung als sogenannte Großmacht als schwer errungenes Kleinod Preußens zu wahren, 4. meinen Ländern die Segnungen des Friedens zu erhalten und 5. meines Teils niemals an dem Vergießen eines Tropfens von Christenblut für den Islam schuldig zu sein.«[897]

Als der Krimkrieg auf die diplomatische Ebene geriet, wurde der König von beiden Lagern umworben. Er holte sich Rankes Gutachten ein, worin jener die Balance der europäischen Mächte als erste politische Aufgabe herausstellte: »Die Türkei kann formell als gleichberechtigt in die europäische Gemeinschaft aufgenommen werden; faktisch wird sie immer unter der Protektion der Mächte stehen, welche ihr zunächst zu Hilfe gekommen sind. Diesen muß es überlassen bleiben, ihrerseits auch die Defensivkraft der Türkei durch eine Belebung sowohl der christlichen Elemente, unter der Autorität des Sultans, als durch andere auf die Osmanen berechnete Mittel und durch die Erhaltung des Friedens zwischen beiden Teilen so zu verstärken, daß nichts weiter von Rußland zu fürchten ist.«

Der König wahrte Frieden selbst um die Schmälerung seines Ansehens. Er schreibt Charlotte an seinem Geburtstag 1854: »Unsre Gefahren steigen bis zum Schrecklichen und menschlich zu reden steht es *sehr* schlimm um uns, denn auch die öffentliche Meinung, die vortrefflich für meine Politik und recht nobel war, ist seit den Krim-Geschichten feig und unpreußisch!« Nobel war seine Politik nur für den König, nicht für sein Double.

Womöglich vertraute er, wie Immanuel Kant in der Schrift *Zum ewigen Frieden*, auf die Macht menschlicher Vernunft. Der Philosoph war der Auffassung gewesen, Frieden müsse nicht allein geschlossen, sondern gestiftet werden, weil der Naturzustand des Menschen der des Krieges sei, von Herrschern oft wie eine Lustpartie vom Zaune gebrochen. Statt mit Waffen agierte der König mit der Feder. Er appellierte an die Vernunft der europäischen Monarchen, doch sie vermochten mit seinen emphatischen Schreiben nichts anzufangen.

Der Zusammenhalt der monarchischen Frères et Sœurs ging zu Ende: Ihre Bündnisse wechselten neuerdings wie die Kurse an der Börsen, bei denen, durch Diplomaten lanciert, allein der zeitliche Vorteil zählt. Während sich auch darin die »neue Ära« durchsetzte, wurde die Auffassung des Königs vom Fortschritt als bloße Weiterentwicklung der Tradition nur belächelt.

Nachdem er seine Schwester bereits nach sieben Jahren an das Fest der Weißen Rose mit ebenso vielen Seufzern erinnert hatte, ließ er zum fünfundzwanzigjährigen Gedächtnis ein Album von zehn Blättern zeichnen. Solche Albumblätter waren beim Bürgertum sehr gefragt. Man inszenierte sein Dasein. Den Auftrag erhielt Menzel, der mit Kupferstichen für die Werkausgabe Friedrichs II. betraut war. Er regte über das Fest hinaus die Verbildlichung einiger historischer Hoffeste an, was der König gerne aufnahm. Scherenberg leitete sie poetisch ein.

Humboldt wird dies 1854 gegenüber Olfers kommentieren: »Menzel hat einige schöne, lebensvolle Bilder, besonders das Caroussel der Prinzessin Amalie unter Friedrich dem Großen geliefert. Die Nachtbilder sind weniger gelungen, auch hat der unvermeidliche Pindar der sandigen Mittelmark Scherenberg ein Bulletin de l'armée dazu geliefert.« Darunter war eine Phantasie des Festturniers Johann Georgs von 1592. Amalies »Caroussel« meint das Turnier unter Friedrich dem Großen 1750, bei dem Amalie den Preis verlieh. Über diese graphischen Arbeiten hinaus malte Menzel an einem großen repräsentativen Gemälde über Friedrich den Großen. Der König wird ihm dies nicht abnehmen. Die plakative Darstellung von Fürstengröße ohne Allegorien war seine Sache nicht. Dies blieb seinem Bruder Wilhelm vorbehalten, der als Vertreter der »neuen Ära« Menzels Kunde wurde.

Vom Frühjahr 1853 bis 1857 gilt das Journal des Königs als verschollen. Es ist die Zeit sich einschleichenden Niedergangs seiner Beweglichkeit bis zum Ausbruch der Krankheit. Er wusste darum und unterzog sich regelmäßig Kuren, im August 1852 beim Seebad in Putbus auf Rügen. Gegen den Einspruch der Ärzte unternahm er bei der Anreise einen Abstecher über Danzig zur Einweihung eines neuen Streckenabschnitts der mittlerweile weitergebauten Eisenbahn nach Ostpreußen.

Kaum recht angekommen, bestand er auf ausgedehnten Schiffsfahrten entlang der Kreidefelsen. Die verordnete Ruhe stellte sich so nicht ein. Während der Lesungen kam es zu einem vielsagenden Vorkommnis: Schneider berichtet, der mitgereiste Humboldt hätte, da er abends nicht aß, gleich während des Soupers »etwas Mitgebrachtes« vorlesen wollen – eben erhaltene Briefe aus Ägypten oder einen Artikel aus dem *Journal des débats*. Der König unterbrach ihn wiederholt und bat an seiner Stelle Schneider, den von ihm begonnenen unterhaltsameren Stoff fortzusetzen. War dies ein Zugeständnis an die Ärzte, die ihn bedrängten, er dürfe sich keinesfalls erregen, oder hatte der Monarch das Interesse an dessen Ausführungen verloren?

Die Differenz dieser Geister war stets im Hintergrund geblieben. Ranke beschreibt diese näher: »Der König besaß unendlich mehr Imagination, künstlerische Begabung und geniale Beredsamkeit; Humboldt bei weitem präzisere Kunde, sicheres Gedächtnis, ausgebreitete Erinnerung. Der König war nicht ohne Aufwallung, Humboldt leicht abschätzig im Urteil.« Insbesondere ihre historischen Anschauungen lägen weit auseinander.

Humboldt kombiniere »das entfernteste Altertum und die klassischen Zeiten mit den Fortschritten der modernen Welt. […] Für die großen religiöspolitischen Bildungen des Mittelalters […] namentlich für das Reich deutscher Nation hatte er wenig Sinn. Gerade in denen aber lebte der König. […] Er sah in der Vergangenheit die fortwirkende Grundlage für die Gegenwart, die nur regelmäßig weiterentwickelt werden müsse.«[898] Und rückblickend meint er, dem König habe nichts mehr am Herzen gelegen als die religiösen Ideen und die Institutionen der Kirche. Selbst sein Interesse an der Weltentwicklung hätte diese Farbe getragen.

Da er die freien Höhenlagen der Kunst kaum mehr zu besteigen vermochte, verstärkten sich jene »Farben« umso mehr. Der Sagenstoff der Nibelungen trat aus romantischem Dämmer hervor. Das Nibelungenlied hatte er über Fouqués Trilogie *Der Held des Nordens* kennengelernt und 1828 mit Raupachs Drama *Der Nibelungen Hort* eine anschauliche Dramatisierung erlebt. Damals hielt er sich aber noch an die Geschichte der Hohenstaufen, wie sie jener und Spontini als Inbegriff des Heiligen Reiches mitsamt seinem »Internationalismus« präsentiert hatten.

Der König war nicht der Einzige, der den Nibelungenstoff umwertete. Der Romantiker Friedrich Theodor Vischer aus dem schwäbischen Kreis um Strauß und Mörike hatte 1844 mit seinen *Kritischen Gängen* einen vielbeachteten

Vorschlag zu einer Oper gemacht. Was innerhalb des Großprojekts einer neuen ästhetischen Theorie wie bloße philosophische Spekulation aussah, fand die Aufmerksamkeit der Komponisten, die seit Jahrzehnten nach brauchbaren deutschen Libretti suchten. Vischer behauptete, dass nur solche mit »deutschem Charakter« das Problem lösen könnten. Angetan vom Umschwung des Zeitgeistes zum Nationalismus suchte er nach Helden, die nicht wie Glucks Heroen in einer »fremden Welt« agierten. Allerdings reichten ihm die Sippschaftskämpfe der Nibelungen als Thema für eine »Nationaloper« nicht aus.

Der vom König 1849 als Nachfolger Nicolais nach Berlin berufene Heinrich Dorn versuchte es dennoch. Nach seinen weltoffenen *Rolands Knappen*[899] war er bei den erdschweren Rittern des Nordens angelangt. Gemeinsam mit Eduard Gerber zog er alles Bühnentaugliche für ein Libretto heran[900] – einschließlich Raupachs Blankverse im *Nibelungen-Hort*. Dort wird viel von ritterlicher Treue und Tugend gesungen, von Zeiten in die Friedrich Wilhelm sich einst hineinversetzt hatte. Dramatisches Muster blieb die Grand opéra.

Sollten sie einlösen, was Meyerbeer dem König abgeschlagen hatte? *Die Nibelungen* wurden am 22. März 1854 uraufgeführt. Keineswegs in Berlin. Am Weimarer Pult stand der seit 1844 dort tätige Kapellmeister Franz Liszt, und man fragt sich, warum der König denjenigen, dem er den Orden Pour le Mérite verlieh, nicht nach Mendelssohns Tod nach Berlin zog. Vielleicht hätte ihm dieser seine liturgischen Experimente zusammengeführt. Liszts Dirigat der *Nibelungen* war nicht mehr als ein Freundschaftsdienst für den damaligen »Mitbegründer der neuen Ära«[901] in der Musik.

Mit Liszts neuen Kompositionen hatte es seine besondere Bewandtnis. Meyerbeer vermerkte 1852, jener mache sich auf den Weg zu »einer neuen Richtung der Tonkunst, die sich als Freiheit des musikalischen Gedankens unabhängig von einer bestimmten Form formuliert.«[902] Er gelangte dabei zu vieldeutigen Ergebnissen, die erst unserem Blick auf jene Epoche zugänglich sind.

Der König indes ließ sich nicht auf ein Thema festlegen – was er mit der Reihenfolge der drei anstehenden Opernpremieren dieser Saison deutlich machte: Flotow, eine »beliebte Persönlichkeit« bei Hofe, erhielt nach dem Wiener Erfolg der *Indra* den Vortritt vor den *Nibelungen*.[903] *Indra, das Schlangenmädchen* war in Form einer Kurzoper ein Jahrzehnt zuvor in Paris uraufgeführt worden.[904] Das Libretto um den portugiesischen Dichter Luís Vaz de Camões stammt vom Grafen Gustav Heinrich Gans zu Putlitz. In dieser Musik schimmert Aubers Vorbild kaum noch auf. Die an bessere moralische Zeiten erinnernde Oper fand Lob bei Hofe.

Als Dorn erfuhr, dass seine Nibelungenoper sogar noch hinter Wagners *Tannhäuser* zurückstehen solle, wandte er sich an den König. Dieser ließ sich von Schneider aus dem Libretto vorlesen und entschied für die *Nibelungen*.[905] Aus einfachem Grund: Dorn und sein Librettist hatten das alte Epos dort, wo

Siegfried an Stelle des schwächlichen Gunther Brünhild freit, abgeändert. Dorn gestand »Prüderie« offen ein und berief sich auf Zustimmung des Professors von der Hagen.⁹⁰⁶ Der König pflichtete bei, weil er die Nibelungen als vorbildliche Tugendritter für sein Reich ansah. Die Politik behielt die Oberhand über die Kunst.

Die Vorgeschichte geht bis auf das Jahr 1842 zurück. Im Zuge der Revision des Eherechts habe der König dessen Ausarbeitung »Frömmlerhänden anvertraut, die mit dem Gegenstand komplett durchgegangen sind!«, berichtet Wilhelm der Schwester. Einwendungen dagegen habe er »übel aufgenommen.«⁹⁰⁷ Wegen des Eigenlebens der preußischen Prinzen und Prinzessinnen schwelte das Thema ständig weiter. Albrecht hatte dem König die schriftliche Einwilligung zum Getrenntleben von Marianne abgefordert und nur unter größtem Widerstreben erhalten. Die 1849 ausgesprochene Scheidung bestätigte der König erst 1853. Was ihn dabei beschäftigte, hielt er in Stichworten fest: die Öffentlichkeit von Eheprozessen bei Ehebruch. Dem Volk hätte er die Ehescheidung am liebsten ganz verwehrt. Zu den Stichworten gehörte auch das über Ehrengerichte für Regierungen.⁹⁰⁸

Man kann sich deshalb nur vorstellen, wie die Eingangsszene im Venusberg des *Tannhäuser* zur Berliner Premiere im März 1856 zugerichtet war. Eheliche Treue war nicht umsonst in Dorns Oper das Kennzeichen deutschen Charakters gewesen. Wagner hatte für Dorns »ungemein armseligen und monotonen Biergesang«⁹⁰⁹ im Liedertafelstil nur Spott übrig. Er wird die Venusbergszene für Paris überarbeiten und mit den avancierten Stilmitteln seiner *Tristan*-Partitur anreichern. Doch in Wahrheit diente die dramatische Steigerung der umso reumütigeren Rückkehr zur Religion. Der König war kurz zuvor verstorben.

Wagner war seit kurzem selbst auf der Stoffsuche zum Nibelungenthema. Im Unterschied zu Dorn war sie weitgespannt. Er entdeckte Ähnlichkeiten zwischen dem germanischen und dem griechischen Mythos in Euripides' Tragödie *Prometheus*.⁹¹⁰ Nämlich dort, wo schon die Romantiker hinter Winckelmanns heiterer Griechenwelt das Tragische vermutet hatten. Ahnte der König dies und verlangte deshalb immer wieder nach der Vertonung jener Tragödien? Noch 1852 hatte er sich mit dem Wunsch, die *Eumeniden* des Aischylos betreffend, »erneut«⁹¹¹ an Meyerbeer gewandt.

Die protestantische Liturgie sollte darauf Bezug nehmen. Dazu ließ er jenen Psalm 91, den ihm Mendelssohn nach dem Attentat gewidmet hatte, von Meyerbeer neu vertonen.⁹¹² Der Auftrag stand im größeren Zusammenhang: Gemeinsam mit der Königin hatte er im April 1850 der Gesangsprobe von vier Psalmen, vertont von Emil Naumann beigewohnt.⁹¹³ Sie fiel zur Zufriedenheit aus. Der Mendelssohn-Schüler wurde zum Hofkirchen-Musikdirektor berufen und schrieb in dieser Stellung ein grundlegendes Werk *Über die Einführung des Psalmengesanges in die evangelische Kirche*. Und der König verlangte Psalmvertonungen auf alle Sonn- und Festtage des evangelischen Kirchenjahres von weiteren Komponisten.

Die Psalmen sollten, nach Jahrzehnten geduldigen Wartens, auch in der römischen »Basilika« in Trier erklingen. Nach erfolgreichen historischen Studien von Kugler und Quast konnte er sich endlich in eine alte Traditionslinie bis auf Konstantin zurückführen. Beim Besuch 1852 hieß es, ihr Grundstein sei von Konstantin gelegt, der Schlussstein vom preußischen König gesetzt worden.

Stüler hatte den mächtigen Saalbau mit offenem Dachstuhl nach antiken, frühchristlichen und mittelalterlichen Vorbildern ausgebaut, als wolle der König Schinkels »unendliche Gedankenketten« von Konstantin aus aufbauen.[914] Mit Bedacht hatte er dessen Schüler Wilhelm Salzenberg nach Konstantinopel geschickt, um dort Bauaufnahmen altchristlicher Kirchen, besonders der Hagia Sophia, anzufertigen. Salzenberg veröffentlichte seine Ergebnisse 1854 in den *Altchristlichen Baudenkmalen von Constantinopel vom 5. bis 12. Jahrhundert*. Ferner ließ er die Aufnahmen des Berliner Malers Alexius Geyer von den freiliegenden Wandmalereien in der Hagia Sophia im archäologischen Werk des Gaspare Fossati publizieren.

Stüler bezog beim Ausbau die Ädikulen des Pantheons ein, weil sie für den protestantischen König den Wendepunkt vom heidnischen zum christlichen Kultbau herausstellten. In eine davon wurde zur Verdeutlichung die Staue Christi nach Thorvaldsen gestellt. Der König wird die »Basilika« am 28. September 1856 einweihen lassen. Sie erhielt den Namen »Kirche zum Erlöser«. Die Friedenskirche in Sanssouci fand ihr »römisches« Pendant im Rheinland.

Die weltliche Parallele dazu bildete die Einrichtung des Neuen Museums. Es war viel Zeit vergangen, bis das Zusammenspiel von aufwendiger Freskierung und Ausstellungsobjekten in Gang kam. Angesichts schwindender Kräfte konnte der König nicht mehr sicher sein, die Vollendung noch zu sehen. Er begann deshalb seit 1850 mit der Eröffnung einzelner Abteilungen, allen voran die ägyptische Sammlung und das Kupferstichkabinett im Untergeschoss.

Was er auf geistiger Höhe projektiert hatte, konnte kaum anspruchsvoller sein: die Einlösung von Schinkels allegorischer Wandmalerei der Menschheitsgeschichte an der Fassade des Alten Museums. Wer über eine Brücke die Verbindungsgalerie zwischen Altem und Neuem Museum benutzte, wechselte von Schinkels Welt in die seiner »Schüler«. Dessen idealistische Menschheitsgeschichte wurde zur historisch-sprechenden. Der König brachte die Summe seiner kulturellen Anschauungen, vergleichbar Humboldts *Kosmos*, ein. Es stand also weit mehr auf dem Spiel als die Präsentation nach Kunstepochen oder Stilrichtungen in Kabinetten. Es ging um die Geschichte multikulturellen Geistes in Kunst und Wissenschaft.

Ein Beispiel war die Aufnahme der vom preußischen Generalkonsul Emil von Richthofen geschenkten Photos aus Mexiko.[915] Sie erneuerten das königliche Interesse am völkerkundlichen Genre. 1855 konnte Humboldt Olfers ausrichten, der »König wünscht sehr Catlin und einige seiner Ölbilder.«[916] Der Reisende und Indianerforscher George Catlin hatte in den dreißiger Jahren zahlreiche nordamerikanische Stämme besucht und darüber 1841 *Letters on the North American Indians* publiziert. Er unternahm auch eine Forschungsreise in Mittel- und Südamerika. Es ist nicht bekannt, welche Bilder Humboldt meinte, als er von »den Wilden« sprach.[917] Auf seiner damaligen Forschungsreise bestand südlich der Großen Seen noch ein ausgedehntes, umkämpftes Gebiet indianischer Stämme.

Völkerkundliche Forschungen mit christlichen Motiven machten den König stets neugierig. Von der Entdeckung der mexikanischen Ruinen in Palenque bestellte er bei Olfers Durchzeichnungen der Originale von der Anbetung des großen Kreuzes. Auch diese Gegenstände fanden ihren Platz in der völkerkundlichen Sammlung des Neuen Museums, die 1859 eröffnet wurde. Leitendes Motiv blieb die Menschheitsgeschichte im idealistischen Sinne von den Anfängen bis hinauf zu einer Gegenwart, in der es den Platz des Königs noch gibt.

Stüler und Olfers koordinierten die Ausstattung mit Kunstgegenständen und ikonographischen Programmen der Wandgestaltung in Absprache mit dem König. Bisweilen wurden Schelling und Humboldt beratend hinzugezogen.[918] Die Entwicklungsgeschichte der Kunst hebt mit der Verwirklichung jenes »Heiligtums des Königs«, dem ägyptischen Hof im Erdgeschoss, an. Um diesen gruppieren sich die Säle mit Kunstwerken der griechischen und römischen Welt, darunter solche mit Malereien nach dem Mythos von Apoll und den Niobiden. Am Übergang stand – wie eine Metapher für die kulturverbindende helle Welt des Mittelmeeres – Bacchus, diesmal nicht wie der Faun der römischen Bäder in freier Natur, sondern in der abstrakten Kunstwelt des Museums.

Den gegenüberliegenden griechischen Hof bevölkerten antike Skulpturen und Architekturfragmente, ein Versuch, jene alte Welt plastisch nachzustellen. Der ausdrucksstarke Relieffries vom Untergang Pompejis als Symbol für das Ende der antiken Welt markierte den Abschluss. Sie wurde abgelöst vom missionierten Nordeuropa, repräsentiert durch die Kunst des Mittelalters und der Neuzeit. Es gab demnach in der thematischen Abfolge das geographische Pendant – die Gegenüberstellung von nördlichen und südlichen Kulturen.

Wer die aufsteigende Bewegung von Geschichte gehend nachvollziehen wollte, benutzte den Weg durch das Treppenhaus. Bei den Treffen mit Kaulbach in München war jedes Detail des Bildprogramms besprochen worden, je höher es bis ins zweite Obergeschoss hinaufging. Analog zu den sechs Schöpfungstagen sollten sechs begehbare Wendepunkte der Weltgeschichte vor Augen kommen: der Turm zu Babel, das blühende Griechenland, die Zerstörung

Jerusalems, die Hunnen an Europas Grenzen, der Kampf um Jerusalem und das Zeitalter der Reformation. Fast sämtliche Themen kennen wir von seinen früheren Bemühungen her.

Die Ausstattung war von solch allegorischer Dichte, dass Kritiker das Museum als ein einziges »Labyrinth der Symbolik« bezeichneten. Mit dem Nachlassen seiner Kräfte drohte selbst der König den Ariadnefaden zu verlieren, dessen er, bis 1847 durch die Allegorien tanzend, nie bedurft hatte. Kaulbach war trotz der neuen Technik der Stereochromie mit der Ausmalung der 75 Meter Treppenhauswände bis zu dessen letzter Einweihung nicht weit gekommen. Er wurde erst 1866 fertig. Nach dem Willen des Königs hätten Ars-longa-Darstellungen daraus werden sollen, doch ebenso wie die Monarchie fielen sie dem Zeitgeist zum Opfer. Man forderte Spezialmuseen – für Spezialisten.

Die Eröffnungen des Neuen Museums verliefen parallel zu den Weltausstellungen, deren zweite im Mai 1855 in Paris stattfand. Der König hat sein idealistisches Geschichtsunternehmen gewiss auch als eine Art Konkurrenzunternehmen gegen den Triumph der kapitalistischen Warenwelt aufgefasst. Sein Technikinteresse ließ ihn Neuerungen aufmerksam mitverfolgen. Kiß wurde für seine Bronzegusse ausgezeichnet, die der König durch Werkstattbesuche bestens kannte. Die Daguerreotypie wurde von den Künstlern so ausgiebig benutzt, dass die Ergebnisse in einer eigenen Abteilung präsentiert wurden. Darunter befand sich die Mappe von Joannes Franciscus Michiels. Der belgische Photograph verblüffte mit neuartigen Raumansichten der vom Schwager Ludwig gestifteten »Bayernfenster« des Kölner Domes. Selbstverständlich ließ der König die Mappe ankaufen.

Der veränderte Zeitgeist lockte sogar die Königin aus der Reserve. Bei Krolls war der spektakuläre Auftritt von sogenannten »Zulu-Kaffern« zu sehen.[919] Seit die »schwarzen Menschenbrüder« nach ihrem Auftritt noch einmal zum Gespräch erschienen, stieg die Zahl der Besucherinnen merklich an. Am 17. Februar 1854 beehrte die Königin in Begleitung der Großherzogin von Mecklenburg das Etablissement. Sie unterhielten sich mit den »Kaffern« über ihre Sitten und Gebräuche und äußerten sich befriedigt über »die im Gebiete der Völkerkunde seltene Erscheinung«. Einige Afrikaner sollen zu Humboldt in die Oranienburger Straße geführt worden sein, der zur Verständigung eine Grammatik der »Kaffernsprache« benutzte.

Im Juni 1855 beklagte Humboldt, der König sei der Kunst gegenüber weniger aufgeschlossen denn je, die Zeit sei eine geistig matte. Ihm entging, dass die Künstler nicht mehr den Weg zum König suchten. Der wandte sich Attraktionen zu. Für den Winter wurden in Berlin Opernhausbälle eingeführt. In Begleitung der Königin suchte er diese ausgiebig auf und ließ sich laut Schneider vermehrt bei öffentlichen Veranstaltungen und Schaustellungen sehen. Die »neue Ära«

erhielt für solche, die es sich leisten konnten, den Charakter von Operetten. Im Walzerrhythmus aus *Robert le diable* ließ es sich sorglos zerstreuen. Wenigstens darin war der König dem Volk nah wie nie zuvor.

> ■ **Fundstück:** Die Blumen-Garnierungen aus großen weißen Lilien oder Wasserrosen mit den langen Schilfgraszweigen, welche sich so graziös in jedem Haarputz zeigen, erinnern unwillkürlich an zarte, leicht schwebende Sylphiden und Najaden … Fuchsien aus brennend rotem Sammet, deren rot geäderte, wie vom Thau angehauchte Blätter sich zu einer Krone bilden …(*Der Bazar*, Dritter Jahrgang, Berlin 1857, S. 11) ■

Meyerbeer hatte bei seinen Berlinaufenthalten nur noch Hofpflichten. Er kam ihnen beflissen nach, stellte Pasticcios vergangener Zeiten zusammen und leitete deren Aufführungen. Im September 1856 allerdings nur den ersten Teil eines Konzerts, weil im zweiten ein Chor aus Wagners *Lohengrin* gewünscht wurde, »den ich nicht dirigieren will.«[920] Wagner hatte seinen ehemaligen Mäzen in der Schrift *Oper und Drama* angegriffen. Darin legte er offen, was er Anfang September 1850 noch unter Pseudonym in der *Neuen Zeitschrift für Musik* über das *Judentum in der Musik* behauptet hatte. Dies war weit mehr als eine »Verschwörung böser Neider«, wie der König vermutete, sondern kam einer rassistischen Verleumdungskampagne gleich.[921] Neuerdings relativierte auch Carus in zwei Schriften über die Physiognomie des Menschen[922] seine bahnbrechende Entdeckung der Individualpsyche von einst. Der König verlieh ihm trotzdem 1855 eine Medaille für Kunst und Wissenschaft. Die »neue Ära« drängte zu rassistischen Ausgrenzungen – was seit der Aufklärung undenkbar war.

Im Sommer 1856 ging der König noch einmal auf eine größere Reise ins Rheinland und nach Schwaben. Er besichtigte die zum 375. Geburtstag Luthers gespendeten neuen Bronzetüren für die Schlosskirche in Wittenberg. Im Anschluss an die Einweihung der »Basilika« in Trier reiste er nach Schwaben weiter. In Stuttgart besichtigte er die von Ludwig Zanth im orientalisierenden Stil erbaute Wilhelma und schließlich die Hohenzollernburg, wo Stüler ebenfalls leitender Architekt war. Humboldt, der sich danach Rankes Lesungen aus der Hohenzollerngeschichte anhören musste, wurde des dynastischen Brimboriums vollends überdrüssig, als die Rede auf Stillfried kam. Er nannte ihn spöttisch den »Hohenzollern-Entdecker, Columbus-Stillfried.«[923]

In diesem Jahr stellte Schneider den militärischen Lebenslauf des Königs zum fünfzigjährigen Dienstjubiläum zusammen. Der verwies auf die vergebliche Mühe, aus ihm einen Soldaten zu machen, was »bereits früh verdorben« worden sei. Eines aber warf er sich vor: »Die Geschichte wird mir nie verzeihen, daß ich nicht den ersten, der es gewagt, in frecher Auflehnung die Hand nach meiner Krone auszustrecken, auf den Sandhaufen niederknien und das Schwert auf ihn herabfallen ließ, das der Allmächtige in meine Hand gelegt.«[924] Das waren große Worte. Statt des Griffs zum Schwert hatte er in jener Märznacht 1848 die Hand zur Versöhnung gereicht. Schneiders Anerbieten zu einer Biographie lehnte er mit dem Bemerken ab: »Lassen Sie anderen das unerfreuliche Geschäft, gerecht sein zu müssen. […] Ich verlange ein strenges Urteil.«

■ **Fundstück:** Jedes Leben ist eine Enzyklopädie, eine Bibliothek, ein Inventar von Objekten, eine Musterkollektion von Stilen, worin alles jederzeit auf jede mögliche Weise neu gemischt und neu geordnet werden kann. (Italo Calvino) ■

Schneider hat während seiner neunjährigen Dienstzeit über die abendlichen Lesungen Buch geführt. Zunächst wollte er dem Hof »in jener politisch schweren Zeit […] wohltuende Zerstreuung« verschaffen. Nach den Informationen über Tagesereignisse in der Revolutionszeit mehrte sich die »schönwissenschaftliche« Literatur – literarisches Mittelgut also. Ein Seitenblick darauf genügt. Wie in bürgerlichen Kreisen waren geheimnisvolle Geschichten und rätselhafte Menschen das Thema, das englische Autoren wie der Mitarbeiter des *Punch*, Douglas Jerrold, aber auch Alexandre Dumas in *Tausendundein Gespenst* verbreiteten.

Unter den Novellisten fanden Friedrich Wilhelm Hackländer, Georg Ludwig Hesekiel und Friedrich Gerstäcker Gehör.[925] Die besten Werke im realistischen Genre waren die der jungen Berliner Paul Heyse und Theodor Fontane. Heyses *L'arrabbiata* von 1855 brachte das italienische Kolorit überzeugend vor. Nach diesem Erfolg schloss sich der Dichter den Münchner »Nordlichtern« an, welche der jetzige bayerische König Maximilian um sich versammelte. Für die Heimatdichter aus dem »Tunnel über der Spree« Scherenberg und Fontane war dies undenkbar. Es wurden auch Autoren aus der Zeit vor der '89er-Revolution hervorgeholt: Abraham a Santa Clara, Lichtenberg und Ramler.

Unter der dramatischen Literatur waren es Raupachs *Mirabeau*[926] und die Bühnenfassung des *Faust, zweiter Teil* vom ebenso theater- wie mythologieerfahrenen Anton Eduard Wollheim da Fonseca. Von Schiller hatte der König noch während einer seiner Badereisen nach Rügen aus dem Gedächtnis das Gedicht von den letzten Augenblicken des sächsischen Königs deklamiert. All diese Rückgriffe täuschten nicht darüber hinweg, dass Schillers Aufforderung zur Freiheit des Menschen im Spiel beim König keinen Widerhall mehr fand. Als das Schauspiel *Hermann von Unna*, das seine »Initiation« für das Theater gewesen war, gelesen wurde[927], wollte er es noch einmal sehen. Es war schon einstudiert, wurde jedoch aus Krankheitsgründen nicht aufgeführt.

Bis zuletzt legte der König auf den Klang des Französischen Wert und übertrug dessen Vortrag Frau von Luck, der Gemahlin eines Generals. Er bezog sie in die Konversation ein, womit er dem »Authentischen«, ihrer Muttersprache, treu blieb. Er hätte durchaus von dem Skandal um zwei französische Schriftsteller nach deren Publikationen in der *Revue des deux mondes* hören können. Sie verhalfen der modernen Literatur unübersehbar zum Durchbruch: Charles Baudelaire hatte seinem grundstürzenden Gedichtzyklus inzwischen den Titel *Les Fleurs du mal* gegeben. Selbst die Gerichtsverfahren gegen ihn, Gustave Flaubert und Eugène Sue[928] im Jahr 1857 verhinderten diesen Durchbruch nicht mehr.

Auch Gérard de Nerval publizierte in der *Revue*. Nach seinen Faust-Übersetzungen fand er zu einem ganz persönlichen journalistischen Stil. Als dann Halluzinationen dazukamen, wurde sein Leben zur Gratwanderung zwischen Normalität und Wahn. Nerval gehört zu den ganz wenigen, denen die Beschreibung beider Zustände eine Zeitlang möglich war.

■ **Fundstück**: Le système fatal qui s'était créé dans mon esprit n'admettait pas cette royauté solitaire ... ou plutôt elle s'absorbait dans la somme des êtres: c'était le dieu de Lucretius, impuissant et perdu dans son immensité[929] (Gérard de Nerval, *Aurélia*) ■

Im Sommer 1857 hatte der König »um einer Ursache willen, die mir über jeden Ausdruck am Herzen liegt« an Bunsens Ruhestandsort bei Heidelberg geschrieben. »Ihr Erscheinen zu Berlin während der Versammlung der Evangelischen Alliance [...]. Sie müssen frische Lebenskraft athmen, Luft von dem Leben, das allein Leben ist, wie es das einige Leben ist, weil es vom einigen Quell des Lebens ausgeht. Sie müssen dieses Leben da athmen, wo eine noch unerhört große Masse freudiger Bekenner zusammenkommen, da wo es fast sicher scheint, dass sich eine neue Zukunft der ganzen Kirche und des evangelischen Bekenntnisses vorbereitet«. Bunsen machte sich also auf den Weg.

Noch vor der ersten Audienz im Juli wurden ihm seine »Tapeten und assyrischen Bildwerke« und das von ihm Angekaufte oder Empfohlene im neuen Museum von Olfers gezeigt. Bei den Gesprächen mit dem König musste er feststellen, dass dieser seine »Werkzeuge [...] unbeschadet der gerechten Verachtung, welche er im Herzen gegen diejenigen fühlt, die ihm ihre Überzeugung opfern«, verderbe. Dies sei der Unsegen von jedem Absolutismus. Der König wollte weiterhin nicht wahrhaben, dass er bei der Unmöglichkeit, Katholiken und Protestanten an einen Tisch zu bekommen, nicht nur seine »Werkzeuge«, sondern sich selbst verschliss.

Am 10. September war es dann, laut Bunsen, zu jener vom König inszenierten »Joyeuse rentrée«, der großen Vorstellung der Mitglieder des weltweit gedachten Evangelischen Bundes gekommen. Es hatten sich etwa eintausend Mitglieder, darunter Anhänger der anglikanischen Kirche bis hin nach Virginia, vor dem Marmorpalais aufgestellt. Bei der Begrüßung eilte der König auf Bunsen zu, umarmte ihn und ließ sich die Wangen küssen – Dinge, die der anwesende Humboldt unter »bisher nicht vorgekommen« vermerkt haben dürfte.

Er selbst las nach seiner Zurückweisung durch den König nur noch nach Aufforderung vor. Dazu gehörte das »neue Werk« von François Pierre Guizot. Als Politiker umstritten, war Guizot mit Schriften zur Geschichte Frankreichs, Englands und über George Washington hervorgetreten. Vermutlich waren es dessen *Mémoires* der Jahre 1814–48. Schließlich war es Humboldt vorbehalten, den letzten Text für den König zu besorgen. Am 19. September brachte er anlässlich seines achtundachtzigsten Geburtstages und zur Freude des Königs Hittorffs Aufsatz *Notice historique sur la vie et les œuvres du célèbre architecte Schinkel* mit.

Gegen Ende des Monats verdichteten sich die Umstände auf sonderbare Weise: Bunsen schreibt am 26., der König habe ihm gesagt: »ich fühle den Geist mir nahe und möchte ihm heute Worte des Geistes sagen, die sein Herz träfen! Besonders über den einen Hauptpunkt, die Befreiung der Kirche«. Am 28., dem Michaelistag, trafen sich Bunsen und der König zum letzten Mal. Jener hatte während seines dreimonatigen Aufenthaltes einen Aufsatz über protestantischen Kirchenbau im Zusammenhang mit der Liturgie für den Berliner Dom entworfen.

Er plädierte für einen Kuppelbau, um mitten darunter den Altartisch für den Kultus aufzustellen. Dies war insofern erstaunlich, als der König mit Stüler längst über eine flachgedeckte Basilika einig war. Eher ausweichend warf er ein, eine Kuppel würde allein an den Kosten von drei bis vier Millionen Talern scheitern. Zur Opferidee meinte er, es sei seit etwa drei Monaten eine merkwürdige Änderung in ihm vorgegangen. Er sei auf die Notwendigkeit eines Opfergebets im Sinne der kapitolinischen Liturgie aufmerksam geworden: Das Gebet, womit die Gemeinde sich dem Herrn weihe, müsse nicht als Dank für die genossene Gnade nach der Handlung stattfinden, sondern vorher, in gläubiger Erwartung der uns entgegenkommenden Gnade – Erwartungshaltung also auch hier. Als am gleichen Abend die Vorlesungen wie gewöhnlich beginnen sollten, ließ der König diese unterbrechen. Sie wurden nicht wieder aufgenommen.[930]

Die im Februar und März 1858 bei Krolls gastierenden Bouffes-Parisiens Offenbachs dürften den König kaum noch erreicht haben. Was hätte er mit einem Genre ohne Allegorien angefangen! Dieses habe – aus der Sicht von 1937[931] – nicht selten den Grad der Albernheit überstiegen und den »Blödsinn« gestreift, aber nie den Geist französischer Bouffonerie verlassen, ganz zu schweigen von der hohen Qualität der Musik. Die Auftritte in Berlin waren populär. Beim bürgerlichen Publikum stießen sie jedoch auf Unverständnis.

Die Wiederkehr

Der König hatte jenen »Weg, auf welchem mein Name in der Geschichte wenigstens [...] bleiben wird«, weit beschritten, als er im einhundertdreiundfünfzigsten Jahr seiner Regierung – am 6. August 1854 – sein Testament unterschrieb. Es war der Tag der Verklärung Christi, er schreibt es dazu. Jesus führte drei Jünger auf einen hohen Berg. Dort wurden sie Zeugen seiner Verwandlung in Licht während des Gebets. Er empfing nicht nur Gottes Licht wie Moses beim Schluss des Alten Bundes, sondern er wurde Licht vom Lichte.[932] Dieses Licht konnte in vollster Ausstrahlung also nur von einem göttlichen Träger empfangen werden. Wie aber stand es dann mit jener augustinischen Lichtmetapher?

Zur Beglaubigung jenes Ereignisses waren Moses als Vertreter des Gesetzes und Elias als Prophet aufgetreten, wie auf dem Gemälde Tizians in San Salvador. Hatte der König damals, als es um die Demonstration seiner Macht ging, noch den Propheten Elias angerufen, so verlangte er, der nur als Person auf die Verfassung geschworen hatte, einen anderen Weg. Er trug seinen Nachfolgern testamentarisch auf, die absolute Gewalt der Krone durch Verweigerung des Verfassungseides wiederherzustellen.

Moses hatte seinem Volk Gottes Gesetz gebracht, um es zu seinem Ursprung zurückzuführen. Gott befahlen ihm, mit Hur und seinem Bruder Aaron einen Hügel zu besteigen, um von dort Fürbitte für sein im Tale kämpfendes Volk zu tun. So lange Moses die Arme bittend emporreckte, behielt es die Oberhand, wenn er sie sinken ließ, der Gegner. Als er ermüdete, brachten die Begleiter einen Stein herbei und legten denselben unter ihn. So saß er, während sie seine Arme stützten, bis Sonnenuntergang – bis der Feind besiegt war.[933]

■ **Fundstück:** O Wort, du Wort, das mir fehlt! (Moses und Aron) ■

Der König wollte diesen Gnadenerweis mahnend versteinern lassen und bestellte bei Rauch eine Skulpturengruppe nach dem Bibeltext. Moses sollte mit zum Himmel erhobenen Augen als Mittler zwischen Gott und seinem Volk dargestellt werden – er verstand sein Königtum als Lehen Gottes.

Die Gruppe konnte nur als Vollplastik aller drei Figuren gelingen. Rauch fürchtete aus Erfahrung, es würde beim König nicht ohne Änderungswünsche abgehen, was in Stein kaum machbar war. Auch lag wegen seines Alters von Anfang an etwas Ungewisses über dieser Arbeit. Rauch musste tatsächlich mehrere Modelle zerstören und empfahl resigniert seinen begabten Schüler Albert Wolff zur weiteren Ausführung. Als dieser das Werk nach fünfjähriger Arbeit zu Ende brachte, bekamen es weder Rauch noch der König zu Gesicht. (Abb. 39) Rauch starb im Dezember 1857, der König war zur Beurteilung nicht mehr in der Lage.

Mit der Planung des monumentalen Altargemäldes für den Berliner Dom kam die Menschheitsgeschichte für den König vollends zum Stillstand. Zuerst hatte er mehreren Deutschrömern ein Programm aus der Offenbarung des Johannes zum Ideenwettbewerb vorgelegt: Christus sitzt mit ausgebreiteten Armen auf einem von Engeln getragenen, puttenumschwebten Thron. Auf einer Wolke unter dem Thronenden harrt Maria, umgeben von Engeln, des Weltgerichts, »die Augen auf Christum gerichtet, wartend auf den Wink, die Lebendigen und die Toten vor den Richterstuhl zu rufen.« Darunter die Apostel und Evangelisten mit dem auf Christus deutenden Johannes dem Täufer. Gemäß alter ikonographischer Tradition sollte auch die königliche Familie im Bild dargestellt werden.

Philipp Veit und Edward von Steinle hatten Entwürfe vorgelegt. Daran kritisierte der König, »die königliche Familie, eine bloße Nebensache, [sei] viel zu bedeutend gemacht.« In einem Brief an Cornelius vom 23. April 1853 verdeutlichte er sein Anliegen. Dieser versuchte, die »große und ganz richtige« Intention einzulösen: »Über das ganze Werk muß eine sehr pathetische Ruhe walten, alles Dramatische muß untergeordnet und nur auf diejenigen Punkte hingeleitet werden, auf welche ein besonderer Wert gelegt werden soll. Einzelne

39 Mosesgruppe im Atrium der Friedenskirche Potsdam-Sanssouci

Gestalten sowohl als ganze Gruppen [...] möglichst [...] auf Goldgrund und gleichsam silhouettiert.« Die Haltung im untersten Teil des Bildes sei die schwierigste, weil darin »nicht zu viel und nicht zu wenig der Grad der Realität des durch das Ganze waltenden ahndungsvollen apokalyptischen Charakters«[934] vorhanden sei.

Cornelius bat um Entscheidung, ob das Werk in drei architektonische Zonen übereinander, wie Stüler es wünsche, zerfallen oder in einem einzigen großen Bilde wie in den Entwürfen von Veit und Steinle bestehen solle. Für den König war dies so bedeutend, dass er Cornelius deswegen einen weiteren Italienaufenthalt gewährte – um mit Hilfe von Vorbildern eine neue Konzeption auszuarbeiten. Beim »römischen« Entwurf sind zwar noch Horizontalebenen vorhanden. Der Gesamteindruck »pathetischer Ruhe« aber verdankt sich überzeitlichen Symbolen: Der König trägt einen Hermelin, die männlichen Mitglieder der Familie Uniform und die »Erdenbewohner« antikisierende Gewänder. (Abb. 40)

Der Bildhintergrund war dem König zu offen. Er hätte sich die Himmelsregion gänzlich auf Goldgrund gewünscht – das Heilige bergend wie auf dem byzantinischen Mosaik in der Apsis der Friedenskirche. Auf Cornelius' großformatiger Gouache ist die Wirklichkeit ganz ausgeblendet. Der König hielt sie für die »größte künstlerische Konzeption unserer Zeit, wohl aller Zeiten.« Für ihn ist es die Ausführung dessen, was Schelling in seiner *Philosophie der Offenbarung* geschrieben hatte: Nachdem die Allegorien geklärt sind, werden diese zur Welt, und hier schließt sich der Kreis. Die Welt wird Traum, der Traum wird Welt. Der König fand »nur noch Kraft und Trost im Gebet und in den göttlichen Verheißungen«[935], schrieb er Charlotte.

Von Cornelius wünschte er die »Erdgruppe noch geopferter« – irdisches Dasein ausschließlich als Dasein unter dem Kreuz, dessen Längsbalken direkt ans Firmament stößt. Der in früheren Zeiten noch phantasiebeflügelnde weltliche Spalt zwischen Fontänensprudel und Mond vor dem »göttlichen« Sanssouci hatte sich geschlossen. Im christlichen Sinne war Cornelius' Entwurf tatsächlich die »größte künstlerische Konzeption aller Zeiten« – sie bedurfte nicht einmal mehr der Realisierung.

Trotz Schellings kühner Synthese von positiver Religion und Philosophie gelang es dem König nicht, das durch die Fleischwerdung Christi lebendig gewordene Wort ans Sprechen zu bringen. Dies werden erst wieder Henri Bergson mit der vitalistischen Religionsphilosophie und Ernst Bloch mit der dialektischen Mystik versuchen. Dazu bedurfte es aber der Moderne, die der König nicht zuließ. Für ihn begann jetzt die Zeit der ewigen Wiederkehr. Nicht, wie sie Friedrich Nietzsche nur wenig später in die Welt bringen wird, sondern als Stillstand im traditionellen Sinne. Als der König sein Testament schrieb, war ihm Schelling bereits vorausgegangen. Friedrich Wilhelm hatte es nicht an einem mitfühlenden Beileidsschreiben an die Familie fehlen lassen.

40 Peter von Cornelius, Erwartung des Weltgerichts

■ **Fundstück:** Das Herz ist gestorben / die Welt ist leer …
(Friedrich Schiller) ■

Um einen König, für den sich der Himmel bis zur Erde herabsenkt, wurde es still. Die Vivat-Rufe verstummten. Als er am Lustgarten neue Pflasterplatten verlegen ließ, munkelte man, er wolle sich seinen Weg nach Jerusalem ebnen lassen. Er aber bereitete den Weg seiner Verklärung.

Bulletins

In den Potsdamer Sommermonaten trank der König bei der »Brunnenpromenade« täglich ab sechs Uhr morgens Heilwasser aus Marienbader Quellen. Die Promenade konnte sich bis zu zwei Stunden ausdehnen.[936]

Im Juni 1855 fiel Humboldt auf, der König sei von einer Krankheit weniger wiederhergestellt, als ihm bewusst. Er sei »vermüdet, abgespannt«. Er ahnte voraus, was im folgenden Frühjahr zutage trat: »In den Mai fiel dann ein Unwohlsein des Königs. Beim Tee sprach die Königin von der Insel Bornholm. Seine Königliche Durchlaucht […] fragte, was das für eine Insel sei, er habe noch nie davon gehört. Alle Anwesenden erschraken, denn bei seinem ausgezeichneten Gedächtnis war eine solche Äußerung unfaßbar. Als ihm die Königin aushalf, stützte er die Stirn mit der Hand und stöhnte: Mein Kopf, mein Kopf!«[937]

Das »Unfaßbare« hat seine Vorgeschichte: Der König blieb zwar bis 1850 von Krankheit verschont. Sein erschreckend schneller körperlicher Verfall hatte aber bereits mit dem »Schmerz des Regierens« eingesetzt. 1850 und 1852 war der König fieberkrank gewesen. Der Herzog Ernst II. berichtet: »Dann fiel er körperlich in sich zusammen, fuhr mit der Hand über die schweißbedeckte Stirn und sein Antlitz nahm den Ausdruck tiefsten Verfalls an.« Wir erinnern uns an jenes Photo von 1847. Im Sommer 1855 bemerkte Schneider, dass der König mit dem Gedächtnis »zu kämpfen« habe, besonders Namen betreffend. Dies rief bei ihm große Aufregung hervor, die sich von Mal zu Mal steigerte. Die persönliche Umgebung hielt dies anfangs für harmlos. Der König wurde älter, und warum sollte er nicht ab und zu etwas vergessen.

Erst jenes Ereignis erweckte Besorgnis. Der Leibarzt ordnete Schonung an, Aufregung müsse unter allen Umständen vermieden werden. Vorlesungen nach zehn Uhr abends wurden völlig eingestellt. Der König erholte sich daraufhin merklich, und es gab entgegen den Gerüchten sonst keinerlei Veränderung im Hofleben. Wer genauer hinsah, bemerkte freilich, dass es den König nicht mehr wie gewohnt zu neuen Ideen und stets wechselnden Projekten drängte. Er zeichnete kaum noch.

Beim Besuch des Kaisers in Wien im Frühsommer 1857 belebte ihn jener Bündnisplan so, dass er den offiziellen Teil des Besuches ohne Schwierigkeit überstand. Auf der Rückreise erlitt er in Pillnitz einen schweren Schlaganfall. Seine Extremitäten erkalteten vorübergehend, er verlor die Sprache. Tagelang war er so angegriffen, dass die Königin ein rasches Ende befürchtete. Doch er erholte sich. Als er wieder zu sprechen begann, behauptete er, sein Gedächtnis sei verloren. In den *Berliner Blättern* wurde veröffentlicht, der König sei in Pillnitz infolge großer Hitze von einem Unwohlsein befallen worden, das sich aber gemäßigt habe. Als sich einer der Ärzte zur Behauptung verstieg, die Gesundheit des Königs könne wiederhergestellt werden, ließ man dies umgehend verbreiten.

In diese Zeit fielen die Besprechungen mit Bunsen. Dieser behauptet, noch am Tag seiner Abreise hätte der König einen Schlaganfall erlitten, von dem man nichts an die Öffentlichkeit dringen ließ. Der König brachte jetzt Stunden in müder Stumpfheit zu, raffte sich dann auf, tat wie sonst, war lebendig und widmete sich Liebhabereien, bis erneut umso größere Abspannung eintrat. Beim Sprechen fehlten ihm Worte. Er klagte über sein Gedächtnis, und zwar darüber, dass er sich der Dinge zwar recht gut erinnere, aber deren Bezeichnungen nicht finde.

Zu den Letzten, die den Geist des Königs erreichen mochten, gehörte die Gräfin Louise von Stolberg-Stolberg, die seit der Verschlechterung seines Gesundheitszustandes Gedichte zu den Geburtstagen der Majestäten schickte. Im Oktober 1857 beschwor sie »aus tiefer Noth« die Notwendigkeit der königlichen Regierung. Ihr »Königslied« steigerte sie zur Apotheose:

Der Hüter des Grals

[...]
Als sich in der Seitenwunde
Aufgethan das Liebesmahl,
Floß sein Blut in diese Schale,
Taufend sie zum heil'gen Gral.

Doch die Welt in ihrem Taumel
Hat das Kleinod nicht erkannt;
Zwischen Erd' und Himmel schwebend,
Ruht es in der Engel Hand. [...]

Soll ich den Gesalbten nennen,
Der, ein zweiter Titurel,
Zieht im Glanz der alten Sage
Durch die Völker sternenhell?

Du bist dieser Auserwählte,
Der im Dienste seiner Zeit
Trägt die Erdenkron' als Schatten
Künft'ger Himmelsherrlichkeit.

Bleibe dieses Grales Hüter,
Wie es Gott Dir zuerkannt,
Daß er seine Strahlen werfe
Durch das ganze deutsche Land;

Daß er alle Herzen binde
An Dein gottgeweihtes Herz
Und sie auf dem Pfade führe,
Den Du wandelst himmelwärts. [...]

Was ein Stein zum andern redet,
Was des Tempels Stimme spricht,
Wird im Himmel aufgezeichnet
Und ersteht im ew'gen Licht.[938]

Die Gräfin stilisierte ihn zu einem Gralsritter, der, wie man seit Wagners *Lohengrin* wusste, keinen Platz in der menschlichen Welt hat. Der König hätte die Oper schon deshalb nicht hören können, weil sie erst seit 1859 in Berlin aufgeführt wurde. Aber bereits als Lepsius 1858 das ihm gewidmete *Königsbuch der alten Ägypter* vorlegte, konnte er dies nicht mehr recht würdigen. Immerhin verhalf er dem jungen demotischen Sprachforscher Heinrich Karl Brugsch noch zu einer Forschungsreise nach Ägypten.[939]

Es begann jetzt die Zeit der Königin. Sie wurde dem Kranken dienstbar, half aus, vertrat ihn oder deckte ihn vor anderen zur Aufrechterhaltung von Gespräch und Contenance. Ende 1858 war das russische Kaiserpaar zu Gast in Berlin. Wie in Wien überstand der König die Feierlichkeiten ohne nennenswerte Probleme. Als er das Paar zum Bahnhof begleitete, erlitt er einen weiteren Schlaganfall. Er sprach wirr.

So war die Fortführung der Regierungsgeschäfte nicht mehr möglich. Nach massivem Sträuben – er wusste, was da komme – bestimmte er seinen Bruder Wilhelm für drei Monate zum Stellvertreter.

■ Fundstück: Worstward Ho ■

Sein Zustand besserte sich in dieser Zeit nicht. Kommunikation war nur noch mit Hilfe von Papier und Bleistift möglich. Beim Sprechen waren meist nur die Satzanfänge verständlich. Ende des Jahres 1858 unterzeichnete der König das Dokument mit dem Einverständnis zur Regentschaft des Bruders gemäß der Verfassung. Damit gab er die Verantwortung für Staat und Untertanen ab. Er blieb König von Gottes Gnaden, denn dieses Amt war durch Menschen nicht lösbar.

Gleich nach Unterzeichnung der Regentschaftsurkunde trat der König seine letzte Reise dorthin an, wo er »heimisch« gewesen war: nach Rom. Wollte er dort sterben? Die Ärzte hofften, das Klima würde seine Gesundheit bessern. Die Königin baute auf den päpstlichen Segen. Tatsächlich lebte der König in Italien auf. Als römische Unterkunft diente der Palazzo Caffarelli, wo er einst mit Bunsen seine Zukunft entwarf. Mehr und mehr erholt, begannen Touren zu Sehenswürdigkeiten der Stadt.

Es folgten Besuche in Ateliers preußischer Künstler. Der König wollte sie noch einmal unterstützen, und so füllten sich vierundfünfzig Transportkisten – ohne nennenswerte Kunstwerke. Im März 1859 reiste die Gesellschaft nach Neapel. Das Königspaar ließ sich den Vesuv hinauftragen. In Pompeji spielte man Ausgrabung für Touristen und entdeckte, was zuvor eingegraben worden war. Der König ließ sich das Volkslied *La bella Sorrentina* an dessen Entstehungsort vortragen. Selbst die Strapaze der Wagenreise nach Amalfi überstand er gut. Das »Anregungsmittel« der südlichen Kultur verdrängte die Krankheit noch einmal.

Er gab deshalb sein anfängliches Widerstreben gegen eine Audienz beim Papst auf. Pius IX. war allein schon als Seelsorger dazu bereit. Das Treffen wurde wie spontan in den päpstlichen Gärten arrangiert. Der König war vom kurzen Gespräch mit Pius beeindruckt, und vielleicht hatte der letzte Kämpfer für das Heilige Römische Reich im Papst einen Seelenverwandten. Mit anbrechender Osterzeit erwarb er einen von Engeln getragenen Marmorkandelaber des Bildhauers Carl Steinhäuser. Er sollte in der Friedenskirche aufgestellt werden und war zweifellos für ihn selbst bestimmt. Nach dem Auferstehungsfest kehrte die Gesellschaft nach Preußen zurück.

Hier trat die Krankheit – Arteriosklerose der Carotis, der Halsschlagader, mit aller Macht auf. Attacken in immer kürzeren Abständen folgte kurzzeitige Erholung, allerdings so, dass das vorangegangene Niveau nicht erreicht wurde. Es begannen die Lähmungen – zuerst der Zunge. Sie griffen allmählich auf den ganzen Körper über, bis der einst Ruhelose sich nicht mehr bewegen konnte. Seine letzten Monate dämmerte er im Rollstuhl dahin, und schließlich verlautete, der König sei – wie Schinkel und seine Sibylle von Arnim – an geistiger Umnachtung verstorben. O neunzehntes Jahrhundert...

41 Sasha Waltz & Guests Tanzcompagnie im restaurierten Neuen Museum Berlin

Epilog auf der Insel

Und das Unsrige? Wenn auch Spuren der königlichen »Freistätte für Kunst und Wissenschaft« auf der Spreeinsel sichtbar blieben, sind die darin verborgenen Allegorien umso gründlicher vergessen. Deren Fluchtlinie setzt mitten unter der Kuppel des Alten Museums an. Dort befand sich der Platz des Königs, versinnbildlicht durch sein Standbild, umgeben von einem Rund antiker Götterskulpturen, welche die Herkunft der Monarchie legitimierten. Schinkels gemalte Allegorie der Menschheitsgeschichte auf der Museumsfassade war deren idealistische Überhöhung.

Von hier zog der König die Linie weiter und ließ im Treppenhaus des Neuen Museums jene Geschichte erneut darstellen – diesmal mit Allegorien historischer Ereignisse. Was wie eine Verengung idealistischen Weltgeistes aussieht, war dem dynastischen Rückgriff auf barocke Treppenhäuser geschuldet. Uns macht seine Ausstattung des Museums neugierig, dessen umfassendes Konzept wir nicht wieder erreicht haben.

Die Linie führt zu seinem von ihm zuletzt initiierten Museum für »vaterländische« Kunst. Hätte er den späteren Namen »Nationalgalerie« schon wegen der europäischen Familienbande zurückgewiesen, so gewiss wegen seines geistigen Horizonts wider die nationale Gesinnung der »neuen Ära«. Mit dem Dombau nach seinem Tod wurden die Allegorien vollends parodiert. Als Folge eines »Kulturkampfes« der christlichen Bekenntnisse untereinander zerstörte dieser alle Bemühungen des Königs um eine freie Kirche. Die Linie endet bei der Kapellenkuppel des Schlosses gegenüber dem Platz des Königs

Diesen Platz hat die Republik zwar durch Beseitigung seines Standbildes geräumt, er ist aber keineswegs leer. Michel Foucault hat beschrieben, warum es seit Velázquez' untergründigem Projektionsverfahren seiner *Meninas* den leeren Platz des Königs nicht mehr gibt. Für uns hat der Verlust der monarchischen Mitte in der Rotunde des Alten Museums zur leeren Mitte der Demokratie geführt. Der Götterreigen hat seine Signifikanz verloren. An ihre Stelle trat mit der Restaurierung des Neuen Museums der abstrahierende Geist der Moderne: In unaufhörlich wechselnden Bildern belebten Tänzer die noch leeren Räume – und es schien, als hätten die antiken Skulpturen ihr Rund im Alten Museum aufgetan, um auf der Fluchtlinie des Königs ihren Reigen ins Neue zu überführen. (Abb. 41)

Jener Platz des Königs birgt weiteres: Noch bevor antike Götter den Menschen durch das Opaion, die offene Kuppel des römischen Pantheons nahekamen, waren sie, allen voran Helios auf dem Sonnenwagen, nach Asien gezogen. Von Zeit zu Zeit wird behauptet, es habe nicht viel an deren Vereinigung mit dortigen Gottheiten gefehlt. Diese Utopie sog Friedrich Wilhelm mit der Entdeckung indogermanischer Sprachverwandtschaften in sich auf. Er benutzte Sanskritzeichen, weil sie seine geistige Fluchtlinie ins Unvordenkliche – und Poetische – erweiterten. Die idealistische Vorstellung vom weltgeschichtlichen Kontinuum verknüpfte alte mit neuen Religionen nahtlos. Darin liegt der tiefere Grund für die unermüdlichen liturgischen Bemühungen des Königs.

Kommen wir also zum Schloss/Humboldtforum. Wird dessen Fassade zur Projektionsfläche des Platzes des Königs? Immerhin wird sie den Endpunkt der monarchischen Magistrale, auf den der König in dreierlei Gestalt »zureitet«, wiederbeleben. Ist monarchische Repräsentation zum demokratischen Denkmalskult geworden? Und wie steht es im Inneren? Am Ende des zweiten Buches seines *Kosmos* empfahl Humboldt Rundbauten zur Landschaftssimulation neben Museen. Sie sollten das Publikum »in einen magischen Kreis« bannen – worin es, »der störenden Realität entzogen«, sich in die fremde Natur versetzen könne.

Im Schloss/Humboldtforum sollen sich die Weltkulturen präsentieren. Diese aus dem Positivismus überkommene Struktur der Spezialmuseen kann den Horizont des Königs nicht erreichen. Édouard Glissant hat in einem Brief angemerkt: »Wenn wir die Weltbeziehung denken, in ihr leben und handeln, setzen wir Glanzpunkte des Imaginären, Blitzlichter der Poetik, Visionen des Politischen, und verpflichten sie der Schönheit …« Und mit einem Male stehen die Allegorien des Königs wieder vor uns, und wir begreifen, warum die Dichter mit dem König gehen sollten. Die Poesie des kulturellen Begehrens, der Realität, kann sich nur wie ein Rhizom ausbreiten – unterirdisch und mit Luftwurzeln – und als das Umfassende, Synkretistische einer Kultur »Tout monde« zeigen. Es kommt jetzt auf eine eben erst aufscheinende Weltkarte an – nicht im Sinne bloßer Verlängerung oder Vermehrung von Fluchtlinien, sondern als Zusammenspiel der Kulturen. Ist auch dies ein Sommernachtstraum?

Dank

Die lange Entstehungszeit dieses Buches würde eine ebenso lange Liste von Helfern, allen voran den Leiter des Forschungsprojekts zur Erschließung des zeichnerischen Nachlasses Friedrich Wilhelms IV., erfordern. Ich muss es beim allgemeinen Dank belassen. Der Verlag hat mir einen Lektor zur Seite gestellt, der die Benutzbarkeit der Karte bis in die entlegensten Winkel erprobte. Der Stiftung Preußische Seehandlung und der Stapp-Stiftung danke ich für die finanzielle Unterstützung.

Ohne das je Ihrige von Hanne, Ursula, Gioacchino und Don Bartolo hätte ich »die Insel« nicht erreicht. Ihnen gilt mein besonderer Dank.

Berlin im Frühjahr 2013 *Rolf Thomas Senn*

Nachweise

Das Kürzel SPSG steht für den im Gesamtkatalog der Stiftung Preußischer Schlösser und Gärten inventarisierten Katalog der Zeichnungen Friedrich Wilhelms IV. Er ist unter der ausführlichen Bezeichnung SPSG GK II (12) mit dem jeweiligen Blatt verzeichnet. Über die Internet-Adresse führt der Link http://bestandskataloge.spsg.de zum kommentierten Katalog.

BPH steht für Brandenburg Preußisches Hausarchiv, Rep für Repertorium, HA für Hausarchiv. Der Katalog des Geheimen Preußischen Staatsarchivs ist virtuell zugänglich.

Zu den politischen Quellen siehe den Anhang bei Barclay, vgl. Anm. 546.

Zeitgenössische Abbildungen zur Biographie Friedrich Wilhelms IV. in: Walter Bußmann, *Zwischen Preußen und Deutschland: Friedrich Wilhelm IV. ...*, Berlin 1990.

Weitere Zeichnungen Friedrich Wilhelms IV. in: Meiner, vgl. Anm. 58.

R. Larry Todd *Felix Mendelssohn Bartholdy. Sein Leben. Sein Werk*, dt. Stuttgart 2008 mit Notenbeispielen zu sämtlichen hier erwähnten Kompositionen Mendelssohns.

Gerhard Wahnrau, *Berlin, Stadt der Theater* ... Berlin 1957 mit aufschlussreichen Abbildungen von Schauspielern und Sängern.

Die Abbildungen stammen aus dem Besitz der SPSG Berlin-Brandenburg,
ausgenommen:
Hausachiv d. vorm. reg. Preußischen Königshauses, Burg Hohenzollern, Abt. 6, 28: 20, 21.
Bildarchiv Preußischer Kulturbesitz: 40.
Dialoge 09 – Neues Museum, Sasha Waltz, Bernd Uhlig©: 41.
Autor: 12, 39.

Anmerkungen

1 25. April 1797, in: Königin Luise von Preußen, *Briefe und Aufzeichnungen, 1786–1810*, Malve Rothkirch (Hg.), München 1985.
2 Ebd., 1. November 1797.
3 Vgl. *Der goldene Spiegel oder Die Könige von Scheschian*.
4 8. September 1809, Friedrich Delbrück, *Die Jugend des Königs Friedrich Wilhelm IV. von Preußen und des Kaisers und Königs Wilhelm I. Tagebuchblätter 1800–1809*, G. Schuster, (Hg.), 3 Bände, Berlin 1907.
5 31. Juli 1849, zit. nach Ursula Püschel, *Die Welt umwälzen, denn darauf läuft's hinaus. Der Briefwechsel zwischen Bettina von Arnim und Friedrich Wilhelm IV.*, Bielefeld 2001.
6 SPSG VI-Bb-1 Rs.
7 SPSG IX-B-106.
8 *Reisen eines Deutschen in England im Jahr 1782*.
9 SPSG VIII-B-84.
10 Herausgegeben von George Keate.
11 Von 1780.
12 SPSG VIII-A-79.
13 Schauspiel in fünf Akten, Premiere: 3. August.
14 Premiere: 5. September 1800, Tänze vom Königlichen Ballettmeister Étienne Lauchery, Schauspielmusik von Abbé Vogler.
15 Premiere: 2. Januar 1787.
16 SPSG V-3-A-25.
17 1. Dezember 1801, vgl. Delbrück, Anm. 4.
18 SPSG IX-B-65.
19 Schauspielmusik von Johann Friedrich Reichardt.
20 Aloys Hirt, *Dädalus und seine Statuen*, Berlin 1802, Vorwort.
21 Libretto: Joseph Alexandre Vicomte de Ségour, UA: Paris 1798.
22 Libretto: Carlo Francesco de Franceschi, UA: Wien 1800, bearbeitet von Georg Friedrich Treitschke.
23 SPSG VIII-A-82, IX-B-3, IX-B-45.
24 *Der große Maskenball in Berlin*, Berlin 1805.
25 Uraufgeführt zur Huldigung des Königs am 6. Juli 1798.
26 SPSG VIII-A-31.
27 Von 1800.
28 SPSG IX-B-66, ohne Datum, Briefwechsel mit Charlotte, BPH Rep 50 J 1209.
29 Ebd., Bl. 4 und 5.
30 Von 1782/83.
31 Daniel Kehlmann, *Die Vermessung der Welt*, Reinbek 2005.
32 Friedrich Schlegel, *Über das Studium der griechischen Poesie*, 1795, zit. nach Rüdiger Safranski, *Romantik. Eine deutsche Affäre*, München 2007, S. 61.
33 Auf den Text Karl Wilhelm Ramlers.
34 Von Jean Nicolas Bouilly.
35 Am 21. August 1805.
36 Das ihn in den sibirischen Gulag führte.
37 Libretto: François Benoit Hoffman, Premiere: 7. Oktober 1803; und von diesem das einaktige Singspiel *Die Schatzgräber*.
38 Singspiel in drei Akten, Premiere: 9. Februar 1790.
39 SPSG IX-B-46.

40 HA Rep 100, Nr. 1117.
41 Von Friedrich Johann Bertuch, seit 1790 in Weimar.
42 In Berlin spielte man das Stück seit 1795 nicht mehr.
43 UA: 1785.
44 SPSG IX-A-122.
45 Delbrück, vgl. Anm. 4, Bd. 1, S. 89ff.
46 *Der Cid, Geschichte des Don Ruy Diaz, Grafen von Bivar.*
47 SPSG IX-B-36.
48 BPH Rep 50 J 960.
49 SPSG VIII-A-67.
50 15. Oktober 1807.
51 SPSG IX-B-38.
52 3. Juli 1808.
53 SPSG VIII-C-8.
54 Verfasst für die fromme Marquise de Maintenon, zweite Gemahlin Louis XIV.
55 10. September 1807.
56 Delbrück, vgl. Anm. 4, 12. Februar 1809.
57 Libretto: Jean-Nicolas Bouilly, UA: 1800.
58 *Herbartische Reliquien 1871*, S. 201, zit. nach J. Meiner, Ausstellungskatalog *Unglaublich ist sein Genie fürs Zeichnen*, SPSG 2011, Anm. 10.
59 Brief Alexander von Humboldts an Charles Duvinage, 1850 (?), R. Duvinage, (Hg.), *Bibliothekar des Königs Friedrich Wilhelm IV. und Wilhelms I. Die Lebensgeschichte von Charles Duvinage*, Norderstedt 2005.
60 Am 9. September 1809.
61 SPSG VIII-A-107.
62 Delbrück, vgl. Anm. 4, 25. September 1809.
63 SPSG VI-Eb-5
64 *Morgenblatt für gebildete Stände*, Bd. 3, 4. Februar 1809, S. 120.
65 Er konvertierte zum katholischen Glauben und hatte dann nichts mehr zu sagen.
66 SPSG VIII-A-108.
67 BPH Rep 50, 501.
68 Wilhelm von Humboldt, *Briefe*, München 1952.
69 Ernst Lewalter, *Friedrich Wilhelm IV. Das Schicksal eines Geistes*, Berlin 1938, S. 108.
70 Ebd., S. 88.
71 Paul Haake, *Johann Peter Friedrich Ancillon und Kronprinz Friedrich Wilhelm IV. von Preußen*, in: *Historische Bibliothek*, Bd. 42, München 1920, S. 21.
72 Ebd., S. 25.
73 SPSG IX-B-44.
74 SPSG IX-B-55.
75 SPSG IX-B-89.
76 Bei John Flaxman, *La divina commedia di Dante Alighieri,* Mailand um 1802.
77 Musik: Fernando Paër; nicht zufällig verschwand sie Ende 1815 von der Bühne.
78 SPSG IX-B-49.
79 *Allgemeine Moden-Zeitung*, 14. Jg.,1812, Nr. 28, S. 223.
80 Haake, vgl. Anm. 71, S. 13.
81 Erster Akt, vierte Szene; SPSG IX-B-50.
82 Schreibweise wie in Bürgers Übersetzung.
83 SPSG IX-B-40.
84 SPSG X-D-32.
85 *Joseph in Ägypten*, musikalisches Drama nach R. Duval, seit 22. November 1811; *Johann von Paris*, Singspiel nach Saint-Just, Übersetzung: Herklots, seit 25. März 1813.
86 Tragisches Märchen nach Carlo Gozzi, Bühnenmusik: Vinzenz Lachner.
87 SPSG VIII-A-112.

88 BPH 106, Briefe Friedrich Wilhelms IV. an Friedrich Wilhelm III., August/September 1812.
89 Ebd., S. 110f.
90 SPSG IX-B-62.
91 Haake, vgl. Anm. 71, S. 56.
92 SPSG VIII-C-159.
93 Über die Schlacht bei Bautzen, in: Hermann Granier, *Prinzenbriefe aus den Freiheitskriegen*, Stuttgart 1922, S. 57ff.
94 Haake, vgl. Anm. 71, S. 63.
95 SPSG III-1-B-75 Rs.
96 Von Edward Morris; in Berlin bis Februar 1800 aufgeführt.
97 Das ländliche Gemälde in einem Akt von Kotzebue wurde in Berlin auch im Schlosstheater von Charlottenburg aufgeführt.
98 SPSG I-3-E-4 Rs.
99 SPSG IX-B-47.
100 SPSG I-3-E-4 Rs.
101 SPSG VIII-C-2.
102 6. April 1814, Granier, vgl. Anm. 93, S. 231.
103 Ebd., S. 231.
104 SPSG VIII-A-66. Es befindet sich im musikalischen Nachlass der Hohenzollern.
105 Brief vom 30. März 1814 an Charlotte.
106 Nach dem Libretto von Étienne de Jouy, UA: 1807; Theaterzettel zu weiteren Opern in BPH Rep 49 F, Nr. 12/2 und 12/3.
107 An Charlotte, 29. April 1814, mit Zeichnungen v. a. der Krone Karls des Großen, vgl. Anm. 28.
108 SPSG IX-B-95.
109 Johann Gottfried Herder, *Briefe über den Humanismus*, 7/83; Kleist wird diese Psychologie in der Erzählung über *Die heilige Cäcilie oder Die Gewalt der Musik* parodieren.
110 SPSG IX-A-17.
111 London, St. James's Palace, 2. Juli 1814.
112 SPSG IV-D-73.
113 SPSG X-Cb-14.
114 SPSG VI-Ea-5.
115 Eine ähnliche Konstellation mit symbolischem Kreis aus den Tierkreiszeichen, in der Mitte ein Schlüssel, findet sich auf dem genannten Blatt mit den fünf Figuren.
116 SPSG IX-B-43.
117 SPSG IX-B-77.
118 Vielleicht spielt er auf Christian August Vulpius' Lustspiel *Der erste April* an.
119 BPH Rep 50 J, Nr. 1209, Bl. 130–133.
120 Apg 16,7 und 1 Petr 1,1.
121 SPSG VIII-C-40.
122 Wilhelm Hensel hat ihn 1819 mit zum Himmel gerichtetem Blick karikiert.
123 Brief an Ancillon, Haake, vgl. Anm. 71, S. 64ff.
124 Alexander von Humboldt hatte im *Kosmos* seine klassizistische Not mit dem manieristischen Text.
125 Im Nachlass BPH Rep 50, A2 finden sich Übungen zum Italienischen von 1814–1819. Nach dem Französischen waren es unter Delbrück englische (1807–1809) und lateinische (1808–1809) Studien gewesen.
126 SPSG VIII-B-127 und IX-D-20.
127 Sie war so karg, dass sie bis dahin nie besiedelt wurde.
128 Brief vom 8. August 1815.
129 Berlin, 8. April 1815.
130 Paris, 3. September 1815.
131 Vgl. Anm. 88, S. 114.

132 Brief an Charlotte, zit. nach Lewalter, vgl. Anm. 70, S. 147.
133 Alfred von Reumont, *Aus König Friedrich Wilhelms IV. gesunden und kranken Tagen*, Leipzig 1885. S. 138.
134 BPH Rep 50 J, Nr. 501.
135 SPSG VI-Cc-2.
136 Haake, vgl. Anm. 71, S. 66.
137 *Dramaturgisches Wochenblatt in nächster Beziehung auf die königlichen Schauspiele in Berlin*, 1815, Nr. 17; die Rede wurde gehalten von Demoiselle Maaß.
138 Vom Ballettmeister Telle; nur ein Mal getanzt.
139 Mit der Schauspielmusik Ernst Theodor Amadeus Hoffmanns.
140 SPSG IX-B-51.
141 SPSG I-1-B-2.
142 SPSG III-1-B-3.
143 *Torquato Tasso*, Schauspiel in fünf Akten, nach dem Manuskript des Dichters, seit dem 25. November 1811 in Berlin.
144 Briefe Friedrich Wilhelms an Charlotte, BPH J 1209, Bl. 194.
145 Band XIX.
146 Rolf H. Johannsen, *Friedrich Wilhelm IV. von Preußen [...] und die Residenzprojekte 1814–1848*, Kiel 2007, S. 65.
147 Vgl. die Geschichte *Aladin und die Wunderlampe* und die von *Sindbad dem Seefahrer*; dazu vermutlich Anregungen aus der romantischen Oper *Almanzinde* nach der Geschichte *Die vierzig Räuber*, gespielt zwischen dem 29. April und 7. Dezember 1814.
148 Friedrich Wilhelm IV., *Die Königin von Borneo* (im Original: *Die Geschichte von Prinz Feridoun mit der Königin von Borneo*), Berlin 1997, S. 4.
149 SPSG VI-Ea-1.
150 Singspiel in zwei Akten, aus dem Französischen von Herklots, Musik: Berton, vom 3. April 1804 bis 1820 (nicht zu verwechseln mit dem späteren Ballett).
151 Am 22. April 1819 berichtet er Charlotte vom Zugang von »Kenguru's, Affen, Mongo's etc.«
152 Zit. nach Johannsen, vgl. Anm. 147.
153 Friedrich Wilhelm hatte dieses Thema in mehreren Zeichnungen nach orientalischen Geschichten beschäftigt: SPSG VIII-A-51 und 52.
154 Theodulf von Orleans, *De ordine baptismi*.
155 Aus Satscheh Cara wird Adelheid Maria, aus dem König Russang Gehun Melchisedec, den er als *König von Salem* zeichnet: SPSG VIII-C-18.
156 SPSG IX-C-20 Rs.
157 SPSG IX-C-20.
158 SPSG III-1-B-53.
159 »Wo bist Du, meine Geliebte.«
160 Der Brief ist nachträglich auf 1816 datiert.
161 Genau wissen wir es erst, seit Harry Falk sich damit beschäftigte, Manuskript bei der SPSG.
162 HA Rep 49 N.
163 SPSG IX-C-21.
164 SPSG IX-C-25.
165 Brief vom 16. Februar 1818.
166 Brief vom 29. Juni 1817.
167 Brief vom 23. Juni 1817.
168 Am 6. Juli 1817, von Domenico Cimarosa, mit drei Aufführungen.
169 BPH Rep 50 J, 1210, Bd. 1.
170 An Charlotte, 14. Juni 1817, ebd.
171 »Les États de l'Allemagne seront indépendants et unis par un lien fédératif.«
172 Dazu das Festspiel *Endymions Urteil* von Jacob Konrad Levezow, *Dramaturgisches Wochenblatt in nächster Beziehung auf die königlichen Schauspiele in Berlin*, 1815, Nr. 8.

173 Das Programm im *Dramaturgischen Wochenblatt*, 1815, Nr. 8, ebd.
174 Von Wladislaw Oserow.
175 *Dramaturgisches Wochenblatt*, 1816, Nr. 4, vgl. Anm. 172.
176 Sie tanzte am 26. März 1817 in einem Divertissement von Telle zum ersten Mal.
177 Das nach dem Singspiel entstandene Ballett in drei Akten von Aumer, für Berlin eingerichtet von Hoguet, wurde am 27. März 1822 zum ersten Mal aufgeführt, getanzt bis 1836.
178 Im Vorspiel von Pietro Antonio Cestis Oper *Orontea*.
179 Carl von Mecklenburg stellt die Hoffeste in seinen *Erinnerungen an Berlin,* erschienen um 1830 einschließlich der zugehörigen Texte, vor.
180 Brief an Charlotte, 25. Januar 1824, vgl. Anm. 169.
181 SPSG IX-D-19.
182 Brief vom 14. Februar 1823 aus Sankt Petersburg, BPH Rep 49 W 28, Bl. 237–240.
183 Die Änderung bestand in der Trennung von Text und Anmerkungen von beinah gleicher Länge.
184 Die Vorträge hielt Anton Kreil und veröffentlichte sie anonym im *Journal für Freimaurer.*
185 SPSG VI-Cb-4.
186 SPSG VI-Cb-24.
187 Napoleon hatte die ersten Bände der *Description de l'Égypte* nur an ausgewählte Personen verschenkt. Vom Nachdruck lag erst der Band über den unteren Nil vor.
188 Dort hieß es Putrefactio.
189 SPSG VI-Cb-3.
190 SPSG VI-Cb-3.
191 SPSG V-3-A-30.
192 SPSG VI-Cb-6.
193 HA Rep 100, Nr. 1117, 20. März 1816.
194 *Hesperus. Enzyklopädische Zeitschrift für gebildete Leser*, 1812, I, S. 111.
195 Der Fürst trug auch althebräische Lieder vor, Brief an Charlotte, 24./25. Juni 1817.
196 Zelter an Goethe, 18. Februar 1816, Regestenausgabe der Briefe an Goethe.
197 SPSG VIII-B-125, »Barbara Radziwill, Regina Polonia magnae, duchesse lithoniae«.
198 Premiere in Berlin: 26. April, Libretto: Étienne, Musik: Nicolò Isouard; Ballett *Das Rosenfest* von Telle; Theaterzettel: HA Rep 100, Nr. 1117.
199 Lully hat dies im Finale der gleichnamigen Oper als unvergessliche Passacaille verwirklicht.
200 *Undine* kursierte unter den Prinzen in zwanzig Umrissen, gezeichnet vom Grafen Clary, gestochen von L. Schnorr; Brief an Charlotte, 23./25. Juni 1817, vgl. Anm. 28.
201 Premiere: 25. Februar 1817, frei bearbeitet von Johann Gottfried Wohlbrück.
202 Eingerichtet von Goethe, Bühnenmusik: Joseph Augustin Gürrlich.
203 Von Molière den *Geizigen*, bearbeitet von Heinrich Zschokke. Friedrich Wilhelm wird erst auf die Aufführungen in französischer Sprache reagieren, vgl. SPSG VI-Cc-1. Von Shakespeare u. a. den *Hamlet*, von Terenz *Die Brüder*, ein fünfaktiges Lustspiel mit Masken, von Plautus *Die Gefangenen* mit Masken, beides übersetzt vom Grafen von Einsiedel.
204 Förster gehörte zu Lützows Freicorps; Gedicht im *Dramaturgischen Wochenblatt*, vgl. Anm. 172.
205 Brief an Charlotte, 9./10. April 1818, vgl. Anm. 28.
206 Monodrama von F. W. Gubitz, Musik: B. A. Weber, dann mit der Musik von G. A. Schneider am 13. Juli 1818 als Nachwuchsdrama mit Schinkels Bühnenbild.
207 SPSG IX-A-6.
208 SPSG IX-A-126.
209 Reumont, vgl. Anm. 133, S. 138.
210 Briefe, Alte Folge, Bd. 2, S. 537.
211 Johannsen, vgl. Anm. 146.
212 Porträt Friedrich Wilhelms von Johann Heusinger.
213 Brief vom 17. Juni 1815, Haake, vgl. Anm. 71, S. 39.
214 Zit. nach Sabine Fastert, *Die Entdeckung des Mittelalters*, München 2000, S. 275.
215 Caroline von Rochow, *Vom Leben am preußischen Hofe 1815–1852*, Berlin 1908, S. 129.

216 SPSG X-A-69; die Idee dazu stammte vom Bildhauer Christian Friedrich Tieck.
217 BPH Rep 50 C II, Nr. 13.
218 Brief an Charlotte vom 18. August, vgl. Anm. 28.
219 Eberhard Gothein, *Köln 1815–1871*, Köln 1916.
220 Vgl. das Vorwort zu dessen Zeitschrift *Indische Bibliothek*.
221 25. Juli 1817, vgl. Anm. 88
222 Von Levezow, Rede zur Feier im Opernhaus am 19. Oktober von Pius Alexander Wolff; dann die zweiaktige Oper *Zaire* nach Voltaire von Peter von Winter.
223 Zur Totenfeier vgl. BPH Rep 100, Nr. 1044.
224 Band V.
225 Melodien des zehnbändigen Werkes arrangiert von Sir John Stevenson.
226 Reumont, vgl. Anm. 133, S. 140.
227 Wilhelm Schellberg (Hg.), *Josef v. Görres' ausgewählte Werke und Briefe*, Kempten 1911, Bd. 2, Brief Nr. 120 an Schack.
228 Lautmalerische Übertragung des altägyptischen Königstitels Ramses II. ins Griechische; vielleicht inspiriert durch Percy Bysshe Shelleys Gedicht.
229 Brief an Charlotte, Potsdam, 3. Mai 1818, vgl. Anm. 28.
230 Brief an Charlotte, 2. März 1819, ebd.
231 SPSG IX-B-41.
232 Im März 1818; ein frühes Exemplar genauer Aufführungsanweisungen.
233 *Vues des Codillères*, 1810, Bd. 13, Taf.1; dazu Werke von Antonio de Solis und Antoine-François Prévost.
234 SPSG IX-A-165.
235 Mit Unterstützung des Altertumsprofessors August Boeckh.
236 SPSG IX-A-130.
237 Reisetagebuch BPH Rep 50, CII, Nr. 15.
238 Peterhof, 17./18. Oktober 1818, vgl. Anm. 182, Bl. 167.
239 *La selva incanta e Gerusalemme liberata*, Musik: Righini, bearbeitet von Herklots, 17. Dezember 1815 und 11. März 1816.
240 Gemeint ist der Hofdichter und Librettist Antonio de' Filistri da Caramondani.
241 Die Verse 882f.
242 3. Juli 1818, zit. nach Haake, vgl. Anm. 71, S. 92.
243 Ausgeführt von Carl Wilhelm Kolbe.
244 SPSG VIII-C-137.
245 Am 21. Januar 1819 schreibt er an Charlotte, er lerne seit einer Woche Spanisch.
246 Gedicht Nr. XII: *A Nuestra Señora*.
247 »Virgen, lucero amado, / En mar tempestuosa clara guía.«
248 »O bel' paese d'italia quando ti vedrai?«
249 2 Petr 1,19.
250 Vgl. die Kritik in der *Allgemeinen Literaturzeitung*.
251 SPSG I-3-A-21.
252 Von Quintilian: »Roma tibi subito motibus ibit amor.« Von Scipio: »Ingrata patria, ne ossa quidem mea habebis.«
253 In der dritten Auflage von 1800 sind es: Pointe, Antistrophe, Lazzi, Quodlibet, Calambour, Pasquinade, Anomination, Turlupinade, Coq-a-l'Ane, Janoterie und Amphigouri.
254 BPH Rep 50 C II, Nr. 13.
255 Kurt Jagow, *Wilhelm und Elise*, Leipzig 1930, S. 18.
256 SPSG IX-B-55.
257 15. Februar 1819.
258 SPSG IX-A-34.
259 SPSG IX-A-35.
260 Purgatorio 30.
261 SPSG VIII-B-120.

262 BPH Rep 50, K IV; Die Zwischenstrophen lauten:
Da sah ich eine Blum' am Bach / In Himmelsbläue stehen, / Das Blümlein wollt' ich pflücken, ach, / Es war nicht mehr zu sehn. // Und traurig ging ich weiter fort / Und weinte helle Tränen / Und suchte da und suchte dort, / Und immer wuchs mein Sehnen. // Ein Mägdlein kam im Abendglanz, / Wie ich noch keins gefunden, / Die Blume war in ihrem Kranz, / Die mir am Bach entschwunden. // Sie trug die Laute in dem Arm, / Die mir sehr süß geklungen, / Es wurde mir das Herz so warm, / Das jüngst der Gram gezwungen.
263 Lewalter, vgl. Anm. 69, S. 181f.
264 Brief an Charlotte, 13. Juli 1819, vgl. Anm. 28.
265 SPSG IX-D-109.
266 Bd. 1, erschienen 1817, Bd. 2 aus dem Nachlass 1854.
267 SPSG VIII-B-135.
268 Rochow, vgl. Anm. 215, S. 152.
269 *Briefe an Psychidion oder Ueber weibliche Erziehung*, Altona 1819.
270 Beschrieben von Carl von Mecklenburg, *Erinnerungen an Berlin*, vgl. Anm. 179.
271 Große Oper mit Ballett, aus dem Französischen von J. D. Sandner, Berliner Erstaufführung: 20. April 1808.
272 SPSG IX-A-84.
273 Das Blatt wurde in seinem Gebetbuch gefunden, veröffentlicht als *Abendmahls-Gebete Weiland König Friedrich Wilhelms IV.*, Berlin 1891.
274 Oper in drei Akten, nach dem barocken Libretto des Pietro Metastasio; UA in München, in Berlin am 1. und 7. Dezember 1819, Ballettmusik: G. A. Schneider.
275 Er benutzte den Nachdruck der *Description de l'Égyte* vom gleichen Jahr.
276 Der Band mit Memphis erschien in der zweiten Auflage erst 1822.
277 SPSG V-3-A-31.
278 Friedrich Wilhelm hat ihn bei einer militärischen Übung karikiert, SPSG VI-Cb-4.
279 SPSG IX-A-58.
280 *Berlinische Nachrichten*, 8. Februar 1820.
281 Johann Gottfried Schadow, *Kunstwerke und Kunstansichten 1780–1845*, Berlin 1849, Neuausgabe Berlin 1987, S. 142.
282 Ebd., S. 141.
283 Sein Freund Tholuck hatte ihn mit einem Alphabet ausgestattet; vgl. Leopold Witte, *Aus Kirche und Kunst*, Leipzig 1897, S. 108.
284 Brief an Charlotte vom 14. November 1821, vgl. Anm. 28.
285 Mit 49 Blättern; Ausstellungskatalog: *Das Vermählungsalbum von 1823. Zeichnungen deutscher Künstler in Italien für das preußische Kronprinzenpaar*, bearbeitet von G. Bartoschek, Potsdam, SPSG 2008.
286 SPSG IX-C-7.
287 SPSG IX-C-15.
288 Mecklenburg, vgl. Anm. 179.
289 SPSG X-Cb-29.
290 Friedrich Wilhelm an Friedrich Wilhelm III., November 1820, vgl. Anm. 88.
291 Große Oper in drei Akten, nach dem Französischen von Dieulafoi und Brifaux.
292 Zit. nach Cécile Lowenthal-Hensel und Jutta Arnold, *Wilhelm Hensel. Maler und Porträtist 1794–1861*, Berlin 2004, S. 74; SPSG.
293 Am 19. Januar 1816 dessen dreiaktiges Drama *Tony*, am Krönungstag 1817 Fouqués *Tassilo*, Musik: Hoffmann, Lieder aus Körners *Leyer und Schwerdt*, Musik von Weber.
294 *El desden con el desden* von Augustín Moreto y Cabaña, bearbeitet von Josef Schreyvogel, nach der »Ausgabe für die Oesterreichische Monarchie«, am 16. März 1819 Erstaufführung in Berlin.
295 Die Blätter befinden sich in der Sammlung des schwäbischen Hohenzollernschlosses.
296 Zit. nach Peter Betthausen, *Friedrich Wilhelm IV. von Preußen. Briefe aus Italien 1828*, München 2001, S. 32.

297 Friedrich Wilhelm an Friedrich Wilhelm III., 9. August 1822, vgl. Anm. 88.
298 Bearbeitet von Carl Anton Hess; Tragödie in vier Akten, bis zum 5. Mai 1823.
299 Ihr Briefwechsel scheint verschollen. Laut Nachlassverzeichnis bis 1831.
300 SPSG IV-D-58.
301 Der Architekt Christopher Wren verband Tradition und Neues nahtlos miteinander.
302 Zit. nach *Karl Friedrich Schinkel 1781–1841*, Ausstellungskatalog Berlin 1981, S. 88.
303 SPSG X-D-180.
304 1820 Byrons *Corsair* (übersetzt von F. L. v. Tschirsky); 1822 Scotts *Ivanhoe*.
305 SPSG V-3-A-34.
306 Am 22. März 1838 seinem Zeichenlehrer Johann Heusinger gegenüber. In: Meiner, vgl. Anm. 58, S. 11, Anm. 12.
307 Louis Auguste de Forbin.
308 Die Tänzerin Félicité Hullin.
309 Für Sologitarre, op. 56.
310 Am 21. November 1822.
311 Dramatisches Gedicht in drei Akten, Libretto von Ludwig Rellstab, Ballette von Telle.
312 Lili Parthey, *Tagebücher aus der Berliner Biedermeierzeit*, Bernhard Lepsius (Hg.), Berlin 1926.
313 UA: 4. Dezember 1822 im Kärntnertortheater, nach dem Libretto von Joseph Carl Bernhard. Der benutzte Text von 1818 war gefälscht.
314 Von Jacques Rochon de Chabonnes, 1787.
315 Ausstellungskatalog, *Vermählungsalbum*, vgl. Anm. 285, S. 8.
316 27. Dezember 1824, Paul und Gisela Habermann, *Fürstin Liegnitz*, Berlin 1988, S. 58.
317 Paphos war noch nicht ausgegraben.
318 Brief vom 29. November 1823, zit. nach Betthausen, vgl. Anm. 296, S. 33.
319 Paul Hassel (Hg.), *Joseph Maria von Radowitz*, Berlin 1905, Bd. 1, S. 178.
320 Rochow, vgl. Anm. 215, S. 152.
321 Radowitz, vgl. Anm. 319, S. 178.
322 Gouffé war ein berühmter Chansonnier.
323 Pseudonym für Anne-Honoré-Joseph Duveyrier, Mitarbeiter von Scribe; weitere Theaterzettel auch an anderen Orten in: BPH Rep 49 F, Nr. 12/4–8; vom 19. Juni 1825 in Ha Rep 100, Nr. 1117.
324 Vgl. Siegfried Söhngen, *Französisches Theater in Berlin im 19. Jahrhundert*, Berlin 1937, S. 20f.; er wählte Stücke wie *Michel et Christine* und *Le Dîner de Madelon*.
325 Ein Stab von Mitarbeitern setzte seine Skizzen um.
326 SPSG VII-B-63.
327 SPSG VII-B-100.
328 Barthold Georg Niebuhr, *Briefe*, Neue Folge, Bd. 2, S. 194f.
329 Ebd., S. 300.
330 SPSG II-1-Cg-15.
331 James Cavanah Murphy, *The Arabian Antiquities of Spain*, London 1815.
332 Simon de la Loubère, *Description du Royaume de Siam*, erschienen 1691.
333 SPSG I-1-C-21.
334 SPSG I-2-D-1.
335 SPSG VIII-B-109.
336 Vgl. Johann Georg Hamanns *Rede von der Höllenfahrt der Selbsterkenntnis*.
337 Die Kopie stammt von Carl Beckmann; Johannsen, vgl. Anm. 147, Anm. 848.
338 Singspiel in einem Akt nach einem französischen Vaudeville.
339 BPH Rep, Graf Carl von der Groeben B, Nr. 4, 1848.
340 Zit. nach Peter Maser, *Hans Ernst von Kottwitz. Studien zur Erweckungsbewegung des frühen 19. Jahrhunderts*, Göttingen 1990.
341 Billett vom 13. Januar 1823, in: Peter Maser, »Berathung der Armuth«, Frankfurt am Main 1991, S. 45.

342 Rochow, vgl. Anm. 215, S.179.
343 BPH Rep 50.
344 Erich Botzenhart (Hg.), *Freiherr vom Stein. Briefe, Aufzeichnungen und Denkschriften*, Berlin 1931, Bd. 6, S. 273.
345 Ebd., S. 136.
346 Karl-Heinz Börner, *Wilhelm von Preußen an Charlotte. Briefe 1817–1860*, Berlin 1993, 15. November 1827.
347 *Ein Monument des Jahres 1813.*
348 Trauerspiel in fünf Akten, nach einer neugriechischen Sage, bis zum 7. März 1833.
349 Zeichnung vom 17. Dezember 1825; Meiner, vgl. Anm. 58, S. 17.
350 Raumer, Friedrich von, *Geschichte der Hohenstaufen*, Leipzig 1823-25
351 SPSG X-A-53.
352 SPSG X-A-34.
353 Heinrich Friedrich von der Hagen, *Heldenbilder aus den Sagenkreisen Karls des Großen, Arthurs, der Tafelrunde und des Grals, der Amelungen und Nibelungen*, Breslau 1821.
354 SPSG IX-5-132.
355 Joh 16,33.
356 Lewalter, vgl. Anm. 69, S. 266.
357 *Der Philister vor, in und nach der Geschichte.*
358 Grobianus wurde auch als Vorbote des Proletariats angesehen.
359 Er kannte *Napoleon*, eine politische Komödie in zwei Teilen seines Freundes Friedrich Rückert, Stuttgart 1816/18.
360 Den seiner Dichterfreunde Uhland, Gustav Schwab und Julius Kerner.
361 Großes Ritterschauspiel in fünf Akten nebst einem Vorspiel: *Das heimliche Gericht.*
362 Vierzehn Jahre nach der Wiener UA, bearbeitet von Franz Ignaz Holbein.
363 Erst mit fortschreitender Moderne wurde zaghaft auf das Original geschaut.
364 Diethelm Brüggemann, *Kleist. Die Magie* hat eine überraschende Lesart empfohlen.
365 Ohne Berücksichtigung alchemistischer Begriffe hält er im Vorwort die Hauptszene des *Kohlhaas* für misslungen.
366 Brief an Heinrich Joseph von Collin, 8. Dezember 1808.
367 Im *Hippolytos* und in den *Bacchen*.
368 UA: 3. Oktober 1821 in Wien unter dem Titel *Die Schlacht von Fehrbellin*.
369 Schauspiel in fünf Akten, Bühnenmusik: W. Henning.
370 Im Sinne alchemistischer Transmutationen folgerichtig.
371 Er fand sie am Ende von Kleists *Marionettentheater*.
372 SPSG VI-Ea-3.
373 *Oden*, übersetzt von Bernhard Kytzler, Stuttgart 1957.
374 »Dum meam canto Lalagen et ultra terminum curis.«
375 »Dulce ridentem Lalagen amabo, dulce loquentem.«
376 SPSG IX-A-31.
377 SPSG IV-D-58.
378 Am 11. Februar 1820 durch Vermittlung Amalias.
379 Goethe hatte sie soeben ins Deutsche übersetzt.
380 Verzeichnis der aufgeführten Stücke bei Söhngen, vgl. Anm. 324.
381 Unter der Leitung des Schauspielers Delcour.
382 *Berliner Schnellpost für Litteratur*, 18. Februar 1828.
383 Bei der Druckerei Schlesinger, *Repertoire du Théâtre français à Berlin*, mit über 500 Heften.
384 Zit. nach Erich Stenger, *Daguerres Diorama in Berlin. Ein Beitrag zur Vorgeschichte der Photographie*, Berlin 1925, S. 28.
385 Charles Nodier, J. Taylor, Alphonse de Cailleur, *Voyage pittoresque et romantique dans l'ancienne France*, Paris 1825ff.
386 Der Gänger zwischen Naturwissenschaft und Kunst wird ihm manches aus seiner Schrift *Über die Bedeutung der Farben in der Natur* auf dieser Partie demonstriert haben.

387 1831 wurde ein Eingriff notwendig, der ihre letzten Hoffnungen zerstörte.
388 Savigny ließ sie kopieren.
389 BPH Rep 50 J 1283, Bl. 5, 16. August 1828; es geht um kurze Wege zwischen Siena, Perugia, Ipoleto und Trani.
390 Des römischen Architekten Luigi Canina sowie französischer Architekten.
391 Wahrscheinlich dessen *Adelchi*; in dem Trauerspiel geht es um den von Friedrich Wilhelm so geschätzten Begründer des Heiligen Reiches, Karl den Großen.
392 BPH Rep 50 J.
393 Deren zweiter Band war ein Jahr zuvor in Berlin erschienen.
394 Carl Friedrich Rumohr, *Sämtliche Werke*, Bd. 12, *Drey Reisen nach Italien*, Hildesheim 2003, S. 267.
395 Zit. nach Johann Georg, Herzog von Sachsen (Hg.), *Briefwechsel zwischen König Johann von Sachsen und den Königen Friedrich Wilhelm IV. und Wilhelm I. von Preußen*, Leipzig 1911.
396 Buch 1, Kapitel 5.
397 Zit. nach Betthausen, vgl. Anm. 296, 25. Oktober.
398 Zit. nach Johann Georg, vgl. Anm. 395, Brief vom gleichen Tag.
399 Eine Umschreibung für Nordeuropäer.
400 W. Sander, *Leben des Malers Wilhelm Ahlborn*, nach hinterlassenen Tagebüchern und Briefen, Lüneburg 1892.
401 SPSG GK I, 5880.
402 Zit. nach Johann Georg, vgl. Anm. 395.
403 *Memorie storico-critiche della vita e delle opere di G. P. da Palestrina*, Rom 1828.
404 Brief vom 26. Oktober an Ludwig von Gerlach, zit. nach der Biographie von Leopold Witte.
405 Gerhard gründete 1843 die *Archäologische Zeitung*; seit 1844 Prof. in Berlin; im Journal ist er nicht erwähnt.
406 Zit. nach Betthausen, vgl. Anm. 296, 7. November.
407 Ebd., 13. November.
408 Kopischs Begleiter bei der »Entdeckung« der Blauen Grotte, der Maler Ernst Fries, hinterließ der Nachwelt ein frühes realistisches Gemälde.
409 Leopold von Ranke, *Sämtliche Werke*, Bd. 24, S. 288.
410 Blacas d'Aulps.
411 SPSG I-3-A-11.
412 Brief an Charlotte, 31. Oktober 1831, vgl. Anm. 28.
413 SPSG V-3-a-12.
414 Vgl. Rolf Thomas Senn, *Orientalisierende Baukunst in Berlin im 19. Jahrhundert*, Berlin 1980, S. 32ff.
415 Bühnenmusik von W. Henning.
416 Über einen solchen Spiegel verfügte bereits der Magier in der Räubergeschichte *Rinaldo Rinaldini* von Christian August Vulpius.
417 Augusta, Kaiserin von Deutschland, *Bekenntnisse an eine Freundin*, Dresden 1935, S. 31.
418 Ebd., S. 58.
419 SPSG IX-A-31.
420 »Nebulae malusque Jupiter urget.«
421 SPSG 4119.
422 SPSG II-1-Cg-12.
423 Friedrich Adolf Strauss, *Abend-Glockentöne*, Berlin 1868, S. 299.
424 Augusta, vgl. Anm. 417, S. 55.
425 Ebd., S. 148.
426 Ebd., S. 80; SPSG VIII-C-10.
427 SPSG VIII-C-10.
428 HA Rep 50 N.
429 Brief Schellings vom Mai 1797, in: Xavier Tilliette, *Schelling. Biographie*, aus dem Französischen von Susanne Schaper, Stuttgart 2004, S. 50.

430 Ausstellungskatalog *preußisch korrekt, berlinisch gewitzt. Der Maler Franz Krüger 1797–1857*. SPSG/Nationalgalerie/Kupferstichkabinett, München 2007, S. 78f.
431 Zit. nach Edward Neill, *Niccolò Paganini*, München 1993, S. 215.
432 *Die deutsche Gedichtebibliothek*, http://gedichte.xbib.de.
433 Lowenthal, vgl. Anm. 292, Bd. 2, S. 81. Tatsächlich fehlten Paganini die meisten seiner Zähne.
434 BPH Rep 50 J.
435 SPSG X-A-18.
436 UA: Paris 19. Februar 1828, Libretto: E. Scribe und G. Delavigne; Mademoiselle Desargues kaufte die Partitur in Paris für die Königliche Oper an, I. HA, Rep 100, 1120/1.
437 Am 12. Januar 1829.
438 Der bislang größte bekannte Vulkanausbruch in Indonesien 1828 wirkte sich bis nach Europa aus und bestätigt Humboldts Vorgehen.
439 Gespräch mit Eckermann, 14. März 1831, zit. nach Ulrich Schreiber, *Eine Geschichte des Musiktheaters. Das 19. Jahrhundert*, Kassel 1991, S. 367.
440 Zit. nach Johann Georg, vgl. Anm. 395 , 23./24. September 1830.
441 SPSG IX-B-35.
442 Johann Georg, vgl. Anm. 395, 28. Mai 1832.
443 22. Juli 1828 an Friedrich Wilhelm III., BPH; die Partitur wurde angekauft, I. HA, Rep 100, 1119.
444 Brief vom 7. Juli 1831, vgl. Anm. 28.
445 Tilliette, vgl. Anm. 429, S. 286.
446 Lewalter, vgl. Anm. 69, Anm. 277.
447 Dieser hatte 1796 mit dem epochalen Werk *Die Kunst, das Leben zu verlängern* die Makrobiotik begründet; BPH Rep 50 J.
448 *Über Deutschland*, Bd. 1, 1. Kapitel, S. 17.
449 Für Solostimmen, achtstimmigen gemischten Chor und Orchester.
450 BPH Rep 50 J 1210, Bd. 2, Bl. 58–61. Übersetzung von Hermann Gmelin:
Des Ostens milde, saphirblaue Farbe, / Die widerstrahlte in dem heitern Bilde / Der reinen Luft bis zu dem ersten Kreise, / Bereitet' meinen Augen wieder Freude, / Sobald ich jene tote Luft verlassen, / Die mir die Augen und das Herz betrübte. / Der schöne Stern, der uns zum Lieben mahnet, / Erfüllt' den Osten ganz mit seinem Lächeln.
451 Nach Ansicht Theodor Wiesengrund Adornos.
452 Brief vom 11. Januar, BPH Rep 50 J.
453 Man übernahm die Fassung des Wiener Burgtheaters.
454 Zelter an Goethe, 16. Februar 1832.
455 SPSG VI-Cc-6.
456 Dorion Weickmann, *Der dressierte Leib. Kulturgeschichte des Balletts (1580–1870)*, Frankfurt am Main 2002, S. 3f.
457 SPSG I-1-D-13.
458 SPSG II-1-Ba-9.
459 Von Friedrich von Amerling im gleichen Jahr.
460 Am 4. März 1829.
461 SPSG VII-B-102, 11. April 1828.
462 Brief an Charlotte, 7. November 1833, vgl. Anm. 28.
463 Johann Georg, vgl. Anm. 395, 15. März.
464 Von G. Taubert, Abbildung in: *Berlin zwischen 1789 und 1848, Facetten einer Epoche*, Ausstellungskatalog Berlin 1981, S. 215.
465 Das ist noch im Jahr darauf in Adelbert von Chamissos *Gaunern* so.
466 Al-Hariri, *Die Verwandlungen des Abu Seid von Serug*, übertragen von Friedrich Rückert, dritte Makame.
467 BPH Rep 50 F.II.a-1, 236.
468 BPH Rep 50 J.1164.

469 Wie Assonanzen oder Terzinen.
470 *Muhammad Schams ad-Din aus Schiras*, übersetzt von Joseph von Hammer-Purgstall, bei Cotta 1812.
471 Zit. nach Friedrich Rückert, *Briefe*, Rüdiger Rückert (Hg.), 22. Oktober 1834.
472 *Briefe an Rückert und über Rückert*, Rüdiger Rückert (Hg.), 20. August 1834.
473 Carl Loewe, *Selbstbiographie*, bearbeitet von C. H. Ritter, Berlin 1870, S. 274.
474 Im Buch III der *Oden*, Abschnitt 13.
475 Komisches Singspiel in drei Akten, Text: Raupach, 18. Februar bis 2. März.
476 Nach einem Text von Gustav Nicolai, UA: 1829.
477 Berliner Erstaufführung: 8. April 1831.
478 Aurelius Augustinus, *Bekenntnisse*, München 1982, S. 54.
479 Von Peter von Winter, Ferdinand Hérold, Gaetano Donizetti und Vincenzo Bellini.
480 Ein weiterer einschließlich Theaterbesuchen fand 1838 statt.
481 Vom 27. Oktober 1834, in: Friedrich Wilhelm von Redern, *Unter drei* Königen, bearbeitet von S. Giesbrecht, Köln 2003, S. 177.
482 BPH Rep 50 J.
483 Beschreibung bei Carl von Mecklenburg, vgl. Anm. 179.
484 Das Gemälde stammt von 1810; Guérin starb im Juli 1833.
485 Aus der Artussage.
486 *Preußische Hoffeste* 1821–1846.
487 Ludwig Tieck, *Werke*, München 1973, S. 145.
488 Das Buch wurde 1843 ins Italienische übersetzt.
489 Sie kannten ihn seit 1823.
490 Gezeichnet Anfang September 1833; Johannsen, vgl. Anm. 147, S. 55.
491 C. Simons, *Reise S. K. H. des Kronprinzen von Preußen durch Rheinland-Westphalen im Herbst 1833*, Iserlohn 1834.
492 Am 18. April 1828: Die Dekorationen stammten von Schinkel und Schadow. Den Bühnenhintergrund bildete nach Dürer eine Malerei mit dem Titel: *Die Ruhe des Welterlösers in dem Schooße des ewigen Vaters*. Der Philologe Ernst Heinrich Tölken stellte ihn als Erfinder der deutschen Malerei hin.
493 Simons, vgl. Anm. 491, S. 79.
494 Brief an Charlotte, 25. Oktober / 3. November 1817, vgl. Anm. 28.
495 Und begnügte sich mit Reisen in die Provinzen; vgl. BPH 50 C 2 Nr. 28–32.
496 SPSG II-1-Cg-71. Friedrich Wilhelm erhielt den Plan von Karl von Mecklenburg.
497 Wie beim Manöver 1836 in Kalisch mit den Monarchen Österreichs, Russlands und Preußens; anschließend tanzten Berliner und spanische Tänzer um die Wette.
498 Rauchs Aufstellung seiner Arbeiten im Oktober 1830: eine Merkurbüste, die Kopie einer Statue des griechischen Redners Demosthenes im Vatikanischen Museum, die Gruppe Venus und Elektra in der Villa Ludovisi, eine Kopie des Adonis, des Mars und einer Tänzerin nach Thorvaldsen.
499 SPSG VI-Ae-12 und 13.
500 Uraufgeführt als choreographisches Intermezzo am 28. April 1840, nach de Colombey; Choreographie: Paul Taglioni, Sohn des Filippo.
501 Briefe Wilhelms an Charlotte, 8. und 15. Mai 1836, vgl. Anm. 347.
502 Ebd., 13. Juli 1836.
503 SPSG II-I-Cb-1.
504 Vom 8. Januar 1832, BPH Rep 50 J.
505 Niebuhr, *Briefe*, Neue Folge, Bd. 2.
506 Vgl. Leo von Klenze, *Memorabilien II*, S. 6 und 58.
507 *Karl Friedrich Schinkel*, Ausstellungskatalog Berlin 1981, S. 356.
508 Maximilian an Otto, 11. Juli 1834, in: Karl Friedrich Schinkel, *Bauten und Entwürfe*, Bd. 15, M. Kühn (Hg.), Berlin 1989, S. 33.
509 Schinkel an Klenze, 20. November 1834, ebd., Anm. 304, S. 35.

510 Er nahm den Theaterzettel mit; SPSG VI-Ae-13 Rs.
511 BPH Rep 49 W, Nr. 28, Bd. 1, Bl. 288f.
512 Schinkel, vgl. Anm. 508, S. 69; Michail Woronzow ließ sein Schloss ab 1828 von Edward Blore bauen.
513 Brief vom 29. März 1838, BPH Rep 50 J, Nr. 1210, Bd. 2, Bl. 89 f.
514 Schinkel, vgl. Anm. 508., S. 76.
515 Alfred von Wolzogen, *Aus Schinkels Nachlaß*, Bd. 4, Berlin 1864, S. 338.
516 Zit. nach Lowenthal, vgl. Anm. 292, S. 234.
517 SPSG.
518 Brief an Charlotte, 24. Mai 1837, vgl. Anm. 28.
519 Robert Baird, *Geschichte der Mäßigkeitsgesellschaft in den vereinigten Staaten Nordamerikas*, Berlin 1837.
520 Brief an Charlotte, 29. Juni 1837, vgl. Anm. 28.
521 Zit. nach Joachim Burkhard Richter, *Hans Ferdinand Maßmann. Altdeutscher Patriotismus*, Berlin 1992, S. 279.
522 Brief vom 19. Februar 1835, vgl. Anm. 28.
523 SPSG VI-Ac-7.
524 Zit. nach Catharina Hasenclever, *Gotisches Mittelalter und Gottesgnadentum in den Zeichnungen Friedrich Wilhelms IV.*, Berlin 2005, S. 145.
525 Reumont, vgl. Anm. 133, S. 254.
526 Das *Lesende Mädchen* von 1834 in der Manier von Renaissance-Madonnen, nach einem Motiv des Akademiedirektors Schadow.
527 Brief Wilhelms an Charlotte, 29. März 1838, vgl. Anm. 347.
528 Püschel, vgl. Anm. 5, S. 293.
529 Brief an Leopold von Gerlach, 16. Januar 1840, zit. nach Joachim Schoeps, *Neue Quellen zur Geschichte Preußens im 19. Jahrhundert*, Berlin 1968, S. 267. Voss-Buch war seit 1828 Sekretär Friedrich Wilhelms.
530 *Abendmahls-Gebete*, vgl. Anm. 273.
531 Walter E. Erhardt, *Schelling Leonbergensis und Maximilian II.*, Stuttgart 1989, S. 9ff.
532 Die Mythologie wurde der umfänglichste Teil seiner Spätphilosophie.
533 Gustav L. Plitt, *Aus Schellings Leben*, Bd. 3, S. 35, Nachdruck Hildesheim 2003.
534 Leopold von Ranke, *Aus dem Briefwechsel Friedrich Wilhelms IV. mit Bunsen*, Leipzig 1873, S. 48.
535 Schoeps, vgl. Anm. 529, S. 267.
536 Rochow, vgl. Anm. 215, S. 171.
537 Brief an Charlotte, 7. Dezember 1839, vgl. Anm. 28.
538 Tagebucheintrag, 4. Mai 1840.
539 Brief Wilhelms an Charlotte, 11. Januar 1840, vgl. Anm. 347.
540 Er meint den von Josef Mendelssohn in zwei Vorlesungen herausgegebenen *Bericht über Rosetti's Ideen zu einer neuen Erläuterung des Dante und der Dichter seiner Zeit*, Berlin 1840.
541 Gabriele Pasquale Rossetti, Vater des Präraffaeliten, war 1821 nach Unterstützung Giuseppe Garibaldis aus Neapel nach London geflohen.
542 Text: Friedrich Klopstock, Vertonung: Carl Heinrich Graun.
543 Es fehlen die Jahre 1852 bis 1857.
544 Johann Georg, vgl. Anm. 395, 20. Juni 1840.
545 Zit. nach Dirk Blasius, *Friedrich Wilhelm IV. Psychopathologie und Geschichte*, Göttingen 1992, S. 206.
546 Namen und Umstände siehe David E. Barclay, *Anarchie und guter Wille. Friedrich Wilhelm IV. und die preußische Monarchie*, Berlin 1995.
547 Fanny Hensel, *Tagebücher*, Hans-Günther Klein / Rudolf Elvers (Hg.), Wiesbaden 2002.
548 Brief vom 20. Dezember 1840 an Georg von Mecklenburg, zit. nach Püschel, vgl. Anm. 5, S. 294.

549 *Geschichte des mittelalterlichen vorzugsweise des deutschen Schachspiels.*
550 Brief vom 10. August 1840, zit. nach Joachim Burkhard Richter, *Hans Ferdinand Maßmann,* Berlin 1992, S. 313, Anm. 3 und S. 319.
551 Ebd., S. 314, *Libellus aurarius sive tabulae ceratae,* Leipzig 1840.
552 SPSG VI-Ea-14.
553 Zit. nach Blasius, vgl. Anm. 545 , S. 91.
554 Einen Kontakt mit dem Philosophen Søren Kierkegaard gab es nicht.
555 Brief vom Januar 1846, in: *Briefe Alexander von Humboldt's an Ignaz von Olfers,* Ernst Werner von Olfers (Hg.). Wahrscheinlich geht es um die konkurrierende Publikation *Flora brasiliensis.* 1841 hatte Nees von Esenbeck über Naturphilosophie geschrieben.
556 Er besichtigte ein neuartiges Treibhaus in der Berliner Kronenstraße.
557 Püschel, vgl. Anm. 5, Brief vom 14. Juli 1843.
558 Ebd., Brief vom 4. Dezember 1839.
559 Ebd., Brief vom 20. April 1840.
560 Ebd., Brief vom 15. Mai 1840.
561 Ebd., Brief an Dahlmann vom 30. Juli 1840.
562 Ebd., Brief vom 23. Mai 1840.
563 Ebd., Brief ohne Datum, Nr. 11.
564 Ebd., Brief vom 26. Februar 1843.
565 Ebd., Brief ohne Datum, Nr. 11.
566 Ebd., Brief vom 26. Februar 1843.
567 Ebd., Brief vom 14. Juli 1843.
568 Ebd., Brief ohne Datum, Nr. 13.
569 Ebd., Brief vom 26. Februar 1843.
570 Ebd., Brief vom 10. April 1843.
571 Carl von Voss-Buch, zit. nach Schoeps, vgl. Anm. 529, S. 272.
572 Ohne deren Kenntnis gelangte niemand in den königlichen Bannkreis. Als er die Parole einmal selbst vergaß, wurde er in ein Wachhäuschen gesperrt.
573 Ludwig Persius, *Das Tagebuch des Architekten Friedrich Wilhelms IV.,* E. Börsch-Supan (Hg.), München 1980, 8. Januar 1841.
574 Die seit 1818 entstehende *Architecture arabe ou Monuments du Kaire* von Pascal Xavier Coste, Paris 1837/39.
575 Jules Michelet, *Le Peuple,* Paris 1846, S. 82; zit. nach Walter Benjamin: *Das Passagen-Werk,* Bd. 1, Frankfurt am Main 1982, S. 230.
576 Nach Girault de Prangey und dem genannten Werk von Owen Jones.
577 Journal, 23. Dezember 1841, Römische Bäder von August Wilhelm Schirmer.
578 Nach dem 13. Kapitel des Römerbriefs.
579 *Furcht und Zittern,* in: *Die Krankheit zum Tode,* München 1976, S. 215.
580 Journal, 2. November 1841.
581 Journal, 10. Januar 1842.
582 Journal, 5. Juni 1841.
583 Am 3. November 1841 mit Ouvertüre und Zwischenaktmusik Beethovens aufgeführt, Giacomo Meyerbeer, *Briefwechsel und Tagebücher,* Bd. 3, Heinz Becker (Hg.), München 1975ff., S. 379.
584 Journal, 11. August 1841.
585 Übersetzt von Johann Jakob Donner.
586 Brief vom 16. Juni 1842, Püschel, vgl. Anm. 5.
587 Veröffentlicht seit 1812.
588 Tieck begann in diesen Tagen mit der Lesung der Novelle *Der Gelehrte* von 1828. Er wird in diesem Genre weiterlesen.
589 Josias Freiherr von Bunsen aus seinen Briefen geschildert von seiner Witwe (Frances), Leipzig 1869, Bd. 2, S. 142.
590 Meyerbeer, vgl. Anm. 583, S. 368.

591 Libretto: Pietro Metastasio. Das Thema kannte Friedrich Wilhelm aus den Opern Catels seit dem 27. Oktober 1824 und Rossinis seit dem 15. Mai 1830.
592 Das Libretto war nach dem gleichnamigen Roman von Victor Hugo entstanden; die Oper von 1833 wurde seit dem 27. März 1840 in Berlin gespielt.
593 Am 5. November; die Romanze erschien 1816.
594 Es gab vom 21. April 1813 bis 1828 sechs Dramatische Akademien.
595 Katalog SPSG, E. Zimmermann (Hg.), Potsdam 1991, S. 332; er nennt noch Naumann, Weigl, Benda und Marschner.
596 Journal, 12./13. November 1841.
597 *Vollständiger Bericht über die Reise S. M. des Königs von Preußen Friedrich Wilhelm IV. nach England im Jahre 1842*, Berlin 1842.
598 Vertont von Conradin Kreuzer.
599 Journal, 30. Januar und 2. Februar 1842.
600 Vgl. dessen *Über den religiösen Zustand der anglikanischen Kirche*.
601 Zit. nach Andrea Polaschegg, *Der andere Orientalismus*, Berlin 2005, S. 518.
602 Journal, 11. Februar 1842.
603 Zit. nach Otto Grau, *Der königliche Hof- und Domchor*, Berlin o. J.
604 In einem Brief vom Mai 1832 hatte Spontini den Kronprinzen zu einem »Concert spirituel« für diesen Zweck ins Opernhaus eingeladen.
605 Es ging um die rechtmäßige Thronfolge. Don Carlos trat für ein absolutes Königtum und den Katholizismus ein.
606 Sie wird den wirklichen Romantiker auf dem Thron, Ludwig II., zur Welt bringen.
607 Nach dem Galadiner besuchte man Rossinis Oper *Wilhelm Tell*, siehe Journal.
608 Berlioz *Memoiren*, übersetzt von D. Kreher, F. Heidlberger (Hg.), Kassel 2007, S. 398.
609 Meyerbeer, vgl. Anm. 583, 3. April 1838; *Die Weihe der Kraft* ist Zacharias Werners fünfaktiges Ritterschauspiel; vom 11. Juni 1806 bis 1814 26 Mal aufgeführt.
610 Ebd., August 1837. Sollte dies der Fall gewesen sein, war sie im Klavierspiel versiert. Ein Auarell ihres Wohnraumes im Stadtschloss mit zwei Klavieren deutet darauf hin.
611 Journal, 24. Mai.
612 Am 4. Februar.
613 Comédie-Vaudeville in 2 Akten von Mélesville und Duveyrier, 2. Mai 1834 bis 1. Juni 1848.
614 Journal, Premieren: 7. April 1843 und 24. Februar 1845.
615 Verzeichnis von Erich Stenger: *Daguerres Dioramen in Berlin. Ein Beitrag zur Vorgeschichte der Photographie*, Berlin 1925.
616 Journal, 2. November 1841, Diner mit 26 Couverts.
617 G. L. Plitt (Hg.), *Aus Schellings Leben in Briefen*, Bd. 3, S. 36.
618 *Schelling-Spiegel*, Bd. 2, S. 368.
619 Friedrich Wilhelm Schelling, *Sämtliche Werke*, Bd. 14, S. 365ff.
620 Brief an seinen Bruder, Tilliette, vgl. Anm. 429, S. 404.
621 Ludwig Trost (Hg.), *König Maximilian von Bayern und Schelling. Briefwechsel*, Stuttgart 1890, S. 56f.
622 Reumont, vgl. Anm. 133, S. 158.
623 Journal, 16. August 1842.
624 Rückert, vgl. Anm. 471, Bd. 2, S. 843.
625 Brief Wilhelms an Charlotte, 31. Mai 1842, Berner, vgl. Anm. 347.
626 Von denen Rossini zu seinen »Alterssünden« ansetzte und Liszt die neudeutsche Schule begründete. Friedrich Wilhelm wird sich mit ihnen nicht mehr auseinandersetzen.
627 SPSG V-3-A-23.
628 Bd. 2; SPSG V-3-A-23.
629 Vgl. Hans Blumenberg, *Die Lesbarkeit der Welt*, Frankfurt am Main 1986, S. 277.
630 Der König sah das Stück am 5. Juli 1842 in Sankt Petersburg.
631 Am 12. August.
632 Laut Journal vom 8. August 1840 in Drewitz.

633 Friedrich Rückerts Gedicht von 1816 und *Leben Jesu. Evangelienharmonie in gebundener Rede*, 1839.
634 Journal, 3. September.
635 SPSG IV-B-13 Rs; SMPK SM a.49.
636 Journal, 7./8. Oktober 1842.
637 Gerd H. Zuchold, *Friedrich Wilhelm IV. und das byzantinische Gott-Königtum*, Manuskript 2008, unveröffentlicht.
638 Vgl. Elgin Vaassen, *Bilder auf Glas. Glasgemälde zwischen 1780 und 1870*, München 1997.
639 Journal, 7. Dezember.
640 Des Hofbronzewarenfabrikanten Imme, siehe Journal.
641 Seit dem 29. Juli 1842 in der Königsstädter Oper; komische Oper in zwei Akten, Libretto: Saint-Georges.
642 Journal, 18. Oktober 1842.
643 Choreographie: Jean Coralli, Musik: Casimir Gide.
644 Journal, 30. Dezember 1842; Weickmann, vgl. Anm. 456, S. 272.
645 Journal, 15. November 1842.
646 Nicht zu vergessen Matteo Boiardo, der es gewagt hatte, den keuschen Ritter Orlando zum Verliebten zu machen.
647 Vgl. *Das Hoffest zu Ferrara* (1843), Eduard Lange (Hg.).
648 Brief vom 23. Juli 1843, Humboldt an Cornelius, in: Gisold Lammel, *Lebende Bilder*, Leipzig 1986.
649 Meyerbeer, vgl. Anm. 583, Bd. 4, S. 91.
650 Ebd., 28. Juni 1848.
651 Journal, 22. März 1843.
652 Durch den Oberbaurat Carl Ferdinand Langhans.
653 Am 8. und 15. April 1843.
654 Berlioz, vgl. Anm. 608, S. 394.
655 Berlioz, *Memoiren*, Wolf Rosenberg (Hg.), München 1979, S. 312.
656 Zuerst gekürzt in der *Revue et Gazette musicale* erschienen.
657 BPH Rep 50 J.
658 Die Novelle *Die heilige Cäcilie oder Die Gewalt der Musik*.
659 Er komponierte auch, Meyerbeer dirigierte.
660 Reumont, vgl. Anm. 134, S. 216ff.
661 Kaulbach, zit. nach Petra Wilhelmy-Dollinger, *Die Berliner Salons*, Berlin 2000, S. 176 und 178.
662 Das wenig attraktive Henning'sche Lokal, ebenfalls außerhalb der Stadtmauer, gehörte noch der alten Zeit an.
663 Vgl. Alwill Raeder, *Kroll. Ein Beitrag zur Berliner Cultur- und Theatergeschichte*, Berlin 1894.
664 BPH Rep 50 J 46, 308.
665 Benjamin, vgl. Anm. 575, S. 735.
666 Am 24. Juni; zit. nach: Andreas Meinecke (Hg.), *Ludwig Persius*, München 2007, S. 178.
667 Karl Friedrich Klöden, *Lebens- und Regierungsgeschichte Friedrich Wilhelms des Dritten*, Berlin 1840, S. 347.
668 Im Journal finden sich noch die Namen Marx, Brinaldi und Bouche.
669 Vgl. Krüger, Anm. 430.
670 Nach einer Zeichnung des Architekten Strack, Ausführung: Friedrich Wilhelm Holbein.
671 Alexander von Humboldt, *Kosmos. Entwurf einer physischen Weltbeschreibung*, Nachdruck Frankfurt am Main 2004, S. 4.
672 Journal, 16. November 1844.
673 Er wird im *Kosmos* die gemeinsame Wurzel beschreiben, vgl. Anm. 671.
674 Ebd., S. 25.
675 Kapitel XVIII: »Ein Buch von der Natur wie ein Buch der Natur«, in: Blumenberg, vgl. Anm. 629.

676 Bereits im Dezember 1841 hatte sich Meyerbeer damit an Redern gewandt, Meyerbeer, vgl. Anm. 583, S. 386.
677 SPSG IX-B-61.
678 *Lucia di Lammermoor*, 27. Januar 1844 in der Königsstadt; am 19. Februar Soiree bei der Königin.
679 Am 10. Februar 1844, UA: 25. Januar 1835.
680 Lustspiel in zwei Akten, nach dem Französischen von Louis Schneider, UA: 26. Juli 1838.
681 Von Karl von Holtei. Andere Titel sind: *Treue Liebe* von Eduard Devrient, *Der Vogelhändler von Imst* von Karl Spindler, *Die Reise auf gemeinschaftliche Kosten* von Louis Angely.
682 Am 15. Mai 1844 vom König in Potsdam besucht.
683 Lustspiel in drei Akten, zum ersten Mal am 7. August 1843.
684 Journal, 23. März 1843.
685 Journal, 24. Mai 1844; Premiere: 29. Januar, bis 1881 aufgeführt.
686 Benannt nach Pales, dem altitalischen Gott der Herden.
687 Reumont, vgl. Anm. 133, S. 52.
688 Als Überbrückung sandte er dem König im April 1842 seine *Essais littéraires et historiques*.
689 Brief vom 15. Mai 1843.
690 Jacques Robinet, *L'Art et le goût sous la restauration*, Paris 1928, zit. nach Benjamin, vgl. Anm. 575, Bd. 1, S. 295.
691 Brief vom 5. Mai 1841, zit. nach Püschel, vgl. Anm. 5, S. 458.
692 Bettina von Arnim, *Dies Buch gehört dem König!*, Nachdruck 1982, S. 241.
693 Brief vom 14. Juli 1843, zit. nach Püschel, vgl. Anm. 5.
694 Ebd., Brief vom 23. Juni 1844.
695 Malve Rothkirch, *Der »Romantiker« auf dem Preußenthron*, Düsseldorf 1990, S. 129.
696 Püschel, vgl. Anm. 5, S. 321.
697 Reumont, vgl. Anm. 133, S. 139.
698 Brief an Charlotte, 24. Januar 1843, vgl. Anm. 28.
699 Brief Wilhelms an Charlotte, 30. Mai 1843, vgl. Anm. 347.
700 Von Taubert.
701 SPSG Vi-Ae-13.
702 SPSG IX-A-128 und IX-A-2.
703 Meyerbeer, vgl. Anm. 583, S. 276.
704 Liszt gab zwei Konzerte: eine Soirée musicale für den König mit den »Engeln der Violine« Térésa und Margherita Milanello sowie ein Benefizkonzert für den Dombauverein, Journal 9., 10. und 13. September 1844.
705 Gerd H. Zuchold, »*Und ein talentvoller König wird vergebens deklamieren!*«, in: *Jahrbuch Preußischer Kulturbesitz* 24 (1988), S. 403ff., Anm. 29.
706 Abschlussbericht des Regierungspräsidenten von Merckel an den König, zit. nach Püschel, vgl. Anm. 5, S. 546ff.
707 Ebd., S. 552.
708 Beschreibung im Journal.
709 *Denkmale einer sehr ausgebildeten Holzbaukunst*, Dresden 1837.
710 Hans Joachim Reichardt, *... bei Kroll 1844 bis 1957*, Ausstellungskatalog, Berlin 1988, S. 24.
711 Püschel, vgl. Anm. 5, S. 502, Brief an Otto von Lilienstern.
712 Hans Rothfels, *Theodor von Schön, Friedrich Wilhelm IV. und die Revolution von 1848*, Halle 1937, S. 21ff.; vgl. die Akte des »geisteskranken« Sefeloge, BPH Rep 50, F.III, c-1, 235.
713 Zit. nach Polaschegg, vgl. Anm. 601, S. 84.
714 Journal, Audienz am 2. März 1844; Besuch des Königs am 29./30. Juni 1844 in Muskau.
715 Reumont, vgl. Anm. 133, S. 254.
716 Thomas Thyrnau: Journal, 23. November 1842; Jakob van der Nees: 22. November 1844 und 6. Dezember 1845.

717 Nach seinem Roman über die Bernsteinhexe Maria Schweidler von 1843 wollte Scribe ein Libretto verfassen.
718 Doch am 28. August 1847 ließ er zur Geburtstagsfeier Goethes den *Tasso* ohne Absprache mit Küstner durch *Iphigenie* ersetzen.
719 *Der Frieden*, mit dem emphatischen Thema Vielkas; *Die Bewaffnung der Freiwilligen Jäger* 1813 vor dem Breslauer Rathaus; *Des Friedens Einzug*, zum ersten Thema der *Feldlager*-Ouvertüre, dem Vielka-Thema und »Heil dir im Siegerkranz« erschien das Brandenburger Tor mit zunächst verhülter, dann mit beleuchteter Victoria und Quadriga, der Chor sang: »Palme und Lorbeer sind heilgen Siegers Preis«; *Der Brand im Opernhaus* mit Feuersturm-musik; mit fließendem Übergang zu *Das neue Opernhaus* mit dem Engelschor »Wie auch die finstren Mächte kämpfend streiten«.
720 Meyerbeer, vgl. Anm. 583, 26. Dezember 1844.
721 Ebd., 5. Februar 1845.
722 Ab den zwanziger Jahren war Friedrich Wilhelm Mitglied in Gefängnisvereinen.
723 Vgl. Journal.
724 Möglicherweise nach Daniel Gottlieb Steibelt, von 1810, aus der Zeit des Blaubart; Journal, 25. November 1842.
725 Die Urfassung kam mit dem neuen Ballettstil um 1820 als großes romantisch-pantomimisches Ballett von Armand Vestris auf die Bühne.
726 12. April 1845, zit. nach Louis Schneider, *Aus meinem Leben*, Berlin 1871, S. 352.
727 Bereits 1828 hatte er die Berufung des katholischen Priesters Johannes Goßner wegen dessen apostolisch »wahren Geistes« gegenüber der Beschränktheit der Bürokratie in Schutz genommen; Briefe vom 18. und 24. August 1828 an den König.
728 Er benutzte die Kupferstiche von Johann Gottfried Gutensohn und Johann Michael Knapp von 1822–27 mit einem neuen Text von Bunsen.
729 Für einen Gemäldezyklus im Obergaden. Ferner finanzierte er die Reise des Berliner Aquarellisten Karl Friedrich Werner gemeinsam mit dem Münchner Naturphilosophen Gotthilf Heinrich Schubert nach Jerusalem, wo eine große Sammlung von Ölbildern auf Pergament entstand.
730 Reinhold Bergau, *Inventar der Kunst und Baudenkmäler in der Provinz Brandenburg*, Berlin 1885, S. 682.
731 Laut Journal die Komödie *Les Demoiselles de Saint-Cyr* von Alexandre Dumas am 24. Februar im französischen Theater und die abenteuerliche Posse *Weltumsegler wider Willen* von Gustav Räder am 25. April.
732 Journal, 3. März 1845; Trauerspiel in fünf Akten, Premiere: 23. Juni 1821.
733 Journal, 9.–13. Januar 1845.
734 Journal, 7. Februar 1845.
735 Meyerbeer, vgl. Anm. 583, Bd. 4, S. 795.
736 Ebd., S. 554.
737 Journal, 15. April 1845; Meyerbeer, vgl. Anm. 583, Bd. 4, September 1844.
738 UA: 1840; Journal, 21. Juni 1845.
739 Journal, 6. Juli 1845.
740 Journal, 11. Juli 1845.
741 Nach Kotzebues Libretto.
742 *Kölnische Zeitung*, 13. August 1845.
743 Raumer, vgl. Anm. 350, 4. Buch, 6. Hauptstück.
744 Brief an Charlotte, 28. November 1843, vgl. Anm. 28.
745 In der Übersetzung Raupachs; Text zu den Chören nach Donner.
746 Vom 1. bis 11. November drei Mal.
747 Nach dem 2. Buch der Könige, 11. Kapitel; Goethe hatte die Chorpassagen übersetzt: Friedrich Wilhelms Zeichnung SPSG VIII-C-7
748 Journal, 1. Dezember 1845.
749 Den er im Jahr darauf zum Chorleiter der Hedwigskirche ernannte.

750 Meyerbeer, vgl. Anm. 583, Bd. 3, Anfang 1844.
751 Gelesen wurde noch *Der Vogelhändler von Imst*, 4 Bände,1841; Arno Schmidt hat wieder darauf aufmerksam gemacht.
752 Meyerbeer, vgl. Anm. 583, Bd. 3, 19. Oktober 1845.
753 Große Oper in vier Akten, Libretto: Saint-Georges/Buffet; die Oper wurde 31 Mal gezeigt.
754 Der Humanist Pietro Bembo hatte ihr *Gli Asolani* gewidmet.
755 Vom König am 17. Dezember 1845 besucht.
756 Brief Wilhelms an Charlotte, vgl. Anm. 346, 23. August 1842.
757 Von Charles Didier, 1844; Journal, 26. Oktober 1845.
758 Journal, 10. Oktober 1845.
759 *Ihr Bild*, nach Scribe von Hell, Erstaufführung: 15. November 1845, und zwei alte Stücke, *Die Drillinge* und *Der Ball von Ellerbrunn*.
760 Journal, 3. Januar 1846.
761 Die Titel waren mangels deutscher Publikation noch nicht eindeutig. Aus der *jungen Ente* wurde *Das hässliche Entlein*.
762 Polaschegg, vgl. Anm. 601, S. 498.
763 Brief an Charlotte, 31. Dezember 1845 und 5. Januar 1846, vgl. Anm. 28.
764 Journal, 29. Januar 1846.
765 Siehe Journal; es ging darum, wo der große Kurfürst auf Rügen gelandet war.
766 Mit den Ergebnissen Friedländers konnte der König zufrieden sein. Jener legte die Grundlage für ein Münzkabinett.
767 Friedrich Rückert an seine Frau Luise, Februar 1846, vgl. Anm. 471.
768 Brief vom 3. April 1846, vgl. Anm. 28.
769 Am 3. und 20. April 1846; Repertoire bei Söhngen, vgl. Anm. 324, Anhang.
770 Benjamin, vgl. Anm. 575, S. 738.
771 Journal, 22. Januar 1846; UA: 1834.
772 Journal, 29. Januar 1846.
773 Am 24. Februar 1846.
774 Wahrscheinlich gibt es keinen Bezug zu Aubers Oper *Der schwarze Domino*, die in Berlin seit dem 16. Juni 1838 mit großem Erfolg aufgeführt wurde.
775 Für die romantischen der Brüder Grimm war er zu alt.
776 Journal, 17. März 1846; am 27. März *Die Marketenderin* und der *Postillion*.
777 Journal, 23./24. Juni 1846.
778 Die erste preußische Gewerbeausstellung in Berlin fand 1822 statt.
779 Hinzu kam bald vom Maler Stielke das Gemälde *Die Söhne Friedrichs*.
780 Sie könnten die romantischen Ritterzeichnungen Friedrich Wilhelms vor dem Befreiungskrieg beeinflusst haben.
781 Friedrich Heinrich von der Hagen, *Altnordische Lieder und Sagen*, Berlin 1812, S. XLIX.
782 Nach Begrüßung der schwedischen Königin in Swinemünde Anfang Juli.
783 Journal, 26. Juli 1846.
784 Im Januar 1844.
785 Vgl. Gutzkows späteres Vorwort.
786 Journal, 23. November 1846; zu diesem und anderen Stücken vgl. I, HA, Rep 100, Nr. 1121.
787 Meyerbeer, vgl. Anm. 583, Bd. 4, S. 88.
788 In der Oktobernummer der Leipziger *Illustrierten Theaterzeitung*.
789 Meyerbeer, vgl. Anm. 583, 29. August 1846.
790 Giovanni Battista Semena, *Vita politico-religiosa di Santa Adelaide*, Turin 1842.
791 Meyerbeer, vgl. Anm. 583, 16. September 1846.
792 Ebd., 7. September 1846.
793 Und er war damit, was islamische Wehrbauten, Ribats, betrifft, den Ritterburgen der Kreuzzüge nahe.
794 Journal, 20. September 1846.

795 Journal, 10. August 1846.
796 Journal, 4. September 1846.
797 Journal, 12. Dezember 1846.
798 Er starb 363 n. Chr.
799 Hans Blumenberg meinte hinsichtlich Friedrich Schlegel und seiner Anhängerschaft: »Sie glaubt, glauben zu können.«, vgl. Anm. 629, S. 268.
800 Vgl. Journal.
801 Ernst II., Herzog von Sachsen-Coburg, *Aus meinem Leben*, Berlin 1888, Bd. 1, S. 614.
802 Journal, 21. Januar 1847.
803 Journal, 22. Oktober 1846. Im Frühjahr besichtigte er die Fortschritte im Marmorpalais, Journal, 11. Mai 1847.
804 Journal, 16. Juni 1847.
805 Vom 4. bis 25. Juni 1847.
806 Nach der Übertragung von Gérard de Nerval.
807 Seit dem 11. November 1829.
808 Brief von Wilhelm an Charlotte, vgl. Anm. 346, 26. März 1847.
809 Berlioz, vgl. Anm. 608, S. 527.
810 Brief vom 27. August 1847, Redern, vgl. Anm. 481, S. 276.
811 Ebd., S. 208.
812 Ernst II., vgl. Anm. 800, Bd. 1, S. 612.
813 Journal, 4. Januar 1847.
814 Wir wissen nur von Bettina von Arnim darüber.
815 Journal, 10., 15. und 22. Februar und 13. März 1847.
816 Erhard, vgl. Anm. 531, S. 72.
817 Lyrisches Drama in einem Akt nach Henrik Hertz.
818 Journal, 25. April 1847.
819 Meyerbeer, vgl. Anm. 583, Bd. 4, über die Tumulte am 21. April 1847.
820 Journal, 3. und 7. August 1847.
821 Laut Journal Santa Maria gloriosa dei Frari, San Moisè, Santo Stefano und Santa Maria Zobenigo.
822 Am 19. September 1847.
823 In der Doppelturmfassade finden sich Elemente der Villa Medici in Rom, während Seitenflügel und Eckpavillons von den Uffizien inspiriert sind.
824 Goethe behauptete, er habe auf Sizilien die Urpflanze entdeckt.
825 Meyerbeer, vgl. Anm. 583, Bd. 4, 2. November 1847.
826 Journal, 4. Dezember 1847; mit dem Maler de Kayser.
827 Journal, 20. Januar 1848.
828 Sie hatte zuerst unter ihrem Namen Marie Louise Bettoni Erfolge als Tänzerin; vgl. *Biographie de Mlle Araldi* par M. J. P., Lyon 1845.
829 Brief vom 28. Dezember 1847, vgl. Anm. 28.
830 Es lechzen die Würger, zu morden / Den Engel der Freiheit; doch hört / Und seht ihn, zum Cherub geworden, / Mit rächendem Flammenschwert! / Fluch Knechtschaftsbegründern, / Gekrönten Sündern! / Beseelt nur von Vaterlandsliebe / Für Freiheit, für Gleichheit und Recht: / Das sind die allmächtigen Triebe, / Zu Brüdern das Menschengeschlecht! / Die Throne erschüttern, Tyrannen zittern!
831 Karl Gutzkow, *Rückblicke auf mein Leben*, Berlin 1875, S. 339.
832 Zit. nach Friedrich Wilhelm Schelling, *Das Tagebuch 1848*, A. von Pechmann (Hg.), Hamburg 1990.
833 SPSG VII-B-64.
834 Am 5. Juni 1847.
835 Von Arago und Vermoud.
836 Söhngen, vgl. Anm. 324, S. 112.
837 Zit. nach dem Beiheft der Einspielung mit Philippe Herreweghe.

838 Zit. nach Blasius, vgl. Anm. 545, S. 114.
839 Georg Künzel (Hg.), *Briefwechsel zwischen Friedrich Wilhelm IV. und dem Reichsverweser Erzherzog Johann von Österreich (1848–1850)*, Frankfurt am Main 1924, S. 11.
840 Brief an Charlotte, 16. November 1848, vgl. Anm. 28.
841 Meyerbeer, vgl. Anm. 583, Bd. 4, S. 457, Wilhelm Beer an Meyerbeer.
842 Hermann Petersdorff, *König Friedrich Wilhelm der Vierte*, Stuttgart 1900, S. 114ff., Denkschrift vom 8. November 1848.
843 Lewalter, vgl. Anm. 69, S. 429.
844 Brief vom 3. Mai 1848 an Stolberg-Wernigerode, in: Otto Graf zu Stolberg-Wernigerode, *Anton Graf zu Stolberg-Wernigerode. Ein Freund und Ratgeber Friedrich Wilhelms IV.*, München 1926, S. 117.
845 Ferner 1846 die Übersetzung *Hamasa oder Die ältesten arabischen Volkslieder*.
846 Rückert, vgl. Anm. 471, Bd. 2, Brief Nr. 852.
847 »Sans-souci«, 18. Oktober 1848; Rückert, ebd., Bd. 3, Brief Nr. 846.
848 Nachträglich um 24 Stunden zurückdatiert; SPSG VII-B-27.
849 BPH Rep 50 J, Nr. 1210, Vol. III. Bl. 69–74; Johannsen, vgl. Anm. 147, Nr. 633.
850 Am 19. März 1849.
851 Meyerbeer, vgl. Anm. 583, Bd. 4, 9. September 1847.
852 Dies hinderte den König nicht, sich an der Finanzierung der kritischen Bach-Ausgabe zu beteiligen.
853 Bevor sich Räder durchsetzten, hatte man mit der Bewegung von Hufen experimentiert.
854 Das Tor in der heutigen Schopenhauerstraße von Stüler und Hesse 1850/51.
855 Meyerbeer nannte die Harfe ein Favoritinstrument des Königs, 27. August 1846.
856 Ihm dürfte J. H. Westphals *Die römische Campagna* von 1829 bekannt gewesen sein.
857 Meyerbeer, vgl. Anm. 583, Bd. 4, S. 633.
858 Ebd., Bd. 5, 21. Februar 1851.
859 Ebd., Bd. 5, 27. Juli 1851.
860 1. Oktober 1850.
861 Journal, 7. Februar 1846.
862 Es entstand ein Zyklus von sechs Gemälden mit Darstellungen von Peleus und anderen.
863 24. August 1850.
864 Journal, 31. August 1850. Ferner traf er laut Journal die Bildhauer Wolgast und Theodor Kalide, der die Statue des Ministers Redern schlug.
865 Meyerbeer, vgl. Anm. 583, Bd. 4, 18. März 1848.
866 Unter Leitung von Armand Bidaut.
867 Von Charles Varin-Desvagers und Eugène Deligny.
868 *Les Fosses confidences*, Premiere: 30. Januar 1828; *Le Jeu de l'amour et du hasard*, Premiere: 28. Februar 1828; *L'Épreuve nouvel*, Premiere: 5. Juni 1834.
869 Lustspiel in vier Akten, Premiere: 25. Januar 1797.
870 UA: 19. November 1850; Journal, 23. Januar 1851.
871 Ebd., S. 26; Meyerbeer notierte, der König wolle Mendelssohn an dessen Spitze stellen, Meyerbeer, vgl. Anm. 583, Bd. 4, 7. Juli 1846.
872 Dietmar Schenk, *Die Hochschule für Musik zu Berlin 1869–1922/33*, Stuttgart 2004, S. 27.
873 Dessen neues Sommertheater war am 27. Juni 1850 mit der Komödie *Stadt und Land* eröffnet worden.
874 Am 24. Februar 1852; Reichardt, vgl. Anm. 709, S. 31.
875 Journal, 17. Oktober 1850.
876 *Restitution du temple d'Empédocle ou L'Architecture polychrome chez les Grecs*, Paris 1851.
877 Humboldt, vgl. Anm. 555, Brief Nr. 248, ohne Datum (1853).
878 Im Journal werden im Zusammenhang mit Atelierbesuchen noch die Bildhauer Heitel und Christmann sowie die Maler Paul Bürde und Friedrich Kaiser genannt.
879 SPSG V-3-A-16.

880 Der Architekt Karl Wilhelm von Diebitsch stattete es ebenso wie ein Bad Albrechts auf dessen Schloss bei Dresden mit in Berlin vorgefertigten Stuckpaneelen aus.
881 Und der Kapellmeister Heinrich Dorn.
882 Journal, 14. Juli 1851.
883 Er hatte das Original in der dänischen Landeskirche sechs Jahre zuvor besichtigt.
884 Ranke, vgl. Anm. 534, S. 340.
885 Journal, 10. und 13. Januar 1852.
886 *I virtuosi ambulanti*, nach dem Italienischen, übersetzt von Herklots, 30. April 1808 bis 6. Dezember 1811 in Berlin.
887 Journal, 26. Februar 1852.
888 Püschel, vgl. Anm. 5, Brief vom 18. Februar 1852.
889 22. Juli 1845, General Otto Rühle von Lilienstern, zit. nach Püschel, ebd., S. 552.
890 Ebd., 18. Februar 1852.
891 Ebd., Brief vom 23. Dezember 1850.
892 Julius Lessing, *Das halbe Jahrhundert der Weltausstellungen*, Berlin 1900, S. 6–10.
893 Adolphe Démy, *Essai historique sur les expositions universelles*, Paris 1907, S. 38, in: Benjamin, vgl. Anm. 575, S. 254.
894 *Giralda ou La Nouvelle Psyché*, 11. März 1851; Romantisch-komische Oper in drei Akten nach Scribe.
895 Lewalter, vgl. Anm. 69, S. 422.
896 Brief an Charlotte, 15. Oktober 1854, vgl. Anm. 28.
897 Brief vom 15. März 1854 in Rep 92, Nr. 62, Heft 5, 1854.
898 Ranke, vgl. Anm. 534, S. 330.
899 UA: 25. Juli 1826 im Königsstädtischen Theater.
900 *Der Nibelungen Hort* von Raupach, *Die Nibelungen* von Herrmann, *Siegfried's Tod* von Wurm, *Chriemhilds Rache* von Müller, vgl. Heinrich Ludwig Dorn, *Aus meinem Leben*, Berlin 1870, S. 43.
901 Ebd., S. 45.
902 Meyerbeer, vgl. Anm. 583, Bd. 5, 17. März 1852.
903 Premiere: 22. März 1853.
904 *L'Ésclave de Camoëns*, Libretto: Saint-Georges, UA: 1. Dezember 1843.
905 Premiere: 27. März 1854.
906 Dorn, vgl. Anm. 399, S. 41.
907 Brief Wilhelms an Charlotte, 2. Dezember 1842, vgl. Anm. 346.
908 SPSG VI-Ea-10.
909 Richard Wagner, *Gesammelte Schriften*, W. Golther (Hg.), Bd. 10, S. 164.
910 Kurt Hübner, *Wagners mythisches Christentum*, in: ders., *Getauft auf Musik*, Würzburg 2006.
911 Meyerbeer, vgl. Anm. 583, Bd. 5, 6. Februar 1852.
912 Der Berliner Domchor führte ihn im Mai 1853 vor dem belgischen König auf. 1811 waren es anlässlich der Trauerfeierlichkeiten für die Königin Luise Verse des 98. Psalms gewesen. Grundlage waren die Psalmenparaphrasen des Benedetto Marcello aus dem *Estro poetico-armonico* 1724–26.
913 Journal, 1. April 1850.
914 Der offene Dachstuhl in frühchristlicher Schlichtheit, die gemalte Inkrustation von San Miniato al Monte in Florenz, Vorbilder der Hagia Sophia usw. durften nicht fehlen.
915 Humboldt, vgl. Anm. 555, Brief an Olfers, ohne Datum (1854). Der König übergab sie Olfers für das Neue Museum.
916 Ebd., Brief ohne Datum, Nr. 278.
917 Die Gemälde Catlins waren so gefragt, dass sie bald eine eigene Abteilung in der Washingtoner National Gallery erhielten.
918 Die häufigen Erwähnungen im Journal von den Treffen in Räumen oder im Sternsaal des Museums bestätigen die Beteiligung des Königs.

919 Reichardt, vgl. Anm. 709, S. 37.
920 Meyerbeer, vgl. Anm. 583, Bd. 7, 20. September 1856.
921 Wagner und Joseph Arthur de Gobineau bewunderten sich wechselseitig.
922 *Symbolik der menschlichen Gestalt* (1853) und *Proportionenlehre der menschlichen Gestalt* (1854).
923 Humboldt, vgl. Anm. 555, Brief an Olfers, ohne Datum (1856); Stillfried hatte dem König 1853 ausführlich über die Öffnung der Gräber von Familienmitgliedern in der Kirche des Klosters Heilbronn berichtet, BPH Rep 50 S, Nr. 6/13.
924 Louis Schneider, *Aus meinem Leben*, Berlin 1879, S. 228.
925 Hackländer stand in württembergischen Diensten. Hesekiel war seit 1849 Schriftleiter der *Neuen Preußischen Zeitung*. Vom abenteuerlichen Reiseleben Gerstäckers vor allem durch Amerika wurden *Herrn Malhubers Abenteuer* gelesen.
926 Dazu gehört *Maximilian Robespierre* des ansonsten durch ästhetische Schriften bekannten Robert Griepenkerl.
927 Journal, Februar 1855.
928 Die einschlägigen Romane sind *Madame Bovary* und *Mystères du peuple*.
929 »Das unglückliche System, das in meinem Geist entstanden war, ließ dieses einsame Königtum nicht zu ... Oder vielmehr es verlor sich in die Fülle der Wesen; das war der Gott des Lukretius, machtlos und in seine Unendlichkeit verloren« (Übersetzung von H. Kubin, 1910).
930 Seinen letzten Brief an Charlotte hatte er bereits am 18. Juni geschrieben; Sämtliche zuvor auf Bunsen bezogene Zitate in: *Christian Carl Josias v. Bunsen: Aus seinen Briefen ...* Friedrich Nippold (Hg.), 3 Bde., Leipzig 1868–71.
931 Söhngen, vgl. Anm. 324, S. 126.
932 »Lumen de lumine«, wie es im Credo heißt; vgl. Mt 17, 1–8.
933 Ex 17, 11.
934 BPH Rep 50 J, 276.
935 Brief vom 15. Oktober 1854.
936 Vor allem zu Regierungsbeginn, vgl. Journal.
937 Kraft Karl, Prinz zu Hohenlohe-Ingelfingen, *Aus meinem Leben*, Berlin 1897.
938 Louise, Gräfin zu Stolberg-Stolberg, *Königslieder*, Berlin 1858.
939 BPH Rep 50 S, Nr. 8, Ausgrabungen in Mariette und Alexandria.

Kulturschaffende (Auswahl)

Alexis, Willibald 316, 350
Ancillon, Jean Pierre 38, 56, 57, 62, 64, 66, 68, 70, 75, 82, 91, 92, 96, 111, 115–117, 120, 121, 123, 126, 127, 133, 146, 150, 173, 198, 318, 384
Andersen, Hans Christian 337
Ariost, Ludovico 18, 19, 63, 82, 85, 93, 99, 142, 199, 238, 240, 251, 300
Aristophanes 183, 335
Arndt, Ernst Moritz 127, 143, 146, 254, 268, 368
Arnim, Bettina von 20, 67, 206, 254, 271, 281, 286, 296, 312–315, 324, 352, 370, 385, 408
Arnim, Achim von 65, 67, 142, 158, 172
Auber, Daniel-François 215, 220, 222, 234, 265, 275, 356, 390
Augustinus, Aurelius 64, 111, 173, 256
Aulnoy, Marie Caterine d' 57
Baini, Giuseppe 201, 234, 240, 372
Baudelaire, Charles 276, 328, 397
Beckett, Samuel 408
Beethoven, Ludwig van 36, 134, 152, 175, 176, 201, 236, 271, 280, 302, 333, 343
Begas, Carl Joseph 163, 194, 380
Bellini, Vincenzo 207, 235, 309
Bendemann, Eduard 241, 253
Berlioz, Hector 289, 302, 303, 348, 349, 372
Bernadin de Saint Pierre, Jacqes-Henri 96, 103
Blasis, Carlo 105
Bièvre, François Georges de 135
Biow, Hermann 347
Birch-Pfeiffer, Charlotte 300, 309, 381
Boeckh, August 294, 339
Brentano, Clemens 59, 65, 81, 147, 172, 183, 252, 312
Bunsen, Karl Josias 192, 193, 197, 198, 201, 202, 204, 220, 233, 239, 242, 254, 255, 273, 282, 284, 285, 291, 299, 309, 317, 318, 320, 322, 339, 384, 397, 398, 405, 407
Burns, Robert 127, 233
Byron, Lord 106, 148, 158, 179, 197, 198, 233, 236, 247, 282
Calderón de la Barca, Pedro 114, 186
Calvino, Italo 396
Campe, Joachim Heinrich 23
Carus, Carl Gustav 237, 238, 396
Catel, Franz Ludwig 165, 197, 201
Catlin, George 393
Catull 354
Chamisso, Adelbert von 229, 230
Chateaubriand, René de 36, 58, 61, 82, 97, 104, 148, 149, 252, 294, 356
Cherubini, Luigi 50
Cornelius, Peter von 117, 118–120, 122, 178, 201, 204, 240, 275, 293, 298, 300, 302, 333, 347, 348, 400, 402, 403
Curtius, Ernst Robert 310, 385
Daguerre, Louis Jacques 190, 294, 347, 394
Dante Alighieri 60, 61, 71, 92, 96, 97, 117, 140, 165, 196, 199, 200, 201, 203, 219, 237, 239–241, 258, 274, 278, 321, 327

David 73, 121, 293
David, Félicien 339, 348
Delbrück, Johann Friedrich 19, 20, 22–26, 30–41, 43, 44–47, 49–51, 53, 57, 61, 95, 104, 113, 156, 290
Devrient, Eduard 212, 242, 306
Donizetti, Gaetano 234, 282, 299
Dürer, Albrecht 79, 119, 125, 142, 184, 226, 241, 342
Dumas, Alexandre 290, 351, 357, 365, 396
Elßler, Fanny 222, 300, 328
Euripides 115, 186, 392
Fichte, Johann Gottlieb 16, 17, 33, 43, 49, 54, 55, 63, 65, 67, 77, 97, 122, 127, 147, 172, 174, 183, 217, 297, 320
Firdausi 94, 369
Flotow, Friedrich von 335, 355, 381, 390
Fontaine, Pierre-François 75, 83, 93, 168, 276, 294, 383
Forster, Georg 22, 23, 25
Foucault, Michel 411
Fouqué, Friedrich de la Motte 13, 18, 19, 37, 53, 62–65, 67–69, 71, 79, 80, 83, 92, 103, 112, 113, 115, 125, 148, 162, 173, 176, 179, 180, 184, 188, 207, 250–252, 278, 279, 333, 343, 389
Fouqué, Caroline 158
Franz von Assisi, 91, 107, 290
Freiligrath, Ferdinand 232, 233, 247, 311, 316
Friedrich, Caspar David 59, 114, 238
Gardel, Pierre-Gabriel 35, 104
Geßner, Salomon 35, 166, 243
Glissant, Édouard 348, 412
Gluck, Christoph Willibald 35, 104, 105, 115, 143, 144, 152, 161, 283, 302, 303, 309, 318, 328, 330, 366, 381, 390
Görres, Joseph 91, 122, 128, 178, 255, 268
Goethe, Johann Wolfgang von 16, 17, 23, 27, 38, 46, 50, 52, 61, 72, 76, 91, 93, 94, 100, 106, 111, 115, 119, 130, 131, 134, 148, 152, 153, 185, 208, 216, 222, 225, 231, 235, 238, 244, 271, 280, 308, 311, 312, 318, 385
Graff, Eberhard Gottlieb 249, 250, 269
Graun, Carl Heinrich 34, 212, 283, 326, 328
Grétry, André-Ernest 37, 236
Gries, Johann Diederich 30, 82, 83, 251
Gutzkow, Karl 231, 257, 326, 342, 343
Händel, Georg Friedrich 9, 23, 77, 241, 283, 285, 303, 309, 372
Hagen, Friedrich Heinrich von der 63, 341, 391
Hegel, Georg Wilhelm 17, 72, 184, 204, 212, 213, 217, 218, 255, 291, 292, 314, 320
Heine, Heinrich 7, 153, 178, 195, 204, 231, 269, 279, 282, 315, 320, 322, 332, 357
Hendel, Johanna Henriette 52, 62, 185
Hensel, Fanny 219, 247, 267, 269, 281, 287, 303, 316, 318
Hensel Wilhelm 66, 105, 146, 163, 247, 267, 360, 366, 384
Herder, Johann Gottfried 18, 25, 31, 38, 44, 77, 120, 236, 247, 307
Hirt, Aloys 26, 27, 33, 52, 113, 123, 131, 132, 140, 156, 242, 243
Hittorff, Jacob Ignaz 276, 277, 383, 284, 398
Hoffmann, Ernst Theodor Amadeus 70, 103, 105, 110, 112, 113, 115, 143, 150, 155, 201, 211, 269
Hoffmann von Fallersleben, August Heinrich 315, 369
Horaz 186, 208, 233
Hufeland, Christoph Wilhelm 17, 53, 91, 180, 218, 219
Hugo, Victor 188, 189, 213, 282, 290, 339, 364, 380

Humboldt, Alexander von 7, 17, 22, 23, 31, 32, 83, 96, 131, 155, 190, 194, 196, 205, 213, 249, 255, 258, 268, 270, 271, 275, 278, 284, 288, 291, 293, 294, 305, 307, 308, 310–312, 314, 315, 321, 326, 330, 331, 338, 346–348, 350, 352, 354–356, 361, 364–366, 380–383, 389, 390, 393–396, 498, 405, 412
Humboldt, Wilhelm von 47, 53, 55, 56, 65, 102, 105, 112, 156
Iffland, August Wilhelm 35, 49, 56, 105
Irving, Washington 247
Jean Paul 24, 100, 110, 231
Jones, Owen 277, 302
Joyce, James 273
Kalidasa 95
Kant, Immanuel 14–16, 19, 33, 41, 45, 47, 50, 52, 183, 320, 388
Kennedy, Grace 174
Kiß, August 333, 341, 384, 394
Kleist, Heinrich von 59, 65, 111, 172, 184–186, 303, 305, 370
Klenze, Leo von 163, 245, 283, 337, 342
Klopstock, Friedrich 23, 48, 49
Kopisch, August 202–204, 215, 217, 239, 241, 310, 335, 341, 383
Kotzebue, August von 24, 26, 35, 40, 49, 96, 104, 114, 126, 127, 226, 250, 317, 344
Kretzschmer, Hermann 247
Krüger, Franz 307
Kugler, Franz 280, 392
Lamartine, Alphonse de 179, 350
Lauska, Franz 162, 187
Lenné, Peter Joseph 219, 270, 304, 305, 379
León, Luis de 131
Leopardi, Giacomo 239, 340, 310
Lepsius, Carl Richard 294, 296, 299, 331, 338, 339, 406
Lessing, Carl Friedrich 223, 236, 253, 294
Lind, Jenny 299, 327, 332, 337, 338
Liszt Franz 283, 286, 287, 290, 294, 303, 321, 332, 391
Loewe, Johann Carl 135, 233, 234, 236, 280, 334, 235
Lortzing, Albert 335, 382
Luther, Martin 81, 84, 117, 125, 192, 194, 198, 240, 316, 331, 334, 341, 347, 356, 395
Manzoni, Alessandro 189, 194, 310
Marivaux, Pierre Carlet de 381
Maßmann, Hans Ferdinand 268, 269
Méhul, Étienne-Nicolas 35, 66, 332
Mendelssohn-Bartholdy, Felix 153, 191, 211, 212, 219, 221, 233, 240–242, 244, 258, 281–283, 285, 287, 293, 298, 303, 306, 307, 316, 320, 325, 334, 335, 344, 355, 365, 372, 381, 390, 391
Menzel, Adolph 361, 372, 388
Meyerbeer, Giacomo 187, 188, 220–222, 231, 282, 283, 288–290, 292, 293, 300, 302, 303, 308, 309, 320, 326, 327, 330–332, 335, 343, 344, 349, 356, 360, 371, 372, 378–383, 390, 391, 395
Michelangelo 119, 197, 241, 275
Michiels, Johannes Franciscus 394
Minutoli, Menu von 113, 148, 159, 169
Mörike, Eduard 311, 312, 345, 379
Molière 113, 189, 338
Moore, Thomas 106, 128, 148, 149, 155, 225, 299, 325, 356
Mozart, Wolfgang Amadeus 9, 106, 111, 201, 263, 332, 340
Musäus, Johann Karl 340

Nerly, Friedrich 353, 380
Nerval, Gérard de 5, 348, 386, 397
Nicolai, Otto 233, 371, 372, 390
Niebuhr, Barthold Georg 116, 117, 119, 120, 156, 163, 168, 178, 182, 192, 193, 195, 201, 204, 239, 245, 255, 297
Novalis 14, 16, 17, 22, 46, 56, 61, 74, 89, 91, 97, 112, 147, 173, 186, 192, 346, 368
Olfers, Ignaz von 270, 279, 303, 348, 372, 381, 388, 393, 398
Ossian / James Macpherson 31, 46, 91, 284
Overbeck, Franz 199, 201
Ovid 27, 45, 102
Paalzow, Henriette 251, 335
Paganini, Nicolò 211, 213, 283
Palestrina, Giovanni Pierluigi da 192, 201, 212, 240, 241, 334, 355, 385
Palladio, Andrea 194, 354
Persius, Ludwig 205, 270, 276, 277, 304, 305, 354
Petrarca, Francesco 18, 240
Platen, August von 178, 183, 184, 195, 202, 204, 213, 220, 281, 317, 352
Plutarch 51, 100, 107, 121
Pückler-Muskau, Hermann von 326, 358
Puschkin, Alexander Sergejewitsch 247, 326
Rachel / Elisa Félix 381
Radcliffe, Ann 62
Raffael 32, 57, 62, 66, 119, 125, 146, 192, 195, 198, 241, 253, 284, 328, 354, 364
Rauch, Christian Daniel 78, 152, 168, 193, 201, 240, 243, 245, 270, 275, 293, 297, 305, 330, 347, 349, 383, 400
Raumer, Friedrich Ludwig von 180, 182, 202, 204, 250, 310, 328, 333, 340
Raupach, Ernst Benjamin 180, 206, 234, 235, 249, 300, 389, 390, 396
Redern, Friedrich Wilhelm von 235, 270, 271, 288, 303, 309, 344, 349
Reichardt, Johann Friedrich 23, 30, 121, 152, 287
Reumont, Alfred von 29, 91, 116, 127, 128, 184, 185, 252, 255, 279, 293, 309, 310, 314, 326, 340, 352, 353, 383
Ritter, Carl 17, 230, 294, 328, 331, 347
Robertson, William 120
Rossini, Gioacchino 147, 187, 195, 213, 235, 237, 294
Rousseau, Jean-Jacques 15, 20, 46, 52, 53, 55, 62, 96, 102
Rugendas, Johann Moritz 348
Rumohr, Carl Friedrich von 195, 204, 231, 237, 248
Rückert, Friedrich 65, 229, 232, 233, 291, 293, 296, 339, 369, 370
Salzenberg, Wilhelm 392
Schadow, Johann Gottfried 25, 52, 54, 66, 146, 237, 341, 342, 347
Schadow, Friedrich Wilhelm 117, 240, 244, 252, 286, 291, 297
Schelling, Friedrich Wilhelm 16, 17, 178, 217, 218, 255, 288, 291–293, 300, 308, 341, 345, 347, 350, 351, 356, 357, 361, 362, 365, 366, 371, 393, 403
Schenkendorf, Max von 65, 66, 122, 133
Schiller, Friedrich 15–17, 19, 24–27, 35, 38, 43, 46, 50, 55, 56, 66, 75, 98, 103, 120, 135, 147, 175, 176, 243, 251, 275, 305, 307, 315, 396–398, 404
Schinkel, Karl Friedrich, 24, 56, 65, 67, 77, 105, 107, 110–113, 115, 120, 121, 123, 130, 131, 133, 142, 144, 146, 149, 150, 152, 156–158, 168, 169, 174, 175, 184, 186, 187, 190, 194, 196, 202, 205, 206, 229, 236, 237, 245, 246, 250, 251, 270, 276, 278, 280, 291, 296, 297, 299, 318, 330, 344, 354–356, 392, 398, 403
Schnorr von Carolsfeld, Julius 199, 294
Schlegel, August Wilhelm 16, 18, 19, 33, 334, 37, 52, 65, 112, 114, 123, 127, 196, 197, 242, 279, 294, 310

444

Schlegel, Friedrich 16–18, 33, 71, 97, 100, 117, 128, 185, 296, 341
Schleiermacher, Friedrich Daniel 18, 49, 69, 126, 127, 150, 183, 192, 212, 242, 312, 385
Schönberg, Arnold 400
Scott, Walter 157, 158, 175, 236, 252
Scribe, Eugène 166, 220, 234, 289, 290, 326, 327, 364, 379, 380
Sophokles 280, 287, 320, 323, 334
Sontag, Henriette 210, 211, 235, 296, 301–303, 349
Sor, Fernando 159
Southey Robert 106, 148, 149
Spohr, Louis 178, 328, 331, 349
Spontini, Gaspare Luigi 75, 103, 104, 131, 147, 149, 150, 155, 162, 163, 193, 205–207, 212, 221, 233–236, 244, 267, 288, 294, 385, 389
Steffens, Heinrich 191, 275, 291
Strauß, David Friedrich 253, 345, 346, 389
Stüler, Friedrich August 279, 286, 298, 330, 383, 385, 392, 393, 395, 398, 403
Sulzer, Johann Georg 33
Terrasson, Jean 106, 110
Thorvaldsen, Bertel 78, 201, 275, 280, 294, 309, 331, 347, 384, 392
Tieck, Christian Friedrich 146, 168
Tieck, Ludwig 16, 33, 46, 51, 119, 143, 182, 184, 213, 237, 238, 240, 263, 279–283, 293, 306, 311, 317, 318, 320, 326, 330, 334, 343, 344, 350, 373
Uhland, Ludwig 65, 233, 314
Veit, Philipp 117, 163, 400, 402
Vergil 60, 93, 133, 200
Viardot-Garcia, Pauline 290, 307, 332, 379
Vivier, Claude 308
Voltaire 51, 104, 120, 150, 156, 293, 344
Wagner, Richard 152, 308, 309, 347, 330, 344, 379, 390, 391, 395, 406
Weber, Carl Maria von 153, 161, 182, 210, 217, 302, 330
Werner, Zacharias 41, 52, 63, 65, 92, 126, 142, 150
Wichmann, Ludwig Wilhelm 340, 383
Wieland, Christoph Martin 16, 93, 110, 203, 350
Winckelmann, Johann Joachim 13, 29, 33, 152, 341, 382, 391
Zelter, Carl Friedrich 34, 49, 50, 61, 111, 146, 161, 211, 212, 222, 231, 242

Inhalt

Über dieses Buch 7

Requiem 9

1 Die Ordnung der Dinge (1795–1815)

Der Zeitgeist um 1795 13
Wie Émile? 19
Abenteuer mit Napoleon 36
Im Exil 44
Der Tod der Königin 54
Befreiung 59
Drei Kriegsarten 67

2 Die Karte (1815–1840)

If I don't manage to fly … 89
Das Leben: Theater oder Bildungsstätte? 103
Die unterschiedliche Art Feiern 123
Wo bist Du …? 134
Hymenäisch 159
Verunsicherungen 179
Krieg den Philistern 183
Paris–Berlin 187
Italien – mit Folgen 192
Anschwellender Lärm 210
Die gewandelte Zeit 227
Eine höfische Akademie? 236
Trutz und christlicher Glaube 249

3 Das Labyrinth des Königs (1840–1851)

Königsversuche mit preußischer Sibylle	263
Das Tableau, der Rauch …	275
… und die Sommernachtsträume	305
Rhizome	313
Gestiefelte Kater und ihr Publikum	317
Ein Romantiker auf dem Thron der Cäsaren?	345
Auch ein Vorspiel	347
Revolutionsdelir	356
Effacieren	368

4 Das Double (1851–1861)

Zeitgeist versus ewige Wiederkehr	377
Die neue Ära	387
Die Wiederkehr	400
Bulletins	405
Epilog auf der Insel	411
Dank	415
Nachweise	417
Anmerkungen	418
Kulturschaffende (Auswahl)	441

Dieser Band wurde mit Unterstützung
der Stiftung Preußische Seehandlung
und der Stapp-Stiftung publiziert.

© by Lukas Verlag
Erstausgabe, 1. Auflage 2013
Alle Rechte vorbehalten

Lukas Verlag für Kunst- und Geistesgeschichte
Kollwitzstraße 57
D–10405 Berlin
www.lukasverlag.com

Lektorat: Dr. Daniel Lettgen, Sankt Augustin
Gestaltung und Satz: Lukas Verlag
Druck: Elbe-Druckerei Wittenberg

Printed in Germany
ISBN 978–3–86732–163–1